情窦初开 LOVE

不负此生（上）

哎哟是山竹 著

浙江工商大学出版社
ZHEJIANG GONGSHANG UNIVERSITY PRESS

图书在版编目(CIP)数据

情窦初开不负此生 / 哎哟是山竹著. —杭州 ：浙江工商大学出版社，2018.3(2018.10 重印)

ISBN 978-7-5178-2452-7

Ⅰ.①情… Ⅱ.①哎… Ⅲ.①长篇小说—中国—当代 Ⅳ.①I247.5

中国版本图书馆 CIP 数据核字(2017)第 292784 号

情窦初开不负此生

哎哟是山竹 著

责任编辑 王 耀 白小平

封面设计 胡云云 林朦朦 王 耀

责任印制 包建辉

出版发行 浙江工商大学出版社

(杭州市教工路 198 号 邮政编码 310012)

(E-mail:zjgsupress@163.com)

(网址:http://www.zjgsupress.com)

电话:0571-88904980,88831806(传真)

排 版 杭州朝曦图文设计有限公司

印 刷 杭州五象印务有限公司

开 本 710mm×1000mm 1/16

印 张 36

字 数 726 千

版 印 次 2018 年 3 月第 1 版 2018 年 10 月第 2 次印刷

书 号 ISBN 978-7-5178-2452-7

定 价 98.00 元(全 2 册)

浙江工商大学出版社营销部邮购电话 0571-88904970

1

那一年他7岁，只比她大半岁，一样年少不经世事的年龄，一次机缘下，他见证了她的“勇敢”。

那一年，意外再遇见她，当时的她正陷于困境中，然后当初烙印在他心中的“勇敢”指引他帮助她脱离困境，直到多年以后，历经种种磨炼的他们才知道，彼此其实早已出现在对方的生命里。

——“一念生，缘起。”

火云如烧的夏日，公交站台上，有一位神色凝重的女孩。

5年了，她又回到这个情窦初开的城市。

上车之后，女孩选了一个靠窗的位置坐下。

车内的冷气使得燥热的身体逐渐凉快下去，渐渐地，困意来袭，不久女孩便昏昏欲睡起来，恍惚中，她再一次听见那个声音。

“放开她。”然后，女孩陷进了更深的梦里。

那是5年前。

因为父亲工作调动的原因，白月菲跟随父亲转学到了这座经济发达的沿海城市。

早上，白月菲起了一个大早。

考虑到女儿第一天去双和高中上课，白爸爸打算亲自送她去学校。白月菲一听，断然拒绝，她不要劳烦父亲，毕竟这个时间点，父亲也要赶着和考察队会合。

最后，白爸爸依了白月菲的想法，把白月菲送到公交车站之后，便赶往城外。

公交站台距离学校100米左右，下车之后，白月菲需要步行到学校。

宽阔的大道，阳光洒下来，两旁是高大的梧桐树，树叶摇曳于斑斓的光影中，白月菲被这样的景致吸引，不由自主地放缓前行脚步，这时一阵轰鸣声突然划破长空，震耳的声音，想不注意都难。白月菲循声望去，一辆黄色兰博基尼甩停在前方马路上，紧跟其车尾急刹了两辆跑车。白月菲只瞄了一眼，便不再理会，收回目光继续前行。

说来奇怪，白月菲走着走着就开始莫名的不安，还来不及去琢磨这是怎么一回事时，几个人影已经迅猛地压向了她。

一双手猝不及防地锁住白月菲的双肩，力道巨大，再加之没有任何心理准备，受惊的白月菲胳膊猛地一颤，怀里的书和入学资料噼里啪啦地跌落一地。

“哟，长得如此水灵，我怎么没见过你？”

惊魂未定的白月菲循声抬头，眼前的黄头发男生正不怀好意地笑着，白月菲懵然，再游目周围，啥情况？怎么突然被一群吊儿郎当的男生困住？白月菲虽然不明白对方这是做什么，却深深感到对方来者不善，白月菲下意识地要逃！

视线警觉地一扫，白月菲立马找出破绽，可以利用左边缺口逃走！机会难得，但白月菲不敢贸然行事，于是她神色瞬间一变，笑语盈盈地回答对方："我是转校生，今天第一天报到。"如此装模作样不过是意在利用好态度让对方掉以轻心，再伺机而逃。

"原来是转校的小妹妹，"黄毛笑得淫荡，一只手暧昧地抚摸着白月菲的胳膊，另一只手不安分地绕到白月菲下巴上，"小妹妹告诉哥哥，你这是想去哪里呀？哥哥有车，送你去。"

肮脏的手！白月菲顿觉恶心，笑脸再也伪装不下去，脸色瞬间变黑，然后就见白月菲厌恶地一扭头，胳膊狠狠朝后一甩，可悲催的是没有摆脱那双恶心的手。

"这脾气！我喜欢！"对于白月菲的反抗黄毛并没有动怒，他抬高白月菲的下巴，淫荡的笑容依旧挂在脸上，"告诉你喔，你运气非常好，哥哥我现在很无聊，只要你陪哥哥消磨消磨时光，哥哥一定不会亏待你，哥哥会送你很多新款的女生奢侈品哦。"

白月菲一口唾沫喷过去："你放尊重点！"

黄毛一愣，明显没反应过来此刻脸上的外来物是什么，大概过了 2 秒，才惊觉被人喷了口水，立时火冒三丈，原本捏着白月菲下巴的手重重一推，空出手来的黄毛横眉竖目地抹去脸上的唾沫星子，还是第一次被女生如此对待，怒火中烧的黄毛胳膊狠狠一抬，一巴掌飞向白月菲的左脸，白月菲吓得表情一凝，第一反应居然不是躲避呼啸而来的巴掌，反而是死死闭眼。

这巴掌怎么一点感觉都没有？3 秒之后，白月菲怯生生地睁开左眼，只见那巴掌悬离于左眼一厘米处。

手下留情的黄毛不是因为良心发现，而是一时觉着新鲜，他见过太多乖乖听话的美人！次数多了也就乏味了，像白月菲这么有脾气的反倒让他觉得新鲜。黄毛突然痞笑，他顿住的巴掌一动，轻拍到白月菲的左脸上："想让哥哥尊重你是吧？要不这样，哥哥带你去车上尊重尊重！"

随着黄毛的一个手势，两个男生架住白月菲的胳膊，强行掳她上车。

"放开我，放开我，你们干什么？"急声叫嚷着的白月菲试图定在原地，但无奈抵不过对方强大的力量，双脚被迫移动。

无法抵抗的一群人渣！

无奈之下，白月菲只得抱希望于路过的同学，希望他们能帮助她。可是在她大声呼救之后，竟然没有人出手帮她！心寒的白月菲只好转而威胁黄毛："现在是法治社会，你们不可以这样随便劫人，你们这样做是要负法律代价的……"她一边威胁一边努力尝试挣脱对方的束缚。

黄毛对于耳边一连串的威胁置之一笑。

寡不敌众的白月菲终被强制塞进车里，尽管拼命反抗，身子却还是进去半截，巨大的恐惧导致白月菲的身体状况急转而下，她气力迅减，双脚渐渐软下去，嘴上渐渐也没有了声音，恍惚间，白月菲似乎听见了车子的急刹声，之后，耳边传来了不真切的声音。

“放开她！”江桐一把将白月菲拽下车。

黄毛及其同伙愣住。

受到严重惊吓的白月菲彻底晕厥过去，江桐只好把她靠在胸前，对黄毛面无表情道：“你们怎么胡作非为是你们的事情，但是今天在我的眼皮下不行！”语落，顿了一下，然后将白月菲抱起朝着路边的黑色宾利走去。

周围虽然驻足了很多同学，却没有一丝议论声，大家都在静静地等待事态的发展，谁都明白黄毛对抗江桐绝对是以卵击石，毫无悬念可言，只是“吃瓜群众”还是想看看“恶霸”交锋“传说”之战！

黄毛及其党羽是不敢招惹江桐的，只好悻悻然地看着黑色宾利离去。

然后“吃瓜群众”们一阵鼎沸，传说江桐向来冷漠不多管闲事，且从来不近女色，难道今天太阳从西边出来了？

“身体有不适吗？”

耳边再度传来那个似乎在梦里听过的声音！白月菲缓缓睁开眼睛，愣了愣，侧头循声一望，然后就看见一个身着白衬衣牛仔裤的男生伫立窗边，他正面向她，白月菲一瞬不瞬地打量着眼前的男生，高高的个子，没有表情的脸，长睫毛下面是一双冷漠如冰的眼睛。是在做梦吗？白月菲恍惚地闭上眼睛，深呼吸一口气，再次睁开双眼，那个高冷的身影依然矗立窗边，白月菲眼睛眨巴眨巴地望着，原来不是梦啊！她开始眼冒红心，哇！这男生帅得简直空前绝后啊！白月菲用一种花痴的神情望着这个男生，3 秒钟后似乎惊觉到了什么，白月菲视线一转，游目四周，好像是病房！

“我怎么会在这里？”她记得晕厥前已经被那群坏人架上车了！

“我带你来的，”江桐神情冷漠地说，“校医说你受了惊吓，需要休息，至少 1 小时才可下地走动。”

“如此说来，是你救了我？”

“没什么救不救的，刚好路过，顺带制止了一出荒谬事件而已。”

白月菲没在意男生轻描淡写的语气，她感激道：“大好人啊！谢谢你！我要怎么报答你呢？”

江桐不理会她的话语，再次询问：“身体有不适吗？”

白月菲憨笑着摇摇头。

确认她无碍，江桐这才提步朝门口走去，边走边说：“你的书放在床头柜。我看过你的转学登记表，跟老师打过招呼，说你身体不适，暂时无法上课。”

“请等一下，”白月菲坐起身体，“我还不知道你叫什么名字。”

房门被江桐轻轻带上：“你不必知道。”

白月菲喃喃自语:“那我要怎么谢你呢?”哇哦！白衬衣帅哥好有个性啊！做好事也不留名……

哇！行侠仗义的白衬衣大侠……

哇！今天走大运啊！撞见这么一个举世无双……

第一节课结束时,白月菲泛滥的花痴情绪终于也结束了,恢复元气的她看了一下时间,原来不知不觉,一个小时就这么飘过去了！白月菲觉得时间过得好快啊！伸了一下懒腰,这才下床离开病房。

走到高二教学楼前时,白月菲居然才想起学校门口的奇葩遭遇,心中顿时气愤难忍,转身,要去教导处申冤,然而就在这时,一团人影猝不及防地压向了她。

白月菲被拽到一侧。

“传说江桐抱的人就是你啊?”扎着马尾的女生气势汹汹地说。

白月菲又气又好笑,这都什么跟什么啊?第一天转学还没进校门就被一群男生那样对待！现在又来一群这样的女生！她到底招谁惹谁了?

“问你话呢?”其中一个女生恶狠狠地推了白月菲胸口一把。

“你们想干什……”白月菲话还没有说完,只见原本围住她的人一下子没了影,白月菲僵住,抓抓脑袋,觉得莫名其妙。

一群神经病！白月菲给出了结论。

没必要与神经病计较！白月菲继续朝教导处走去,这时,又一只手从身后拽住她的胳膊,她没好气地顿住,这群神经病还真是没完没了！白月菲黑着脸一边转过身一边吼:“你们到底想要怎样?”

眼前却出现少年！心跳因此而漏跳好几拍,白月菲傻愣地望着眼前的人。

怎么会是他?

怎么又看见他了?

“你想去找教导主任?”江桐神情淡漠地问道。

白月菲回过神来,没有想到他会这样问,更没有想到他能猜中她的心事,她好奇地看着他:“你怎么知道?”

“你以为教导主任会处理你在学校外面的事情?”江桐目光冰冷,语气懒懒散散,“我是该说你是傻还是天真?”

“我既不傻也不天真！我相信学校会处理我在校门口遭遇的荒唐事件,如果学校都不管的话,还有道理可言吗?”

“有很多事情不会跟你讲道理。”

“或许,学校一定会处理我被掳之事!”白月菲不由得笑了起来,明知自己笑得一定很傻,可是也不知怎么搞得,越看白衣恩人就越想笑！

那笑容让江桐在瞬间惊觉此时所为！他倏地放开白月菲,完全不知为何会再度插手她的事情,但是此刻他知道自己不该再为她而有离谱的举动了。江桐的神情就此恢复往日的淡漠，转身提步朝楼梯走去。

白月菲像是想起了什么，慌慌张张地朝江桐的背影喊道："请问你叫什么名字？几班的啊？"

江桐漠然地回了四个字："跟你无关。"

呃！救命恩人太高冷！白月菲有些尴尬，挤出一个僵硬的笑容："那你要记得看学校对我遭遇的通报哦！"不怕你不说名字，学校再大，我也会把你找出来感谢的！

"没兴趣。"

看着白衣少年消失于楼梯口，白月菲挠了挠头，明明是热心肠的好人，怎么总是一副冷漠如冰的模样呢？

2

从教导处出来后，白月菲心中的气愤基本已经消散，因为刚才教导主任听完她的陈述之后表示学校会彻查此事，而现在虽然学校对她被掳之事还没给出明确的处理结果，但她早已笃定学校会严惩那群坏蛋，便开始浮想联翩学校出通告那天白衬衣男生将会有着怎样的反应？臆想中的白月菲已在不知不觉中走到了高二(3)班教室的正门口，就此打住了有关白衬衣男生的思绪，她停步门口，望着教室。

教室里的同学们各忙各的，没有人在意白月菲的出现。

白月菲视线一定，发现靠窗处有一个空位置，那应该是属于自己的吧？她举步过去，一眼看到了上面放置的写着她名字的卡片，便放下课本，落座。

上课铃声响起来了。

应老师要求，白月菲向全班同学做了自我介绍。

同学们不太热情，没有掌声，白月菲尴尬地坐了下来。

老师开始讲课。

对待上课，白月菲的态度向来认真，心无杂念地认真吸取着老师传授的知识。

一节课很快过去了。

课间休息时间。

除了同桌美微，没有人跟白月菲讲话。

美微十分热情，白月菲与她交谈了几分钟之后，不知怎么的，思绪就被白衬衣男生占领，他到底是谁？

想了想，白月菲跟美微说："我想要找一个人。"那个人如此耀眼，同桌应该知道他是谁吧？

美微撑着下巴，十分好奇地问白月菲："你想找谁？"难道她转学来这里是为了一个人？美微丰富的想象力又派上用场了，哇！应该是男生吧……

白月菲对美微详细描述了江桐的外貌特征，说得那叫一个激情澎湃，仿佛对方是江湖里的英勇侠客。

整个过程，美微从好奇到兴奋再到震惊，最后不可置信地掏出手机，打开一张照片："是他吗？"

白月菲一看手机屏幕，激动地连连点头。

美微睁大眼睛，捂嘴，身体不自觉地朝后面退了退，难以置信白月菲想找的人竟然真的是江桐——这所学校的传说。

美微眼皮一挑："江桐在你身后。"转校生和传说？美微的眼睛转啊转，转啊转，替白月菲和江桐转出无数个故事版本！

白月菲震惊地回头一望，先前她在教室门口只顾着寻找座位，全然没有发现江桐的存在！

坐在最后一排的江桐正背靠着座椅，双手横搁在胸前，闭着双眼，神情冷淡，似乎是在睡觉或是养神！白月菲像着了魔似的直盯着他看。

原来离他如此之近啊！白月菲开心地起身朝江桐走去，想先对他说声谢谢！再跟他约时间请他吃一顿饭或是看他的意愿安排活动！以此表达没齿难忘的救命之恩！当然，还有两点，一是要顺带看那怎么也看不够的绝世俊颜！二是以感恩的名义去拉近与江桐的关系，她真的很想深入了解这个耀眼的白衬衣恩人啊！白月菲第一次对异性有这种强烈的冲动。

可惜的是铃声恰巧响起，课间休息时间结束，白月菲叹了口气，十分无奈地收回了步子。

秒针嘀嗒嘀嗒，一圈又一圈地转。

白月菲第一次控制不住自己的思绪，没有认真听老师的讲解，她盼啊盼，盼着这最后一节课快点结束。

终于，白月菲盼来了放学铃声！按捺许久的她兴奋地蹦起来，谁知刚一踏脚就被美微拽住了胳膊。

美微兴致勃勃地追问："快说，你跟江桐是什么关系？"刚才是"毒蛇"授课，"毒蛇"惩罚学生的方法很变态，美微因为在他课上与同学窃窃私语而领教过一次。那一次，美微记忆深刻，永生不想领教第二次，所以刚才在课堂上即使极度好奇白月菲和江桐之间的关系，也还是忍住了没询问。

白月菲急切地回头，看见江桐已经起身，她一边看着那"俊挺"的身影移动，一边要剥掉美微的手，又一边跺脚急声道："美微，快放手，下次我一定滴水不漏地告诉你。"

大力士美微就是不撒手，白月菲实在拿为"八卦"坚持到底的美微没辙，眼睁睁看江桐从美微身旁的过道走过，白月菲为此忧伤啊！哀怨地望着美微："你快放开我啊！求你啦，快高抬贵手吧。"

可惜美微这姑娘不达目的不放手，仍然死死拽着白月菲的胳膊："你就看在我帮你找到江桐的分上，满足一下人家的好奇心啊！告诉我你和江桐到底是怎么一回事嘛，说了我自然放了你。"

诶！遇到"八卦"女王了！白月菲无奈地摇摇头，可怜巴巴地回头一望，江桐已经消失在门口！白月菲内心千般哀号，错过恩人了……

"你告诉我一下嘛！"美微边卖萌边笑道，同时举着四根手指发誓，"我保证打死也不说出去，这样可以了吧？"

白月菲臣服于美微姑娘强大的体力和探索“八卦”的顽强精神之下，对美微草草总结了与江桐的渊源。

美微好奇心得到了满足，便立即放了白月菲。

束缚已不在，不甘心就此错过恩人的白月菲像离弦的箭一般追了出去，执着的她还是想看看能不能追上江桐。可是一直追到校门口也没有发现江桐的身影，白月菲有些郁闷，今天是星期五，学校下午是不用上课的，现在错过江桐，就只能等下星期一了，白月菲哀叹一声，就在这时，一辆黑色宾利停在了她面前。

“上车。”驾驶位的人探出脑袋对白月菲说。

难以置信，以为错过的他居然就这么出现在眼前，白月菲吃惊得张大了嘴巴。

江桐重复道：“上车。”

白月菲还震惊着呢，愣愣地看着江桐，毫无所动。

江桐郁闷白月菲的反应，又瞥了校门口那几个邪恶之徒一眼，索性直接打开车门，走到白月菲面前，一把将呆愣的她塞进车里。

在场的同学们有的愕然，有的目瞪口呆，有的兴奋地议论纷纷。

从江桐入学开始，双和高中便流传着关于他的传说，如果哪个女生上了江桐的车，那么这个女生就是他的人了！但是到今天为止，那个幸运的女生都未曾出现过，谁也没有想到这个传说被一个名不见经传的转校生以迅雷不及掩耳之势给打破了。

黑色宾利车内，白月菲整个人处于眩晕状态，江桐看了白月菲一眼，再望了一眼窗外，刘侧一行人正吃惊地望着他与白月菲，江桐收回目光，刻意俯身过去帮白月菲系好安全带，然后踩了油门。

其实，江桐对白月菲这一系列的行为不过是做戏罢了！只因他先前去取车的途中无意听到了刘侧一行人的谈话。

同伙 A 说：“老大，我们调查得很清楚，转校生和江桐根本不认识。”

同伙 B 说：“要不我们在校门口堵转校生如何？”

刘侧老爸在 2 年前几经周折才成功得到和江氏集团长期合作开发矿产的机会，这也是刘侧一直比较忌惮江桐的原因，所以此刻对于同伙的提议一时犹豫不决。

同伙 B 见刘侧拿不定主意，于是跟他分析道：“老大，我们把江桐之前的话反过来理解，就是只要不在他眼皮下行事他就不会多管闲事，我们这次避开江桐，不就可以痛痛快快地收拾转校生了吗？”

刘侧一听，心中顾虑不在，兴奋地点了头：“就这么办！”这个学校，只要是他看上的女生，还没有他搞不定的。

而江桐听刘侧这么一说之后，竟然想利用自己的身份去保白月菲周全，好吧！他承认白月菲让他变得离谱，比如从停车场出来以后，他刻意把车停在学校门口，只为等白月菲上车，以这样的方式去误导刘侧的认知，让刘侧以为同伙调查错误，进而认为白月菲确确实实是他江桐的人。

黑色宾利开进繁华的大街，白月菲迟缓地回过神来，她兴奋不已地盯着江桐，呀！救命恩人！白月菲双手捂着脸颊，好不容易才稍微平息住激动的心情，正欲搭话恩人，谁知江桐突然冷冷地吐出两个字："下车。"

"啊？"白月菲笑容僵住，先前他突然出现，叫她上车，现在又如此突然叫她下车，这节奏她适应不了啊。

"我说下车。"江桐的声音寒冷如冰，视线落在前方。

"哦！"白月菲木然地打开车门，一只脚已经下地，却又突然收了回去，想说的话还没跟恩人讲啊！怎么可以就此离去呢？

"美微告诉我你叫江桐，"白月菲侧身望着江桐笑，"我想说今天谢谢你，还有教导主任说会处理我在学校外面遭遇的事情。"

"说完了吗？"江桐冷冷地问。

"没有。"白月菲盯着江桐一双亮如星辰的眼眸，恩人长得好帅啊！她憨笑，开口约恩人吃饭，"你什么时候有时间，我……"

江桐打断她的话："下车！"

白月菲笑容一滞，明亮的眸子彻底暗了下去，恩人似乎觉得她很烦啊！白月菲识趣，不再多言，有些失落地打开车门，环顾四周，车水马龙的街道，这是哪里啊？

白月菲抓抓脑袋，看向江桐，迟疑了片刻，不管了，丢人也要说。她笑眯眯道："那个江桐同学，这个地方我没来过，今天又没带钱包，只带了来回乘公交车的硬币，所以你可以送我去 25 路公交站台吗？当然，我也可以下去自己找，可是我怕 25 路公交车不会经过这里！而我身上的硬币只够乘一趟车，而且是 2 块钱的车！"白月菲自知太厚颜无耻了，可是如果不麻烦江桐，她人生地不熟的，也不知道该怎样回去！再说她真的只带了 4 块钱硬币出门啊，她想学校反正是管吃的，也不用带什么钱，够坐公交车就可以了！她哪知自己会身处此地啊！

江桐无语，伸左手进裤兜里，突然神色一滞，他竟然也没带钱包！

"你住哪里？"江桐重新握紧方向盘，反正今天已经莫名其妙帮了她 3 次了，也不多这一次！何况他也不想这么早回家，回那个孤单的家……

白月菲不解地抬起头，不知江桐问这个做什么。不过，嘴上却清楚地说了住址。

跟随导航，黑色宾利消失在繁华的街道上。

3

星期一。

白月菲起了个大早，临出门时，特意带了一张百元大钞，有了前两天缺钱的惨痛教训，白月菲这次学乖了，未雨绸缪。

从公交车下来之后，一路上，无数双眼睛从四面八方扫射到白月菲身上，白月菲实在不解，困惑地看了看自己身上，也没有衣服穿反这种笑料啊！款式又不夸张，是很平常的那种，鞋子也正常，反正衣着是没问题的，可是同学们到底在看什么呢？

在同学们关注的目光中，白月菲狐疑地走进了教室，发现教室里的同学也冲着她指指点点。

“美微，我身上是有什么奇怪的东西吗？”白月菲丈二和尚摸不着头脑，“一路上收了不少注目礼啊！”

美微靠过去：“不是你身上有奇怪的东西啦！是整个学校都炸开了，说你是江桐的人。上星期五早晨，当传说江桐把晕厥的你靠在胸前时，就有人拍照录像并传到了学生群里，我是那天放学之后在同学的手机里看到的，你也知道那天早上，你都进课堂听了半节课，我才从外面姗姗来迟。那天早晨我不仅睡过头了，连手机都没带，所以没能及时看到群里的信息。后来，我一下课就和你说话，误打误撞的才知道江桐和你的关系。”说了一堆之后，美微才缓慢地切入重点，“当时为什么大家看你没有今天这种表现呢？因为大家压根就不知道靠在江桐胸口的女生是你，那时大家因为江桐注意到你的时候你的脸正埋在江桐胸口，因为角度问题，即使当时在现场的人也只能稍稍看到你的侧面，而那侧面还被你那一头凌乱的长发给遮住了，可想而知，这种情况下的影像根本看不出来你是谁啊！后来江桐不是抱你了吗？那时你的脸更深地埋在了江桐胸口，完全看不见了，猎奇的大家也想跟去医务室一探究竟，但是江桐没给大家机会，像我一般的‘吃瓜群众’被医务室工作人员以各种理由阻挡在了门外。很显然，那是江桐的杰作，他不想有人打扰到你们。”

美微讲述得有些口干，停了下来，喝了一口水，继续道：“江桐在里面，‘吃瓜群众’们自然也不敢硬闯，后来就上课了，‘吃瓜群众’作鸟兽散，听说有人在下课之后跑去门外等你现身，就想看看你是何方神圣？竟然可以让‘传说’有如此异常的行为，结果到达时你已经离开了，所以绝大多数人都不知道那个女生是你。不过，听说也有几个女生通过影像中女主的穿着推测出很有可能是你，这事是真是假就不得而知了，反正我后来也看了影像，和你当时穿的衣服的确不太一样啊，影像女主是一件中袖红色及膝薄衫，而你那天穿的是白色短袖高腰短T啊。”

白月菲插话道：“还真有人正确推测出了我的身份，那天在教学楼下还为难了我，不过没有得逞，江桐那时刚好出现，至于那天的外套由于被那群‘渣渣’拉扯坏了，破损得还挺厉害，我一看修补都成问题，离开医务室就扔了，反正里面的打底衣也可以单穿的，当时穿外套不过是配套搭配而已。”

“原来是这样，”美微终于搞清楚了这个疑点，她摇头晃脑继续为白月菲答疑解惑，“正当‘吃瓜群众’挖不出女主角是谁的时候，没想到放学以后，你和江桐在学校门口给了大家看清你真容的机会。不仅如此，还为大家贡献了更多的福利，比如江桐牵着你的手带着你坐到他车里。”

总算弄明白了同学们今天为何如此看她！说实话，此刻白月菲好像有一种从普通人摇身一变名人的感觉！这都是因为传说啊！

美微托着下巴感叹道：“白月菲，你真的好幸运好幸运！转学第一天就能把我们的传说江桐给收服！你知道吗？在这个城市，多少人使尽手段攀附于财阀江家，可你却不费吹灰之力拿下了江家唯一血脉，你简直就是另一段传说！从实招来，你是什么身份背景？我真的怀疑你是不是早就认识江桐了？”

财阀？

拿下唯一血脉？

白月菲大脑一片混乱。

原本以为江桐与她是有距离的，原来彻底搞错了，这哪是有距离？明明就是隔了好几个世界的人嘛！江桐是众星捧月高高在上的传说，而她呢？却是一个没有任何背景出生于普通家庭的人，妈妈因为她难产而死，爸爸一手带大她，她是一个如此平凡的人，如果不是因为“传说”，她怎会成为这所私立高中的焦点？

“美微，你知道我和江桐的事情，”白月菲单手托腮，眼睛转了转，猜测分析道，“我想他当时之所以帮助我是因为同情我。我不知道是他抱我去的医务室，我醒来的时候人已经在床上了。至于那天放学之后我完完全全没有记忆他牵过我的手，当时我头晕目眩，等到意识清醒的时候我已经在他车里了……”

美微点点头，表示理解，然后神秘兮兮地靠在白月菲的耳边：“知道吗？学校都在疯传，说在校门口袭击你的那伙人是刘侧，想来你也不知道刘侧是谁，本姑娘给你科普一下，刘侧和江桐虽然不是处于一个水平线上的，但是家世也很雄厚，属于暴发户，刘侧和我们同一年级，他爸爸有好多煤矿，也是这所私立学校仅次于江家的第二大投资股东，刘侧平时仗着老爸在学校里作威作福惯了，学校拿他也没办法，他干的很多坏事都被无形地遮盖了。”

白月菲恍然大悟，难怪江桐笃定教导主任不会处理我的事情！难怪几天过去了教导主任依然没有给她任何答复，想来是在巨大的金钱和权势下被“和谐”了！现在凭单薄的一已之力，肯定是左右不了局面的，想到这里，按常理来说，白月菲本应该心寒，可遭受了不公却又无法平冤的她却没有气愤，反而不计较被掳一事了，因为如果不是被掳，她怎有机会被江桐搂在怀里？怎么可能与江桐有或多或少的关系……

教室里突然鸦雀无声。

“给你。”江桐将一串质地晶亮的手链放到白月菲手里。

白月菲循声抬头，是江桐！她一脸惊讶。记得那天，从大街上到她家门口，江桐没有讲一句话，好几次她都想打破沉默，可是一看江桐冷漠的脸，她就自动住了嘴。她可不能让恩人反感，报恩之事来日方长！于是她任凭一路静默，直至下车时她才说了两个字“再见”，而江桐没有应答，直接开车离开了。所以此刻，白月菲万万没想到江桐会主动跟她说话，而且是在众目睽睽之下。

美微惊得张大了嘴巴，用手肘碰了碰怔住的白月菲，等白月菲彻底缓过神来的时候江桐已经回到了座位上，白月菲看看手上的东西，再回头看看江桐，然后，上课铃声就响了。

啊！“传说”竟然在大庭广众之下送礼物给白月菲！美微羡慕不已，这足以说明白月菲在“传说”心中的特别地位！白月菲还说什么萍水相逢？这哪像萍水相逢啊？

这时，毒蛇走进教室。

美微立刻合上嘴巴，拿出课本，乖乖地等着毒蛇荼毒思想！

白月菲也回过头来，精致的手链再次跃入眼前，有一种中大奖的感觉。

“传说”刚刚主动跟我讲了话！

“传说”刚刚碰了我的手！

“传说”刚刚还送了我手链！

……

讲台上的毒蛇一直在唾沫横飞，而讲台下的白月菲根本无心听讲，思绪全都是有关“传说”的。

可是“传说”为什么要送我手链呢？

我手链一掉“传说”就送，不会这么巧合……

所以是对我一见钟情了吧？

白月菲一个寒战，狠狠鄙视了自己一番，你还能再无耻点吗？其实上星期五白月菲的确丢过一串手链，晚上洗澡的时候才发现左手上光秃秃的，当时还遗憾，毕竟是爸爸去年送的生日礼物。

白月菲两眼放光地盯着手链，东西真的很好看啊。

……

可我收得名不正言不顺。

……

还是还他比较好吧！

……

下课铃声响起时，白月菲决定把手链归还江桐，起身举步正要朝着江桐的位置而去，怎料江桐的位置已经空了。白月菲皱眉，收住脚步，这才刚下课啊！怎么人就不见了？白月菲从那空荡的座位上收回视线，看向美微小声问："你有没有看见江桐？"

美微回头望了眼江桐的座位，慢条斯理道："快要下课的时候我晃眼看见他从后门走了。"

"传说"会翘课啊！白月菲的眼睛转了转，收好手链，寻思着等江桐一回来上课立刻奉还手链，可一直等到星期五放假，白月菲也没能如愿以偿。

江桐突然不来学校上课了。

白月菲觉得奇怪。

美微说这很正常，话说从初三开始，江桐每年总会突然消失一段时间，然后突然地再回来，只是在江桐消失的这段时间里可苦了她们这些"吃瓜姑娘"，没有男神的日子是异常难熬的，有男神的日子是白驹过隙、箭走如飞、赏心悦目的。

长长的 2 个星期过去了。

白月菲还是没有等到江桐现身。

江桐是不是不打算来学校了？白月菲一边吃着早餐，一边想，算了，不要想"传说"的事情了，来这里这么久都还没出去逛过呢！反正闲着也是闲着，不如出去走走看看，熟悉熟悉这个沿海城市！

4

花去1天时间跑南走北，总算对这个沿海城市有了一定的了解，晚上9点左右，略感疲累的白月菲坐上了回程的公交车，一天下来走了不少路，小腿隐隐酸胀，过了没多久，白月菲就侧靠着玻璃窗睡着了！

再次睁开眼睛的时候公交车还在如常行驶，白月菲打了一个哈欠，然后脑海中突兀地飞过各种和江桐有关的画面。

怎么会想到他呢？白月菲诧异地摇摇头，转而把注意力放到车窗外的夜景上。

老天好像是故意的，那个“传说”赫然出现在窗外的街道上，惹得白月菲心头一颤。

“真是的，这里不可以停车好不好？下次上完厕所再上车。”司机一边埋怨一边破例允许白月菲下车。

白月菲暗自得意自己的急中生智，如果不撒谎及时下车，真不知道何时才能见到江桐？何时才能把手链归还于他？

白月菲一路飞奔到江桐面前。

深邃的夜色里。

一个模糊不清的人影挡住了去路，摇摇晃晃的江桐顿住脚步，一双盛满雾气的眼睛呆呆看着眼前的女生。

“还你。”白月菲喘着气从包里拿出手链递过去。

半晌，江桐一点反应也没有，他只是愣愣地盯着白月菲，白月菲再等了一会，见他还是没有接过手链的打算，只好主动伸手过去摊开他的手，把手链放他手里的时候白月菲闻见了浓重的酒精味。

她知道他一定喝了很多，这样酒醉的他一个人在大街上晃荡确实不太安全，白月菲有些担心他，想了一想，问他：“你车呢？”问过之后才觉得自己问得白痴，即使她知道江桐的车停在哪里，他喝成这样也没办法开车啊！况且她也不会开车，思虑片刻后，白月菲也顾不了那么多，搜了搜江桐身上的口袋，手机证件一概没有。

正当白月菲不知如何是好之际，江桐比先前晃得更厉害了，白月菲怕他跌倒，连忙扶住他，可没料到这样一扶，江桐瞬间朝她倾了过去，突如其来的力量导致白月菲扶着江桐退了好几步。

“你还记得自己住哪里吗？”白月菲担心地问。

依靠在白月菲怀里的江桐喃喃自语，却都是些跟白月菲问题无关的话语。

尽管仔细听着，白月菲还是听不清楚江桐低语的是什么，却很清楚地感觉到她扶江桐扶得有些吃力了，要是再这样下去，过不了多久，她就会累得虚脱，她得趁着尚有力气赶快安置好江桐。

怎么办呢……他没有证件，酒店开不了房……

又不知道他住哪里……

思前想后，以江桐的安全为前提，白月菲做出一个大胆的决定。

出租车行驶在茫茫夜幕之下。

下车之后，江桐吐得很厉害，白月菲一手扶住他，一手轻敲他的后背，想以此让他好受点。

吐完之后的江桐全身软了下去，酒精后劲十足，他已经醉得不省人事了。

白月菲吃力地把江桐扶进屋里，她左右看了看，最后把江桐安置在了父亲的房间里。

白月菲手忙脚乱地打水，拿毛巾。

酒劲反反复复地上来，江桐吐了很多次，白月菲忙得满头大汗。

等到江桐再次吐完之后，白月菲将他平躺，好让他睡得舒服一点，不料，江桐却冷不丁地抱住了她，很大的力气，白月菲吓得花容失色，一边喊一边挣扎，却挣脱不了江桐双手的束缚，他将她的脸紧贴在胸脯前，慌乱间，白月菲清楚地听见了江桐的心跳声，这是白月菲第一次听见一个人的心跳，而且是异性的心跳，白月菲莫名地迷失于其中，突然不吵不闹，安静了下来。

"爸……我好想你……"

江桐的声音把呆滞的白月菲拉了回来，眼前的一幕让白月菲目瞪口呆。

我怎么会在"传说"的怀里？

我怎么会很享受被"传说"抱着的感觉？

我肯定失心疯了。

白月菲要挣脱江桐的束缚，怎料江桐使出更大的力气抱住她，白月菲只得用力挣脱，可是江桐死死抱住她不放手。两方强大的力道抗衡着！江桐再次加重了力道，这一加，白月菲抵抗不过，顺着江桐的力道滑过去，酒醉的江桐承受不住白月菲的重量而倒在了床上，而白月菲依旧被他紧紧锁在怀里。

怎么醉了还有如此大的力气？白月菲惊诧之余，还在用力挣脱，却发现她每使力挣脱一次，江桐的双手就会比之前更有力量，仿佛他在用尽全力守住很重要的人。

来来回回折腾了无数次，白月菲依然没能逃开江桐的双臂。

白月菲的力气一点点耗尽。

在彼此的挣扎与束缚中，白月菲在江桐的怀里累得睡着了。

第二天清晨。

太阳从百叶窗边洒下来，江桐抽了抽眼皮，觉得有些刺眼，下意识地用手背挡住眼睛，脑袋十分昏沉，另一只手臂僵硬得像是没有了知觉，江桐移开挡在眼皮上的手，想要动一动让血液循环一下，一个侧身，整个人定住了！

睡梦中的白月菲刚好侧了个身，却分明感觉好像抱了一个人，她用一只爪子摸了摸那个人，立马心惊，猛地睁开眼睛。

白月菲和江桐都愣了好几秒，而后相互自动弹开。

白月菲生怕“传说”误会她是有心勾引，慌忙解释道：“你听我说，事情是这样的，昨晚你在大街上……”

等到白月菲解释完之后，江桐一句话都没有说，他只是眼神冰冷地盯着白月菲，白月菲被他看得心慌，双手紧紧抓住了被子。

气氛很压抑啊！

过了好几分钟，白月菲眼光一闪，像是想起了什么，起身走到床边，从包里掏出手链递给江桐：“还你。”

江桐淡漠地瞄了一眼：“这是你的。”说完起身朝屋外走去。

“不是的，我不知道你为什么送我手链，但我不能要。”

“送你？”江桐顿住脚步，他从未送过女生礼物，他破天荒地跟她解释，“那天你手链落在我车上，被我不小心踩坏了，所以赔你一串。”

“可是，我的手链很便宜，这串手链我要不起，请你收回去。”白月菲双手奉上手链，总算明白“传说”送她手链的原因了，可是心里为什么会有一点失落呢？

“给出去的东西我没有收回的习惯。”江桐已经走到门口，忽然记起电话银行卡都留在包房里，昨晚他原本是独自在酒店KTV包房里喝酒的，后来不知道怎么就跑到了大街上，还遇见了她。

江桐背对着白月菲说：“你电话我用一下。”

白月菲抓抓脑袋：“不好意思哦，我电话今天逛街的时候摔坏了，还在维修，要明天才可以取。”

“座机呢？”

“抱歉哦，我家没安装座机！”

江桐眉心微皱，难道要向她借钱打车回去吗？这种事情他可从来没干过。

白月菲似乎知道江桐此刻的为难似的，举步绕到江桐面前，再次递上手链：“这个我真的不能要，如果你收下它，我立刻送你出去打车。”

江桐意外白月菲竟然知道他的为难之处，可是回收东西这种事情在他的人生里还真没出现过。

“你送我打车，手链当车费。”他不想欠她什么，更没有回收东西的想法。

“可是手链可以抵好多车费啊！”白月菲还是觉得占了江桐的便宜，她不喜欢这样的感觉。

“昨晚你照顾我，手链是佣金。”

啥？白月菲瞪大眼睛，“传说”这话怎么听着这么刺耳呢？白月菲稍稍想一想，便听出弦外之音，原来是把她当佣人了啊！白月菲痛心啊！明明是好心帮他，结果却被他当作佣人了，白月菲更想归还手链了，以此证明她只是怀了报恩之心，乐于助人，品德高尚，视钱财如粪土！

“手链……”白月菲刚一张口就迎上江桐冰寒透彻的目光，白月菲一哆嗦，吞回话语，挤出一个僵硬的笑容给江桐。

江桐的目光更加凛冽了！

识时务为俊杰的白月菲立马收起笑容，乖乖收起手链，一蹦一跳地跑出去打车了。

5

距离早晨第一节课还有10分钟。

白月菲闲来无聊，便趴在课桌上把玩着手链，自从那天早晨与江桐分开之后，她真的好想好想每天都能见到江桐！她承认江桐的杀伤力太大，导致她和众多姑娘们一样定力不够无力招架彻底沦陷了！

教室外面突然一阵欢呼，一群女生甚是雀跃，因为消失多日的江桐终于现身了！

白月菲不知同学们为何如此兴奋地尖叫？她也无心理会，只是自顾自地把玩着手链。

上课没多久，白月菲习惯性地回头望了一眼，然后一脸震惊，江桐居然正趴在桌子上睡觉！他什么时候回来的？白月菲的脑海里就此闪过那天与江桐相拥而睡的画面，白月菲不好意思地脸红了，猛地回过头来，狠狠掐了一下自己的脸，努力平息着加快的心跳。

美微在认真复习资料，不然看见白月菲这副模样，她肯定会揶揄白月菲一番！

而关于那晚与白月菲同枕共眠的事情并没有随着时间而过去，它挥之不去地盘旋在江桐的脑海里，他恍惚记得深夜里发生的事情，他记得他抱了她，她拼命挣脱，他却越抱越紧……而这些天每当他想起她的时候，淡漠的脸上还会浮现一丝笑意，他从来没有过这样的情况，只要一想到她，关于父亲车祸现场的画面出现在他脑海中的频率就会减少，如果是这样，那么见到她呢？是不是那些让他痛苦的画面可以全部消失不见？江桐清楚地知道那纯属无稽之谈，可是多日未到学校的他还是做了回学校上课的决定，这相比他前两年突然离校的时间来说缩短了一半。

放学铃声响起，同学们陆续散去。

白月菲觉得不饿，不打算去吃午饭，于是拿出课本做练习题。

这也太用功了吧？美微佩服地看着白月菲，为了学习连午饭都不吃！美微觉得这样不好，身体才是革命的本钱！于是她叫白月菲一起去学生餐厅。这时，江桐突然从后面走过来，二话不说就拉过白月菲的手径直朝门口走去。

白月菲恍然地跟在江桐身后，还来不及发问，江桐已经开口："以后中午一起用餐。"

淡漠的声音里夹杂了一丝暖意，那双手的温度让白月菲的心脏漏跳了好几拍。

咦？"传说"叫我一起吃饭？白月菲从难以置信到受宠若惊，天啊！与"传说"一起吃饭！白月菲的小心脏欢快地扑通扑通地跳着。

在一片哗然中，江桐牵着白月菲来到了学生餐厅，他把白月菲安置在卡座里面，他则还是坐在老位置上。

看了看菜单，江桐对着服务员念了几道菜名，服务员连连点头，飞速地记录于纸上。

等上菜的间歇里，白月菲偷偷瞄了江桐好几眼，见他正在看手机，她就从偷瞄改为光明正大地瞧了，然后瞧着瞧着就紧张起来了，白月菲强迫自己镇定，一定要镇定，生怕因为紧张而搞砸了这一顿午餐。

江桐全程看手机信息，根本没看白月菲一眼，镇定下来的白月菲可不会浪费如此千载难逢的机会，她努力地寻找存在感，既然“传说”金口难开，那么换她主动好了，白月菲刚想没话找话开口问江桐为什么是她陪吃时，江桐收起了手机，他一抬头，白月菲就看见了他那双冰寒的眼睛，白月菲被那冰寒的目光冷到了，没敢再多问。

直直的背脊弯了下去，白月菲局促地埋头喝水，“传说”是不开心吗……

“你很渴吗？”江桐看着白月菲，表情意外的柔和，不是因为刚刚得到财务部经理信息汇报公司业绩增长了30%，而是因为白月菲坐在身旁，只要她在身旁他就莫名的安心，他就不再是孤孤单单的一个人吃饭。

“没有。”

“既然不渴，怎么喝那么多水？”

啊？白月菲错愕地看看手里的杯子，顿时尴尬，原来她不仅喝光了她自己的一杯水，还连同江桐的那杯也喝光了，白月菲窘迫，又开始紧张起来。她深呼吸一口气，想要平静下来，可事实是上菜之后，她把勺子掉在了地上，汤汁溅在了衣服上，更糟糕的是，她竟然把菜夹飞了出去。

对于白月菲糟糕的举动，江桐的表情并没有任何变化。

餐厅的冷气开得适中，白月菲却感觉火热，一张脸通红。

唉！在“传说”面前丢人了。

白月菲懊恼，正绞尽脑汁想办法弥补之际，一个甜甜的声音由远而近。

“江桐哥，你怎么会和一个女生在一起？”一个像洋娃娃一般的长发女生笑着走了过来，她比江桐小一届。

白月菲循声抬头，眼前的女生美貌至极，作为同性，她竟然也被女生惊艳的面容吸引，真是大美女啊！

江桐连头都不抬一下，语气淡淡：“你没必要知道。”

柳香噎了一下，然后落座到卡座对面，语笑嫣然道：“说的也是，无关紧要的人我是没有知道的必要！当我没问好了。”说到这里，柳香意有所指道：“不过，江桐哥，你别忘了，阿姨可是很喜欢我的。”

“那又怎样？”江桐冷冰冰地反问。

“我们将来可是要结婚的。”柳香刻意将“结婚”二字拖长，她是故意说给白月菲听的，她虽然没有加入学生群，但是一直奉承她的一个跟班在学生群里，为什么那个跟班刚刚才对她提及江桐和白月菲的传闻呢？是因为柳香一向骄傲自满，大家都知道她不会想要听到江桐和别的女生的绯闻，所以也就没人敢在她面前提及，刚刚跟班告诉柳香江桐和白月菲的绯闻还是因为柳香主动问起。事实上，柳香是无意间看见跟班手机里保存的有关江桐和白月菲的视频和照片，柳香难以置信，毕竟这么多年过去，除了她可以“靠近”江桐，确实再没有其他女生了！可是视频和照片都在说明江桐和白月菲的关系已经……然后柳香开始慌了，得知江桐和白月菲在此地用餐之后，就急忙跑了过来。

白月菲见没有自己啥事，埋头吃刚上的菜肴，一边吃一边暗自从江桐和柳香的对话中找寻蛛丝马迹，原来这么好看的女生也会倒贴“传说”啊！看来我被“传说”吸引也太正常不过了！

江桐不想理睬柳香，有柳香在，他没胃口，她要留下是吧？那么他走好了！他一把拉起正在夹一块牛肉的白月菲转身离开，柳香却眼疾手快地拽住了白月菲的胳膊。

这是什么情况？白月菲左看看，右瞧瞧，不明所以。

“我警告你，离江桐哥远一点。”柳香指着白月菲的鼻尖。

江桐目光凛冽地一把拨开那只嚣张的手。

他竟然如此袒护这个贱人！柳香恶狠狠地瞪着白月菲，然后就被愤怒冲昏了头。

猝不及防，一个巴掌响亮地落在白月菲的脸上，顿时，白月菲只觉左脸上火辣辣的，耳朵里嗡嗡作响。

江桐心尖一抖，慌忙把白月菲护在身后。

怒火在江桐胸口燃烧，他冲着柳香一个字一个字地厉声道：“你记住，从今天开始，她是我女朋友，我不许任何人动她。”然后就拉着白月菲离开了餐厅。

柳香彻底愣住，不敢相信江桐竟然第一次承认了有女朋友，而那个人却不是她？她和他可是长辈们看好的一对啊！只有她才可以配得上他，怎么可能是凭空冒出来的白月菲呢？

在餐厅外面一处僻静之地。江桐停住脚步，转过身体，一脸关切：“你还好吗？”

处于懵逼状态的白月菲被这么一问之后才回过神来，“传说”怎么问这个啊？不好啊！被柳香打了怎么可能好？天啦！在“传说”面前被人打了！太伤自尊了！真是后悔吃这顿饭了！如果不来餐厅吃饭就不会这般丢人了！后悔之际，白月菲突然想起江桐刚才在餐厅说的话，Oh！“传说”跟我告白了啊！不过那告白怎么那么奇怪？怎么听怎么像气话啊？白月菲不敢相信“传说”向她告白这件事情！毕竟她才跟“传说”见了几次面，“传说”怎么可能喜欢她呢？他可是“传说”！“传说”动心谈何容易？何况是当众告白？告白一事是她想多了，对，绝对是想多了，这么想过之后，白月菲悲痛的情绪就更上一层楼了。

也不知怎么回事，见白月菲沉默不语，江桐心中不是滋味，他心疼地盯着白月菲红肿的左脸，不由得伸手过去抚摸，白月菲见状立即回避了过去，本来她就已经胡思乱想，如若真的被江桐一抚摸，她更会定力全失，搞不好就会做出什么惊人的举动来，万一吓着"传说"就不好了！

"刚才……"江桐是想要说对不起的，是他没有保护好她，才会导致她挨柳香的巴掌。

只是白月菲却很不适宜地截住了他的话语："我知道你是故意气她才会说我是你女朋友的话语。"白月菲抿了抿嘴唇，声音有些沙哑，"放心，我不会多想的。"

江桐一动不动地望着白月菲，原来刚才竟然说了那样的话语啊！江桐神情复杂难辨，最后，他吞回了停留在齿间的话语，他竟然再一次为她冲动了！

没过多久，整个学校火热传开柳香为了江桐与白月菲大动干戈的各种版本！

"话说柳香被逐出后宫了。"

"什么逐出？她有入驻过吗？"

"听说白月菲后来居上，不知道使了什么手段，把江桐迷得神魂颠倒。"

"好像还听说柳香和白月菲相互撕了起来。"

"不会吧？柳香平时都一副温柔似水的模样，想不到也有动武的一天。"

"那谁赢了？"

"这不废话嘛？有江桐在，白月菲想输也输不了。"

"看来白月菲才是厉害角色啊！"

……

白月菲万万没想到餐厅事件会衍生出众多版本，巨大的舆论压向她，她该怎样面对？事实不是那样的，江桐的告白只是一时气话，他怎么可能喜欢她？虽然她也希望他能够喜欢她！可是那根本就是春秋大梦啊！

"白月菲，我说呢，你们怎么可能没有关系呢？"美微惊喜于自己准确的洞察力，早就觉得江桐和白月菲关系不一般！

"真的不是你想的那样！"白月菲觉得胸口很闷。

"整个学校都在疯传江桐在餐厅跟你告白了。"

"对不起哦，美微，我有点不舒服，我想静一静。"

美微见白月菲脸色不大好，似乎真的很不舒服！也就适时地封了嘴。

虽然一再引导自己，江桐的告白只是气话，白月菲却还是因此混乱了，只盼着早早放学回家，睡上一觉，什么都不去想。

放学倒是准时，只是老天爷偏偏没按白月菲的剧本走。

江桐一点也不避嫌，再次拉走白月菲，这个不在白月菲的计划中啊！白月菲像被电击了一般，愣是说不出一个字来，只是任凭江桐牵着走。

江桐将白月菲塞进车里，然后回到驾驶座，直直地盯着白月菲看，像是在确认什么似的。事实上，当时从餐厅回到教室之后，江桐满脑子都是白月菲的身影，他想了一个下午也没弄明白为何如此。只好带她到车上来，他要在这私密的空间里从她身上探测出自己的心意，或许餐厅里的那番话语不是冲动之余脱口而出的，是潜意识里就想那么说，直到此刻，江桐聪明的脑袋还是无法确认当时真正的想法，最终他欲言又止，替白月菲系好安全带，转而扶住方向盘，发动引擎。

在同学们围观的视线里，黑色宾利渐渐消失在道路尽头。

6

老式的红色大门后面，白月菲贴着门板鬼鬼祟祟地瞄着外面，昨天江桐把她从学校送回来的路上，各怀心事的他们全程并无交谈，车子开到门口后，江桐率先打破了长久的静默，他说：“以后跟我一起上学放学。”淡淡的语调却带着命令的口吻。

白月菲还来不及开口回应，黑色宾利已经消失在眼前。白月菲拍了拍自己的脸，依稀觉得今天经历的一切都是幻觉，明天所有离谱的事情都会恢复正常了吧？

白月菲恍惚地进到屋里，快速地冲了凉，饭也没顾得上吃，便躺到了床上，在昏沉的状态下渐渐熟睡起来，只是一觉醒来之后，江桐的话语又不断旋在她耳边，她掐了一下大腿，生疼啊！

“难道是真的？”白月菲翻身下床，跑到大门前探查外面的动静，确定外面一切正常，“传说”并不在外面，他果然是说说而已啊！白月菲心情有些复杂，说不上是失望还是松了口气，或者两样都有吧！但是白月菲觉得江桐没有出现也不错，如果今天他真的送她去学校，不管他的出发点是什么，反正她真的会以为他对她有意思啊！不然那么高高在上的一个人干吗要送平凡的她去学校？

白月菲带着复杂的心绪回屋洗漱，换衣服，吃早餐，填饱肚子之后，推开大门去乘公交车。

“上车。”江桐停车在白月菲身侧，直到此刻他也想不明白昨天临走时怎么就讲了那样的话语。遇见白月菲之后他总会这般失控，竟干出一些让自己都瞠目结舌的事情来，不过既然话已经说了出去，就得信守承诺，何况送白月菲上学放学让她陪吃午餐这些事情他根本就默默地乐在其中，自从她意外出现之后，生活似乎不再那么昏暗了。

白月菲吓了一大跳，瞬间不淡定：“我……我……”白月菲支支吾吾地站在原地，此刻见到江桐她真的心跳狂乱啊，怎么都压制不住那颗狂乱跳动的心，看来她还是暂时不要见江桐好了，这样或许就可以冷静下来！于是她接着说：“我自己可以坐公交车去学校的。”再不冷静，白月菲真担心她会对“传说”如饿狼扑食，那样生猛的她肯定会吓到“传说”的，她不要吓“传说”啊！万一把“传说”吓跑了，他从此不愿再见她，那就太惨了啊！

江桐握着方向盘的手一紧。

什么？她竟然拒绝他？江桐有点惊讶，这是他第一次被女生拒绝，感觉不太好！不过，江桐很快便将那微微波动的情绪压制，他若无其事地打开车门，绕到白月菲面前，看了看她，没有说话，自顾自地牵起她的手，将她塞进车里。

车子驶离住所二十多分钟之后，努力平复心跳的白月菲还是以失败告终，或者说也不全是失败，至少她努力再努力，终于扼制住了对江桐扑上去的冲动，她本来就对江桐胡思乱想，现在又与江桐处于这样的二人空间，她已经从胡思乱想升级为疯狂念想来！

那颗狂乱跳动的心啊！怦！怦！怦！怦得白月菲飘忽了。

呵呵，"传说"！"传说"肯定是喜欢我的！

呵呵，"传说"应该快要跟我告白了吧？

呵呵……

车子很快开到学校。

然后"吃瓜群众"们看见白月菲从江桐的车上飘了下来。

"吃瓜群众"们热烈议论着，"传说"昨天餐厅告白，今天专车送来上学，看来"传说"对白月菲是认真的……

等到白月菲艰难地从自认为无耻的疯狂念想中恢复理智的时候，无意听到"吃瓜群众"们疯传她的确就是江桐的女朋友这件事情，这样也好，她正好看看"传说"对待此次如此火爆的传闻会有何反应？

本来打死都不愿意相信绯闻成真的"传说"粉丝们在江桐对白月菲如此显山露水的行为下，不得不承认他们的确是在一起了，粉丝们有的心碎痛哭，有的愤怒，当然还有含泪祝福的……

对于这个绯闻，江桐在白月菲面前表现得完全不介意，白月菲也就没能分清江桐对她的想法，又不敢开口去询问，她知道她矛盾，想知道江桐对他的想法又怕知道，害怕答案不是她所想要的，于是白月菲放弃了询问，选择待在那不分明的界限里，这样至少可以陪在江桐身边。

江桐每天风雨无阻地载白月菲上学放学，与她一同用午餐，白月菲一开始为了不让自己自作多情，还是有各种拒绝他，只是再怎么样也抵不过江桐的坚持，后来就任由江桐去了。被"吃瓜群众"误会成为江桐名义上的女朋友也没什么不好的，反正"传说"完全不介意"吃瓜群众"们误会，她又何必介意呢？她应该虚荣一下啊！那称号可是多少人梦寐以求的啊……

半个月后。

红色大门前。

"明天是我生日，你来好吗？"江桐的眼底依旧冰冷，却少了逼人的寒气。

这时白月菲的一只脚已经迈下车，因为江桐的话语整个身子都定住了，江桐竟然要她参加他的生日会啊！她很想理解为这代表着江桐很在乎她！可是她很清楚事实不是这样的，这半个月以来她与江桐之间的相处还不如普通的朋友呢，中午吃饭，上学放学，这些一起的时间里，江桐基本上很少讲话，他和她之间始终有一种疏远，他们的相处不温不火，分析到这里，白月菲闭了闭眼，不想了不想了，一想就会困住自己！暂时就顺其自然地待在“传说”身旁吧！白月菲冲着江桐点了点头。

久等答案的江桐很满意白月菲的回答：“明天晚上我来接你。”江桐眼带笑意地开车离去。

因为角度和光线的原因，白月菲没有看见那双带着笑意的眼睛，目送车子离去以后，白月菲这才转身回屋。

江桐的生日刚好是星期六，学校是放假的，白月菲起了个大早，吃过早餐之后，闲来无事便把屋子收拾了一遍，临近中午时分才猛然记起还没有为“传说”准备生日礼物，于是急急忙忙拎包出门。

白月菲在街上找了好久也没有找到满意的礼物，好像送什么礼物都无法匹配“传说”自戴王者光环的身份，何况太过贵重的礼物白月菲也买不起，一无所获，白月菲郁闷地返回住所。路过庭院时，晃眼看到那盆亲手种下的四叶草长得郁郁葱葱，浓浓朝气尽散在夕阳的余晖下，是青春的味道，白月菲就此联想“传说”的青春也应该如此，不该那般深沉，而且四叶草本身还代表着幸运，把它作为“传说”的生日礼物再合适不过了！白月菲欣喜地蹲下身，在心里默默祈愿，希望“传说”一辈子都幸运下去。

“走吧！”江桐站在大门前。

白月菲循声回头望去，这才发现刚才进来的时候竟然忘记关大门了，迷糊的白月菲抓抓脑袋，抱起四叶草跑到江桐面前，一双清澈的眼睛熠熠生辉：“给，生日快乐。”她双手递上四叶草。

江桐愣了一下，接过那盆绿色植物，没想过白月菲会为他准备生日礼物，更没想到生日礼物是眼前这一盆叫不出名字的绿色植物！

半山腰，黑色宾利驶进一座依山傍水的豪宅里。

白月菲依稀看见远处许多人影晃动：“好像有很多人在啊。”

江桐面无表情地回应道：“不是我邀请的，我只负责礼待来宾。”从江桐小时候开始，在他生日这一天，江振东就会把江氏别墅对外开放，与众人同庆儿子的生辰，任何人都可以到场参加晚宴，虽然江振东已经不在人世，但江桐遵循了父亲的习惯。

没邀请别人，还来了这么多人祝贺！“传说”果然是传说啊！白月菲单纯地想着，即使“传说”再冷淡，人们也会如此热情对待！足以见他的魅力之大！

车子在一处草地旁停了下来，白月菲眨了眨眼睛，被眼前的场景震住，五颜六色的彩灯缠绕在树上，穿着华丽衣服的人们，还有草地上奏着悠扬欢快音乐的乐队。

这时江桐已经走到副驾驶座旁，他替白月菲打开车门，白月菲正要下车之际，他一把牵住了白月菲的手。

江桐掌心的温度轻易迷乱了白月菲的神思，她瞬间晕乎乎的，然后就这么被江桐一路牵进一间别具一格的房间里。

然后，他坐在沙发里，耐心等待小房间里的她出来。

一群妆容精致、打扮时尚的女人团团围住了白月菲，晕乎乎的白月菲这才清醒过来，猛然发现江桐不在身边。

“你们干什么?”白月菲不明所以，有些不安地朝身后退了好几步。

“月菲小姐，别怕，我们只是按照少爷吩咐，给你梳妆打扮。”化妆师微笑道。

原来是这样！白月菲开始乖乖地配合女人们，她也期待第一次化妆的自己是什么模样?

20分钟后，女人们拎着工具箱退出了房间。

站在巨大的镜子前，白月菲凝望着镜子里面的那个女孩，她脸上的妆容很淡，若有若无，微卷的长发，配上剪裁独特的白色连衣裙，这一刻的她竟是那般的光彩照人！江桐就是在这时推门进去的，白月菲感觉到了有人进来，于是回头望去，江桐就愣在了原地。

他盯着她看了许久，压抑住内心升腾起来的悸动，他走到她身旁:“我们出去吧!”

“我们”二字使白月菲的心脏骤然紧缩，这是“传说”第一次对她说“我们”，白月菲忽然觉得长久以来隔阂在她与江桐之间的那份疏离消失了，取而代之的是一种亲近，那种亲近让白月菲心神恍惚，仿佛置身于梦境里，这应该是梦吧？这场梦她不想醒来！

7

在一片掌声和议论声中，江桐牵着恍惚于梦境中的白月菲走到了一个灯光环绕的露台上。

音乐响起的时候，江桐一贯凛冽的嘴角竟然浮现一丝淡淡的笑意，那抹难得的笑意使白月菲更加心神摇曳了！

江桐面向白月菲，手臂环绕到她的腰间。

他离她太近了，近得似乎可以听见他的呼吸声，白月菲像被电击了一般全身麻麻酥酥，顿时腿软，她陷落在那怦然的情愫中，只是她的理智却又在矛盾的哀号："传说"，人家腿软啊，软了啊！你可不可以不要离我这么近？面对你，人家道行尚浅，修为不够，定力不足，无法大义凛然地推开你啊！

音乐缓缓流淌着。

灯光忽明忽暗地变化着。

江桐没有如白月菲所想远离她，他拥着白月菲带着她步入情意缠绵的音乐中，白月菲愈发恍惚，最后彻底沦陷，整个人是被江桐带着跳完舞的。

音乐结束之后，露台下面一片掌声。

江桐目光深沉地看了明显晃神的白月菲一眼，然后牵她离开露台。

那一眼看得白月菲心慌意乱，不行，我得暂时远离"传说"，不然一定会被"传说"电得魂飞魄散尸骨无存。

快走到餐桌的时候，心慌意乱到就快要全面失控的白月菲对江桐急声道："我去下洗手间。"她不能再被"传说"牵着了，"传说"好像浑身都是电，一碰就勾魂摄魄。

江桐松了手，一边若有所思地看着白月菲，一边招手唤仆人过来。

"月菲小姐，这边请。"仆人为白月菲引路到洗手间，然后候在门外。

白月菲走进厕所，柳香刚好推门出来，她斜瞄了白月菲一眼，眼神里分明有憎恨。

不知道是因为洗手间冷气开得太大还是因为柳香出去的时候嘴角那一抹意味深长的笑容，总之，白月菲顿感背后冷飕飕的。

过了好一会，等到对江桐胡思乱想的思绪基本恢复镇定的时候，白月菲深吸一口气，准备返回，却发现一群不认识的女生堵在了门口，女生们穿着华丽，看得出来也是参加晚宴的，只是她们凶横的眼神使得白月菲不禁朝后退了好几步。

气势凶猛的女生们二话不说径直逼近白月菲。

白月菲意识到对方来者不善，糟糕的是对方还人多势众，她恐怕不能全身而退，已经退到墙壁再无退路的她大叫了起来，只暗暗希望门外的仆人可以听见她的呼救，帮助她逃离困境。

江桐再次见到白月菲的时候是在洗手间里，一群女生正在撕扯她的衣服，有人在旁边拍照，他气急败坏地冲进来之后，所有人都面色惊恐的顿住了，不敢轻举妄动。

仆人气喘吁吁地赶来，战战兢兢地候在一旁。

江桐一脸担心地脱下身上外套，蹲下身体，把外套披在衣衫不整内衣外露的白月菲身上，此时的白月菲脸色苍白，身体在不停地颤抖，江桐看得心中难受，心疼地将白月菲一把搂进怀里。

他双手紧紧地抱住她，一双眼睛充斥着熊熊烈火，对着候在门外的黑衣保安大吼："把所有人带走，相机给我烧掉。"

自餐厅事件之后，江桐就暗暗发誓从今以后不会再让白月菲被任何人欺负，可是今天，白月菲却还是在他的生日晚宴上被人如此伤害，江桐的拳头因此握紧，那拳头止不住一阵抽动，最后终于忍无可忍一拳打在了白月菲背靠着的墙壁上，鲜红的血液从墙壁上滑落下来，江桐无比怨恨他没能保护好白月菲，竟然让她在他家里受到伤害……

仆人吓得赶紧退了出去，边跑边叫着"医生"二字。

仆人在江家做事多年，家里基本靠她在江家的薪水过生活，她可不想因为这件事情被辞退。从进入江家做事以来她从来没有出过差错，唯独在白月菲上洗手间这件事情上，她原本是在外面候着的，白月菲一进去之后，在外地念大学的儿子突然打来电话，她心想小女生上洗手间都慢悠悠的，没有那么快出来，于是便跑到旁边接电话，但是她有一边讲一边注意洗手间门口的动静，其间她是看见一群女娃进去，可她哪会想到那群女娃根本不是去上厕所。等到她挂电话回来的时候听见洗手间里传来嘈杂的混乱声，以及那一声尤为突出的呼救声，仆人心中一惊，着急地推门，才发现门已经被反锁，然后她就一边慌乱地拍打着门一边急切问着："月菲小姐你还好吗？"听不见回答之声，只听见里面巨大的混乱声响，情急之下，仆人急忙跑回晚宴会场，慌慌张张地把洗手间的情况禀报给了江桐。

江桐当即怒火中烧，带着一群黑衣保安赶到现场，黑衣保安们三下五除二就撞开了紧闭的门，然后江桐就示意黑衣保安们背过身去，一个人冲了进去。

"一切都过去了。"江桐声音干哑地安慰道，双手横抱起白月菲直奔他的房间而去。

为白月菲安排好一切之后，江桐脸色阴沉地走出房间，他靠着墙壁而立，给管家打了一通电话，然后焦躁地等待着房间里的仆人们出来。

本来就在晚宴现场的王医生来得很快，只是也很快被江桐打发走了，江桐对他说要晚点再处理手上的伤口。

殷红的血液在江桐的指间凝固，最终变黑。

过了一会儿，管家忠叔走过来汇报：“少爷，相机已经处理掉，柳香小姐及涉事同伙全部被清理出晚宴会场，且被警告永不能踏进江家，其家族与江家所有相关合作全部停止。”

江桐眼神阴沉地摆了摆手，示意忠叔下去。

忠叔转身离开的时候，仆人们刚好退出房间，领头的汇报：“少爷，月菲小姐已经梳洗好了。”

江桐抿了抿唇，神色凝重地走进房间。

瑟瑟发抖紧缩在沙发里的白月菲正双手抱着胳膊，头枕在双膝上。

江桐步伐沉重地走到白月菲身旁，轻声询问：“你，你还好吗？”

白月菲一声不吭地抬起头，惊恐地望着眼前的人，刚刚在洗手间经历的一切太可怕了！她还没有缓过神来。

江桐见她如此模样，突然俯身过去，怜惜地抱住她：“别怕，有我在，以后不会再有人欺负你了，我保证。”他的确做到了，以后的日子里，的确没有任何人敢再找白月菲的麻烦。

白月菲性格本就乐观，自我疗伤功能更是一流，没过多久，她便走出了洗手间事件，只是没有走出那个拥抱！江桐的那个拥抱是单纯的安慰受伤的她还是因为别的？比如他心疼她了？有没有这种可能呢？答案不得而知，她也依旧没有勇气去问询。

白月菲安然于对江桐自以为是的暧昧臆想中，真的没有勇气去让有些事情分明，因为她害怕一旦分明也就结束了与那个人的暧昧，取而代之的是不被那个人喜欢的事实。

生日宴会之后，江桐的话比以前多了一些，而多出的那些话只限于白月菲在他身旁的时候，白月菲渐渐对江桐有了一定的了解，一些以前不敢问的事情也都问了出来，除了“你会不会喜欢我”这个问题。

比如现在，白月菲想起一出是一出，她突然看向正在开车的江桐：“你爸妈呢？”她从未听江桐提起过他的父母，那次生日晚宴她就奇怪他的父母怎么会没有现身呢？

江桐不由得握紧了方向盘，下颌紧绷得厉害。

白月菲察言观色到自己似乎问了不该问的问题，想要用其他话题盖过的时候江桐却又开了口。

他声音不稳地说：“我爸去世了，出车祸，在 3 年前，我妈在国外，我爸葬礼结束后，我再没有见过她。”

白月菲的心咯噔一下，一时不知道怎么接话，她完全没想到江桐会遭遇这样的家庭变故，那变故对于江桐而言会是多么痛苦的打击啊！她无法想象江桐当初是怎么承受过来的？这一刻，白月菲好像忽然理解了江桐为什么时常板着一张脸拒人于千里之外了！

车子缓缓停下来。

白月菲突然不想让江桐就这么离去，她鼓足勇气道："让我给你做晚餐可以吗？"他回去也是一个人吃饭，在那么大的一个房子里一个人吃饭该有多孤单呢？她不想让他那么孤单，所以今晚就让她陪他一起吃吧，如果可以，她想每晚陪他吃晚餐，只是不知他会不会给予这样主动的她为他下厨的机会！

江桐愣了3秒，而后朝着白月菲点了点头。

紧张的白月菲开心地朝江桐一笑。

推开红色大门之后，白月菲才发现屋里亮着灯。

"爸爸！"白月菲欣喜地跑过去一把抱住许久未见的爸爸。

江桐停住脚步，远远地看着父女俩，白月菲跟他提过白爸爸，说白爸爸长年累月在墓地里考古，所以她基本就一个人住了，还说白爸爸这个月底会回来看她！想必现在的白月菲跟他一样没想到白爸爸会提前回来。

"爸爸给你做了好吃的！"白爸爸摸摸白月菲的头。

"谢谢爸爸。"白月菲离开白爸爸的怀抱，忽然想到江桐，她回身看了看，江桐还站在门口，她跑过去，一把将江桐拉到白爸爸面前，大方道："爸爸，我同学，江桐。"白月菲有自信她这么大方的态度一定不会让她神经大条的爸爸看出她喜欢江桐的。哈哈！这算不算是丑媳妇见公婆？Oh！不对，是无与伦比的"传说"见岳父！

"叔叔好。"江桐很有礼貌地打招呼，脸上的表情意外的柔和，和平时判若两人，白月菲都有点难以置信他竟然有如此的一面！

"好，叔叔做了菜，你们一起进来吃吧！"白爸爸一手拉着白月菲，一手拉着江桐走向饭桌。

8

“都是家常便饭，”白爸爸一边热情地给江桐夹菜一边说，“不过叔叔的厨艺很好哦！叔叔做的家常便饭可是能胜过山珍海味的。”

“谢谢叔叔为我夹菜。”江桐微笑着拿起筷子端碗吃饭，吃了两口，称赞道：“叔叔的厨艺的确精湛，东西很好吃啊。”

这样温和亲近的“传说”亮瞎了白月菲的双眼，她原本担心父亲热情过头的举动会招江桐反感，毕竟是财阀之家的少爷，恐怕接受不了他们这种普通百姓的平常生活方式，现在看他并没有嫌弃父亲为他夹菜，反而还吃得津津有味，白月菲紧绷的情绪这才放松，不过也有些困惑，“传说”怎么如此亲近自己的父亲啊？难道是因为爱屋及乌？可是为什么“及乌”比“爱屋”更明显呢？实在想不透的白月菲很快放弃探索答案，她一边吃饭一边时不时看江桐一眼，这个阴晴不定、奇奇怪怪的富家公子似乎很喜欢这样平常简单的晚餐呢！

“菲菲，你也多吃点，”白爸爸一连夹了几块红烧肉到白月菲的碗里，“爸爸这次回来的时间很短，明天上午就得走，考察队在临近的地方发现了一处远古遗址，暑假你得一个人过了。”

“那大概什么时候可以回来？”白月菲早已习惯白爸爸突然的工作变动，并不觉得意外。

“这次说不准，可能要年底，或者更久……”

江桐一边听着父女俩的谈话一边埋头吃着饭，刚开始面对白爸爸味道绝佳的厨艺他还很克制，后来吃着吃着就控制不住地饿虎扑食了。

白月菲跟白爸爸讲话的时候时不时瞄江桐一眼，意外他竟然有如此夸张的吃相。

在江桐的一番风卷残云之后，白月菲和白爸爸也吃饱了，三个人都放下了筷子。

居家小能手白月菲开始收拾碗筷。

江桐起身，礼貌地对白爸爸说了再见，眼光扫过正在收拾碗筷的白月菲，然后，转身离开。

“菲菲，出去送送你同学，爸爸来收拾碗筷好了！”白爸爸突然出声。

江桐顿了一下，而后继续缓步朝门外走去。

要送吗？白月菲拿捏不准，可是人家天天送你上学放学，还顺带给了免费的午餐，待你如此不薄，送送人家也是情理之中的，何况人家是“传说”！

最后，白月菲怀着感恩之心亦步亦趋地跟了出去。

橘黄色的灯光下，一双身影被路灯拉长。

“有爸爸真好。”江桐背对着白月菲突然感慨道。

“我爸爸工作很忙，陪我的时间很少。”白月菲看着地面，低沉的声音瞬间轻快起来，“不过，我知道爸爸之所以拼命工作，是想要我过得很好，不想在物质上亏欠我。”

“白爸爸也可以不用出去，”黑色宾利车前，江桐突然转身看向白月菲，“我可以让你们过得很好。”

白月菲抬起头，错愕地望着江桐。

你知道你说了什么吗？这样的话语会让我产生错觉，以为你喜欢我，要照顾我和我爸一辈子呢！这个想法一出来，白月菲立即把它按了下去，你在胡思乱想什么？“传说”怎么可能喜欢你呢？人家只是钱多，正好觉得你家穷，想要救济一下身为同学一直陪吃午饭的你，不然那么多单独相处的机会，怎么不见他对你表白呢？白月菲忽然就觉得即使一直默默陪伴在“传说”身边，她也不会是“传说”喜欢的人！就这么陷落进悲观情绪里的白月菲叹息一声，快速整理好思绪，语气坚定道：“你不用同情我，美微跟我讲过你的事情，我知道你家富有，可是我爸爸不是那种甘愿不劳而获的人，他喜欢他的工作，因为那份工作，他得以遇见我妈妈。考古是妈妈从小的梦想，就算是我临近出生的时候妈妈都还一直坚守在她热爱的岗位上，虽然现在妈妈去世很多年了，可爸爸说妈妈没有走，她在和他一起完成她的梦想。”时间真是神奇，它可以增长也可以消磨一个人的信心，这一刻，长期以来对江桐臆想的白月菲越来越没有信心会得到江桐的喜欢了！

江桐从未听白月菲提起过她妈妈，原来她妈妈早已经离世，那种失去亲人的痛苦他深深体验过，是刻骨铭心的痛，或许就是因为她和他有着类似的遭遇，所以他对她有一种莫名的感情，她不是最漂亮的，也不是最好的，可是他却只想让她陪在身旁，他喜欢跟她在一起的感觉，他想要她过得很好，他羡慕她有一个那样爱她的爸爸，所以才说了那样的话语，他曾经也有一个爱他的爸爸，爸爸是他心中的超级大英雄。

江桐突然转过身去，毫无征兆的，3 年前那段刻骨的记忆在他的脑海里不断翻涌，锥心的疼痛丝毫不减当年，江桐的脸色骤然苍白，瞳孔紧缩，额头上瞬间聚满汗珠，那段痛苦不堪的记忆又开始猖狂地折磨他，他极度需要一个出口释放情绪，他嘴唇抽动了几下，最终有了沉重的声响：“我很想念我的爸爸，如果那次旅行，我听从爸爸的劝阻，不执意去捡那个从车里掉落到路中央的足球，就不会遭遇车祸，爸爸就不会为了救我而死去，妈妈就不会因为失去深爱的男人而至今无法面对我这个罪魁祸首。”这是他第一次对人提及那段残酷的记忆。

压抑的声音使白月菲一动不动地站在原地，很意外江桐竟然会对她讲这样的隐私，她承认她是想要了解江桐的，但是这样深层的了解却让她觉得有些残忍，好像在一点一点剥开江桐的伤口。

望着江桐颤抖的背影，白月菲心中酸涩，然后就情不自禁地凑了上去，她从后面抱住江桐，她想要用温暖的拥抱驱散江桐生命中的寒冷。

江桐愣了一下，低头看白月菲缠绕在他腰间的手指，那双手似乎可以驱赶走他心中的严寒，胸口好像也不那么疼了。

白月菲深吸一口气，轻声安慰他："你不是罪人，你是你爸爸的希望，就好比我是我妈妈的希望，我妈妈生我的时候因为胎位不正，加之远离市区，最终难产而死，我没见过我妈妈，爸爸说我是妈妈的希望，让我好好地生活，所以，你也要好好地生活。因为我们是他们遗留在人间的希望。"

江桐缓缓转身过来，眼底一股热浪冲出，暗沉的眼眸逐渐明亮起来，对，他是父亲的希望，一想到这里，江桐反手把白月菲抱得更紧，不善言辞的他以此表达心中对白月菲的感激之情，感激她让他找到出口，3 年了，他终于不再觉得自己是个祸害。

强大的力度袭击到白月菲的胸口，她的手指抽了抽，这才突然意识到自己抱着"传说"，她竟然先过界了，白月菲懊恼又不安地抽回双手，要离开江桐的怀抱，不料江桐却把她抱得更紧，白月菲觉得她的胸都快被压扁了！白月菲就此意识到了什么，一脸惊愕，胸？这！这!! 白月菲囧然，哎哟，反正以他们现在的关系这样不太好啦！于是白月菲试图挣脱江桐的拥抱，却无济于事。

江桐显然失控了，他双手更加用力地把白月菲锁在胸口，他对她不再只是感激，还有滚烫的情绪从胸口喷射而出，那种情绪迷乱了他的心智，让他失去一贯的理智。

两个人的距离已经缩近到不能再近，江桐的呼吸喷洒在白月菲的脖子上，白月菲的眼睛眨啊转啊，有些恍惚，似乎全身的毛细管都张开了，全身麻酥酥的。

由于江桐的双手箍得太紧，被动紧紧贴着他身体的白月菲开始呼吸不畅，有点微喘，那样的微喘是江桐生平第一次接触到，新鲜而又狂乱，江桐血脉贲张得厉害，然后一眨眼，一低头，他就彻底失控了，他的唇瓣紧贴到白月菲的颈窝，柔软的触感，白月菲本能地抽了一下，她眼睛直勾勾地看着，没有任何焦点，一双手僵在江桐的腰间。

皮肤之间交织着灼热的气息。

血液似乎都沸腾起来了！江桐先是轻吻，而后动作越来越狂野，他滚烫的嘴唇张狂地游走在白月菲的脖颈间，最后停在白月菲嫣红的双唇上，白月菲眨了眨眼睛，迷乱的眼神聚焦着。

"不……要……"白月菲从唇间努力吐出这两个字来，这样亲昵的举动应该是恋人专属啊！她和江桐现在还不是恋人，所以不该这样的！

谁知已经疯狂的江桐却顺势将舌头伸了进去，软滑的舌头游离在白月菲的口腔里。

氧气减少，白月菲呼吸不过来了，本能地要躲开江桐的强吻，双手下意识去推开江桐，却被江桐一下子反抵在车身上。

江桐尽情享受着白月菲带给他的悸动，他人生中第一次这般狂乱。

白月菲用力捶打着江桐的胸口，江桐不管不顾，仍然强吻着白月菲。

眼泪终于从白月菲的眼角滑下来，却不是生气的，但也不知道为何？只知道她感觉眩晕，力气在一点点减少，整个人都快窒息了。她突然停止捶打，涣散的眼神瞬间凛冽，只见她上下颌一起用力，之后，她闻见一丝血腥的味道，她没有发现自己咬到了江桐。

江桐一愣，停止动作，他的双唇贴在白月菲的唇间，他眼神错愕，意识到强吻了白月菲之后，他惊诧万分地抽回身体。

白月菲大口大口地呼吸，眼泪像断了线的珍珠，哗啦哗啦地朝下掉。

江桐后退一步，下意识地抹了抹唇边流淌的液体。

原本炽热的气氛瞬间降至冰点。

“对……不……起……”半晌，江桐局促地开了口。

白月菲泪眼迷蒙地望着江桐，那张原本冷漠的脸满是愧疚，他就那么一直僵立在那里，一动不动，像一个犯了错的小孩在乞求宽恕！白月菲的情绪起伏不定，这是她的初吻，却被他如此霸道地占有了，即使他是她喜欢的人她也接受不了这般霸道的为所欲为，她以为她会很生气，可是很奇怪，眼前的他却让她怎么也气不起来。

9

白月菲深呼吸一口气，努力稳住情绪："我想静一静。"

江桐一愣，她的回答竟这般模棱两可，不原谅也不责怪，江桐想追问出一个的答案，可最终却什么也没讲，只是看她慢慢走远。

红色大门吱呀一声关上，白月菲从门闩上抽下双手，朝厨房走去。

江桐，你知道吗？刚才你明明离我那么近，你的那句"对不起"却让我感觉你遥不可及，这样是不是表明你只是一时冲动才吻了我？对于我除了比其他同学多一点感情之外再无任何想法了？

"菲菲。"白爸爸站在门口叫她。

白月菲一颤，回过神来，迅速调整好表情，无事人一般笑盈盈地提步到白爸爸面前，声音轻快道："爸爸，你都洗好啦？"

"是的。"

"这么快啊！我还说去帮爸爸洗呢，爸爸扼杀了我表现的机会。"

……

客厅。

父女俩又闲聊了会。

晚上10点，白月菲回房睡觉，只是怎么也睡不着，在床上翻来覆去，满脑子都是那个吻，她扣着手指，一脸娇羞，不过现在回想起来，传说的薄唇好软哦！白月菲眼睛一瞪，呀！白月菲你在想什么？害不害臊？白月菲一头扎进被子里，一再提醒自己，白月菲，那个吻是"传说"一时冲动而已，所以是意外，只是意外，听见没有，不准再胡思乱想了，睡觉……

不知不觉，迎来了第二天的晨光。

因为是周六，不用去学校，不过白月菲依然起了一个大早，在父亲走之前亲自做好了早餐。

白爸爸走后，白月菲的情绪明显低迷，做什么事情都提不起劲儿。

傍晚时分，有人按了门铃，不用想，白月菲也知道是谁。

如同白月菲所料，江桐果然站在门外，不过白月菲没有开门的打算，她只是贴着门板透过缝隙观察外面的一举一动，在经历过那个吻和确定那个吻只是意外之后，她真的不知道应该以怎样的表情去面对江桐，所以就这般躲着他。

"我知道你在里面。"江桐并不期待白月菲会打开门出来见他一面，他只是想让白月菲了解他的心意，昨晚在她关上门之后，他在门外站了很久很久，那个吻像电影一般回放在眼前，连同和她一起相处的时光，它们带着巨大的力量把暗藏在心底深处的情丝一点点拨了出来，他豁然明白之所以吻她，不是一时冲动，是因为他早已在某个时刻爱上她了，爱得悄无声息，连他自己都没发觉。

“我想和你交往，你愿意吗？”江桐袒露爱意，一双眼睛明亮得如同天空的繁星。

白月菲惊怔在原地，难以置信江桐的告白，人有时候就是这样，当你梦寐以求却又遥不可及的愿望突然如你所愿的时候，你第一反应不是惊喜，而是怀疑这怀疑那，怀疑那份幸运不可能真的降临到你身上，一如现在的白月菲。

半分钟过去，里面没有任何回复，江桐的手指动了动，张开的双唇始终没有发出声响，终于，他脸上难得温暖的弧线一点点僵硬。

3 分钟过去，江桐有所期待的眉眼渐渐冷却。

5 分钟过去，白月菲才终于相信那份被心中所爱之人所爱的幸运真真切切地降临到了她头上，没错，“传说”真的跟我告白了！白月菲一下眉开眼笑，无比激动地打开门，却没有见到江桐的身影。白月菲的笑容僵住，“传说”，我错过你了吗？白月菲的眼帘低垂下来，她才不要这样的结果，她拿出手机，欲打电话告诉江桐她那么那么想要跟他交往，可是当她翻开通讯录，才悲催地发现根本没有江桐的联系方式。

陌生而熟悉的人。

熟悉而陌生的人。

江桐和白月菲再见的时候是星期一早晨。

与往常一样，江桐把车停靠在红色大门前，等着接白月菲一起去学校。

2 天前没有及时回应的遗憾让白月菲耿耿于怀，她盼星星盼月亮早就期待这一刻的到来，她要告诉江桐她愿意跟他交往，不管江桐是因为何种原因突然对她告白，就算他只是想要对那晚的吻负责也好。

白月菲激动地上了车，她紧张地看着江桐，深呼吸深呼吸，然后张口正要回应关于江桐 2 天前的告白，结果被江桐捷足先登地先开了口。

“继续做朋友可以吗？”江桐的声音很淡，眼底一片暗沉。

此话让白月菲原本要脱口而出的回应硬生生卡在了喉咙处，一时没适应过来这迅速反转的节奏，2 天前“传说”还说要跟她交往，怎么今天就反口了？何况“传说”不是说说而已的人，可“传说”刚才的确说了截然相反的话语啊！白月菲的心情跌落谷底，既然“传说”现在想要如此，那么她顺从他的意思，其实是不想的，却不得不退而求其次选择继续做朋友，毕竟“传说”的话语已经说得很清楚，如果不顺从“传说”只怕适得其反……

江桐没有看白月菲，也没有继续说话。

车里又如同往昔般安静。

江桐眼底幽深地看着前方道路，很可惜人生中的第一次告白如此事与愿违，当时门外的他等白月菲的回应等了许久，可惜等到的却只是白月菲的静默，江桐的眉眼终于冷却，或许是他太高估自己了，以为只要他一开口，所有他想要的都能掌控，但是白月菲却成为例外！她是不爱他的吧？不然不会沉默地对待他的告白，她应该是怕拒绝他之后会遭到他的报复，所以态度模棱两可，既不拒绝也不答应他的告白，只是用沉默代替回答！这般分析以后，江桐终于带着失望离开。回到家里，一夜无眠，他想既然现在不能交往，那就暂时退一步做朋友吧，给她一些时间，他有信心和把握一定会让她爱上他的。

车里的气氛低沉，白月菲暗暗吸一口气，望向窗外，从今往后，她会把“传说”放在心底，在无人知晓的地方默默爱他，会爱他多久呢？白月菲没有想过这个问题。

奇迹般的默契，白月菲和江桐都没有再提及初吻事件。

他们的相处又退回到了刚认识的状态。

江桐的话语又渐渐变少。

3天后，学校开始放暑假，如同白爸爸所说，这个暑假，白月菲真的开始自己过了。

这所私立学校的暑假是很轻松的，竟然没有暑假作业！

放假之后，白月菲没有再见过江桐，心底很是想念他，却又做不到厚着脸皮去主动联系他！其实就算白月菲愿意厚着脸皮去联系江桐她也联系不到的！因为直到现在她也没有江桐的联系方式，这让白月菲觉得她在江桐心中根本没啥地位可言，毕竟她跟“传说”认识这么久了，最起码电话号码总该有的吧？可是悲哀的是她偏偏就没有！白月菲不知道如果她提出要他的联系方式，江桐是否会给她？但是她知道这些天她想念江桐想得特别煎熬，虽甜却苦，让人茶不思饭不想，这样煎熬了10多天之后，白月菲觉得不能再这样下去了，再这样下去她会被想念折磨得人不像人鬼不像鬼，到开学时，江桐若见到她一副被严重摧残过的模样还不知会做何感想？虽然“传说”从来不以貌取人，但是作为“传说”的朋友，她还是有必要注重一下仪容仪表的！然后立志开学时以一朵瑰丽鲜花姿态出现在江桐面前的白月菲做出了打工的决定，有了工作，就不会这么想念一个人了吧？

通过美微的关系，白月菲找到一份待遇很好的暑假工，在亚园度假酒店做客房服务员。

亚园度假酒店出自世界顶级建筑师之手，高端奢华的设计致使房费贵得离谱，但注重隐私和一对一的私人客房服务，使其十分受财阀们的中意。

因为积极上进反应敏捷同时懂得察言观色，一个星期之后，白月菲被人事主管调到了“轻海”区。

“轻海”区是亚园酒店最高档的地方了，大片的绿化丛林里分开独立了3栋不同类型的建筑物，一处是欧洲风，一处是中国风，还有一处是中西合璧，白月菲被划分到最后一处。

早上。

白月菲早早来到宽敞明亮的客房里，房子早已经被卫生组阿姨收拾过，但按照酒店的规定，客房服务员还是要进行第二次整理，以确保客人对客房卫生百分百的满意。

不一会儿，白月菲已经干得热火朝天。

再次看了看墙上的时钟，白月菲觉得她得加快速度了，经理原本说下午 5 点有一位姓李的贵客入住，但中途突然又打来电话，说客人会提前在 12 点到达，这样临时的变动导致白月菲整理的时间变得尤为仓促。

10

调整好拖鞋的角度之后，勤劳的“小蜜蜂”白月菲完成了最后一项整理工作，抬头再看看时间，还有半小时到12点，然后某人开始佩服自己办事效率好高啊！时间如此紧的情况下还能提前半小时完成整理，真是手脚麻利的整理达人！某人自我崇拜了一番之后，这才使用内线电话通知经理过来检查。

经理过来仔仔细细巡查了一遍，十分满意白月菲的战果，当然这战果是有经理一份的，她连连称赞自己的眼光多么多么的好，火眼金睛地挑了一个工作效率如此高的人。

一顿自夸之后，经理吩咐道：“你去整理一下仪容，准备迎接贵客的到来。”

白月菲点点头，收走卫生整理工具箱，在员工室把自己简单整理了一下便快速回到别墅，站在门前，恭候贵宾的到来。

不多时，白月菲看见两个人影由远而近，一个身着酒店制服，一个身着休闲便服，显而易见，后者就是她等的客人。

白月菲没怎么注意贵客的模样，等贵客走近时，她礼貌地躬腰行礼：“您好，李先生。”

引路员恭敬地退了下去，剩下少年一人。

夏日炎炎之下，少年戴着黑色棒球帽，挎着一只背包，径直走进别墅。

等到贵客进门之后，门前的白月菲这才站直身体，抬起头来，打量了一下那位贵宾，虽然只是背影，足以让她确定这是一个年纪比她稍大一点的少年，年龄差距不大，应该不难相处吧？

“会做饭吗？”少年突然转过身体问，他在飞机上根本没吃东西，又不喜欢吃酒店的食物，只喜爱一些简单的家常菜，如果她会做饭，那就太好不过了！其实他根本不必如此撞运气的，只要他要求，酒店就会立马破例为他配备会做家常菜且厨艺一流的客房服务员，只是他不是那种会提诸多要求的人，很多事情，他喜欢顺其自然。

紧跟上去的白月菲差点迎面撞上少年，还好她及时刹住了脚步，白月菲拍拍胸口，吁了一口气之后，才回答道：“会啊。”可是少年为什么问这样的问题？

“我饿了，你现在随便做一些吧，我知道酒店没有做饭这项服务，”少年说着从包里抽出一叠百元大钞，“这是额外服务的酬劳。”

白月菲愣愣地看着“毛爷爷”冲她微笑，一时没有反应过来。

少年见白月菲迟迟不动，便问：“是不愿意提供额外服务吗？”

反应过来的白月菲连连摇头："没有啊！"

少年在白月菲眼前晃了晃手中的钞票："那怎么不接？"

白月菲坦诚道："人生中第一次拿小费，有点没反应过来。"然后以八颗牙的标准微笑伸手接过："谢谢。"

少年径直去往卧室。

白月菲好奇地数一数手中的一叠钱，还真没想过自己下一次厨能够价值 800 元！哈哈哈哈！白月菲喜滋滋地飘进了厨房，然后利用冰箱里现有的新鲜食材做了两道菜，一道可乐鸡翅，一道麻婆豆腐。

"李先生，您的饭菜已经做好。"白月菲轻敲卧室门，听到少年的回应后方才转身退下。

少年换了一套黑色休闲装出来，走向餐桌时看见前方白月菲移动的背影，少年眼光一闪，似乎有什么重大发现似的，突然加快脚步到白月菲面前。

少年微垂脑袋，瞅着白月菲："我们在哪里见过？"

白月菲依然是标准的酒店式微笑："我没见过李先生。"少年离她太近了，她下意识地退了一步。

距离稍远一点之后，白月菲才看清楚面前的少年，轮廓分明的脸庞，加上嘴角那一抹始终有意无意的微笑，帅气得像是从漫画里走出来的王子。

"我一定在哪里见过你的。"少年抓了抓脑袋，却始终想不起来。

"您肯定记错了。"白月菲不想在这个问题上纠缠，换了话题，"菜凉了就不好吃了，李先生，请用餐。"

少年走到餐桌前，和颜悦色地看着白月菲："别叫我李先生了，我叫李陌，你以后直接叫我的名字。"

"好的，李陌先生。"

"去掉先生二字。"

"抱歉，酒店不允许直呼客人名讳。"白月菲礼貌性地回应。

"我是客人，我说了算。"李陌坚持，再施以威逼利诱，"不然，我投诉你不尊重客人意愿。"

白月菲略怔，然后微微一笑："好的，我记住了。"

奸计得逞，李陌得意地啃着鸡翅。

由于长途飞行，用完餐之后，李陌顿感困乏，便早早地进入卧室休息。

收拾完厨房以后，白月菲该做的事情都已做完，李陌又在卧房午休，她实在没什么可做的，就只能干等着李陌醒来，听他吩咐。

等待的空隙里，白月菲不禁想起了江桐。

"传说"，好久没有你的消息，你还好吗？

英国。

一面巨大的落地窗前，江桐面容惨白地僵立在那里，他是在学校放假的当天晚上意外接到母亲的电话的，3年来母亲第一次主动打电话给他，他受宠若惊，连夜坐上了去英国的飞机。

母亲像很多年前一样，轻声唤他："桐桐，过来坐！"

江桐眼眶泛红，顿在原地。

"桐桐，过来啊！"母亲慈爱地招手。

江桐深吸一口气走过去。

母亲拉过椅子，让他坐下，桌子上是他从小到大喜欢的菜肴，满满一桌，他却无心去吃。

"让你一个人生活了3年，妈妈对不起你，你可以原谅妈妈吗？"

情绪百转千回，江桐闭了闭眼，之后默然地点了头。

母亲摸摸他的脑袋："多吃点。"

3年了，整整3年了，母亲终于愿意见他了！不仅如此，竟然还跟他道歉，江桐无法言表内心的情绪，千言万语不知从何说起，然后就见他默然地拿过餐具，那久违的味道让他吃得飞快，一度被呛到。

"慢点，"母亲递过水杯，一脸爱意满满，"孩子，无论妈妈在哪里，妈妈都是爱你的，这几年妈妈只是太想你爸爸了，进而忽略了你的存在，请你原谅妈妈的自私。"

江桐握着餐具的手顿了顿，缓缓抬头，眼神坚定地望着母亲，在心里默念道："妈妈，我会代替爸爸好好照顾你的。"

饭后，母亲拉着江桐坐到客厅的阳台上，第一次跟他讲述了与他父亲相遇相识相爱的过程。

其实这个过程江桐在11岁的时候就听父亲提及过，可现在妈妈讲出来又是另一种意境，而那句"一旦认定，就是唯一"的话语和父亲当初讲的时候一样，掷地有声，坚定有力。

江桐深陷在父母的美好爱情里。

时间过得像离弦的箭。

很快，夜幕降临，微凉的月光笼罩在阳台上。

妈妈眼神复杂地跟江桐道了晚安。

"晚安。"江桐露出了久违的笑容。

上床之后，江桐很快睡着，他睡得特别沉，因为母亲就在他隔壁的房间里，母亲在，他便觉得安心。

第二天起床的时候，江桐见母亲的房门是开着的，便直接走了进去，房间里空空荡荡，风把窗帘吹得很高，四处看了看，母亲并不在房间里，江桐心间忽然怔忪，有一种强烈的不祥预感，然后管家泰勒的声音就从身后传来。

"少爷，"管家颤声用中文说道，"请……请节……哀……"

晴天霹雳的话语把江桐定在了原地，节哀？下一秒江桐就意识到这两个字与母亲有关，怎么可能？他昨天才和母亲相聚，现在就永远分离了？

怎么可能？

一定是哪里搞错了！

管家泰勒一脸沉重道："监控录像显示，夫人是在凌晨4点跳下游泳池的，夫人一心求死……早上7点，佣人们照常清洗游泳池时才发现夫人。"

葬礼没有对外公布，却很隆重。

一个星期之后，痛不欲生的江桐得到了法医的报告，报告显示母亲因为抑郁症产生幻觉，最终导致自杀，病情长达3年。

3年？江桐手里拿着报告瘫坐到沙发里，那不就是父亲去世之后吗？如果当时父亲没有因他而死，妈妈就不会思念成疾地患上抑郁症，就不会以这样的方式离他而去，江桐恨不得把自己碎尸万段，可是他是父亲拼了命保护下来的人啊！他必须得好好活着，不能让父亲为他白白付出生命，不仅如此，他还会经营好父亲的心血——江氏集团。

在刻骨的悲恸中，江桐乘上了回国的飞机。

亚园度假酒店。

早起的李陌在门外悠闲散步，不一会，就看见过来工作的白月菲。

李陌笑着唤她："白月菲。"

白月菲闻声游目一看，发现李陌在拐角处，她疑惑："你怎么知道我的名字？"

李陌得意地耸耸肩："一问经理便什么都知道了。"

经理怎么可以把她的隐私随便透露出去？白月菲有些不满经理的作为。

李陌走到白月菲面前，微微俯下身体："被我知道你的名字不高兴？"

白月菲抬头急忙否认："没有啊！"

李陌伸手揉揉白月菲的头发，换了话题："陪我去游泳吧！"

白月菲被李陌过于亲昵的动作惊得退后一步，跟他保持距离："抱歉，我不太会游泳。"

李陌笑言："我没让你游，是让你在一旁看着。"

白月菲窘迫："哦。"

11

位于别墅南面的室外游泳池。

身后传来有节奏的脚步声，站在泳池边等候的白月菲下意识回过头，远远望见换了泳衣的李陌走过来，顿时眼皮一挑，羞窘地回头，这还是白月菲第一次见男生穿泳衣。

“害羞?”李陌落落大方地走到白月菲面前。

“没有。”白月菲扭捏地瞥过头，心事被击中，某人腹热肠慌。

“那你怎么不敢看我?”李陌气定神闲地问。

白月菲被问得一时无言，她干吗不敢看李陌啊？李陌是正常游泳穿着，何况李陌都觉得没什么，她要是觉得有什么的话岂不是间接说明她有不堪的想法吗？白月菲故作镇定地回过头来，李陌裸露的上身赫然映入眼帘，然后白月菲的眼皮跳个不停，耳朵都烧起来。

看着某人明明难为情却强撑着一副从容的模样，李陌觉得这姑娘还真是有趣，也不再多言，转身跳进了泳池。

水花飞溅，白月菲不幸中招，抬手抹掉脸上的水珠，而后望向泳池，水波荡漾，却不见李陌的踪影。

难道在潜水?

1 分钟之后，还是没有见李陌浮上来。

难道溺水了？白月菲冒出一身冷汗，急声喊道:“李陌。”

“李陌。”

“李陌。”

……

一遍一遍，声音越来越大，白月菲越来越慌，却依旧没有得到任何回应，然后惶恐的白月菲一个纵身跳进水里，心急如焚地寻找着李陌。

这个时候李陌刚好浮出水面，其实他早就听到了白月菲的呼喊声，是故意不答应，不过是无聊的某人要戏弄白月菲一番，而刚刚听见一阵压水声，某人便知白月菲已经跳了下来，于是这才浮出水面。

那边白月菲心急火燎地在水里找寻李陌。

这边李陌在泳池边乐哈哈地喊她:“白月菲。”

依稀听见有人叫自己，白月菲浮上来循声望去，李陌正一脸奸笑地看着她。

白月菲立马意识到被骗了！虽然心中气恼，可李陌安全就好，她可不想在工作中横生祸端。

白月菲心有余悸地游向泳池边，谁知小腿突然一阵痉挛，瞬间就使不上一丝力气了，扑腾了两下，白月菲就迅速沉入了水里，李陌见状，意识到情况不妙，飞速跳进了泳池。

凭借多年的游泳经验很快找到几乎沉到水底的白月菲，李陌喘着大气把昏迷的白月菲放到躺椅上，熟知溺水急救措施的李陌临危不乱，沉着地按压着白月菲的胸腔，持续了 1 分钟，白月菲毫无反应，于是决定采取人工呼吸。李陌深吸一口气，慢慢靠近白月菲的脸庞，快要接近白月菲的双唇时，白月菲剧烈咳了好几声之后缓缓睁开眼睛。

李陌俯着的脑袋顿在空中，他盯着醒来的白月菲，她愣愣地望着他，他的气息呼到她的脸上，忽然之间，她吸进体内的水一下子涌到喉咙处，她猛地喷了出来，来不及侧头，不偏不倚，水刚好喷到李陌的脸上。

清醒过来的白月菲慌忙道歉："对不起，对不起。"

被水喷的李陌呆若木鸡，一时没缓过神来。

白月菲一直不停地重复道："对不起，对不起。"

扑哧一声，李陌笑起来，原本盘算着戏弄白月菲，结果现在遭殃的是他，李陌自嘲地摇摇头，起身拿过毛巾，擦了擦脸上的水。

嗯？白月菲看得一头雾水。

"去换衣服吧！"李陌俯身攥着白月菲的手朝房间走去。

李陌这一系列的反应搅得白月菲晕头转向。

等到白月菲回过神的时候已经身处李陌的卧室中。

"你先穿这件。"李陌把一件黑色 T 恤塞到白月菲手里，"我已经通知人去买衣服了。"

"谢谢，衣服就不用买了。"白月菲想了想，怯怯地问："我可以请 2 小时假回家取衣服吗？"

"你这样回去不好吧？"李陌成算在心，"你们部门的人知道你在这里做事，你这样全身湿透地出去，别人会讲闲话，对我对你都不好。"

"我……"白月菲一时不知如何是好。

运筹帷幄的李陌继续加码："如果你执意就这样出去，别人一定会以为我对你干了什么，然后我就因为你落下一个不好的名声！哎！"说完还不忘捂住胸口，做痛心状。

白月菲哪受得了李陌这般影帝级别的演戏，斟酌几秒，最终选择听从李陌的安排。

黑色 T 恤很大，直接把白月菲整个人罩了进去，只不过长度似乎有点短，不，不是有点短，是真的很短，衣边只及白月菲大腿的二分之一处。

见白月菲迟迟没出来，李陌便在门外喊道："糟糕，是不是晕倒了，看来我得撞门进去了。"

撞门？白月菲瞪大眼睛，要是撞伤了，岂不又是她这个客房服务员的责任？来不及多想衣服太短的问题，白月菲赶紧打开门，看见李陌正保持着一个撞门的姿势。

白月菲庆幸开门及时。

李陌乐呵呵地站直身体，目光无意扫过黑色T恤下露出来的长腿，心脏强烈地一跳，李陌立马瞥开视线："你等我一下。"快步走进卧室，取过一条空调薄毯，然后到白月菲面前："披上它，防止感冒，毕竟你不是游泳，是溺水。"

感冒可要不得！白月菲说了声谢谢后接过了薄毯，意外发现好处多多，不仅保暖，更重要的是可以把她的大腿完全包住，白月菲窃喜李陌的无心之作。

李陌举步走到沙发前，坐下来之后，对白月菲指了指身旁的位置："过来坐着等衣服送上门。"

白月菲觉得坐在一起不合适，婉拒道："我站着等就好。"

这时有人按了门铃，不等白月菲去开门，李陌抢先朝着门口走去，原本要去开门的白月菲就此顿在原地，她才想起此刻的造型不适合去开门。

李陌接过酒店工作人员送来的一个黑色袋子，悄悄检查了一下袋子里面，撕掉了印有五位数的吊牌，这才关上门，走向白月菲。

他微微一笑："去换上吧！"

白月菲接过袋子，重新回到卧室。

当白月菲换装出来的时候沙发里的李陌正端着水杯喝水，一抬眼就看见她盈步而来，李陌眼睛一亮，红色的收腰连衣裙，不规则的裙摆刚好落在白月菲膝盖上方，她身体的美好曲线尽显，一张精致清新的脸庞被红裙衬托得更是光彩夺目。

李陌血脉扩张得厉害。

"我等下有事情出去，晚上很晚回来，你先回家吧！我会跟经理打招呼。"李陌一副镇定自若的模样，说完继续喝水。

白月菲意外李陌的安排，不过既然对方把话都说到这份上了，她何不安然接受呢？毕竟一个客房服务员穿着如此的红裙工作影响不好。

12

提前下班的白月菲直接返回了住所，实在闲来无事，便拿出网购的高三书本，提前进入高三的题海之中。

时间悄无声息地溜走，等到白月菲抬头的时候夕阳的余晖基本散尽。

白月菲揉了揉疲惫的眼睛，打了一个哈欠，张开双臂，伸了伸懒腰，起身收拾好课本，欲去附近的公园活动活动筋骨。

当白月菲打开大门时，那个想念多日的身影猛然闯进视线里，白月菲瞬间惊愕。

浮光掠影间，江桐落寞地站在那里，白月菲愣愣地看着他，几乎忘记了呼吸。

“可以抱你吗？”江桐先开了口，语气低沉，眼神萧然。

眼前这个比往日更凛冽的人让白月菲不由得柔肠百转，在江桐期许的眼神里她点了点头。

江桐立即扑向白月菲，他双手紧紧环住白月菲的后背。虽然江桐手上的力道很大，可白月菲分明感觉温柔，那种温柔让她心醉神迷。

他，是她的梦啊！一个近在她眼前却又似遥不可及的美梦。

她又何尝不是他的梦呢？在他最悲恸的时候第一个想到的人是她。现在见到她，抱着她，他冰寒的心开始渐暖，那种天塌下来了的感觉更是骤减，她对于他来讲，莫名的有一种神奇的安慰和迷魂夺魄的吸引力，江桐黯然的表情慢慢变得生动，他轻揉了一下白月菲的头发，将她轻轻移至可以对视的范围，他双手放在她的双肩上，盯着她光亮的眼睛看了好一会。

“我们坐下来吧！”话音一落，江桐已经坐到门前的阶梯上。

白月菲低头凝视他，那样一个高高在上的“传说”此刻竟然如此毫无顾忌地坐在台阶上！白月菲有些错愕，不过，“传说”即使那样屈腿而坐，也掩盖不住他身上特有的贵气，依稀虚幻的光影中，英挺的鼻子，单薄的嘴唇，弧度好看的侧脸，这一刻的他对于白月菲来讲有着致命的诱惑，白月菲的眉眼闪动了一下，缓缓坐到江桐身旁。

白月菲的手心因为热血膨胀而生出了汗。

江桐没有讲话，一直眺望着远方，他喜欢这样跟白月菲坐在一起的感觉，就算什么都不讲，他也觉得很好。

白月菲咬了咬嘴唇，偷偷看了江桐一眼，长长的睫毛覆盖在江桐极目远眺的双眸之上，这个剑眉星眸的少年搅得她心里小鹿乱撞，其实当江桐主动说“可以抱你吗”的时候，白月菲就感觉到他一定发生了什么大事，可他不说，她又不大好去追问，她就这么静静地陪他坐着，时不时偷偷看他一眼。

白月菲努力抑制着内心越来越强烈的悸动，有那么一刻，她突然很希望江桐开口讲话，或许这样可以分散她的思绪，或许她就不会如此意乱情迷。

只是一个小时过去了，江桐依然沉默着。

白月菲的心跳却越来越快，她强迫自己什么都不要想，努力放空思想，试图以此抑制心间的意乱情迷，只是这一次相比于之前数次放空思想的效果要猛烈得多，不知不觉白月菲放空的脑袋在江桐长久的沉默里犯了困，眼皮打架得厉害，白月菲努力支撑，终于还是不自知地靠在江桐肩膀上睡着了。

江桐的肩膀微微一动，侧头看见白月菲安然入睡的脸庞，他没有叫醒她，就那么让她靠着，等到感觉她熟睡的时候才侧着身体轻抚住她，然后将她横抱进屋子里。

客厅中央，江桐左右望了望，准确判定出白月菲的房间所在，他走进去，把白月菲轻放到床上，白月菲的后背正好压住他环着她腰肢的右手臂，他没有急于抽出手来，而是认真注视着沉睡中的她，眉目如画，楚楚动人，他不由自主地附身过去亲吻她的额头，随后慢慢抽出手。

没过多久，白月菲便醒了过来，揉了揉太阳穴，我怎么睡着了？白月菲诧异，可很快就不再纠结于这个问题，她突然喜形于色，因为经过努力回想和推理之后她确定一定是江桐抱她回来的，可是江桐人呢？白月菲立马下床，在屋子里找了一圈，江桐不在，很明显他是回去了！

明天傍晚他应该还会来找她的吧？白月菲不知是错觉还是太过自以为是，反正她总感觉有心事的江桐似乎很想和她待在一起，如果江桐明天来，她说什么也绝对不会睡着的。

亚园度假酒店。

倚着墙壁而立的李陌正双手交叉环抱在胸前饶有兴趣地打量着正在做午饭的白月菲，此姑娘从早上过来到现在，嘴角时不时地总会朝上扬。

“你遇见什么好事了吗?”李陌兴趣浓厚。

“啊?”白月菲循声回头，出神的她不知道李陌刚刚说了什么。

“我是说你今天心情高涨啊!”李陌眼神邪魅地笑着。

“我……跟平时……差不多……”白月菲有些结巴，总不能说她因为见到了喜欢的人而且被喜欢的人抱上了床所以心情才如此飞扬吧？若是李陌知道如此，他肯定会想些有的没的。

“你跟平时差很多。”李陌打趣道，意会到白月菲不想继续这个话题时，也就适时地放过她，李陌话锋一转：“下午 3 点陪我出去。”

白月菲握着锅铲的手稍稍顿了一下，一边继续翻炒菜肴，一边拿酒店制度做挡箭牌：“抱歉，酒店没有外出服务这项规定。”

“但酒店也没有做菜这项服务吧?”两面三刀的笑容镶嵌在李陌气宇昂轩的脸上，

他移动到白月菲身旁:“你现在的行为可是在违反酒店规定哦！要是经理知道了,会怎么处理呢?”

违反规定？若不是他一再用小费诱惑她,她这个淡泊名利的人会为了小费闪了腰吗？这个罪魁祸首还好意思这么威胁她？白月菲可不敢把这些腹诽的话语讲出来,只见她一边憨笑着把炒好的菜装进盘子里,一边思索着应该怎么恰到好处地婉拒李陌的要求。

李陌忍俊不禁地打量着憨笑着的某人。

白月菲回头看了李陌一眼,无招应对的她脑海里闪过一个醒目的词语——小人得志。

下午2点半。

白色保时捷从酒店门口出发。

副驾驶座上的白月菲身着一条休闲的柠檬黄长裙,那是李陌买给她的,她各种理由各种拒绝,可李陌总有办法拆解她,在李陌一番唇枪舌剑之后,无可奈何的白月菲不仅穿上了新买的衣服,而且原本要把那件红色连衣裙全款付给李陌的想法也被李陌游刃有余地挡了回去,当然,白月菲虽然知道红色连衣裙不会太便宜,但是确实不知红色连衣裙的卖价是她这个高二学生支付不起的。

明明新裙子都没有招架住,你还说要把红色连衣裙全款付某人？白月菲觉得自己脑残,叫你哪壶不开提哪壶！这下好了,裙子都归你了！白月菲怨念地摇摇头,唉,老祖宗的忠言摆在那里:吃人嘴软,拿人手短。白月菲啊白月菲,接下来面对某人,你就做好嘴软手短的心理准备吧。

“喜欢运动吗?”李陌知道白月菲在想什么,故意转移话题,不想她继续为裙子之事折磨自己。

“嗯。”

“知道今天去哪里吗?”

当然不知道,你又没说！我又不是万事通！白月菲心里是这么耿直回应的,但是嘴里却是这样的:“呵呵,我不知道哎！是哪里啊?”

李陌故弄玄虚:“到了你就知道了。”

13

停车场。

一位穿着运动制服的工作人员为李陌和白月菲引路。

步入 VIP 通道后，白月菲听见通道外面人声鼎沸，外面怎么了？白月菲不解，等快走到通道尽头时，白月菲才看见门外巨大的广告招牌，这才明白了通道之外喧闹的原因。

棒球比赛场馆人山人海。

哨子声、鼓声、呼喊声，群情激昂。

在工作人员的带领下，李陌和白月菲来到观众席，二人落座于第三排正中央的位置。

“你喜欢棒球运动？”望着比赛场地上热血的运动员们，白月菲好奇地问了一句。

“不，我只是喜欢看棒球运动。”

这个时候，刚好是特别嘉宾开球环节，场馆又是一阵激烈的呼喊声。随后，当红偶像女明星林锦恩出现了，可惜投球没中，但并不影响观众对她的喜爱，大家依然为她热烈鼓掌。林锦恩因为失误有些不好意思，窘笑着朝观众席挥了挥手，之后，转身退场。

比赛在主持人的口令中拉开帷幕。

这是白月菲第一次接触棒球，虽然不懂其规则，但也并不影响观看比赛。

比赛如火如荼地进行到一半的时候，运动员暂时下场休息，主持人的声音再次激情地在空中盘旋。

“各位来宾们，接下来是我们的娱乐环节 Kiss time 游戏时间，让我们欢呼吧！”

全场尖叫雀跃。

导播实时将镜头切换到观众席上。

主持人兴奋地介绍道：“我们的游戏规则是一旦大屏幕上出现某两个人，这两个人就要 kiss 一下，不管认识与否，不管是男是女。我们会记下 5 组有缘人的开心一刻，如果有人不遵守规则，请观众们看着办！”

在一片沸腾的声响中，大屏幕上显示镜头正来回扫过人群，然后晃动的镜头停了下来，屏幕上出现一对六十多岁的外国老人，老爷爷潇洒地在老奶奶唇边一吻，老奶奶像个孩子般甜蜜地笑了。全场掌声。随后镜头切换，扫到两个男生，两个男生连连挥手拒绝，场内一阵起哄，镜头定格在两个男生的身上，熬不过现场人们一浪高过一浪的起哄声，眼镜男一个侧身，快速吻过身旁男生的脸颊。人们掌声雷动。李陌和白月菲都觉得这一幕很滑稽，不约而同相视一笑时竟被摄像师逮个正着。

一双人出现在大屏幕上。

人们的目光纷纷扫向李陌和白月菲，两人后知后觉自己成了游戏当事人，李陌难得脸红耳热，现场观众们热情不减，继续起哄逼迫，白月菲羞窘不安。

李陌望一眼大屏幕，镜头不依不饶地坚持在他和白月菲身上，迟疑片刻，李陌目光灼热地俯身到白月菲耳边："如果我们不照做，摄像师不会放过我们。"语落间，他的吻已经落到白月菲的左脸颊上。

摄像师见又成功一对，心满意足地切走镜头，现场观众们继续欢呼呐喊。

白月菲因为李陌的吻呆住了。

"那个，"李陌想要化解尴尬，却破天荒词穷了，沉吟片刻，他说："外国人都这样打招呼，只是一种礼仪，如果我们连礼仪都不做的话，全场观众怎么会放过我们？"

李陌暗喜找到一个好借口。

白月菲明白李陌是在给她台阶下，她若是再纠结于此，只会自找尴尬，于是当即把握住机会，轻描淡写道："嗯，外国礼仪，我知道。"

这时，Kiss time 游戏时间结束，比赛继续。

白月菲心不在焉地看着球赛，一旁的李陌已经看不进去比赛了，只见他眼光流转在白月菲身上，李陌就此确定他对白月菲暗生了情愫，或许是因为游戏时的吻，抑或许是因为她似曾相识的背影，总之，他心动了。

天气猖狂地热着。

黑色宾利少有地狂飙在马路上，反视镜里，江桐神色沉痛，握住方向盘的手微微颤抖着，刚才当他开车从江氏集团停车场出来的时候对面的广场大屏幕上正好在直播棒球比赛，镜头刚好是白月菲和李陌相视一笑的画面，江桐难以置信地停下车，直愣愣地盯着屏幕，只见镜头里的白月菲安静地坐着，李陌俯身过去吻了她，然后他们一起消失在大屏幕上！然后江桐就觉得一阵天昏地暗，胃不适时地疼了起来，额头上冒出密集的汗珠，江桐痛得眉心紧拧，他单手捂住肚子，车上没有胃药，他也不想下车买药，时间走得缓慢，江桐在疼痛里煎熬着，半小时后，疼痛的感觉逐渐减弱，虚弱的江桐勉强坐直身体，靠着椅背，沉沉地吸了一口气，然后只听见油门的轰鸣声，黑色宾利飞一般消失在街道的尽头。

原来她有喜欢的人了！江桐的心脏一阵控制不住地紧缩，他以为只要再等等，给白月菲一点时间，她就会慢慢喜欢上他，他再一次因为她失策了，从今以后会有人陪在她身边，而他只能在心里默默守护她。

白月菲，往后一切安好！江桐在心里默念，然后再次加快了车速。

她在他的青春里狠狠刻下了深重的印记，可惜现在的她却不知。

居高不下的气温渐渐退下去。

夜幕降临。

白月菲在一个小时前就坐在了大门前的石阶上，只为等那个人出现。

可惜，始终不见江桐人影。

他又消失了吗？白月菲失落地望着门外，她又要等多久才能见到他呢？

手机铃声响起来，白月菲看了下来电显示，是美微的号码，刚接起来，美微就噼里啪啦地甩出一堆话。

“白月菲，学生群里正在疯传李陌亲吻你的照片啊。”

“你不是跟江桐一起的吗？”

“你怎么会喜欢上李陌？”

“不过都是男神，也不好选择啦！我真羡慕你，一下子搞定两位财阀男神，这得修多少年的福分啊……”

等到美微叽里咕噜讲完之后，白月菲才意识到事情的严重性，如果大家都看到了照片，那么江桐是不是也会看到？想到这里，白月菲恨不得马上给江桐解释，可是她找不到江桐啊！还有，江桐会在意那个亲吻吗？毕竟她不是他的谁！而他又会给她解释的时间吗？

“喂，”电话那头的美微迟迟没有得到回应，有点急了，“白月菲，你怎么不说话啊？”

白月菲内心复杂，想要挂电话，美微不给机会，死缠烂打地继续追问，白月菲只好把跟李陌认识的过程讲一遍，美微听后，在电话那头叫了起来：“哇！做个客房服务员能有这样的好事，说得我也想去做了！不过，我爸妈肯定不会同意啦，肯定会说什么我们家的条件还轮不到你出去抛头露面……”

美微在电话里哇哇哇讲了足足一个小时才挂掉电话，白月菲起初只是有一搭没一搭地听美微没完没了的八卦，不过，就在美微挂电话时，意外从美微口中得知了一些有关李陌的身份信息。

14

这个城市有两大财阀，一家是江氏集团，产业广泛，重工业、轻工业，都有涉足，行事风格较为神秘；另一家是 Sunshine 集团，旗下酒店分布在全球 70 多个国家，酒店有三大特色：精品、豪华、高端，而亚园度酒店就隶属于 Sunshine 集团。

Sunshine 集团的总部 5 年前迁往意大利，CEO 是李陌的父亲，因为总部迁移，李陌也随父母前往意大利念书，但李陌每年都会回这个城市，有时候是一年好几次，今年已经是第二次了。

这几天，李陌只要一见到白月菲就会笑，无论白月菲做什么，他都会跟在她身后搭手，美其名曰：体验生活。

早上，巨大的落地窗前，白月菲刚开始擦拭玻璃时，身边随即多出一个帮手——李陌。几天下来，殷勤的李陌让白月菲苦恼不堪，她内心那叫一个“九曲十八弯”，明明是客人却做着客房服务员的活，每次她想尽办法开口拒绝，李陌都能轻松说得白月菲哑口无言，白月菲也只好忽略李陌的客人身份，让他随便搭搭手，不用实打实地干活，这样一来二去，甚至有那么一次看到李陌洗碗的样子，白月菲对他的好感油然而生，大集团的少爷竟然没有一点架子，真是一个不错的人。

“其实我自己来就好了。”白月菲再次婉拒李陌的帮忙。

“你自己来不了，”李陌笑吟吟地挤到白月菲身旁，拿着抹布的手绕过白月菲的头顶，“你看，这个地方你擦不了吧？”

白月菲一看李陌所指的地方，立马直线移动到左前方，踮起脚尖，伸长脖子，手臂用力举到最高点，可惜一心要用事实证明李陌的认知是错误的某人就算跳起来，也只能勉强够到那个位置。

李陌笑着紧跟过去，站在白月菲的身后，左手撑在玻璃上，右手抬起一挥，轻轻松松扫过白月菲心心念念的位置。

白月菲挫败地回头，忍不住想牢骚几句，却只见他笑意正浓的脸刚好在她眼睛上方，这样的距离太过亲近了，白月菲欲避开之际，李陌刚好收回高举的手臂，然后就撞上了白月菲还没来得及调开的视线，白月菲愣了一下，慌忙转头从他右边逃开。

换了位置的白月菲忽然想起整理箱有一把擦玻璃的神器，她兴奋地跑过去，拿出神器，伸长手把，重回落地窗前。

见某人脸上挂着一丝小得意，李陌的笑意更浓了，他倚着身旁大理石柱静静观赏白月菲的一举一动，她的身体律动着，细长挺直的双腿，“柔枝嫩条”的曲线，曼妙的身姿极具诱惑力，李陌的心跳加快，自从上次棒球场 KISS 之后他只要一见到白月菲就心情欢畅，特别享受有她在的时刻，这几天为了多和白月菲待在一起，他甚至连门都不出了。

“晚上，陪我出去一下。”李陌眼带笑意，“明天你不用过来，我已经跟经理打过招呼，说你表现够好，放假 1 天，以此作为交换，怎么样？”

白月菲一副赚大了的表情，因为明天是美微的生日，美微邀请她晚上 7 点钟参加生日 Party。她回复美微要上班，没有假期。美微威胁她说是朋友的话就算艰难险阻即使命悬一线都会准时赴约。无奈之下，白月菲跑去跟经理申请提前休假，经理坚决拒绝了她，理由是假期得提前 3 天申请，这事本让白月菲一筹莫展，现在有了机会，她怎能错过。

“好啊，晚上几点？”

“7 点。”

“好。对了，今天我想穿你送我的红色裙子，所以下午你得给我一点时间，我回家取。”上次她陪他出去，他特意送了她新衣服，她担心这次他又会如此，她虽不知之前的两件衣服具体多少钱，但是能从技艺精湛的裁剪上判断出它们一定不便宜，相比于花钱，白月菲宁愿花费李陌的时间。

李陌稍微顿了一下：“下午我们早点出发，我送你回去。”

白月菲没想到李陌会如此痛快地接受她的提议，她喜不胜收，虽然对李陌后面的一句话心存芥蒂，可她有分寸，她不能得寸进尺，毕竟李陌难得退让立场，于是她朝李陌点点头。

傍晚，晃动的光影中，白色保时捷停在红色大门外。

原来她住这里啊！李陌暗自盘算以后一定找机会进去坐坐。

白月菲打开车门，快速跑进屋子里换了衣服，而后匆匆赶出来。

“好了，走吧！”白月菲系上安全带。

李陌并没有马上开走，而是打量着白月菲，虽然见过她穿这条裙子，此时依然觉得惊艳无比，披散下来的长发垂在脖子两侧，她轻挽被风吹起来的发丝挂于耳后，柔和的光影打在她的侧脸上，她目光清澈地望着远方，李陌看得怦然心动。

“你真好看。”李陌情不自禁地说了四个字。

“谢谢。”白月菲礼貌地回应。被人夸赞应该要高兴的，可白月菲却无法打从心底乐起来，她多么希望说这句的人是江桐，这一个星期，她每晚都会坐在门前等待江桐，可每次都是兴奋而去，失望而回。江桐真的再次消失了，她又回到了一个人的生活，她真的很想念他，特别是夜里。

暗香疏影中。

白色保时捷停在郊外的一栋别墅前。

没等白月菲打开车门，李陌已经倾身过去帮她打开，白月菲身体一僵，紧张地靠在座椅上。

“好了，我们走吧。”李陌收回身体，这才下车。

白月菲愣了一下，然后紧跟在李陌身后。

气派的欧式别墅灯火通明。

通往屋子的道路两旁盛开着白玉兰，沿着一路若有若无却又沁人心脾的花香味，白月菲跟随李陌走进了客厅，她想李陌和他口中的这个朋友一定特别交好，不然李陌也不会有大门钥匙。

李陌见朋友不在客厅，便对白月菲说：“月菲，你先坐一下，我上去找找我朋友。”李陌并没有通知朋友他会来这里。

白月菲点头，身体不由得哆嗦了一下，还是适应不了李陌对她的称呼，虽然李陌改口有好几日了。

已经走到二楼的李陌看了看楼下的白月菲，冲她一笑，然后消失在柱子后面。

李陌上一次回来这个城市是因为朋友的生日，这次回来之前，他习惯性地打朋友手机提前告知回国之事，对方却是关机状态，李陌没想太多，直接回国，想着反正知道朋友住哪里，直接找过去就好了，只是到朋友家后，对方的管家说少爷出国了，不知道什么时候回来，具体情况他们也不清楚。昨天晚上，当他再次拨打朋友手机时，显示对方开机状态，但对方一直未接听，他再次找到对方家里去，管家说人是回来了，但只在这里住了一天，便去了郊外别墅。

今晚，李陌是特意跑过来找这个从小玩到大的好友的。

15

依稀有脚步声传到耳旁，白月菲以为是错觉，也就没怎么在意，只是脚步声越来越近，白月菲忍不住侧头看了一眼，只闻其声，不见其人，白月菲觉得有些诡异，毕竟李陌此刻在楼上，一楼怎么会有声响？白月菲循声走过去，果然远远看到一个人影，还没来得及看清楚，那人影便消失在转角处，白月菲也没多想什么，只是加快脚步跟上去。

转弯之后，白月菲看见一道玻璃门，有流水声从里面哗哗啦啦地传出来，唉？怎么回事？白月菲的好奇心加重，探头探脑地推开了玻璃门。

“谁?”里面的人警觉到外面的声响。

对方的声音夹杂在流水声中，白月菲根本没听见他的问话。

有人在洗澡?

难道是李陌的朋友在洗澡?

白月菲一惊，羞答答地脸红了，怎么跑到人家浴室来了？这浴室的设计一点都不像浴室好不好？不然我怎么可能闯进来，喃喃自语的白月菲正要溜之大吉，一个人影已经挡在她的面前。

“你?”白月菲错愕，江桐站在她的面前，光着上身，下半身围了一条浴巾，精健的肌肉依稀可见。白月菲幻想过无数次再见江桐的情景，但绝对不是此刻如此热血焚身的画面。

江桐心间一震:“你怎么在这里?”

“我……”白月菲张口结舌，眼前的画面太劲爆，关键是画面上还是那个她喜欢的人，叫她如何镇定自若？她已经激动得连话都说不出来了！只是愣愣地盯着眼前的人。

江桐?

李陌?

竟然认识?

白月菲神志混乱了。

“我带她来的。”李陌急忙走过来，双手放在白月菲的肩膀上，将呆愣的她转身过来。

江桐目光一凝，先看了看李陌，再紧紧盯着白月菲，目光变得压抑而痛楚。

李陌看着江桐一笑:“你先换衣服，我跟月菲在外面等你。”说完，拉着云里雾里的白月菲去客厅。

江桐定在原地，呆呆地看着那两个人的背影，目光渐渐苍凉，然后又迅速地恢复如常。

“你怎么找到这里来了?”换好衣服的江桐坐在李陌的对面，虽然是在问李陌，视线的余光却落在低着头的白月菲身上。

李陌察觉到了气氛有些不对，他知晓江桐的习惯，江桐向来不喜欢生人造访家里，于是李陌侃侃而谈起来，有心调节气氛。

白月菲根本听不进去他们二人的谈话，一颗心狂乱地跳着，跳得她都快要不能正常思考了，她的手用力地扣在沙发上，她一再告诉自己要镇静，不能因为那喷火的肉欲画面而迷乱了心智，难得见到“传说”，她得珍惜机会好好看看他，于是白月菲一鼓作气地看向了江桐。

柔和的灯光中。

江桐靠在沙发里，湿漉漉的头发，白色的休闲衣，目光依旧暗沉。

“你神龙见首不见尾……”李陌诉苦完毕之后，装模作样地抱怨道:“这下知道我找你找得有多辛苦了吧?”

“我手机没带过来，不知道你打过电话。”江桐面不改色地解释道，可事实却不是这样的，昨晚李陌打电话过来时手机就在他身旁，他有意不接，皆是因为白月菲，他6岁便与李陌相识，李陌待他如手足，他把李陌当兄长，可现在李陌却跟白月菲在一起了，一个是敬重多年的哥哥，一个是喜欢到恨不得可以马上拥有的人，这样盘根错节的情况让他一时不知如何去面对李陌，唯有暂时逃避。

而李陌呢，之所以找江桐是因为上次生日晚宴的事情，他飞机晚点，匆忙到达晚宴会场的时候，刚好远远看见江桐牵着一个女孩走下露台，那女孩背对着他，那清丽曼妙的背影让李陌“惊鸿一瞥”。

哈哈！能陪在江桐身边的女孩一定有特别之处！李陌乐呵呵地正要过去打招呼，准备见一见女孩的真容，不料突然被一群花枝招展的女生围了个水泄不通，李陌了然姑娘们的心思，也就陪姑娘们谈了谈天看了看地赏了赏月喝了点小酒，李陌想反正时间充足，晚点再过去打招呼也不迟，毕竟一直单身的江桐难得开了窍，带着女生出席如此重要的场合实属第一次！他应该多留一点时间给江桐与女生相处。于是与姑娘们一阵谈天说地之后，李陌看了看时间，发现已经不早了，便借口离开。

当李陌去找江桐的时候，才从管家口中得知江桐已经带着那个女生回了房间！李陌先是一惊，然后哈哈大笑，太阳从西边出来了吗？想不到江桐竟然如此效率！李陌掏出手机，给江桐留言:美人犹抱琵琶半遮面，你犹抱美女今夜欢，我成人之美，不打扰。一番信口开河之后，李陌才在末尾附上“生日快乐”，之后叫来管家，让管家告知江桐他要乘当晚的飞机回意大利，赶去参加一年一度的大学生游泳比赛……

“江桐，我给你介绍一下，这是白月菲。”觉得气氛缓和之后，李陌把她介绍给江桐。

“和李陌哥很般配。”江桐面露微笑地看着白月菲，表现得完全不认识她。

白月菲诧异地望着江桐，多么讽刺的话语，她想念了那么久的人此刻却说她和别人般配，白月菲的心像被刀子狠刺一刀，生疼生疼的。

李陌侧头，笑容温暖地看着白月菲，心里惦记的人被江桐夸赞，他很是开心，更无比喜欢上了“般配”二字。

“很多人都这么觉得。”李陌喜不胜收。

待他如兄长的哥哥找到了喜欢的人，对此，江桐是发自内心祝福的，可是心底却在隐隐作痛？不是已经放下她了吗？怎么会这样？

李陌侧头看身旁异常安静的白月菲，他轻轻一揉她的脑袋，动作里满是柔情，然后，转而继续跟江桐讲话。一旁的白月菲却不知道他们后来说了些什么，她只觉得心如刀绞，头疼欲裂，她想她大概是生病了！

后来离开别墅的时候，还是李陌扶着白月菲上的车。

这个夜晚真是凌乱不堪啊。

后来，白月菲失眠了，因为她一直在想，江桐不让李陌知晓他们相识的原因是什么？是因为看到棒球场的那个KISS了吗？还是因为李陌对她流露出的显而易见的爱意？或者因为他是真的想要跟她划分界限了？白月菲莫名地觉得是后者啊！事实证明，真的是后者，再后来，白月菲没有再见过江桐。

再后来，李陌对白月菲好得更胜从前。

无论白月菲多么不能接受别墅那晚江桐对他的态度，生活的脚步也不会因为她的难受而停止。

转眼，再有一个星期，学校也要开学了。

早上起床的时候，白月菲感觉两重天，一是工作有一段时间了，今天是最后一天上班，心里难免不舍，二是学校一旦开学，只要江桐不玩消失，她便能天天见到他，到时候她应该怎样去面对？有勇气跟他解释她和李陌根本没有在一起只是朋友吗？可一想到别墅那晚他表现得完全不认识她的时候，她的心都凉了下去，她大概不会对他解释了吧！那么以后他还会让她以朋友的身份到他身旁吗？大概也不会了吧！

他，于她而言，是如此的不确定……

门铃突然响了。

难道是江桐？白月菲也不知为什么还要这么臆想？反正此刻她凉下去的心又重新变得火热，她飞快地穿好衣服，跳下床，没有洗漱，心急火燎地跑出去开了门。

“早上好。”李陌笑容满面道。

白月菲的心脏漏跳一拍，过了好几秒，才缓过来，然后眼前的李陌又让她目瞪口呆了。

期待的人没有来。

来的人让她意外。

“怎么不请客人进去坐坐?”李陌打趣道,“难道是屋里太乱了? 不好意思?”

“客人这边请。”白月菲勉强笑着,把李陌引进屋里,然后说:“你先坐,我去洗漱一下。”

“好的。”李陌有感觉到白月菲的状态似乎不对,以为她是因为他的突然现身才这样的,也就没去多想什么。

躲在洗手间的白月菲心中酸胀泛滥,对江桐连日的想念混合着心底那深藏的爱恋压得她毫无招架之力,鼻子一酸,忽然就哭了。

别人根本不在乎你呢,你还一厢情愿地念着他,你是不是太厚颜无耻了? 你还想期待什么? 你还在期待什么? 白月菲痛哭了好一会之后才想起李陌还在客厅呢,于是赶紧抹掉眼泪,打开水龙头,弯腰低头洗了把脸,而后若无其事地走了出去。

16

身处白月菲生活的地方，李陌怎么可能安坐在客厅里呢？他四处走了走，瞧了瞧，最里面的那间书房吸引了他的目光，在里面翻翻看看了一会儿，出来的时候恰巧撞见从洗手间出来的白月菲，她背对着他，正朝客厅走去，只是那背影似乎有些失落，不知是不是错觉？于是急声叫住了她："月菲。"他快步走上前。

白月菲脚下一顿，深呼吸一口气，然后回头冲李陌微微一笑："你去书房了？"

"是啊。"李陌走上前，看见白月菲双眼通红，明显是哭过，他关切道："你还好吗？"

"没事啊。"白月菲语气轻松，转了话题："对了，你亲自跑来我家是有事吗？"

李陌看出白月菲的心思，既然有些事情她不愿意讲，他也不追问，反正他有 N 多方法可以让她不要难过。

他笑语："没有啊！就是特意过来看看你。"

啊？白月菲挠挠头："我 9 点钟就去酒店工作了啊！到时你就可以看见我，干吗一大清早跑过来？"

"今天是你最后一天上班，我想给你惊喜，所以就早点跑过来了。"

"惊喜？"好像还伴着惊吓吧！

"我不算惊喜吗？"李陌摊手反问。

"惊喜是惊喜，可是我马上要去上班了。"白月菲想了想，实在猜不出李陌来这里的目的，她弱弱地问了一句："你不会是来接我上班的吧？"

"当然不会。"

白月菲略窘，转身走到客厅，拿过一只玻璃杯，倒了大半杯水，然后仰头一灌。

李陌闲庭信步地走过去，靠在白月菲耳边："你今天不用去上班了。"

亲密的动作让白月菲下意识闪躲了一下，她怀疑地问："经理会同意？"问完之后，才觉得问题是多余的，酒店都是他家的，经理能不同意吗？

"经理自己要放你假期的，她说早上才想起来你是最后一天上班，念在你工作期间表现非常好，特意放你一天假，以此作为对你的嘉奖和开学的礼物。"李陌撇得跟他一点关系都没有，"经理有打你电话要通知你此事的，很不巧你手机关机，很巧的是我刚好碰见经理，我就随便问了几句，然后经理就跟我说了这事，我很乐意代她转告。"

事情真是这样就怪了！白月菲心知肚明，既然李陌有心放她一天假，有心不让她为多余的一天假期而为难，她又何苦拆穿李陌呢？她说："那我得打个电话，感谢一下经理的好意。"提步走到沙发旁边，拿过手机一看，果然是关机状态，昨晚竟然忘记充电了！拿过旁边的充电器充上电，按下开机键，白爸爸刚好打来电话。

“菲菲，爸爸过七八天就回西冲了。”

“啊？”

“你不用去现在的学校报到了，是爸爸疏忽大意了，竟然忘记国家的高考规定，要不是刚刚和同事聊到你马上高三，爸爸到现在还没想起来，高三你需要回原籍处就读，这样才能参加高考，爸爸已经托人给你办好手续了……”

白月菲愣愣地挂了电话，换作以前，这样的变故她是习以为常的，可现在，她却需要一点时间去接受。

就要离开了吗？就要离开这个让她情窦初开的地方了啊！白月菲思绪纷杂，怎么会如此不舍？舍不得的初衷是因为心里有那么一个挥之不去的人吧？

李陌打量着白月菲，只见她心事重重地握着电话。

李陌俯身到白月菲面前，在她眼前挥了挥手：“怎么了？”

白月菲眼眸一眨，深吸一口气：“没什么。”

李陌沉吟片刻，换了个话题：“我饿了，我们出去吃早餐吧！”

白月菲暂时不想出去：“就在家里吃吧！我给你做。”算是对李陌给她放假的感谢。

“好啊。那一起做吧。”

“你是客人，我来做就好。”

“那就出去吃。”

“那还是一起做吧。”

不大但整洁的厨房里。

李陌打开冰箱看了看，食材很多，难怪第一次吃白月菲做的菜就觉得非常棒，想来是经常做饭的。

“你想吃什么？”白月菲一边系围裙一边询问李陌的意见。

“你做什么我就吃什么。”

“不怕有毒药？”这段时间下来，拜李陌的言传身教，白月菲得到不少真传，她每次都被李陌调戏，今天也让李陌体会体会被调侃的滋味。

“放药也吃。”

看着李陌一副视死如归的表情，白月菲扑哧一声笑了起来，她走到冰箱前，拉开柜门，拿出两个鸡蛋，一盒午餐肉，两包牛奶，然后走到灶台前，对李陌悠悠地抛出一句：“你会做饭吗？”

“我可是顶级大厨。”

“好吧！顶级大厨，我先煎鸡蛋，你负责切午餐肉。”

白月菲拿出砧板，把午餐肉和刀递给李陌，然后拿出碗，打破鸡蛋，用筷子在碗里搅了搅，打火，倒油，将碗里的鸡蛋倒了进去。

一旁的李陌看了看动作娴熟的白月菲，再回头看看手里的刀和午餐肉，一时无从下手。

白月菲回头张望一筹莫展的李陌，笑眯眯地问："怎么？不会？"

"一点难度都没有。"李陌夸下海口，心底却在嘀咕难度有点大啊！

"期待大厨的杰作。"白月菲回过头，把煎好的鸡蛋盛进盘子里。

李陌硬着头皮拎起刀一切，午餐肉一分为二，好像也很简单啊！

"你要切片还是切块？"第一次下厨的李陌得意忘形地问。

"切片"，白月菲故意提高难度，算是回敬李陌在亚园酒店时对她的特殊照顾，她补充道，"要薄一点。"

切片？李陌的眉头不由得紧皱，还要薄一点！难度还是有点大！李陌低头摸索着一刀下去，薄片的午餐肉没见到，鲜红的手指倒是很醒目。

然后不过是想偷偷看一眼李陌切片成果的白月菲一声尖叫："呀！你出血了！"急忙跑到客厅打开医用箱，快速拿了棉棒、胶布、纱布、碘酒、剪刀，然后匆忙地跑回厨房。

李陌看着白月菲担心的模样，原本被切到的手指也感觉不到疼了。

"怎么这么不小心啊？"白月菲拿过李陌的手，用棉棒轻轻擦上碘酒。

"意外而已，不然顶级大厨怎么会有如此失误？"李陌低头看着忙碌的白月菲，一股暖意在心间油然而生。

还嘴硬？白月菲摇摇头，拿过纱布贴在李陌的伤口上："顶级大厨，你这伤口有点深啊！"

"没事，又不疼！"

"怎么可能不疼？"

"本来是疼的，有你在就不疼。"

白月菲缠胶布的手顿了一下，没有再接李陌的话。

包扎好伤口之后，白月菲嘱咐道："这两天受伤的地方不要沾水！"

"好的，月菲。"

白月菲不是傻瓜，这段时间以来李陌对她的好，她全看在眼里，记在心里，可她心中的位置已经给了那个人，再好的人也进不去了。

吃过早餐之后，李陌随口道："我之前去了你书房，看到你收藏了很多夏木的设计，难道你喜欢夏木？"

"嗯，"说到心中的大师，白月菲来了劲，"我觉得她的设计很棒。"

"如果有机会，你想见他吗？"

"当然想啊，我梦想着将来有一天也能像她那样设计出精美的饰品。"

"我可以帮你实现。"

"怎么可能？你就别说笑了，夏木可不是随随便便想见就见得到的。"

李陌一本正经道:“我像骗子吗?”

白月菲想了想,的确,以李陌的身份而言,见夏木应该还是可能的,但夏木也不是那种用权势或者金钱就可以左右之人,没有人见过她的庐山真面目,整个饰品设计界都盛传她很清高,怎么可能见李陌呢?

白月菲也没抱希望,随口一问:“那什么时候?”

李陌说得轻松:“现在就可以带你去。”

17

白色保时捷畅行在宽阔的马路上，两旁高大的梧桐树朝身后退去。

炽热的光线照进车窗里，车里冷气十足，并不会热，可白月菲的手心却在冒汗，因为先前李陌很认真地告诉她等会真的可以让她见到夏木大师本人！看李陌一副胸有成竹的模样，白月菲便从不信到完全信了李陌的话语，然后一路兴奋而激动地期待着见到那个遥远的从来没有妄想能够亲眼见一面的偶像。

后来，白色保时捷停在一栋很平常的居民楼前。

白月菲以为只是暂停一下，便安坐在座位上，过了约莫1分钟，李陌并没有要走的意思，白月菲诧异地看了看他，他正俯身从暗箱里拿什么东西，白月菲没多问，侧身望外面，老旧的居民楼，老人们进进出出，不时有几条土狗经过。

李陌拿好东西之后看向白月菲："我们下车吧！里面没有停车场。"

"哦……"白月菲有些错愕地下车，国际知名设计大师夏木会屈身于如此平凡的居民楼？

跟随李陌不紧不慢的步子，穿过一条小道之后，白月菲来到了一处老旧的木门前。

李陌拿出钥匙打开第一道防盗门，而后按了一串密码，第二道铁门自动打开。

李陌走进去按下墙壁上的照明开关，原本暗沉的房间立刻亮堂。

李陌怎么会有钥匙？白月菲困惑，难道他和夏木大师的关系已经亲近到可以自由出入的地步？

"进来啊！"李陌朝门外的白月菲招手。

白月菲就此停止深究李陌和夏木大师的关系，于白月菲而言，现在见夏木大师才是最重要的！

白月菲喜滋滋地跑进去。

明亮的光线中，一排排明净的展台上摆放着设计独特的饰品，它们冲进白月菲的视线里，她激动到尖叫："真的是夏木的设计啊！"

李陌的笑容更加深了，他好奇地问："你喜欢夏木多久了？"

白月菲兴奋地观摩着各件精美绝伦的饰品："3年，3年前无意在杂志上看到夏木大师设计的饰品，觉得不仅精致独特，还带着别样的温暖，像冬日的阳光一样，从那之后我不仅开始关注夏木的每一期设计，还特别关注她个人的消息，可惜媒体电视上除了对她作品的报道之外，对她个人也只有文字报道而已，可能我好奇心太重吧，有时还真想看到媒体曝出她的模样，还真是想看看那些让我惊叹的作品是出自于一个什么模样的设计师之手？”

李陌靠近白月菲，试探性地问：“那等下见到他，你想对他说什么？”

可能快要见到偶像的缘故，白月菲除了兴奋之外，对夏木的崇拜之情更深了，她笑得眼睛都弯了：“真的见到夏木大师的时候我可能一句话都说不出来了吧！”

大师？李陌觉得好笑，想不到夏木竟然有这样的称呼！

“别看这些了。”李陌拉过白月菲的手，“我带你去里面看一件东西。”

里面？一件东西？难道是看夏木大师的新作品？白月菲的心被勾了过去，完全没有意识到她的右手已经被李陌牵住。

走了几步，拐角之后，一间透明的玻璃房跃然于眼前。

白月菲抬头看向李陌，眯着眼睛问：“这里是？”

李陌推开门，牵着白月菲走进去：“夏木的原始设计处。”

进门转了一个弯道之后，一个模特赫然出现在白月菲眼前。模特脖子上戴着一条光彩夺目的项链，白月菲激动地反手拉过李陌跑到模特面前，这下看得清清楚楚，细腻晶莹的项链上面有一枚星星形状的挂坠，在末端处刻有“永远”，白月菲有些疑惑，夏木之前的设计都是欧洲风格，如果项链上有字样，那也都是英文字母，这是她第一次看见中文字样的设计。

“喜欢吗？”李陌的脸上溢着温暖的笑意。

“非常喜欢。”白月菲连连点头，心驰神往地望着项链，在星星上面刻着永远？不就代表一颗永远的心吗？

李陌放开白月菲的手，取下模特身上的项链。

“你干什么？”白月菲急声道，“这样擅自动大师的东西不太好吧？”

李陌回过头来：“大师说让你戴上他设计的项链，然后他就会出现在你的眼前。”

白月菲一怔，眼光闪了闪，赶紧伸过脖子，李陌环手绕过去，把锁头连接在一起，抽手回来的时候他忽然停在白月菲的耳边：“我就是夏木。”

白月菲被李陌的话语彻底雷到了，她哈哈大笑地指着李陌：“你是夏木？怎么可能？”

“不像吗？”

白月菲用力点头，把李陌从头到脚审视了一番，怎么看他也不会是夏木大师：“好啦好啦，别开玩笑了，夏木大师什么时候过来啊？”

“夏木大师已经在你眼前了啊。”

白月菲笑得上气不接下气，然后忽然意识到了什么，笑容缓缓凝结。

难怪李陌说可以带她来见夏木……

难怪李陌有工作室的钥匙……

难怪李陌知道密码……

难怪她和李陌进来得如此顺利……

一切只因为李陌是夏木……

……

一切来得太快太突然，白月菲的脚步有些虚浮。

夏木大师？

李陌？

怎么可能是同一个人呢？

“不是盛传夏木大师已经四十多岁了吗？而且是个女的。”白月菲还是无法去相信夏木就是眼前这个俊秀魅惑的阳光少年。

“四十岁？女的？”李陌惊诧地摇摇头，起身到桌子前，从抽屉里找出一堆设计原稿递到白月菲面前。

白月菲伸手接过，一张一张地朝下翻，越翻越快，纸张上的那些陈旧图案与她铭记于心的图案是一模一样的。

然后白月菲感觉天旋地转了，她看向李陌，眨了眨眼睛：“夏木？”

“嗯。”

“夏木？”

“对啊！”

“夏木！”白月菲越叫越大声，然后只见她一把抓住李陌的胳膊猛烈摇晃着，白月菲完全亢奋了，一遍一遍地叫喊道：“夏木！呵呵夏木！哈哈夏木！”

李陌被白月菲摇得有点眩晕，伸手捏捏白月菲的脸蛋：“夏木一直在你身旁呢。”

白月菲眼睛发光地望着李陌，原来夏木一直在我身旁啊！太幸福了，太意外了，苍天啊大地啊，你们太厚爱我了，夏木一直在我身旁呢。

而李陌并没有告诉白月菲项链的诞生是源于那次游泳池事件，是她带给他的灵感，再后来，在朝夕相处的时间里，他一冲动，便为她量身打造了那条叫“永远”的项链。

是冥冥之中的缘分。

她早知道他。

他却不知道她的存在，然后，她慢慢来到他身旁，他对她动了情，为她设计了世界上独一无二的“永远”，他想要永远跟她一起，她在身旁，那就叫永远。

“你要不要动手设计一件？”李陌宠溺地看着白月菲。

“我？”白月菲惊讶地指着自己，“可以吗？”

18

“当然。”李陌肯定地点头，把白月菲安置在座椅上，他则倚着桌子，伸手从旁边抽屉里取出一张纸，一支笔，放置在白月菲的面前：“期待你的杰作。”

白月菲目光灼灼地冲李陌一笑，不见丝毫的紧张，她气定神闲地执笔在纸张上涂涂画画。

李陌静静地凝视着白月菲创作，只见她勾勒紧凑，妙笔生花。

缓缓地，图案跃然于纸张上，白月菲停笔，热切地望向李陌，满心期待心中大师的指点：“怎么样？”

李陌俯身过去，在纸上指了指：“这边再加点弧度，会更生动。”

白月菲提笔修改，再一看，改过之后的图案的确更好了，不过李陌却觉得图案还未达到他理想的境界，他环手过去，手把手指点白月菲：“这里再加一点虚线就浑然天成了。”

白月菲紧盯着李陌的手，聚精会神地看他下笔、描摹、收笔。

白月菲再一看图案，简直到了完美无瑕的地步。

李陌收手正要站直身体的时候，白月菲刚好回头跟他说话：“如果不是你指点，我还真想不到如此精巧的构思。”那张出水芙蓉的脸颊就在他面前，就连她微小的呼吸他也能清楚地感觉到，李陌就此僵住不动了。

白月菲还没有意识到与李陌太过亲近，她继续表达对大师的崇拜：“不愧是夏木，寥寥几笔，就让一切巧夺天工。”

白月菲语笑嫣然的模样使得李陌心跳乱了节奏，他再也控制不住自己，情不自禁道：“月菲，我喜欢你。”

白月菲瞬间惊愕，然后又瞬间意识到与李陌的距离太近了，慌乱地立马起身，避开李陌的视线，转而看地上：“我有喜欢的人了。”

李陌一怔，以为自己听错了，再回想了一遍白月菲的话之后，李陌眼里闪过一丝从未有过的慌张：“是谁？”

白月菲抿了抿嘴唇，有些不好意思：“我是暗恋。”

还好是暗恋！李陌紧绷的心脏因此松懈了一些，他当然希望喜欢的人幸福，可他更希望给予白月菲幸福的人是他。

他站直身体，果断道：“月菲，我不能阻止你喜欢他，所以你也不能阻止我继续喜欢你。”他不是轻易放弃的人，更不是轻易动情的人，一旦动情，不管面临什么样的困境，他都绝对不会轻易收回感情，何况真正动心的感情岂能说收回就收回？

完全没想到李陌会这么说！白月菲一时无言以对，只是心中微微波动，同样是喜欢一个人，为什么李陌就可以清清楚楚地讲出来，为什么她就做不到？

“知道我为什么在这里创作吗？”李陌突然问道。

白月菲摇摇头。

李陌的目光明亮如星：“很多创作都来源于生活，如果远离生活，创作就会变得干枯乏味，缺少生命力。”

提到创作，白月菲就来了兴致，她迎向李陌的目光：“所以你的作品总是那么打动人心。”

“我现在只希望有朝一日可以打动你的心。”李陌恢复了笑容，他光明正大地表达着自己的心意，并不期待白月菲现在能够回应什么，反正日后他定会用行动去赢得白月菲的芳心。

白月菲不是铁石心肠，如果没有江桐，她想她一定会喜欢上眼前这个温暖的少年，只是江桐已经占据了她的心，那里再容不下别人了！于是她说：“你这样做只会浪费时间，何况我也不值得你如此，李陌，你那么优秀，会找到更好的人。”

李陌摇头：“月菲，你不需要有多好，就算你是最差的，在我心里，你也是全世界最好的，无可替代的。”

白月菲以为只要明确拒绝李陌，他就会放手，他的坚持让她很是意外，她也不想继续泼李陌冷水让他难过伤心的，可是她不会爱上李陌又怎么能给他希望呢？于是沉吟片刻，她颇为含蓄道：“时间过去，你会慢慢淡忘我的。”

“时间过去之后你会忘了他吗？”

白月菲被反问得心头一紧，之前她觉得暗恋江桐就好，可是后来她渐渐希望江桐有所回应，可能人就是这样贪得无厌，欲望总会一点点加深，不再是单纯喜欢一个人就好，只是后来江桐冷淡的态度却又让她望而却步，等到时间过去之后，她会依然默默地喜欢他吗？白月菲不得而知，只知道现在不想谈论情感上的问题。

就在她准备换个话题时，李陌已经突兀地开了口：“时间过去，我依然喜欢你。”

白月菲神色一滞，真的不想再继续那个话题了，毕竟再谈论下去李陌如此坚定的心也不会动摇丝毫，于是白月菲装作没听见，硬生生地切换了话题：“我们去吃饭吧！”只愿时光能够快点让李陌放弃她！

李陌点头，适可而止地表达对白月菲的爱意，他明白，如若逼白月菲太紧，只会让白月菲更彻底地与他划清界限，他可不想弄巧成拙。

附近街边的一家小餐馆。

徒步过来的李陌和白月菲对坐着。

“我请客，”白月菲一副很大方的模样，“你随便吃。”

李陌对热情候在一旁等着点餐的服务员脱口而出：“红烧牛肉面，谢谢。”

“你连菜单都没看啊？就不担心人家没有这道菜吗？”

“你忘了是我带你来这里的？”

“对哦，瞧我这脑回路，这么说你是经常来这里？”

“只要在这里创造，每天至少会吃一顿牛肉面。”

牛肉面真的那么好吃？于是白月菲也跟服务员点了一份牛肉面。

服务员拿着单子退了下去。

等面的间隙，靠墙而坐的白月菲无意地一瞥眼，看见玻璃墙面里的自己，更确切地说是看见了她脖子上的那条项链，白月菲一愣，盯着项链想了想，还是觉得收下李陌的项链不合适。

当白月菲抬手准备取下项链时，一直静静看着她的李陌似乎知道她要做什么，伸手阻止了她的动作。

白月菲立马解释道：“东西太贵重了，我不能要。”

“报酬。”

“什么？”

“设计稿的报酬。”李陌见白月菲还是不明白，解释道：“我决定采用你之前在工作室的设计图案，项链作为报酬送给你。”

“可是我的设计稿酬远比不了项链的价值啊。”

“你的创意是无价的，远比项链珍贵，它在不远的将来所衍生出来的价值可以买下很多条这样的项链。”

听李陌这么一说，白月菲这才勉为其难地收下了项链，而李陌的那番话语让白月菲很是欣喜，没有想到竟然会有这么一天，心中的设计大师夏木要采用她的稿件！不过，也正是因为这样，白月菲才又犯难了。

要不要告诉李陌她的去向？

其实如果李陌不是夏木，白月菲绝对不会纠结于此的，她会祈祷李陌一切顺利，而她则会静静地离开这个城市，可现在李陌是她崇拜的夏木，她不想跟夏木断了联系，如果可以，她希望有那么一天可以跟夏木一起工作，就算只是做夏木的助手都行。

19

服务员快速端来两碗牛肉面，红油、香菜、牛肉飘荡在溜滑的面条之上，香气腾腾，一看就食欲大增。李陌拿过筷子搅拌，在夹起面开吃时，晃眼看到对面的白月菲两眼放空地傻坐在位置上，迟迟没有动筷子。

然后李陌就暂停了吃面，在白月菲眼前挥了挥手："想什么呢？"

白月菲眼睛一眨，蓦地一笑："没什么。"动手拿过筷子，埋头吃面，原本犯难的她已经下结论了，不会告诉李陌她即将离去，等她学成归来，她才会去拨打李陌亲自存在她手机上的那个电话号码，但愿那时的李陌有另一半陪在身旁……

吃完面条之后，李陌看了看时间："要不一起去看电影吧？最近有一部新片。"

白月菲毫不迟疑地点头，今天她的时间原本就是属于李陌的，只不过从亚园度假酒店转换到各个地方而已，她有义务陪伴在李陌左右。

电影很精彩，现场的观众反应热烈，只是白月菲也不大清楚具体讲了什么，她无法集中精神去观看，可能要走的人难免思绪混乱，想东想西。

无论多精彩的电影也会有终场的时候，放映厅灯光点亮，人群流动，时间已经是下午 3 点。

李陌还不想这么早送白月菲回家，他还有很多事情想要和她一起做，比如一起走路一起看风景一起游玩，只要跟她在一起，做什么都可以，那是他想要的幸福。

"时间还早，你想做什么？"李陌特地征询白月菲的意见，看电影的时候发现她心不在焉，可能不大喜欢看电影吧！

白月菲冲李陌一笑，一切随他的态度："你安排吧！你去哪里，我都跟着。"

"游乐场如何？"

"好。"

以前不开心的时候白月菲也会跑去游乐场坐坐过山车，一圈下来，肆无忌惮地尖叫之后，烦恼好像都飞走了，人就变得畅快轻松……

游乐场。

看到过山车的时候李陌傻眼了，原本以为白月菲会像别的女孩子那样坐坐旋转木马骑骑单车划划小船什么的，万万没料到白月菲玩得如此残暴，而尴尬的是此刻他已经置身现场，如果不玩，岂不证明他胆小吗？

白月菲跃跃欲试地坐进车里，侧头一望，发现李陌还站在原地，他表情僵硬，看起来极其紧张。

难道害怕坐过山车？白月菲顿时觉得好笑，原来那个从容不迫的李陌也有这样的一面。

白月菲打趣道："你怕了吗？"

李陌挤出一个笑容，无比淡定地回应道："我怎么可能会怕？"

白月菲善解人意地坏笑道："如果你怕的话，我们换别的项目好了。"

"不用，我觉得过山车挺好的，我很喜欢，以前玩过很多次。"李陌强撑着上了过山车。

他真的玩过很多次吗？白月菲半信半疑地看着李陌，可是怎么感觉他很怕啊？

李陌强装镇定地落座到白月菲身旁，见她正打量着自己，于是回她一个风轻云淡的笑容，玩家注意事项的广播就在此时响起，然后李陌和白月菲双双跟随播报内容正过身体，调整好坐姿。

李陌紧紧闭着双眼用力靠着椅背，而反观他身旁的白月菲，却是一副轻轻松松的模样！

过山车伴随机器的摩擦声缓缓启动，行至最高点时忽地飞速下落，一阵天旋地转，车里鬼哭狼嚎之后，过山车停靠在终点站。此时的李陌脸色惨白，工作人员已经帮他解开安全带，他却纹丝不动，最后还是白月菲把他扶下车的。

下地之后，李陌一阵呕吐，白月菲以为他只是有点害怕过山车，却没想到他会害怕到呕吐的地步！白月菲一脸内疚地问他："你还好吗？"

李陌一边吐一边摆手，表示没事。

等到李陌吐完之后，白月菲赶紧递上水、纸巾，李陌接过物品漱了漱口，用纸巾擦掉唇边的水迹。

李陌讪讪地挠挠头："中午吃牛肉面吃得太快，没消化，你知道过山车翻上翻下，没消化的东西就自然而然出来了，我下次吃面一定吃慢一点。"

听他这么一说，原本因为内疚而脸色沉重的白月菲忽然就想笑了，但是碍于要面子的某人，白月菲还是努力控制住了上扬的嘴角，她一本正经地附和道："嗯，饭吃太快，的确不好。"

为了方便元气大伤的李陌休整状态，白月菲没有再玩刺激惊险的游戏，只是随便选了些轻装上阵无须胆量的项目。

时间很快过去，转眼到了下午 6 点，天色渐晚，玩项目玩得体力消耗，在游乐场吃过各色小吃补充能量之后，李陌的精神状态基本恢复。

刚吃完东西，肚子很撑，两人便缓步在游乐场的步行小道上，以此消化消化胃里的食物。

不知不觉，已经快秋天了，墨绿的大树上零星有几片黄叶。

两个人静静地走了一会，李陌突然开口道："明天我一早的飞机回意大利，要 2 个月之后才有时间回来看你了。"

白月菲愣了一下，没想到先离开这个城市的人是李陌！她问："怎么这么突然？"

"有突发事件需要处理。"李陌停住脚步，建议道，"时间还早，我们去唱歌如何？"

白月菲也跟着顿步，然后笑着朝李陌点了点头，既然彼此都要走了，那就玩得尽兴一点吧，毕竟这一走，再见应是几年之后……

上车之前，李陌去了一趟洗手间，回来的时候白月菲看见他在讲电话，他一进车里白月菲便听见他说"带上你女朋友"，然后他挂了电话。

难道还有人一起去吗？白月菲只是随便这么想了一下而已，也就没有再去细想什么。

亚园酒店最豪华最大的包间里。

舒缓的前奏之后，李陌初展歌喉。

坐在沙发里的白月菲静静聆听着那行云流水的歌声，细腻深情的声线触动着白月菲的内心，再加之来回旋转的柔和灯光的衬托，白月菲觉得此刻的李陌有着难以言表的魅力，将来一定是特别优异的女生才配得上这样一个出色的男生啊！当白月菲浮想到这里时，还在唱歌的李陌忽然朝门外挥了下手，白月菲也随着望过去。

然后，那个清瘦挺拔的身影跃进白月菲的眼帘，白月菲震惊，怎么回事？李陌没有说江桐会来啊！

李陌同样也没有告诉江桐白月菲的存在，这样的情况致使江桐在门口愣了好几秒，他的眼光和白月菲撞在一起，不同于白月菲愣愣地看着他，他的目光在白月菲身上扫视一遍之后，他便视若无睹地走了过去，坐到离白月菲一米开外的地方。

白月菲缓慢回过神来，多日未见的他就坐在不远处！这距离他是刻意的吧？刻意与她保持距离！白月菲就此收回了不知什么时候变得忧伤的目光，转而看向不断变化着光影的屏幕，她看似很认真地看着 MV，其实完全不知 MV 内容讲的是什么！因为思绪在另一个地方啊！

江桐那副冷淡如冰的模样让白月菲真的不知该如何面对他了。

李陌一曲唱罢，转头看向江桐，乐呵呵道："不是说带上女朋友一起来吗？"

刚好从屏幕上收回目光不知应该把眼光放在何处的白月菲听闻之后默默地低下了头，内心似千军万马踏过，兵荒马乱的感觉。

他有女朋友了啊！可怜她现在才知道！强烈的酸楚翻涌在白月菲的心间，她难受得想要大哭一场，却拼命忍住眼泪，最后一次，最后一次见他，一定不要哭，白月菲努力控制着情绪，眼光不由自主地流转到了江桐身上。

江桐刚好迎上她的目光，然后又掠过她的视线，看向李陌："她临时有事，来不了。"

20

李陌有点失望，原本想在离开之前目睹一下江桐喜欢的人的样子，现在只能作罢，他单手自然而然地抚在白月菲的肩膀上问江桐："还记得月菲吗？你们上次见过的。"

江桐眼眸深邃地看向白月菲，突然笑了："嗯，我记得，白月菲。"

白月菲未曾留意到肩膀上的那只手，她只是愣愣地望着江桐，他明明笑意正浓，眼光却刺骨的冰冷，白月菲忍不住哆嗦了一下，沉吟片刻，然后微微一笑："我也记得，江桐。"他不是从郊区别墅那晚开始就不想李陌知道他与她认识吗，那晚她没有违背他的意愿去拆穿他，今晚她照样不会，而且她还会配合他演好最后一场与他相关的戏。

江桐的脸上掠过一丝错愕，然后又在瞬间恢复淡然的笑容。

"来，高歌一曲。"李陌把话筒递给江桐。

白月菲本以为江桐会推辞，却见他毫不迟疑地接过了话筒。

修长的手指触过遥控点唱机屏幕。音乐慢慢响起，在光线和背景的映衬下，那一张侧脸更加迷惑了白月菲的心智，她痴迷地看着江桐缓缓开口，那醇厚深情的声音直击白月菲的心脏，她情不自禁地陷入江桐的歌声里，这是她第一次听江桐唱歌，前奏出来，是 My Everything。

当我近乎绝望精疲力竭时
我会奔向你只会奔向你
当我失落不已难再继续时
我会奔向你只会奔向你
因为你是我黑暗中的光亮
我用我的全部真心为你歌唱
……

白月菲迷失在那动人心扉的歌声里。

李陌收回抚在白月菲肩膀上的手，白月菲一直望着唱歌的江桐，李陌依稀觉得白月菲不太对劲，可又说不上来具体不对之处！于是他就那么静默地打量着白月菲。

歌曲尾音响起，江桐放下话筒，端起桌上的杯子一饮而尽，白月菲这才发现桌上放了好几瓶酒，商标上写着白兰地。

江桐重新斟上酒，端酒杯起身，默然绕过白月菲，走到李陌面前："哥，明天返程一切顺利。”又一杯烈酒进喉。

白月菲愣住了，他竟然喝酒如此猛烈！他似乎是决心求醉？于是白月菲又不由得想到那次在大街上遇到的他，是不是也是这样的喝法，最后才醉得不省人事？

李陌非常爽快地饮尽了江桐的敬酒。

江桐重新回到座位上。

李陌把话筒递给白月菲，白月菲这才把心思从江桐身上收回。

李陌对白月菲笑道：“是情歌，需要男女合唱。”

白月菲望一眼屏幕，播放的歌曲刚好她会，没多想就接过了话筒。

甜蜜的前奏之后，白月菲先唱，紧接着是李陌，虽然这是他们第一次合唱，但合作得相当默契。

似乎是天生一对。

江桐晃动着手里的酒杯，一边喝闷酒，一边观看两人合二为一的演唱，先前他接到李陌的电话，李陌说要回意大利，邀他一起K歌，算是送行，孤僻的他虽然不喜欢这样的活动，可对方是他尊敬的哥哥，就算不喜欢，他也会赴约，只是李陌挂电话前说的那句“带上女朋友”这几个字让他犯了难，其实前几天李陌便跟他说过遗憾生日晚宴的时候只看到他女朋友的背影，想见见真人，今天又再次提起，他无法开口对李陌说明其实那个背影就是白月菲啊！因为他永远都记得父亲离世时，李陌第一时间来到了他的身旁，给他安慰……他永远都记得母亲因为爸爸的离世，在葬礼后的一个月离他远去时，李陌寸步不离地陪着他……

那些残酷痛苦的时光里，因为有李陌的陪伴与开导，因为李陌一再给他活下去的力量和鼓励，他才勉强从生命的严冬中支撑过来，虽然从此性格大变，从阳光活泼到孤僻，但至少他没有选择走上自杀那条不归路……

所以他又怎么能对这样的李陌承认他喜欢白月菲？承认那个背影就是白月菲？他做不到！可是不做又怎么“带上女朋友”？想来想去，时间不知不觉就过去了，只能先赴约，本想着到时找个理由搪塞李陌，可一到包房看到白月菲的时候着实吓了一跳，可他早该想到李陌一定会带上她的。这些天李陌跟他见面也好，电话也罢，总会说着说着就提起白月菲，他看得出来更能感觉到白月菲在李陌心中的位置有多重要，可她在他心中的位置同样也很重要啊！于是当李陌问他“不是说带上女朋友一起来吗”时他突然就想看看她是否对他还有一丝的在乎？所以他故意回答李陌“她有事，来不了”，他等着她的反应，可惜她一点吃醋的反应都没有，然后他的心就彻底沉了下去，所以她与李陌真的是两相情愿啊！

面对两相情愿的他们，他还能怎样？就算他们不是两相情愿，只要李陌喜欢白月菲，他又能怎样？

这一刻，江桐喝的不是酒，是不得已。

音乐到尾音的时候，白月菲一瞥眼就看见消沉的江桐一直灌酒喝，真担心他再这样下去，要不了多久就完全醉了。

后来，江桐敬了李陌不少酒，李陌酒量并不算太好，不多时就醉了，然后很快睡着，白月菲叫来工作人员，把他送回了别墅区。

“你别喝了!”沉默许久的白月菲终于看不下去，伸手欲夺过江桐手里的杯子，“这样对身体不好的。”

江桐绕开她的手，盯着她冷冷地问：“你凭什么管我?”

白月菲伸出的手落了空，她的眼光荫翳不明：“我不知道你怎么了，可你不要这样对待自己好吗?”你这样对待自己，我会心疼。

江桐握着酒杯的手在空中顿了一下，不再理睬白月菲，又一饮而尽。

白月菲气恼江桐自虐的行为，气冲冲地拿过酒杯：“既然你想喝，我陪你。”说完，一口灌下去，却被呛到，猛烈地咳了好几声，这是白月菲第一次喝酒，液体经过喉咙的时候火热火热的，原来酒的味道是这样的。

江桐看了看白月菲，迟疑了一下，还是没有说话，继续喝酒。

接下来，只要江桐喝一杯，白月菲就会跟着喝一杯，五杯之后，白月菲感觉有点晕，再一杯，渐渐懵了，再一杯，眼前一片模糊，然后耳边有人说了话。

“你为什么这样做?”江桐扶着她。

“我……我不想你一个人难过……”白月菲晕乎乎的，但意识尚有。

“我难不难过跟你有什么关系?”

“你难过……我……就会……”醉酒的白月菲以为说完了心里话，便闭上眼睛睡了过去，梦里面，她还在一遍遍地说着“你难过我就会心疼”。

后来，她又醒来的时候，模模糊糊地觉得好像在谁的背上。

“江桐?”白月菲低声醉语。

江桐顿了一下，而后推开红色大门。

她在他背上喃喃自语。

……

“为什么要装作不认识我?”

……

“为什么对我忽冷忽热?”

……

她一边发泄心中的委屈，一边拍打他的背脊，他放任她的行为。

他把她轻放在床上，她搂着他的脖颈不肯放手，他静静地望着她。

她低语：“江桐……我真的好……好……”可惜话还没讲完便因为酒精的作用又睡了过去。

江桐拿过被单，轻轻为她盖上。

看着沉睡的她，江桐的眼底浮起千言万语，最后却也只是抿了抿嘴唇，然后起身走出房间。

21

早上醒来，白月菲脑袋昏沉得厉害，又不想再继续睡，便支撑着起身，全身好像被抽走了力气，整个人软趴趴的使不上劲，白月菲只好躺回去缓一缓，然后迷糊的神思就不知不觉回到了昨晚，不对，我不是在包厢里喝酒吗？白月菲突然惊觉，我怎么回来了？白月菲蹙眉，仔仔细细回想了一遍，还是记不起来昨晚是怎么回来的，只记得一杯白兰地下肚之后眼前什么都看不见了，好像还做了一个很长的梦，梦里面有江桐。

喝断片的白月菲转动着眼珠，努力在脑海里搜寻着回来的蛛丝马迹。

不可能是李陌啊？她亲眼看见工作人员扶走酒醉的他，那是江桐吗？这个疑问一冒出来，白月菲就直接否认了，怎么可能？江桐昨晚也喝很多啊！再说江桐都装作不认识她了，怎么可能会送她回来？

难道是酒店的工作人员吗？

推断来推断去，白月菲还是下不了定论，索性不去想了。侧身拿过包里的手机，有一条未读信息，打开一看，是李陌的，内容简单明了，他说我走了，会主动联系你，2个月后见。

2个月？白月菲怅然地摇摇头，2个月后她早已不在这个沿海城市了！白月菲叹了口气，把手机丢到一旁，起身下床去洗漱，突然想起美微来，回身再次拿起手机，调出美微的电话号码。

白月菲跟美微讲了回原籍处念高三的事情。美微大概是在忙什么事情吧，竟然奇迹般地不多问，只是表示各种不舍，说到家之后，一定要把新的号码发给她。

这通电话前后不到5分钟，挂了电话，白月菲去厨房做了一份简单的早餐，食欲不振的她勉强吃了一点，收拾好厨房之后，便开始着手打包行李。

一切事务处理完毕时已经是下午5点，白月菲拖着行李站在红色大门外，依依不舍又一脸凝重地做着最后的告别。

5月，我有幸跟你相遇。

8月，我要跟你说再见了。

来也匆匆，去也匆匆，多么可惜，我的初恋，江桐，从此我跟你隔着千山万水，漫漫时光，可惜再也不能看见你了，哪怕只是远远地看着，从此，若是想见你，只能也只该在梦里了。

不过，还好，还有梦可以做呢，只是这个梦我又会做多久呢？

飞机向来晚点，但今天却神奇的准点了，上飞机之前，白月菲特意把李陌与美微的电话号码记录在了纸制电话簿中，之后把电话卡扔进了垃圾桶。

飞机在茫茫夜空中飞行了 2 个多小时之后，降落在西冲机场，那时已是晚上 9 点。

回到家之后，白月菲失眠了，整整一夜没睡着，在床上翻来覆去，直到天亮才困乏地闭上眼睛。

第二天下午，白月菲出去买了新的电话卡，第一时间把美微和李陌的号码存了进去。

她给美微发了一条信息："这是我的新号码。"

美微回复她："好的，以后多保重，熬过高三，大学再见。"

日子过得飞快，一天似乎就只是睁眼闭眼的瞬间，白月菲每天深埋在各种题海里，几乎没有多余的精力再去想别的，只是偶尔会想起江桐，只是偶尔，因为高三的日子向来残酷，为乔宇商学院努力冲刺的白月菲没有那么多的精力去想学习之外的事情。

大多数同学都对这快节奏又沉重的高三生活各种水土不服，可是白月菲却十分适应，而且她居然还很享受，因为每天晚上只要一躺到床上，她闭眼就能沉沉地睡过去，然后也发现江桐在她脑海里出现的次数越来越少。

那个沿海城市渐渐地似乎真的跟她无关了。

过去的已然过去了吗？

11 月份，西冲正式进入冬天。

下午放学的时候，天色暗淡，西冲的冬天总是这样，黑得比较早。

空中一声闷雷，白月菲顿步望了望天空，已经乌云密布，天色迅速阴沉下来，要下雨了吧？不想做落汤鸡的白月菲加快脚步朝校门口急走。

原本走出学校的一部分同学却并不着急回家，纷纷驻足在校门外，从高一到高三的学生都有。

已经走到校门口的白月菲看见校门外不远处三五成群地站了好多同学，叽叽喳喳一阵热烈的谈论。

"哇，比电视明星还帅啊！"

"废话，能比吗？整个一男神啊。"

"此男神世间哪得几回见啊？"

"男神好像在等谁吧？"

"我看也是，不知道谁是幸运的女主角！"

白月菲听着笑了起来，别人犯花痴的时候，她已经在备战高考了！只是这一幕怎么这么深有感触呢？白月菲就此顿住脚步，不过稍稍一想，然后笑容就在一瞬间僵在脸上，半年前，她不也为江桐花痴过吗？这一刻那些渐渐过去的沿海时光又扑面而来……

他，还好吗……

他，会不会偶尔记起她？记起与她一起度过的那些时光……

“白月菲。”这一声惊醒了白月菲，她四处看了看，没有人叫她啊！难道高考备战都备到幻觉了？白月菲自嘲地笑了笑，然后又听见一声：“白月菲。”

咦？不是幻觉？不过这声音怎么这么熟悉？白月菲回头寻找，后面没人，转回首时只见那个人一袭黑色风衣，款步穿过围观的同学，徐徐向她走来，灿烂如初的笑容绽放在俊朗的脸上。

白月菲心中猛然一跳。

他怎么来了？

怎么可能穿越人海找到她？

在同学们热烈八卦的声浪中，李陌走到了白月菲面前：“好久不见。”

熟悉的声音使白月菲从震惊中反应过来，她略显迟钝地回应：“好久不见。”

李陌指了下自己的肚子：“它饿了。”

白月菲愣了1秒，立马心领神会：“我知道有一家小吃店特别棒，那里囊尽了我家乡有名的特色小吃！我们这就过去，某人千万不要因为美味而放纵胃啊！”

小吃店离学校很近，5分钟的路程。

两人走过去。

李陌引得一路上尖叫声此起彼伏。

白月菲打趣道：“同学们很喜欢你啊！”

“你的同学们都非常有眼光，将来一定是有为之人。”

“照这样说，不喜欢李陌同学的人将来都没出息咯？”

李陌呵呵一笑：“像我这样的人会有人不喜欢？”

白月菲回赠一对白眼给李陌：“你要不要这么自恋啊？”

不知不觉就走到了小吃店门口，店里很多人，基本是学生，而且女生居多。

花痴们看见李陌进店时又是一阵骚动。

毫无疑问，李陌这样的人走到哪里都会是焦点，就连同白月菲这个陪吃饭的人也跟着他闪耀了起来，花痴们激动道：“好羡慕那个女生啊！可以跟男神共进晚餐……”

李陌和白月菲选了一个相对僻静的位置坐下。

跟服务员确定好菜品之后，白月菲喝了一口水，这才想起问李陌：“中国这么大，你怎么找到我的？”

李陌朗声一笑：“你在亚园度假酒店入职时有登记身份证，我若是想知道你的底细还不是轻而易举的事情？”

“对哦！瞧我这智商！不过全县城好几所高中，你怎么知道我在哪所高中念书？”

“来之前我先去了你家，你邻居说你在这所学校上课，我就在校门口等你出来了。

怎么样？这次比上次的惊喜更震撼吧？”

“都快震得我神志不清了。”

“想想也是，有我这样的男神在，你怎么可能保持清醒的头脑呢？”

白月菲做呕吐状，这时，服务员端上了他们所点的小吃。

白月菲就此换了话题，开始热情地为李陌介绍眼前各种香气四溢的美味小吃。

22

李陌期待地拿过筷子，吃到一半时，方才开口询问："你为什么突然转学？"

手持一块红烧排骨的白月菲一边吃一边说："高考需要回原籍处考啊，所以就转学了，嘿嘿，我转学的概率向来很高，不过高三这一年因为高考制度会非常安定！"

"可是你怎么也不跟我讲一声？"李陌的声音中分明夹带了一丝失落，"为什么一声不响地就离开了？"这样对待他，好像对于她而言，他真的是无关紧要的人！是的，他们那时暂时恋人未达，但至少不是无关紧要的人，那时他是她崇拜的夏木啊！对于一个崇拜的人，她怎么会一声不吭地就离开了？

白月菲这时已经消灭完口里的红烧排骨，很遗憾，她没有听出李陌声音里的失落，就算听出，她还是会回答一半真话一半假话，白月菲用一副相当自然的表情说道："就觉得我的事情没必要跟你讲啊，主要是怕打扰到你了，其实我走的时候有存你的号码，想着大学毕业之后再联系你的。"

"你怎么会打扰到我呢？!"李陌像是在自言自语又像是在问白月菲，说完这句话，李陌静了一下，紧接着又说："如果我不来找你，你打算高三到大学毕业之前都不与我联系吗？"

白月菲自动过滤了李陌前面的那句话，然后在心底快速打着小算盘，总不能说当初我之所以不告而别是以为时间一久你自然而然就会淡忘我，等我大学毕业，与你再见面时你已经新交了女朋友，这样之后，我就可以毫无顾忌地跟在你身边，与你一起设计各种精致的饰品，估计这样一说，肯定会被你的唾沫星子淹死。

所以，绝对不能说真话，白月菲提醒自己，然后找了个看似很正当的理由："你知道国内的高考很吓人的，如果我跟你保持联系，我会分心的，毕竟你是我心中的夏木大师啊！"

这明显是借口，高三分心这理由也说得过去，那么大一到大四呢？国内的大一到大二那可是相当轻松的！所以她要怎么解释？不过李陌没有再追问，只是微微一笑："我魅力这么大？"其实她不说，这一刻他大概也懂了她为什么要大学毕业之后再联系他？她还是不懂他啊！没关系，只要他懂得她就好了！

白月菲撇嘴："是我自控力太差好不？"

"你同学们都说我是男神，你面对男神，自控力差一点也实属正常。"

"你能再自恋点吗？"

李陌一本正经地点头："能啊！"

呃！无耻到这种境界！！白月菲一时语塞，索性不与无耻之人唇枪舌剑，主要也是说不过李陌啊！所以白月菲改而埋头继续奋战冷落了好一会儿的美食。

李陌见状，也开始继续用餐，一边吃一边还不忘时不时调侃一下白月菲。

小吃很快被消灭得一干二净。

从小吃店出来时下起了大雨，白月菲和李陌都没有雨伞。

李陌巡望了一遍周围的商铺，然后对身旁的白月菲说："你在这里等一下。"不等白月菲反应就已经冲进雨里，跑进了对面的便利店。

白月菲站在屋檐下等李陌，不知道李陌冒雨跑过去干什么？

早上出门的时候天气很好，白月菲随便穿了件打底衣披了一件外套就去学校了，现在雨越下越大，风肆虐地刮着，气温更是骤降，白月菲冷到不由得抱紧了胳膊，天气这么恶劣！等下还是打车回家吧！白月菲放眼一望，街上的车很少，出租车几乎没有，按照往常的经验，这样的天气打车至少需要二三十分钟，除非运气好到爆棚，才能三五分钟打上一辆出租车！小县城配备不足的出租车资源让白月菲摇了摇头，算了，她没那好到爆棚的打车运气，毕竟她曾经在雨中锲而不舍地等过八次，失败了七次，还有一次好不容易打着一辆车了，结果上车之后，司机的车子突然就坏了！

反正离家近，还是走回去吧！打定这个想法后，白月菲的视线转向了对街的便利店，这时，李陌恰巧从便利店里出来，走到门口的时候手里撑了一把雨伞。

原来他去买雨伞了啊！李陌这一默默的举动让白月菲心底涌起了某种情绪。

回到屋檐下，李陌无奈地耸耸肩："都被买走了，只剩最后一把。"某人在睁眼说瞎话，便利店里明明有好多把雨伞！

被蒙在鼓里的白月菲还安慰某人："买到最后一把雨伞也是一种幸运啊！我都不知道那家便利店最近有卖雨伞呢！知道吗？这附近根本没有卖伞的商店，春风路倒是有很多，不过要走十几分钟才能到！我原本以为今天肯定是要做一次落汤鸡了！哈哈！现在幸免于难了！"

"这样说来运气还不错！"李陌邪魅地一笑，然后说，"你还站着干什么？进来啊！我送你回家！"

白月菲立马蹦到伞下。

跟着李陌走了一段路之后，忽然发现李陌都没有让她指路，白月菲惊讶道："没想到你还记得我家住在哪里啊！"

"当然记得啊，我去你们学校的时候有路过那家小吃店，你家就在前面左转，第二个路口进去再右转。"

"厉害。"一向路痴的白月菲用五体投地的目光望着李陌，不过也正是因为这一望，白月菲才后知后觉她和李陌之间太过亲密了！于是想要闪开一点，却又晃眼瞥见李陌的右半截身体已经完全湿透，再抬头一看，雨伞几乎都在她这边。

她赶紧把雨伞朝李陌那边移："你都淋湿了。"

李陌还是把大部分雨伞移到她这边："雨伞太小，两个人根本遮不住，我总不能让你淋雨吧？我可是有风度的男神。"

白月菲望一眼头顶的雨伞，的确很小，一个人用有点大，两个人用有点小，可还有一段路程才到家，她总不能让李陌一路淋雨吧？何况雨势越来越大，白月菲估摸着路程，还有六七分钟可以走到。

像是做了什么决定，白月菲的手都握成拳头状了，然后一鼓作气地靠近了李陌的怀里，这是白月菲唯一想到两个人都不淋雨的方式。

李陌脸上立马闪过浓浓的诧异，直直地看着白月菲。

白月菲迎向李陌的目光，解释道："你不是说雨伞小吗？我们这样靠近一点，你就不用继续淋雨了啊！"

看来她还是关心他在乎他的啊！李陌不禁单手抚着白月菲的肩膀，把她朝怀里再移近了些："这样我才完全淋不到雨。"

白月菲再看了看雨伞，伞下紧紧依靠着的他们的确没有再淋雨，然后就感觉到李陌的体温透过衣服传到了她的身体上，然后白月菲有一种淋雨回家的冲动，不过，始终顾忌了李陌的感受，没有做出那么伤人的举动！不伤他，就只能说服她自己，与他如此亲密，只是为了不让他和自己淋雨而已！只是这样而已！

徒步在回家的雨夜里，李陌和白月菲突然就安静了下来，谁都没有再讲话，耳边只有风雨声连连。

自白月菲紧紧靠着他之后，李陌突然有了一种想法，希望雨不要停，希望送白月菲回家的路程无尽头，这样他就可以光明正大地一直拥着白月菲了。

但是，很快还是到了家门口。

站在屋檐下的白月菲问撑伞的李陌："你晚上住哪里？"风大雨大的，李陌人生地不熟，白月菲难免有些放心不下他，何况李陌不远万里来到她的家乡见她，再怎么说她也得略表一下对李陌住宿的关心啊！

"酒店。离你家很近的。"

"很近？我家附近就一家荣椿酒店啊。"

"我就住那里。"

"哦。那你回去的时候小心点。"

白月菲的关心让李陌心悦，好像她已经在慢慢接受他了。

他说："我会的。对了，今天是星期五，你明天不用念书吧？"

"不用。"

"那你明天早晨到酒店大堂等我，到了给我电话。"

"为什么？"

"酒店早餐是双份的，请你吃。"

白月菲觉得好笑："Sunshine 集团的未来继承人，你也太小气了吧？请我吃免费的早餐。”

李陌一脸严肃道:“节约是美德。”意外白月菲竟然知晓他的另一个身份,面对这样显赫的身世她还是不为所动,实属难得一见！于是他想要征服白月菲的欲望更加强烈。

转身之前,李陌朝白月菲挥了挥手,他怎么会不舍得请她？如若真的请她去吃大餐,以她的性格肯定会推拒的,他只是拿酒店的免费早餐做挡箭牌而已,不过是以此名正言顺地邀她共享早餐时光。

23

雨下了整整一夜，直到早上才放晴。

雨后的天空明净，空气湿润。

起床时，白月菲特意穿了一件毛绒外套御寒。

免费早餐要多吃点！白月菲抱着这个信念奔向了荣椿酒店。

酒店的早餐品种丰富，营养且美味，白月菲胃口很好，风风火火一连吃下很多。

面前的餐食已空，白月菲起身到自助餐区，又端了一些食物过来。

李陌吃惊："你今天胃口大开啊！在亚园也没见你吃得如此凶猛。"

白月菲憨笑："你不是说是免费早餐吗？我不多吃点的话怎对得起我一大早跑来酒店吃早餐的心意？"

李陌蓦地笑了，伸手撤走白月菲面前的盘子："别吃了，等会吃撑了。"

白月菲企图夺回盘子："不会的。"

李陌眼疾手快地避开白月菲的小爪子："你一大早吃这么多，对胃不好。"

白月菲声东击西："你不知道我最近食欲大增，可能因为备战高考的原因，压力大导致胃口大。"趁李陌一个不注意，白月菲以迅雷不及掩耳之势夺回盘子。

见白月菲吃得正欢乐，李陌也就随她去了，不再阻拦。他端起咖啡，啜了一小口，好奇地问："你想考哪里？"

白月菲一边津津有味地咀嚼食物，一边想也不想地脱口而出："乔宇商学院。"

"你不是喜欢设计吗？怎么不学设计专业？"

"我爸爸一直希望我念乔宇商学院，他就我这么一个女儿，我不能只想到自己，也要想想他老人家，反正可以一边念大学，一边学设计的嘛。"

李陌了然地点点头。

撑肠拄腹之后，白月菲靠在沙发上休息，一鼓气从胃蹿到喉咙，呃，一个饱嗝，好像真的吃撑了！

李陌看着她，憋住笑意："下个月3日，夏木工作室有一场新品发布会。"

"发布会？"白月菲倏地坐起来，"夏木不是每年只有一场新品发布会吗？今年怎么会有两场？"

李陌解释道："今年比较特别，额外加了一场，到时我来接你，你亲眼见证一下。"

呀！今年有幸多看一场啊！白月菲心情飞扬，飞啊飞，飞到了心驰神往的发布会现场，可还没来得及感受一下想象中的发布会画面，情绪就瞬间低落下来，垂头丧气地靠回沙发上:“下个月我老爸要回来小住半个月,我自己下个月有一场模拟考,还要参加几场学校组织的活动,时间都排满了,我去不了。”她去不了夏木大师的发布会,去不了啊！谁能理解她郁闷的心情？

李陌的表情明显暗了下去,这加场的发布会他准备了很久,是特意为白月菲破例召开的,但女主角却不能现身,他的心情可想而知。

白月菲转念一想,又生龙活虎起来:“到时候我看现场直播好啦。”反正往年也是在电视上看的发布会。

李陌的眼光又亮了起来,好在白月菲可以看电视直播,这样也不算太遗憾,至少她可以通过电视看见他为她准备的惊喜。

李陌嘴角一勾,换了话题,他郑重地邀请白月菲做一日导游,白月菲痛痛快快地答应,并且信誓旦旦地说一定做好导游的工作。

李陌满心期待地开始了西冲一日游,结果白月菲这个业余导游让他大开眼界,因为白月菲不免俗地把他带到了西冲各个人满为患的景点,又是挤公交车又是排队,画风完全不是李陌想象的样子,他臆想的画面是这样的,两人缓步在湖边,喝着小饮料,看看飞鸟,望望高山,似神仙眷侣。

可眼前的画风是什么啊？

古色古香的庙宇里,众人手持高香,烟圈缭绕,信徒们虔诚地跪在菩萨面前磕头。

李陌神经衰弱地说:“这个景点游得差不多了,可以走了。”说完看向身旁的白月菲,不知什么时候没了人影。

“一起拜拜啊!”白月菲扯了扯李陌的衣袖。

李陌低头一看,白月菲已经手拿一炷香跪在草垫上,李陌有些傻眼地后退,白月菲见状猛地朝下一拽,毫无准备的李陌就顺势跪到了她旁边。

“我分你几炷香吧！不用谢,我向来无私奉献。”白月菲一边说,一边把香递给李陌。

李陌整个人石化了。

“不管你信不信佛,”白月菲还在游说李陌,“既然都来了,就拜拜嘛!”

李陌瞥一眼正前方的菩萨,眼角的余光无意扫过菩萨头顶牌匾上的几个大字,像是发现了什么,定眼一看,果然没看错,那牌匾上醒目地写着“姻缘天注定”几个大字,然后李陌的态度立转,当下虔诚地磕了 3 个响头。

李陌握香默默地许愿:白月菲,我要你幸福。

白月菲错愕地看着李陌,这态度变化也太快了吧？

“你赶紧磕头啊!”李陌催促白月菲。

磕头？白月菲糊里糊涂地磕了 3 个响头。

“许愿啊!”

许愿？白月菲糊里糊涂地许了愿。

直到走出寺庙之后，白月菲都不知道自己刚刚许了啥愿，她整个人被李陌前后不一的态度搞懵了。

“你知道我们刚才拜的什么菩萨吗？”李陌已经铺垫好了，等白月菲说出月老的时候，他会把他许下的愿望告诉白月菲。

“大慈大悲救苦救难的观世音菩萨。”

一道惊雷劈下来，劈得李陌无语了！他心痛地摇摇头，跟着白月菲晃去另外一个景点，继续被白月菲这个业余导游蹂躏。

在西冲短暂停留之后，李陌返回了意大利，他说要修改发布会的主题，白月菲依稀记得他说定好的主题是“琥珀之月”，那他会换成什么主题呢？白月菲心心念念，改名的发布会，赶紧来吧！

后来，在水深火热的备考中，白月菲接到美微的电话，美微开口不改八卦本性，说江桐每天都按时到学校报到，从未落下一节课，还质问白月菲是怎么调教出来的？白月菲苦笑，说明她和江桐没有关系，自己单身，美微完全不相信，滔滔不绝地对她和江桐进行分析阐述，白月菲无言以对，只好东拉西扯转移掉了美微的注意力。

江桐，过去这么久了，为什么一听见你名字，我的心还是会如此激烈地起伏？

再后来，白爸爸回来小住半个月之后，又雄姿英发地奔赴某处商朝古墓穴了。

白月菲再度开始一个人的生活。

12 月 3 日，放学后，白月菲迫不及待地飞奔回家，心急地打开电视机，然后卧到沙发里，口叼苹果，一手抱着枕头，早早等候着夏木的发布会。

电视机上的倒计时字幕已经打出来，显示还有 3 分钟开始。

按照惯例，整场发布会夏木是不会现真身的。

广告之后，夏木饰品发布会进入直播阶段，第一个镜头在“桃之灼灼”几个粉红色的大字上定格了 3 秒，而后转向主持人。

咦？夏木把主题换成中国风了？白月菲诧异。

主持人声情并茂地介绍道：“没错，我们今天的主题就是‘桃之灼灼’，顾名思义，桃之夭夭，灼灼其华，人间最美好的爱情……”

主持人介绍完毕之后，秀色可餐的模特们出场展示饰品，白月菲全神贯注地盯着屏幕，所有展示的饰品精美绝伦，独一无二。

在观众们热烈的掌声中，第一轮走秀完毕，主持人再次出场。

“接下来是我们的特色展示环节，刹那芳菲。”

24

唉？还增加了新的环节？白月菲更加激动了，前面的饰品已经精彩绝伦，没想到还有特别环节！这一场发布会比年初的还精彩啊！白月菲兴奋地咬了一大口苹果。

粉色的灯光交错而过，夺目的光影下，白色的纱织帷幔降落下来，随着古典空灵的音乐，依稀有倩影在帷幔之后，帷幔缓缓升起，妙龄女子的曼妙身姿一点点呈现，她转过身体，倾国倾城的面容展露，全场掌声雷动，当红女星林锦恩出场，拉长的远镜头让她看上去更是仙气飘飘。

镜头慢慢拉近，精巧的耳钻闪耀在林锦恩的双耳垂，白月菲眨了眨眼，她肯定那耳钻不是夏木的作品，可是怎么如此眼熟呢？

林锦恩步履轻盈地走到舞台中央，近景切换，特写镜头定在林锦恩的侧脸上，与此同时，现场实时解说的声音从温婉的女声转换成纯净浑厚的男声。

项链好像是我设计的？白月菲眼眸一抖，声音好像是李陌的？

往年的夏木饰品发布会都是未见其本人，更听不到其声，今天虽然夏木依旧不见真身，却有幸听闻真声，现场观众亢奋了。

“大家好，我是夏木，我先澄清一下，我不是盛传中的40岁女强人。”

电视机前的白月菲差点被苹果噎到。

镜头扫到T台下面，现场观众一阵哄堂大笑，随即又切回到T台上。

“好了，言归正传，为什么这个环节叫刹那芳菲呢？我想表达一种短暂的美好，爱情往往源于一瞬间的感觉，那短暂的美好让你流连忘返，让你勇敢向前，有些人被接受了，有些人被拒绝了，无论结果怎样，至少当时的我们是怦然心动的……”

现场一片赞扬的掌声。

“这件饰品是我喜欢的一个女孩设计的，她名叫白月菲……”

好像是在说我呢？白月菲无意识地咬了一口苹果，可是为什么突然要说我呢？对哦，饰品不是我设计的么？当然要提下我的，这一刻的白月菲思维有些散乱，她只听进去了“设计、白月菲”这5个字，然后眉睫一蹙，可是为什么还是觉得有点怪呢？不过白月菲没有再琢磨其中缘由，而是继续聆听李陌的解说。

“四叶草耳钻出自她之手，我想大家都知道，四叶草代表幸运，我把它命名为幸运的女孩，可我觉得少了点什么，于是设计了一款男士挂坠，特意命名守护骑士，以此相互辉映。”

搭配李陌的解说，外籍男模出场，挂坠随着男模的步伐在精健的胸肌前来回摇晃，男模不疾不徐地走向已经等在前方舞台的林锦恩，林锦恩对着男模嫣然一笑，现场又是一片掌声。

“松柏代表坚贞不渝，我把它镶于挂坠上，当幸运的女孩遇见她的守护骑士，美好的爱情绽放。”

镜头一分为二，一个特写在外籍男模胸脯前的挂坠上，匠心独运的设计，精雕细琢的野性风，简单利落的线条在平凡间凝聚着夺人的光芒，另一个特写在林锦恩的侧颜上，灵动的四叶草耳钻不娇不俗，恰到好处。

外籍男模走过去轻挽林锦恩的胳膊，镜头合二为一，两人错位亲吻。

……

发布会有声有色地进行着。

这时，白月菲身旁的手机响起，铃声打扰到了她的观看，于是毫不犹豫地拿过手机调静音，却晃眼看到来电是李陌。

在发布会现场打电话过来？白月菲吃惊地接起电话。

“这场发布会喜欢吗？”电话那头的李陌轻声询问。

白月菲恍恍惚惚地点点头：“非常喜欢，太棒了！得益于你设计的挂坠衬托我的设计，使我的四叶草耳钻瞬间提高好几个档次。”

“这场发布会是属于你的。”

属于我的？白月菲睁圆了眼睛，想了想，觉得李陌说得不对，于是纠正道：“是你和我的。”说完之后，才觉得好像哪里更不对了，具体不对的地方是什么呢？白月菲也说不上来。

李陌喜不自禁地笑言：“是我们的作品。”

白月菲挠挠头：“对，是我们的作品……”

江桐面色凝重地拿过遥控器关掉电视，举步到窗前，一直望着远方，口里喃喃自语着“桃之灼灼”四个字，此刻江桐的心中有种沉闷的情绪在翻腾。

时间退回到9月1日，直到上课，江桐也没有看见白月菲。

她发生什么事情了吗？江桐还来不及再多想什么，便听见班主任公布白月菲已经转学的消息，江桐的心脏猛然咯噔一下，她为什么要这样不告而别？

盯着白月菲曾经的桌椅，江桐神色渐变，嘴角一勾，自嘲地笑了笑，他又不是她的谁，她是没有通知他的必要，毕竟她和李陌才是一对啊！

江桐虽心有不甘，却是祝福白月菲和李陌的，只是他再也不想听闻白月菲和李陌在一起时的点滴，而李陌却总是时常在他耳边提起白月菲，比如今天中午，李陌打电话给他说特意为白月菲增加了一场发布会，叫他记得准时收看。

几番挣扎之后，他还是守在了电视机前观看李陌为白月菲所做的一切，当看到特色环节出来的时候，他心中真的很不是滋味！他也极其纳闷，他明明已经下定决心祝福白月菲和李陌了，可是为什么他还放不下白月菲？

这个夜晚，让江桐觉得漫长。

这个夜晚让白月菲欢愉，这是她的作品第一次展示于众，还是跟她心中的大师夏木一起，美梦终于成真，叫她怎能不欣喜若狂？

这个夜晚让李陌愉悦，他似乎又向白月菲走近了一步。

再难熬、再美好的夜晚都会过去，时间从来不会为谁而停留。

后来，李陌去过西冲好几次。

后来，一番水深火热昏天暗地之后，白月菲如愿以偿地考上了乔宇商学院，当她收到录取通知书的时候，白爸爸像个孩子般手舞足蹈，说要奖励努力拼搏的她：带她出去玩上一个月。

那是白月菲人生中第一次和白爸爸一起旅行。

为旅程雀跃的白月菲从头至尾没有问白爸爸旅行目的地是何处？她相信白爸爸的眼光，笃定白爸爸一定选了一个绝佳的观光胜地。而白爸爸更不会为白月菲揭晓答案，因为要给女儿惊喜。

一路上，白月菲心潮澎湃，然而车子却越开越偏僻，最后停在一处荒废的村落。

白月菲拿着行李，目瞪口呆地站在荒草丛生里，不会吧？荒村野外啊！

突然，一群灰头土脸的人从四面八方跑过来，他们身穿盔甲，手持刀剑：“热烈欢迎白教授父女的到来。”

“爸爸，他们是？”

“是爸爸的团队，知道你考上了一流大学，听说你要来，特意排练的欢迎仪式。”

于是乎，白月菲高中生涯的最后一个暑假是这样度过的，在西周墓穴里看看青铜礼器、玉石装饰、千年人骨什么的。

25

在白爸爸铜墙铁壁的护送下，白月菲顺利到达了乔宇商学院。

站在宽敞气派的校门口，白月菲冲着白爸爸挥手道别，直到载着白爸爸的车子拐了个弯消失不见，白月菲这才拎着大包小包去学生宿舍。

白月菲的寝室分配在宿舍 B 楼 321 室。其实白爸爸之前没打算让她住宿舍，原本计划租房给她住，只是白月菲觉得白爸爸远在 XJ 考古，又不能同以前那般两三个月回来看她一次，她一个人住实在浪费，她还不如住学生宿舍，有室友，又热闹。而白爸爸觉得白月菲说得也在理，同学一起相互有个照应，索性同意了白月菲的提议。

当白月菲到达寝室时，手机来电铃声急促地响了起来，白月菲放下东西，拿出手机一看，是美微。

“白月菲，你到了吗？”

“刚到寝室门口，你人呢？”

“我还在路上，司机一不小心走错路了，现在正绕回来，估计 20 分钟左右到。”美微兴奋地说着，她能和白月菲考上同一所大学实属不易，这所大学似乎特别眷顾她，她的高考分数刚好压过录取分数线，不仅这样，乔宇商学院还给了她另一个惊喜：学校在随机分配的前提下竟然把她和白月菲分到了同一个班同一间寝室。

“好，路上小心点。”挂了电话，白月菲开始整理床铺。

20 分钟后，姗姗来迟的美微出现在寝室门口，一看到白月菲，便丢下行李，熊扑了上去：“好久不见，想你了。”

白月菲笑语：“我也想你啊。”

门外，一个胖嘟嘟的女生吃惊地盯着拥抱在一起的美微和白月菲，有些愕然：“你们？你们关系很亲密？”

美微放开白月菲回头一看：“是啊。”看样子应该是她们的室友。

胖嘟嘟的女生走到她们面前：“你们在一起多久了？”

美微拉过白月菲的胳膊炫耀她们的友情：“我们认识一年多，感情一直很好。”

胖嘟嘟的女生看看美微，再看看白月菲，白月菲礼貌性地回以胖嘟嘟女生一个微笑。胖嘟嘟的女生吞了吞口水：“所以你们是那种关系？”

那种关系？美微想了想，以为胖嘟嘟女生所指她和白月菲是不是好朋友的关系，于是肯定道：“是的。”就凭她和白月菲这亲密程度还用问吗？肯定是好朋友啊！美微为这个胖室友的眼力感到着急。

胖嘟嘟的女生眼睛一亮，拍掌尖叫道："太好了，太好了，我正在写一部同性恋题材的小说，有些细节刻画还不够生动，现在有你们了，正好用你们的视角帮我琢磨琢磨吧。"

"同性恋？"白月菲和美微同时惊声道，然后两人面面相觑，再然后就是噗一声大笑！

胖嘟嘟的女生看着笑哭的两人，有些莫名其妙！被人知道同性恋有这么开心吗？要知道她是思想前卫，不然一般的女孩子恐怕都难以接受跟同性恋住同一间宿舍的吧？

笑到岔气的白月菲吞了一下口水，看向胖嘟嘟女生："所以你把我们当同性恋了？"

胖嘟嘟的女生坚定地点点头，意识到白月菲的话语不太对，于是问："这么说来，你们不是同性恋？"

后来，白月菲才知道胖嘟嘟的女生名叫晓晓，外号圆饼，网络小说家，各种题材不限，最近正在写一本女性同性恋题材小说《千山鸟飞绝》，美微对其书名赞不绝口。

而圆饼原本计划实际观察美微和白月菲的日常相处，可惜她的美梦破碎在美微的那一句"我们是姐妹，我们都喜欢男人"的澄清中。

同性恋的误会自此结束。

三人布置好床铺之后，美微肚子饿了，跟白月菲说："当初为了和你考同一所大学，我可是吃了不少苦，受了不少罪，才有了今天的出头之日，强烈要求你用美食慰问我！"

这个时候，另一位室友也到了，这个室友有一个让人记忆深刻的名字——郝美，属于不开口是冰山美人，一开口出乎意料的活蹦乱跳，这不，她一听白月菲请客，赶紧凑过去，自来熟地要参与进去。

作为本地人的圆饼更是积极推荐小吃店。

不久之后，在一间人气爆棚的小吃店里面，四个姑娘大开吃戒。

吃好喝好睡好，第二天，残酷的军训在一片哀号声中拉开帷幕。

2个星期的风吹日晒使得圆饼的体重从115斤直降103斤，郝美变成好黑，美微和白月菲还好，没什么太大的变化，她们两个除了瘦了几斤之外，皮肤依然是"万黑之中一点白"，主要归功于美微的防晒霜。当初美微拿出来分享的时候，圆饼和郝美都不屑一顾，圆饼说那么大的太阳，天天暴晒，擦不擦效果都一样，还不如多留点时间睡觉！被打击的美微噘嘴放弃保护她们的皮肤，一脸真诚地转向白月菲："亲，相信我，这支防晒霜是我妈从国外带回来给我的，绝对好东西，你就试试嘛！到时候让她们后悔去！"

白月菲不忍拒绝美微的博爱分享之心，只好每天抹一次。

结果军训第一天下来之后，防晒霜的效果分明。

美微冲着郝美和圆饼吹吹口哨，得意道：“哟，这俩姑娘是从非洲来的吧？”

郝美冲到美微的床上，一阵拳脚伺候，床吱吱呀呀剧烈地摇晃着。

正在写小说的圆饼语重心长道：“你们不要如此生猛，动作温柔一点，小心床塌了。”

正在看课本的白月菲叹息：“同室操戈，相煎何急。”

大学的第一堂课是公开课——马克思主义基本原理概论，200 多人一起上，等到 321 室的时候，“四眼教授”刚好开始上课，前面位置都已坐满人，还好后面有 5 个空位置，虽然离讲台很远，但也没得选择，只能将就坐下。

“四眼教授”讲到高潮时有人敲了门，“四眼教授”将其毫不留情地数落了一番，才放人进来。

美微侥幸地拍拍胸口：“幸好我们来得及时，不然肯定淹死在‘四眼’的唾沫里。”

圆饼和郝美感同身受地点点头。

白月菲没搭话，继续埋头做笔记。

没过几分钟，又有人敲了门，最烦上课被打扰的“四眼教授”气急败坏地看向门口。

同学们以为“四眼教授”对待这个迟到的同学会比之前的那个同学更狠，谁知“四眼教授”铁青的脸色迅变，竟然满脸笑意地迎接那位迟到的同学。

很多男同学唏嘘不已，“四眼教授”这差别对待太明显了啊，前面那位迟到的同学可不是这种优级待遇，难道是“四眼”重口味？ 喜欢长得好看的男生 ……

与男同学们的表现截然相反，花痴的女同学们眼冒红心注视着门口。

长得好看的男生总是能引起女生们轰动，何况眼前的男生是那么的气宇不凡，带着与生俱来的王者气息，他的眼眸仿佛午夜星辰，闪烁却不张扬，是那种看一眼就会被深深吸引住的。

男生放眼扫过全场，目光落在最后面的一个空位置上。

“安静。”“四眼教授”吼了一声，然后乐呵呵地开始继续讲课。

然后各种揣测的男同学们被“四眼教授”出其不意的笑容满面的讲课姿态给雷到了！

美微碰了碰白月菲的胳膊，正朝她们走过来的那个男生让她震惊得讲不出一句话。

白月菲以为美微这是听课无聊，要找她窃窃私语，便不理会美微，依旧埋头认真做笔记。

“哇！ 好帅！”圆饼双手捧脸激动道，“我下部作品的男主角。”

“嗬嗬嗬，好像朝我这边来了，”郝美捧着下巴花痴道，“来了，来了，真的来了，来了，我生命中的男主角出现了。”

美微扯了扯白月菲的胳膊，终于叫出声：“江桐，是江桐。”

奋笔疾书的手一顿，一丝抽痛突然袭上白月菲的心间，她不敢抬头去看那个许久未见的人，怕一看，所有压制在心底的情绪全部翻涌上来，于是白月菲咬着嘴唇，装作没听见的样子，继续埋头记录课程重点，却再也无法集中精神，心思全然系在了那个名字上，以至于毫无察觉地把"江桐"二字写在了笔记本上。

这一年，她 18 岁，和他一样的年纪。

美微意外白月菲的反应，看了看越来越近的江桐，又看了看白月菲，来回看了好几遍！始终觉得两人之间有些怪异！

花痴女生们的目光追随在江桐身上，只见他走到最后一排，坐到了美微的旁边。

美微热情地冲江桐招手，江桐竟然朝她点了点头，立即搅得美微一江春水翻腾，要知道他可是"传说"，那个高高在上的"传说"竟然回应了她，叫她怎能不亢奋？同学 3 年，他正眼都没看过她一眼，更不用说今天这般待遇。

旁边的圆饼和郝美无比羡慕有极品帅哥相伴的美微，愤愤地丢了四只白眼给她。

美微直接无视掉她们，激动地凑到白月菲耳边："托你的福，江桐刚刚回应我了。对了，怎么没听你提过江桐跟我们是同一所大学啊？"

白月菲一怔，再也忍不住，不由自主地抬起头看向了江桐，他正看着黑板，若有若无地听着老师的论述，白月菲的手不由得握紧水笔，首先想到的是他怎么会出现在这里？

26

“白月菲，跟你说话呢！”迟迟等不到回应的美微急切起来。

“什么？”白月菲茫然地望向美微。

“什么怎么？我说江桐跟你念同一所大学这事你怎么不告诉我？我们是好朋友，你好歹透露一二嘛。”

“我也是现在才知道。”

美微不相信，瞪大眼睛：“你怎么可能不知道呢？”

“我又不是他的谁，他没有义务告诉我的。”

“啊！这么说来，你们一直处于暧昧阶段咯？”

暧昧阶段？好像都不够！白月菲苦笑：“不是，是我单方面喜欢他。”

美微吃惊地看看白月菲，再看看身边的江桐，左右来回望望，满脑袋的问号，这是什么情况？不是一直在一起的吗？高高在上的江桐不是甘愿为你充当司机角色，每天接你上学放学，中午陪你一起吃饭，生日晚宴与你共舞，把你昭然于众，你不是还为了江桐拒绝了 Sunshine 集团继承人李陌的追求吗？如果这样都不算男女朋友，谁相信啊？

见美微不再纠缠，白月菲吐了一口气，埋头继续做课程记录，对美微说出心里的秘密之后整个人竟然轻松了不少，甚至她的样子看上去都云淡风轻，那不过是强装淡定罢了，一直刻在心底的初恋就在旁边座位，她怎么可能云淡风轻？

良久。

故作镇定的江桐瞥了白月菲一眼，她看上去很平静，手腕在笔记本上平静地扭动，时不时抬头看向黑板，然后又埋头记录。

原来他的出现对于她而言是这般的无所谓！不曾不敢也不该期待她一脸欢喜，但是怎么会连一丝惊讶都没有？江桐嘴角一勾，一抹苦笑写在冷峻的脸上，其实他是没有必要来这所学校上课的，只是有次路过美微座位时，意外听见美微给白月菲打电话说：“白月菲，相信我的实力，我一定会跟你考上同样的大学，乔宇商学院，等着我。”然后，那所学校的名字就那么有意无意地深刻在他的脑海里，高三毕业之后，他决定去英国的，可是不知道为什么，上飞机前的一刻，他还是动摇了，他终究没能放下白月菲，他想跟她同一所学校吧，每天能看看她就好，他不敢再有其他妄想，他有分寸，她是李陌的女朋友，他不会越界，于是，他来了江氏集团出资的这所学校。

看似一场偶遇，却是他有意策划的。

白月菲始终觉得有一道凛冽的目光越过美微落在她身上，她不由得开始拘谨起来，就连字都写得歪歪斜斜了。

江桐眼光灼灼地盯着白月菲，起初只是单纯地想着远远地看看她就好，可现在她平静的反应刺激了他，让他起了贪念，他想要再接近她一点，可理智告诉他不能那么做，一旦接近她，他压抑的情绪就会爆发，他不能在她面前恣意妄为，因为她是李陌的女朋友！江桐就此强迫自己收回视线，眼光落到了黑板上，心却不听使唤地停留在了白月菲身上！

清醒过来的美微不知哪根筋搭错，竟然凑到江桐身旁求证："'传说'，你和白月菲到底有没有交往？"

江桐眼光一闪，诧异地望着美微，没想到美微会问他问题，而且是这样一个问题。

美微问完之后就后悔了，"传说"怎么会理睬她呢？美微识趣地低下了头，拿笔假装做笔记，突然想起了什么，又不由自主地凑到江桐旁边："白月菲说是她单方面喜欢你？是真的吗？"

三言两语带着巨大的力量穿心而过，江桐目光复杂地看着美微："她亲口告诉你的？"

"传说"竟然和我说了话？美微激动得知无不言，言无不尽："对啊，我刚刚问她你们是不是在交往，她说没有，是她单方面喜欢你。"

白月菲无心关注美微，只是位置离得太近，美微说话的声音她多少都能听见，却又听不真切。

江桐蹙眉，美微的话语让他有一种天方夜谭的感觉，她不是和李陌在一起吗？怎么会喜欢他？他了解她的，她不是三心二意的人，那么一定是哪个环节出了问题，他必须要弄清楚。

答案似乎快要揭晓了，江桐开始忐忑不安，果然，只有她才能让他如此不淡定。

终于下课了，江桐还未起身，一群女生便从四面八方涌了过来，女生们尖叫着围住了江桐，男同学们啧啧地旁观一切。

白月菲忍不住看了看拥挤的人群，而后低头收拾好书本，起身拉过被女生们挤到一边的美微朝教室门口走去。

花痴的女生们疯狂地想要再上前，可江桐冷漠的表情和凛寒的眼神直接吓退了企图者们，花痴的女生们自觉退出一条过道，江桐立马起身离开。

"看吧看吧，'传说'在哪里都是焦点。"美微一边走一边诚服地对身旁的白月菲感叹道。

"不会吧？难道你们认识？"一个惊讶的声音从后方传来，美微一回头，发现是郝美。

"快讲讲他的故事，我要把他写成小说。"圆饼挤走美微身旁的白月菲。

美微侃侃而谈："此人比较传奇，不是三言两语可以概括的，还听我慢慢道来……”

三人一边走，一边谈论江桐，落下白月菲一人在后面心不在焉地迈着脚步。

毫无预兆的，一只手突然从后方捉住白月菲的手腕，心间一颤，白月菲顿步，回头一看，居然是——江桐！

他要做什么？白月菲困惑又难以置信，然后她的大脑似乎就失去了思考的能力，她不由自主地跟着江桐的步伐走向了另一个路口。

绿树掩映的湖边。

江桐终于停下脚步。

看着眼前这个熟悉的背影，白月菲也恢复了正常的思考能力，然后又增加了新的困惑，他带她来这里做什么？她却问不出口，只是与他一样静静地站在原地。

长久的静默过后。

江桐终于回头紧紧地盯着白月菲，似乎想要从她眼中确认什么似的，看了她好一会，才开口："你喜欢我吗？"

白月菲先是一惊，然后就回答他："我……我……"不料却是张口结舌，她明明想说"我喜欢你"，可是在江桐忽明忽暗的眼神中，白月菲发现她竟然连话都说不清楚了。

江桐的表情起伏不定，紧声道："你只用说是还是不是？"

"是，我喜欢你，"就连白月菲自己都惊讶她居然清楚地说出了这样的话语！更何况是江桐！

江桐愣住了！

在感情上莫名其妙勇猛起来的白月菲还在继续表达心中深藏的爱意："我喜欢你，江桐，可是你突然对我那么冷漠，甚至在你朋友面前装作不认识我，我只能望而却步。"

向来睿智的江桐愣愣地听着，一时没反应过来。

白月菲没有想过那些话语之后江桐会是怎样的反应，可是面对眼前这个无动于衷的江桐，她不安的眼神彻底暗了下去。江桐，其实很早以前我就预想过跟你告白的结果，深知不可能成功，所以那些话一直压在心底，没想到今天会再次见到你，更没想到你问了我那样的问题，而我又一时莫名其妙就那么自不量力地跟你告白了，然后你这般沉默着，其实是意料之中的，只是不死心的我总想有意料之外，然而没有，我很清楚地明白，你沉默是因为我的告白不值得你开口回应啊！这样也好，虽然很可惜，虽然很难过，但至少我亲手给我的初恋画上了一个句号。

可是江桐，初恋的结局我不想这么写的，你不知道这结局我有多遗憾，我往后一生的岁月里啊，终究没有你陪伴！

没有你陪伴的只此一生的岁月里！

真的再见了！江桐！白月菲痛楚地后退一步，转身的瞬间，手腕上袭来一股刚劲的力量，白月菲来不及思考，便一头扎进了一个坚实的怀抱里，白月菲惊呆了，不可置信江桐会有这样的举动！

27

“我喜欢你。”终于反应过来的江桐开了口，原本缭绕如烟雾的眸子这一刻清晰无比，他管不了那么多了，在白月菲说了喜欢他之后，他没有办法去为了李陌对白月菲的喜欢而去推开她，过去的他原本以为即使李陌和白月菲不是两相情愿，只要李陌喜欢白月菲，他就可以为了李陌而绝对不与白月菲有任何牵扯，现在江桐才知道当时的他有多高估自己的自控力！此刻的事实就是他做不到！做不到为了与李陌的兄弟情而放弃白月菲，做不到潇洒地为了李陌的爱情而毅然决然地放弃他的爱情！表白之后的江桐暗暗在心底说了一句：李陌哥，请原谅我的自私！然后就饶有兴趣地等着某人的进一步反应。

我是不是听错了？白月菲怔了几秒，局面变化得太快，白月菲真的不敢相信江桐竟然说喜欢她！像是一场春秋大梦，白月菲缓慢地抬头，语气薄弱地问：“你……你是说喜欢我吗？”

江桐忽然捧起白月菲的脸，盯着她的眼睛：“是，我喜欢你。”

顷刻间，白月菲就被那道灼热的目光看得忘记了呼吸，心跳就此狂乱！她真的可以相信眼前的这一切是真实存在的吗？

水面波光粼粼。

微风轻拂杨柳。

江桐缓慢地倾身过去，在白月菲的额头上轻轻一吻，白月菲一颤，恍惚伸手触摸江桐的手臂，炽热的体温让白月菲混沌的眼睛瞬间明亮，她确信这不是梦境，眼前的一切是真实存在的。

天啊！我的初恋竟然说喜欢我了！白月菲狂喜不已！

微风徐徐，几缕长发轻拂过白月菲的脸颊，江桐抬手为她把发丝捋到一边，那双清澈的眸子闪耀无比，江桐看得心间蠢动，不禁抬手穿过白月菲后颈的发丝，俯身过去。

白月菲在一瞬间感觉双唇湿润，麻麻的触电感奔流全身，白月菲忽闪忽闪地眨着眼睛，周围的一切都安静了。

他含住她的双唇，轻舔她柔软的唇片，慢慢地，用舌头撬开她禁闭的双唇，来回试探地抵在她的齿间，试图找出进去的缺口，然后白月菲感觉缺氧，不由得打开了口腔呼吸，江桐的舌头就趁机探了进去。

电光火花之间，白月菲强烈悸动着，双手情不自禁地攀住江桐的脖子，江桐的舌头在白月菲的口腔里尽情来回游弋，辗转吮吸，白月菲眩晕，却又沉迷其中，后来，更是被江桐影响，笨拙地回应着江桐的亲吻。

江桐一边张狂而不失温柔地吻着白月菲，一边把她移身靠在身旁的树干上，这样的姿势让江桐更加贪婪地攫取着属于白月菲的气息。

背抵树干的白月菲感觉天旋地转，脸红心跳地喘息着。

终于，江桐心满意足地离开了白月菲的双唇，白月菲刚一呼吸到新鲜的氧气，耳垂就被江桐轻轻咬住了，酥酥痒痒的，白月菲彻底意乱情迷了，任由江桐辗转厮磨，时间仿佛静止了一般。

他在她耳边肆意探索着，最后点到即止。

江桐停了下来，把白月菲轻轻拥入怀中："傻瓜，既然喜欢我，为什么上次跟你告白的时候，不回应我呢？"

白月菲仰头看着江桐的下颌，用力抱紧他，生怕他是幻觉，一松手就消失不见："你是那样的闪耀，就像是只能在梦里拥有的人，我怎敢奢望你会喜欢我？那时你的告白让我迷了心智，一时没反应过来，等我清醒的时候你已经走了。第二天我好不容易鼓足勇气想要告诉你我喜欢你，结果我还没开口，你就说我们做朋友吧！"

白月菲的话语彻底颠覆了江桐先前的认知，他解释道："我以为你的不回应就是拒绝，我不想你因为我突然的告白而远离我，所以退了一步，想要给你一点时间，我有把握你会喜欢上我的。可是后来，你不是和李陌哥在棒球场被拍到了吗？我以为你们是两相情愿！"

白月菲离开江桐的怀抱："事情不是那样的，我早就想跟你解释了，可你一直没有给我解释的机会，那天是游戏环节，规定镜头拍到的人需要当众亲吻，我们又刚好被拍到。李陌说如果我们不敷衍一下，现场观众和摄像师都不会轻易放过我们的，当时还没等我回应，李陌就突然行动了，然后就是你看到的那样了，李陌说那只是一种国外打招呼的仪式！"

江桐的声音有些僵硬："那仪式让我误以为你们在一起了，李陌是我敬重的哥哥，就算再喜欢你，你们两相情愿的情况下，我是不会插手的，不过如果换作别人，我一定会把你抢过来的。"

白月菲静静地看了江桐片刻，然后紧紧抱住他："李陌是跟我表白过，我跟他说了我有暗恋的人，我一直把他当朋友。"

"那发布会呢？"

"我一直喜欢饰品设计……李陌又刚好是我喜欢的设计师……所以是意外之中的合作……"

……

横隔在两人之间的误会终于完全解开。

江桐在白月菲脸颊上一吻，牵她坐到大树后面的椅子上。白月菲靠着江桐的肩膀，与他看着湖面聊着天，这是属于他们的美好时光，没想到一个篮球忽然滚到了白月菲脚边。

原本正在说话的白月菲一顿，弯腰捡起碰撞在脚边的篮球，奇怪此处又不是篮球场，何况地方如此僻静，怎么会有篮球呢？

“哥哥姐姐，把篮球给我好吗？”稚嫩的男童音。

白月菲和江桐不约而同地回头望过去，一个五六岁的小男生站在不远处跟他们说话。

白月菲一边起身一边对江桐说：“你等我一下，我把篮球还给小不点。”

“谢谢姐姐。”小男生抱着篮球高高兴兴地离开了。

“好可爱的小朋友，不知道是哪位教职工的孩子？”白月菲重新坐回到江桐身旁。

“你喜欢小孩？”

“喜欢啊，天真无邪的年纪多好。”

“我也喜欢。”

然后白月菲就脑补了一副这样的画面，一个白白胖胖的小孩如小皇帝般坐在沙发上大哭，她手足无措地看着他，江桐拿来奶瓶，一喂到小皇帝嘴里，他立即就不哭了，咯咯地笑着，喝了几口奶之后，他欢乐地叫着爸爸妈妈。想到这里时白月菲一脸娇羞，如果再接江桐的话，话题似乎有点那啥了，所以她更换了话题：“我们去吃午饭吧。”

“你想吃什么？”

“你吃什么我就吃什么。”

“法国餐厅？”

“太贵了。不好。去吃麻辣烫吧！”

江桐迟疑了一下，然后同白月菲点点头。

毫无例外的，当江桐和白月菲走到大道上的时候，一路上同学们给予了不少注目礼，有那么一瞬间，白月菲甚至有了一丝虚荣，如此受欢迎的“传说”现在竟然是我的男朋友，呵呵呵呵呵，感谢月老的厚爱啊！

见她若有所思，江桐好奇地问：“在想什么呢？”

白月菲被问得一脸尴尬，实话实说多不好意思啊！于是胡诌道：“那个，那个……我在想象你篮球比赛的模样！”

“你不必想象，我可以让你亲眼见到。”

白月菲以为江桐只是随口一应，压根没把他的话语当回事。

28

吃过午餐之后，江桐送白月菲到宿舍楼下，白月菲正欲开口说再见，只见江桐已经俯身过来在她唇上温柔地一吻，红晕立即爬上白月菲的脸，毕竟周围还有过往的同学！再加之人前亲吻这事于白月菲是头一次啊！然后她就一把推开了意犹未尽的江桐，无比羞涩地来了一句："同学们都在看啊！"话音一落，也不等江桐回应，立马转身闪进了楼道。

江桐也不理会周遭过往同学们或暧昧或看热闹的目光，嘴角微微上扬，等到白月菲的身影完全隐没进宿舍大门里面，才恋恋不舍地转身离去。

某人爬楼梯的脚步慢下来，哈哈哈！今天已经第二次被江桐亲吻了！这种感觉真玄妙！真想回亲他一口！！想到这里的时候白月菲觉得她太色欲熏心了，立马停止了这种不够矜持的举动！万一太主动把江桐吓跑了就不好了！白月菲严肃了表情，不过1秒，便破功，嘤咛一声，呵呵，可是好想主动啊……

一打开寝室门，白月菲便感觉气氛异常，狐疑地走进去，房间里没有人，再走到阳台上，只见美微、郝美、圆饼三人齐刷刷地靠在阳台上。

白月菲春风满面地走过去，悄然趴到她们旁边，然后一吼："你们三个看什么呢？"

三人吓了一跳！同时从楼下远去的江桐身上收回目光。

圆饼嬉皮笑脸地围着白月菲转了一圈，然后慢悠悠道："看某人谈恋爱啊。"

白月菲一愣，一脸窘迫，呃！竟然被这三只"单身狗"看见了啊！白月菲不好意思地抓了抓脑袋。

八卦的美微先开了口："这下足以证明你们在一起了吧？"

白月菲点点头，解释道："我真的没骗你，我和江桐真的是今天才确定关系的。"

美微一脸好奇："你们是怎么确定的啊？"

白月菲想要搪塞过去："说来话长。"

郝美优雅地摆摆手："没事，你慢慢讲，我们时间充裕。"

白月菲想三十六计走为上策："对了，我口渴，出去买瓶水喝。"

"等下，"圆饼跑进屋里，拿过先前回来时顺便买回来的矿泉水，每人发了一瓶，然后靠回阳台，打开瓶盖喝了一口："可以开始了！"

看来是躲不掉了，继续僵持下去纯属浪费心力，白月菲决定从实招来，随手把矿泉水朝阳台上一放，拉过一张凳子，坐上去："事情是这样的，我们走出教室以后……"

美微心急地打断她："讲重点。"

白月菲只好从重点抓起，当然某些重要的事情还是不能透露的，比如湖边接吻是省略的。

“所以，我是一大功臣啊！”美微尤为得意道，“如果不是我的话，你们两个怎么可能你侬我侬羡煞旁人？”

白月菲起身，走过去，给了美微一个感激的拥抱：“谢谢你。”

美微不屑地说：“来点实际的。”

白月菲想了想：“晚上请你们吃饭？”

郝美和圆饼一听，直接扑上去：“月菲是个好姑娘。”

下午下课之后，江桐约白月菲一起吃晚餐，白月菲忍痛推掉，说已经答应寝室的3个吸血鬼一起吃饭，白月菲本想邀他一起去，又担心他会不喜那么多人一起用餐，只好打消念头，说明天一起吃早餐，江桐这才勉强放人。

白月菲走后，形单影只走在校园里的某人路过学校公告栏的时候依稀看见几个红色的大字“篮球队招贤纳士”，于是乎江桐退身回来，贴着黑板看公文。

“白月菲，你不会请我们吃食堂吧？”圆饼停下脚步，因为再朝前走转个弯就是学生食堂了。

走到路口的白月菲转过身体，一脸阳光明媚：“是的，今天我们就吃食堂。”

前方的郝美立马顿住脚步，她可是期待吃大餐的！食堂就想打发她？门都没有！郝美直言道：“我说白月菲，你男朋友那么有钱，你请客好歹提高点档次啊，吃西餐好不好？”

“他确实有钱，可我还没到吃软饭的地步哈，”说到这里，白月菲一手摆出八的手势：“八菜一汤，比西餐丰富喔。”

听起来是诱人，可美微还是想要去外面吃，毕竟一个学期下来在食堂吃饭的机会还会少吗？

正面进攻不行，美微决定采取迂回战术：“请我们吃食堂没关系，但身为江桐的女朋友，请客请到食堂来，说出去多丢他面子啊！”

“你们不说，谁知道我请客了？”白月菲说完之后，三人仍然停步不动，无声地用不满的目光控诉着她，白月菲转了转眼珠，灵机一动，装模作样道：“哎！我本来做好了请客的准备，不过现在看你们似乎都不饿，算了，我们还是不吃了。”说完惺惺作态地转身要走。

有免费晚餐吃总比没有好哇！三人心有灵犀地同时觉悟！齐声道：“白月菲，我们饿饿饿。”

一进食堂，很多女生看着白月菲交头接耳，白月菲也没太在意，直接选了一个靠窗的位置坐下来，很多男生也看了过来，难得一见如此清丽脱俗的佳人，一众男生们虽然心间蠢蠢欲动，但都处于观望状态，《孙子兵法》说：知己知彼百战不殆。不急于一时，来日方长。

饭吃到一半时，白月菲的手机铃声响起，还不等她拿过电话看看来电显示是谁，三人已经笃定是江桐。

吃着鸭肉的圆饼感叹道："原来江桐这么黏人！看来我男主角的性格要修改一下了。"

郝美打趣道："我说月菲姑娘，你施了什么魔法，把江桐吃得这么死？"

白月菲夹了一块鸡肉放到郝美的碗里，岔开话题："你多吃点肉，你太瘦了！"

啃着青菜包的美微提醒白月菲："你赶快接电话吧，不要让'传说'等太久。"

白月菲这才放下筷子，拿过手机一看，目光一凝："你们先吃，我出去接个电话。"

身后传来戏谑的话语。

"接个电话而已，要不要这么兴师动众地跑出去啊？"郝美喝了一碗豆浆下肚。

"人家要讲情话，不能随便给人听。"美微一口吃下鸡肉。

"我要是有江桐那样的男朋友，我也会丢下你们的。"圆饼发自肺腑地说。

郝美和美微一同恩赐了一个倒立的大拇指给圆饼。

食堂外，白月菲找了一个相对比较僻静的地方，这时电话已经是第二次响起了，白月菲深呼吸一口气，按下接听键。

"大学生活过得如何？"身在意大利的李陌关切道。

"很好。"

"好就行，你们食堂的……"电话那头的李陌正在说着什么，白月菲一句也听不下去，她突然打断李陌的话语，"李陌，我有事情想要跟你说。"

"你讲。"李陌从停车库出来，朝住所走去。

"今天我跟我暗恋的人表白了，原来他一直喜欢我，所以我们在一起了。"

李陌呼吸一紧，顿步，寒风呼呼地刮过来，落叶在空中苍凉地飞舞，冰寒的空气贴在皮肤上，李陌突然感觉寒冷，单手扣上敞开的风衣，只是那颗愈渐冰凉的心怎么也恢复不到之前那般火热了！不仅如此，那颗几乎要凉透的心还带着钝痛摇摇欲坠着！

短暂沉默了几秒，李陌迈步继续向前走去，声音有些僵硬："恭喜你！谁这么好运拥有了你？"

白月菲握着电话的手有些颤抖："你也认识的。"

李陌蓦地愣在大门前："我认识？"

"是江桐。"

那颗下坠的心轰然崩塌了！李陌声音低哑："所以你们是怎么开始的？"

"我们……"

挂了电话，李陌回到屋里，从冰箱里取出一罐啤酒，一饮而下。

原来你们在我之前就认识了！难怪第一次看见你的背影就觉得熟悉，觉得一定在哪里见过！原来生日晚宴上看见的背影就是你！

原来那时在 KTV 里之所以觉得不对劲，是因为你和江桐一直在压抑对彼此的情感……

真相残酷地揭露在李陌面前，它们像一把刀狠狠地插在心脏上，痛心彻骨，李陌却只能默默接受，没有任何反抗的余地。

一抹悲凉的笑容爬上了李陌的嘴角。

月菲，既然你和江桐是相互喜欢的，即使我再想横刀夺爱地把你争取过来也会强迫自己放手，你和江桐一定要幸福，我如此在乎的你们只有幸福才对得起我的成全……

29

大一的生活不像高三那般繁重，甚至可以说是轻松，每天只有几节课，除此之外，空闲的时间很多。

下午课程结束以后，美微、圆饼、郝美三个人要去逛街，她们问白月菲去不去，白月菲摇头。三人走后，白月菲无精打采地晃荡在校园里，不时有情侣路过她身旁，女生小鸟依人般挽着男生，男生和女生聊着天，白月菲看到别人如此恩爱，不由得把她的情况对比了一下，她也是有男朋友的人，明明才刚开始恋爱，应该是热恋期才对，可她和江桐却并不像别人那般如胶似漆，白月菲纳闷，难道热恋期一天就过去了？她完全跟不上江桐的恋爱节奏，最近江桐似乎很忙，很少过来找她，具体忙什么，她也不清楚，尽管困惑的她有旁敲侧击地找男主角答疑解惑，可是男主角根本没有提供什么有价值的信息。

然后，三位室友都有察觉到她与江桐在一起的时间越来越少，有那么一次，圆饼还调侃白月菲："哟哟哟！小菲菲姑娘不出去约会啊？难得今天月色这么好！情人们都在幽暗的小树林里成双成对！而 321 室唯一一个已婚，不不不，瞧我这口误，唯一一个已经有主的姑娘却待在宿舍，说不过去啊！是不是被'传说'无情地打入冷宫了？"

白月菲一个枕头丢过去："这空调明天再不修好的话，你就高抬贵手，把我拎到冷宫去。"玩笑话语一落，白月菲心中浮上苦涩，真的不知道她与江桐之间是怎么了？她去看过金融系的课表，与她会计系的排课节数差不多，一天就三到五节课，她怎么就很少见到江桐呢？白月菲为此烦恼郁闷，她想或许是她敏感，想太多了吧！

不想再对江桐胡乱猜想，免得自寻烦恼，于是白月菲把空闲的时间几乎全部用来泡图书馆，一进去就好几个小时，只有这样让大脑高速地运转在图书里，白月菲才能暂时不去想突然生疏的江桐。

学校篮球场。

一群男生正热火朝天地练习着篮球，虽然不是什么重大的比赛，可看台上依然人满为患，几乎清一色都是女生，大多数是篮球队队长尹浩屿的粉丝，尹浩屿念大二，金融系，去年校级奖学金得主，长相帅气，人品好，擅长篮球，关键是还没有女朋友，所以女生们总是成群结队地跟在他身后，期待有朝一日攻下城池。

不过，这几天过来看球的女生们意外发现篮球队空降了一名中锋。女生们都不大懂篮球，纯粹只是为了看人，篮球队的新鲜血液毫无疑问地引起了女生们的骚动，除去优秀的尹浩屿只有一个，也不知道谁能有幸伴他左右这个原因之外，更重要的是这新鲜血液无论哪方面都和尹浩屿有过之而无不及！女生们意外多了这么一个绝优的目标，那兴奋激动的追捧劲可想而知！

一个星期下来，连队友都忍不住打趣尹浩屿："队长，你粉丝掉了不少啊！"

"无所谓。"尹浩屿接过江桐的传球，三分线绕过防守队员，一个转身运球，跨步扣篮，看台上一阵欢呼声。

练习赛上半场结束，大家稍作休息，补充能量。

尹浩屿递给江桐一瓶水，江桐接过去喝了一口。

"你防守不错。"江桐说。

"你进攻不错。"尹浩屿回。

虽然两人只磨合了短短一个星期，却意外地默契十足，江桐的表现让尹浩屿叹为观止，尹浩屿的打法完全超出了江桐的预期。

一个星期前。

江桐来到篮球场上找到刚刚练习完的尹浩屿，问："你是队长？"

尹浩屿拿过毛巾擦了擦汗："是。"

江桐肯定道："我要以正式球员的身份进来。"

"找篮球社社长，新人需要从替补位置打起。"

"我和你单挑斗牛，如果我赢，给我中锋。"

"篮球队从未有过空降先例。"

"我有让你空降的实力。"

狂妄的话语让原本打算走掉的尹浩屿突然改变主意。

他说："先赢了我再说。"

尹浩屿弓身运起旁边的篮球传给江桐。

男人之间的较量正式拉开。

斗牛开始。

正欲去冲凉的队员们退身回来观战，竟然有新人自不量力地向篮球能手尹浩屿挑战！大家翘首以待新人表演如何搬起石头砸自己的脚。

江桐先是一个变向过人，迅速找准一个空当上篮，精准地扣球，换尹浩屿攻防，巧妙的一个右转身，甩开江桐的防守，轻松上篮得分。

队员们一个个瞪大了眼睛，新人的首发近乎完美，但队员们并不买账。

啧啧的声音响起："运气。"

斗牛进行到一半的时候，观战的队员里有人诚服地感叹道："实力。"

几个回合下来，队员们都不可置信两人竟然最终战成平局，新人成为第一个匹敌尹浩屿的人，队员们甚至希望尹浩屿可以留下新人，毕竟前两天中锋练习时韧带受伤，医生说需要修养一个月，替补中锋经验欠缺，跟小前锋尹浩屿的配合缺少默契，如果现在收下新人，那么2个星期之后和劲敌横滨大学的友谊赛一定十拿九稳。

不过队员们了解尹浩屿原则性极强，所以对于留下新人也不抱多大希望。

“明天过来参加练习。”挥汗如雨的尹浩屿朝休息室走去，他不得不承认江桐在篮球方面的天赋，是他迄今为止见过的最好的中锋，刚刚最后一个球，江桐重心不稳导致投偏，失去一分，尹浩屿驰骋于篮球场多年，丰富的实战经验让他判定江桐失误的可能性极小，有意放水的概率很大。

又一个星期过去了。

晚上，白月菲和江桐漫步在林荫小道上。

白月菲终于按捺不住，幽幽地问：“你最近很忙吗？”

“嗯。”

“忙什么呢？”

“课程比较多。”

撒谎，我都看过你的课程表了，明明没有几节课，白月菲不开心，却又强撑着不表露出来，只是步子越走越慢。

江桐看了一眼落在身后的白月菲，退步回去牵她一起前行。

手掌心立即传来江桐的温度，白月菲低落的情绪因为江桐牵手的举动而瞬间烟消云散，江桐，你知道吗？遇见你之后，我的心情一直随你起伏。

白月菲扬起脸，轻快地问：“明天星期六，我们出去走走逛逛好不好？”

“明天我有事，去不了。”

“那后天怎么样？”

“后天有安排。”

明显是不想出去，罢了，白月菲也不说话，闷闷地走路，不知什么时候已经走到宿舍楼下，短暂的相聚又要分开，白月菲不舍，突然抱住江桐：“晚安。”

江桐微微一笑：“晚安。”

白月菲离开江桐的怀抱，看到江桐正眼带笑意地看着她。

他明明是比从前更加温暖的人啊！我怎么会有生疏的错觉？白月菲蹙着眉头转身进了宿舍，难道是我想多了吗？

走到二楼的时候白月菲趴到栏杆上看楼下，江桐已经走远。

晚上，白月菲躺在床上怎么也睡不着，辗转反侧，后半夜才睡去，做了好多梦，醒来的时候已经快一点。

寝室三人已经用过午餐回来，美微给白月菲带了一份。

郝美和圆饼换好衣服后说要出去买衣服，问白月菲和美微去不去。白月菲没睡好，根本不想动，直接拒绝了，而美微说有安排，改天再去。

郝美和圆饼抱着血拼的心情出门。

美微看了看时间，还早，于是打开笔记本电脑追连续剧。

双目无神的白月菲进洗手间洗漱，出来后，拿过午餐，心不在焉地吃了起来。

美微一边看电视剧一边问白月菲："我们三个早上看你睡得熟，就没叫你，你怎么睡那么久?"

"昨晚没睡好，早上又醒不来，"白月菲埋头喝了一口莲藕汤，眼眸略带期盼地看向美微，"下午要不要一起去图书馆?"一个人泡图书馆已经泡得没有动力去了，那些无价的知识终究抵不过江桐啊！她已经连书都看不进去了！真不知道拿自己怎么办才好？第一次恋爱的白月菲迷茫了！但是无论如何，图书馆还是要去的！不然她真的会一门心思都放在江桐身上，这样为一个人完全失去自我也不好！

"不去，我要去看篮球队队长尹浩屿练球，听说一表人才，三观正，而且单身，你和江桐都在一起了，我也得赶快物色一个。"

"好吧！加油，期待你的好消息。"

30

下午3点，美微横穿大半个校园，准时来到篮球场，平时座无虚席的观看台今天意外还有几个空位置，不过比较偏。美微观望一圈之后选了一个相对还不错的位置将就坐下！其实她早想过来看尹浩屿了，只是这一个星期忙了一些琐碎的事情，来球场的计划一推再推，这个习惯似乎会上瘾，今天又推到明天，为了早日见到赫赫有名的尹浩屿，美微今天特意放下了所有的事情。

随着一片崇拜的欢呼声，球员们从更衣室健步走来。

3号和5号的呼声碾压全场。

美微当然知道尹浩屿是3号，不仅如此，昨天还意外听说篮球队不久前空降了一位优质的神秘人才，风头正盛，身份背景有各种版本，还有待进一步调查，那么由此推断，5号应该就是空降人员。虽然座位偏远，但美微还是一眼就瞄到了身着3号球衣的尹浩屿，他跟传言一样，魅力四射，美微看得春心荡漾，忍不住加入了呼喊大军的行列。

“3号！3号！3号！”

“5号！5号！5号！”

身旁的姑娘扯着嗓子高呼，轻而易举地盖住了美微的声音，美微当然不服输，更加用力地叫喊着3号，叫了没几声，眼皮一拧，突然没了声音。

咦，那身着5号球衣的不是“传说”吗？

美微瞪大眼睛。

可是“传说”怎么会是神秘的空降人员？“传说”怎么可能打篮球？他可从未参加过这种团体活动啊！

美微甚感不可思议，愣愣地盯着场地中央的江桐。

练习赛开始。

女生们又一阵尖叫。

尹浩屿的新晋粉丝美微一心两用，同时也关注着江桐。没办法，虽然她是专程为尹浩屿而来，但是谁叫江桐是“传说”呢，他身上总有一种强大的魔力吸引住美微，让美微无法不去关注他。

晃动的矫健身影。

哨声。

掌声。

呐喊声。

球员们一番大汗淋漓之后，练习赛结束。

众女生围堵在球员们出来的必经之路上，美微瞄了瞄庞大的粉丝群，迅速制定好战略计划。第一战：给尹浩屿留下深刻印象。

于是，美微勇往直前地挤到最前方。

球员们冲好凉换好衣服陆陆续续地出来了。

与众粉丝们一阵推搡之后，美微占据了有利地形，尹浩屿刚好从她的身边路过，她找准机会，主动出击，伸出“九阴白骨爪”去拉尹浩屿的球衣，却被旁边的女生一挤，抓空了不说，人也因为重心不稳而摇晃，看起来着实有些滑稽和狼狈！

和尹浩屿并排行走的江桐突然停下脚步，眉头一皱，目光落在还没站稳的美微身上。其实从第一次正式加入练习开始，江桐就注意到看台上有很多女生，他完全没想到会有那么多的女生喜欢看篮球运动！一度还担心白月菲会不会过来，不动声色地套过白月菲的口风，然后顺利得知他想要的情报，比如白月菲的三个室友平时都在忙一些琐碎的事情，没时间去运动场什么的。白月菲一来因为三个室友经常不在，一个人在寝室闲着没事，二来因为想多学点知识，所以空闲的时间基本都扎在图书馆里了！江桐不知其实白月菲隐瞒了她去图书馆的真正原因！

众粉丝纷纷安静下来，几乎都在猜测江桐忽然停步是因为谁？如果是自己那就更好不过了！然后众粉丝各有所思地迷恋着那张英俊逼人的容颜，虽然有人说他已经有女朋友了！可是崇拜一个人，并不是一定要跟他谈恋爱啊！何况年少时期的爱情大多都不能走到一起，就算江桐真的有女朋友，没准哪天就分手了呢……

美微好不容易才站稳，就看见江桐朝她所在的方向走了过来，呃?!“传说”这是——美微实在想不出来江桐朝她走来干吗？

尹浩屿也停住脚步，观望着举止异常的江桐，从参加练习开始，这是他第一次看见江桐有如此反应，他不禁想起有一次中场休息的时候问江桐为什么进篮球队，江桐说有一个女孩想要看他比赛，他想给她惊喜！尹浩屿就此猜想难道那个女生置身于人群中？

“我在这里打篮球的事情不要告诉月菲。”江桐口吻淡淡地叮嘱美微。

虽然“传说”的口吻听上去很是温和！可美微却觉得那分明就是不可抗拒的命令，被“传说”强大气场攫住的美微连连点头。

见事已成，江桐提步走开，尹浩屿收回视线，径直朝前走去。

“儿女情长啊！”尹浩屿边走边打趣江桐，“我还真是第一次见你这样的人，打篮球竟是为一个女生。”

“有一天你也会为喜欢的人做荒唐的事情。”江桐并不觉得他做得离谱。

图书馆里。

白月菲沮丧地趴在桌子上，连日来驶着一叶小舟遨游在知识海洋里的她彻底翻船了，书？一边待着去！此刻白月菲一门心思全都系在江桐身上，都快要相思成灾了！难以想象，热恋中的她已经一连2天没见过江桐了，他最近神神秘秘的，也不知道到底在忙什么？2天前他还会与她一起散散步、吃吃饭，现在连人影都没有了，白月菲纳闷地拿出手机，调出江桐的电话号码，想着要不要打电话问一下，犹豫了半天，终于拨了出去。

还不等白月菲开口，电话那头已经说了话。

“明天下午2点，我过来接你。”

白月菲先是一愣，而后连忙应声道：“好。”

“那就这样！”江桐挂了电话。

这一通电话之后，白月菲立马就生龙活虎了，这是要约会吗？白月菲傻傻地笑着，脚步轻快地离开图书馆去食堂吃饭。一口咬下去，嗯，好吃，师傅的厨艺突飞猛进啊！用完餐之后，白月菲走在回宿舍的路上，怎么之前没有发现这条路上的风景是如此之好？总之，白月菲一想到明天能见到江桐就会吃啥啥香，看啥啥好。

晚上躺到床上，白月菲还做了一个美梦。

第二天起床之后，白月菲开始翻箱倒柜，一连找了好几件衣服试穿。

侧躺在床上打发篮球赛前时间的美微一边追剧一边看了看白月菲：“你今天要出去啊？”

“对啊，江桐说下午2点过来接我。”

“2点？”美微诧异地坐起身，“2点出去约会？他今天……”美微突然想起江桐昨天说的话，及时住了口。

“怎么了？”白月菲没想到美微反应这么大。

“没什么！”美微重新侧躺下来，利用自报行程岔开话题：“我要去看比赛，3点钟，我们学校和横滨大学的友谊赛。”

白月菲揶揄美微：“你哪里是去看比赛，分明是去看篮球队队长嘛！”

“恭喜你，回答正确。”

“有奖品吗？”

“有啊！奖品就是我今天的晚餐你包了。”

“好好好，晚上请你吃帝王酒店，”白月菲故意停顿1秒，笑得阴险，“旁边的兰州拉面！”

美微做了一个鄙视的手势，而后打听道：“江桐有说要去哪里吗？”篮球队的事情她了解得很透彻了，对手团队作战实力强劲，如果江桐今天缺席比赛，单凭尹浩屿一己之力，赢的可能性就没那么十拿九稳了，毕竟是团队作战，需要相互配合，现在乔宇商学院的篮球队很需要一个如同江桐那般优秀的中锋。

白月菲又换了一套休闲衣：“他没说！那郝美和圆饼也去看比赛吗？”

“去啊！郝美说衣服没有合适的鞋子搭配，拉着圆饼出校去挑选了，你不知道今天的郝美有多么的雄心壮志！竟然立志下午一进篮球场就用她那魔鬼身材撂倒一片男生们……”

31

1点左右，圆饼和郝美拎着大包小包从外面回来，她们精心装扮一番之后，和美微一道出了门。

刚刚还喧闹的寝室瞬间安静下来，白月菲看了看时间，还有15分钟才到2点，她闲来无事，趴到阳台上，一直望着江桐来时的必经之路，在她望眼欲穿了10分钟左右，江桐终于出现在楼下，他拿出手机欲打电话叫白月菲下来，白月菲在楼上喊他，他循声抬头，望见白月菲正趴在阳台上朝他挥手。

不到2分钟，白月菲一路小跑到楼下，她远远看见江桐站在大树下，阳光透过树叶间的缝隙落到江桐的脸上，他棱角分明的脸庞看起来瘦削了许多，白月菲突然一阵心疼，一边朝他跑去，一边想难道是他最近太忙的缘故吗？她以后可一定要好好监督他吃饭才行。

白月菲定步于江桐面前，期待地问："我们去哪里？"

江桐语气如常："去了你便知道了。"他控制着表情，可不想在她面前露馅。

白月菲依稀觉得这样的对话似乎在记忆里存在过，想了想，突然就想到了李陌，白月菲惊讶，我怎么会想到他呢？

"我们走吧！"语落，江桐已经牵起白月菲的手朝篮球场走去。

白月菲这才从有关李陌的思绪中跳脱出来，寻思江桐究竟要带她去哪里呢？

一路上，两人引来不少女生的关注。

白月菲时不时听见人群中有人尖叫"5号"，她不明所以看着江桐，好像是在叫他，又好像不是啊！

后来越朝前走，遇见的人越多，同学们从四面八方汇聚而来，都不约而同地朝着同一个方向前行，白月菲和江桐置身于人流之中。

"5号"的呼喊声一直不绝于耳，偶尔还夹杂了一两声"江桐"。白月菲循着叫声看了看人群，人们的目光确实关注在江桐身上，她转过视线看向江桐，刚想开口问江桐"5号"是怎么回事？江桐好像知道她在想什么，立即摆出一副我不知道的模样，白月菲也就此放弃追问，继而把视线转移到人流的尽头。

前方到底是什么？白月菲疑惑，她对学校的环境不太熟悉，除了和江桐一起的时间，每天都是教室、图书馆、寝室三点一线。

走了大概10分钟，一座圆形建筑物出现在白月菲眼前。

难道是体育馆？白月菲狐疑地走进去，看台上已经人山人海，有很多女生站了起来，她们冲着江桐热烈地呼喊着，白月菲已经对江桐如此受欢迎不足为奇，她反应平静地紧跟江桐的步伐，一边走一边侧头看向场地中央，只见两队身着不同颜色衣服的人在来回走动，她的视线全场一扫，赫然看见显眼的篮球架。

“我们是要看篮球比赛吗？”白月菲诧异地望着江桐，她想象过无数个今天跟他一起的画面，没有一个是看篮球比赛的。

“你不是说过想要看我打篮球比赛吗？”江桐反问，这是他为她准备的，虽然微不足道，却承载着他满满的心意。

那个向来独行冷峻的他竟然要参加团队作战的比赛！白月菲心底涌过一股暖流，没想到她随口一说的事情，江桐真的为她做了，甚至不惜为她改变他一贯的坚持。

白月菲眼光发热：“嗯，我一定会好好看的。”

江桐宠溺地摸摸白月菲的头，把她带到预留好的位置上，他不顾众人的眼光，在她额头上轻轻一吻：“你先坐着，我去换衣服准备比赛。”

看台上方的美微、郝美、圆饼她们三个把这一切尽收眼底。

“原来江桐把约会地点定在篮球场馆里了啊！”郝美最先发声。

“不对啊，”圆饼疑惑，“你看，江桐离开座位了，好像是朝球员更衣室去了。”

美微一副早知的模样：“江桐是要参加比赛的。”

郝美和圆饼异口同声地反问：“你怎么知道？”

“等会我再告诉你们，我先联系一下白月菲。”美微拿出手机，想要打电话给白月菲，无奈现场太吵闹，于是发信息过去：“你们不是去约会吗？怎么过来篮球场了？”

手机一阵震动，白月菲拿出手机一看，是美微的信息，她回复道：“我也是到了这里才知道江桐比赛一事。”

美微飞快地打字：“来这里就再好不过了！昨天我听你说今天可能要出去约会，还一度郁闷了好久，想江桐怎么临时不参加比赛了，置我家尹浩屿于不利境地。”

白月菲诧异，反问：“你知道江桐要参加比赛？”

美微快速回过去：“我也是昨天下午看比赛才知晓的，我当时吓了一跳，后来江桐也看到我了，特意走到我面前叮嘱我不要告诉你，我还觉得他奇怪呢，又没做什么坏事，打打篮球而已，为什么要隐瞒你呢？”

白月菲这才恍然大悟，难怪最近总是看不见江桐，原来他是忙着去练习了啊！白月菲望向场地中央的江桐，幸福感在胸臆间油然而生。

队员们在做赛前热身。

白色队服的是乔宇商学院。

红色队服的是横滨大学。

比赛还没开始，各校的支持者们已经针锋相对地呐喊着。

“如果我们赢了，晚上带你女朋友一起聚一聚？”尹浩屿一边热身一边问江桐，他突然想要见识一下那个让江桐甘愿如此付出的女生。

江桐望了一眼观台上的白月菲，欣然答应了尹浩屿的提议，这 2 个星期的练习赛，他与大家一起挥汗如雨，不知不觉，他潜移默化地融入这个大家庭里。

热身结束。

比赛正式开始。

两队球员围在中圈之外，壮实的裁判站在横隔线上，双方各派一人跳球，裁判哨声一响，把球抛向空中，横滨大学来势凶猛，眼疾手快地抢球成功。

开场不到 2 分钟，横滨大学轻易拿下 2 分，比赛进行到第 8 分钟的时候已经砍下 9 分，乔宇商学院一分未得，尹浩屿和江桐甚少进攻，两人悠闲的状态可急坏了看台上的粉丝们。

第一小节比赛结束，横滨大学首战告捷，轻轻松松拿下 22 分，乔宇商学院仅得 4 分，而这 4 分尹浩屿和江桐一分未贡献，都是其他队员努力的成果。

白月菲本来对输赢无所谓的，这个比赛，她唯一关注的人是江桐，可周围的声音还是让她不免担心比赛的结果。

“尹浩屿学长看起来完全不在状态啊。”

“别怕，尹浩屿是慢热型。”

“江桐今天怎么了？我看过他练习，球技很棒的啊。”

“是啊，我也看过，还不如练习时的表现。”

“如果尹浩屿和江桐再这样下去，恐怕我们学校会惨败啊！”

……

32

短暂休息2分钟之后，第二小节比赛开始，尹浩屿带球，他利用速度优势变向转身到内线上篮得分，支持者们为之鼓掌呐喊。

横滨大学突换战术，严防死守，成功牵制了乔宇商学院的进攻。

此刻得力于队友们的强势配合，江桐顺利攻到对方篮下，而对方反应迅捷，立马左右夹攻他，致使他无法再运球，投篮又受到对方压制，于是江桐立马做出决定，只见他双手托高，用力一扔，把篮球砸向了篮板，而后敏捷地抢下、投篮、进球，支持者们欢呼不已。

乔宇商学院在第二小节的赛程中来势凶猛，尹浩屿和江桐各显神通，两人又与团队默契配合，助力乔宇商学院一路反超对手。

第二小节赛程结束的哨声吹响，乔宇商学院暂时领先对手1分，尹浩屿和江桐各贡献10分。

正当比赛进入胶着状态时，裁判吹响了中场休息的口哨，队员们纷纷退场，调整状态。

横滨大学的啦啦队进场表演。

激昂的锣鼓声中，一群身穿连裤短裙蕾丝花边上衣的女生跳着活力四射的舞步进场了，热烈的气氛中，女生们积极展现着身体的健美，观台上的男生们情绪高涨，爱心爆棚，完全不介意你是来自哪个学校的啦啦队，一律热情支持到底。

15分钟后，两校啦啦队轮番表演完毕，退出场地。

好整以暇地队员们从休息室里走出来。

裁判吹响哨声，下半场比赛开始。

横滨大学调整打法，进攻异常猛烈。

因对方球员转身时挥肘导致后方的尹浩屿忽然倒地。

比赛因为晕厥的尹浩屿而暂停，美微和众粉丝为其揪心。

驻赛校医蹲下来查看尹浩屿的情况，手刚一接触到尹浩屿的眼睛，他就忽地伸手挡开，尹浩屿睁开眼睛一看，才发现不是对方球员，是校医，这才卸下防备。校医简单快速地替尹浩屿做了一番检查，确定尹浩屿只是短暂晕厥，并无大碍。

在粉丝们摇旗呐喊之下，尹浩屿很快重新投入比赛。

热血的男儿们，为了各校的荣誉，在赛场上龙腾虎跃。

白月菲越看越紧张。

尹浩屿突然加速断掉对方的球，迅疾转身攻到对方三分线外，果断投篮，三分球命中。

看台上掌声雷动。

江桐紧随其后，利用潇洒的过人技术运球到对方篮下，灵活一投，进球得分，紧接着又和尹浩屿配合得天衣无缝，出其不意拦下对方的球，变向运球到三分线外，稳住身体，果断投球，篮球在空中划出一道漂亮的弧线，又一个空心三分球。

乔宇商学院的支持者们欢呼雀跃。

白月菲本以为一切就这么顺利下去了，谁知道第三小节比赛快要结束的时候，就在江桐运球的过程中，对方球员的头撞到了他的鼻梁上，鲜红的血液立即涌了出来，格外醒目地渲染在白色的球衣上，白月菲心惊地站了起来，后面的人立马抱怨她遮住了视线，白月菲只好坐下来，揪心地望着现场。

比赛再次暂停，校医快速处理完毕之后，江桐在其支持者期待的目光中重新回到了赛场，白月菲高高悬起的心这才稍稍放松了一点。

尹浩屿走到江桐面前，用手肘轻抵江桐的胳膊，江桐立刻意会抬手，两人相互击掌：强攻的时刻到了。

第四小节比赛进行到一半时，乔宇商学院领先对手 8 分，尹浩屿和江桐的默契完全爆发了，他们通过整个团队的配合一连拿下 10 分，最终以 15 分的优势赢得比赛。

虽然输了比赛，横滨大学并不气馁，支持者们更是信心十足，来年之战，再一决高下。

乔宇商学院的支持者们乐坏了，有的相互拥抱，有的疯狂尖叫，有的猛吹口哨。

紧接着就是颁奖典礼，结束之后，球员们各自回休息室冲凉，换衣服。

观众席上，人流涌动。

白月菲起身，准备退场的时候收到美微的短信，打开一看：“圆饼和郝美陪我去球员出口堵意中人，我们就不打扰你和‘传说’继续约会了！”

白月菲不禁一笑，佩服美微倒追的勇气：“祝你好运。”收起手机，举步走向出口。

突然想起什么似的，白月菲边走边掏出手机，发了一条信息给江桐：“人太多了，我在大门外等你。”

不想白月菲久等，江桐是所有参赛队员中第一个冲好凉换好便装的人，同时比第二个走出篮球场的参赛者早了足足 10 分钟。

“你鼻子流了那么多血，”江桐一出现在眼前，白月菲就第一时间踮起脚尖凑到他面前检查他的鼻子：“伤口一定很疼吧？”

江桐淡淡道：“虽然流了血，但确实没什么大碍，何况校医已经及时处理过了，所以你不要这么紧张。”

白月菲还是不放心，仔仔细细检查了一遍江桐的鼻子，并未看到鼻子上有明显的伤口，看来是她担心过头了！白月菲这才放平脚后跟：“那现在还痛吗？”

江桐摇头：“不痛啊。”然后突然记起晚上篮球队要聚餐，江桐话锋一转：“我们一起用晚餐吧。”

“好啊！你想吃什么？”

“不是我们两个人，是和篮球队聚餐。”

白月菲不可置信地看着江桐，他最近变化也太大了吧？先是破天荒地参加团体活动，现在又要和大家一起吃饭，和以前的他简直判若两人。

江桐被白月菲看得困惑：“怎么了？”全然没感觉到他近段时间离谱的变化。

“没、没什么。”对于和江桐一起参加篮球队聚餐一事白月菲多少有点压力，毕竟都是男生，她问：“除了我，还有女生吗？”

“不清楚。”

“那我可以带美微她们过去吗？”有好姐妹在，以备不时之需。

“你想怎样都可以。”

篮球队的聚餐定在学校附近的一家中餐馆里，队长尹浩屿点好菜之后，亲自用手机把地址发给了队员们。

队员们很快聚齐。

江桐和白月菲最后一个到达包间，当二人进去的时候正津津乐道的队友们都不约而同地看向两人，众人纷纷住口，白月菲被看得不自在，略显局促地跟在江桐身后。

江桐牵着白月菲靠着就近的尹浩屿坐了下来。

尹浩屿诧异地看着白月菲，根本不是昨天那位短发女孩！尹浩屿转头看向江桐：“你女朋友？”

“是的。”江桐很乐意把白月菲介绍给队友们，“我女朋友，白月菲。”

白月菲心头一跳，从他们确定关系以来，这是江桐第一次在人前说这样的话语。

队友们连声称赞，天生一对。

白月菲笑着打招呼：“你们好。”

这时，门再次被推开，队员们以为是服务员上菜，都没在意。

“大家好。”美微、郝美、圆饼站在餐桌前。

队员们这才把目光从白月菲身上移开，循声看向门口，是三个各有千秋的女生！队员们一愣，然后异口同声地回应道：“你们好。”队长安排得不错嘛，还有佳人相伴。

三人走过去，挨着白月菲坐下。

美微瞄了一眼尹浩屿，尹浩屿正看着她，美微难掩见到意中人的兴奋，激动地冲尹浩屿招招手，哈哈，队长，你终于看到我了！

尹浩屿礼节性地冲美微颔首。

白月菲很快适应现场的气氛，只见她大方地站起身，一一介绍道：“这是我朋友，美微、郝美、圆饼，我们是同一个寝室的。”

大家相互认识之后，服务员端菜进来，菜色鲜艳、品种丰富，煎炸炖煮蒸，一应俱全，完全满足大家的不同口味。

33

大家胃口极好，不一会儿，每个盘子都见底了，吃饱喝足，大家相继停下筷子，一番天南海北地闲聊。

原本陌生的人也熟络起来。

尹浩屿看了看时间，已是晚上10点，起身去买单。

大家从包间出来，发现外面正下着暴雨，尹浩屿去旁边取车，是一辆丰田，只能载走三人，尹浩屿安排先载女生回学校，再过来载走队友们，队友们推辞，说尹浩屿来回跑太折腾，他们打的回去就好，见队友十分坚持，尹浩屿索性顺从民意。

美微、圆饼、郝美跟大家道了再见，相继上车，丰田消失在前面的拐角处。

饭店门口一共剩下8个人，需要3辆车，阿锋和亮子主动跑到前面路口拦车，车子很不好打，半天过来一辆，还是载人状态。

江桐看了看时间，已经过去15分钟了，雨势越来越大，不能干等着。

已经做出决定的江桐放开白月菲的手，他说："你先等一下，我去前面找亮子。"江桐一边走，一边打电话吩咐秘书安排附近最近的车辆过来。

阿锋首先看到江桐，感慨道："暴雨天，车不好打，可能还要等一会。"

江桐淡淡道："不用打了，我安排了3辆车过来。"

阿锋和亮子先是愣了愣，反应过来后立马如释重负地雀跃起来，原本担心一时打不到车，现在峰回路转，看来江桐不仅篮球打得好，人际关系更是一流啊！这么大的雨天能叫到车已实属不易，江桐竟然还能一下子安排3辆，能人。

5分钟后，两辆奔驰，一辆路虎出现在饭店门口。

队友们都愣住了，他们对江桐的底细不熟，半个月的相处只是对江桐略知一二，比如只简单地知晓他名字、年纪、来自哪里，所以眼前的豪车还是让他们惊诧。

3辆车并排而停，司机撑伞下来，手里环抱着好几把备用雨伞。

"少……"

领头司机的话语还没说完，江桐便打断他转身对队友们说："你们三个人一车，我和月菲一车。"

3辆车平稳地行驶在暴风雨里。

到达学校之后，各自散去。

江桐跟随白月菲一起下了车。白月菲一看风大雨大的，不想江桐太折腾，便对江桐说她自己回宿舍就好了，可是江桐坚持要送，白月菲坚持已见不过1分钟就没辙了，只好随江桐去了。

两个人行走在雨夜里。

江桐撑着一把透明的大伞，细心地把白月菲护在怀里。

男子的气息萦绕在白月菲鼻尖，她不由得放慢了脚步。

“你住哪里?”白月菲突然问，现在风大雨大的，等一下送她回去之后江桐返回住所需要花多长时间呢?

“酒店。”

“酒店? 每天住酒店?”

“是的。”

“很浪费人民币啊!”

江桐不以为然:“我自己家的酒店，何来浪费?”

白月菲一时语塞，顿觉自己太大惊小怪了，他可是江桐啊，难道还指望他暂住酒店长期住宿舍吗?

手机来电铃声响起来，打断二人的谈话，白月菲拿出手机按下接听。

“白月菲，你怎么还不回来?”是美微急切的声音。

“在路上了，大概还有5分钟。”

“5分钟?”

“嗯。”

“你忘记门禁时间了吗? 10点45，过时不候。”

白月菲蹙眉顿步，江桐也随之停了下来，静静等待女友接完电话。

白月菲一看手机屏幕，已经10点44，现在即使百米冲刺也来不及了，宿管阿姨又向来铁面无私，怎么办呢?

“喂? 你在听吗?”美微急声询问。

沉吟的白月菲突然记起电话还在通话中，赶紧回复:“在，我忘记时间了，我想一下怎么办，晚点回你电话。”然后挂了电话。

“怎么了?”江桐询问道，从白月菲刚才的对话中察觉到她一定是遇到麻烦事了。

白月菲苦恼:“宿舍门禁时间到了，我回不去。”

江桐微微一笑，语调轻松:“就这事?”小事一桩。

你说得好轻松! 白月菲把责任全算到江桐的头上，都是因为你啦，如果不是因为想要跟你多待一会儿，我怎么会走得那么慢? 最后连门禁时间都忘记了! 你是罪魁祸首!

白月菲埋怨道:“我都没地方睡觉了，你还有心情笑。”

江桐把白月菲转身过来面向他，白月菲正撅着小嘴，脸颊鼓起来，生气的表情也那么好看! 江桐微微一笑，牵着她径直朝校门口走去。

“以后遇见这些事情直接跟我讲，我会替你安排好一切。”江桐边走边说。

白月菲这时才后知后觉她正随着江桐向校门口移动，她疑惑道："你带我去哪里？"

"酒店。"

"啊？"

"不然你是要在暴风雨的夜晚露宿街头吗？"

当然不要啊！可是去酒店是不是不太好呢？白月菲犹豫着，不过酒店还是好过没地方睡吧？白月菲就此默认了江桐的安排。

"我们住同一间吗？"站在酒店63层房门前的白月菲有所顾虑地问。

江桐按密码进门："你不是不喜欢浪费吗？所以我们住同一间房。"白月菲的反应太可爱了，他要多看一会这样的她。

"我是不喜欢浪费。"白月菲顿了顿，没有要进门的意思，有些迟疑道："可是我们住同一间房不大好吧？"

江桐看着门外的白月菲故作认真地思考了一下，然后说："那我单独给你开一间房？反正都是我家的，不存在浪费，不过这是套房，有好几间卧室，我一个人住确实……"

不等江桐说完，白月菲就此蹦进了屋里，一脸憨笑道："不用不用！"她还以为是两人睡一间房啊！不早点说，让她误会了！反正是套房，她随便睡一间就好了。

江桐关上房门，而后转身朝套房里面走去，白月菲跟在他身后。

"你睡这间房，"江桐对身后的白月菲交代道，然后说明："浴室有两间，不过是与卧室分开的。"

"哦。"白月菲讷讷地回了一个字，话题莫名地让她血脉贲张得厉害，还是少说话得好。

"你用这间。"江桐把白月菲带到一间浴室前，"还有什么不清楚的吗？"

"没有了。"

"我去洗漱了，如果有什么事及时叫我。"

"好啦，我又不是小孩子，你赶紧去吧。"

江桐表情如常地转身离开。

白月菲推开浴室门进去，一看，浴室的设计十分温馨，空间宽敞，圆形的大浴缸很是惹眼，浴缸旁边的暗台上摆放着两瓶泡澡用的红酒，不知怎么的，白月菲就此莫名想起上次江桐裸着上身围着浴巾站在浴室前的画面。白月菲心间一颤，脸颊发烫，我怎么会想到那里去了？可是这样的深夜，这样的二人空间，再加上她那么那么倾心江桐，江桐又那么的气宇非凡、魅力难挡，她不对这样的江桐想入非非就怪了！于是白月菲决定等江桐睡下了再出去，她这是一心要避开与江桐深夜穿着浴袍碰面。

34

那么问题来了，一个人在浴室如何消磨时间呢？白月菲想了想，打算尝试人生中的第一次泡浴，而且是红酒浴！这对于白月菲而言可是全新的体验！之前只在电视里看过，还没亲身体会过！白月菲期待地打开水阀，拿过一瓶红酒倒进浴缸，醇香的酒味弥漫在空气之中，红酒迅速融入水中。

白月菲把空酒瓶放回暗台上，褪去身上的衣服，躺进浴缸里，然后抬眼看墙壁上的时钟，已经11点30分，白月菲计划泡足半小时，那时候江桐应该早躺下了。

泡了不过10分钟，白月菲开始冒汗，有些口渴，放眼一望室内，没有饮用水，出去倒水难免遇上江桐，白月菲想再忍一忍吧！其实是有配备饮用水的，就在拐角处有一个简易便利小吧台，之所以未能发现主要是白月菲粗心大意了！

这一忍又泡了10分钟，白月菲已是大汗淋漓，口干得不行，太想喝水了，于是起身到门前，小心翼翼地将门打开一条缝隙，一眼就偷瞄到身穿白色浴袍的江桐正坐在沙发里看笔记本，这个时候出去还是不太好的！白月菲回身到浴缸里，一晃眼看到还有一瓶红酒，她抿了抿干燥的唇，明知自己酒量不好，无奈又真的想喝水，就想着先喝一点点止渴。行动跟上想法，白月菲打开红酒，抿了一点，感觉还是渴，又喝了一口，稍微好一些，只是这以红酒解渴的方式于白月菲而言一发不可收拾，她先是一小口一小口，慢慢放大量，而后咕噜咕噜地猛饮。

爽口大喝的白月菲总算彻底解渴了。

雾气氤氲里，泡着泡着，白月菲开始犯困，意识渐渐薄弱，晕乎乎的她缓缓阖上了双眼。

江桐暂停手头的工作，抬眼看向浴室门，那道门紧闭，他这才后知后觉白月菲迟迟未出来的原因，只见他嘴角微微一扬，拎着笔记本起身回了卧室。

白月菲的卧室就在隔壁，江桐特意把自己的卧室门留了一道缝，他可以顺从白月菲的意愿避免与身着浴袍的她碰面，但是他想知道她是什么时候回卧室睡的。

坐在书桌前，一边等白月菲一边翻阅公司文件，好几个项目需要江桐审核批示。虽然江桐只有18岁，决策力和判断力却是异常的老练精准，他从小受父亲江振东耳濡目染，再加之江振东很乐意教他生意方面的事情，天生有着商业头脑的江桐领悟得非常快，13岁初出茅庐为公司一个投资项目出了方案。江振东把方案隐去姓名放到股东大会上，董事们竟然一致通过，那之后，江振东让江桐早早接触了公司的各项事务，刻意锻炼江桐如何统领大局运筹帷幄，而江振东不幸车祸身亡之后，年纪轻轻的江桐就扛下了庞大的江氏集团，虽然当时支持他的董事占一大半，但还是有一小部分董事不服，各种唱反调，说什么一个十几岁的小孩子接管资产庞大的商业帝国真是天大的笑话，公司不葬送在他手里就怪了！江桐并不反驳，只花了短短半年时间，用公司双倍增长的盈利让唱反调的董事们臣服。

合上文件，江桐抬手看时间，从白月菲进浴室到现在已经过去半个小时了，隔壁房间也没有任何动静，江桐蹙眉，是不是刚刚太专注于看文件，没注意到白月菲回房？

江桐起身走到白月菲门前，敲了敲门，没有人应答，于是又去浴室前一看，发现浴室里的灯还亮着，原来白月菲还在里面。

“时间太晚了，早点睡觉。”江桐提醒道。

只是浴室里面没有任何回应，江桐再次敲了门板，里面依旧出奇的安静。

“白月菲。”江桐隐隐不安。

见她依旧悄无声息，江桐担心地转动门把，房门是反锁的，快速找来钥匙打开门，冲进去，四溢的红酒味，然后就看见闭眼躺在浴缸里的白月菲，她脸颊泛红，而浴缸前的红酒只剩下小半瓶，她明显喝酒了。

“白月菲。”江桐气恼她的行为，如果他不过来看她，她是不是打算在浴缸里睡一晚上？

晕醉过去的白月菲静躺在浴缸里，无论江桐怎么喊她，她都纹丝不动，江桐放弃叫醒她的想法，拿过浴巾，撇开头，摸索着给她围上。

尤为担心一个不小心就触犯到她身体的禁地，江桐的动作格外小心翼翼。

终于替白月菲围好浴巾，江桐抱她到旁边的座椅上，替她擦拭干净身上的水渍，而后拿过浴袍给她穿上，再抽出里面的浴巾，这整个穿衣的过程江桐花了 15 分钟。而后抱白月菲进卧室，她的气息带着红酒的醇馥围绕在江桐鼻息间，他低头看她，她有了一点反应，原本垂下的双手搭在他的脖子上，嘴上呓语着，他听不清楚。

轻轻放她到床上，江桐起身时，她却死死扣住了他的脖子，然后他见她眼皮一抽，缓缓睁开了迷离的双眼。

“江桐，”白月菲轻颦浅笑，“你怎么来我梦里了。”

顿住不动的江桐立时觉得荒谬，白月菲竟然以为眼前的这一切是梦境！他也不管白月菲是否清醒？低声呵斥道：“下次不准再喝酒，听见没有？”

白月菲看见江桐薄唇在动，似乎在跟她说话，可她听不清楚他说了什么，她好像有点累了，只见她躺下身子，因为她的双手还紧扣在江桐的脖子上，所以江桐也跟着她躺下身子的动作而俯下了身子，然后白月菲就顺势吻在了江桐的双唇上，江桐愣住，过了几秒，倏地抬头，双眼是一触即发的欲火。

白月菲却还辗然而笑地看着他：“江桐，谢谢你今天给我的惊喜。”说完，她扬起脸吻了上去，这个梦怎么这么美好呢？白月菲浑然无知眼前的一切是真实存在的。

江桐一动也不动，他显然是被如此主动的白月菲搞愣了，而白月菲柔软的双唇却又魅惑着他，他克制着强烈的欲望，伸手推开白月菲之际她却越吻越激烈，江桐迷醉其中，不由得停下推开白月菲的动作，焚身的欲火让他再也把持不住，他张开双唇热烈地回应着白月菲。

一番热吻之后，江桐突然停下动作看白月菲，她眼睛里盛满幸福的笑意，他轻抚她的额头，而后俯身下去，含住她的唇片温柔地亲吻，他慢慢游弋到她的颈窝处。

心中的欲火烧得旺盛，江桐从白月菲的颈窝一直吻到她的锁骨处，他汹涌地吮吸在她吹弹可破的肌肤上，不知怎么的，本来要再进一步的他突然就找回了理智，他竭力控制心中的欲望，他不能再继续了，他要把和她的第一次留在新婚之夜，他的动作渐渐慢下来，终于停止。

江桐眼眸灼灼地看着白月菲，她气息微微低喘地盯着他。

“江桐。”白月菲眼睛一眨，喃声道：“谢谢你来我的梦里。”说完她便闭上眼睛沉睡了过去。

江桐拉过被子为白月菲盖上，起身要离去时手却被白月菲拽住，她力度不大，江桐轻易就能挣脱，不过，江桐却没那么做，他就此坐到床上，想着等白月菲熟睡之后再走！

因为下午的篮球比赛，江桐此时的身体已尽是疲累，不多时睡意来袭，江桐不禁睡了过去。

35

暴雨下了整整一夜，直到早上才放晴。

柔软宽大的床上，白月菲的身子不过是朝外蠕动了一点，却只见江桐立马把她朝怀里挪了挪，然后白月菲迷幻的意识因江桐的动作而略微清醒，缓缓打开眼睛。首先看到的是睡眠中的江桐，视线再朝下便看见江桐裸露在浴袍之外的肌肤，再一低眼看见自己也身穿浴袍，白月菲眨了眨眼眸，而后惊诧地抬眼，只见她与江桐相拥而睡的画面。

所以这不是梦境？

白月菲震惊地扒开她的浴袍一看，里面竟然什么都没有穿，白月菲猛然弹到一旁，动作太大，弄醒了江桐，他像个孩子般揉了揉眼睛，然后他看到她的时候也惊到了，不过并不慌乱，而是第一时间脑补他怎么还在她房里？

白月菲尴尬地把被子朝胸前扯了扯，嘴唇嗫嚅，是想问江桐昨晚他们有没有睡过？却又羞于开口，于是开始极速回想昨晚在浴室里的一切，泡澡，用红酒解渴……

微妙蕴含于一时静默的气氛中。

江桐和白月菲几乎是在同一时间想清为何是现在这般情景。

白月菲脸红耳烧地低下了头。

“早安。”江桐表面上还算镇定自若。

“早……安……”白月菲结巴，暗暗责怪自己昨晚不该喝那半瓶红酒，不然她不会以为那是梦境而主动献吻江桐，现在想想都觉得丢人，真想挖个坑把自己埋进去，可是进坑之前还是要弄清楚后来他们有没有那个，毕竟任凭她怎么回想也没有丝毫关于那种事的记忆。

白月菲窘迫地盯着被子问：“我们……我们……”我们有没有睡过就是问不出口啊！

江桐难得脑袋短路，一时意会不到白月菲想要说什么，他反问：“我们怎么了？”

白月菲抓紧被子，事情必须弄清楚，死也要死得明白，白月菲鼓足勇气直视江桐：“我们有没有……”还是问不下去，但至少进步了，多问了三个字。

江桐扬眉，迷惑的目光突然清晰，他大概知道白月菲想要问什么了，却继续装作不知道的样子。

他一脸风轻云淡：“我们有没有什么？”

“我们有没有……”白月菲问到这里又再次卡住，她清楚若是再这样畏畏缩缩，估计半天也问不出一个结果，这样不清不楚的局面太折磨人了，她要赶紧搞清楚，白月菲深吸一口气，语速飞快地加了两过字："睡过?"

原来真的是问这个！江桐忍住笑的冲动，白月菲越是想知道，他越是要吊足她胃口，他一语双关："睡了。"

"睡了?"白月菲重复江桐的话语，像是在问他，又像是在问自己，她没有经历过男欢女爱之事，但学校有生理课，现在信息这么发达，对于过程多少还是知晓一二的，她怎么一点感觉都没有？就算是酒醉的状态，多少也有一点点印象吧？怎么就是想不起和他那啥的火热画面呢？

"嗯。"江桐翘首以待白月菲接下来的反应。

呀！真的睡了啊！白月菲一把拉过被子盖住自己，此时情绪复杂，一是因为和江桐睡了，二是因为在她的记忆里昨晚是她主动吻的江桐，她怎么就变成主动诱惑了呢？说实话，她想过和江桐未来的生活，大学毕业后和江桐结婚，人生中的第一次给江桐，可现在这第一次给得未免也太早了啊！

害羞又深感遗憾的白月菲躲在被子里不愿出来。

江桐扯过她的被子，把她挪到胸前，疼惜地抱着她："昨晚怎么喝酒了?"

白月菲瞄了江桐一眼，既然都已经睡了，也不用遮掩喝红酒的原因了，她一一道来。

她喝酒的理由太奇葩了！江桐好不容易才憋住笑，他语调悠悠抛出一句："其实浴室里有吧台。"

千万头兽奔过心间的感觉！白月菲不可置信道："我怎么没看见?"

江桐轻揉她的肩膀："现在带你去看看?"

"不、不用了，看来是我大意了。"白月菲见江桐一副打量她的模样，急声道："你不会以为我是故意喝醉的吧?"

"当然不会!"江桐一本正经道，然后又邪邪一笑："不过如果你不是这次喝醉，我还不知道原来你对我早有'那方面'的想法!"

白月菲理直气壮道："我说江桐同学，你那么优秀，那么多人都喜欢你，你又是我的初恋，我对你有想法也是正常的吧?"

江桐一脸柔情地捧起白月菲的脸，白月菲眼眸忽闪忽闪地望着他，那样的眸光让江桐的心脏又乱了频率，他缓缓凑过去，轻啄她柔嫩的唇瓣，他滚烫的气息扰得她小鹿乱撞，她心弦颤动，青涩地回应着他，他的舌头灵巧地游走在她的口腔里，尽情索取着那片柔软，她的脸烧了起来，欲罢不能的缠绵中，他却还是适可而止，不越禁地半步。

江桐停下动作，在白月菲耳边轻语："你的第一次我会留在我们结婚那天。"

什么？白月菲瞬间从那撩人的缠绵里跳脱出来："你的意思是我们没有那个?"

江桐用指尖抚过白月菲的额头，慢悠悠地开口："是的。"

听到这样的答案说不上是什么心情！白月菲弱弱问道："那你之前怎么说我们睡了？"

"我们不是睡在同一张床上吗？"江桐一脸无辜状，还不忘狡辩："你又没说我们是不是……"

"我的错，没表达清楚。"白月菲慌忙打断江桐的话语，还是不要再说那些敏感的词语了，搞得她很希望被他那啥一样，虽然也真的想过将来结婚后和他那啥，但现在毕竟大家都是学生，还是不要谈论的好，可江桐之前的那句"你的第一次我会留在我们结婚那天"让她心间兜满幸福，白月菲觉得那句简单的话语代表了江桐对她的重视和心意。

忽然，白月菲目光一动："昨晚是你给我穿的浴袍？"

"不是我还会有谁？"

白月菲记得她醉过去之前还一丝不挂地泡在浴缸里，现在江桐承认是他给她穿的浴袍，那她岂不是被他一览无遗了吗？白月菲吞了一下口水，又娇又羞地问："你是不是全都看见了？"

"我像乘人之危的人吗？"

"不像，可是你到底有没有看见？"

江桐紧紧抱住白月菲，温言细语道："以后不准你喝酒了，知道我昨晚给你穿浴袍有多辛苦吗？"

白月菲蹙眉："穿浴袍会很辛苦？不是半分钟就能搞定的事情吗？"

江桐说明过程："我又不能看你，只能摸索着给你穿……"

原来江桐如此为她着想！满满的感动和幸福堆积在白月菲的心间："谢谢你。"

江桐扬起嘴角："傻瓜。"

36

酒店一夜之后，白月菲的生活也好，学业也罢，事事顺利，生活过得那叫一个春风得意。

江桐再次提及要白月菲搬离宿舍住进酒店，白月菲还是坚持住宿舍。其实她也想多点时间和江桐一起，只是如果两人真的住在一起，白天还好，晚上若是穿着睡衣晃来晃去，江桐倒是定力强可以控制，她可没那高深的修为。她倒不是饥渴，之所以会想入非非归根结底还不是因为江桐太过魅力四射，早已闪瞎她的眼，万一哪天她控制不了体内的情欲洪流，那时候可咋办？她没有把握可以勇闯江桐那道销魂诱惑的关卡，再加之她不相信自己的自控力，所以继续住宿舍是最为妥当的。

人们都说暴风雨前的天空特别美丽，后来，白月菲真的深有体会。

从大一到大二，其间，白月菲接过几次李陌的电话，每次江桐都恰巧不在她身边，而李陌跟她只是说了些饰品设计的事情，再也没有提及与感情有关的话语。她和李陌之间的界限分明，她感激李陌适可而止的放手，让她即使主动和李陌联系也无后顾之忧，不过，她还是没有主动打过李陌的电话。

时间就这么不知不觉地过去。

不知从什么时候开始，白月菲和江桐一举成为乔宇商学院的最热门情侣，关于他们相爱的各种版本不绝于耳，最近热传的版本是千亿总裁和灰姑娘的传奇故事。

美微吐槽这个热传版本："名字老掉牙了，一点创意都没有。"

坐在电脑前的圆饼一边打字一边笑："这个算好的了，总比上次那个平民女如何勾搭霸道总裁的版本强吧？"

郝美一副笑哭的表情："哈哈，昨天我在洗手间又听到一个邪恶的版本，贫民女拜见千亿总裁万万睡。"

圆饼和美微立马对此版本愤愤不平，这明显是在抹黑白月菲光辉健康的形象嘛！

一旁的白月菲倒是完全不在意："我还是觉得亿万傲娇男神宠爱平民女这个版本比较好，不过，为什么每次我不是灰姑娘就是平民呢？"关于流言蜚语白月菲向来不在意，别人要八卦她也管不住，随他们谈论好了，反正她过好自己的生活就行。

三人目瞪口呆，不得不佩服白月菲彪悍的心理承受能力。

白月菲眼睛一转，笑盈盈道："其实下次可以来一个女学霸的白马王子版本。"

"切！"三人不屑地摆手。

美微立刻糗道："你虽然是统考的第一名，但也太抢江桐的戏份了，江桐哪是'白马王子'四个字就能轻易带过的?"

白月菲不服:"我也不是平民女可以带过的吧?至少也是个饰品设计师啊!"

时间在热热闹闹随心所欲的谈论中流失。

圣诞节前的一个星期,白月菲被系主任叫去办公室。系主任先是夸赞白月菲天资聪慧,是可塑之才,前途定会一片光明,而后才步入正题,通知她被学校选中参加"金融企业会计实务世界大学生交流会",为期半个月,地点在意大利。

白月菲想多学点知识总是好的,也就没有拒绝学校的安排。

系主任说学校一共派去两位同学,另一位是赵嘉嘉,白月菲一听这名字耳熟,想了想,记起来是学生会副会长。

赵嘉嘉,校花,身材火爆,34C的胸围,却长了一张清纯无比的脸蛋。此女是典型的心高气傲,追求者众多,眼光极高,如果不是白月菲意外地风生水起,她的热度绝对是全校女生排名第一位。无奈总被白月菲的各种流言蜚语压着,赵嘉嘉虽然不喜欢那些虚无的东西,但被人比较和谈论的次数多了,自然知晓了白月菲是何许人也:会计系统考霸主,江桐的女朋友!赵嘉嘉对前者颇为不在意,毕竟她也是经济系的第一名,无论样貌、学识、家世都完胜白月菲,这样优秀的她却总是被白月菲压着,赵嘉嘉心知肚明,无非是因为白月菲的男朋友是江桐。

不就一个男朋友嘛?用得着那么高调地在学校里牵手秀恩爱?赵嘉嘉极度不爽,特意去金融系见过江桐,当她见到江桐的第一眼时便明白了同学们为什么那么热衷于他,江桐的确是与众不同的男生,有着非凡的吸引力。赵嘉嘉本没有在大学期间谈情说爱的心思,却对江桐一见倾心,而在赵嘉嘉的情感概念中爱情是没有先来后到之说,只有合适不合适,如果江桐先遇见她,怎么可能会和白月菲谈恋爱?自信而偏执的赵嘉嘉找了一个机会对江桐表白,而江桐却冷冷地走过她身旁不予理睬,赵嘉嘉惊愣在原地,不敢相信江桐竟然对她这个公认的校花不为所动……

告白失败是赵嘉嘉心中的一根刺,而她也由此迁怒于白月菲,进而更加厌恶白月菲。

学校湖边的木椅上。

"你什么时候出发?"江桐问白月菲,除了学校放假之外,白月菲还没有这么长时间离开过他。

"下个星期一。"白月菲喝了一口鲜榨苹果汁。

"不然我跟你一起去好了!"江桐不想与白月菲分开那么久,何况这是白月菲第一次出国,再加之她有时会冒冒失失的,他还真放心不下她。

"不用。"白月菲连忙摆手,"我自己可以的,再说你也要学习啊!"去参加交流会还要带上男朋友,传出去肯定会被鄙视,虽然不在意那些传闻,但她也要注意分寸,免得落人口实。

"我学不学无所谓。"他掌管着庞大的商业帝国——江氏集团,能力早已得到实践，丰富的经验绝对不是单靠书本就能学到的。

“我会照顾好自己的，放心。”白月菲靠在江桐的肩膀上，望着他，呵呵笑着：“我会给你带礼物回来哦。”

星期一，早上 9 点。

在机场送走白月菲之后，江桐久久地盯着电话簿上的一个名字，他想要拜托李陌照顾白月菲，毕竟李陌现在就生活在意大利，只是他的手指一直盘旋在手机屏幕上方。这一年多，他与李陌也时常联系，也见过面，可除了李陌在他与白月菲确定恋爱关系不久之后于一次信息中有所提起白月菲之外，他们的话题中再也没有白月菲，两人都心照不宣地刻意避开那三个字，所以现在如果拜托李陌照顾白月菲确实有点强人所难。于是江桐划走了李陌的电话号码，转而拨了江氏集团驻意大利分部的电话。

37

由于美微经常八卦关于赵嘉嘉的事情，白月菲也自然略有耳闻，比如今天谁谁谁又被赵嘉嘉惨绝人寰地拒绝了，明天谁谁谁又坚定不移地送赵嘉嘉玫瑰花求约会，白月菲原本以为赵嘉嘉只是在男生面前有个性，没想到在女生面前更胜一筹，飞机起飞前，赵嘉嘉趾高气扬经过白月菲的座位，然后一脸傲娇地坐到白月菲旁边，白月菲本想打招呼，毕竟是一起到国外参加交流会，又是同一个学校的，说什么也应该招呼一下的，可是赵嘉嘉当白月菲不存在似的，只是自顾自地整理行李，白月菲见她正忙碌，也就没再说话。

等到飞机飞稳之后，白月菲再次看向赵嘉嘉，她已经闲坐在座椅上，白月菲见她不忙，友好地同她打招呼，她只是冷眼瞥了白月菲一眼，然后就移开视线，拿出笔记本电脑，纤长的手指在笔记本上敲键如飞。

白月菲见赵嘉嘉端出如此一副不想理睬她的表情，便适可而止，至于心情嘛，当然不会轻易受到赵嘉嘉影响，乐观的白月菲抬手打开座椅前方的触摸屏幕，选了一部关于外太空的电影观赏。

到达意大利之后，白月菲与赵嘉嘉十分凑巧地坐上了交流会安排的同一辆车去酒店，不过，二人全程依然无任何交流。

多国高校学生陆陆续续到达交流会指定酒店。

交流会安排的是一人一间房，白月菲和赵嘉嘉的房间相邻，二人各自拉着行李箱走进电梯。依然是诡异的沉默，白月菲明显感觉到赵嘉嘉对她的不爽，可在参加交流会之前她们并无任何交集，所以白月菲完全不知道她这是怎么就惹到赵嘉嘉了？搞得赵嘉嘉对她怨气如此之重！这个困惑于白月菲而言并不重要！重要的是今天晚上好好睡一觉。

进房之后，旅途劳累的白月菲沉沉地睡了一个晚上。

一连几天下来，白月菲发现参加交流会的同学基本上都很友好，空闲的时间大家没事会用英文交流各国的风土人情，一位来自瑞士的男同学听说白月菲来自古老的东方中国，便主动迎上去十分热情地同白月菲打招呼，白月菲非常友好地回应着这位对东方泱泱大国兴趣浓厚的瑞士男同学。

出国之后，白月菲才体会到她竟然代表着国家的颜面，一举一动都侧面展示了中国当代年轻人的风貌，所以白月菲格外地注意自己的言行举止，不说为国争光，至少不要给祖国抹黑。

瑞士男生眼中的中国古老又神秘，他有很多困惑的地方，逮着机会就对白月菲各种发问。这不，上午的交流会刚一结束，同学们都忙着用午餐去了，而瑞士男生却在忙着向白月菲提问，白月菲也不急着去用午餐，极其耐心和善地为瑞士男生讲解答惑。

不远处的赵嘉嘉暗暗观察白月菲和瑞士男生有一段时间了！真是个水性杨花的女人！赵嘉嘉露出鄙夷之色，而后傲慢地走到白月菲身旁，语调悠悠道："果然交际能力一流，这么快，就和外国人打得火热。"

白月菲一看，阴阳怪气的说话人竟然是赵嘉嘉，周围没有其他中国学生，明显是在跟她说话，她怎会听不出赵嘉嘉话语的言外之意？只是不想和赵嘉嘉发生摩擦，毕竟退一步海阔天空。

白月菲大方地一笑："谢谢对我的夸赞。"不再理会赵嘉嘉，继续用英文为瑞士同学讲解三国时期的赤壁之战。

赵嘉嘉嗤之以鼻地走开，神气什么？不过是有个财阀男朋友而已，离了江桐你什么也不是。

今天已经是白月菲在意大利的第 9 个晚上了。江桐每晚都会打电话给她，比如现在，白月菲一看是江桐的来电，照例挂了江桐的电话，用房间的座机回过去，依旧是那个理由：国外接电话不是一般的贵。

不得不赞扬一下女朋友的优良品性，可江桐始终不喜欢这样太过节俭的方式，每次白月菲一挂他电话，那忙音始终让他有些不安，总是会担心身在异国他乡的她是不是遇见了什么意外，为了安心，江桐总希望她能第一时间接起他的电话。

"该花的还是要花，"江桐第 N 次游说道，"所以下次不要再挂我电话好吗？"

白月菲笑语："我跟你说过啊，房间里有座机，我没必要不用。"

"以后不要再把钱的事情放在心上，我会负责养你。"跟白月菲在一起的时间多了，生性偏冷的江桐慢慢变得开朗。于白月菲而言，无论是哪一面的江桐她都喜欢，只要江桐快乐就好。

"我要自力更生，"白月菲很有骨气地说，"不能依附于你。"

"你有一个如此优秀的男朋友，你笨点差点也没关系的。"

"你有一个如此自立自强的女朋友，你不用那么优秀的……"

10 分钟后，白月菲结束了与江桐的通话，这边刚挂上座机，那边她的手机又响起！难道是宿舍的那三只？白月菲拿起手机一看，居然是李陌，同样挂掉手机，用座机回过去。

"你怎么在意大利？"李陌惊诧，这是白月菲和江桐在一起之后他第一次开口询问她设计之外的事情，真没想到白月菲竟然和他身处异国的同一个城市！正好他可以借此机会约她见上一面，处理掉关于她设计报酬之事。

"你怎么知道？"白月菲更惊诧，她没有告诉过李陌关于意大利的行程，而此次电话距离他们上一次通话已是一个月前了。

“显示你用的是本地座机。”

“对哦，我怎么把这个给忘记了！”

“你在意大利做什么？”

“参加一个交流会。”

李陌没有直接约白月菲，而是先打听道：“明天星期天，你们交流会也要进行吗？”

白月菲沉吟片刻，还是如实相告：“要的，不过明天只是上午参加，下午有半天休息时间。”

“那明天5点我过去接你怎么样？请你吃饭，以尽地主之谊。”

总不能因为曾经被李陌追求过而一辈子不见他吧？何况李陌都已经祝福她与江桐了！所以真的不必刻意推辞李陌的邀约，于是白月菲回了两个字：“好的。”朋友间吃个饭而已，再正常不过了，何况她还可以借吃饭的机会，当面请教夏木大师几个有关设计方面的问题。

第二天的交流会是在中午12点结束的。回到酒店之后，白月菲啃了鸡腿汉堡，睡了个午觉，醒来之后发现时间还早，便打开笔记本，写下这几天的交流心得，写完之后是16点45分。

关掉电脑，白月菲拿了外套出门。

走到酒店大堂的时候，赵嘉嘉刚好从外面回来，不过白月菲并没看见赵嘉嘉，她径直走到了酒店外面。

赵嘉嘉不经意回头，瞥见白月菲正和一个背影清俊英挺的男生有说有笑！赵嘉嘉一脸厌恶地回过头，好大一朵白莲花！到哪里都喜欢勾搭！赵嘉嘉提步回房间，走了几步眼睛忽然一亮，然后就急忙走出了酒店。

“你在意大利待多久？”李陌一边开车一边问。

“15天，还有6天回国。”

“过来习惯吗？”

“习惯啊！”白月菲脱口而出，又赶紧补充道，“不过就是饮食不习惯，天天汉堡牛排都吃腻了，好想念中国的小吃。”

“这里也有中国的餐馆，我带你去吃。”

“太好了！哈哈！原来在国外吃中国菜是件让我如此开心的事情。”

“你开心就行。”这时红灯，李陌拿出手机，打了一个电话出去，“帮我取消订位。”电话是打给西餐厅的，原本计划带白月菲入乡随俗地吃西餐，没想到白月菲想吃中餐，他便临时更改计划。

白月菲完全没在意李陌打电话给谁，她的注意力已经被窗外的异国美景吸引住了。

38

国外的中餐厅和国内的截然不同，一走进去，白月菲立即被悠扬的钢琴声吸引，在国内，钢琴几乎都出现在西餐厅，喧闹几乎都出现在中餐厅。

“这家中餐厅有点意思，中西混搭。”白月菲边走边说。

“国外的人喜欢搞创意。”李陌已经见怪不怪了。

中餐厅人很多，却不像国内那般喧嚣，很是安静，找了一个空位坐下来，李陌把点菜的任务交给白月菲。

“随便吃。”李陌一脸豪迈地笑着。

“那我不客气了！”白月菲说到做到，一连点了好几个菜。

上菜的速度非常快，菜品很精致，只是分量远比不上国内的大手笔，白月菲庆幸自己有先见之明，点的菜比较多，不然如此迷你的分量还真不够慰藉她想念中国菜的胃。

一番大快朵颐之后，白月菲已撑饱肚子。

“你帮我看看这两张设计图怎么样?”白月菲掏出手机递给对面的李陌，期待他的评价。

李陌接过手机，认真审视，第一张设计图很完美，第二张设计图因为太过注重细节的处理反而使作品显得烦琐。

“这里需要稍微修饰一下。”李陌指了指手机屏幕，他上一次见白月菲的设计图还是年初，那时候因举办一年一度的设计展，他特意问她要了设计图，把她的作品展示在特别环节，利用夏木的名气帮她奠定好在潮流饰品界的地位，将来等她出来工作时，不必愁资源或是人脉。

“哪里?”白月菲看不太清楚，因设计图是倒立在手机屏幕上的。

“这个地方。”李陌再次指了指，没有意识到相对而坐的方式让设计图对于他是正面，对于白月菲是倒立的。

白月菲伸长了脖子也没看仔细，于是起身走到李陌身旁，俯着脑袋，把图片放大：“你说的是这里吗?”

“对，就是这个位置，还需要做一点调整，越简洁越好。”

“好，我明白了。”

白月菲心领神会地拿过手机，而后退回到原位，喝了一口大麦茶，耳畔处是“My Heart Will Go On”的旋律，白月菲又一次被钢琴声吸引，转而看向不远处的钢琴师。

钢琴师的巧指飞舞在黑白琴键上。

李陌顺着白月菲的视线望过去:“你喜欢钢琴?”

“喜欢,但不太会弹。”白月菲喜欢上钢琴大概是13岁的时候,那时候她想要学习钢琴,有去问询学费,虽然家里的经济条件算不上大富大贵,却也相对宽裕,可以承担她每年3万多的钢琴学费,但是白月菲觉得父亲养她不容易,不想给父亲徒增经济上的负担,也就放弃了学钢琴的念头,只是在学校里有音乐课的时候学习学习罢了。

“如果有机会,你要试试看吗?”李陌试探道。

“如果有机会,试试也无妨。”白月菲随口一说。

“你等一下。”李陌起身离开,快速找到餐厅负责人表达意愿。

餐厅负责人是一位中国人,在一次机缘下,他见过Sunshine集团继承人的照片,印象极为深刻,所以此刻第一时间就认出了李陌的身份,他没想到堂堂Sunshine集团的继承人会过来本店吃饭,还要当众献曲!这是让本店蓬荜生辉的举动,他求之不得,立即换下钢琴师。

白月菲本来安然地坐在位置上等离开的李陌回归的,不知怎么的,忽然觉得周围有一道目光盯着她,白月菲回头看了看,没有发现任何异常,奇怪了,怎么觉得有人在监视我呢?

“走吧。”李陌走到白月菲身边。

“哦。”白月菲起身,就此收起那怪异之感,朝门口方向走去。

李陌及时拦住白月菲:“我还没买单,我们不是要出去。”

“啊?”白月菲诧异,“不是要出去?”

李陌指了指钢琴所在的位置:“我们是去那边。”

白月菲眼神一闪,似乎领会到了什么,她诧异道:“你不会是要我在这里弹奏钢琴吧?”虽然她多少会一些曲子,但根本拿不上台面啊!

李陌莞尔一笑:“放心有我在。”

白月菲连连摆手推辞,除了在学校的音乐课上弹奏过,她还没有在外面碰过钢琴,何况餐厅还有那么多人用餐,她好歹得顾忌一下用餐人的心理感受。

李陌软硬兼施地拽走白月菲,在白月菲连连的“我不行”中把她摁到了钢琴前。

“老板会责备我们冒失的行为。”白月菲觉得擅自过来弹钢琴不好。

“我刚刚离开就是过去打招呼的。”李陌说明,然后坐到凳子上:“你会弹什么曲子?”

反正她都已经坐到钢琴前了,既来之则安之,那就试试吧!喜欢钢琴的白月菲豁出去了:“月亮代表我的心。”

李陌调整了话筒的位置:“好,就这曲,四手联弹。”

白月菲不可置信:“你的意思是一起弹?”四手联弹的难度颇大,除了够硬的功底外,还需要足够的默契才行啊!

就在白月菲担心第一次的四手联弹会变成车祸现场的时候，李陌的手指已经跳跃在黑白琴键上。

婉转动人的曲调流淌在空中，李陌温暖略带沧桑的歌声响起。

果然是高手！白月菲没想到李陌不仅设计好，弹钢琴还如此出色！歌声更是堪比顶级实力派高手！

那动人的旋律让白月菲跃跃欲试，以现在的情况来看，就算她弹奏配合得不好，有李陌这个高手撑着！也不会差到哪里去！于是白月菲调整好坐姿，深吸一口气，找准一个合适的机会，顺利地融进李陌的弹奏中。

两双手默契地跳跃在黑白琴键之上，李陌几乎是在配合白月菲的手法，白月菲虽然功力欠缺，但好在手法灵活细腻，细节处理恰当，再加上李陌完美的配合，两人娓娓道来一段情真意切的爱情故事。

从餐厅出来后，白月菲还处于兴奋中："知道吗？这是我第一次在学校之外弹奏钢琴，而且是四手联弹！"

"第一次有这般效果，已经很不错了。"李陌夸赞道，先白月菲一步迈下一级台阶。

天气骤变，一阵大风刮过来，地上的灰尘飞扬，李陌的左眼忽然有点刺痛，似乎进东西了！李陌顿住脚步。

"都是你的功劳，没有你，我肯定要被轰下台。"白月菲见李陌没走，也跟着停下了脚步。

"如果你弹得不好，我再怎么配合也是徒劳无功。"李陌边说边揉拭左眼。

被李陌如此夸赞，台阶之上的白月菲有点不好意思，也在此时，她才发现李陌正在不停地揉拭左眼。

她关切地问："你左眼怎么了？"

"可能进异物了，有点痒。"

"你不要用手揉，会伤到眼睛的，"白月菲拉过李陌的手，"你别动，我帮你。"

白月菲先是用双手把李陌的眼睛撑开，然后检查了异物的方位，细小的毛屑存在于李陌的左下眼皮里，白月菲本打算用嘴吹气吹走那异物，无奈李陌太高，她根本不能成功吹气到李陌的左下眼皮里，于是下意识地踮起脚尖，这个高度正好方便她利用呼气处理异物，只是不想踮脚尖的姿势让她摇摇晃晃，站得不够稳当的她说："你扶我一下可以吗？"

李陌半睁着一只眼睛，不知道白月菲这是干什么，只是按照白月菲的意思伸出双手扶住了她的腰窝。

白月菲的身体因李陌的动作而保持住平衡，然后她小心翼翼地用嘴吹气，试了好几次，才把毛屑吹走。

"大功告成。"白月菲收回双手，放平脚后跟，"你感觉一下好了没有？"

李陌眨了眨眼睛，刺痛感消失："好了。"

白月菲望着李陌的眼睛:“我小时候眼里进了异物,我爸爸就这么给我处理的。”

李陌这才发现与白月菲的距离如此之近,近到白月菲被风带起的长发抚过了他的脸颊,他颤了一下,倏地放开白月菲的腰。

白月菲也瞬间意识到了彼此太过亲近,面露尴尬地低下了头。

“我送你回酒店。”李陌转了话锋,心头却是酸酸涩涩的。

白月菲看着地面点点头。

39

不多时，车子已经开到白月菲入住酒店的大门前，刚一停稳，李陌就递给白月菲一张银行卡。

白月菲不明所以："为什么给我这个？"

李陌微微一笑，直言道："年初设计图的酬劳。"他早想支付给白月菲了，无奈与白月菲为数不多的那几次手机通话她始终坚持不肯给账户信息。虽然今年初的发布会之后，他还回国了好几次，却不想去找白月菲，毕竟那时的他面对白月菲还做不到现在这般几乎心静如水，于是酬劳这事情就一拖再拖。

白月菲闻言立刻说道："我不能要。"年初的那场发布会她是在家里看的，李陌特别介绍了她的作品，她很是感激李陌让那么多人知道她的设计。如果没有李陌，至少就现阶段而言，恐怕她的设计图也只是图纸而已，别说成品，卖不卖得出去都是个问题，毕竟各家潮流饰品公司都有自己的专业设计师，根本不会采用菜鸟的图纸。

"你应得的。"李陌轻描淡写道，把卡放到白月菲手里，"密码是你生日。"

如此，再推脱也不好了！那就还是收下吧！白月菲接过银行卡，盯着看了看，忽然问道："多少银子啊？"反正不管怎样，报酬绝对不能高于行内设计师的正常薪酬。

李陌当然知道白月菲问这话的另一层含义，无非是有所顾虑所得名不副实，李陌悠然道："业内正常薪资报酬。"

白月菲窘然，看来她完全想多了啊！憨笑着搔搔头，把银行卡放进包里："谢谢你今天的晚饭。"而后解开安全带，下车。

"晚安。"

"晚安。"

为期半个月的交流会在同学们共同的努力下圆满结束，大家收获颇深，眼界开阔不少，相互道了再见，留下彼此的联系方式，然后返回自己的祖国。

江桐没有告诉白月菲要去机场接她，所以白月菲在出口看见江桐的时候吓了一跳。

"你怎么来了？"白月菲惊诧，明明昨晚通电话的时候江桐还说今天公司有很多事情要处理，不能到机场接她！

"意外吗？"

"嗯。"

"要的就是这效果。"

所以是惊喜?! 白月菲憨笑着摇摇头,丢下行李冲上去给了江桐一个大大的拥抱,江桐反手抱住她,在她脸颊上轻轻一吻。

江桐终于懂得为何人们一直说“小别胜新婚”了,没错,白月菲离开的这些日子里,他很想念她。

赵嘉嘉走过二人身旁的时候一双眼睛城府很深。

第二天起床,白月菲眼皮一直跳个不停,莫名的心神不宁,总感觉有什么事情要发生。

山雨欲来风满楼。

早上10点,一段关于“好大一朵白莲花”的视频在乔宇商学院学生主页网上炸开了,视频内容是白月菲和神秘男子一同坐进豪车里的画面。

“吃瓜群众”们看得瞠目结舌,想不透白月菲为何会突然背叛江桐? 这真的不太符合常理! 毕竟二人一直恩恩爱爱,浓情蜜意的堪称教科书式恋爱典范,所以“吃瓜群众”开始怀疑视频的可信度,并且时刻观摩着事态发展。

5分钟后,第二段视频发布,是白月菲当时离开座位询问李陌设计图的画面,视频是从后侧面拍摄的,给人错觉,怎么看怎么都是白月菲离开座位主动坐到李陌怀里的画面,视频配以一针见血的文字说明:白莲花主动投怀送抱神秘男。

“吃瓜群众”们一部分处于傻眼状态中,一部分火速八卦开来。

“神秘男到底是谁?”

“虽然看不到脸,但感觉是帅哥一枚。”

“笨啊! 帅有什么用,能抵过江桐的亿万身家吗?”

“有钱怎么了? 现在只是男女朋友,财产根本不归白月菲,就算将来有幸结婚了,也不一定能分到好处。”

“吃瓜群众”们叽叽喳喳众说纷纭。

幕后发布者很有规律地每5分钟发布一次视频,吊足了“吃瓜群众”们的胃口。

第三段视频是白月菲和李陌在钢琴前四手联弹深情对唱的画面,视频配以文字:白莲花与神秘男的情深曲长蜜汁悠悠。

美微是在第四段视频发布前看到“好大一朵白莲花”的帖子的。

“发布者说还有第四段视频,”美微气鼓鼓地把电脑丢到白月菲面前,“很明显,就是针对你。”

看完前三段视频后,白月菲无语又憋屈,她只不过是在意大利跟李陌吃顿晚餐而已,怎么就节外生枝了这么多事情出来? 她倒是没什么,反正被人谈论习惯了,无非受点“吃瓜群众”们的唾沫,可江桐不一样,他会因为她而被人评头论足、指手画脚。

白月菲不能容忍江桐因为她而被人嘲笑非议! 只是此刻心绪狂乱的她毫无对策去平息这场八卦风波。她只能神色沉重地等待着第四段视频发布!

又一个5分钟过去,第四段视频流出来,明显是利用角度诬陷她,她只不过是帮李陌清理眼睛里的异物，却被视频发布者移花接木张冠李戴：白莲花主动献吻神秘男。

“这次看你这朵白莲花怎么和江桐甜甜蜜蜜！”图书馆一个僻静的角落里，赵嘉嘉得意地看着电脑，她发布的那篇帖子下面的评论迅速增加，几乎一边倒地或指责或讨伐或咒骂白月菲！可以这么说，白月菲被负面评论围剿得狗血淋头了！

“天啦，”看完第四段视频的美微惊得大叫，“你不是说只是和李陌吃了一顿饭吗？怎么会有你主动吻李陌的画面？时长一分多钟啊。”

白月菲急声解释道：“这个真是误会，是角度取得太别有用心，你仔细看视频，当时风很大，李陌眼睛里进了异物，我帮他处理而已。”

“原来是这样。”美微醍醐灌顶，渐好的脸色却又突然暗沉下去，“你和李陌吃饭的事情江桐知道吗？”

白月菲六神无主地摇摇头，身处在流言蜚语风暴中心已经够糟糕了，更糟糕的是她还是不知道应该怎么去平息这场无妄之灾。她只知道不管江桐有没有看见视频，现在必须去找江桐当面解释清楚。

沿路上，白月菲一再听到各种对她侮辱甚至带有攻击性的话语，她不管也不回应，只是加快脚步赶去江桐的教室，却不见江桐人影！

心急火燎的白月菲这才想起打电话给江桐，可惜江桐没有接！于是她急忙找了一个女生询问有没有看到江桐？对方却出言不逊：“怎么？东窗事发之后，又厚着脸皮来求江桐？不愧于白莲花的大名啊！”

白月菲满腹委屈又无比担心，此刻就连局外人都这么看她！那么江桐会有怎样的反应呢？

女生见白月菲不说话，继续各种奚落，围观的同学们越来越多。

教学楼的天台上。

“可以看出视频发布者居心叵测。”尹浩屿评论道，当他第一时间看见视频时就立即打电话给江桐。

那时江桐还不知道发生了何事，直到来到教学楼的天台上，看到视频，他才理解为何之前教室窗边会涌来比平时多好几倍的同学以及那些透着各种含义的目光是因为什么！不过，与来天台的路上一样，江桐并未听见同学们对视频事件说三道四，其实同学们是有说长道短的，不过是他在的时候有所顾忌，不敢为所欲为地对视频评头论足！即使忍不住议论，也是尽可能地放低音量或是窃窃私语，谁都没有胆子让江桐亲耳听见自己的议论，以免自寻死路！毕竟有人八卦爆料过江桐不是一般的人，然后渐渐有各种事实依据冒出来，江桐那数之不尽的财富足够让他轻易呼风唤雨，试问一般的人又岂敢去当面招惹这样翻云覆雨的人？

“我会处理的。”江桐眼眸平静地回应道，并未如同“吃瓜群众”们所臆想的各种情绪失控，只是那平静的眼眸下早已经波涛汹涌，不是觉得自己难堪，他完全相信白月菲，只是这些视频对于白月菲的名誉所造成的伤害可想而知，他不允许任何人任何事情伤害到白月菲，他会倾尽所能护她安好。

这时，正要发问的尹浩屿电话响起，他便暂停了提问，按了接听。

然后江桐拿出手机，准备拨打白月菲的号码，这才看见屏幕上有好几个白月菲的来电显示，可能是先前意外按到来电静音键了吧！不然他怎么可能不接她的电话？不过这都不重要，重要的是现在他需要跟白月菲通话。

江桐的电话刚一拨通，那头白月菲就接起来了。

“江桐，事情不是你想的……”白月菲一边解释一边穿过围观的同学，打算退到僻静的一角。那些解释不想别人听！

“你们当时去的哪家餐厅？”江桐打断白月菲的话语。

唉？白月菲不明白江桐问这个做什么？不过还是回他：“是一家叫‘韵味东方’的中餐厅。”给出答案之后，白月菲继续解释道：“江桐，其实我当时只是……”

“我先挂了。”

“江桐，你听我解……”

不等白月菲说完，江桐已经挂掉电话，急不可待地拨了一个意大利的号码出去，没讲几句话就挂掉了，然后手机就没电，自动关机。

然后尹浩屿紧接着挂了电话。

收起手机，尹浩屿问：“你打算怎么处理？”

40

“先查出始作俑者。”江桐拿过尹浩屿的电脑查看配置，尹浩屿在外有一家与师兄合伙的公司，是开发网络游戏的，所以笔记本配置高端。

江桐抬头观察周围，目光最终落定旁边的露台处，那块露台高度有1.5左右，宽度1米，正好可以把笔记本搁放到露台上操作。然后江桐拎着笔记本走了过去，一双手指飞快地敲击着键盘。

尹浩屿紧跟过去，一看电脑屏幕，瞬间了然江桐要做什么，尹浩屿不再打扰，就此离开天台。

很快，江桐成功利用学生主页网程序的漏洞入侵，轻易查出视频发布者的IP来自学校图书馆，顺藤摸瓜攻陷对方电脑，打开其电脑资料库，其中一文件夹的署名是赵嘉嘉，点开一看，里面有几张赵嘉嘉的旅游照片。

不多时，赵嘉嘉便发现之前她发布的“好大一朵白莲花”的视频和帖子全部被删除，赵嘉嘉惊诧，竟然有人如此能耐将她的成果一一删除！不过没关系，大不了她重新上传一次，对方删多少次，她就上传多少次，看谁能耗得更久？赵嘉嘉已经准备好打持久战，可惜赵嘉嘉不知删帖是江桐的作为，还以为是白月菲找人出手的！

赵嘉嘉冷笑着重新开帖，不料，就在上传视频时电脑突然黑屏，赵嘉嘉第一反应就是死机，便下意识重新开机，谁知电脑没有一点反应，又连续试了好几次开机，电脑还是黑屏状态。

难道电脑坏了？赵嘉嘉打算找男同学帮忙，四处一看，可能是因为位置太过偏僻，周围没有一个人，于是走到拐角处，发现有好些男生。

赵嘉嘉找了一个就近的男同学帮她检查电脑。

男同学一边装模作样地查看电脑，一边搭讪赵嘉嘉。

碍于需要对方帮助，赵嘉嘉心里虽然排斥男同学的搭讪，表面上却还是矜持地回应其各种问题。

“你电脑明显是被黑客攻击了。”男同学十分诧异，谁会攻击校花的电脑呢？目的是什么？难道是想看看里面有没有那种香艳的自拍图片？

“黑客攻击？”赵嘉嘉难以置信，是不是搞错了？她的电脑里除了一些学习资料，什么都没有，黑客不会闲到攻击这样的电脑吧？

一只手突然搭在笔记本上方。

男同学明显感觉到来者不善，欲在赵嘉嘉面前展露一下英雄气概，一抬头看到来人是江桐，男同学张开的嘴巴又识趣地合上了，因为他听说江桐就是江氏集团的继承人，也有人说其实现在就是江桐掌管着江氏集团，虽然无法确定江桐的真实身份，但由此可见，江桐始终是江氏集团的核心人物，难保他毕业之后不会进入江氏集团旗下工作，凡事得留后路，还是不要得罪江桐比较好。男同学安坐在位置上，一副静观其变的模样。

“为什么这么做？”江桐一手压下笔记本显示屏。

赵嘉嘉愕然地看着江桐，江桐能找到这里来说明他已经知道幕后者是她！果然是江桐！厉害！赵嘉嘉对江桐的崇拜又多了几分，不过，除了崇拜之外，赵嘉嘉理智还在，只见她转首看向男同学，示意男同学离开，男同学非常识趣地起身离去。

“你说什么？”赵嘉嘉装作一副听不懂的样子，不仅如此，还语笑嫣然地看着江桐的眼睛道：“江桐，我上次跟你表白的事情希望你能……”

江桐不听赵嘉嘉说下去，开门见山抛出一句：“我知道视频是你发的。”此刻江桐对于赵嘉嘉是没有任何印象的。

赵嘉嘉的笑容僵在脸上，手指不由得抽紧，然后又重新柔柔一笑：“你有证据吗？”

江桐语调淡淡地反问：“需要我把证据发布到网上吗？”

果然是有备而来！赵嘉嘉已无退路，不情愿地承认道：“是，视频是我发的，谁叫白月菲行为不检点？”

“不必你来告诉我白月菲是怎样的人，”江桐在黑掉赵嘉嘉的电脑前已经得知赵嘉嘉是用手机上传的视频，于是他说：“手机给我。”

“为什么要给你手机？”赵嘉嘉后退一步，江桐怎么知道那晚她是用手机录制的？

江桐还是看在赵嘉嘉是女生的分上，给她机会选择：“或者你自行删除上面的视频。”其实他完全可以在黑电脑时直接删掉手机原视频的，而跑来这里无非是想当面警告赵嘉嘉。

赵嘉嘉反问：“如果我说不呢？”

江桐面不改色：“我会让你成为众矢之的。”

赵嘉嘉不由得一个寒战，不会傻到自取灭亡，她悻悻然拿出手机删掉原始视频！反正很多同学都已经看见了，删了也无济于事，说不定有人已经转载了呢。赵嘉嘉暗自得意。

江桐警告道：“此事到此为止，如果你胆敢再找我女朋友麻烦，别怪我不客气。”只见他提步坐到一旁的座位上，一手打开尹浩屿的电脑，进入邮箱，显示 5 分钟前已经收到来自意大利的传送文件。

“白月菲红杏出墙，在异国勾搭男人，你还要这样水性杨花的她？”赵嘉嘉最后一击，明知江桐不会轻易放弃白月菲，如此言辞不过是想要动摇江桐对白月菲的信任度而已！因为她曾经听人说过一段感情一旦没有了信任，就算深爱也会走向灭亡。

“那是我的事情。”江桐看都不看赵嘉嘉一眼，冷冷道：“还有，你最好马上消失，否则我不保证让大家知道你的作风。”

一直尽可能收敛着情绪的赵嘉嘉此时已经气急败坏，脸色十分难看地拿上笔记本走人。

江桐点开邮箱里的视频，一共四段，每一段刚好可以澄清赵嘉嘉之前发布的视频内容。

江桐快速把视频发布到网上。

网上看客们惊呆不已，剧情反转得也太快了！有人黑白月菲，有人洗白白月菲，好不热闹啊！真是狗血的电视剧情。

“你们说黑白月菲的人是谁？”

“有江桐那样的男朋友，情敌遍布，不好猜。”

“那帮白月菲洗白的人是谁呢？”

“我觉得应该是江桐，洗白对谁都有好处，白月菲名誉恢复，江桐也不会因为白月菲出轨事件而颜面扫地，所以，洗白是明智之举。”

“说不定，也有可能是神秘男。”

“我比较关心的是神秘男和白月菲到底什么关系，毕竟他们看起来很熟……”

金融系教学楼前。

白月菲忧心忡忡地僵立在走廊上，已经差不多一个小时了，她还是不见江桐出现，他手机关机，她找不到他。正当她心里乱得厉害之际，手机突然响了起来，白月菲心头一紧，十分希望是江桐的来电，打开手机一开，却是美微！

接通电话之后，白月菲才知道视频被删和有人上传新视频证明她的清白之事。

挂了电话，白月菲诧异事情的突转，会是谁上传的视频呢？

“站在这里做什么？”

平和的声音从后方传来，白月菲转身，一眼看见江桐正朝她走来，只是他的表情不如声音那般平和，那种带着玩味的神情让白月菲僵住，内心瞬过沉重如千斤。

吵闹的走廊，同学们来来往往，更有“吃瓜群众”等着围观白月菲和江桐的见面。

41

看着停在面前的江桐，白月菲咬了咬下唇，低声道："我找不到你，只好等在这里。"然后重重吸了一口气，小心翼翼地问他："你看见视频了对吗？"

江桐表情莫名点头。

白月菲急声辩解道："事情不是视频里所呈现的那样！李陌请我吃饭……"她话还未说完，就被江桐一把搂进了怀里。

江桐完全不在意任何人的眼光，仿佛周围没有人，他轻声道："傻瓜，你不用解释，我都知道了。"

"啊？"白月菲先是一愣，然后迅速转过弯来，惊诧地问："你这么快就看了新上传的视频？"

反应怎么如此迟钝？还没想到视频是他上传的吗？江桐忍俊不禁，也不急着说明视频之事，只是冲着白月菲点点头。

只要江桐不误解她就好了！白月菲长长地松了口气，凝重的情绪彻底散去，然后就甚觉视频事件太过蹊跷，对江桐分析道："你不觉得奇怪吗？视频发布者突然删了视频，有人匿名及时发布新视频证明我的清白，难道是发布者良心发现了？"说到这里，白月菲又摇摇头："发布者应该没有这么善变吧？"

江桐抬手轻敲了一下白月菲的脑门，双手抚到白月菲的肩膀上，微微躬身看着她："你还想不透事情大概是怎么一回事吗？"

白月菲被江桐搞糊涂了，不明白他话里的含义："什么意思？"

江桐放开白月菲，站直身体，嘴角扬起一抹浅浅的笑："简单点讲就是我删了别人的视频，上传了新的视频。"

啥？

没听错吧？

这可是抢黑客的饭碗啊！

白月菲一副不敢相信的模样。

江桐你也太无所不能了！

白月菲迅速厘清事情来路，然后反应过来："所以你打电话问我当时在哪家餐厅吃饭，其实目的就是要找出监控录像？"

"嗯，因为去酒店和饭店调取监控录像走了些程序，所以视频上传得有点晚。"

白月菲长睫一颤，瞬间红了眼眶，江桐竟然默默为她做了这些！要知道视频刚爆出来时无数人骂她水性杨花，况且流出的视频证明她道德败坏，江桐却还如此相信她，帮她找证据。想到这里，白月菲透过眼前那因为感动而形成的水雾望着江桐的双眸，声音已经是不可控的颤抖："谢谢你，江桐。"

"傻瓜。"江桐看着那双盈盈秋水一般的眼睛柔声细语，"那么客气干什么？这是身为你男朋友应该做的。"

"我就想说谢谢你嘛！对了，之前你怎么突然关机？"联系不上他，她都抓狂了。

江桐拿出黑屏的手机在白月菲面前晃了晃："没电，自动关机，处理完事情之后想给你打电话，那时候才发现开不了机，我去会计系找你，在路上遇见郝美，她说你来了这里，我也就转道过来。还有，之前没接你电话，是因为手机不知何时静音的。"

"原来是这样。知道吗？你不接我电话，我都急死了！后来好不容易等到你回过来，我话还没讲完，你就挂了我电话，我还以为你因为视频的事情而生气，不理我了，然后我不停打你电话，一直显示你处于通话中，没过 1 分钟，又显示你关机了！当时我都不知如何是好了！"

"傻瓜，你瞎想什么？我怎么会舍得不理你？挂你电话是急着与意大利……"

……

大二上半学期的时间过得非常快，放寒假的时候美微终于凭借坚韧不拔的毅力一一击退众多情敌，死皮赖脸地把尹浩屿倒追到手，圆饼的小说第一次实体出版，郝美则成功进军模特界。

白月菲也回到了家乡。

江桐因为一个大额投资项目飞到了英国，整天忙得不可开交，项目最快也需要一整个寒假的时间才能完成。这就意味着他只能开学再回国，于是他与白月菲解决相思之苦的办法就是每天晚上视频联系，时间以白月菲的作息为基准。

白爸爸也从 XJ 回来了，这次会休息 2 个月，过完新年再走。

白爸爸并不知晓女儿恋爱。

而白月菲打算大学毕业之后再告诉父亲她与江桐相爱，至少白月菲认为那个时候才是让父亲知晓的妥当时机，因为她深信不疑毕业之后自己与江桐就会结婚！

年前的一个傍晚，白月菲接到了李陌的电话。

他说："我现在正在上海准备年初的发布会，过几天我要去香港参加 Trend 设计展。你应该知道这场饰品界最具影响力的活动在欧洲连续举办了 15 年，而这次是首次选定亚洲地区，活动为期一个礼拜。主办方赠了两个名额给我，对于你可以说是就在'家门口'的活动，来去都比较方便，所以要不要一起去看？"

白月菲第一反应是兴奋，毕竟她每年只能通过媒介报道了解 Trend 设计展上的各类精品，而这次有这么好的机会去现场观摩，她怎会舍得错过？白月菲刚要回复李陌："我……"然后兴奋的表情变得顾虑，矛盾的她沉吟片刻，将那句未说完的"我当然要去啊"临时改成"我明天给你答案好吗？"

“好。”李陌就此挂了电话，他没有别的意思，只是觉得白月菲那么热爱设计，Trend又难得在国内举办，她确实应该亲眼去看看，从中取经学习，这对她的设计会有很大的帮助和提升。

晚饭之后。

白月菲收拾好碗筷，跟白爸爸道了晚安，而后回到房间，打开电脑，发现江桐已经在线，于是点了视频通话。

“你吃过早餐了吗？”白月菲笑语盈盈。

“吃过了。”江桐早已习惯与白月菲的时差。

“江桐，我有事情跟你讲。”其实白月菲对参加Trend设计展的顾虑就是江桐，她早就等着与江桐视频跟他报备一番，毫无疑问，江桐的意见左右着她是否去香港！

“你说。”

“我想去香港看Trend设计展。主办方邀请了李陌，他有两张票。”

“所以李陌邀你一起去看？”

“如果你不喜欢，我可以不去。”

江桐清楚白月菲对饰品设计有多狂热，再加上他曾从李陌口中听说过Trend设计展，当然知道此次机会难得，于是他声线尤为愉悦地说：“没事，去吧！”看来意大利事件给白月菲留下了后遗症，搞得她不敢再私下碰面李陌。其实在香港有李陌陪同她，江桐反而觉得安心，毕竟李陌还可以照顾某些时候会冒冒失失的她！江桐有如此想法是因为他相信李陌的人品，在他和白月菲确定恋爱关系不久之后，李陌给他发过一条信息，那也是李陌最后一次跟他提及白月菲，李陌的信息是：好好珍爱月菲，不要让我后悔没有从你身边抢走她！

那太过愉悦的声线让白月菲不敢相信刚刚听见的话语，她确认道：“真的吗？”

“真的。”江桐语音一落，就看见白月菲的表情立时雀跃起来，再然后就听见她兴奋的笑声：“啊！哈哈……”

42

人来人往的香港关口。

李陌一身休闲装靠在出口的栏杆上，5 分钟后，白月菲拖着行李箱从里面出来，李陌笑着朝她挥手："香港欢迎你。"边说边拉过白月菲的行李箱。

白月菲抓着行李箱不放手："我自己拉就好。"她身强力壮，这点力气还是有的。

李陌朗声一笑："我一向绅士，可不想被人非议奴役女士干苦力活。"说话间，已经抢过行李箱，朝前方走去。

白月菲只好随李陌去了！

穿过一楼大厅，二人坐电梯至负一楼。

白色保时捷驶出地下车库，穿行在繁华的街道上。

"你怎么到哪里都有车？"白月菲好奇道。

"自己开车方便。"李陌注视着前方拥堵的路况。

"为了方便哪里都有车！土豪啊。"

"坐在土豪旁边有没有觉得特别拉风？"

"有啊，满满的虚荣心搞得我都快抽风了！"

二人一路闲侃到主办方安排的酒店。

李陌把行李箱放在白月菲的房门前："我就住你隔壁，如果有什么事情，随叫随到。"

"好的。晚安。"

"晚安。"

白月菲走进房间，放好行李，脱衣冲凉，穿好睡衣之后便躺到床上和江桐视频聊天，虽然每天都会与江桐视频，可白月菲总有说不完的话语，江桐很乐意听她说日常琐碎生活。

时间不知不觉就过去了。

聊完视频，白月菲一看时间，已经不早了，便关灯睡觉。

迷迷糊糊之际，白月菲恍惚听见手机铃声，而后就是酒店座机的来电声，响了一会便停止，白月菲则继续游荡于睡梦中，一直睡到自然醒！睁开眼睛，拿过手机看时间，首先看见李陌的两个未接来电显示，外加一条信息："酒店免费自助早餐供应到 10 点，你还有 30 分钟可以到达战场。"

白月菲一看时间，此时差 1 分钟 10 点，免费自助早餐是吃不到了，等下吃泡面解决好了！打定主意的白月菲伸了一下懒腰，起床，去洗漱之际，门铃突然响起来，她没有叫客房服务，所以门外来人肯定是李陌！

果不其然，白月菲一打开门，就看见帅气十足的李陌。

看着白月菲随意的造型，门外的李陌先是一愣，而后夸赞道："你发型不错。"

顶着一头乱发的白月菲还没理解李陌的话语，她憨笑道："谢谢夸赞，昨晚我觉得刘海太长便自己动手修短了一点。"

"手艺不错。"李陌忍住笑意，将手里的一只蓝色袋子递到白月菲面前，"给，早餐，你可不能浪费，这可是我卖弄色相所得！不然服务员不会破例允许我打包自助餐。"其实这是他单独点的餐饮！如此说法不过是不想对她的那份关心成为她的困扰！

"哇哦！厉害啊！想不到你长相这么值钱，可以换来一份早餐……"

相互调侃了几句之后，李陌回了自己的房间。

快 11 点的时候，吃饱的白月菲和李陌从酒店出发。

Trend 设计展定在 2 号展厅，知名品牌兼私人工作室，80 多家参展商家都经过两轮严格筛选，最终获得参展的荣誉资格。

琳琅满目的饰品各有千秋，独特的设计，卓越的工艺，无一不在缭乱白月菲的视线。

法国展示馆里，转了一圈之后，白月菲评价道："这家饰品设计风格无时无刻不在体现浪漫情怀啊！"

"那你喜欢浪漫吗？"

"不刻意追求，顺其自然比较好。"

"你比一般同龄人成熟。"其实这也是李陌当初喜欢白月菲的原因之一，虽然她多数时候更像一个长不大的小女孩！

白月菲故作不悦："你是说我老了吗？"

"是说你长大了。"

白月菲嘟嘴，算了，她说不过李陌的，于是提步去旁边的瑞士展馆，继续研究别人精湛的设计水平。

一连 3 天过去。

展厅明净的玻璃幕墙外，天色迅速沉暗，乌云涌动，大雨从天而降，不过突变的天气并未影响到展厅里的气氛，商家与买家之间正在火热地周旋。

白月菲觉得今天的展出比前两天更精彩，当她和荷兰展馆的饰品设计师热聊之时，展厅还差 5 分钟闭厅，李陌见状便悄然走到一旁给展厅负责人打了一通电话。

展厅破例允许二人在闭厅之后停留，当然，与荷兰设计师聊得正酣畅的白月菲是不知情的。

各商家的工人们推着置有大大小小箱子的拖车来回于展厅内外忙活明天的上架展品。

20 分钟后，白月菲不经意地一瞥眼，看见忙碌的工人们时，这才后知后觉展厅已经闭厅谢客，便抱歉地跟荷兰展馆设计师道了别！其实荷兰展馆设计师还没聊够呢！所以在白月菲走之前与她交换了联系方式。

然后白月菲与李陌一边朝出口走去一边闲聊。

正说话的李陌还被工人不小心撞到了肩膀，工人连声道歉，李陌说没事，工人抱歉地离去。

李陌问她："这三天下来，收获怎么样？"

"收获颇多，我最喜欢的还是荷兰展馆设计师的创意……"

几个工人推着拖车朝李陌与白月菲迎面而去。李陌晃眼一看，拖车上的箱子堆积成山，不仅如此，上方的箱子还歪歪斜斜晃动不停，明显装货方式不够妥当，安全性缺乏！

为避免发生意外，李陌慎重道："我们朝旁边走一点。"这不该是严谨的 Trend 设计展应该有的运输弊端！至于什么原因导致如此，李陌没那心思去探究！毕竟每家大公司都有它的职场特性，内部小到钩心斗角，大到不惜手段不计后果的争权夺利，以致有些本该圆满的事情被人为破获，或漏洞百出或是意外不断……

白月菲不明所以地朝旁边挪动步子，这个时候工人突然加速推拖车，经过白月菲的左手旁时顶端摇摆不停的货物箱瞬间倾斜而下，李陌眼疾手快一把搂过白月菲，遗憾的是来不及闪避砸落下来的货物箱，巨大的外来力量致使二人身体失去平衡，双双倒地的瞬间，李陌下意识地把白月菲护在了怀里。

等到醒来的时候，白月菲发现她躺在一张白色的床上，一抬眼就看见架子上挂着吊瓶，再一低眼，发现手上还打着吊针，整个房间只有她一人，白月菲错愕地眨了眨眼，然后各种凌乱的片段掠过昏沉的大脑，从模糊到清晰，白月菲忽地腾身坐起，第一反应就是打电话联系李陌，只是放有手机的随身包不知去了哪里，然后心急如焚地按下病床边的呼叫器，护士很快过来了。

"谁送我过来的？"白月菲惶恐难安。

"是一群脖子上挂着吊牌的人送你们过来的，吊牌上好像写着什么展览。"

"你是说除了我之外还有人被一起送到这里？"白月菲抓紧了被子，那一幕她记得很清楚，货物砸下来，李陌把她护在了怀里，巨大的声响里她只感觉脑袋被什么东西砸了一下，强烈的钝痛感之后，就什么都不记得了。再睁开眼睛的时候，她人就躺在了这里。

"好像叫李……"护士想了想，说，"陌，对，是一位叫李陌的男生。"

白月菲的脸色霎时惨白，声线颤抖地问道："他情况怎么样了？"

43

“没生命危险，情况已经稳定，不过现在还没醒来。听说你们是一起被货箱砸中的，你比他幸运多了！你只是受了点轻伤，受到惊吓才昏睡过去，估计明天便可以出院；他可不一样，好像是说做什么设计的，可惜右手骨折，还伤到了神经，估计以后很难拿笔做设计了。”

护士最后一句话带着强大的力道狠狠刺痛了白月菲的心，虽然护士有表明那只是听说，但白月菲却依旧难以调控自己的情绪，只觉痛心入骨，她哽咽着问：“请问他在哪间病房？”

“5 楼 VIP3 号房。”

白月菲拖着虚脱的身体找到护士所说的病房，推门进去，拐弯之后，看见面色苍白的李陌躺在病床上，厚厚的白纱布裹住他的右手，脖子上脸上到处都是淤青及已经结痂的擦伤划痕，额头上还贴着一块纱布。

有时候，人生就是这般无常，前 1 秒还好好的人，后 1 秒就躺在了这里。

白月菲心痛如绞地盯着昏睡中的李陌，良久，才鼓足勇气走过去。

当白月菲神色凝重地挪步到病床边时，听见背后有脚步声传来。

白月菲回头一看，是一个比女人还要妖娆的男生，他落定脚步，警惕地打量着她，男人身旁还站了一个女生，女生看见白月菲的时候明显慌了一下，不过，神色又瞬间恢复如常。

白月菲的视线定在女生身上，海藻般的长发分布于女生修长脖颈的两侧，头戴一顶压得很低的帽子，白月菲看不大清女生的面容，但能清楚地看见她手中提着一只袋子。

女生突然取掉帽子，走到白月菲面前：“我是李陌的朋友，过来探望他。”她原本打算看完李陌就去白月菲的病房看看，她一直想亲眼见见白月菲的，没想到见面提前了！

白月菲打量着眼前这个漂亮的女生，她从未听李陌提过有这么一个朋友。

女生对经纪人丹峰道：“你去外面等我好吗？”

丹峰狐疑地看了看白月菲，娇怨地冲着女生一跺脚，不情愿地退出门外。

女生把手里的袋子搁到一旁，拖过凳子，绕过白月菲坐到李陌床前，拿起李陌的手贴着自己的脸颊：“你一定要赶快好起来，我还有很多事情想要跟你一起做……”

女生似乎不在意口中言语被人听见，随意地敞开心扉，都是对李陌的关心和丝丝的爱意，那些话语让白月菲觉得女生和李陌的关系似乎有些不寻常。白月菲也不打扰女生说话，只是盯着女生的侧颜发呆，始终觉得在哪里见过女生！

这时，女生突然侧头，迎上白月菲的目光："我知道你是白月菲。"

"你怎么知道？"问完之后，白月菲猛然记起说话人的身份来，是当红偶像林锦恩！

"我在李陌的钱包里见过你的照片，听说是在你家乡游玩时拍下的。"

白月菲心中微微一动，然后又恢复了平静。或许林锦恩见到那钱包时她还没有和江桐确定恋爱关系，所以李陌的举动也就说得过去了！毕竟那时李陌一直在追求她。

林锦恩苦笑，继续说："李陌应该没有跟你提起过我，我第一次见他是2年前站台他的发布会，印象深刻，去年年初，我又再次担任他饰品的代言人，接触的时间比较多，他对饰品的画报和广告拍摄亲力亲为，他的认真态度无时无刻不在吸引我向他靠近。"

白月菲忽略钱包一事，她有些诧异地看着林锦恩，没想到那个众人喜欢的当红偶像刚刚会跟她讲那样的隐私。

林锦恩顿了一下，又道："半年前，我控制不了自己的情感，跟他表白，他说曾经爱过一次，现在不想谈论感情方面的事情。我问他是不是就是当初发布会上说的那个名叫白月菲的女孩，他说是，不过，早已经放下，只是现在无法再爱上任何一个人。"

白月菲看到林锦恩眼里有一丝隐藏不了的落寞，耳边是她哀怨的声音："我告诉他，我可以等，他问我能等多久？我说三年五年我都可以等下去，他大概是想让我死心，或许也是真的想让我死心，他问我一辈子等得了吗？"

林锦恩挫败地叹了一口气："我摇摇头，时间太漫长，我等不了，但也放不下他，这大概就是命运吧？他爱不了我，我又逃不开他，或许将来我也会选择跟别人在一起，但心中却永远留了一个位置给他。"

林锦恩不再言语，静静地凝视着白月菲，似在等待她回应，又似只是想从她的神情里确认什么。

白月菲迟迟没有说话，确实不知道说什么好。

说真的，林锦恩也不知为何会对白月菲讲那些话语，但她知道她没有想过要听到白月菲的任何言语回应，只见她幽幽吐一口气，起身拿过袋子递给白月菲："丹峰刚从保管处领来的物品，你和李陌的东西都放在里面。"来香港前她跟李陌通过电话，没想到李陌也在香港，于是录制完成定好的娱乐节目之后，她便打电话给李陌邀他一起吃晚餐，电话是设计展的负责人接的，她才就此知晓李陌和白月菲被一起送到了这家医院。

白月菲接过袋子，只觉得她似乎打扰到林锦恩和李陌了，她说："我先走了。"

"你等一下，"林锦恩起身，拉过白月菲，把她摁到凳子上，"我累了，替我好好照顾他。"

话音一落，林锦恩已经朝门外走去，留给白月菲一个萧索的背影，完全不同于那个在电视上活力四射的当红偶像。

已经走到门外的林锦恩深吸了一口气，酸酸涩涩的情愫浮浮沉沉于心间。

李陌，在危险发生的那一刻，你不顾自己的安危把她护在怀里，足以说明她在你生命中的位置是不可动摇的，即使我愿意遥遥无期地等你，等你爱我，我终究是跟她比不了的，何况我根本不愿意等那么久……

熟悉的手机铃声从袋子里传出来，白月菲收回视线，拿过手机一看是江桐，她赶紧按了接听，生怕铃声影响到病床上的李陌。

“我等了你20多分钟，一直不见你上线，”江桐隐隐觉得白月菲似乎碰到了什么麻烦，他关切道，“你是不是有什么解决不了的事情？”

白月菲不想江桐知道她被送进医院之事，以免江桐担心，定了定混乱的情绪，白月菲笑语：“我好端端的，能有啥事？我只是笔记本坏了，又忙着看展览，没时间修理，等回家之后再弄。”

“你把酒店地址给我，我叫人送一台过去。”

“不用了，我暂时不想换新的笔记本。”对江桐的谎言终究让白月菲心中不是滋味，她想暂时逃开江桐，她说：“对了，江桐，我今天太累了，明晚再和你联系好吗？”

江桐愣了一下，然后说：“好。”今晚她确实有些奇怪。

挂了电话，白月菲闭了闭眼睛，强行将神思从江桐身上拉回，她神色凝重地坐到病床边，不禁伸手轻抚过李陌手腕上裹着的纱布，她深知一双手对于一个饰品设计师是多么重要！

她在心里一遍一遍祈祷老天庇佑李陌的手，让它赶快好起来！

大概是因为身体比较虚弱，祈祷的时间一久，不知不觉，白月菲趴在床边睡着了。

护士查房的时候发现沉睡的白月菲，护士见她穿着VIP病服便拍了拍她的肩膀。

白月菲惊醒过来。

护士说：“你也是病人，先回去休息。”

白月菲不肯走：“我要等他醒来。”

“据我所知，李陌先生估计早上才会醒过来。”

“那我就等到早上。”

44

真是个固执的人！护士不再管白月菲，例行查完房就走了。

白月菲思绪纷杂地注视着李陌，他除了微弱的呼吸声，还是没有任何反应。

后半夜的时候白月菲已经困乏得厉害，一个哈欠之后，已经是上下眼皮打架的状态，模模糊糊的视线中，只见李陌眼皮突然抽动了几下。

白月菲瞳孔一紧，猛然睁大眼睛："你终于醒了！"

李陌缓缓睁开眼睛，有些吃惊说话的人是白月菲，不过吃惊也只是一瞬间，取而代之的是庆幸，毕竟在那么多货物砸下来以后白月菲还能这般安好地站在他的眼前已属万幸。

"这世界这么美好，"李陌吃力地微微一笑，"我怎会舍得不醒来？"

果然是李陌，任何时候都这么乐观！只是李陌越是这样乐观，白月菲越是心绪纷乱难安，她沉吟片刻，小心翼翼地问："你有没有感觉到哪里不舒服？"

李陌摇摇头，喉咙干痒，他不禁咳了好几声。

"怎么了？"白月菲急声问道。

"口渴。"

"我去倒杯温水。"

李陌斜眼看墙壁上的时钟，已经是凌晨 3 点，他蹙眉，视线移至前方吧台前的那道身影："你在这里多久了？"

白月菲一边倒水一边轻描淡写："没多久。"

"没多久？"李陌压根不相信，"你看起很困乏。"

白月菲想也没想地脱口而出："我在你床边睡了很久，怎么会困乏？"然后倒水的右手在空中顿了一下，后知后觉穿帮了。

李陌肯定道："所以你在这里很久了。"

白月菲端着水杯一边返回一边含糊其辞："我没太注意时间，也不知道什么时候过来的，反正我醒来就过来找你了。"

李陌欲坐起身，一使力，全身一阵钝痛感，再一看，他的右手裹着纱布，左手打着点滴，这造型不像轻伤！难怪觉得身体软趴趴使不上力气，看来不静养几天，体力是恢复不过来了！李陌只好继续躺着。

白月菲将李陌刚刚的一系列动作尽收眼底，然后她端着水杯折回吧台，放了一根吸管到水杯里，回到床边时还是迟疑了一下，然后说："我喂你喝水。"语落之际，白月菲已经坐到床边，把水杯递到李陌面前，一手扶着水杯，一手把吸管正对李陌没有血色的唇。

低眼看着那近在唇下的白玉手指，李陌眼里闪过一丝异样的情绪，怔然片刻之后，他语调淡淡："我忽然又不想喝水了，你先放着吧。"不是不喜欢被白月菲如此亲密照顾，而是害怕他在白月菲这样亲密的照顾下，不可自控地对白月菲旧情复燃。

"好吧。"白月菲把水杯放到旁边，病人的善变是可以理解的。

"太晚了，"李陌不想白月菲继续熬夜，催促她离开，"你快回去睡觉。"

"我不困。"白月菲放心不下李陌，想要留下亲自照看他。

"可是我困了。"这不过是李陌打发白月菲的借口。

"就让我留在这里吧！我保证不打扰你睡觉。"

"就算你不说话不活动，可你还在我旁边啊，我不习惯睡觉的时候有人在旁边。"

"你这不是套房吗？"白月菲退一步，"那你看这样行吗？我去对面的房间睡觉可以吗？"

李陌确实不忍再拒绝白月菲，斟酌了好一会，他才朝白月菲点了点头。

因为得到李陌的应允，白月菲的眼睛都明亮了些许："你有什么事情记得叫我，我……"

李陌装模作样地打了个哈欠，表示他想要睡觉了！

白月菲立马噤声，轻轻退出房间，特意不带上房门，同时也把她的房门敞开，这样或许可以听到对面房间的动静。只是站在自己房间门口听了许久，也没有听见对面房间有任何声响，然后眼皮打架得越来越厉害，疲惫不堪的白月菲抵不过瞌睡虫的召唤，便爬到床上躺着，她还是先睡一会儿吧，不然会没有精力照顾李陌的！

而白月菲预想中的睡一会儿却是一觉到早上。

神思模糊中，白月菲听见门外有人走动的声音。

早上 9 点，主治医生过来检查李陌的身体。

检查完毕之后，李陌询问："我大概什么时候可以出院？"

"最快也要一个礼拜。"

"还好时间不长，我可以忍受。"他可不想整天待在病房里。

依稀听见有人说话，然后神思越来越清晰，白月菲倏地坐起身，走到房门前细细一听，从两个人的交谈中，白月菲确定另一个人是主治医生。

"你身体上已经没有大碍，只是些皮外伤，过段时间就好了，只是……"任何一个仁医都希望手中的每一个病患痊愈，但是那样百分百的疗效可能吗？

"只是什么？"李陌有些不安地问道。

两个人的对话让白月菲的心弦旋紧，她悄然从自己门口步入李陌房间，而后默然依墙而立，一边紧盯着面色凝重的李陌，一边竖着耳朵等待着医生的回答。

李陌并没有注意到白月菲进门，一来白月菲动静不大，以至于背对着白月菲的主治医生也没发现她，二来那时李陌生正凝神望着主治医生，一门心思只等着医生继续未说完的话语！

“只是，恐怕右手即使好了，也没有之前灵活，不过你放心，那并不会影响到日常生活。”

李陌眼里闪过一丝难得的惊慌。

“什么意思?”他不是不知道医生所表达的意思，只是希望那是他理解错误。

“简单来说，你伤到了手腕神经，虽然我们已经帮你处理好，但是会留下后遗症。”医生语气是一贯的平静，这样不愿意相信既定事实的病人屡见不鲜。

“我还能再画画吗?”李陌抱着微弱的希望轻声问道。

“简单画画是可以，但画不了非常细致的东西，除非有奇迹出现，你知道医学上还是有很多奇迹的，比如……”引例之后，末了，主治医生又安慰道：“年轻人，心态要好，未来还那么长。”

主治医生转身离去时才发现依着墙角的白月菲。

主治医生步伐依旧地朝门口走去，直到走过白月菲身旁的时候略略停步，低声叮嘱她：“多注意病人心理状态，多关心他，以防抑郁症。”然后离去。

房间里的气氛降至冰点。

李陌眸色深寒，那唯一的希望是如此的渺茫，又是否会发生在他身上……

白月菲的十指绞在一起，大拇指更是深扣进掌心里，医生的叮嘱反复回荡在耳边，白月菲不知如何是好，只能呆呆地看着无声悲痛的李陌！

良久，李陌才发现靠墙而站的白月菲，他立马压制住悲痛的情绪，眉头一展，神色如常问道：“你什么时候站在那里的?”

白月菲讷讷：“医生走之前。”那么想要安慰李陌，却又不知从何开口！

李陌眼里就此闪过不可抑制的悲凉！这样说来，白月菲定是听到医生的话语了，他可不想让她因为那些话语而对他歉疚同情！

白月菲张了张嘴，可是嗓子酸涩的未能发出一丝声响，李陌轻易地看出白月菲是想要安慰他，可此时此刻他只想一个人待着。

他故意支开白月菲：“我饿了，你帮我弄点早餐可以吗?”

白月菲一愣，然后点点头。

VIP病房配有单独的厨房，在套房的最里面。

白月菲打开冰箱一看，材料很多，想着李陌是生病状态，决定把食物做得清淡一点。

病床上。

身体上隐隐的疼痛和心底的绝望一起拉扯着李陌，拉扯着他坠进无边无际的悲恸里，如果没有奇迹，是不是右手永远都好不起来了……

当初为了做饰品设计师，李陌跟父母争取了好久，最后父母开出条件：“你要做也可以，但不能让别人知道你是 Sunshine 集团的继承人，如果大学毕业之后你还没有做出一番成就，那么到时必须回集团工作。”

李陌一口答应。

在安心创作了几个月之后，李陌集成了 3 套风格迥异的设计册，信心满满地联系商家，却没有商家愿意采用他自认为精巧绝伦的设计图。

后来好不容易有一家名叫“方远潮饰”的国内小公司看中李陌的设计，却又纠结于他是个名不见经传的新人！李陌准确揣摩出对方的心思，利用无须版权费用和会在一年内无偿为其提供 5 套画册的条件吸引对方采用他的设计。

负责人一听，当即拍案决定收入李陌这个高质量创意的免费设计师。

让负责人没想到的是新人李陌的设计在成品上市之后，反响异常热烈，订货不断。

3 个月后，方远潮饰公司业绩翻了一倍，李陌顺势一炮而红。

业界饰品公司纷纷对李陌抛出橄榄枝。

方远潮饰负责人自然不会蠢到继续免费待遇李陌，对李陌主动开出金额不小的设计费，但还是不及其他财大气粗的国际大公司。

其中一家汇聚了全球顶级设计师的国际公司报价最高，信心满满地以为李陌定会和他们签约，毕竟水往低处流人往高处走，试问这么好的机会，谁会拒绝？

最后，李陌的决定让业界傻眼，他并不在意能赚多少钱，只是觉得方远潮饰对他有知遇之恩，便答应签订了 2 年合约。

实力日渐壮大的方远潮饰小心翼翼地供奉着手里的王牌。

2 年时间里，李陌一步一步朝上走，凭借天赋和努力，得到了不少权威奖项。2 年后，李陌没用家里一分钱，单独开了工作室，盈利更是可观……

饰品设计是李陌所狂热的，在付出了那么多努力、心血之后，如今却不知道能不能再继续画下去，这让李陌心酸、悲痛、沮丧……

45

白月菲一连做了四份食物。

“你想先吃哪种?”白月菲细心地询问。

李陌看了看横置在病床上的餐桌,四碗叫不出名字的食物还冒着热气,有红的白色的黄的黑的……各种颜色,色泽看起来很诱人,他却没有胃口,本想要叫白月菲端走,又于心不忍,毕竟是他开口叫她做的食物,于是随便选了一碗黑色的食物。

“我喂你。”白月菲端过黑米粥,舀了一勺递到李陌嘴巴前。

李陌一怔,这样亲密的举动让他犯了难,吃也不是,不吃也不是,原本支开白月菲只是想要单独静一会,没想到现在又把他自己置于这般进退两难的地步。

看他迟迟不吃,白月菲问他:“你是不是又不想吃了?”

李陌神色复杂地摇摇头:“没有。”眼睛里渗出疲倦的挣扎,此刻他的自控力是薄弱的,然后被理智束缚的心慢慢打开,同时打开的还有那没有血色的唇!

暖色灯光下,白月菲细心而专注地喂着李陌。

口里咀嚼着食物,却不知是什么滋味,此刻李陌的神思都与白月菲有关,眼光不听使唤地落在白月菲脸上,她面若凝脂,饱满的双唇,一双大眼睛时不时眨动一下,眸光里流淌着若有若无的温柔,李陌看得失神,那些尘封在他心底已久的情愫微微波动!理智告诉李陌他不该有这样的反应!只是坠进黑暗深渊的他没有办法去抑制……

不可否认,她无声无息地占据了他的神思,无声无息地暂时填补了他心底因为不能再做设计的遗憾……

“你要不要试一下胡萝卜汤?”白月菲柔声问他,建议道:“补充维生素的,病人要多吃点这些营养的食物才对。”

关切的声音让李陌回过神来,心底浮上一丝自嘲似的笑,用她去暂时逃避那些悲痛是多么的可笑!不过瞬间,李陌脸上的神色已经被他调整到几乎与平常无异,他微微一笑:“我吃饱了,你回酒店休息吧。”

“可是我想陪陪你。”

“为什么?”

因为是我,你才会从一个阳光世界被残忍推进无边黑暗的深渊!因为担心你一个人会因为右手不再灵活的事情而胡思乱想!因为想要陪你一起走过这段黑暗的日子!可是,白月菲最终什么都没有说,因为太清楚李陌不会想要她这么想。

李陌好像才意识到问了什么，眼里闪过一丝黯然，明知道白月菲为什么这么做，难道还指望从她口中听见不同的答案吗？

克制住内心波动的情愫，李陌快刀斩乱麻："我知道你在想什么，首先我作为男生，危险发生的时候任何在我旁边的人我都会下意识地保护她，即使不是你。另外，关于我的右手，医生不是说也有可能复原的吗？所以你大可不必因为内疚而这般对我。"

白月菲愣愣地听着，李陌是不需要她为他做什么，可是她却想要为他做些什么，即使他一再浇灭她的热情，也浇灭不了她想要补偿的心意，既然他话已经说开，那么她也坦诚："可是当时在你身旁的人是我，你救了我，我应该要为你做些什么的。"

"心领了，你先回去吧，我有专业护士照顾的。"

白月菲想了一想，和病人硬碰硬是不明智的，于是她暂时妥协："好吧，那我先回酒店。"

设计展的负责人已经替白月菲和李陌预付过医院的费用。

回到酒店之后，白月菲才发现她的手机和随身包都落在了李陌的病房里，她想先洗漱吧，等晚上去看李陌的时候再顺便取回物品。

下午 4 点，白月菲意外收到设计展送来的抚慰金。

5 点，白月菲从酒店出发，半小时后到达医院。

看见白月菲推门而入的时候，李陌眉头一皱："你怎么来了？"

"我来看看你，顺便取落下的手机和随身包。"

"几个小时的时间，不会有太大的变化。"李陌已经快要无力招架她了，"你拿了东西就回去吧，既然已经出院，明天你还是去看设计展，利用这次机会充实一下自己。"

"你都伤成这样了我哪有心思去看设计展？"

"你不去看设计展我就会好吗？"

"当然不会。"

"所以即便你留在这里对我也没有任何帮助的。"

白月菲心里本就不好受，被李陌这么一说，心中更加难受，闷闷地走到旁边，从白色袋子里取过自己的物品暂时放到一旁，然后才想起林锦恩来。

拿过白色袋子，白月菲转过身如实相告："昨晚林锦恩过来看过你，我们的物品是她经纪人代领的，你的所有东西都放在这个袋子里。"

李陌淡淡地回道："我知道了。"

白月菲把白色袋子放到一旁，主动找话题："你吃过饭了吗？"这时间应该还没有吃，她刚好可以给他做饭。

"吃了。"李陌垂着眼帘，"你不用再过来医院了。我也没什么大碍，休养几天就好了。"

"可是我想照顾你。"

“你能照顾我多久？”

白月菲想也没想地说：“照顾到你康复为止。”

“康复为止？”李陌苦笑，突然就控制不住情绪，话语不经思考就一股脑儿倒了出来：“你没听医生说吗？我的右手会留下后遗症，除非有奇迹出现，它才会好，你能照顾我到奇迹出现的时候吗？”

白月菲胸口一滞，一时不知如何是好。

李陌眉宇间浮起一丝阴郁，决绝道：“我不需要你的同情，所以如果你不去看设计展，明天就收拾行李回去吧。”

此刻的他似乎很不想看见她，也对，是她把他害成今天这副模样的，所以不想看见她也是正常的，可是为什么会觉得委屈呢？明明委屈的人是他啊！白月菲鼻子发酸，眼眶一热，想哭，但还是及时忍住了。

她说：“你先休息，我明天再过来看你。”不等李陌回应，白月菲转身走出病房。

刚走两步，白爸爸的电话打过来了。

白月菲一边走一边讲电话。

白爸爸也没说什么，就是问设计展看得怎么样了？白月菲忍住情绪说设计展很好看啊设计师都很有才啊之类的话语，只字未提被货物箱砸中之事。

挂电话时白月菲已经走到一楼。

“白月菲。”

听见有人叫自己，白月菲循声走过去，来人并不认识，她问：“你是？”

“林锦恩。”

“是你啊！”白月菲惊呼，“你这身装扮我真的认不来啊。”

“狗仔太多，不乔装一下，根本过不来。”

白月菲突然想到林锦恩昨天说的那些话语，然后就记起林锦恩与李陌真正第一次见面其实并不是在发布会上，白月菲如实相告：“对了，我现在才想起一件事，你和李陌第一次见面其实是在棒球场。”

林锦恩无比惊讶：“啊？”

“你还得 2 年前的那场棒球比赛吗？”

“记得，当时我开球，却未投中，所以印象深刻。”

“那时我和李陌都在看台上。”

“原来我和李陌早就相见了啊！可惜那时却不曾相识，缘分这东西真是奇妙啊，兜兜转转了一圈之后，我才认识了他！”说到这里，林锦恩对白月菲微微一笑，“谢谢你告诉我这些。”

46

这时，丹峰从远处跑过来，上气不接下气地对林锦恩道：“终于甩开那些可恶的狗仔了。”说完翘着兰花指拨过额头前遮挡视线的几缕长发。

白月菲仔细一看，认出眼前高挑的人，是林锦恩的经纪人，他妖娆的女装扮相惹得白月菲想要开怀大笑，但是基于礼貌，还是忍住了笑意。

丹峰没有留意到憋笑的白月菲，等到气息稍微稳定了一些，便对着林锦恩一顿唠叨：“真不知道你是怎么想的，就这么 2 个小时的休息时间也要跑来医院，不折腾吗？”香港的通告排得很满，她每天只有 4 小时的睡觉时间，今天得益于节目录制顺利才多出 2 个小时的宝贵休息时间，她不补充睡眠就算了，竟然还要冒险跑来医院，差点就被狗仔拍到了。幸好车上放有拍戏用的道具，如果不是当时急中生智乔装了一番，得以顺利骗过那些锲而不舍的狗仔们，恐怕现在已经是狗仔的囊中之物了。

林锦恩这才想起时间宝贵，于是看向白月菲：“我上去看看李陌，改天有时间一起吃饭。”说完之后主动问白月菲要了电话号码，然后急匆匆上了楼。

返回酒店之后，情绪低落的白月菲突然就想画画，于是拿出笔和纸勾勒。

由于太过专注，白月菲忘了吃晚饭，肚子呱呱叫的时候已经是晚上 9 点，起身去包里翻找零食，刚抓起一包薯片，手机就响了起来。

“你在做什么？”江桐柔声询问。

“画画。”

“画的什么？”

“一只折翼的飞鸟。”白月菲就此想到李陌，好不容易平静的情绪又再次起了波澜。

“折翼的天使倒是很多人画，折翼的飞鸟我第一次听说……”

挂掉电话已经是晚上 10 点。

白月菲伫立落地窗前，望着璀璨的霓虹夜景，心绪翻搅，她是从什么时候开始有了敷衍江桐的举动呢？又是从什么时候开始一而再再而三地欺骗江桐呢？是那些货物箱砸下来以后。

深夜里，白月菲醒了好几次，而在医院的李陌也是这么度过漫长黑夜的。

天渐亮。

接连几个早晨，李陌一睁开眼睛就能看见白月菲的身影，无论怎么赶她都赶不走，她依然会以各种理由出现在他的面前，于是他赶她走的耐心就那么被她的坚持一点点消耗。

4天以后，李陌再也忍不住，脾气暴了起来：“你这样待我，我会产生错觉，以为你对我有情。我要的不是短暂的照顾，是长久的陪伴，如果你决定留在我的身边，那时再过来。”他这是逼白月菲，逼她远离他的生活，也是在逼他自己，逼那些不该死灰复燃的情愫灰飞烟灭。

白月菲被逼到死穴，默不作声地低下了头。

李陌冷语：“你可以出去了。”

白月菲闻言慢慢抬头，深深地凝视着李陌，他终究因手伤而在短短几天内变成了一个她不熟悉的人，他的极速改变让她惶恐，她祈祷抑郁症离他远一点。

说到抑郁症，白月菲并不陌生，因为大一下半学期的某一个夜晚，她从江桐口中得知他的母亲死于抑郁症……

李陌也不看白月菲一眼，深幽的目光落在墙壁上，忽明忽暗，从未想过有一天会用那般凛冽的语气逼迫白月菲做出决定！一开始当他知道右手留下后遗症时，即使痛苦不堪，也还是为白月菲着想，不想她为自己愧疚负累。只是她不该在他一再躲避甚至明着要求她离开病房到后来直接赶她走时，还坚持出现在他面前，小心翼翼又无微不至地照料着处于脆弱敏感期的他，因为如此，他对她克制的情感不由得打开一道缺口，然后就不可控地从已去的流年时光里蜂拥而至。

而她对于因右手后遗症而坠落深渊的他就像是一道驱散黑暗的光，一根可以爬出深渊的绳，他不由得渴望着那光和绳……

不知怎么走出那个房间的，白月菲只感觉此刻双脚依旧沉重无比。

外面的天气很好，晴空万里，白月菲的心里却是愁云遍布。

放弃江桐吗？怎么可能？

从此以后不管李陌了吗？做不到这般无情无义。

该怎么做呢？

白月菲迷惘了。

晚上，主动给江桐打了电话，一开口却只是：“我想你了。”

江桐明显感觉到了白月菲的异常，他柔声问：“怎么了？”

“就是想让你知道我很想你。”

“我也很想你。”吐露完心声后，江桐冲动道：“不如这样，等你看完设计展后直接来英国。”无奈他工作太繁忙，不能飞到她身边，只能让她辛苦飞一次了。

“不了，等过几天就回去了，爸爸还在家里等我呢。”不去的原因不仅仅是这样，更多的是无法放下李陌，心安理得地去过那甜蜜的二人世界。

“你可以和白爸爸一起来。”

“他不喜欢国外的生活。”白月菲勉强笑着，顿了顿，问：“对了，你的项目进行得怎么样了？”

“现在正是关键时刻，等这一段时间过了就基本差不多了。”

“那你不要太累，注意休息……”

挂了电话，白月菲倒头就睡，睡得并不好，做了一个很长的梦，梦里面她站在一处山野之上，迎着呼啸的风，望着远处绵延的山脉，然后一只黑猫突然从那里蹿出来，蹦到她面前，愤怒地质问她你怎么可以抛弃我？当初可是我救了你。她无言以对。黑猫立即张牙舞爪，瞬间变成凶猛的大老虎扑向她，她跑啊跑，老虎在后面追啊追……

一路狂跑许久，然后一下子毫无征兆地脱离了梦境。

“原来是场梦啊。”白月菲吓出一身冷汗，后怕地拍了拍胸脯，拿过手机看时间，已经是早晨7点半，于是起身下床，竟然全身无力，看来那个噩梦消耗了她不少体力。

昏昏沉沉的白月菲只喝了一杯牛奶便拎包出门。

当出租车司机问白月菲去哪里的时候，白月菲习惯性地说去医院，语落之际才记起没有去医院的必要了，于是抱歉地看向司机大叔：“不好意思，我不去医院了，你载我去九龙吧。”

“好的。”司机一边驾车，一边热情地问：“小姑娘经常来香港吗？”

“没有，第一次。”

司机大叔是个话痨，一直说个不停：“香港有很多好玩的地方，我给你介绍介绍，比如维多利亚港……”

来香港之前白月菲跟美微通过电话，美微得知她要去“购物天堂”时很是兴奋，要求她带这带那，列了一长串购物清单给她，白月菲觉着美微买的货品太多，问能不能少买一点？美微说不是全买给自己的，有很多东西是买给尹浩屿的，于是白月菲念在美微千辛万苦才追到尹浩屿的分上勉强答应。

现在，白月菲拿着美微的购物清单奔走于九龙城的数个商铺，不多时，已是大包小包拎在手。

逛累了的白月菲在步行街上找了一个木椅坐下来，眼前人来人往，情侣三三两两，一家三口其乐融融，年迈的老人相互依偎，朝气蓬勃的单身男女有说有笑，各个商铺的购物者络绎不绝，繁华的人间景象，白月菲却深感落寞和不是滋味，是因为做了决定要离开香港了吗？白月菲承认她所做的决定是自私的，在李陌与江桐之间，她坚定地选择了江桐，即使在李陌因为救她而导致他无法再做一个设计师的情况下！她为了自己的爱情，做了这么一个忘恩负义之人，这样的她应该会遭到报应吧？

天气突变，风起云涌，电闪雷鸣。

白月菲拎起东西跑到商铺屋檐下避雨。

雨下得很大。

模糊的雨帘中，白月菲的眼前依稀幻现李陌的样子，那个梨涡深陷的阳光少年。

47

“嗨，你好，我叫李陌，你呢？”那个幻影在倾盆大雨里微微一笑。

白月菲一时幻觉，张口欲言，如若不是手机响起来，她定会回答：“嗨，你好，我叫白月菲。”如若真的如此，旁边躲雨的人肯定以为她是个疯子，这般诡异地对着空气说话，要么是遇鬼要么就是精神病发作，反正不是正常人能干出的事。

还好林锦恩的电话及时拉回了白月菲恍惚的神志。

“晚上6点一起吃饭吧。”林锦恩为了这次饭局特意调整了节目的录制时间，如此着急地邀请白月菲吃饭是因为明天节目录制完成之后她就要飞往罗马拍戏，恐怕以后也很难有机会再见到白月菲了。

反正除了忙活美微的事情之外，白月菲也无事可做，便答应赴约：“好的。”

林锦恩约的地点是一家私人会所。

下午5点，白月菲拎着大包小包赴约。

在侍者的带领下，白月菲来到一间华丽的包房。

林锦恩还没来。

白月菲放下东西，坐到沙发里，一边等待林锦恩现身，一边随手抓过遥控器打开电视，也不知道要看什么节目，一直不停调台，最后停在时尚生活频道，因为主持人正在介绍潮流饰品。

“说到饰品，我们必须要提到潮流设计先锋夏木，这个才华横溢的大男生总会带给我们意想不到的惊喜，以下是独家报道，夏木去年年初设计展筹备影像记录。”

白月菲观看了大约10分钟之后，林锦恩推门进来，她一身白色连衣裙，黑色背包，帆布鞋，马尾，活脱脱一个高中生。

林锦恩走到沙发前，放下背包，微笑道：“你来多久了？”

“没几分钟。”

“你喜欢吃什么？”

“你点就好。”

林锦恩点了满满一桌菜品。

白月菲虽然逛了一天，但感觉并不饿，没有吃多少东西。

林锦恩本就饭量小，没吃几口便停了筷子，然后指了指正对着她的那张沙发上的袋子：“怎么一下买那么多东西？”

白月菲也停下筷子：“是帮朋友带的，明天就回西冲了，所以今天一次性买完。”

林锦恩颇感意外："你明天就回去？"

白月菲点点头。

林锦恩就此意识到了什么，试探性地问道："一个人回去？"

"嗯。"

林锦恩的表情一下子就冷了下来，连语气都带着明显的不满："你就这样一走了之吗？李陌还躺在医院，你却急着回去。"

白月菲无奈又委屈："我也不想。"

"既然不想，为什么还要走？"

"是李陌叫我回去的。"

"他叫你回去你就回去？既然你如此听话，那么当初他叫你留在他身旁时你为什么不留？"

"这是两码事，你不要混为一谈。"

林锦恩嗤笑一声："好，如你所愿，我不混为一谈，我就讲前者，你扪心自问李陌为什么叫你走？你忍心就这样丢下他一个人在香港？你别忘了，他是因为保护谁而伤成这样，直到现在还下不了床。"

白月菲深吸一口气，声音中暗含凄酸："就是因他是为了保护我而受伤，所以我才想要留下来照顾他，可他说了他要的不是我一时的照顾，如果不能长久地留在他的身旁就不要再去医院了。"

"难道他的要求很过分吗？为了你，他再也无法像以前那般握笔做设计了，这点要求不过分吧？"留在李陌身边是林锦恩梦寐以求的，可惜李陌要的不是她，既然现在李陌想要把白月菲留在身旁，那么无论如何她也要试着帮他达成心中所愿。

白月菲坦诚："我有喜欢的人。"

林锦恩柳眉一挑："所以你打算就这样对李陌撒手不管了吗？和喜欢的人双宿双飞？你的幸福建立在李陌的痛苦之上，你能心安理得？"

"难道要我放弃我喜欢的人吗？"没错，她是应该对李陌负责，但不应该牺牲她的爱情。

"难道不应该放弃吗？他为了你付出了那么多，你忍心这样绝情对他？"林锦恩清楚，说这些言语的她也是自私的，可是爱上一个人，人就会变得自私，她自私地要为所爱之人争取他想要的爱情。

"是不是所有对我付出的人我都应该负责？"那么江桐她也是要负责的。

"负责本有轻重之分，更要视情况而定，如果对你付出的人需要你负责任，又与你的本意两相冲突，那么就需要权衡，如果你做不到两者皆善，就只能取舍！"林锦恩顿了一顿，而后继续道，"李陌是那么健康阳光的一个男生，却为了你很有可能一生带着残疾，右手对于他是多么的重要不用我讲吧？"林锦恩冷笑一声："是，你是有喜欢的人，他可能也为你付出了很多，可是他不是健健康康的吗？"

对于林锦恩的咄咄逼人，白月菲已无言以对。

林锦恩看出白月菲心中的犹疑，乘胜追击："离开他吧，你应该要对李陌负责的，因为他在危险发生的时候对你负责了。"

话语像魔咒一般反复激荡在白月菲的脑海里，一遍又一遍，一次比一次更猛烈。

林锦恩没有再继续逼迫白月菲做一个过分的决定，担心逼她太急会适得其反，所以适可而止，林锦恩淡淡道："你先吃，我要去电视台录制节目了。"但愿动摇之后的她所选择的是李陌！

房间里只剩下白月菲一人，满桌的东西她无心再吃。

回到酒店之后，白月菲瘫倒在床上，林锦恩说得没错，她不能把自己的幸福建立在李陌的痛苦之上，只是她做不到更不愿放弃江桐，她爱江桐，比生只想和他在一起。

白月菲拿过手机调出江桐的号码，此时此刻，只想和江桐说说话。

"你起床了吗？"白月菲的声音被她调整到与平时几乎无异。

"还没。"

"江桐，我说如果，如果将来有一天我离开你了，你会怎样？"

"假设性的问题我不回答。月菲，你有没有觉得你今天有点奇怪？"

"如果你是指刚刚那个问题的话，是圆饼拜托我问的，你知道她书中的男主角外在或者内在都喜欢参考你！"

白月菲反应及时的掩饰是成功的，江桐相信了她的话语："原来如此，是我想多了！"江桐柔声一笑，转了话题："你晚餐吃什么了？"

白月菲眼睛湿热，但语气还是被她维持得如同往常："吃了很多啊，各种美食，肚子吃得饱饱的……"

结束通话后，白月菲心中有一种挥之不去的强烈酸涩，它们在深夜里肆虐。

第二天起床，白月菲整个人憔悴万分，洗漱完毕之后脑袋更是涨痛无比。她扶着墙壁滑到沙发里，头枕在双腿上，身体缩成一团，林锦恩的话语又再度回荡在白月菲耳边，然后她决意要回西冲的想法被那些偏执的话语动摇。

如果就此离开，这一生都会愧对李陌；如果去到李陌的身旁，便会辜负江桐的一往情深！

那么她应该如何是好？

48

半小时后，头疼减缓，白月菲还是不知如何才能不伤害江桐与李陌，于是拿出手机，拨了一个电话。

“圆饼，”白月菲犹豫了一下，还是说了出来，“我给你讲一个故事。”

“你说，我洗耳恭听。”

“假设有一个设计师很喜欢一个女生，他为了保护女生而受伤，导致右手落下后遗症，不得不放弃所热爱的设计，设计师想要女生长久地陪伴他身边，可女生已经有男朋友了，如果你写这个故事，可以让女生顾全男朋友和设计师吗？如果不能，你又会让女生选择谁？”

“哈哈，这个故事构思不错，”圆饼显然没有抓到白月菲在意的点，她乐呵呵道，“等我这部小说写完，就立即着手改写这个故事。”

构思不错？白月菲失笑，而后问：“你还没告诉我你会让女生怎样做呢？”

圆饼脑海里已经生动勾勒出三人纠葛的画面，她说：“我向来控制不住小说走向，所以现在没有办法让女生两全，不过，我可以肯定一点，在设计师受伤后的很长一段时间里，我一定会让女生两个都不选。”

“啊？”白月菲没想到会得到这样的答案，她眉头一皱：“为什么？”

圆饼摇头晃脑地开始分析：“这么说吧，女主有自己喜欢的人，为了责任留在设计师的身旁而放弃心中所爱的人，我想这也太狗血了，毕竟女主只是一个平凡人，不应该这么伟大。可是如若女主放任因她而落下后遗症的设计师不管，即使有心爱的人陪伴在身旁，女主也不会觉得幸福，设计师会是她心中永远解不开的结，她越幸福便越会觉得愧对设计师。等我写这个故事的时候一定会让女主远走他乡，至于他们三人的未来，我暂时想不到，不过时间会给他们三个也会给我答案，等我写到结局的时候再告诉你。”

白月菲五味杂陈：“这样啊。”一直以为只有两个选择，没想到还有第三个选择，只是第三个选择于她而言并不怎么样！

“嗯，”圆饼愉快一笑，“月菲同学，谢谢你带给我灵感，到时候我把它写成书，等拿了版税一定请你吃大餐……”

挂了电话，白月菲闭眼沉淀翻动的情绪，过了好一会，才睁开眼睛，举步拖着行李箱去到酒店大堂办理退房手续。

等待柜台小姐处理退房的间隙，白月菲听见身旁传来小女生慌张的声音，不禁侧头望过去，随即目光一滞。

“对不起，对不起，”女生抱歉地鞠躬，“都是我不好，不应该边走边玩手机，有没有撞伤你？”

“没事，不过，下次不要边走边玩手机了，这行为不好。”

“谢谢大哥哥指教，我一定改。”女生蹦蹦跳跳地走开了，没有注意到刚才意外的一撞，把对方的手机撞落到了地上。

李陌俯身去捡手机，习惯性地伸出右手，隐隐的疼痛袭来，这才发现吊着绷带的右手不便，换了左手去捡，却被一只纤细的手抢了先。

“给你。”白月菲把手机递到李陌面前，脸上的笑容略显僵硬，她还以为自己笑得很自然呢，视线不自觉转到李陌右手上，心里的愧疚突增，她怎么可以放下这样的李陌离去？她终究还是心软了！

李陌神情一凝，接过手机：“谢谢。”而后站直身体。

白月菲也紧跟着起身。

李陌目光复杂地看着白月菲，见她从他右手上收回视线，而后抬头对他柔柔一笑，他真的没想到会在此地遇见她！他还以为她已经离开香港了！毕竟那才是她会做的决定。

“恭喜你出院。”白月菲说完便后悔了，李陌是出院了，可是右手都这样了，她还傻乎乎地恭喜他，真是脑残。

“白月菲小姐，”柜台小姐客气地叫她，“麻烦您过来签字。”

白月菲对李陌说：“你等我一下。”起身跑向柜台。

虽然不解白月菲要他等她做什么？李陌却还是照着白月菲的话语等在原地，顺着她晃动的身影望过去，晃眼瞥见她身旁的行李，李陌的表情就此变得苦涩，原来她是要离开了啊！她是该这么做的，只是此时此刻，李陌心中万般滋味煎熬，复杂的情绪里，唯一清晰的是对她的不舍！不舍她就这么离他而去……

柜台小姐双手递上证件给白月菲，热情微笑道：“欢迎您再次莅临本酒店。”

白月菲接过证件，犹豫不定地站在原地，深呼吸一口气，而后回头看了看李陌，一群人正欢声笑语地走过他身旁，衬得他那么孤单与落寞。白月菲心头一紧，滋生浓浓酸涩，这情绪从心间升至胸口，再上蹿至大脑，而后疯涌张狂，就这么改变了她的决定，白月菲不确定这瞬间到底是失控还是本意所为，反正不重要了，重要的是她清楚她做了一个怎样的决定！她明白的，那决定一旦付诸行动，她再不能回头！她不敢去想这之后，江桐会怎样？她只是回首看向柜台小姐：“不好意思，我想要再住一段时间，请你帮我办理入住手续。”她的声音或是神色都与平常无异，而她的心却似山崩海啸一般，满目疮痍里是比生生切骨还要难受的痛苦……

“好的，请您稍等，我查看一下房间。”柜台小姐微笑道，在电脑上查了查，“非常抱歉，您刚退的房间已经被人在网上预定了。”

“别的房间也可以。”

“好的，我再看看。”柜台小姐认真地查看，但都显示满房状态，又看了看退房状态，“不好意思，白月菲小姐，房间已满，明天早上8点有两位客人退房，您需要预定吗？”

“你帮我预定一间。”白月菲递上证件。

“好的。”

手续完成之后，白月菲拖着行李走到李陌面前：“那天你说的话我认真考虑过了，我决定留下来。”

李陌好半晌才相信了白月菲的话语，然后既惊喜又诧异，他问：“你想清楚了？”没料到白月菲会有这样的决定！毕竟那时他说出那样的话语根本不是想把她留在身边！只是因为意外发生之后，即使他一再避开她悉心的照顾，她却始终坚持出现在他面前，于是在某个时刻他尘封的感情被她再度点燃！他再也不能心无杂念地面对她，所以狠心逼走她，也逼他自己放手那段不该说爱的感情。

白月菲点点头：“是的。”

“你确定？”李陌的眼光落到白月菲的行李上，不是准备要走了吗？怎么又突然改变了心意？

“我确定。”白月菲拖着行李朝电梯走去。

李陌心里百转千回，难以置信地跟在白月菲身后。

进入电梯。

白月菲按了33楼，然后看着李陌：“我先把行李放你房间好吗？”

李陌凝视白月菲半晌，要走的她突改心意！这样的机会他只有一次，错过了这一次他永远都不会再有，所以应该答应的。

“嗯。”李陌点头，似乎才知道自己刚才答应了什么，他无比惊诧他竟然做了如此决定，更震惊这一刻的他是这样的卑劣，明知道白月菲喜欢的人是江桐，却利用白月菲的同情把她留在身旁，原来和江桐十几年的兄弟情也抵挡不过这令人目眩神迷的爱情！

对不起，江桐，这是月菲的选择，也是我的选择……

电梯门打开。

李陌领着白月菲进房，这是白月菲第一次进到李陌的房间里，房间格局和她之前住的差不多。

“我把行李放这里好吗？”白月菲指了指沙发旁边。

“你想放哪里都可以。”

49

“我明天再过来取行李，今天酒店没有空房间了，最快要明天早晨8点，我预定了一间。”

李陌眼眸微眯：“所以你打算出去住吗？”

白月菲点头，虽然李陌的房间是套房，可是酒店不比医院，她和他住在同一间房终究不太好，即使她已经决定留在他身旁，可是她还没有完全准备好跟他在一起，她需要时间过渡。

李陌态度决然：“晚上你住这里！我出去住。”

“不用了，我不想折腾你跑来跑去。”

“就这么定了。再说这附近的酒店因为设计展和亚欧峰会都被订满，你出去也很难找到房间。”

“既然都满了，那你不一样也找不到房间吗？”

“我可是李陌，自有办法。”

白月菲想了想，也不再多言住所之事，顺从李陌的安排。

李陌转身出门，白月菲突然叫住他。

“等等，”白月菲讷讷，“我还有话跟你说。”

李陌顿住脚步：“好，你说。”

白月菲心一狠：“你可不可以为了我再也不跟江桐联系？”有些得到是需要付出代价的，一如她因李陌的守护而牺牲爱情，而李陌让她留在身旁就得为她付出放弃友情的代价！虽然这显然对李陌不公平！毕竟李陌已经为她付出了右手留下后遗症的代价！可是此时此刻，她不想去比较公平与否，她只想李陌那么做！王不见王或许就可以避免血肉模糊的二王之争……

“好。”李陌答应白月菲的要求，在决定把白月菲留在身边时已想过这个问题，选择白月菲就意味着他背叛了江桐，意味着他亲手扼杀掉他们之间10多年的兄弟情谊，虽然很煎熬很痛苦，他却觉得值得……

“还有，你可以帮我去意大利留学吗？”白月菲要彻彻底底地离开江桐的世界。

“可以。”

“谢谢。路上注意安全。”

李陌走后，巨大的疼痛翻搅在白月菲心底，她从来没想过竟然会做这样的决定！明明深爱着江桐却就这样轻易放弃了他！爱情在她心中究竟算什么？这样反复无常的她根本不配江桐的深爱。

白月菲深吸一口气，拿出电话，这个时间正是江桐的睡觉时间，即使不是江桐的睡觉时间她也没有勇气打给他！白月菲手指颤抖地编辑了一条信息给他："对不起，我们分开吧，不要找我，不值得。"寥寥数语，白月菲却花了半小时才写完。

模糊的视线里，白月菲按了信息发送。

那些爱过的记忆在白月菲的脑海里回放，甜蜜的，难过的，心酸的，那就是我爱过你的痕迹。

再见了，江桐，对不起，我爱你。

白月菲号啕大哭起来，她一边抹眼泪，一边按下关机键，酒店座机也被她拔掉了，她太了解江桐了，收到这样一条信息之后他一定会想尽办法联系她，她无法面对他，唯有如此。

早上起床的时候江桐习惯性地摸过手机一看，有一条白月菲的信息，打开的瞬间立时傻眼，读完之后更是觉得莫名其妙，他们昨天还好好的，今天怎么可能就分手？江桐难以置信又慌乱，立马拨打白月菲的电话，竟然是关机状态！欲打白月菲的房间座机，才想起来没有问过白月菲住哪家酒店，而白月菲也没有主动对他提及过。

联系不上白月菲，江桐万分焦急，想要立刻飞香港找白月菲把事情弄清楚，无奈这段时间刚好是投资项目的关键期，他根本脱不开身，情急之下，江桐才想起打李陌的手机。

电话一直响个不停，李陌当然知道江桐为什么打这个电话，可是无法接起它，不仅仅是答应过白月菲不跟他联系，更重要的是不知道电话接通后应该跟江桐说些什么。

终于，李陌的手机被江桐打到自动关机。

一个手机关机，一个不接电话，江桐觉得事情蹊跷，立即派人查找白月菲入住的是哪家酒店，很快得到白月菲的相关信息，江桐更是觉得离奇，为什么白月菲刚退房又预定新的房间？江桐想不明白，只能等明天，等白月菲入住新房间的时候再打座机去问清楚。

黑夜终究过去，天光渐亮。

李陌一早跑到白月菲的房门前按了门铃，白月菲很快打开门。

"早安。"李陌左手提着早餐在白月菲眼前晃了晃。

"早安。"

李陌打包的东西很好吃，白月菲却食不下咽，李陌也不强迫她，毕竟她需要时间去整理和江桐之间的感情。

李陌把早餐收到一旁："不如我们现在就离开香港吧，你回家乡，我回意大利替你办留学手续。"她在这个城市和深爱的人分了手，或许远离这个城市之后，她就会好受一些。

白月菲飘飘忽忽地点头。

李陌送白月菲到关口，看见她走远，才转道去了国际机场。

回到家乡的当天晚上，白月菲跟白爸爸说了要去意大利留学一事。

白爸爸这才意识到原来小不点儿已经长这么大了，有了自己的想法与追求，他不能再护女儿于羽翼之下，应该放女儿出去高飞了。

白爸爸摸摸白月菲的头："你是大人了，你的人生自己做主，爸爸只希望你一切都好……"白爸爸今天有些疲累，说完之后便早早进房就寝。

而白月菲则坐在沙发里看书，尽量不去想江桐，可是江桐的样子却时不时出现在眼前，白月菲深呼吸一口气，试图再次把注意力转移到书上。这时，身旁的座机响起来，白月菲想也没想地随手接起。

"你发生什么事情了？"江桐想尽了各种办法才拿到她家的电话号码，不明白她在香港的一连串怪异行为到底是怎么一回事？

"我……"白月菲语塞，再次见识了江桐的强大能力，毕竟她没有告诉过谁她家里的电话号码。

没有耐心等她回应！江桐声音沙哑急切地问道："这两天联系不上你，你知道我有多担心你吗？"

白月菲的眼泪就此掉了下来，她不能再听江桐说下去了，再听江桐说下去她会失控的，她决意斩断情丝："我很好，你以后不要再打电话过来了，我曾经以为很喜欢你，其实不然，让我心动的另有其人，所以我们不要再联系了。"说完她慌忙挂掉电话，躲到卧室里一阵痛哭。

而电话那头的江桐完全愣住了，所以这就是白月菲在香港一连串异常行为的原因吗？不该是这样的，他了然白月菲对待感情的态度，她绝不是三心二意之人，他更清楚她身边除了他之外相熟的异性不过李陌罢了！想到这里时，江桐神情一僵，所以让白月菲心动的那个人应该是李陌吧？不然李陌怎么可能突然跟他断了联系？分明是心中有鬼。

可这一切太荒谬了！江桐怎么也相信不了短短几天香港之旅能让一切天翻地覆，一个是他深爱的人，一个是与他情同手足的朋友，却双双背叛了他！江桐瘫坐在床上，甚至没有喘息的余地，电话响起来，是秘书打过来的，说国内发过来的 3 份文件急需他做批示，他不得不立即投入工作中。

当天晚上，江桐感冒了，随后一连发了三天高烧，却坚持带病工作。

江桐的身体和内心都在煎熬。

每个夜晚，江桐都在白月菲给的痛苦中挣扎。

多少女生想要靠近他！他的眼里只有白月菲，他一直以为白月菲也一样深爱着他，可是白月菲却选择了李陌！她把他当什么？在他的世界里说来就来，说走就走，她凭什么这么践踏他的深情？江桐拿着酒杯摇摇晃晃地走到镜子前，白月菲的模样幻现于镜子里，迷醉的江桐神情紧绷地看着她，只见他拳头紧握，嘴里嘟囔着模糊不清的话语，等到他说完，白月菲却又突然消失不见，他勃然大怒，一拳挥到镜子上，血肉模糊中，江桐暗烈的眼眸无声狠语：白月菲，记住你的决定！

50

白月菲再见李陌已是年后，李陌在没有通知白月菲的情况下突袭到她家门口。

一打开门，白月菲又惊又恍然，阳光的阴影里，李陌站在她眼前，像从前那般笑得灿烂，他的头发已经剪短，右手的绷带也卸掉了，左手提着一只盒子。

白月菲愣了几秒，回过神来，微微一笑，把李陌引进屋里。

“随便坐。”白月菲指了指沙发，转身去倒茶水。

“伯父呢?”李陌把盒子放到沙发上，那是特意买给白爸爸的礼物。

“我爸啊，他三天前已经走了，他向来热爱考古工作，一听有重大发现，迫不及待地赶去和考察队会合了。”

李陌有些遗憾：“挺不巧，我还给伯父带了礼物。”

“我替爸爸谢谢你的心意，等一下我放他房里。”白月菲一边倒茶一边说，“对了，你怎么过来也不通知我一声?”

“通知你之后你是不是打算去机场接我?”李陌走到白月菲旁边，倚着柜子看她倒茶，她不过平常的动作在他看来却极具吸引力。

“当然。”

“就知道你会这样，不想折腾你，所以我自己来了。”

任何时候，李陌都在为她着想，一股暖流涌过白月菲的心间，她眼眸微动，将斟满茶水的杯子递到李陌面前。

李陌用左手接过杯子，轻啜一口袅袅茶水，悠悠茶香如她，清香而回味无穷。

其实李陌这次过来不仅仅是给白月菲惊喜，还有一个目的是接她去上海参加设计展，这次展出的所有设计都是年前定好的，发布会之后他是不能再亲自设计饰品了，虽然很可惜，虽然他也曾为此痛不欲生，但好在上天待他不薄，关了一扇窗，却开了一道门，最最幸运的是他拥有白月菲的陪伴。

当天晚上，白月菲与李陌一同飞往上海，临走时，白月菲把在香港为美微买的东西和送室友们的礼物一起邮寄给了圆饼，但并未通知任何人她即将要去意大利之事。

发布会进行得很顺利，白月菲也再次见到了代言人林锦恩，林锦恩走完秀之后，找了一个机会单独和白月菲聊了聊。

“好久不见。”林锦恩笑容宁静。

“好久不见。”白月菲微笑回应道。

“不瞒你说，走秀前我有向李陌询问你，听他说这场发布会结束后你们就一起飞意大利了，希望你们在那边一切安好。”林锦恩替李陌开心，白月菲最终留在了他的身旁，虽然她得不到他，但有白月菲替她照顾他，她也就放心了。

“嗯，我会的。”她会努力补偿李陌，弥补他不能再做设计师的遗憾。

发布会圆满结束，白月菲和李陌按照预定的行程飞往了意大利。

乔宇商学院开学当天，“吃瓜群众”们并未见到热门情侣江桐和白月菲，美微心想白月菲应该是会晚到，也就没急着去联系白月菲。

等到美微布置好床铺，圆饼和郝美已经到达，唯独不见白月菲！

美微打电话给白月菲，却显示号码是空号，美微这才意识到事情的怪异，她想着联系不上白月菲那就联系江桐好了，只是她没有江桐的电话号码，于是赶紧联系尹浩屿，叫他帮忙打江桐电话问一下白月菲的情况……

尹浩屿回复美微说江桐的电话一直没人接听。

乔宇商学院的同学们谁也没有再见过江桐和白月菲，他们一起消失了，各种流言满天飞。

刚到意大利的时候，白月菲很不习惯，越是看着异国繁华的风景内心越是荒凉。白月菲明明各种不适应却努力隐藏，在李陌面前强装一切很好，白月菲以为一切不露痕迹，可李陌早已洞悉一切，他不揭穿她，而是默默地帮助她慢慢适应。

李陌和白月菲虽然同处一个屋檐下，但彼此相敬如宾，最亲密的行为也不过是在白月菲因为感冒而昏睡在沙发里的时候李陌抱她进房间里，喂她吃药、喝水，从天黑守到天亮。

李陌知道白月菲心里藏着江桐，那个人不可能说忘就忘记，或许白月菲也没打算忘记，不管怎样，她记得也好，忘记也罢，都没关系，他会用他热忱的心让她真正快乐起来，他会用他的深爱让她幸福……

渐渐地，随着时间的推移，在李陌的帮助下，白月菲逐渐适应了意大利的生活，只是她不再画画。不知道为什么，每当白月菲提笔想画画的时候脑海里就会出现货物箱砸向她和李陌的画面，那个画面毁了李陌，也毁了她和江桐，那个痛苦的回忆她不要再记起。

于是一个阴霾的午后，白月菲把画笔和画纸全部扔进了院子里的垃圾箱里，李陌无意中看见白月菲的举动，他明白她的心思，从那之后他再也没有在她面前提起过与设计有关的事情。

只是偶尔在深夜的时候，李陌还是会习惯性走进书房握笔画图纸。

有好几次，白月菲路过书房时透过玻璃窗，看见李陌把平整的纸张揉成一团丢进垃圾桶里，而这一晚白月菲再次看见了那一幕。回到房间里之后，白月菲怎么也睡不着，她贴着门板，认真聆听门外的动静，在确定李陌已经回房休息后便打开门，偷偷溜进了书房。

白月菲捡起垃圾桶里的纸张带回房间一看，如果不是亲眼所见，谁会相信眼前这些拙劣的图形出自于那个鼎鼎大名的潮流设计师夏木之手？

天才设计师夏木已经不复存在了！

白月菲心如刀绞。

她把李陌害得太惨了，即使用尽她一生也无法弥补对李陌的亏欠。

对不起，李陌……

那一个夜晚之后，白月菲再也没有见过李陌画画。

他和她一样，彻底放弃了画画。

一年后，夏木工作室破天荒地没有在中国举办发布会。

业界纷纷猜测夏木才气枯竭，拿不出作品来了，白月菲看到这条新闻的时候对着电脑屏幕没好气地回了一句："你才才气枯竭。"

"看什么呢？"李陌端着刚泡好的茶水走到白月菲面前。

白月菲慌忙关掉网页，不想李陌看见那些恶评他的新闻，于是巧妙地转了话题。

时间飞逝，转眼又过了大半年，白月菲对李陌悉心的照顾换来了她想要的结果：她可以确定要人命的抑郁症已经离李陌十万八千里远了！这让白月菲欣慰。

现在，白月菲已经非常熟悉意大利的这个城市，李陌会带她去各个地方游玩，她在李陌面前笑得没心没肺，只是她一个人的时候偶尔会看着手机里的通讯录发呆，其实通讯录的联系人也只有白爸爸和李陌而已，当时一到意大利她便换了新的电话号码。虽然没有存江桐的电话号码，可是白月菲早已烂熟于心，即使这么久过去了，她仍然记得，那个电话号码根深蒂固在她的脑袋里，一个电话号码尚且如此，何况是电话号码的主人呢？

有些人一旦出现，就一眼万年成了永恒。

江桐对于白月菲而言是这样的。

白月菲对于李陌而言也是这样的。

李陌早已计划过了，等到白月菲大学毕业之后，他要和她在这儿举办婚礼。

现在算算，还有半年，白月菲就毕业了，很快，她就将成为他的新娘，从此执手之手，与子偕老，还有什么比这更美好呢？

李陌渴盼着那一天的到来。

51

临近毕业季，白月菲去学校的时间相对减少，除了实习之外，留在家里的时间更多些。

下午时分，白月菲去学校取一份学习资料，刚从系主任办公室出来便接到李陌的电话。

“你去哪里了？”李陌询问，今天是星期六，白月菲是不用去公司实习的，所以他特意提前从 Sunshine 集团总部回来，却不见她在家。

“我到学校取资料，正准备回家。”

“我过来接你吧，今天我们不在家里吃晚饭。”

“好，我在校门口等你。”

白月菲步行到校门口，李陌还没那么快到，毕竟从家里来学校需要半小时的路程，于是白月菲在旁边找了一只长木椅坐下，拿出耳麦插到手机上，一边听歌一边看着马路上人来车往。

听了没几首歌李陌就到了。

白月菲取下耳麦，走到车子旁边问：“我们去哪里吃饭？”

李陌绅士地把白月菲请进车里，吊她胃口：“秘密。”

白月菲眼睛一转，对着坐回驾驶座的李陌旁推侧敲：“让我猜猜，是西餐厅？”

李陌神秘地摇头，踩动油门。

白月菲继续猜测：“中餐厅？”

李陌注视前方的路况：“去我家。”

“啊？”白月菲惊讶。

“我爸妈刚好从国外回来，我觉得是时候让你们见面了，不过，如果你不想去也没关系，我们随便在外吃一点就好了。”反正白月菲还有半年时间毕业，晚点见他父母也可以。

白月菲当然知道去见李陌父母意味着什么，既然早已决定要陪李陌一辈子，这一关迟早是要过的，不如就现在吧。

“就去你家吃。”白月菲顿了顿，继续说，“不过，我没有给叔叔阿姨准备礼物，你先陪我去买礼物吧。”

“礼物我已经替你买好了，放在后备厢里。”

“这样不好吧？你第一次带我去见叔叔阿姨，结果礼物还是他们儿子准备的？”

李陌哂然一笑："儿子帮儿媳妇准备礼物有什么不对吗？"

儿媳妇！！白月菲唰一下脸红了，双手捂了捂脸，呼吸加剧的她转头看向窗外，然后一家服装店掠进她眼里。

白月菲赶紧喊："停车。"

李陌立马急刹车："怎么了？"

"我想下去看看衣服，毕竟第一次见叔叔阿姨，我穿得如此随意，太不尊重他们了。"

"我爸妈还是比较开放的，不介意这些。"

"可是我介意嘛，作为晚辈，我还是要注意分寸的。"白月菲打开车门朝服装店走去。

李陌跟在白月菲身后，痴望着行走于阳光里的白月菲，她身着简单的T恤，修身的牛仔裤，帆布鞋，不施脂粉的她在阳光里是如此的动人，李陌目光热切地看着她，不由得快走几步，追上她，情不自禁握住她的手。

两只手相融的温度使得白月菲一颤，她侧抬头望了李陌一眼，李陌正好看着她，他对着她暖暖一笑，白月菲有些慌张地低下了头，一再克制自己不要避开李陌的手，因为他对她已经足够好，他尊重她，爱惜她，给她漫长的时间让她接受他，而这些动作只不过是情侣间最普通的行为，她实在不应该反应过大的！何况她在几年前的香港时已经选择了李陌啊！既然那时就已经豁出去了，现在又何必介意李陌亲密的行为？那不是很作很矫情吗？于是白月菲迅速调整好心态，紧绷的嘴角刹那变得柔和，她从容抬起头，冲着李陌微微一笑，任凭他牵着向前走去。

"叔叔阿姨喜欢什么样的穿衣风格？"白月菲主动询问，她想尽可能在李父李母面前表现好一点，以免李陌因她的表现而被父母为难。

"只要是我喜欢的人，他们都喜欢。"

"真的？"

"真的。"

走进店里，店员热情地招呼着李陌和白月菲。

白月菲把选服装的任务丢给李陌："你帮我选吧。"

李陌宠爱地揉揉白月菲的头发："遵命，夫人。"

白月菲的眼眸明显闪了一下，却又瞬间神色如初。

李陌放开白月菲的手，走到衣架前，一眼看中一套黑白撞色的套裙，搭配黑色闪钻单跟凉鞋。

李陌取下衣服："这套怎么样？"

白月菲走过去，接过衣服："我进去试试。"店员跟着把凉鞋送进更衣室。

李陌坐到沙发里，安然等着白月菲换装出来。

店员小姐倒了一杯现磨咖啡给李陌，并且热情地夸赞"你女朋友很漂亮你们很般配”之类的话语。

这样的夸赞李陌听过很多次了，可是无论多少次，每次听起来心里都特别开心，他满心欢喜地回应：“Thank you.”

白月菲从更衣室里出来：“怎么样？”

李陌放下咖啡，走到白月菲身旁看了一圈，拍手鼓掌：“你穿什么都好看。”无论什么样子的她，在他眼中都是最美的。

白月菲照了照镜子，很满意身上的衣服：“是你眼光好。”

结账的时候，李陌拿黑卡给店员小姐，白月菲眼疾手快地挡过黑卡，把它塞回给李陌。

“用我的卡。”白月菲用意大利语对店员小姐道，她大三暑假实习是赚了一笔钱的。

店员小姐接过白月菲的卡，着手处理账单。

李陌看着白月菲笑得意味深长：“将来你也是要用我的卡。”

“将来是将来嘛，现在名不正言不顺，还是用我自己的卡好了。”白月菲说完就觉得又说错了，好像她很着急嫁出去一样。

“好吧，我会尽快让你刷我的卡。”

这时，店员小姐打断两人的对话，请白月菲输入密码。

扣款成功后，店员小姐把卡递给白月菲。

李陌一手提袋子，一手很自然地牵着白月菲走出店外。

李陌的父母亲住在半山别墅，空气好，人少，环境舒适。

走到门前，白月菲忽然顿住脚步，难免还是有些紧张。

李陌也停下来，安慰道：“别紧张，我父母很好相处的，以平常心对待他们就可以了。”

白月菲深吸一口气，拍了拍胸脯，对李陌一笑：“好了，我们走吧。”

果然如同李陌所讲，李父李母真的很好相处，李父虽然话少，但和蔼可亲，少了总裁一贯的严肃，李母更是把白月菲当作亲生女儿一般对待。

这是李陌第一次带女生回家，李母回来之前探过儿子口风，要不了多久，这个女孩就将成为李家的人，这也是她对白月菲好的原因之一，何况眼前的女生言谈举止都很得体，看得出来，家教甚好，识大体，很适合儿子。

饭后。

李陌陪父亲下棋。

李母把白月菲拉到房间里，从柜子里取出一只红色手镯：“这是我们家传下来的，我看得出来，儿子有多喜欢你，今天既然相见了，我把它作为见面礼送给你。”

“谢谢阿姨，不过东西太贵重了，我不能收。”

“难道你不打算成为李陌的妻子、我的儿媳？”

52

回家的路上。

李陌一边开车一边问白月菲："我妈都跟你说了什么？"母亲应该不会为难她的，毕竟是他喜欢的人，可母亲与她在房间里待了那么久，他难免有些担心，以至于当时他连输了父亲好几盘棋。

"就说你小时候的事情啊！"白月菲捂嘴偷笑。

"我小时候？"不会把年少时的糗事统统告诉她了吧？

"说你上幼稚园的时候被女同学强吻，回家你就哭了，伤心了好久，饭都不吃！"

李陌一脸尴尬，没想到母亲连这样有损他光辉形象的事情都告诉白月菲。

白月菲饶有兴趣地继续道："还有还有……"尽情地用语言把李陌蹂躏了一番。

白月菲越讲越乐不可支，到最后捂着肚子笑道："你不知道，阿姨跟我讲的时候我是有多想笑，碍于老人家一本正经的模样，我只好拼命憋住，差点憋出内伤啊！"

红灯，车子停下来，李陌侧头看向白月菲，一脸严肃状："我妈都乱说的，你别当真。"试图在母亲对他大手笔的抹黑下努力挽回一点颜面。

白月菲揶揄："我说李同学，你这样诋毁亲妈可不太好。"

李陌嘟囔道："你得跟我同一战线。"

"阿姨又不是敌人！"说到这里，白月菲这才想起手镯的事情，她在李陌面前晃了晃戴着红色手镯的手腕，"对了，阿姨送了我这个。"

李陌单手拿过白月菲的手腕一看，眼带笑意："这么早就送给你了，原来我妈妈比我还着急。"

白月菲没听出李陌的言外之意，她盯着手镯打量："听阿姨说这手镯传了很多代！"

绿灯，李陌放开白月菲的手，一边注视前方的路况，一边对白月菲讲奶奶跟他讲过无数次的手镯历史："我奶奶说它具体从哪一代传下来的不详，只知道从清朝开始家族史中就有了对它的记载……"

时间如同车窗外的风景飞快地朝身后退去。

毕业当天，李陌把白月菲送去学校之后说公司临时有事情，需要回去处理一下，下午一定赶过来参加她的毕业典礼。

白月菲点头。

李陌开车离去，他根本没有去公司，而是载着一车装饰用品回了家。

按照约定时间，李陌准时出席白月菲的毕业典礼，眉开眼笑的白月菲作为学生代表上台发言，李陌帮她拍照录视频留念。

这个夏天，白月菲毕业了！

李陌比白月菲还要兴奋。

从学校出来之后，白月菲乘李陌的车离去。

当白月菲发现车子正朝家的方向驶去时她撇嘴："你不请我吃大餐啊？"好歹她毕业了嘛，平时都那么大方，怎么今天突然吝啬到一点表示也没有就这么载她回家了？

李陌一本正经道："你毕业之际我们是应该大吃一顿，这样吧，你回家做给我吃！"

白月菲故作委屈状："今天是我毕业啊，你礼物也没送，就用做饭弥补我吧。"

李陌爽口道："好。"

啊？白月菲还以为李陌会继续逗她呢，没想到李陌非但没有继续调侃她，竟然破天荒地从了她的要求，白月菲开心得手舞足蹈，一路上哼着愉快的小调。

李陌没有把车子开进车库里，而是停在了院子之外，他放了一首歌，叮嘱白月菲："你听完这首歌再下来。"说完打开车门先走进了院子里。

白月菲眼眸一动，虽然觉得李陌行为异常，却还是按照吩咐乖乖地听完歌曲才下车。

一打开院子大门，首先映入白月菲眼眸的是一条新鲜玫瑰花瓣铺成的路，每走几步，玫瑰花路上面便放置着一张卡片。

顺着玫瑰花路，白月菲一张一张捡起卡片，上面是李陌刚劲有力的字迹。

第一张卡片：恭喜你，今天顺利毕业了。

第二张卡片：记得那一年你来到亚园，我们是注定的缘分，上天把你带到了我的身旁。

第三张卡片：你知道吗？你有一种猎人心魄的魅力让我沉迷其中，无法自拔。

……

13张卡片记录着两人相识的过程，只是没有提及白月菲所喜欢的夏木。

玫瑰花路的尽头铺成了一个颇大的心形，心形里面放了一束玫瑰花，白月菲躬身抱起玫瑰花时才发现其下面放了一张卡片，捡起第14张卡片，按照卡片上面的提示站进心形里面。

前方泳池突然射出一道色彩变幻着的亮光。

白月菲看过去，李陌站在不远处，正手持话筒。

在动人的音乐里，李陌深情款款："我出生的时候你还不曾出现在这个世界上，我已经在世界这头成长，你才姗姗降临于世界那头，那时你不知道我是谁，我也不曾认识你。是冥冥中注定的缘分，在你16岁的时候我们终于初见，那一眼让我沦陷，倾心于你。今年你21岁，现在算算，我们已经相识了5个年头，今天我想跟你说，我很开心，这一路上有你。"

白月菲深深地凝望着李陌。

音乐停止，新的旋律响起，是 *MY LOVE*。

李陌动情演唱：

那些我们共度的日子我们共同吟唱过的歌曲

……

我的爱我始终坚持着

但得到这一份爱却是那样遥不可及

……

白月菲静静聆听着李陌触动人心的歌声，那些与李陌有关的画面一幕一幕闪过她脑海里，回忆悄无声息地让她红了眼眶。

音乐停止时，李陌走到白月菲面前，突然单膝跪地，拿出一个盒子，在她眼前打开："嫁给我好吗?"

白月菲惊呆不已，没想到李陌会在她毕业这一天求婚，她愣愣地捂着嘴盯着李陌看。

李陌紧张地等着白月菲回应，眼里有一丝不确定的脆弱。

树叶在夜风中沙沙作响。

不知怎么，江桐的样子突然出现在白月菲脑海里，她用力握紧玫瑰花束，她不要也不该去想江桐！她努力抑制住因江桐而变得汹涌的情绪，深吸一口气，缓缓松开握紧花束的手指，慢慢走到李陌面前。

李陌紧张地看着她，眼里情丝缱绻。

浪漫的灯光中，只见白月菲笑着点了头。

李陌紧绷的嘴角立即上扬，欣喜若狂地为白月菲戴上钻戒。

闪亮钻戒套进白月菲纤细的无名指，一点一点滑上去，白月菲一瞬不瞬地盯着那颗璀璨的钻戒，简单却又华丽，那样的设计风格像极了曾经的夏木。

以我之名，冠你指尖，从此许你一世相随，月菲，这一生我的爱只为你存在！李陌为白月菲戴好了钻戒，起身对着白月菲灿烂一笑。

李陌温暖的笑容如同春风一般拂过白月菲心间，她恍然看得有些失神，不知怎么的，夏木，李陌，这两个名字在白月菲心间翻搅，它们带着巨大的力量撞击她的心脏！异常的诡异，白月菲的身体一颤，不由得抱住了李陌。

这是她第一次这么抱他，李陌狂喜不已，一双眼睛因她主动的拥抱而变得湿润，他反手把她抱得更紧。

"我爱你，月菲。"他在她耳边轻语藏匿心间多年的话语。

情愫萦绕的夜色里。

李陌慢慢移开白月菲的身体，看着她闪烁的眼眸，单手轻抚她的额头，而后缓缓地倾身过去。

白月菲眨了眨眼，然后闭上眼睛。

李陌的双唇靠上去，贴在白月菲嫣红的唇瓣上，他温柔地亲吻着她。

然而不适时宜地，在李陌的热吻中，白月菲脑海中再次出现江桐的模样，怎么也赶不走，她听见内心有一个声音在翻腾。

江桐，我以为一毕业就能成为你的妻子，是我太异想天开了！这一刻开始，我已成为李陌的妻子……

无论如何，希望远方的你幸福安好……

这般作别之后，江桐的脸模糊在白月菲的脑海里，下一瞬就消失不见，白月菲的双手轻颤了一下，而后把李陌抱得更紧，任由李陌的灵巧软舌在她口腔中游弋探索。

53

中国

江氏集团总部。

三位手脚麻利头脑发达的秘书们已处理完手头的工作，而被她们视作神一般存在的总裁早在一个礼拜前去美国规划一个风投项目，今天下午 3 点才会回到公司，现在 2 点，闲来无事，三人凑成一堆，习惯性地发扬着办公室经久不衰的八卦传统，把各部门点兵点将地八卦了一番之后，又意犹未尽地在电脑上看实时娱乐报道，继续深扒水深的娱乐圈。

“本台最新独家报道，Sunshine 集团继承人李陌确定将于本月底在意大利完婚，据传两人交往多年，2 个月前，李陌在女方毕业典礼之后求婚成功，以下是本台记者独家追踪到的两人拍摄婚纱照时的画面。”

三位秘书们惊叹不已，没想到在娱乐新闻里看到了商界的信息，而这信息竟然如此重磅炸弹。

A 哀叹：“又一个豪门被拿下了！”

B 挺高兴的：“看多了豪门老头配少女，富婆配靓仔，这一对还真是净化眼球，男方帅气，女方美丽，比娱乐明星还高出几个档次呢！”

C 已经开始预测女方前景：“豪门如后宫，一入豪门深似海，现在女方笑得如此灿烂，不知以后会不会失宠被打入冷宫？”

B 接着 C 的观点议论：“呀呀呀，我看不会，你们看李公子看女方的眼神那叫一个情深似海，看得出来他很喜欢女方，女方未来的日子肯定无比幸福啊，我都羡慕死了。”

一阵脚步声由远而近。

不祥的预感，有杀气！ A 和 C 双双一起抬头，两人瞬间一惊，因为总裁正停在她们眼前。

“总裁好。”A 和 C 秘书立即起身笑脸鞠躬。

正对着电脑边看婚纱照边发表长篇八卦的 B 一听，立马反应过来，迅速起身微笑招呼：“总裁好。”B 的内心可不比表面这般平静自若，总裁向来对待工作严谨，她们三个工作期间八卦会被追究工作失职吗？

江桐不理会三位秘书，只是探出颀长的身子，双眼紧盯电脑屏幕，一双瞳孔里聚满凛冽的寒气，原本俊挺的身体微微有些发抖。

三位秘书们十分默契地看了看墙上的时间，确实才下午 2 点半，秘书们面面相觑，总裁怎么突然提前回公司了？

“这条新闻给我连到办公室。”江桐语气阴冷，转身走进办公室。

三位秘书们琢磨不透冷漠总裁的一反常态。

B 小声道：“咦，总裁向来严格，今天我们看娱乐新闻竟然不处罚我们？”

A 在胸前祷告：“感谢主的庇佑。”

C 擦了擦额头上的冷汗：“赶快连线新闻吧！”

三人一边连线新闻，一边不忘八卦。

A 纳闷：“总裁怎么也看娱乐新闻了？”

“就是就是，”B 眉头一挑，“我们公司该不会和 Sunshine 集团合作吧？不然总裁的举动太奇怪了。”

C 接话道：“我看不像，总裁刚才的眼神好恐怖啊，像是要吃了李公子和他的未婚妻一样，你们说他们三人该不会认识吧？”

……

总裁办公室里。

江桐打开电视，面色阴冷地盯着电视屏幕上浓情蜜意的白月菲和李陌，手指上的青筋因为用力而突起，那些拜白月菲慷慨所赐的隐匿许久的痛苦如山洪暴发般咆哮而出。

快 3 年了，白月菲已经离开他这么久了！原本以为只要不去触碰那些过去，白月菲和李陌带给他的痛苦便不会再次折磨到他！可是谁知不过听别人随便谈论了他们几句，那些暂时隐匿的疼痛就变得更加深重难忍，这一刻，当他看到白月菲与李陌拍摄婚纱照的画面时更是痛苦煎熬，他曾经以为白月菲一定是他的新娘，而后来，白月菲却选择了李陌，他遭受兄弟和女友的双重背叛，当时只要没有工作可忙，他就歇斯底里，自暴自弃，本以为心底的那些创伤永远都不会愈合了！后来有一次他喝了很多酒，一时产生幻觉看见白月菲和李陌甜蜜地相互喂食，不仅如此，他们还嘲笑颓废的他，他盛怒地把酒杯砸向他们，在破碎的声音中他们消失不见，那天之后，他突然就振作起来了。

他赌气地想，你们两个在一起逍遥快活，我凭什么要为了你们而痛苦？江桐就是在这样不甘心的意念中撑过了那段晦暗无光的日子，在那之前，他不是没想过报复他们，只是念及旧情，终究做不到他们那般不顾一切的绝情。一念之间，不成佛便成魔，他们曾在他生命中书写的美好回忆使他柔肠百转，使他终究远离了魔道，他还是放过了他们，只是现在放过他们的后果就是月底他们即将大婚……

电视上的画面定格在李陌从白月菲身后拥抱住她的那一刻，李陌爱意满满地凝视着白月菲的侧脸，白月菲笑容明亮地望着远方，主持人侃侃而谈着关于他们的爱情。

江桐一阵失笑，欲喷出火来的眼睛渐渐暗了下去，全身的力气忽然就被抽光了，他瘫坐到沙发里，酸涩的情绪排山倒海的涌来。

终于，你们结婚了……

意大利。

李陌的婚礼很盛大，邀请了世界商界名流，多家主流电视台蹲守在婚礼场地媒体区，第一时间为公众们捕捉着婚礼现场的最新画面。

来宾们盛装出席，翘首以盼即将到来的商界世纪婚礼。

白月菲已经穿好洁白的婚纱，正在新娘室化妆。

李陌也换好了新郎服，新婚造型已经准备妥当，不过脸上却未有一丝新婚欢喜，他心事凝重地站在窗前，遥望着窗外鲜花簇拥的婚礼场地，右手指不由得动了动，4个月前的那个午后又出现在他眼前。

到那天为止，李陌已经过目饰品业界佼佼者们设计的钻戒，可惜没有他中意的，于是他试着去商铺挑选求婚钻戒，还是没有一款是他满意的。

直到跑到一家老店，经理想要拿下他的大单，对他建议道："先生不如这样，你告诉我们你想要什么样的风格，我们叫专业的设计师画给你，你满意了我们再为你定制。"

"我早已试过，没有人能画出我想要的样子。"

"既然你都已经试过，不妨再给我们一次机会，说不定我们可以做到呢？毕竟高手在民间。"

也买不到满意的钻戒，不如给他们一次机会好了，李陌采纳经理的建议。

经理立即叫来设计师。

李陌跟设计师详细描述了细节，设计师很快画好，李陌一看，虽然和他想要的形似，却还是和其他设计师一样败在细节的处理上。

设计师在图纸上修改，李陌在一旁指点，戒指的弧度和形状还是稍差了一些，李陌下意识地拿过设计师的笔，在图形上涂改。

"你会设计?"设计师惊讶，李陌一提笔，他就看出李陌功力深厚。

李陌一愣，这才发现他竟然在握笔画画，他惊奇地拿过纸张一看，几处棱角的修改已经道出设计的精髓，李陌因此呆了好几秒，由此突然意识到了什么，他激动地提笔于纸张上，敏锐的勾勒，流畅的线条，栩栩如生的图形，他的手指竟然不再握画笔就止不住地颤抖!

所以，右手是好了吗？

李陌一脸不可置信，急忙谢过经理和设计师之后直奔医院。

医生对李陌做了全面检查，他见证了行医二十载也没遇过的奇迹，难以置信："你的右手真的完全康复了!"

所以是奇迹发生了？李陌一时还无法相信这样渺茫的奇迹竟然真的被他撞

上了。

医生抓住机会打听："你平时有锻炼右手吗……"

……

从医院出来之后，李陌直奔到商店，买了画笔和纸张，回到车上便疯狂地画了起来，虽然他已经2年没有画画了，可他深厚的功力摆在那里，随便一画便是佳作，看着眼前一张张上乘的画作，李陌狂喜，立即下笔设计求婚钻戒，很快把脑海中的形状画于纸张上。

盯着画纸上的钻戒，李陌露出一个灿烂至极的笑容，他立即打电话给白月菲，说有事情需要去法国半个月，白月菲说好。

挂了电话，李陌直奔机场，当天就飞到法国制作钻戒。

因为又能再画画的惊喜让李陌一直处于兴奋状态，他享受着为白月菲制作钻戒的过程，直到拿着钻戒飞回意大利的时候他突然胸口发闷，整个人诡异地不安起来，过了几秒，曾经在香港发生的一切再度出现在他脑海里。

毕竟白月菲当初留在他身旁是因为想要对他的右手负责任，而现在他的右手已经痊愈了，如果白月菲知晓真相会不会离他而去呢？李陌不愿意拿得来不易的幸福做赌注，所以当即决定隐瞒白月菲他右手已经康复的事实。

54

只是要骗过白月菲很简单，骗过自己却不易，这一刻，望着窗外的李陌俊眉紧皱，沉思良久之后，他转身朝新娘室急走而去，顾不得婚前新郎不能见新娘的家乡习俗，这一刻，他很想见到白月菲，似乎只要见到白月菲他不安的心才会平静。

新娘室。

琉璃的阳光透过窗户照进来，白色的窗幔在风中起舞。

白月菲已经化好妆，众人退出去的时候白爸爸正好过来看她。

“我的宝贝女儿今天要出嫁了，”白爸爸笑容满面地走到白月菲身旁，他轻敲女儿的鼻子，“爸爸真替你高兴。”

白月菲起身抱住白爸爸：“谢谢爸爸。”这时她手腕上的手链忽然断落，白月菲怔了1秒，慌忙离开白爸爸的怀抱，俯下身子捡手链。

“是李陌送你的吧！”白爸爸笑语，看女儿这般着急的样子，就知道这条手链对她是多么的重要了。

白月菲咬着下嘴唇，愣了1秒，而后轻轻摇头，勉强扯了扯嘴角，微笑着捡起手链。

白爸爸皱眉，瞬间眉头又舒展开来，自己的女儿太了解不过了，他不多问，只是说：“爸爸很高兴你结婚，期待等一下你挽着爸爸的手，爸爸把你交给爱你护你的男人手上，但是爸爸希望你能像妈妈一样，结婚是因为爱情。”

白月菲低着头不说话，手指紧紧地攥着手链。

白爸爸摸摸白月菲的头，走出房间，去往婚礼地候场。

白爸爸的话语轻易搅乱了白月菲的心扉，她摊开手指，看着断掉的手链，突然想哭，这是江桐送她的，从戴上的那一刻开始再也没有取下来，久而久之成了她身体的一部分，它却在她结婚这一天毫无征兆地抽离她的身体，似乎是在以这样的方式替江桐控诉，控诉她当初决意离开他的残忍，于是那些与江桐有关的画面又再次汹涌地袭到白月菲眼前。

痛苦煎熬中的白月菲不禁对着手链自言自语。

你不想祝福我吧……我知道……你是不应该祝福我的……

说着说着，白月菲哽咽了。

江桐……我一直爱着你……只是我们真的真的再也无关了……

风吹起白月菲的头纱，洁白无瑕的头纱飘飘荡荡划过空中，白月菲深呼吸一口气，不管那些扎刺在眼前的画面，神情决然地对着窗户一抬手，欲将手链扔出去之际，一只手却抓住了她的手腕。

"李陌！"白月菲惊讶地叫了一声，她不确定李陌是否有听到她刚才所语？

李陌神色复杂地掰下白月菲的手，摊开白月菲的掌心，赫然看见一条断开的手链，这条手链从他在亚园酒店见到白月菲时她就戴在手腕上，或许更早之前，她在江桐的生日晚宴上就戴着吧！只是那时他没发现罢了！现在显而易见，手链就是江桐送的。

李陌转了视线，盯着白月菲看了几秒，然后声音低沉而颤抖："我都听到了。"

白月菲惊怔片刻，而后慌忙反抓住李陌的手："对不起，李陌，我不应该说那样的话语，是我不好，对不起，我……"

李陌打断白月菲的话语，神情悲凉地问："你爱我吗？"哪怕一点点都好，只要一点点就可以让他去强迫自己忘记她说一直爱着江桐的话语。

白月菲没想到李陌会这样问，一时张口结舌："我……"

李陌眼睛里的最后一丝光亮褪去，是他把一切想得太美好，以为时间一久，白月菲就会在他的热爱里慢慢淡忘江桐，慢慢爱上他，直到此刻，李陌才觉醒原来白月菲的爱一旦确定，便会爱得绝对，她已经爱江桐爱到深入骨髓了，她深沉的爱不会因为时间的推移而减少，只会有增无减，即使江桐不在她身边。

李陌挣脱白月菲的双手："我知道答案了。"

白月菲再次拉住李陌的手央求："李陌，你可不可以当作没听见我说的那些话语？"

李陌苦笑，用力甩开白月菲的手，黯然神伤地靠在墙边："我们都在骗自己不是吗？"

白月菲被李陌问得一时无言以对，默然地半垂着眼睫。

李陌嗤笑道："我骗自己，时间久了你就会忘记江桐，你骗自己会慢慢爱上我，结果直到今天你还爱着江桐。"人就是这么不满足，他不再只是想要守护她，还想要霸占她的心扉。

白月菲慌乱地握住李陌的手，话语不经大脑就脱口而出："李陌，既然你知道我一直在试着爱你，那么再给我一点时间好吗？"

"试着爱我？"李陌似笑非笑，他已经给了她快 3 年的时间，她却还是无法爱上他！就算给她一辈子她也不会爱上他的，只是这一点，他直到听到她的那句"江桐，我一直爱着你"才醒悟，李陌黯然的眼神变得冰凉："你何必委屈自己？"我又何必非要把心中有人的你锁在身边呢？

"李陌，我没有觉得委屈，我会努力爱上你的。"

"事到如今，我们都不要骗自己了，就算我愿意给你一生时间，你也不会爱上我，既然我都愿意如此承认了，你又何必继续欺骗为难自己？"

面对这样的李陌，白月菲已经束手无策了，一切都是她的错，是她不好，不该在结婚这天背着丈夫说深爱着另一个男人，她一心要抚平带给李陌的伤痛，既然语言不行，那么用行动表示吧！白月菲踮起脚尖去吻李陌，双手缠绕到李陌的脖颈上，所有对李陌忏悔的、内疚的以及不知如何安慰他的话语都融进了那个热吻里。

只是李陌对白月菲的主动亲吻却没有任何回应。

白月菲依旧摩挲在李陌的双唇之间，她就不信李陌能继续漠视她的亲吻。果然不出白月菲所料，原本无动于衷的李陌突然箍住她的身体，极其热烈地回应着她的亲吻。

一番激吻之后，李陌把白月菲反抵到墙壁之上，微冷的舌激烈地辗转在白月菲湿热的口腔里，他，越吻越疯狂。

那个霸道的吻倾泻着李陌对白月菲的所有爱意和深情。

呼吸不到新鲜的空气，白月菲缺氧得厉害，她开始喘息，李陌并不打算停下来，继续在她口腔里吮吸辗转。

白月菲感觉意识越来越薄弱的时候，李陌的舌头忽然从她的口腔里滑出来，他含住她柔嫩的唇片，静静凝视她的眼睛，良久，他上下颌微微一使力，沉沉地闭了闭眼，而后才慢慢放开她。

白月菲被李陌的举动吓到了！靠在墙壁上一动不动，其实李陌咬得并不疼，只是白月菲却莫名地疼到心里，疼到一滴泪不禁从眼角滑落而下，不是觉得委屈，而是无助，不论言语或是行动都不能取得李陌的原谅，她该如何是好？

血液从白月菲的唇间慢慢冒出来，她浑然不觉唇片被李陌咬破。

李陌再次靠过去，表情森然地轻舔白月菲唇片上的血迹，白月菲僵住不动，这才隐约闻到淡淡的血腥味。

李陌从白月菲的唇片游弋到她的眼睛上，白月菲闭眼，李陌在她眼皮上轻轻一吻，痛楚地看着她，用大拇指擦拭掉她的眼泪。

他颤抖地拿起她的手问："这颗钻戒喜欢吗？"

白月菲张开眼睛，低头看着手上闪烁的钻戒，愣了一下，而后点头。

李陌哑然失笑："是我设计的。"

白月菲瞠目结舌。

李陌叹息一声："你那么喜欢夏木，难道就没有怀疑过钻戒是我设计的吗？"

白月菲震惊地摇头。

李陌继续说："如果非要在设计和你之间选择，我宁愿右手再也不要好起来，我会选择你。"李陌抬起右手放到白月菲眼前："很可笑吧？当初你为了对它负责而选择留在我身边，而几个月前它却神奇地好了，你解脱了，不用再对它负责。"

白月菲这才明白了为何当初看到这颗钻戒的时候始终觉得看到了夏木的影子，原来真的是李陌设计的！

李陌双手撑到白月菲的肩膀上，压低身子，顿了顿，眼光似远似近又迷离却无比认真："今天我给你自由。"爱到深处是放手，是让你走。

白月菲没听懂："你说什么？"

良久，李陌背过身去，长叹一声："去找江桐吧。"

白月菲绕到李陌面前："李陌，你知道自己在说什么吗？"

李陌的声音嘶哑："我很清楚我说了什么。"

李陌明显是在生她的气，白月菲求和："李陌，我向你保证我再也不提江桐了，我们不要这样好吗？"

李陌的语气带着深深的疲累："我们都不要这样自欺欺人了。"

白月菲一把抱住李陌："我知道错了，不要再这样惩罚我了好吗？"

李陌移开白月菲的身体："我不是惩罚你，把你束缚在身边这么久了，直到今天我才知道我究竟对你做了多么残忍的事情，既然你深爱着江桐，去找他吧。"

白月菲怔怔地望着李陌，下 1 秒才确信他说的是真心话，她很是感激他的放手，只是一切都回不去了啊！他们三人已经走到今天这一步，婚礼已经准备好，双方的家长已经到场，来宾们在等着祝福，还要那么多家媒体拭目以待 Sunshine 集团继承人的婚礼，她怎么可以一走了之？

白月菲语气坚定："我不可以走，大家都在等我们的婚礼。"

李陌知道白月菲不是自私的人，于是劝说道："你不必为大局着想，这是我欠你的，至于婚礼我会负责，现在你有两个选择，一个选择是你不要我，另一个选择是我不要你。"

白月菲热泪盈眶地摇头，一连后退了好几步，李陌给出的所谓的两个选择她因为责任都不想要！

李陌眼见白月菲一副不想做选择的模样，于是上前不管不顾地取下白月菲手腕上的红色玉镯，声音里夹杂着掩饰不住的悲凉："选择吧。"

象征李家儿媳身份的玉镯终究还是被李陌拿走了！白月菲内心翻涌，显而易见李陌决意不想和她结婚！她再纠缠下去也是徒劳，这一刻，白月菲再也克制不住自己，泪如雨下，李陌，你明明可以继续对我隐瞒右手已经痊愈的事实，可你并没有那么做，你选择还我自由，那么为了你，被全世界看一次笑话又如何？

白月菲的嘴唇抽动了好几次才有了声响："你不要我。"婚变必定对 Sunshine 集团造成损失，权衡之下，为大局着想的白月菲觉得她被李陌抛弃才能减少对 Sunshine 集团对李家对李陌的伤害。

55

江氏别墅。

这个夜晚狠狠折磨着江桐，他怎么也睡不着，几度挣扎之后，他还是打开了电视，观看李陌和白月菲的婚礼直播。

婚礼场地布置得很是温馨，粉红色的花束弥漫着甜蜜的味道。

宾客们盛装出席。

乐队演奏着悠扬美好的音乐。

江桐眸色森寒，纷杂的情绪在心底翻搅，难过的无奈的绝望的凄酸的……

曾经，他想过要给白月菲这样一个隆重盛大的婚礼，而现在却是李陌给予她的，挫败感夹杂着强大的疼痛无情地吞噬着江桐。

导播已经把画面切换到了婚礼台，现场响起祝福的掌声，司仪兴高采烈地宣布新郎入场。

一道凛冽的寒光闪过江桐的眼眸，他无法再继续看下去，就在他拿起遥控器关闭电视时，李陌却突然拿过司仪的话筒："谢谢大家今天过来参加我的婚礼，很抱歉，直到这一刻我还没有做好结婚的准备。"

江桐惊愕。

婚礼现场一片哗然。

李父李母震惊不已，毕竟儿子心心念念早就想娶白月菲过门，怎么可能没有做好结婚的准备？简直一派胡言！李父李母虽然怒火中烧，却表现得很是镇定，二人试图快速找到一个合适的应对方案去弥补这场被儿子破坏的婚礼。

白爸爸也很镇定，并没有因为女儿被甩而感觉耻辱，反倒替女儿开心！不是因为白爸爸不满意李陌这个女婿，而是今天白爸爸才发现李陌终究不是女儿的意中人。

嗅觉灵敏的媒体记者们压根不相信李陌的官方发言，不再井然有序，一窝蜂冲到婚礼台，长枪短炮对着李陌，欲从李陌口中挖出婚变的真正原因。

有先见之明的李陌在保安的护送下离开了现场。

各种实时报道甚嚣尘上。

"Sunshine 集团继承人李陌婚变，灰姑娘白月菲豪门梦碎婚礼现场，据传李母不喜平民出身的白月菲，婆媳关系紧张，孝子李陌……"

"商界世纪婚礼突生变故，Sunshine 集团继承人李陌现场拒娶新娘白月菲，相传此女以怀有李家子嗣威胁李陌，Sunshine 集团总裁道高一尺魔高一丈，在婚礼前查出此心机女是假怀孕……”

“以为嫁得豪门，怎奈功亏一篑，准新娘白月菲被 Sunshine 集团继承人李陌现场拒婚……”

……

江桐的眼眸带着逼人的寒气，他的手指握成拳头状，他不该如此愤怒的！他应该高兴双双背叛他的两个人并未喜结连理，可他却反而因为众媒体报道的矛头都指向了白月菲而盛怒，他那么珍爱的白月菲竟被李陌当众拒婚于婚礼现场，可悲地成为一个大笑话，这一刻，江桐心中所有对白月菲的恨意统统转换成想要保护她的冲动，只是遗憾的是她在三年前已然剥夺了他保护她的资格。

婚礼场地后门。

白月菲按照李陌的安排第一时间关了手机，换了便装等在这里。

白月菲来回踱步，不安地望着李陌来时的方向，看到李陌跑过来的一刻她才稍稍安心了一点。

“现场情况怎么样？”白月菲甚是担心。

“等下再讲，我们快走，不然记者赶过来了。”李陌匆忙牵起白月菲的手跑出后门。

司机已经候在门外。

李陌喘着气对司机说：“去机场。”

白月菲疑惑：“现在吗？”

“是的，现在不仅我父母，还有媒体都想找到我们，我们得赶快走。”

“可是我们要去哪里？”

“去我家乡，我要把你送回江桐身旁。”

白月菲愣住，紧盯着李陌，他是下了多大的决心和勇气才能做出这番决定？一想到这里，白月菲心里就酸涩。

她用力地抿了抿嘴唇：“为什么？”

李陌平静地说：“这是我欠你的，也是欠江桐的。”。

“不是这样的，”一切的缘由是她，她才是罪魁祸首，“是我欠了你，今天的婚礼取消势必……”

李陌打断白月菲：“这些事情我爸会处理好的，你不用担心。”

白月菲怔了几秒，突然抱住李陌，千言万语汇成五个字：“谢谢你，李陌。”

李陌先是一愣，而后抬手欲回抱住白月菲，当他的双手快要靠近白月菲身体时却又定格于空中，过了几秒，那双手终于寂寥地落下。

一切已经尘埃落定，他不该再拥抱她……

到达机场之后，白月菲才想起父亲还在婚礼现场呢，她说：“我手机可以开机吗？我想联系我爸爸，他会担心我的。”

李陌摇头，解释道：“我已经通知伯父了，他知晓我们的事情，你不用担心他，伯父说想趁此机会在欧洲走走看看，过段时间再回国。”

“哦。”白月菲讷讷，突然瞪大眼睛：“我证件没带。”

李陌看了看时间：“我已经叫人到家里取了，马上就会送到。”

话音一落，一个身穿黑衣的人跑过来，把一只背包交到李陌手上，而后转身离开。

李陌打开背包，拿过证件，骄傲地冲着白月菲一晃：“有没有觉得我们在逃亡?”

“婚礼大逃亡……”

到达李陌家乡是后半夜，李陌为避开父亲的追踪并没有入住自家酒店，而是住到了爷爷的别墅里，爷爷奶奶去世后，别墅因为常年没住人，只派了一个佣人定时打扫，每个礼拜一打扫一次，今天是礼拜二，也就是说佣人要下个礼拜一才会过来，他和白月菲正好在此避风头。

两人在别墅睡得并不好。

李陌做了很多梦，都是与白月菲有关的，一幕一幕，在白月菲离开他之前，那些画面变得更加生动。

另一间房。

白月菲难以入睡，一是觉得李陌为她付出太多，那份情她用尽一辈子也无法偿还，二是她不确定明天去见江桐会是怎样的结果。不过，她已经做好了自取其辱的准备。

天渐渐亮起来。

别墅因长年累月没有住人，所以冰箱里并没有配备任何食物，于是李陌早早起床出去买了食材。

白月菲起床的时候李陌已经做好早餐。

“好丰盛啊。”白月菲感叹道，落座于李陌对面。

“多吃点，”李陌终究是难舍白月菲的，他的声音略微低沉了几分，“这是最后一次为你做早餐了。”

白月菲咬了咬嘴唇：“我会吃得干干净净的。”白月菲狼吞虎咽起来，一度被食物呛到。

李陌递上牛奶，关切道：“吃慢点。”

白月菲接过牛奶喝了一口：“你做得太好吃了嘛。”

李陌不好意思地抓抓脑袋，对自己的厨艺完全没有信心，可白月菲却吃得很带劲，他静静地看着白月菲，誓要把这一刻的她深深刻进脑海里，因为这样的日子不会再有了！

用过早餐之后，李陌看了看时间：“我开车送你去江氏集团。”

白月菲摆手拒绝：“我想一个人坐公交车去……”

李陌开车送白月菲到公交站台，说有什么事情电话联系，白月菲说好，李陌看着白月菲愣了几秒，他眼神里透着一丝哀伤，但是那丝哀伤瞬间又归于平静。

李陌踩动油门离去。

此去希望你们冰释前嫌。

此去我永远失去了你，白月菲，我深爱的女孩，但是我不后悔，为了让你得到你想要的幸福，我只能如此……

火云如烧的夏日，公交站台上，有一位神色深重的女孩。

5年了，她又回到这个曾让她情窦初开的城市。

上车之后，她选了一个靠窗的位置坐下，身体的热气和车内的冷气相互交织，渐渐，燥热的身体凉快下去，困意来袭，她的眼皮有些沉重，不久便昏昏欲睡起来，恍惚中，她再一次听见那个声音。

“放开她。”然后，她陷进了更深的梦里。

那个梦很长很长，白月菲醒来的时候才发现眼角湿润，抬手擦了擦泪液，这时公交车到站的语音播报响起，白月菲这才惊觉已经错过站，于是赶紧下车。

当白月菲到达江氏集团大门口时已经快11点。她本可以事先打电话联系江桐的，但她却没有那么做，因为她了解江桐，他一定不会再接她的电话，毕竟当初她连分手也是用短信通知他的，她那么过分地对待他，他怎么可能轻易原谅她？所以她才决定亲自过来找他，争取他的原谅，争取跟他重新开始，只是不知道他会不会给她这个机会。

“没有得到经理的批示，外人不得入内。”保安拦下了白月菲。

白月菲恳求：“请你帮我告诉江桐一声，说我在门口等他好吗？”

保安没好气地回：“我们总裁的名字岂是你随便叫的？”

这时，秘书小姐B刚好从外面办事回来，她看到白月菲的时候觉得眼熟，一时又想不起在哪里见过，于是顿住脚步打量着白月菲。

白月菲还在恳求保安帮忙通报一声。

秘书小姐B算是听明白了，于是上前问询白月菲：“你想找我们总裁？”

保安见秘书小姐B发话，不再管事，退到一边。

白月菲看着眼前说话的人，看得出来是比较容易沟通的人，说不定可以帮她，于是朝着秘书小姐B点了头。

“我是总裁的秘书。”秘书小姐B微笑道，她眉头微皱，“不过，我们总裁不是说见就见的。”

“我真的有事找他。”

“这样吧，你告诉我找他有什么事情，方便的话我帮你通报一声。”

白月菲难以启齿：“……我……”

秘书小姐B脑海中依稀闪现的片段瞬间拼凑成完整的画面，她眼光一闪，记起白月菲的身份。

没错，李陌的未婚妻！

昨天被当众拒婚，怎么今天就飞到这个城市了？

秘书小姐B的眼睛瞪得老大，惊得捂住嘴巴，激动道："……你是那个……那个……那个白月菲！"真人比电视上还要好看啊！

"嗯。"白月菲点头承认，虽然极度惊讶秘书小姐B竟然认识她，但并未多想，只是恳切地问："你可以帮我通报一声吗？"

眼前的人真的是李陌的未婚妻！秘书小姐B惊呆了，白月菲一被退婚就立刻跑来找总裁，看来总裁和白月菲之间的确有所关联！

一出好戏即将上演了！秘书小姐B抱着看戏的心态带着白月菲去候客厅。

一路上，白月菲引来了众多职员的注目礼。

职员们纷纷交头接耳，真是匪夷所思！正处于风暴中心的白月菲怎么会来到江氏集团？此行所为何事？

56

“请你在此处稍等，我去通报总裁一声，看他是否愿意见你。”秘书小姐 B 把白月菲安置在候客厅。

“谢谢。”白月菲在复杂的心情中挤出一个微笑来。

秘书小姐 B 刚一走到总裁办公室前，便被秘书小姐 A 和 C 拦了下来。

A 神秘兮兮地贴在 B 耳边问：“听说你拐带了李陌的未婚妻？”

不等 B 回答，C 又急忙追问：“你怎么会认识李陌的未婚妻？”

B 晃了晃手中的资料，不急不慢道：“你们都先等一下，我先把资料拿给总裁，然后通报总裁一声李陌的未婚妻，不，是弃妻来访，说不定等下会有好戏上演。”

B 轻敲门板，A 和 C 立即退回座位上装模作样地处理文件。

B 得到应允后，轻轻推门进去。

江桐认真看了一遍 B 拿回来的资料，没什么问题，在上面签了字，把资料丢回给 B。

B 恭敬地接过资料。B 跟了江桐 2 年，基本上可以从江桐的神情里判断出他的心情是好是坏。现在江桐是一贯的冷漠和面无表情，说明心情平稳。

江桐感觉到秘书没走，便一边埋头继续批示其他文件，一边头也不抬地问：“怎么，还有事情？”

B 确定不会踩到雷区之后，轻声说：“总裁，有位姓白的小姐说想见你。”

翻动文件的手忽地顿住，江桐的心脏好像被什么东西撞了一下，带着沉闷的声响，他缓缓抬起头，却还是一副不动声色的神情：“姓白的小姐？”其实情绪早已如浪潮般一波一波地翻涌，只不过他在克制罢了！

“是的，她说她叫白月菲。”

江桐漆黑的双眸透着一丝光亮，声音却像藏了冰一般寒冷：“在哪里？”

“候客厅。”

江桐迫不及待地跑出去，跑到门前时又突然停住脚步，语气冷冽道：“让她等着。”

“好的，总裁。”B 退出总裁办公室。

A 和 C 异口同声地问询 B：“现在可以告诉我们是怎么回事了吧？”

B 故作神秘道：“向来不近女色的总裁要上演史诗级大戏了！你们擦亮眼等着看好戏。”说完便朝候客厅走去。

C 和 A 被 B 吊足了胃口。

而总裁办公室里的那位早已按捺不住，在办公室里来回踱步，明明急不可待地想见到对方，却故意迟迟不肯显身，不过是想借此摆明他不重视她罢了！

“总裁让你先等着。”B转告完之后便走开了。

白月菲又惊又喜，虽然秘书小姐并没有告知她需要等到什么时候，但是江桐没有把她拒之门外反而愿意见她这个消息已经让她满足，她等再久都没关系。只是后来，她等了足足1个小时，还是未见到江桐，白月菲本来就心中不安，等得越久就越心慌，现在她额头上都冒出了些许汗水，应该就快见到他了吧？原本以为和江桐之间的前缘已断，此生不会再相见，却没想到有一天她会等在这里见他。

总裁办公室的门被突然打开，江桐第一次不用电话吩咐，亲自走到秘书小姐B的面前：“带她过来。”

“好的，总裁。”

C和A已经知晓事情的来龙去脉，和B一样，正等着看总裁破戒近女色，要知道此女色还不是一般的人，是Sunshine集团继承者李陌曾经的未婚妻！哈哈，比电视剧还要狗血还要精彩的剧情啊！

B领着白月菲到达总裁办公室门口，白月菲深呼吸一口气推门进去。

门外的秘书们已经火速扎堆八卦开了。

“找我什么事情？”江桐头也不抬地在文件上签了名。

白月菲凝望着江桐，他比从前更加消瘦，神情比任何时候还要淡漠，唯一不变的还是那么仪表不凡！

“……江……桐……”简单的名字，白月菲却用尽力气才喊出那两个字。

江桐眼色一沉，握笔的手抽紧，多么熟悉的声音，当初她就是用这般清脆的声音一遍一遍喊他的名字，而如今她也这么叫他，他的内心却不再像当初那般愉悦，此时此刻只有满满的恨意。

见对方没有反应，白月菲的嘴角抽了几下，终于继续说下去：“我们可不可以重新开始？”

声音很低，江桐却听得一清二楚，他丢下笔，抬起头，目光凛冽地盯着白月菲，她的头发剪短了一点，依旧清澈的大眼睛比从前更加勾人心魄，她褪去了青涩的美丽，散发着浓郁的女人味。

江桐看得有点恍惚，眉心微微动了动。

看来这几年李陌的确把她照顾得很好，一想到这里，江桐的心就隐隐作痛，既然把她照顾得这么好，为什么又要当众给她难堪，让全世界知道她是被抛弃的新娘？江桐阴寒的眼神因此而透着怒气。

而白月菲显然误解了那怒气的由来，单纯地以为江桐这是在气她，她不由得一阵战栗，不敢再与江桐对视，咬着嘴唇低下了头。

江桐忽然起身，神情阴冷地走到白月菲面前，单手抬起她的下巴，直盯着她的眼睛，一字一句地问："你凭什么以为我还会要你？你又凭什么以为你离开之后我会一直单身？"不仅是在问她，也是在问他自己，为什么要一直把那个位置留给她？为什么她被李陌拒婚之后他还想要她？

白月菲被江桐看得惶恐。

对啊！她凭什么以为他会要这样一个被公众当作笑话一般谈论的她？凭什么以为他还一直单身呢？是她太异想天开了！

白月菲的睫毛颤了颤，本就薄弱的眼光彻底暗了下去："对不起，是我打扰了。"

白月菲转身离开之际，江桐却一下子反抓住她的手腕。

他把她抵在墙壁之上，怒吼道："怎么，又想一走了之？"江桐手上的力度随着声音的提高而加重。

白月菲动弹不得，被他捏着的两只手腕生疼，他却再度加重了力度，于是白月菲低语："江桐，疼。"

"疼？"江桐的嘴角勾起一抹嘲弄，冒着火焰的眼神带着逼迫感，"你也知道疼？"这样微不足道的疼怎及你当初给我的疼痛？

"……我……"

江桐神情痛楚地盯着白月菲，一副要听她继续说下去的样子。

白月菲顿了一下，却再没了声音，恐怕此刻在江桐看来她的解释是苍白无力的，何况要她怎么解释？实话实说？她可不要把李陌牵扯进来。

室内寂静无比。

江桐眼神一闪，突然靠近白月菲。

浓烈的男子气息萦绕鼻息间，白月菲神情略微恍惚，多么熟悉的味道，却少了从前那般的温柔，更多的是霸道，那种霸道让白月菲心惊，她不由得侧头，避开那让她心慌的男子气息。

江桐清楚看见眼前的那一张侧脸上泛起了一丝红晕，他贴近她的耳旁，气息轻吐："怎么，不是想跟我重新开始吗？这一点对你来说不算什么吧？"

白月菲被江桐的举动吓到，声音发虚："是，我是想重新跟你开始，可是你能不能不要……"不要这么对我，这几个字白月菲说不出口，难道还指望江桐像当初那般宠爱她吗？

"不要？"江桐怒极为笑，强势地扳过白月菲的脸来，陷进她下颌的那五根修长手指似要捏碎她的下巴："不要？不要什么？"不要离你这么近还是不要对你这么狠？

白月菲被愤怒的江桐吓到了，一个不小心，穿着高跟鞋的脚失了平衡，右脚崴了一下，脚踝的疼痛直传到心脏，疼得白月菲眉头紧皱。

毫无征兆地，江桐的双唇突然就贴到白月菲的唇瓣上，她怔愣地瞪大双眼，江桐根本不是亲吻，是发泄，发泄对她的恨意，还有那些一直埋藏在他心底的最深处的爱意。

江桐的动作猛烈而粗暴，用手强行撬开白月菲的牙关，贪婪地、愤怒地吸取着她的气息，她躲闪他的激吻，她是想要重新跟他开始，但不是这样的开始，这样的强迫让她胆战心惊。

只是白月菲越是躲闪，江桐越是不想停下，他一直亲到她的颈窝处，她似乎妥协了，突然不动，默默地任由他宣泄，只是有一滴眼泪从她眼角滑落。

那滴眼泪滴在江桐的脸上，温热的触感，江桐一愣，停住疯狂的动作，这才惊觉他正贴在白月菲柔嫩的肌肤上，他这是在干什么？竟然这般折磨她？

终于，江桐离开白月菲的颈窝，无力地放开她："你走吧。"他需要单独待着，才能平缓此刻狂乱的情绪。

白月菲站直身体，愣了几秒，那三个字仿似刀子一般剜在她的心脏上。

他不要她了！

他怎么可能要她呢？他可是江桐，江氏集团的总裁，而她现在是各大新闻里被抛弃的新娘，他怎么可能还要这样的她？是她太傻太天真太不知天高地厚！白月菲的眼眸低垂下来，努力遮住眼底的黯然，一瘸一拐地朝着门口走去。

江桐并没有阻拦白月菲。

出了总裁办公室，再穿过秘书室的玻璃门，左拐过去就是总裁专用电梯，白月菲来时从一楼乘坐它直达这七十一楼，而此刻心碎到无法思考的白月菲却拐错了弯道，她朝右走去，没有见到来时的电梯。其实就算见到也无济于事，那部电梯只有秘书和江桐才知晓密码，而他们都没有送她走。

眼前是一条鲜花绿植点缀的宽阔长廊通道，白月菲朝前横冲直撞，这一刻只感觉似有万箭齐发射到她心脏上一般疼痛难忍，她呼吸困难，这样状态的她没有心思去想眼前这条路线通往哪里，她只要快点走出这个让她感觉要窒息的地方就行！

秘书小姐B也不管白月菲走的是办公区域通道，反正总裁都冷处理她了，她爱咋样咋样，走办公区通道也正好让其他同事们看一下热闹！哈哈！

三位秘书小姐热议开来。

A说："进去还好好的，怎么出来就这副模样了？"

C说："总裁该不会是有虐待倾向吧？"

B说："李陌的未婚妻亲自送上门来被总裁虐待，怎么这么荒谬呢？"

……

走了半分钟，一道电子门出现在白月菲眼前，这道电子门从里面是可以直接打开的，外面的人进来是需要刷卡才能进入，而这卡只有三位秘书才有。

白月菲下意识地转动手把，门打开，走出去，又是一条走廊，只是装饰用的鲜花绿植品种不同罢了！白月菲继续朝前暴走，没有注意到走廊两侧的办公人员们正或惊或惑或看好戏似的看着她！

总裁办公室。

江桐的唇瓣紧紧地抿了一下,唇间还残留着她的气息,暗沉阴鸷的眸子因那气息涌动,后知后觉她已经不在眼前时慌忙追了出去。

秘书小姐们见状立马停止谈论。

追到玻璃门前时,江桐停住脚步,头也不回地问B秘书:“韩雅,你送她走的?”

意识到自己对白月菲处理欠妥当,韩雅小心翼翼道:“总裁,她跑出去的,我没来得及送……”

不等秘书说完,江桐就冲出了玻璃门,朝右边拐去。

白月菲因为右脚崴了,即使是暴走,走路的速度也明显不快!于是江桐追她不过1分钟后,几乎是紧跟着她走出电子门的,可江桐并没有叫住她,他反而顿住了脚步,在她身后凝视着她一高一低起伏的单薄背影。

这一层的办公区是开放式的,职员们原本都在忙着手里的工作,直到眼前这样离奇的一幕出现,大家再也无法专心工作,纷纷好奇,关注着走廊上禁欲高冷总裁和被抛弃新娘的一举一动。

57

江桐的心起伏不定，暗幽深邃的瞳孔不断收缩，终于，冰寒的眼眸慢慢散去浓重的雾气，他从未想过要放白月菲走，他又怎么舍得放她走？

就在白月菲快要走到走廊尽头时，江桐忽然追跑上去，一把横抱起白月菲，江桐抱得并不吃力，可是脸上的表情却并不轻松，反而沉重无比，这一刻，欲厘清却更加混乱的情丝将江桐重重缠绕。

江桐此刻的所为是处于撕心裂肺状态中的白月菲始料未及的，腾空的身体让白月菲失去安全感，她下意识用双手扣住江桐的脖颈以此保持身体平衡，等到稳定身体之后，白月菲才惊觉她正被江桐紧紧抱在怀里，双手一颤，却并未放手，而她原本肝肠寸断一般痛苦的神情倏然紧绷。

白月菲小心翼翼地抬眼看江桐，与他的美好过去因眼前这张熟悉的容颜而一幕一幕掠过白月菲眼前，她就此深陷于往事的柔情蜜意里。

办公区里的人们惊呆了，却又不敢大声喧哗，只能窃窃私语。

“百年难得一见，总裁终于近女色了。”

“奇闻奇闻，我们那么精明能干的总裁大神怎么会和李陌的未婚妻纠缠上了？”

“我也想不通，总裁干吗跟那朵残花纠缠在一起，真是有失总裁的身份。”

“你们说总裁是不是中邪了？不然怎么会干出搬起石头砸自己脚的事情来？这不该是我们总裁大神的作风啊！”

……

众目睽睽之下，江桐无所顾忌地抱着白月菲走进员工电梯，下到负一楼停车场，小心翼翼地把白月菲放到副驾驶座上，而后关上车门，绕过车身回到驾驶座。

神思恍惚的白月菲这才回神过来，不敢相信她竟然置身于江桐的车里！他不是不要她了吗？为什么又要抱她到车上？白月菲的嘴角抽了抽，正欲开口询问江桐为什么这么做时只感觉到熟悉的男子气息再次袭来，她不由得靠紧椅背，江桐已经俯身到她胸前，她愣住了，江桐越过她的身体，她紧张到连呼吸都忘了之时，却只见江桐扯过安全带帮她系好。

原来是她多想了！白月菲倒抽一口气。

江桐回身之际发现白月菲的细微举动，显而易见白月菲是不想与他亲密接触的！这一瞬间，江桐的一颗心朝下跌落，跌到最深处，他不由得想白月菲跟李陌之间有过多少次亲密的接触了？他帮她系安全带的行为她都接受不了？既然是这样，那么为什么又要回来找他？难道是因为被抛弃心有不甘，想找一个跟李陌旗鼓相当的人以此报复李陌的拒婚吗？所以他就成了不二人选?！江桐冷沉着一张脸，是的，一定是这样！不然还指望她是爱他才回到他的身旁吗？如果她真的爱他，当初就不会那般轻易而决然地离他而去了！

江桐的心底浮起一丝自嘲，从猜想中跳脱出来，暗色疏离的眸光对上白月菲的眼睛，她立马就躲开他的视线垂下了双睫。

江桐冷言道："不想我靠近你是吧?"

白月菲垂着双眸摇头："没有。"她怎么会不想江桐靠近她呢？只是江桐带着报复性质的行为让她煎熬，那种煎熬让她难以承受。

"没有?"江桐冷笑一声，刻意靠到白月菲唇边，却又不吻上去，"那你为什么不看我?"靠她这么近，即使他向来自控力强，在这一刻也变得难以自禁，他的呼吸已然有些不稳，他的异动从来只为她！从来也只有她能使他情绪波动异常！

白月菲甚感江桐与她的距离真的太近了！近到连他的呼吸都那么清晰，白月菲由此意乱心慌，一时不知如何去回答江桐的问题。

江桐目不转睛地盯着白月菲瞧，眼神变幻莫测，突然，江桐再靠近了一点，双唇几乎要贴到白月菲的唇瓣上了！

若有若无的温度彻底缭乱白月菲的思绪，她已经不知应该如何是好。

江桐依旧紧盯着白月菲，盯着盯着，凛冽的眼神一沉，克制住吻上去的冲动，回身驾驶座，拿起电话，拨了一个电话出去。

白月菲这才松了一口气，可思绪却仍旧混乱异常，压根没有注意到江桐对着电话讲了些什么。

当江桐挂上电话之后，车里彻底陷进一片沉默。

半小时后，黑色宾利停在一幢豪宅前。

一路胡思乱想的白月菲后知后觉车子已经开到江氏别墅，这个地方她在5年前来过一次，现在回想起来，竟已是那么久远的事情了！

"为什么带我来这里?"白月菲率先打破长久的沉默，当初江桐带她来这里是参加他的生日晚宴，那么这一次呢，他带她来这里做什么?

"你不是想要重新开始吗?"江桐语气寡淡地回应道，面无表情地下车，拉开副驾驶车门，一把抱起白月菲朝着客厅走去。

"所以你接受我了吗?"白月菲热切期待地望着江桐的侧脸。

江桐愣了一下，停住脚步看了一眼怀里的白月菲，她的眼睛亮如星辰，他知道她在等什么样的答案，可是每每当他欲掏心掏肺时，那些恨意便会在一瞬间蹦出来彻底淹没他的本意，他不动声色地砸下话语："既然李陌的未婚妻想要留在我身边，我又何乐而不为呢？反正多一个主动送上门的女人而已。"

那些话语劈头盖脸地砸向白月菲，砸灭了她的热切希望，亮闪的眸子瞬间漆黑一片，原来他已经不再属于她一个人！现在她只是他众多女人中的一个！白月菲的心脏因此好似划开了一道口子，刺骨的疼，可是即使这般疼痛难忍，她还是想要留在江桐的身旁，即使知道她现在只是江桐众多女人中的一个，因为她深爱江桐，从情窦初开到现在，深爱到愿意放弃自尊，愿意这般低姿态地待在他的身旁。

白月菲对那些伤她的话语默然不做任何回应，只是脸上的失望显而易见，而她的双手却还是用力攀在江桐的脖颈之上，无论时间将他如何改变，从专情到阅女人无数也好，他都是她深爱的那个人！无论如何，她都不会再放弃他了！这一生，她要他！她自己都无法理解为何对他有着如此惊狂的眷恋。

江桐的下巴绷紧，明知那样的话语对于白月菲而言是多么的残忍！他明明不想伤害白月菲的，只是刹那间，那些因她而生的恨意使他无法控制自己！

在言语上惩罚她之后，江桐心里稍微快慰了一点，瞳孔一缩，不再看白月菲，沉默不语地直视前方的路。

进到客厅，江桐小心翼翼地把白月菲安放到沙发上。

仆人在一边候着。

一个文质彬彬的男人仔细检查着白月菲的脚踝。

"没什么大碍，只是扭到了，我处理一下便可，过两天就可以恢复。"王医生对江桐说，他一接到江桐的电话就立刻放下手里的工作赶到江氏别墅了。

江桐稍稍放下心来，故作淡定地在一旁看王医生治疗。

王医生手法轻柔，白月菲并不感觉疼，此刻她的眼光虽然落在自己的脚踝上，可脑海里想的却全是江桐，他还是关心她的不是吗？她一受伤，他就立即带她回来看医生，由此可见，她在他心里还是有一定分量的！这让白月菲暗自欢喜！

王医生趁着白月菲的注意力在别处之际用力一扯她的脚踝，以此畅通经络，白月菲疼得忍不住叫出了声。

江桐眉心一蹙，整颗心都悬了起来，欲上前到她身边，人却一直定在原地不动！

"现在还疼吗？"王医生询问。

"好多了。"白月菲如实回答，刚刚那一扯虽然疼痛难忍，但只疼了一瞬间而已，现在脚踝明显不再有绞痛之感，基本已经舒缓。

江桐高悬的心这才松懈，神情当即又恢复到漠不关心。

王医生叮嘱白月菲注意事项，开了药物之后离去。

"陈嫂，你照顾她。"江桐转身走开。

"等一下。"白月菲慌忙叫住江桐。

江桐顿住脚步，翘首以待白月菲接下来的行为。

"你要去哪里？"白月菲询问道，她想趁江桐还关心她的时候把握住机会好好跟他谈谈，她要怎么做他才能原谅她当初的一走了之？

可江桐根本不给她机会，他盯着她看了许久，心底因她的询问而高兴，但脸上依旧是一副冷淡的表情，喉咙滚动了几下，江桐冷声道："你凭什么管我？"不等白月菲的回答，头也不回地走出客厅。

白月菲神情复杂地望着江桐消失的方向，为什么每每她觉得有希望靠近他一点的时候他就会无情浇灭她的希望？还是说她太异想天开了？他们已经走了如此之远，山长水阔之后，怎么可能再回到相爱的过去？而她心底所谓的那些渺茫希望都只是错觉而已，为什么她还要一次又一次自取其辱地去证明，一次又一次陷自己于狼狈不堪的境地？白月菲心中的答案是一切只不过因为她太爱江桐了！爱到恍惚，爱到失去自己，爱到智商在某些时候都可悲地变成了负数。爱，让她对他相信、困惑、踌躇、怀疑、惶恐……也让她为争取他的心而努力着，更让她几乎长时间处于一种难以自控又不知如何是好的情绪中！

江桐没有去公司，而是专程去到江氏集团旗下的一家大型商场。

商场总经理是一个40多岁的女人，她热情地迎到江桐面前，她万万没想到总裁会来女装区，还以为是视察工作，结果在她意料之外，总裁此行竟只是购置女装而已。

江桐一连选了多套衣服，售货小姐一件一件打包好，总经理跟在江桐身后，时刻等候他的吩咐。

江桐再次四处看了看，语气有些生硬："内衣呢？"

"内衣啊！在这边，这边请，我带您过去。"

进入内衣区之后，江桐瞬间凌乱了，各种大小的内衣让他无从下手。

"内衣怎么选？"江桐一脸严肃地问。

"你要买什么型号的？"总经理详细询问道。

"型号？"江桐完全不知道女生的内衣还有这么多讲究。

总经理察言观色，意识到总裁完全不懂内衣，于是走到内衣前，用手在不同型号的内衣前比画："这个是A杯，这个是B杯，这个是C杯，这个是D杯。"

江桐回想了一下白月菲的身材，目测应该是C杯，于是唰唰唰一连拿了多件C杯内衣。

总经理带着售货小姐把江桐选购的衣服放到他车上，看到他一脸满足地离去。

总经理啧啧道："总裁行为太不正常了。"

售货小姐一脸羡慕状："应该是买给女朋友的吧？"

"我当然知道是买给女朋友的，问题是总裁向来不近女色，怎么突然就有了女朋友呢？关键是女朋友竟然能把高冷总裁调教到亲自买内衣的地步！高手，令人不得不佩服……"

58

白月菲由于腿脚不便，除了吃饭和上厕所之外，一整个下午都窝在沙发里，陈嫂几乎是寸步不离地待在她身旁！被如此过度的照顾让向来自力更生的白月菲很不习惯，几度打发陈嫂走，可陈嫂却死守江桐的命令坚持要如此贴身地照顾她，白月菲推拒多次也无济于事，也就懒得再讲，索性卧在沙发里睡午觉。

一觉起来已经是晚饭时间，江桐还没有回来，白月菲问陈嫂："江桐会回家吃晚饭吗？"

陈嫂表示不清楚。

白月菲只好一个人吃起来，吃着吃着便没有来由地想起江桐那句她只不过是他众多女人中的一个！白月菲的眼神微微起伏，停下筷子，怀着复杂的心情向陈嫂打听："江桐是不是经常带女人回来？"

"抱歉，白小姐，那是少爷的私事，不是我这个仆人应随意谈论的。"

口风够紧啊！不愧是江桐的人！白月菲不再为难陈嫂，随便吃了两口食物便窝回沙发里，由于已经在沙发上睡了一下午，此刻白月菲实在无睡意，无聊之际，便拿出手机玩一款打大Boss的游戏消磨时间。

打大Boss不过一会，白月菲又想起江桐，这一想导致白月菲分神，惨遭大Boss灭口！惨败的白月菲一声叹息，连游戏里的Boss都开始欺负她了！不服气的她重新开打，别人是越打越熟能生巧越厉害，可白月菲则是越打越差劲，每次一到关键时刻她就会莫名分神想到江桐，最后不可幸免地成为Boss的手下败将！白月菲觉得她搞不定现实里的Boss实属正常，可现在连游戏里的Boss也搞不定，真是悲催啊！屡战屡败的白月菲失了游戏兴致，收起手机，一看时间，已经快9点了，江桐应该快回来了吧？

这时，客厅大门突然被推开。

陈嫂迅速迎上去。

白月菲侧身望向玄关处，看见江桐正在脱鞋。

换好拖鞋的江桐直身抬头时视线刚好正对着白月菲，白月菲笑眯眯地冲江桐招手，很奇怪的感觉，她不过是一个下午没见江桐而已，此刻她却感觉过了很久，恍如隔世！

江桐眉心蹙了蹙，转身问陈嫂："怎么不带她去房间里休息？"

"月菲小姐不愿意上去。"陈嫂摆好江桐换下的鞋子。

江桐静了3秒，而后眼神示意陈嫂离开客厅，陈嫂会意地走开。江桐径直走上了楼梯。

白月菲弯弯的嘴角慢慢拉直。

走到楼梯中央时，江桐瞳光微动，突然回身朝沙发走去，失望的白月菲见状，刚拉直的嘴角又再度弯起来。

这时管家忠叔正好带着两个仆人进来，仆人手持几只大袋子。

忠叔询问："少爷，请问这些东西放哪里？"江桐只是电话吩咐他把车里的袋子取下来，并没有具体告知安放位置。

"我房里。"

忠叔带着仆人上楼。

江桐举步走到沙发前，白月菲盯着他有所思虑，她原本等他回来是想问问晚上她睡哪间房？而此刻她的想法迅速改变，她欲试着去摒除彼此之间的隔阂。

再努力一次吧！白月菲深吸一口气，正要开口之际，只听见江桐语气寡淡的声音："你在这里待了一下午？"

"是啊。"

"为什么不去房里休息？"

"少爷，东西已经放好。"从楼上下来的忠叔打断两人的谈话。

江桐摆手示意已知。

忠叔领着仆人退出客厅。

白月菲实话实说："我不知道你什么时候回来，所以一直在这里等你。"刻意避开了为什么不去房间睡觉！因为担心没有经过江桐的允许而擅自进到属于其他女人的房间会惹江桐不悦，白月菲可不要再度僵化她与江桐的关系，现在的江桐于她而言如履薄冰，走错一步，就会踩破薄冰而坠落冰洞，落得被暗流席卷而去的下场，从此远离江桐的尘世喧嚣快乐伤悲，白月菲可不想这样，所以对于某些事情她显得十分谨慎。

江桐面色略微柔和，挪动两步到白月菲身前，饶有兴趣地问："等我做什么？"终于她开始等他回家了！这对江桐来说是命运的恩赐，只是他对她的恨意不可能在短时间内消磨，爱有多深刻，恨就有多深入骨髓，他做不到当她未曾抛弃过他，做不到当她未曾践踏过他的真心。从她回到他身边后，他对她的感觉尤为复杂难控，他一时想把她捧在掌心与她甜蜜缠绵，一时又恨不得把那些她带给他的痛苦全部让她品尝一次！他惩罚折磨她的同时都只限于他能控制她的范围之间，他不敢太为所欲为，他终究怕她再次离他而去！

白月菲深呼吸一口气，然后说："我想跟你谈谈。"

"谈什么？"

"你要怎么样才能原谅我当初一走了之的行为？"

江桐的呼吸立马不畅，脸色又如往常般冰寒："原谅？"

白月菲声音轻颤:“是的,你说我要怎样做你才能原谅我?”

江桐勾着唇冷笑:“我从来都不在乎,你又何必求原谅?”

白月菲努力维持着脸上波动的表情:“我知道你在说反话气我,当初的事情是我对不起你,请你原谅,更请你给我机会让我补偿你。”她绝口不提当初离开的真正原因是她以为江桐得知真相后一定会狠狠报复李陌的!她怎么能陷李陌于那样的境地?虽然当初在香港李陌是有逼迫她,可李陌也给了她选择的自由,最终的决定是她做的,是她选择离江桐而去的……

江桐冷笑着倾过身体,单手撑在沙发上,盯着白月菲的眼睛看了3秒,语气凌厉:“别太自以为是,就你还需要我说反话气你?我还没闲到那一步,对于你,我从来不在乎!”

“我不相信,你曾经说过喜欢我,怎么可能会不在乎?”

江桐大笑,冰冷的指腹挑逗在白月菲的脸颊上:“我喜欢过太多女人了,什么时候跟你讲了那样的话语,我怎么都不记得?”

白月菲试图唤醒江桐的记忆:“就是大一的时候,在湖边。”完全没有意识到江桐此刻暧昧的行为。

江桐的手指滑到白月菲的唇瓣上,轻声低喃:“然后呢?”

因为江桐的手指贴在她的嘴唇上,白月菲的话语显得有些模糊不清:“然后你吻了我。”

江桐却听得异常清楚,他刻意曲解白月菲的话语:“所以你的意思是想让我再吻你一次?”

白月菲被问住了,没有料到会如此被江桐误解!

江桐戏弄白月菲上瘾了,他突然抱起白月菲朝楼上走去,边走边俯在白月菲耳畔低语:“或许我可以满足你。”

“你误会了,我不是想让你吻我。”白月菲只顾着解释,没反应过来她正身处于江桐怀里。

卧室房门前,江桐用手肘旋开门把:“那你想让我做什么?”

怎么越解释越混乱呢?白月菲说明:“我是想唤醒你的……”

“唤醒我潜在的欲望?”江桐故意打断白月菲的话语,动作温柔地把白月菲放到床上,原本打算玩弄到此为止,谁知离开白月菲身体之际,他一不小心失了平衡,朝着白月菲压了上去。

即使隔着衣服,他也能感觉到她温热的体温。

白月菲突觉胸闷,呼吸不够顺畅,她一眨眼,才惊觉江桐竟然正压在她的身体上,白月菲紧张道:“你离我太近了。”

江桐的眼神越来越浓烈,越是白月菲不想的事情他越是想要去做,他将上半身再俯下去了一些:“有吗?”

白月菲呼吸急促:“嗯。”

江桐还不肯罢手,继续道:“如果我再近一点呢?”

白月菲一听,瞳孔紧缩,立即侧头躲避:“求你了,不要这样,我不习惯。”不习惯这样一个陌生的他,这不是她美好记忆中的那个白衣少年。

江桐紧盯着白月菲的侧脸看,所有不受控制的戏弄情绪在那句“我不习惯”的话语里销声匿迹,取而代之的是翻滚的怒意,好一个不习惯!不习惯趴在你身上的人从李陌换成了我是吧?

江桐眼神阴沉,毫无留恋地抽身而起,低视着白月菲的眼睛冷嘲:“怎么,怕我睡你?”

身体上的压迫感消失,白月菲的呼吸立马顺畅,她坐起身来,一双眼眸因为江桐的话语闪过一丝惊慌,她没想到江桐竟然问出了她心中的顾虑,若她回答是的话江桐就知晓了她的心思,回答不是的话以江桐现在的情绪指不定会怎样折磨她呢!怎么选都不对,白月菲只好沉默。

江桐不再等白月菲回应,他不屑道:“想让我睡的女人多得去了,还轮不到你。”

白月菲怔望着江桐,内心最柔软的地方被江桐的话语轻易戳出无数微小的伤痕,不致命却折磨人。白月菲忍住无数聚集而来的细微疼痛,想要稳住情绪,至少此刻在江桐面前不要哭泣流泪,只是眼眶里绵延的泪水还是潮湿了她的双眸!

原来江桐连睡她都不屑了!她还在拼命挽回什么?事已至此,难道还要继续留下来吗?留下来跟别的女人一起分享他吗?耳边却有一个声音清楚地回答白月菲,即使这样她也要留下来,就算他不再喜欢她,她也想待在他的身旁,只要待在他的身旁就好!

白月菲控制住暗涌的情绪,硬是没让眼泪掉下来,她强撑道:“你睡不睡我都没关系。”无论如何,我只是想陪在你的身旁。

江桐不敢相信自己的耳朵,那个在他记忆中纯澈的白月菲竟然说出如此话语!他垂落在大腿两侧的手握成拳头状。

而白月菲的视线一直放在江桐的脸上,并未注意到江桐手上的动作。

“睡不睡都没关系”这几个字反复激荡在江桐耳边,他下颌紧绷,神情暗沉地盯着白月菲。

反正李陌睡过你很多次了……

反正你选择回到我身边只不过是想利用我去惩戒李陌……

反正你都是为了李陌,所以你让我睡也没关系……

终于,江桐的心彻底凉下去,紧握的拳头松开,他默然转身朝门口走去。

尽管白月菲知道此刻情况糟糕无比,她不应该再纠缠江桐,可她确实不知晚上应该睡哪里,于是在江桐出门前她赶紧问了出来:“晚上我睡哪间房?”

江桐就此顿住脚步,暗眸微动,他临时改变主意,不打算走了,回过身体,指着沙发冷言道:“睡这里。”

白月菲游目四周,由各种装饰摆设和物品确定这是江桐的卧室,心中因此生出一丝庆幸,虽然江桐让她睡沙发,虽然江桐不屑于睡她,但至少还让她住在他的卧室里,白月菲煎熬的心由此有了一丁点儿安慰。

江桐没好气地走到沙发前,把袋子里的衣服一股脑儿全倒在沙发上,最后一袋才是内衣。衣物全部已经干洗过,一股淡淡的清香,就连身处于床前的白月菲都闻到了,但白月菲的表情不大好看,因为她发现江桐正随手从里面捡出一件内衣,又抓了一件睡衣,然后就冷冷地朝她走了过来。

“进去冲凉。”江桐黑沉着脸把衣物丢给白月菲。

白月菲不接,语气微弱地低语:“我不想穿别的女人的衣服。”

江桐目光一沉,甩手将衣服扔到一旁:“要么穿,要么裸体,随便你,反正我晚上睡这里。”说完就去浴室了,明知白月菲误会也不做任何解释,他喜欢白月菲刚才为他吃醋的样子,那样至少他能在她那里找到一丝存在感!

59

白月菲重点接收了江桐所言的最后一句，她诧异江桐为什么又不走了。不过，也没关系，反正江桐睡床，她睡沙发，江桐若真的想对她干什么，也不必让她睡沙发了！这样整理之后，白月菲乱糟糟的心绪渐缓，只是沙发上的内衣还是让她发愁，真的不想穿，无奈又没有换洗的衣物，总不能让她这个崴脚之人现在出去买吧？怎么办呢？白月菲愁苦地挠了挠头，起身走到沙发前，层层叠叠的衣服，各种款式，颜色很多，有些款式是白月菲在杂志上看过的，她记得那些牌子的衣服售价一向很高，普通人基本望洋兴叹，而江桐面对如此高价位的衣服却不是买一件两件，而是大手笔地买下一堆，看来江桐在为女人花钱这件事情上一点都不手软！白月菲闷闷地撅着小嘴，强烈鄙视江桐铺张浪费的行径！

这么多衣服是属于一个女人还是一堆女人呢？白月菲不由猜测着，只是不管是何种结果，反正白月菲心底清楚，就是没有她的份！白月菲郁闷地摇了摇头，打算把衣服堆到一旁，空出一个位置来睡觉，一着手收拾便发现一张长纸条，随手拿起来一看，是购物账单，日期是今天，再一看账单上的商标名称，白月菲的眼神瞬间发亮，拿过那件在杂志上看到过的衣服，翻出其商标与账单一比对，竟然是今天新买的！白月菲愁闷的心情因此而好了起来，欢乐地一一比照衣服商标和购物账单，最后得出结论：沙发上的东西全都是新买的。

所以没有人穿过！白月菲极其欣喜所有衣物是全新的，不过也只是高兴一瞬间而已，她终究还是误会江桐了！她自以为是地断定这些女装是别的女人穿过的，自以为是地以为江桐是故意拿别的女人的衣服给她穿……

这时候身着浴袍的江桐从浴室里走出来，洗过之后的头发飘逸，一双眼睛氤氲着雾气，晃眼看到白月菲手持购物账单，江桐略微怔了一下，没有说话，直接上了床。

白月菲愣了几秒，才意识到江桐刚刚那一眼是在看什么，不由得捏紧了购物账单。

江桐扯过轻盈的薄被盖到身上，倒头闭眼入睡。

白月菲见状立马关了灯，只留下微弱的壁灯照明，拿着衣服走进浴室，浴室中还残留着沐浴露的清香味，然后白月菲不禁浮想江桐冲凉的模样：喷洒而下的水花中，江桐双手抹了抹脸上的水花，喷洒的水流带着沐浴露由上而下覆盖住江桐的胸肌，再到腹肌，然后……

啪！脸红心跳的白月菲给了自己象征性的一巴掌，白月菲捂眼惊呼："你在臆想什么?”赶忙打开水阀,给她热血乱窜的身体降温。

从浴室出来后,白月菲望了一眼床上,江桐背对着她,没有任何动静。

他应该睡着了吧? 白月菲放轻脚步,回到沙发里,将还没有整理好的衣服轻轻挪到一旁,拿过手机调静音时才想起李陌,于是赶紧发了一条避重就轻的信息过去:“江桐接受我了! 谢谢你,你打算接下来怎么办?”

李陌及时打开信息一看,重重松了口气,原本一度担心江桐不会这么快接受白月菲,还做好了最坏的打算,若是白月菲此番求和江桐失败,无论如何,不管白月菲愿不愿意,他必须得出手帮助白月菲! 而现在,白月菲如愿得到她想要的结果,他由衷地替她高兴:“这样再好不过了,我祝福你和江桐。对了,月菲,你的东西我明天派人送过去,至于我,要暂时在这里住一段时间,等过些时候再回意大利,意大利的物品到时再邮递给你。”推迟回意大利是因为那时二老就算再生气,毕竟事情已经过去,二老的怒气总会随着时间而消散的。

“好的,如果你决定好哪天走,一定要告诉我,我去送你。”白月菲很是感激李陌,如果不是李陌适可而止地放手,今天她已经成为李陌的妻子,而不能这般与江桐共处同一卧室。

李陌愣了一下,打字的速度减慢。现在算来,白月菲还没有跟他当面告别过,有人说,认真告别过的人,此生就算再也不相见,下辈子也一定会再相遇。若有来生,他还要遇见白月菲,而那时他一定要早早地遇见白月菲,成为她的初恋,至此一生,和她相守到老……

所以,他要跟白月菲认真地告别一次,他同意白月菲为他送行:“好,我会通知你的。月菲,晚安。”

“晚安。”白月菲收起手机,躺下身子睡觉。

空调气温有些偏低,躺下没几分钟,白月菲感觉有些冷,习惯性地抓被单盖,一伸手,直接抓空,白月菲侧身一看床上,只有一张被子,它正好被江桐盖在身上。如若爬上江桐的床与他共用被子肯定是找死的节奏! 如若此刻调高空调温度,肯定会热醒江桐! 如若开门找仆人,又担心吵醒江桐! 顾这顾那的白月菲无奈地侧回身体,晃眼看见堆叠在旁边的衣服,眼睛一动,抓过几件衣服盖到身上,凑合当被子使用。

江桐虽然闭着眼睛,可他根本没睡,听见窸窸窣窣的声音时不禁起身看向沙发里的白月菲。

朦胧的灯光中,她盖着衣服背对他而睡,江桐凝视白月菲许久,确定白月菲睡着之后,他起身出门。没过几分钟,只见他手拿着一条崭新的被子回来,动作轻柔地收过白月菲身上的衣服,小心翼翼地给白月菲盖上被子时,睡梦中的白月菲翻了个身,江桐慌忙飞奔到床上假寐。

沙发上再无任何动静,1 分钟后仍然如此,江桐这才再度起身,靠着床头,情丝缱绻地望着白月菲的侧脸。已经出落成明艳女人的她在他的记忆中仍旧是那个带着青涩的明媚女孩，那时候，她的一颦一笑都让他心动。

过去与白月菲相爱的幸福画面一帧帧从江桐脑海中闪过。

夜渐渐加深，江桐在温暖的记忆里缓缓睡去。

虽然睡在不同的地方，睡梦中的白月菲和江桐却有着同样的表情，他们嘴角都带着温暖的笑意。

那一抹笑，是因为有你在身旁。

第二天早上。

白月菲睡醒，睁开惺忪的双眼，因沙发太软，一个晚上下来，白月菲有些腰酸背痛。她伸了伸懒腰，坐起身体，下意识地望向床上。

江桐已经不在。

他什么时候起床的？她怎么一点感觉都没有？白月菲收回困惑的目光，挪过身子，下沙发准备去洗漱之际才发现身上盖着被子。白月菲眼睛一转，仆人们不可能擅自进到江桐的卧室，那么被子一定是江桐盖的！这个推断让白月菲的嘴角情不自禁地朝上扬，因为江桐对她根本不似他嘴上那般无情！至少他有默默地关心着她！这个想法让白月菲心情愉悦不少。

从浴室洗漱出来之后，白月菲低头一看身上的衣服，穿睡衣出去不大好，于是随便抓过沙发上的一件衣服套到身上，反正内衣睡衣都穿了，再多穿一件已无妨。何况这些东西本就是江桐买的，她干吗不近水楼台先得月？毕竟江桐这明摆着是要送给其他女人的，这种情况下，她更应该要一件一件穿过，女人们天生灵敏，想必到时候一看衣服就知道有别人穿过，一想到女人们对着衣服气恼的表情，白月菲就无限畅快，踏着轻快的步子飘去了餐厅。

白月菲想这时间江桐不在卧室里，应该就是去吃早餐了。她期待与江桐的早餐时间！

结果白月菲的期待落了空，餐桌前根本没有一人，白月菲转身走开去找江桐，陈嫂正好从厨房里端着食物出来。

“月菲小姐，”陈嫂叫住白月菲，“请您过来用餐。”

“我不饿。”白月菲继续朝门口走去。

“这是少爷吩咐的。”

啊！江桐吩咐的！那么陈嫂一定知道他在哪里，有了昨天的前车之鉴，白月菲不再直接询问陈嫂，改换迂回战术，白月菲笑着坐到餐桌前：“这些都是陈嫂做的吗？”

“是的，月菲小姐。”

“那我要好好尝尝。”白月菲喝了一大口罗宋汤，连连称赞：“味道鲜美，真好喝！”然后看着罗宋汤，自然而然地感叹道：“只是这么美味的食物，江桐怎么不过来吃呢？”

陈嫂没多想，脱口而出：“少爷一大早就出去了，他很少在家里用早餐的。”

白月菲摇头作遗憾状：“可惜了，如此美味的早餐他享用不到！”末了，还声情并茂地夸赞道："陈嫂，你的厨艺真是太棒了！"江桐一大早会去哪里呢？应该是去公司了吧？

"谢谢！"得到白月菲高度赞许的陈嫂很是开心，因为她认定白月菲一定会成为江家的少夫人，陈嫂在江家做事多年，对于白月菲她是记得的，那时候少爷念高二，白月菲是少爷第一个带回家的女生，直到现在，除了白月菲，她未曾见过少爷带任何女人回来。

江氏集团。

总裁办公室，红杉木桌上堆压着今日晨报，各大报社的头条新闻出奇的相同，不仅如此，连其中刊登的一张照片都一模一样。

江桐拿过报纸一看，照片上的他几乎是正面出镜，白月菲的脸因为贴在他的怀里再加上拍摄者的角度问题而仅仅只是被拍到侧颜。

各家报纸的标题虽然不同，但表达的意思都一样：江氏集团总裁神秘女友现真身。

江桐目光清冷地盯着照片。

照片显然是内部人员所为，江桐并没有因此愤怒，他本来就打算把白月菲公之于众，现在这只不过是稍微提前了一点而已。

江桐放下报纸，却晃眼看见一句这样的文字："……据说江总裁的女友是Sunshine集团继承人李陌拒娶的未婚妻……"再一看其他报纸的文字叙述，如出一辙。

江桐立马电话唤来秘书韩雅。

晨报是韩雅放进来的，本以为总裁看见报道会大动肝火，结果总裁的反应让她大吃一惊。

"发布消息出去，"江桐顿了一下，考虑到白月菲的脚还没有完全好，特意把日子往后挪了一天，"三天之后，我结婚，新娘是白月菲。"

韩雅震惊不已，总裁不近女色则已，一近就娶进门。韩雅震惊之余想起总裁要娶的对象竟然还是那个被李陌当众拒婚的新娘白月菲，韩雅觉得万分不妥，诧异一向做事严谨的总裁怎么会干出搬起石头砸自己脚的愚蠢之事？

韩雅也不知哪来的胆子，竟然说道："总裁，请容许我说两句可以吗？"

江桐颔首。

韩雅小心翼翼地开口："总裁结婚的消息固然是好的，可现在各大头条新闻都是关于您、白月菲小姐、李陌的新闻，关键是您要娶的新娘正是传闻中的白月菲，媒体肯定会在上面大做文章，您看婚期是否需要延后或是……"

江桐打断韩雅的话语："照我说的做。"他怎么可能不知道这样做的后果是什么，他向来低调的私生活会被媒体无限放大，公司的股价会因为他所娶之人是被李陌当众拒娶的白月菲而动荡，同时他将会成为风口浪尖上的另一个笑柄，即使这样，他还是要这么做，他无法容忍已经回到他身边的白月菲继续成为人们茶余饭后的笑料。无论白月菲经历了什么，变成了怎样的人，他想要守护白月菲的心都未曾改变过，他要替白月菲遮挡所有的风霜雨雪，他要告诉世人，白月菲不是没人要，她是他梦寐以求的妻子，他曾经就想过要给她一个盛大的婚礼，只不过那时命运狠狠地跟他开了一个玩笑，残酷地把她从他身边带走，而现在，他有了这个明媒正娶的机会，他怎会放过？

60

1 小时后，江氏集团的新闻部发布了江桐 3 日后结婚的消息。

消息一出，立马轰动商界，娱乐圈更是沸腾不已，传统媒体或是网络上不管是财经版或娱乐版的头条都是关于江桐即将大婚的消息！而商界一片哗然，商业奇才江桐竟然要娶一个几天前还被 Sunshine 集团继承者李陌当众拒婚的女人做新娘？商界的老谋深算者们开始猜测这场看似荒诞的婚礼背后到底隐藏了什么。

不同于商业人士冷静的反应，公众们已经开始热烈谈论这场婚礼的男女主角是怎样认识的，新娘为什么会在短短几天就从 Sunshine 集团继承者李陌的弃妻摇身一变成为江氏集团的少夫人……

娱乐版的新闻更是顺应民众们的好奇心，胡编乱造江桐、白月菲、李陌之间的是是非非，恨不得写出一部跌宕起伏，充满爱恨情仇纠葛的电视剧来。

下午。

闲来无事的白月菲卧在客厅沙发上看电视，看完一档经济类节目后，端着水杯一边喝水，一边拿过遥控器更换电视台，刚一换台，便赫然看见她、李陌、江桐的照片一起出现在了电视上。白月菲大吃一惊，含在口中的水都忘记咽下，腮帮鼓鼓地盯着电视屏幕。

“向来低调神秘的江氏集团总裁江桐今天突然高调发布婚讯。”

白月菲听到这里的时候胸口忽然就透不过气，端着水杯的手指抽紧，江桐要结婚了？什么情况？到底怎么回事？新娘是谁？

“想必大家都想知道结婚对象是谁吧？没错，就是我们图片上这位小姐。”

白月菲紧盯着图片一看，鼓起的腮帮瞬间失控，含在口里的水横扫空中一片。

“大家一定觉得看着很熟悉吧，这位小姐就是 Sunshine 集团继承者前两天当众拒娶的女人，芳名白月菲，没想到吧？不光大家没想到，主播我也没想到……”

主持人兴奋地继续深扒。

白月菲难以置信，要么是媒体搞错了，要么就是江桐疯了，相比于后者，白月菲更愿意相信前者。她眼睛一转，匆匆放下水杯，结果水杯没放稳，横倒在茶几上，白月菲慌忙立正杯子，拿过纸巾擦拭水渍，快速地收拾好之后抓过手机，想也没想就把那个深藏在记忆里的电话号码拨了出去。

这时候的江桐正在给高层开季度总结会议，一看手机的来电显示是国外的号码便将手机放到一旁，若无其事地继续会议，不过严谨的脸上却有了一丝柔和的弧度。

江桐当然清楚这个号码是谁打过来的，所为何事，他这是有意不接，意在让对方干着急，他就是要被白月菲惦记，就是要一步一步霸占她的内心，不可否认，现在的他将商业上使用的某些手段放到了她身上。

如同江桐所料，白月菲正中他下怀，她紧握着电话焦急地踱步于客厅内某个不到1平方米的空间里。

陈嫂搞完卫生回来，看见白月菲像中邪了一般来来回回地走动，于是关切道："月菲小姐，是发生什么事情了吗？"

白月菲这才停下脚步，笑容僵硬道："没事。"

"那我做晚餐去了！"

"好的。"

白月菲见陈嫂已走远，便斟字酌句地在手机上编辑信息。写好之后，总体看了一遍，不满意，又删，从头再来，来来回回了数次，终于确定好短信内容，正准备按发送之时意外收到了江桐的来电。

白月菲一愣，然后急切地按了接听键，她尽量让自己的声音处于平稳状态："我刚看到新闻了。"

江桐的声音很冷淡："哦。"

咦？白月菲诧异，对方反应这么平静？所以新闻是假的咯？白月菲沉吟片刻，含蓄又意有所指地说："你上头条新闻了，是娱乐版。"

"然后呢？"

"新闻上说我们3天后结婚。"

江桐无所谓道："既然大家都想我们结婚，那就结吧！"不等白月菲回应便挂断电话。

耳边传来嘟嘟嘟的忙音，白月菲转动着一双大眼睛，从江桐的最后一句话语里得出一个结论：所以结婚的消息不是江氏集团的新闻部发出去的，而是媒体的胡编乱造！白月菲无比佩服媒体以假乱真的功夫，只是现在正是因为媒体的胡乱报道，江桐竟然要跟她结婚！

"那就结吧"这几个字像魔咒一般旋在白月菲的耳边，快要迷乱她的心智，她捧着下巴，猛烈地摇头。

江桐疯了！

肯定疯了！

不然怎么会因为媒体编造的一句话就要跟她结婚？结婚是人生大事，又不是小朋友之间的过家家，怎么可以如此草率呢？虽然她真的很想很想做江桐的新娘，已经到了现在这般主动送上门的地步，但那都是因为爱情，而不是江桐这般因为跟媒体赌气而结婚。更何况现在江桐娶她无疑是自黑，她可不要抹黑江大Boss的光辉男神形象。

白月菲停止摇头，轻拍着胸口顺气，思忖着晚上一定找江桐好好谈谈。

结果等到晚上 11 点，白月菲还是不见江桐人影，神思疲惫的她回到卧室洗漱。换好睡衣之后，便坐到卧室沙发上继续等，等着等着眼皮就慢慢垂了下去，身体时不时轻晃于空中。

渐渐地，犯困的白月菲已经处于迷迷糊糊的状态中。

江桐推门进来的时候，白月菲听到了声响，但反应慢了半分钟，当她睁开眼睛的时候看到江桐刚好走进浴室。

迷糊的白月菲急不可待地要解决结婚一事！于是赶紧起身，穿着拖鞋追到浴室，江桐正好脱下衣服，健硕的胸肌撞进白月菲的眼帘，她怔了一下，而后慌忙用双手捂嘴，视线却直勾勾地定格在江桐的胸肌上。

江桐俊眉一抬，神色阴沉地瞪白月菲一眼，白月菲这才发现捂错地方了，立刻改捂住眼睛，不过，她脑海中却还浮荡着江桐裸露的身体，致使她悄然走神，忘记追进浴室的目的。

江桐嗓音冷硬又轻佻地问："怎么，要看我洗澡吗？"

白月菲一颤，回过神来，连连摇头："不是啊！我……"

江桐截住白月菲的话语："不是就出去。"

"哦。"白月菲灰溜溜地转身出门。

走到浴室门口时，白月菲忽然想到她的问题还没问呢，于是停步门前转过身体，结果看见江桐正在脱裤子，白月菲愣在了原地。

感觉到有一道目光惊定在自己身上，江桐脱裤子的动作已经收不住，好在他手快地扯过旁边的浴巾围住了下半身，然后神情僵硬地走到白月菲面前，一把将白月菲拎了出去。

浴室的门被狠狠关上的时候，白月菲才回过神来。

……刚刚……刚刚江桐在脱裤子！白月菲立时一身火热，啊！太邪恶了！白月菲想惊叫，又怕惊动里面那位高冷的 Boss，最终忍住尖叫的冲动。白月菲猛拍自己的脸蛋，白月菲，你在干什么？丢不丢人啊！白月菲又羞又臊，此刻只觉得口中干渴，猛甩了一下脑袋，撒腿跑到二楼吧台倒水喝，一连灌了三杯冰水。

返回卧室的时候，江桐还没冲完凉，白月菲望了望浴室里面，玻璃是加厚贴膜的，根本看不到里面的动静，于是她就近坐到床边等江桐出来。

3 分钟后，白月菲被迎面而来的江桐一手拎起了衣服的后颈，她一边配合着起身一边望着江桐。

江桐冷声道："谁说你可以上床了？"握着她衣服后颈的手指不断抽紧，他不是不愿意白月菲上床，而是怕控制不了自己，一时失控就要了白月菲的身体。曾经有过机会得到白月菲的身体，他却说要等到新婚之夜，结果命运诡谲，白月菲成了李陌的女人。

白月菲微微怔了一下，低语解释："我没想过上床，我只是坐坐。"

"坐也不允许。"江桐神情绝冷地把白月菲丢到了沙发里。

"好的，我记住了。"白月菲从沙发里起身，眼神闪烁地看着江桐，迟疑地问："你要不要再考虑一下和我结婚之事？"她是为他着想，现在他跟她结婚必定会因为她被李陌拒婚一事而被影响到声誉，从而引发一连串的负面影响！

江桐眸光愕然，她为何这般排斥跟他结婚？她不是正好可以借此报复李陌吗？看着白月菲犹豫不定的模样，江桐的手指因此握成了拳头状，她就这么爱李陌吗？即使对方毫不留情地当众拒婚于她，她难得有如此机会去好好回敬那个人一次，她也舍不得下手报复！

一个人要有多爱一个人，以至于明明是要报复对方却又心软不由己！江桐误解白月菲的同时忘了他对于白月菲就是这样的！

江桐冷冰冰地扔出一句："要么结要么你走。"

白月菲一听，胸口酸涩，她如果要走，就不会多此一举回来找他了！白月菲抿了一下唇，声音很低："可以告诉我为什么和我结婚吗？"她突发奇想有没有可能江桐也不全是因为媒体的报道而意气用事呢？

江桐愕然的目光散去，神情寒凉地丢出四个字："你想知道？"其实他已经笃定白月菲不是真的想要知道，她的问题不过是在拖延时间，她犹豫不定是否要利用与他的婚姻给当众拒婚于她的李陌一击。江桐这些自以为是的想法刺激了他自己的情绪，导致他对白月菲有此并不单纯的反问，目的是要在言语上羞辱白月菲！

而白月菲却还傻傻地应声道："嗯。"

江桐魅惑的唇角一勾："因为爱你。"

白月菲震惊地看着江桐，他漫不经心的语调让她难以置信他所言的真实性！

"你以为我跟你结婚会是这个原因？"江桐冷笑，"跟你结婚只不过是一场游戏而已。"

原来如此！白月菲的眼底就此结了一层冰，她垂下眼眸："那为什么会是我？"既然身边有那么多女人，何必要选中她玩这场游戏？

江桐语调悠悠道："因为你正在风口浪尖上，虽然跟你结婚看似一场赔本的生意，其实不然，现在你在欧洲已经'声名远扬'，特别是在意大利。我刚好要在意大利拓展新的项目，跟你结婚这个噱头带来的影响远远超过广告的效益，既然可以利用你全面打开欧洲市场，我何乐而不为呢？"

沉浸在爱情中的女人是很好骗的，此刻的白月菲完全相信了江桐的解释，她眼眸低垂："我明白了。"他什么时候变得这般处心积虑了，连婚姻都可以作为算计的筹码？不过，也怪不得他吧！他是商人，无商不奸，这样想过之后，白月菲堵住的胸口似乎通畅了一点。

江桐原本以为羞辱白月菲之后会解恨，会痛快些许，可是并没有，此刻白月菲委屈又可怜的表情反而让他胸闷难忍，他逃避地背过身，强忍住烦闷又滚烫的情绪："明天去拍婚纱照。"他应该拿她如何是好？

白月菲的指尖微微哆嗦着，原来她还有如此潜在的巨大价值！原来江桐想利用她的价值成就欧洲市场！那好，她成全他！白月菲故作平静地回了一个字："好。"侧身躺到沙发里，白月菲以为她不会哭的，只是眼泪积蓄已久，下一秒已经浸满双眸，再也忍不住从黯然双眸砸了出来。成为江桐的妻子是她渴盼多年的梦想，这一天终于就要到来，她却比任何时候都还要难过，因为那个最美的梦不是实现了，而是碎了，支离破碎。

61

感觉到白月菲似乎已经睡下，江桐这才侧首看了她一眼，眼神暗沉地拿过遥控板关了灯，去到书房里。

落座于宽大的真皮椅中，打开电脑，准备继续完成今天落下的工作，本来以江桐的工作效率早该处理完毕的，之所以拖到现在是被婚礼的事情耽误了。江桐在江氏集团新闻部正式对外发布他与白月菲结婚的消息之前就已经放下手头的工作，亲力亲为地筹办婚礼，等到确定好一切之后已经是晚上 10 点了。

寂寥静深的灯光下。

江桐其实非常困了，他揉揉了太阳穴，还是强撑着进入工作状态。

处理完公司今天所有的事务包括明天的文件时已是凌晨 3 点，江桐拖着疲累的身体回房。

轻推开卧室门，江桐下意识地看了沙发一眼，发现白月菲原本盖在身上的被子已掉落到地上，他俯身过去捡起被子轻轻为白月菲盖上。这时，睡梦中的白月菲轻蹙眉头，他伸手过去尝试将那皱起的眉头抚平，潜藏在他内心深处的爱恋就在这一刹那从那满满的恨意里跳脱出来。江桐深情款款地凝视着白月菲，眼前这个沉睡的女人是他的初恋，他倾注了所有的感情去深爱她，她却说变心就变心，毫不留情地践踏了他的真心和自尊，一想到这里，江桐眼底的爱意立即消失，取而代之的又是深沉浓烈的恨意！

抚在白月菲眉端的那只手在江桐的克制下终究不曾加重一丝力度，江桐沉闷地闭了闭眼，强迫自己冷静下来。

半分钟后，江桐眸色冷凝地收回手，转身去到床上，关掉壁灯，闭眼睡觉。

一室黑暗。

漫漫长夜间。

睡梦中的江桐不知何时竟然也挣扎在爱与恨的情欲里。

而白月菲在后半夜睡得并不踏实，醒了好几次，这一次醒来，白月菲摸过手机看了一下时间，已是凌晨 5 点，起身，在黑暗中蹑手蹑脚地摸索到房门前，白月菲动作轻缓地带上门，去到阳台上给白爸爸打了一通电话。

“宝贝女儿，爸爸没算错时差的话，你那边天还没亮吧？”

“睡得早，所以早醒了，”白月菲尽量让自己的语调听起来很轻快，“爸爸，你现在在哪里？”

“荷兰。”

“爸爸，我有事情跟你说。”

“你讲。”

白月菲深吸一口气，直击核心：“我要结婚了。”

“这么突然？”

“对啊，”白月菲刻意让她的语气里融进爱情的甜蜜，“他想早点娶我进门。”

“那你把地址发给爸爸，爸爸赶过去。”

即使隔着电话，白月菲也能够感觉到白爸爸的喜悦，父亲一定是以为她嫁得意中人了吧？虽然她要嫁的人确实就是从年少时期开始一直喜欢的人，可惜他却并不是因为喜欢她而与她结婚，想到这里，白月菲心间一阵酸楚，她却还笑嘻嘻地对着电话那头道：“好的……”

强颜欢笑竟是这般难受！挂了电话，白月菲在手机上编辑地址，这才发现她根本不知道这个已经住了2天的地方具体处于什么位置。可就是这样的一个地方却在她记忆中存在了5年，整整5年的时光，以为很熟悉，其实很陌生呢！白月菲黯然地摇摇头，把这个城市的名字发送给了白爸爸，并说她会去接机。

返回卧室，白月菲钻进沙发里继续睡觉，当她再次醒来时已是早上9点，坐起身正欲起床之际，房间的灯就亮了起来，白月菲侧头一看，发现江桐正从被窝里起身，难道他今天不去公司了？

江桐目光冷淡地瞥了白月菲一眼，而后起身朝浴室走去。

白月菲轻吐一口气，这一刻为什么会感觉如此沉重呢？从她回到江桐身边之后，江桐就一直没有给过她好脸色，她从最初的不能承受到自我麻痹地选择忽视，只是此刻一点也不奏效，面对江桐的冷漠她真的做不到无知无觉，视而不见，心中堵得厉害！白月菲叹了口气，闭上眼睛，以此平复心情，一片黑暗中，白月菲才想起今天要去试婚纱。既然是要去试婚纱，应该是跟江大Boss一起过去，那必须得紧跟他的步伐了！

于是白月菲立马睁开眼睛跑到浴室洗漱，看见江桐背影的时候踌躇了几秒，然后深呼吸一口气，步伐坚定地走到洗漱台前，把牙膏挤到牙刷上，拿过水杯接水。

江桐一边刷牙，一边透过镜子有意无意地扫了白月菲一眼，这样的场景于江桐而言有些久远，却一直清晰地存在他脑海中，那是3年前的一个晚上，白月菲因为过了宿舍门禁时间没地方可去，在他的安排下跟他住到了一起。

早上起床后，他们也是这么并排着刷牙，白月菲一边刷，一边忍不住笑，她快他一步刷完牙之后突然从后面抱住他：“呃，你太廋了，这样吧，我去给你做早餐，你一定要多吃点。”

他嘴角一勾，故意道：“我不吃葱。”

白月菲两眼晶亮：“好。”

“不要太油腻。”

“好。”

总之，那时候他和白月菲各种甜蜜，白月菲说因为有他在，所以她才如此欢喜，其实他也是因为有她在，所以才感觉温暖。她像太阳一般照耀着他，那时候的他受了她很大的影响，慢慢变得连他自己都意外，他会和她的朋友们一起去聚餐，她的朋友连连夸赞他和她是多么的般配，他还记得那个叫圆饼的网络小说家说他们是天定的良缘，不早也不晚，遇见得刚刚好。

可现在这段天定的良缘却让他们如此煎熬痛苦，白月菲不再像从前那般快乐，即使如此，他甚至还各种折磨她，心中对她沉积的怨恨让他没有办法像从前那般对她宠爱有加，他十分清楚白月菲好不容易才又重回他的身边，他明明想要珍惜，明明痴爱到骨子里，却总是失控伤害她！他承认对待白月菲，他确实做不到如同工作上那般严谨果敢，这让他感觉迷惘……

“你在看什么？”白月菲先开了口，拿过毛巾把嘴角的水迹擦拭干净。

江桐一愣，才发现刚刚走神了，他立马收起思绪，薄唇一吐：“你有眼屎。”

五雷轰顶的节奏！白月菲羞窘地立刻埋头洗脸，啊！好丢人啊！眼屎啊！怎么不给人家留点面子啊！羞臊的白月菲忽然顿住洗脸的动作，歪着脑袋眼珠一转，不过江大 Boss 什么时候连这样的话都会说了？看来他这几年的确改变了不少！

江桐忍住笑意，转身走出浴室，没想到他随便一说的话语白月菲竟然信以为真！某些时候她真的很好骗呢！

当白月菲去到餐厅时，江桐已经坐在餐桌前，白月菲挪过凳子，在他身旁坐下来。

“我不吃葱。”江桐忽然就想重温那段过去已久的甜蜜记忆。

“哦。”白月菲应声道，虽然江桐只是表明喜好，并没有吩咐她干什么，她的脑袋里却自动闪出两个字：夹葱！

白月菲拿过江桐面前的海鲜粥，认认真真地把葱花夹到一旁，她一边夹一边思索江大 Boss 既然不吃葱，陈嫂在江家做事这么久，怎会不知道呢？是不是江桐故意整她的？

白月菲停下筷子，怀疑道：“你真的不吃葱？”

“不吃。”

白月菲撇了撇嘴，半信半疑地继续夹葱，夹着夹着便想起那个酒店之晨，对哦！江桐是真的不吃葱！白月菲的思绪就此陷入回忆里，那是她第一次为江桐做早餐，江桐吃得特香，吃完之后，他和她一起洗碗，收拾厨房，末了，他们去到阳台上看风景。

和煦的晨光中，江桐从后面抱住她，在她耳边轻语呢喃说将来一定会娶她进门。

她摆谱高傲道：“谁说要嫁给你了？”

“嗯，既然某人不想嫁，换我嫁吧！”

“我家不需要上门女婿。”

“娶也不是，嫁也不对，”江桐故作为难的模样，顿了 1 秒，而后反过来将白月菲一军，“如果是这样，看来我只能另娶他人了。”

“你敢……”

结果，两人卿卿我我的时间太久，双双导致上课迟到，于是索性都不去学校了，反正大一的课程即便落下一些也不会影响太大，用同学们的话说大一就是用来风花雪月的。

那是有史以来，他与她第一次一起翘课……

多么美好的青春时光啊！现在回想起来白月菲都觉得溢满幸福，以至于心间甜蜜的她不禁笑了出来。

江桐蹙眉：“你笑什么？”

白月菲倏地收住表情：“没什么。”那些记忆对于现在的江桐而言是无所谓的吧？还是让她独自珍藏好了！迅速藏起回忆，将最后一抹葱花夹出来，白月菲推碗过去：“我爸今天会来看我。”

江桐细问道：“什么时候？”他忙着筹办婚礼，竟如此疏忽，没有安排白爸爸！对于此事他非常内疚。

“晚上9点到机场。你可不可以跟我一起去接机？”明知道她没有资格去请求江桐做这做那，可是她必须这么做，毕竟父亲专程飞来参加她的婚礼，身为女婿的江桐不跟着她一起去接机有点说不过去。

江桐想也没想地点头，然后面无表情地拿过勺子喝粥。

白月菲诧异江桐竟然如此痛快地答应了她的请求！想了想，觉得江桐如此好说话应该是心情不错的缘故！思忖的眼珠一转，白月菲当下决定趁着江桐心情好时再多提一点请求：“你可不可以在我爸爸面前对我好一点，就像别的新婚夫妻那般？”白月菲担心在父亲面前江桐会照常冷眼待她，虽然父亲不是敏感之人，但江桐若真的那样对她，父亲再怎么样也能看出一二，她可不想父亲察觉到她与江桐之间的不愉快。

对她好一点？江桐顿时无心再吃下去，目光深沉地抬头直盯着白月菲，是，自从她回来之后，当着她的面，他的确没有给过她好脸色，可是她难道一点都感觉不到他压抑的爱意吗？还是说她根本不想去感觉？江桐断定一定是后者……

见江桐不回应，白月菲继续央求道：“我配合你婚礼，所以你可不可以也配合我一下？”

不管怎样，江桐就是不能接受白月菲对于他们的婚礼是抱着配合他的态度！越想越生气！江桐目光冷冽地丢下勺子，黑着脸转身就走，僵硬的唇线浮上一抹苦涩，他不能接受？她做的让他不能接受的事情还少吗？比如猝不及防地与他分手！比如劈腿李陌……

“哎！可不可以嘛？”白月菲追在江桐后面喊。

江桐不想搭理白月菲，除了回卧室换下睡衣之外，也正好一个人平静一下酸涩、失落、怨恨的心绪，听她在后面言语不断，他索性加快了回卧室的步伐。

白月菲快步追上去，伸开双手挡到江桐面前，一副讨好的灿烂笑脸："你配合我一次，我一定报答你。"

顿步的江桐定睛看了白月菲3秒，怒极为笑："你拿什么报答？"

"……我……"白月菲哑口无言了，第一时间想到的是钱，可是江桐这样的人还会缺钱吗？何况她积蓄有限，她再想了想，实在想不到可以跟江桐交换的筹码！

"你……用身体报答吗？"江桐一副很有兴趣的样子。

白月菲一愣，为了大局着想，她低语："如果你想，也可以。"

话语似一记响亮的耳光狠狠地甩到江桐的脸上，白月菲不仅是在践踏她自己，也践踏了他的心意，他想不明白，她怎么就变成了这个样子？难道被李陌甩了一次就可以如此堕落地把身体作为交换的筹码？李陌对于她就那么重要？重要到可以这般作践自己？

江桐心痛如绞，俯过身体紧盯着白月菲的脸，一双墨黑瞳孔里明显压抑着怒火。

白月菲不由得朝后退了退，谁知江桐紧跟着她上前。白月菲已经退到墙壁，再无退路，江桐再上一步，只见他单手撑在墙壁上，气势压人地紧盯着白月菲的眼睛，盯着看了2秒之后慢慢靠近白月菲的耳边，一字一句轻蔑道："对你的身体，我没兴趣。"语落，拂袖而去。

又一次自取其辱了！白月菲愣愣地苦笑了一下，而后深吸一口气，紧跟江桐走向卧室。

当江桐打开衣柜取衣服换的时候他愣住了，刚走到他身后的白月菲立马道："衣服是我挂进去的，我知道这些都是你是买给外面的那些女人的，不过我很喜欢这些衣服，你就当新婚礼物送给我好了。"她承认她很在意江桐为别的女人买衣服这事，正是因为在意，所以她才不想这些衣服落入别的女人之手。

江桐听得怒火攻心！不受控制地急步走到白月菲面前，狠狠掐住她的脖子，越掐越紧，致使白月菲下一秒已经呼吸不过来，脸色迅速泛白，呼吸困难的白月菲下意识地去掰江桐的手，却怎么也掰不开，就在她感觉要窒息的时候江桐眼里的怒火突然熄灭，他终于放了手，无力地回身面向衣柜，她连他都不在乎，又怎么会介意他身边有其他女人呢？

白月菲猛烈地咳了好几声，心间震荡得厉害，她不过是要那些女人的衣服而已，江桐就这般恼怒，可见她在江桐心中的位置！她根本抵不过他外面的那些女人啊！真是可悲！她还傻傻地以为再怎么说他和她之间还有年少时的回忆支撑，是那些女人们所不能企及的，而事实证明，那只是她一厢情愿的想法罢了，那些女人们轻易地就抵过了他们曾经甜蜜的回忆，更可悲的是她即使看清楚了事实，她竟然还是想要留在江桐的身旁！

江桐强忍住翻涌的情绪，从衣柜里随便取出一套女装丢给白月菲，语气清冷道："你到浴室换。"

白月菲神色黯然地接过衣服。

尽管白月菲换衣服的速度很快，但当她从浴室出来的时候，江桐已经不在卧室里，宽大的床上静躺着他先前穿的睡衣。如此，他是不打算跟她一起出门还是在外面等她？无法确定情况的白月菲赶紧抓过手机出门。

一步出一楼大门外，白月菲就远远看见黑色宾利停在两旁簇拥着花草的宽阔大道上。显而易见，他是在等她！于是白月菲快跑过去，拉开车门，坐进去，刚一系好安全带，车子就飞速蹿了出去，转弯处又紧急刹车，白月菲的身子不受控制地朝前猛倾，幸好系了安全带，不然真担心自己会飞到挡风玻璃上。

极速中，紧贴着椅背的白月菲偷偷瞄向江桐，本想再次请求他在她父亲面前佯装与她恩爱之事，却见他面色十分难看，在他如此坏情绪之下，她最好还是不要言语，毕竟言多必失，于是白月菲收回视线，侧头望向窗外，假装欣赏沿途的风景……

62

黑色宾利穿行在明媚的霞光里，路过市中心之后，沿着海岸线开了一段路程，最后停在一处欧式建筑前。

黑色宾利车内，面色冰冷的江桐顿了一下，方才系下安全带，一声不响地侧身打开车门，阔步走向欧式建筑。

白月菲见状，急忙解下安全带，紧跟于江桐身后，原本以为江桐只是暂停，结果到了目的地也不通知她一声，留她一个人在车上！这哪里像是要跟她一起拍婚纱照的节奏？被冷落的白月菲心中难免郁闷，更郁闷的是只见一群佳丽们迎候在大楼门前，个个精气神十足，还全都是细胳膊、大长腿，美得各有千秋。

“总裁这边请。”一个打扮精致的女人踩着高跟鞋走在最前面，身材更是玲珑有致，举手投足都风情万种。

其余佳丽们都面带微笑地簇拥于江桐两侧。

江桐目不斜视地迈着大长腿，白月菲看了他一眼，再看看周围的女人，颇有一种皇帝领着后宫出行的感觉！白月菲默默哀叹了一声，闷闷地跟上江桐的步伐。

2 分钟后，宽敞明亮的房间里，一件件设计独特的婚纱撞进白月菲眼帘，她兴奋地奔过去左摸摸右看看。

大概每一个怀有爱情梦想的女生都有一个纯白的婚纱梦吧？反正白月菲是有的，她无限憧憬地走在各件婚纱前。

看着眼前兴奋的白月菲，江桐一下就联想到她与李陌拍婚纱照时的场景，然后就忍不住讥诮道：“怎么好像你没见过婚纱似的？”

白月菲浅笑着看向江桐，可能是因为太过兴奋，以至于她没有听出江桐地冷嘲热讽不说，居然还语调欢快地回应道：“见过。”在她和李陌结婚之前，李陌特意找了欧洲顶级的设计师到家里为她量身定制婚纱，她也就没能像现在这般可以触摸到那么多件成品婚纱。

江桐对白月菲的坦诚感到意外，直愣愣地盯着白月菲的眼睛，对于他的冷嘲热讽白月菲越是表现得无所谓，他就越是不是滋味！他终究误会了，认为白月菲的声音如此欢快的缘由是她忆起和李陌一起试婚纱的甜蜜情景！江桐压制住心底的酸涩，他眉目一闪，神色如常：“你当然见过。”不再管白月菲，独自走到沙发前，随意拿过茶几上的一本杂志翻阅起来。

冷冷的话语砸到白月菲胸口，不仅疼，还堵得慌，白月菲手抚胸口，顺了顺气。

江大 Boss 抽风了？不然怎么句句针对她，她又没干什么，只是一时激动摸了几件婚纱而已，有必要这么对她么？何况是他叫她来试婚纱的呀？既然要试，肯定得挑选一下呀，挑选就得摸，摸了一下也实属正常嘛！

江大 Boss 脾气真古怪！白月菲不想与江桐争执，更何况跟江桐争执，最终吃亏的还是她，索性对江桐的话语置若罔闻，撅着小嘴继续看婚纱，一路看下去，撅着的唇线也慢慢柔和。

此刻，白月菲停在一件白色珠罗纱制的婚纱前，被婚纱极其细腻唯美的设计风格吸引。

"您是喜欢这件吗？"

说话的是先前带路的女人，她一直不远不近地跟在白月菲身后，白月菲现在才看见她衣服上别着经理的名牌！白月菲对她点点头。

美女经理一个手势，两个身穿米色套装的佳丽取下婚纱，美女经理拿过遥控器一按，厚实的幕帘从两旁缓缓合上。

江桐抬头看了一眼幕帘，遮得严严实实，根本看不见里面的情况，可他的眼神却从暗淡变得异常明亮，心脏跳动的节奏也加快了。此时此刻，江桐很是期待白月菲穿婚纱出来的样子，虽然他早已经在电视上看过，可那次白月菲是为李陌而穿，而这次意义不同，这次白月菲是为他而穿，想到这里，江桐的嘴角不禁漾开温暖的笑意。

候在一旁的美女经理从来没有见总裁这么笑过，因为那笑容太过罕见和迷人，她看得越发的失神，忘记手里还握着遥控器，不自觉地一松手，遥控器掉落，钝重的砸地声响拉回美女经理的神志，慌忙地鞠躬道歉："对不起，总裁。"

美女经理的话语唤醒了江桐的神思，他这才发现自己的状态很是异常，立马收住笑容，对经理摆摆手示意没事。

美女经理长吁一口气，这才弯腰捡起遥控器。

江桐的神色恢复到平常的冷漠，继续装模作样地翻阅杂志，事实上他的注意力压根不在杂志上，所有神思都飞到了白月菲的身上。

再等等，就可以见到白月菲为他穿婚纱的模样了！

江桐越等越心潮澎湃。

其实这间婚纱工作室是江氏集团旗下的，婚纱制作在国内已属顶级，而今天所有供白月菲挑选的婚纱都是昨天临时抽调首席婚纱设计师艾薇下月初要发布的作品，设计师不仅连夜加工，而且还保质保量地完成了江桐临时下达的任务。

合闭的幕帘朝左右两旁同时退去。

江桐热切地一抬头，然后身着婚纱的白月菲就游进了他的眼眸，她有着少女的灵动，女人的明艳，隐约透过头纱，他看到她似乎正笑靥如花。

白月菲透过眼前的头纱望着江桐，她看不大清楚江桐的表情，只隐约看到江桐正望着她，此刻她虽然巧笑嫣然，却有些紧张，手指不由得抓紧了腰下的裙摆，这样的紧张在意大利的时候都没有过，那时候似乎还很镇定，明明是过来人了，怎么会是新人的感觉呢？

半分钟后，白月菲小心翼翼地问江桐意见："这件可以吗？"既然是配合江大 Boss 结婚，那么婚纱的"生杀大权"交由他比较合适！

"随便。"江桐语气冷淡地收回视线，继续埋头看杂志，明明觉得那件婚纱再适合不过了，却偏要表现出无所谓的态度。

在场的工作人员都极其纳闷，总裁好像很不喜欢这位新娘，可是为什么又要为她大费周章地制作婚纱呢？真是匪夷所思。

63

白月菲顿了顿，笑容勉强地看向工作人员，声音略带苦涩："就它吧！"既然江大Boss无所谓她穿什么婚纱，她又何必认真挑选？何况这件也是她第一眼就看中的，就算还有比这更好的，她也不想再挑选了。

幕帘再次关上。

白月菲闷闷不乐地换下婚纱，穿好衣服之后，闭眼深呼吸，以此驱散低落的情绪，无奈，那酸楚的情绪很是固执，牢牢地纠缠住她，她悄声叹息："也罢，就这样吧，难过就是难过，为什么要在他面前辛苦伪装呢？"

毕竟现在的他再也不会在乎她的喜怒哀乐了！白月菲终于放弃调整情绪，拖着步子走到江桐面前。

江桐似乎没有发现白月菲，还在低头看杂志，白月菲不知道开口讲话会不会打扰到他，有些茫然地盯着他看，越看越难受，疏离而又冷漠的他就像是一道南墙，她撞了很多次，每一次都头破血流，却还是不知道回头，还在死命朝那堵坚固的南墙上撞。

此刻，白月菲的眼底流淌着一种想爱却不知道如何去爱的彷徨惆怅。

1分钟过去，白月菲见江桐还是保持低头姿势，这样下去也不是办法，总要有一个人先开口，于是她干咳一声，主动打破沉默："我婚纱已经选好了。"

江桐一边翻阅杂志，一边头也不抬地对工作人员说："把拍婚纱照的服装给她换上。"

拍婚纱照？白月菲眼底的忧伤转化成为惊诧，白月菲不解，江桐明明一点都不重视婚礼，怎么还搞得这么郑重？

江大Boss好奇怪！

白月菲困惑地跟着工作人员走去旁边的更衣室，任由工作人员摆布。

换好造型的白月菲走到镜子前一看，立马黛眉紧皱。Oh！眼前这一套清新的少女装太不适合她了，她已经21岁了，怎么还让她穿十七八岁的衣服？

江大Boss什么眼光嘛？

这时，又一群女人走进更衣室，白月菲觉得那情景像极当年她去参加江桐生日宴会的那一幕，也是很多女人给她做头发，化妆，精心地打扮她。

与此同时，江桐已经放下手中的杂志，起身去往另一间更衣室。

当白月菲步出更衣室的时候，发现站在窗前的江桐已经换了衣服，他身穿一件很简单的白衬衣，袖子挽到手肘处，搭配黑色裤子。

白月菲有些恍惚地望着江桐的背影，与他的初见从记忆里蹿出来，那天早晨她以转校生的身份去双和高中报到，很不幸撞见了学校恶霸刘侧，刘侧的同伙强制性地将她塞进车里，她因为受到惊吓而晕厥过去，醒来时第一眼就看见了江桐，那时他们还很陌生，他身穿纯白衬衣面向她而立，而现在呢？在他们相遇、相识、相知之后，他却背对她而立，多么讽刺的意味。

白月菲心底一阵痉挛。

江桐突然感觉到她似乎在身后，回身一望，发现她正黯然神伤地盯着他看，他被她看得下颌紧绷起来，她此刻的忧伤是因为什么？

自从白月菲回到他身边之后，江桐有时会太过敏感，甚至已经发展到多疑的地步了，这不江大 Boss 又开始胡乱猜测白月菲难过的表情是因为她想到了李陌，不久前，她还和李陌甜甜蜜蜜地拍了一系列的婚纱照，所以触景生情了吧？

江桐走上去，声音寡淡："怎么？想起了前夫？不，是前任未婚夫。"

白月菲心情本就低落，被江桐这么一嘲讽之后，她话都不想说了，更别提解释！只是神情怅惘地咬着下唇，她明明不是江桐说的那样啊！她明明是想起了和江桐的过往，那一抹记忆中最闪亮的纯白，属于江桐的纯白时光却被他如此误解，白月菲深感心塞与伤感！

江桐见白月菲不说话，以为她默认了，目光冷冷地凝视她 2 秒，而后闷声不吭地转身走向大门，去往昨天已经亲自确定好的婚纱拍摄地点。

迈动的脚底生出寒意，那寒意汹涌地蹿到全身，寒冷彻骨，江桐的目光愈加冰冷，悲凉的情绪从他心底践踏而过，他和白月菲已经回不去了！他和她之间始终隔着李陌，他无法装聋作哑，无法当作一切从来没有发生过。

江桐脚步沉重地走出了大门。

白月菲神情低落地紧跟在江桐身后，他的话语挥之不去，还回荡于她脑海中，致使她的胸口有些发闷，其实她也挺不容易的，毕竟现在的江桐喜怒无常，甚至有时候还带了一丝残忍的恶毒，换作别人恐怕早就精神分裂了，还好白月菲心理素质够强硬，或许也没想象中那么强硬，她只是在硬撑着罢了，但是如此硬撑真的很辛苦。

那一段情，他从未放下。

那一段情，她想要再续。

而现在，他们已经走到拍婚纱照的这一步，彼此却都未曾真真正正地敞开心扉。

摄影团队昨天已经跟江桐确认了婚纱照主题，第一波主题是：青涩的初恋。

于白月菲而言初恋已经是 5 年前了，现在让她表现出初恋的状态真的很有难度，毕竟她不是那些能够信手拈来的演员。

摄影师始终不满意白月菲的状态，他一边对焦，一边再次指点道："月菲小姐，你的表情太木然了，要表现出对总裁心动的表情，那种含蓄的爱恋。"

白月菲无奈地冲摄影师点点头，再度眼含爱意地看向江桐，江桐依旧面无表情地看着镜头，白月菲实在是纳闷，既然是青涩的主题，那么江桐的表情也不对吧？怎么摄影师总是说她一个人？

白月菲跟摄影师道出心中的疑惑："你不是说主题是青涩的初恋吗？"

"是的。"摄影师暂停拍摄。

江桐也看向白月菲，以为她会在这一波主题上提出什么建设性的意见呢！他洗耳恭听。

"那江桐怎么面无表情地站在树下？不是一样也要表现出对我含蓄的爱意？这样才符合主题嘛。"

原来是为了这个啊！江桐顿觉好笑，憋住笑意，笨蛋，主题是我定下的，没有我的同意，谁都不能更改。

摄影师笑白月菲的孩子气："这个主题是你暗恋总裁，总裁对你不心动。"

白月菲窘然，真是笨，让你说话，这下好了吧，又丢人了！尴尬的白月菲鄙视摄影师定下的主题，难道 Boss 暗恋她不行吗？一样可以叫作青涩的初恋啊！

"月菲小姐眼神不对。"

"再加一点爱意进去。"

"感情再充沛一些。"

"来，我们再试一次……"

白月菲努力配合摄影师的要求，拍了很多次，一度担心江桐会因为一再重拍而不耐烦，但事实上是她担心过度了，江桐居然好脾气地全程配合，白月菲有种太阳从西边东边一起升起的奇异感觉！

"OK，很好，太完美了。"摄影师终于满意，第一波主题拍摄结束。

64

现场工作人员有条不紊地移动到下一个拍摄区域。

配合拍摄主题，白月菲和江桐再次返回更衣室换服装。

路上，有所愧疚的白月菲低声道："对不起哦，刚才我表现太差劲了，连累你重拍了那么多次。"

江桐脚下一缓，声音低冷："你和李陌会重拍这么多次吗?"

白月菲目光一颤，自知躲不过这个问题，索性坦诚道："不会。"今天的江桐很是莫名其妙，竟然一反常态地主动问起她与李陌之事！这能不能侧面说明这是江桐在意她的一种方式呢？白月菲觉得这个问题的答案是 No!

"为什么跟我就会呢?"江桐目不斜视地迈着凌乱的脚步，他自己都意外居然会问出这个问题！意外之后就是后悔，后悔脱口而出的这个问题！

"……我……"白月菲一时不知从何说起。

江桐正好不想听，淡声道："算了，当我没问过。"加快回更衣室的脚步，几乎是急走，真的是不想知道答案吗？是怕白月菲口中的答案说出来之后清晰地划分出他与李陌在她心中的位置？虽然白月菲早已经划分过，现实是他被李陌碾压得毫无分量可言……而现在，只要白月菲不说出答案，于江桐而言，就是另一回事，至少他不用再一次品尝到被白月菲表明他在她心中无一席之地的痛苦!

白月菲为了能跟上江桐的速度，一路连走带跑，10 秒左右，总算跟上江桐的脚步，面对江桐一身的冷凝之气，白月菲困惑又茫然，不是说婚礼前夕的女人才会神经质吗？怎么江桐也出现了这种症状？

白月菲和江桐之间又陷入古怪的沉默。

江桐的思绪跳跃而飘散，他深深地觉得先前和摄影师对话的白月菲依稀有着当年的天真模样，只是她的心却早已经改变，她已然不再是从前的她，他也不再是过去的那个江桐，现在的他无非是仗着她主动要求回到他身边的举动，所以这般有恃无恐地对待她。他算是看明白了，无论他怎样欺负她折磨她，她都不会离他而去，她如此忍辱负重地在他身旁，绝对不是因为爱他，只因他的身份可以和李陌抗衡罢了！她正好以此来报复李陌的始乱终弃，而即使真相如此，他还是愿意委屈自己，去助她一臂之力，不管怎样，他只要她留在身旁就好，他再也不要过没有她的日子。

等到白月菲换好衣服出来之后，工作人员告知她："月菲小姐，Boss 已经去往下一个拍摄场地了，现在我带您过去。"

白月菲算是看出来了，江桐这是有意疏离她！他竟然连同她一起走路都不愿意了！他越是这样抵触她，她越是需要振作，需要打起十二万分的精神，继续坚持不懈地攻打 Boss 这座无坚不摧的碉堡。

加油！白月菲。

自我鼓励的白月菲昂首阔步地到达第二个拍摄场地。

摄影师一脸笑容地迎到白月菲面前，亲切地告诉她第二个拍摄主题：美好的热恋。

白月菲觉得这个主题听起来难度不大，虽然热恋已经过去许久，她却一直感觉就像昨天一样，只是感觉归感觉，当摄影师真的要求白月菲表现出热恋的状态时，白月菲还是受到了不小的冲击，原来摄影师口中的热恋不单是感觉呈现，还要求形态上的，需要她热切地唇对唇地吻江桐！

"月菲小姐，你配合一下好吗？"摄影师恳切道。

"嗯。"白月菲耳根发热，不解摄影师为什么总给她出难题？再说既然是热恋，怎么是她吻江桐呢？热恋难道不应该是彼此亲吻吗？碍于前车之鉴，这次白月菲把疑问放在了心底，以免问出来又自找尴尬。

江桐凝视白月菲几秒，冷冷地抛出一句："这一点都做不到？"

白月菲一听，受到刺激，她做不到？那她就做给他看！赌气的白月菲一咬牙豁出去了，踮起脚尖，双手握拳，硬着头皮凑脸过去，不偏不倚地吻在了江桐的薄唇上。

微热的触感彻底乱了白月菲心跳的频率。

江桐有点懵，白月菲吻得太突然，致使他反应迟缓，这一刻，江桐只感觉在那温温热热的触感中身体有些虚软。

水蓝的天空之下。

风将白月菲的裙角吹得轻轻飘扬，她亲吻着江桐，江桐眼神虚幻地凝视着她。

一对璧人，分外动人的爱情。

"非常完美。"摄影师为抓住一个好的镜头而雀跃。

听到摄影师的夸赞之后白月菲立马抽身回去，满脸绯红地转过身朝着更衣室小跑而去。

江桐这才彻底反应过来，嘴角不禁勾起一抹温暖的笑容，白月菲的吻让他复杂的心绪畅快柔和了许多，他去更衣室的脚步也轻快了起来。

摄影师带领工作人员去到室内。

最后一个拍摄主题：深爱的时光。

身穿家居服的白月菲和江桐对坐在宽大的沙发上。

正式开拍之前，白月菲用心听着摄影师的讲解，相较于白月菲认真的态度，江桐就显得漫不经心了，事实上，江桐不过是在用松散的外在掩饰内心的紧张罢了。

听完导演的讲解之后，白月菲瞠目结舌，在第二个主题中她不过是唇对唇的亲吻江桐而已，她已紧张万分，何况是这第三个主题“深爱的时光”，顾名思义，是具有情感冲击性的。她被摄影师告之这个主题需要相互深吻，以前不是没跟江桐深吻过，但那都是两情相悦的情况下，而且是在无旁人的空间范围内，现在她和江桐之间的关系是这般的复杂，竟然还要相互深吻？不仅如此，这个深吻还要当着摄影师以及现场拍摄的工作人员的面，她可从来没有过这样的经验，就算是前段时间和李陌的婚纱照全程拍摄下来，最多也只是李陌在她的脸颊上轻轻一吻而已。

“现在拍摄正式开始。”摄影师压低身子，端着摄影机，时刻准备捕捉总裁和白月菲之间擦出的耀眼的爱情火花。

结果，出师不利，摄影师万万没想到刚一开始拍摄，总裁和白月菲的表现就让他大失所望，二人都表情僵硬地望着对方！摄影师更是震惊总裁竟然会因为要在人前深吻而显得手足无措。

白月菲已经紧张到眼睛都不敢眨。

江桐很快意识到他的失态，立马压制住紧张，深呼吸一口气，眼底有一道捉摸不定的光，那道光迅速坚定，江桐慢慢俯身过去，对面的白月菲却僵坐在沙发里，没有一点配合的意味。

“抱歉，总裁，需要您等一下。”摄影师移开摄影机，看向白月菲，认真地询问：“月菲小姐，请问是不是这个主题我表述得不够清楚？”

“没有。”

“可总裁俯身过去的时候为何你没有任何反应呢？”

65

其实在意大利时，白月菲和李陌的婚纱照之所以拍摄顺利是因为她与李陌之间默契十足。而现在她频频不在状态，不是因为和江桐缺少了那份默契，而是因为现在她面对的是梦寐以求的人，那个做梦都想要长相厮守的人，而那个人却又总是阴晴不定，致使她局促难安，进而导致她状态不佳，白月菲当然没有把这实话说出来，她只是歉意地对摄影师一笑："不好意思，我刚走神了，再来一次，绝对不会了。"白月菲决心调整好状态，毕竟江桐是她喜欢的人，摄影师给了她深吻江桐的机会，她要珍惜机会才对，可以占江大 Boss 的便宜就尽情地占，过了这场摄影就没机会让她为所欲为了。

江桐狐疑地凝视着白月菲。

"好，我们再试一次。"摄影师端起相机。

江桐和白月菲相互缓缓俯身过去，离彼此越来越近，眼看四片唇瓣就快要结合在一起的时候，却又不约而同地顿在了空中。

摄影师急了："不要停，吻上去。"

白月菲和江桐看了彼此一眼，暧昧的气氛游荡在二人之间。

白月菲主动伸手过去握住江桐的手，似乎只有先这般靠近江桐的身体，她才敢再进一步去深吻他。

而白月菲的那一握就像是干柴遇上烈火，一触即燃，江桐手一颤，白月菲突如其来的主动勾起了他的欲望！

只见江桐猝不及防地俯身到白月菲眼前，而后就吻住了她，白月菲一愣，眼睛睁大，不由得抓紧了江桐的手。

他摩挲在她的柔唇之上，动作缓慢而轻柔，致使白月菲下一瞬间就目眩神迷，一时忘记了摄影师的要求。

摄影师提醒道："月菲小姐，麻烦您配合一下总裁。"

沉迷在其中的白月菲眼皮一抽，这才想起来是在拍摄，慌张又胆怯地配合着江桐的动作，略显笨拙地打开牙关，然后就感觉到一片酥软，顺势探了进来。

他的双手反握住她的手腕，而后顺着她的手臂以抚摸的方式爬到她的肩膀，再慢慢地，慢慢地，滑至她的背心。

在他缠绵的深吻中，白月菲的欲望一点点增强，双手缓缓搭到江桐的脖子上，小心翼翼地回吻着江桐，江桐的心咯噔一下，在她的唇瓣上停滞半秒，又继续游吮在她的口腔深处。

被江桐的灼热气息所影响，白月菲吻得越来越狂热，主动探索在那一片深海里。

江桐眼睛里的欲望越来越强烈，他一边激吻白月菲，一边把她的身体朝怀里挪了挪，恨不得和她合二为一。

咔嚓咔嚓！摄影师从各个角度拍个不停。

这一刻，周围好像没有了人，只剩下彼此，他们忘情地亲吻着对方，把心中满满的爱恋都倾泻在那一个深吻里。

“OK，完美，太完美了。”摄影师满意地放下摄像机。

陶醉于深吻之中的白月菲和江桐在听到摄影师的话语后，反应都慢了一拍，继续深吻了对方好几秒才收住动作，然后两人愣愣地看着对方，3 秒之后，各自迅速抽回身体。

白月菲的脸已经红成了苹果，那个深吻让她不知此刻应该以什么样的表情去面对江桐最为合适，于是避开江桐的视线，低头看着自己的脚尖，江大 Boss 会不会觉得刚刚的她太过主动了？江大 Boss 的吻怎么会让她有一种比糖还要甜的感觉……

江桐噌地站了起来，眼神飘忽地看了白月菲一眼之后，踱步到窗户边透气。这是白月菲回到他身边之后第一次这么深吻他，有那么一刹那，他想要告诉她过去的一切他都愿意试着放下，可他还未来得及张口，心底就冒出了五味杂陈的情绪，然后他火热的眼神瞬间冷却，他提醒自己，如果不是定好的主题拍摄，现在的白月菲绝对不会这么深吻他的，一定不会的，她爱的人是李陌，不是他，他只是她报复李陌的工具罢了。

不可否认，白月菲和江桐有默契，那默契是一再错误地去猜测对方的心意，以至于总是相互误会，相互伤害。

阳光闪动的窗前，江桐目光满足阴霾地转过身体，看了明显走神的白月菲一眼之后，径直走向了更衣室。

灼热的悸动散去，白月菲逐渐平复狂乱的情绪，眼含笑意地抬头，而后愣住，江桐不在沙发上！白月菲又扭头四处看了看，江桐竟然不在屋里！

“难道他去换衣服了？”白月菲喃喃自语，没意识到她已经在沙发上低着脑袋七想八想了 3 分钟左右，还以为就半分钟的时间呢！

这时，美女经理走到白月菲面前，告知她：“月菲小姐，总裁在车里等您。”江桐走之前有吩咐美女经理白月菲什么时候回神了，什么时候再告知她关于他的去向！

白月菲闻言赶紧换衣服。

当白月菲喘着粗气拉开车门时，端坐在驾驶座上的江桐不看她半眼，听见她关车门的声音后，方才发动车子。

白月菲晃眼看到前方的道路，依稀记得是来时的路，看样子江桐应该是要送她回去！她可不想一个人待在家里，特别是在与江桐深吻之后，她极度想要跟江桐腻在一起！于是白月菲侧身看着江桐，笑如春风地提议道：“我们去吃午饭吧！”顺便看看能不能找到一个合适的机会再跟他谈谈在父亲面前联手假装恩爱一事！毕竟父亲晚上就要到了，她得抓紧时间搞定这事，力争不要让父亲察觉到她与江桐的婚姻不过是她一厢情愿的爱恋罢了！

江桐略显仓皇地望了白月菲一眼，转而继续注视前方的路况，一脸笑眯眯的白月菲使得江桐没有办法对她太过冷淡，他不紧不慢道："你回家吃，我还有事情。"虽然是大婚，但是婚期定得太突然了，很多在日程上的文件还等着他处理呢。

"哦。"白月菲有些失望地收回视线，转身看窗外的风景，看了一会儿，又弱弱地开口："我可以去你公司吃吗？"

江桐扶在方向盘上的手紧了一下，不解白月菲为何会突然一反常态地如此黏他？不过江桐也没多问，只是语气淡淡："随便你。"

而江桐惯常的无所谓态度前几次还会让白月菲难过，此刻白月菲已经有了免疫力，丝毫影响不到她的情绪，她反倒暗自乐悠悠，因为自己的要求得到了应允。

66

白月菲跟随江桐从负一楼乘总裁专用电梯直达七十一楼。

走过秘书室，白月菲看见秘书韩雅正在埋头工作，于是跑到韩雅办公桌前轻敲桌面，韩雅抬起头时，白月菲微笑道："嗨，上次谢谢你。"如果不是秘书小姐从中帮忙，当时的她恐怕很难见到江桐。

韩雅恭敬地起身："您言重了。"然后眼角的余光发现总裁也在，正要弯腰行礼招呼，只见江桐眼光示意她不必！

江桐看了白月菲一眼之后径直走进办公室，没过 2 秒，又见他退身门前："韩雅，叫一份午餐到办公室。"

"好的，总裁。"

江桐收身回去。

一份？白月菲惊讶，难道江大 Boss 不吃午餐？那怎么行啊？人是铁饭是钢，一顿不吃饿得慌，白月菲赶紧对韩雅比出两根手指："要两份哈。"

韩雅微笑着点头，拿起电话叫餐。

白月菲移步进办公室。

坐在深色办公桌前的江桐正在处理文件，白月菲见他忙，怕打扰到他，便放轻了脚步，静悄悄地坐到一旁的沙发里。上次她来的时候由于一心只想求复合，没有心思去观看江桐的办公室陈设，现在利用等饭吃的闲暇时间四处望了望，才发现江桐的办公室格局设计非常特别，无不透露着家一样的温馨感，还有窗帘的颜色很好看，是清新的水蓝色，看到这里，白月菲的心里泛起了涟漪。记得有一次她乐呵呵地问江桐："我很好奇你的办公室是不是和你一样酷酷的？"

"要不寒假的时候你跟我一起回南澳去看看？"

"不行哦，一放假我就得返回西冲，有一个远方亲戚送特产到我们家，爸爸交代了，要我带亲戚好好在西冲玩玩。"

"这样吧，我给你拍一段视频，让你看看？"

"好啊好啊！"

后来某个晚上，江桐特意给白月菲发了一段有关他的办公室的视频。

白月菲看完之后，打电话过去点评："你的办公室看上去好沉闷！"

"我怎么没感觉？"

"当局者迷，旁观者清嘛！"

“或许，那你喜欢怎样的?”

“我啊！想要轻松一点的，首先窗帘要水蓝色，其次，格局的设计要有宽阔、通透、舒心之感，最好能似家一般的温暖……”

原来那些说过的话他都还记得！不仅记得，他还真的把办公室改造成了她理想的样子，看着眼前的一切和当时的想象那么吻合，白月菲感动得眼眶泛红。

这时，传来敲门声。

“进来。”江桐头也不抬。

韩雅端着两份午餐走到茶几前。

白月菲收起情绪，起身帮忙摆放餐食。

韩雅礼貌地拒绝白月菲搭手：“月菲小姐，这是我分内之事，我一个人做便可。”

“我反正闲着!”白月菲执意帮忙。

“谢谢。”韩雅只好顺着白月菲。

摆放完毕餐食之后，韩雅退身出去。

白月菲侧头看江桐，他文件不离手，还在忙，想了一想，白月菲还是决定试着让江桐暂时放下工作!

走到江桐身旁，白月菲温言细语道：“一起吃饭好吗？我让秘书小姐多送了一份。”

江桐顿了一下，依旧盯着手中文件：“我不饿，你自己吃吧。”

白月菲见状，居然不由分说地收过江桐手中的文件，一脸笑意道：“你这样不行的，早晨你也没怎么吃，中午又饿着肚子，对胃不好的，会影响身体健康。”

“我自己的身体自己会看着办，不用你操心。”江桐起身欲拿回文件，拍完婚纱后的她反常得厉害啊，竟然会关心他？他稍微一想，便觉得她的关心不单纯，她无非是因为需要他配合恩爱一事而努力讨好他，只是她如此讨好于他而言很受用!

白月菲绕过江桐的手，拿着文件快跑到茶几边，对怔愣在座位前的江桐提条件：“你想要文件就先吃饭，吃完我一定给你。”

以前他忙着工作不吃饭的时候白月菲就是这样对待他，那种久违的感觉使得江桐的眼神愈加温和，他轻易妥协，提步走过去坐到沙发上。

计谋得逞，白月菲开心地一笑，把文件放在身侧，将午餐移到江桐面前，替他打开盖子，发现蒸蛋里面放了葱花，白月菲皱眉，赶紧拿过筷子夹出葱花。

“好了，这个可以吃了。”白月菲把蒸蛋推到江桐面前，她则继续检查其他配菜，全都没有葱花，她这才拿起筷子开吃。

江桐若有所思地吃着饭，温暖的眼光幽幽地变化着，不管他如何折磨白月菲，她依然对他这般上心，或许应该对她好一点!

午餐结束之后，江桐神情柔和地看着白月菲：“我送你回家吧。”

白月菲一听，立即装困打哈欠：“我可能拍婚纱照太累了，我想在沙发上睡一会，你忙你的，我不打扰你。”现在江大 Boss 看着心情不错，要不等他工作完后就立马提起在父亲面前配合她表现出恩爱一事？

江桐顿了一下，看着她：“你在这里待着也行，如果打扰到我工作，与你一起接叔叔还有在他面前配合你的事全部免谈！”

啊？！白月菲惊讶地看着江桐，再回想了一下他刚才所言，确定自己没有听错后，两眼放光地激动道：“你放心，我一定不会打扰到你工作。”难得啊！她还没再一次主动出击请求，江大 Boss 竟然就这么同意配合她了！真是意外！江大 Boss 还是那么阴晴不定！有求于他的她可得好生伺候，不能让他又改变想法！

“最好如此。”江桐盯着白月菲看了几秒，没再说话，伸手拿过她身旁的文件，起身坐到办公桌前继续处理。

白月菲偷偷观察着江桐的一举一动，只见他一会儿沉思，一会儿拿笔在文件右下方写着什么，白月菲看着看着就真的犯困了，不知什么时候睡着的，醒来的时候天色已经暗了。

霞光透过巨大的落地窗照进来。

暮色中，白月菲起身之际，发现她身上盖着一条毯子，白月菲因此欢喜，她笃定毯子肯定是江桐的杰作！她有一种强烈的感觉，江桐真的是关心她的！只不过他的关心并不明显，他到底为何如此，为何绝情冷漠中又隐隐夹带柔情？白月菲是完全不懂了，反正在江桐挑明与她结婚是商业手段之后，她也不敢再奢望江桐会喜欢她，不论如何，至少在名义上她将会是江桐明媒正娶的妻子，这一点多少缓解了白月菲对江桐痴爱而不得他真心爱恋的痛心和遗憾！

停止暗自思索，白月菲看向办公桌，江桐还坐在那里，先前桌上厚高的文件已经“夷为平地”！

所以他手里的文件应该是最后一份了吧？

果不其然，江桐批示完手里的文件以后，抬头看向白月菲，发现她已经醒来，他起身语调淡淡道：“好了！我们去机场吧。”

机场负一楼。

上车之后，白爸爸打量着前排的江桐，跟女儿通电话的时候女儿也并未告诉他有关江桐的家世，只是说江桐对她很好，所以白爸爸完全不知江桐的底细，只是第一眼见到接机的江桐就觉得眼熟。

白爸爸开口道：“江桐，叔叔怎么觉得见过你呢？”

江桐一边开车，一边呵呵笑着：“叔叔，你真的想不起我是谁了吗？”

白爸爸扬起眉头细细寻思。

一旁的白月菲意外江桐对待父亲的超热情态度，原本还以为江桐只会礼数周全地对待父亲而已，没想到江桐会如此亲和热情！

“叔叔真想不起来。”白爸爸想了半天也没想起来在哪里见过江桐。

“我曾经在你家里吃过饭。”

“啊！原来是菲菲的同学，”白爸爸醍醐灌顶，慈爱地笑道，“我想起来了，因为你是第一个被菲菲带回家的异性同学，所以我印象深刻……”

父亲无意间的透露让白月菲有些不好意思地低下了头，不知道江桐会不会就此想起与她的初吻就发生在父亲见到他的那一晚。反正她永远都记得，永远不会忘记那晚！人生中第一次慌乱又奇异的悸动！

江桐一边听着白爸爸侃侃而谈，一边看了一眼副驾驶座上的白月菲，暗自得意自己是第一个被白月菲带回家的男生。

67

回到家里之后，白爸爸和江桐又在客厅里热聊了一会，白月菲则抢了佣人的活，亲自替生命中最重要的这两个男人泡茶、切水果，而后才坐到江桐身旁，静听他和父亲闲聊。

当然，白爸爸未曾提及白月菲与李陌有关的事情，而江桐也不曾问起。

快23点时，江桐见时间不早了，便带白爸爸去一楼客房休息，白月菲也跟了过去。

安顿好白爸爸之后，江桐亲密地搂着白月菲的肩膀一道退出房间。

走到客厅以后，白月菲忽然顿步江桐面前，江桐随即停步，看得出来白月菲这是有话对他说，他静待她开口。

"江桐，"白月菲笑语道，"谢谢你在爸爸面前如此好态度。"眼光随即落到肩膀上的那只手，不知为何，那句"谢谢你愿意配合我在爸爸面前假装恩爱"终究说不出口！

"那是我作为女婿应当做的。"江桐就此放开白月菲的肩膀，转身朝楼梯走去，虽然他又如同往日般冷漠，可那冷漠之中却又融进一抹潜藏的温柔。

只是白月菲并未发现那抹温柔，她紧跟江桐回到卧室。

江桐冷言道："你先冲凉。"他希望白月菲早点休息，睡足觉，以最好的状态去迎接属于他们的婚礼。

白月菲洗头洗澡的速度比平时快很多，主要是她觉得不能让江桐等太久，毕竟今天他又是拍婚纱照，又是办公，又是去机场接爸爸，还陪爸爸聊了那么久，应该很累吧？她得让他早点洗漱，早点休息。

当白月菲穿着浴袍走出浴室时，江桐正背对着她坐在床边心神专注地翻看着相册。

白月菲走过去站在一旁道："我洗好了。"特意跟床保持了一定的安全距离，以免不小心擅闯了江桐的"禁区"。

江桐闻言赶紧把那本记录着白月菲与他青春时光的相册放进床头柜里。

由于角度问题，白月菲看不清楚江桐翻看的是什么，还以为是公司文件。

江桐起身去往浴室，晃眼看见白月菲的头发湿答答的。

"怎么不把头发吹干？"江桐挑眉停步。

"我怕你等久了，"白月菲抓抓头发，扬起手中的吹风筒，"我在外面吹头发，这样就不会耽误你冲凉了。"

江桐默然地拿过白月菲手中的吹风筒。

难道是要帮我吹头发？这是白月菲的第一反应，然后静观江桐的举动，只见江桐把吹风筒插头插到床头旁边的贴墙插板里。

“站着干什么？”江桐指了指床，“还不坐过来？”

惊讶的白月菲愣愣地坐过去，江桐的贴心举动并没有让她在第一时间欢喜，反而在心里嘀咕江大 Boss 又异常了？

呼呼呼呼，吹风机的声音划过空中，如同白月菲所料，江桐真的破天荒地帮她吹头发了！白月菲激动得不行，又怕异常的江桐因她的举动而停止温柔关怀，于是尽量将激动的情绪压制住，不表露在外，她也顾不得江桐因为帮她吹头发会耽误他休息的时间，她欢喜地享受着江桐难得一见的温情举动。

只是江桐吹头发的动作很是笨拙，这是他第一次替别人吹头发，何况对象是他深深在乎的白月菲，难免有些慌张，即使在他很小心的情况下，吹风筒偶尔还是会离白月菲太近，或者他会不小心扯断白月菲的头发。

而白月菲在江桐糟糕的吹头发技术中并无任何怨言，直到头发吹干，白月菲仍是一副幸福欣喜的模样。

“谢谢你帮我吹头发，我很开心。”白月菲站起身体，双眸亮闪闪地看着江桐。

江桐意外白月菲会因为他这么一个微小的举动如此欢喜，他眸光变换无数，最终以星辰般的眼神看着白月菲，这一刻，他很想去抚一抚她鬓边的发，最终还是忍住，只是表情淡淡道：“下次不要再这样了，我可不想一直帮你吹头发。”心里却有一个截然相反的声音：我很想帮你吹一辈子的头发。

“哦。”白月菲略显讪讪地一笑。

江桐收起吹风筒，转身进了浴室。

白月菲爬进沙发里，不管怎样，她将成为江桐的妻子，他此生的伴侣，虽然现在她不是他唯一的女人，但她突然就有了信心收复失地，做他此生的唯一。因为现在细细想来，才发觉从她回到江桐身边以后，江桐并未带过任何女人回家，她也不曾亲眼见过江桐和哪个女人亲热，单从这一点上看，江桐至少还是在乎她的感受的……

只是白月菲忘记了有时候天并不如人愿，当你信心满满地计划好了，却赶不上无常的变化。

白月菲一直没有睡，特意等到江桐从浴室出来，跟他道了一声晚安，而江桐竟然也回复了她晚安，白月菲的心里因此乐开了花，她强烈感觉到江桐已经开始慢慢接纳她了。这几天相处下来，江桐改变了不少，起初对她不是凶巴巴就是淡漠疏离，而从今天下午开始，情况明显开始有所不同，他渐渐变得有些温和，似乎在慢慢回到大学时期的样子！所以按照江桐今天下午到此刻的状态来看，原本已经不抱任何希望的白月菲又开始相信假以时日，江桐和她一定能破镜重圆的，白月菲带着这样美好的意念进入梦乡。

这个晚上，江桐同样也睡得安稳。

千万人海中，有两颗相互牵绊的心在改变，他们都在试图靠近对方。

黑夜退去，天光见亮。

耀眼的阳光从空中洒落。

万众瞩目的大婚即将开始，无法进入婚礼现场的民众们纷纷通过媒体直播一饱眼福。

婚礼地点设在江桐靠海的私人别墅里，这套别墅有些年头了，经历了岁月的风霜，就像他和白月菲一样，兜兜转转，她终于要成为他的新娘。

整个婚礼现场极尽奢华。

单是雇佣的安保人员就已达500位，婚礼殿堂采用了9999支玫瑰和众多香薰蜡烛装饰，整个婚礼现场打造得很是梦幻，既气派又美好。

婚宴更采用了鱼子酱、白松露这些珍贵的食材，婚宴之后还有顶级明星驻场表演。

不仅如此，婚礼还为每位来宾准备了价值不菲的礼物，而参加婚礼的来宾们则需要拿着邀请函"重重闯关"之后才能进入现场。

来自世界各地的200多家媒体早早地把守在了婚礼现场，众媒体还是不敢相信得到了一向低调的江氏集团总裁的邀约，大家都很清楚江桐的行事作风，他从来不肯在媒体上露面，而这次竟然主动邀约他们，告知他们可以全程跟拍报道婚礼，高调的做法让人咋舌，似乎是有意跟Sunshine集团的继承人李陌唱对台戏，一个当众拒娶，一个高调迎娶，简直狗血到让人叹为观止！

68

中午 12 点整，司仪宣布新郎入场。

美好的婚礼进行曲飘扬在空中。

江桐身穿一套纯手工制作的黑色西装，搭配一件剪裁精湛的白色衬衣，低调又不失精致的黑色皮鞋，完美烘托出江桐的贵族气质。

亲眼见到江桐出场的这一刻，媒体才完全相信了眼前荒谬的一切，被 Sunshine 集团继承人李陌抛弃的女人终于要嫁入豪门，不知是被命运眷顾还是手段高明，竟然可以咸鱼翻身，从一个笑话反转成为一段美好的童话。

司仪宣布："新娘入场。"

白月菲一手握着一束星辰花，一手挽着白爸爸的胳膊入场。可惜白月菲不知星辰花的花语——永不变心，也就不知江桐选用星辰花作为捧花的含义了！他是在告诉她，他对她永不变心！不管前事如何，不管后事多变，至此一生，她将永是他的最爱！

透过眼前的头纱，白月菲远远看见等在主婚台下面的江桐，这个她爱恋多年的男人即将成为她的丈夫，一想到这里，白月菲就激动到手心都冒出了热汗，心跳更是不受控地加快，整个人越来越紧张。

终于，一段鲜花点缀的路程之后，白月菲走到了江桐的面前。

白爸爸眼含热泪地把女儿的手交到江桐手里，之后退身去到家属席。

白月菲紧张又期待地望着江桐。

此刻的江桐不同于往日的冷冰冰，似胜过春天阳光的柔和，一双眼睛更是热烈而温暖，江桐对着白月菲粲然一笑，而后牵她走上主婚台。

无数双眼睛的注目下，白月菲与江桐对站着，这一刻的白月菲沦陷在江桐温暖明媚的笑容里，眼前这一切于白月菲而言太过美好，美好得有些不真实，像是一场无与伦比的梦境，以至于白月菲不敢轻举妄动，害怕一动就打破了眼前美好的一切。

庄严的主婚人看着江桐问道："在这神圣的婚礼仪式上，江桐先生，你是否愿意娶身边的这位白月菲小姐为妻子，从今以后，无论贫富、疾病、分离、生死，你都一心一意、一生一世、忠贞不渝地爱护她，和她在今后的人生旅程中携手到老吗？"

江桐深情地望着白月菲，语气是绝对的肯定："我愿意。"

庄严的主婚人看向白月菲："在这神圣的婚礼仪式上，白月菲小姐，你是否愿意嫁身边的这位江桐先生为丈夫，从今以后，无论贫富、疾病、分离、生死，你都一心一意、一生一世、忠贞不渝地爱护他，和他在今后的人生旅程携手到老吗？”

白月菲还是因为激动而最终在主婚人的问话里慌了神，她真的可以成为江桐的妻子吗？白月菲望着江桐，她明明想要立即说出“我愿意”这三个字，双唇却像是被禁锢了一般，发不出任何声响。

江桐明亮的眸子里闪过慌乱和错愕，难道她不想嫁给他了吗？

殿堂下受邀参加婚礼的人们一片窃窃私语。

媒体也感觉到了不对劲，不过他们压根就不担心白月菲的回答，不管是结婚也好，现场拒婚也罢，反正他们的报道都将因为这场大婚而迎来史无前例的收视狂潮。

白爸爸难得紧张，这次女儿嫁的是意中人，不会再发生什么变故了吧？

在众人关注的目光中，江桐温柔一笑地去牵住白月菲的一只手腕，牵得似松还紧，他要牢牢掌控着她，不管她的回答是什么，他绝对不会放手！

从他掌心传递过来的温度让白月菲意识到这不是梦境，她深吸一口气，快速稳定好激动到有些失控的情绪，抿了抿唇，终于声调欢快地答道：“我愿意。”

全体来宾们祝福的掌声响起。

江桐绷紧的胸口一松，放心地松开白月菲的手，眼带笑意地挽起那洁白的头纱。

彼此原本朦胧的脸一下子清晰地展现在对方眼前。

白月菲冲江桐甜美地笑着，江桐回以白月菲一个温暖的笑容，似乎那些一直存在于他们之间的隔阂在这一刻消失得无影无踪了。

“请两位新人交换戒指。”主婚人乐言道。

随即花童端上戒指。

江桐拿过一枚闪亮的钻戒，动作轻缓地套进白月菲左手的无名指。

白月菲的手指轻颤，这一刻，她真的成了江桐的妻子，这是她年少时期就做过的美梦，而这个美梦得以实现是因为利益，可即使是这样，她还是激动得热泪盈眶。她笑中带泪地拿过另一枚戒指为江桐戴上。白月菲并不知江桐口中所谓的“利益”对于江氏集团在欧洲的发展并没有任何帮助，反而还连累了江氏集团的股价下跌，那个“利益”只不过是他把她留在身边的借口而已。

主婚人见礼节已成，郑重道：“我宣布从现在开始，你们已是合法的夫妻，一生一世的伴侣，现在你们可以尽情拥吻了！”

来宾们的祝福掌声不断。

江桐和白月菲对望了几秒，几乎是同时的，两人朝对方靠过去，他搂着她的纤纤细腰，她双手缠绕在他的脖子上。

他们在来宾们关注的目光中热烈地拥吻起来。

那个吻很甜蜜很甜蜜，一直甜到白月菲的心坎上。

那个甜蜜的吻似最后一击，击散了江桐心中的恨意，那些恨意虽然不会就此烟消云散，但是他会努力让恨意过去，因为从今天开始，他会尝试着忘记她曾经对他残忍的伤害，尝试放过她，也尝试放过他自己，尝试去好好珍惜眼前的她。

虽然误会重重，但因为深爱，江桐和白月菲都愿意为了彼此而做出牺牲，愿意委曲求全地去迎接新的生活。

婚礼仪式结束后，来宾们纷纷退出礼堂。

白爸爸不想打扰甜甜蜜蜜的女儿女婿，便跟着人流步出礼堂。

记者们是最后从礼堂里撤出来的，虽然江桐应允他们可以直播，但明确表示不接受任何采访，记者们当然不甘心，毕竟机会难得，想趁此机会从当事人口中挖出一点内容，但采访区的安保人员太多，形成了一道坚固的防线，他们根本无法冲破，最后，只能在安保人员的安排下，撤到婚宴的媒体区。

主婚台侧面的小屋里，江桐双手扶着白月菲的肩膀，不发一言地压低身子，静静地凝视着白月菲。

白月菲眼睛一眨："你在看什么？"

"今天你很美。"

"你更帅。"

"我知道，是人都看得出来。"

白月菲一怔，仿佛回到了热恋时期，那时候，冷漠的江桐渐渐变得开朗，有时候话语更是多到不行，偶尔也会像现在这般在嘴上压制她，想到这里，白月菲不禁笑了出来，笑到眼里生出点点晶莹的泪花。

江桐立马察觉到白月菲的不对劲，伸手到白月菲的脸颊上，用大拇指轻抚她的眼角："你怎么了？"

白月菲收住情绪，她可不想在江桐面前哭，毕竟今天是他们大喜的日子，她要在江桐面前快快乐乐的，她笑："没什么啦！"

江桐不是很相信："真的？"

"真的没什么啦！"白月菲见江桐不太相信，故意翻一个白眼给他，以此活跃气氛，她语调轻快道，"帅哥，我去换下婚纱。"

江桐信了白月菲的话语，他放下搁浅在她眼尾的那只手："在我眼里，即使你翻白眼也是好看的。"他牵着白月菲朝更衣间走去。

白月菲被江桐那句肉麻兮兮的话语搞得一愣，步子迈得飘飘然，但大脑却无比清晰，是的，她记忆中的那个江桐终于回来了！他似龙卷风般飞速转变地回来了！她的深情终没被他无视！这让她庆幸！

同行没几步，兴奋欢喜中的白月菲似乎想到了什么，忽然停步，江桐见状，也停了下来，白月菲笑道："你不用陪我过去了！宾客这么多，需要你这个主人招呼！"

69

“他们随意，不需要我招呼。”

白月菲有些无语，虽然心知江桐不擅也不喜欢交际，可毕竟来宾们是来祝福他们二人的，如果冷落了，始终是不太好的。

于是白月菲撒娇地摇江桐的胳膊：“你真的不管来宾们了吗？”

江桐耸耸肩：“不管。”

白月菲停下摇晃的动作：“客人是你请的吧？”

江桐点头。

白月菲继续道：“那你请了别人过来，怎么可以放任客人不管呢？”

“怎么不可以？”江桐觉得太理所当然了。

白月菲不禁一笑。

江桐挑眉问：“你笑什么？”

白月菲收住笑容，认真道：“我在想一个不懂得处世的人怎么可能立足于商界，而且还把公司运作得那么好？”

江桐轻捏白月菲的鼻子：“你笨啊！没实力的商人才需要处世。”

白月菲没听明白江桐的话语：“什么意思？”

“像我这种聪明绝顶的人是不需要处世的，我向来靠实力说话。”

聪明绝顶？实力说话？白月菲努力不笑出来，某人今天很自恋啊！白月菲信服道：“好吧，你是聪明绝顶，是靠实力说话的商人。”不再把自己的想法强加于江桐，只是说：“那你可不可照顾一下爸爸？毕竟他不认识现场任何一个人！”

江桐想了一下，点头，然后一把拉过白月菲，在她额头上轻轻一吻，而后看着她一笑，因为太久太久没有这般温情地对待她了，他反倒有些小紧张，心跳也随之加快，以至于脸都红了。

白月菲笨头笨脑地问：“你的脸怎么突然红了？”江桐可从来没有过这样的情况，她有些担心他是不是因为身体不适而出现这样症状，完全没想到江桐这是因为一个吻而引发的。

江桐的笑容瞬时僵住，局促地立马转身去往宴会场地。

路上，江桐惊讶他居然会因为一个吻而脸红，简直太丢人了！不过为什么丢人的感觉也这么爽呢？爽到他神清气爽，看什么都觉得美好，甚至一路上不禁哼起了歌曲。

柔和的光芒里。

白月菲望着江桐走远的背影，脚步这么矫健，看样子他身体是没什么问题，应该是她多虑了！白月菲放下心来，摸了摸被江桐吻过的额头，那个吻比蜜糖还甜！

江桐和白月菲都没有意识到他们之间僵化的关系不回暖则已，一旦进入回暖状态，暖意上升速度简直堪比光速。

更衣间里，白月菲拉下婚纱侧面的拉链，正要换下婚纱之际却不小心碰落先前穿婚纱时临时放在一旁的随身包包，里面的东西掉落一地，白月菲蹲下身子去捡，捡到一半，摔到角落的手机突然响起来，伸手拿过手机一看，是李陌母亲的电话号码，白月菲一怔，神情不由得变得凝重，过了好几秒，才不安地按了接听键。

“月菲，”李母叹息一声，继续道，“阿姨祝你新婚快乐。”

白月菲一愣，有些慌张：“谢谢阿姨。”

李母犹豫片刻，最终还是说了出来：“月菲啊，阿姨知道不应该在你新婚之日讲这些，但阿姨真的别无他法了！”

“阿姨，您言重了，有什么您不妨直说。”

“你知道吗？李陌当众拒婚之后……”

一片哗然的婚礼现场，李父稳定住愤怒的情绪，一边派人到处找李陌，一边想办法收拾李陌弄出来的烂摊子。

李父派出去的人立即封锁了婚礼现场的大门和后门，以防止李陌逃出去，而后开始地毯式搜索，找了许久，也没能发现李陌的踪迹，他们压根不知李陌和白月菲已经先行一步通过后门逃了出去。

李父得知李陌已不在婚礼现场以后，吩咐继续寻找李陌踪迹，他则忙着应对现场媒体。

等到李父暂时处理好婚礼现场之后，这才想起被儿子弃婚的白月菲，赶紧派人叫白月菲过来，决定跟白月菲谈谈如何补偿她，毕竟儿子这么做很对不住她，只要白月菲开口，他定会满足她所有的条件。

结果李父却得到消息：白月菲消失不见了，而且她父亲也离开了婚礼现场。

李父立马打白月菲的电话，她的手机和李陌一样处于关机状态，李父转而拨打白月菲父亲的电话，电话是接通了，可对方说根本不知道女儿的下落，还说事已至此，他留下来也没意义了，他明天就要离开意大利。

李父对白爸爸过意不去，连连道歉。

白爸爸说没事，年轻人的事情他不管，他们这么做自然有他们的原因。

李父敬佩白爸爸这么看得开，想要挽留白爸爸多住几天，但白爸爸表明去意已决，李父也不再多做挽留，只是说会给白月菲合理的赔偿。

李父压根没想到两人是串通一气的，他还以为白月菲独自离开是气恼被李陌拒婚，不想再见到他们李家的人，这也实属正常之举，毕竟儿子悔婚的行为真的令人发指，一想到这里，李父顿时怒火攻上心头，胸闷气短，头晕眼花，一时站不住，跌坐进沙发里，过了没几秒就晕厥过去，最后不幸地住进了医院。

李母知道心病还需心药医，丈夫是被儿子气倒的，如果儿子给丈夫一个信服的理由和道歉，那么他的病自然很快就会好起来，于是李母为了李父早日康复，一直没有放弃联系儿子李陌。当天晚上她打了很多次李陌的手机，却一直处于关机状态，她只好给李陌发去李父住院的照片，附上信息：孩子，希望你尽快到医院看望父亲。

信息发出去大半天之后，李陌的电话回了过来："妈，我在国内，你和爸不要派人找我，过些时候我自然会回去跟你们认错。"然后就挂了电话，李陌根本不相信母亲发过来的照片和所讲的话语，认定父亲母亲这是联手施计骗他回去，毕竟父亲驰骋商场多年，什么样的大风大浪没见过？父亲的心理素质那是异常强硬的，虽然他拒婚一事的确很严重，但也不至于把铜墙铁壁刀枪不入的父亲击垮吧？

李陌平静的反应让李母急了，她慌乱地再打过去，李陌一直不接，无奈，李母只好挂了电话。她清楚儿子的性子，李陌一旦做了决定，就不会轻易更改，比如现在他铁了心不接她的电话，即使她一直打过去，他也不会接的。

李母不再寄希望于李陌身上，只是每日在沉痛的情绪里祈祷李父早点好起来，皇天不负有心人，终于在她悉心的照料和开导下，李父的身体渐渐康复，今天获得医生应允，可以出院了，李母高兴坏了，扶着李父走出病房。

当二人路过走廊的时候，一个从房间里探病出来的中国女留学生因为一边走路一边戴着耳机观看手机直播而没注意，不小心撞到了迎面而来的他们。这一撞，女孩的手机以屏幕朝上的姿势掉落到地上，而她观看的直播画面还正常播放着，至于耳机因为耳机线夹在女孩的衣服上只是与手机抽离，并没有随之一起掉落在地，它还稳稳挂在女孩的衣服上。

女孩顾不得去捡手机，赶紧鞠躬道歉："对不起，对不起，都是我不好，你们有没有伤到哪里？"

李父在女孩道歉的话语里依稀听见白月菲和江桐的名字，似乎是从地上的手机里传出来的。

李母还没注意到手机上照常播放的直播画面，宽容地对女孩摆摆手："没事。"

女孩一听再次抱歉地一鞠躬，之后才弯腰去捡手机。

"孩子，你手机借我看一下。"李父开口道。

女孩没想到老人家会提出这样的要求，先是一愣，然后递上手机。

李母困惑地望着丈夫，觉得丈夫的举动异常。

李父目不转睛地盯着手机上的画面。

李母隐隐约约听见了手机里传出来的声音，狐疑地凑近一看，顿时吓了一大跳，没想到白月菲这么快就出嫁了，而且嫁的对象竟是李陌从小到大的好朋友……

其实从江桐发布婚讯开始，意大利的主流媒体便有大篇幅报道江桐和白月菲的婚事,只是李母担心外界对李陌拒婚一事的评判会影响到丈夫的康复,从李父住院的那一刻开始,她便安慰李父暂时不要操心因为儿子拒婚而带来的种种,她更是断绝了外界的所有联系,和李父一样两耳不闻窗外事,以至于他们此时此刻才得知白月菲大婚的消息。

李父愤怒地盯着江桐和白月菲的婚礼直播,虽然是李家有愧于白月菲在先,但是她也不至于在如此短的时间之内高调大婚吧?这样的举动无疑把本就处于风口浪尖上的李家置于万分难堪的境地。

70

李父精神上遭受到巨大的冲击，胸口的怒火四处乱窜，脑袋好像炸裂了一般，蚀骨的疼痛席卷全身，李父表情痛苦地单手捂住胸口，额头上冒出大颗大颗的汗珠，一阵天旋地转之后，原本被他紧紧攥住的手机带着沉重的声响掉落到地上，李父再次晕厥过去，李母动作敏捷地及时扶住了他。

面对眼前突发的糟糕情况，李母反应比较沉着，对着愣在原地的留学生喊道："赶快叫护士来。"

留学生听到李母的指示之后撒腿就跑，一边跑一边喊："护士！护士！"

李母用力扶住李父的身体，冷静地观察着李父的情况，只见李父面色惨白，嘴唇更是发紫，情况明显比上次严重，李母的一颗心抽紧再抽紧，颤抖地用手试了一下李父的呼吸，虽然微弱，但至少还有，只要有呼吸，一切都还有希望……

很快，几个护士推着一辆担架飞驰而来，争分夺秒地把李父送进了抢救室。

医生检查完李父的身体之后，对一旁的李母道："李先生因为怒火而导致血压升高，引发了脑内出血，时间紧迫，必须立即手术……"

李母没有任何考虑的时间，不得不立马在手术单上签字。当李母用力写完名字的最后一画时，顿感双腿发软，随即就站不稳了，整个人摇摇晃晃，幸得一旁的医护人员敏捷，把她搀扶到一旁的凳子上。

尽管李母一再对医护人员说自己没事，但医护人员为了谨慎起见，还是觉得李母有检查的必要，李母若是没事最好，如果有事也能及时得到治疗。

李母明了医护人员们的好心，也不再拒绝她们的提议，随她们去了。

一翻简单的诊断之后，医护人员确定李母并没有什么大碍，不过是因为紧张才导致血脉不畅，从而引发了晕眩症状而已，现在只需要休息一会，便可以缓解过来，只是此刻，李母哪里还有心思去顾忌自己的身体？她生怕手术室里的李父有个三长两短，想到这里，李母不禁一个寒战，提心吊胆地靠在椅背上，越想越不安，颤抖地掏出手机给儿子李陌打电话，连续打了两次，李陌还是不接，不得已发信息告之：父亲病重，望及时赶回意大利！李母收起手机，放回包里之后又再次拿了出来，盯着刚才发出的信息看，突然意识到这样做是徒劳，毕竟上次已经这么做过一次，也不见儿子回到意大利。

苦恼半天之后，李母突然想起白月菲，苦恼的眼神忽地明亮，此刻她意外发现白月菲和儿子之间的端倪，甚是诡异：儿子和白月菲都在国内！李母循着这个信息继续抽丝剥茧。

李陌毕竟是从李母身上掉下来的肉，李母对自己的儿子太了解不过了！儿子看白月菲时候的眼神，为白月菲做的一切事情，无一不在表明他对白月菲的深情！李母虽然不知儿子为何突然拒婚白月菲，但她可以从儿子日常生活的细节里确定儿子一定是深爱着白月菲的……所以两个人都在国内应该不只是巧合……

会不会两人之间是保持着联络的？

如果有联系，正好可以帮她转告李父的情况，儿子一直不相信她说的话，那么白月菲的话语他总该信了吧？

所以李母给白月菲打了这么一通电话，可谁知一张口，李母却又改变想法，突然想要白月菲知晓她和李陌离开之后李父的情况，似乎只有这样不停地说话，那种因为李父在手术中而恐惧高悬的情绪才会稍稍平静一些。

听完李母的讲述之后，白月菲的心揪紧，深吸一口气，手指不由得握紧手机："阿姨，对不起。"这一切都是她造成的，如果当初她不那么自私地离开李陌，李父现在也不至于被推进手术室。

"孩子，你别这么说，是我们李家有负于你，你并没有错。"李母顿了一下，说明打电话的初衷，解释完之后，又始终觉得不妥，于是补充道："孩子，阿姨不是故意要跟你说这么多的，希望你不要误会，阿姨也没有责怪你的意思，更不是要给你增加压力。"

"阿姨，我知道，放心，我不会多想。"白月菲当然理解李母为什么跟她讲这些，思忖片刻，她坦承道："阿姨，李陌是有联系过我。"即使到了这种紧要关头，白月菲还是不敢轻易暴露李陌的行踪，只好欺骗李母："但他没有告诉我具体在哪个城市。"

李母信了白月菲的话语："解铃还须系铃人，你帮阿姨联系联系他，告诉他他父亲的情况，他不信阿姨，总会信你吧？"

"好。"白月菲觉得她有义务对病倒的李父负责，她问："阿姨，叔叔手术的结果你可以用短信通知我一下吗？"

"好。"

……

挂完电话之后，白月菲调出李陌的号码，手指却旋在拨打键上，打还是不打呢？思来想去，白月菲呼出一口气，还是收起了手机，她已经做出决定，暂时不会通知李陌关于李父正在手术的事情，主要是她怕李陌因此煎熬和担心，毕竟等待手术结果的过程是最折磨人心的，她不要那么善良、那么开朗的李陌受到炼狱一般的折磨，最终，白月菲决定等到手术结束后再联系李陌！决定已做，白月菲闭上眼睛，想要以此平静心绪，半分钟之后，突然想起江桐还在等她，猛地睁开眼睛，飞速地更换好衣服，对着镜子挤出一个笑容。

喜庆热闹的婚宴区。

江桐端着红酒杯正和白爸爸聊得欢畅，白月菲从远处笑盈盈地走过来，江桐迎上去自然而然地牵住白月菲的手与她一道走向白爸爸，这一牵手，发现白月菲手里握着什么东西，摊开白月菲的掌心一看："我还以为是什么东西呢，原来是手机。"

白月菲莫名地有些心虚："……呃……带着手机真不方便，我还是去更衣间放回包包里好了。"

江桐不让白月菲返回："这种事情交给侍者办就好了。"他招手就近的侍者。

侍者过来时，二人已经停步白爸爸面前。

白月菲不动声色地想了一想，还是把手机交给了侍者，然后笑着看向手握红酒杯的爸爸，又看了看江桐，问："你们都喝酒了？"

两人不约而同地点头。

白月菲因为李父的手术而心里难受，突然想要借酒舒缓一下那折磨人的沉重情绪："我也要喝。"

江桐皱眉，还记得大一时，白月菲在酒店里喝红酒喝得酩酊大醉，他已领教过白月菲的酒量，于是毫不留情地拒绝道："不行。"

白爸爸旁观恩爱的女儿女婿，时不时抬起手腕，喝一口杯中的红酒。

白月菲讨价还价："就一杯好不好？"

江桐坚定地摇头。

白月菲可怜巴巴地嘟囔："你和爸爸都有喝，就我没喝，不公平，今天可是我们大婚之日啊！你怎么可以这样对我？"

白月菲撒娇的埋怨口吻终究还是影响了江桐的决定，他松口道："好吧，就一杯喔！"

71

婚宴之后，精彩纷呈的Party开始，来宾们乐在其中。

一整个下午，江桐真的就只让白月菲喝了一杯红酒，而一心欲借酒去舒缓凝重内心的白月菲哪里甘心只喝一杯？她缠着江桐央求再来一杯，江桐态度坚决地驳回白月菲的要求，不给她任何回旋和商量的余地，白月菲担心如若再继续纠缠不休一定会惹江桐不悦，不得不放弃喝酒的念头。

“跟你开玩笑的，我现在不想喝红酒呢，”白月菲满脸堆笑地望着江桐，傲气地说着反话，“你叫我喝我都不喝。”

“真的？”江桐诧异地望着白月菲，思想觉悟够快的啊！

“真的。”白月菲用力点头，努力压制着心神不宁的情绪，尽管她一再告诫自己暂时不要去想婚礼之外的事情，可是注意力却总是会时不时跳转到李父的手术上，也不知道手术进行得怎么样了？

远在国外的那台手术牵动着白月菲的心，表面上她的掩饰几乎不露痕迹，可心里却是惶恐不安，那种感觉太折磨人，她试图用酒精缓解，所以才会失言再要一杯酒，可惜江桐剥夺了她喝酒的机会，无奈她又找不到第二个方法缓解，不得不继续默默承受那折磨人的痛苦。

江桐因为终于娶得白月菲进门而喜悦致极，一时没察觉到白月菲波动的情绪。

火热的Party继续着。

来宾们玩得很Happy。

满满的幸福感致使江桐兴奋难控，一不留神，喝了不少酒，白月菲并没有阻拦江桐，毕竟是他们大婚，这样喜庆的日子是应该尽兴的，如果不是江桐拦着，她估计自己也会喝得烂醉如泥，古人云一醉解千愁，她也想借酒去消除心里沉重的不安，可江桐全程一直严加看管，即使是偷偷喝酒的机会也没有留给她。

而白爸爸呢，不同于白月菲想喝酒却又喝不到的愁闷心情，他痛痛快快地喝着，只因女儿终于嫁得如意郎君！

夜幕时分，Party结束，明星表演开始。

闪烁的三维立体光影中，各路明星们用精彩的表演使现场掀起一波又一波的高潮。

主看台上。

白月菲和白爸爸隔着江桐并排而坐。

白月菲目光涣散地盯着舞台上的表演，李父的手术应该结束了吧？结果会是怎样？白月菲很是担忧，一时忘了掩饰不安的情绪。

江桐因为酒精的作用目光稍稍迷离，他侧头看向白月菲，她耷拉着脑袋，看上去无精打采，很是疲累，他又看了一眼白爸爸，白爸爸的脑袋轻晃于空中，似乎是醉了！于是江桐决定提前带白月菲和岳父撤离现场。

江桐招手唤来侍者，吩咐其把白月菲的包包送到车上。

江桐喝了酒，自然不能驾车回去，只得派司机代驾。

副驾驶座上，酒酣的白爸爸因为舒服的坐姿而快速进入睡梦状态。

后排的江桐头脑微晕，车子刚开没几分钟，他便将头靠在白月菲的肩膀上，这个举动扰乱了白月菲的盘算，那时她刚好搜寻到自己的包包被放在前排开放式的置物敞盒里，欲起身去拿手机的时候江桐的头忽然落到她的肩膀上，她担心若是抽身去拿手机会惊扰到江桐，便停下了动作，靠回椅背，侧脸看向江桐，忽明忽暗的光影交错中，他眯着眼睛，脸上带着温柔绚烂的笑意。

是做什么美梦了吗？所以睡梦中都这么开心！

白月菲也笑了起来，双眸里流转着无尽爱意与期盼，她抬手轻抚江桐的发丝。

江桐，我多希望，我爱的你就这么一直开心下去！

车子在星星满天的夜空之下穿行。

一个多小时之后，车子停在家门口。

微醺的江桐醒过来，目光迷蒙地离开白月菲的肩膀，而后伸出一只手轻抚白月菲的脸蛋，看见白月菲巧笑倩兮地望着他，他对她宠溺地一笑，方才侧身下车。

白月菲的手下意识地贴到被江桐摸过的脸颊上，不禁闭眼回味着江桐手掌的温度，却忽地想起李父，立马睁眼，抽身去包里拿手机，刚解锁手机屏幕，正要看李母回复的时候，江桐刚好打开副驾驶座的门，他原本是想扶白爸爸下车，晃眼看见白月菲还在里面，便问道："怎么还不下车？"

白月菲惊慌地一颤，手机差点掉落，幸亏手快，及时接住了手机，这一刻白月菲觉得她是不是反应过头了？明明没有干对不起江桐的事情，怎么会心虚得如此厉害呢？白月菲来不及去深究其中原因，见江桐的目光还在她身上，便立即收起手机，打开车门。

看见白月菲下车之后，江桐才将视线从她身上收回，这才把白爸爸扶下车。

一旁的白月菲见状正要搭手，江桐很男人地说不用，他来就好。

一楼客房。

白月菲给白爸爸盖好被子，而后和江桐一起退出房间，回到属于他们的卧室里。

焕然一新的卧室让白月菲眼前一亮，其采用了中国红的装饰，喜庆却不俗，透着千古幽幽缠绵风情的浪漫。

这时，江桐脱下外套，正要将其亲自挂到立地衣架之际，却只见白月菲笑意盈盈地主动接过他的外套，江桐一愣，还不习惯白月菲这样的行为，却又十分享受其中，他嘴角漾笑地放了手，外套就此落到白月菲手里。

外套上还残留着江桐的体温，感觉到那股温热的体温之后白月菲才意识到自己刚刚做了什么，脸颊上因此爬上两朵娇艳的红晕。

我是不是太积极了？白月菲害羞地转身走到立地衣架前，挂起外套。

卧室里的气氛不同于往常，暧昧的气息弥漫一室。

江桐主动打破沉默，柔声道："今天你不用睡沙发了。"

白月菲一怔，怀疑是自己听错："你刚刚说什么？"她以为至少短时间内江桐不会与她同床的！虽然短短时间内，江桐对她的态度改变太多，但不至于这么快与她同床！即使今天是他们的新婚之夜！

江桐的表情有些局促："我可不想新婚之夜分床而睡。"

白月菲一惊，然后一张脸更红了，指着浴室结结巴巴："……呃……那个……我先去冲凉……"原来是她的想法太自以为是了！今天晚上，她将会与江桐……白月菲不敢再想下去，羞涩、激动、紧张、期盼涨满了心间！

江桐眼神温和地点了头。

白月菲呼吸急促地走进浴室，暧昧的感觉致使她暂时忘却了李父之事。

濛濛的水雾中，白月菲的嘴角不受控制地朝上扬着，今晚……呵呵……

冲洗完毕，关掉花洒，白月菲穿好睡衣，拿过吹风筒吹干头发，而后满心欢喜地走出浴室。

江桐正好端着咖啡从外面走进来。

白月菲看着他，娇羞道："我好了。"

"嗯。"江桐放下咖啡，走进浴室，冲洗身体。

手机的信息提示声响起，白月菲拿过手机一看，是李陌的信息。

"我有看你的婚礼，很盛大，你很美，新婚快乐。"

"谢谢。"白月菲客气地回复道，这才又想起李父的事情，赶紧切换页面，发现下午5点已经收到李母的信息：李父手术顺利，只是尚在昏迷状态。

白月菲赶紧回复李母："叔叔醒来的时候请第一时间告诉我。"

"你幸福就是我最大的快乐。"李陌发了这样一条信息给白月菲，他并不在乎失去白月菲的痛，即使他因为白月菲而伤痕累累，他在乎的是谁陪白月菲一起走下去，而那个人刚好是江桐，他们从小一起长到大，他知道江桐的品性，他很放心白月菲的余生有江桐陪伴。

白月菲回复完李母之后，没有第一时间点开李陌的新信息，她认真地想了想，拨了李陌的号码，电话响了两声便接通。

"……李陌……我……我……"白月菲支支吾吾。

"怎么了？"李陌感觉到白月菲有点不对劲。

白月菲终究还是说不出口，她担心那个消息对于李陌而言太残酷了！毕竟引发李父病重的根源是因为李陌当众拒婚，他是否能够承受这个消息，白月菲不得而知，于是改口道："李陌，明天我们见一面吧！"当面告诉李陌比较好吧，不管他会有怎样的反应和举动，那时毕竟她在他身旁，可以视情况而做出进一步的对策。

手上突然袭来巨大的力度，白月菲下意识地回头，看见一头湿发的江桐面色阴森地站在她身后。

江桐二话不说，一把抢夺过白月菲的电话，狠狠砸到沙发上，通话就此切断。

白月菲手足无措地看着江桐。

卧室的气氛骤变。

江桐不说话，薄唇抿得很紧，眼神沉痛入骨，久久地逼视着白月菲。

那种压抑的沉默让白月菲惊恐，江桐明明看起来很恼怒，可那恼怒却迟迟不肯爆发出来，这样的江桐反而更可怕，像是暴风雨来临之前的宁静，一旦暴风雨呼啸而来，必将地动山摇，摧毁所有的美好。

72

暖黄的光线里。

白月菲颤了一下，脸色骤然苍白，反应过来江桐如此逼视她肯定是听见她讲电话了！可是那通电话不是很寻常的通话吗？可是此刻江桐的眼神却是如此的冰冷，那眼神如刀一般无形地切割进白月菲的大脑里，神经仿佛被切断了！白月菲再也无法正常思考，更别说解释了！她只是愕然地望着江桐。

在江桐彻底爆发之前，白月菲的反应着实差劲，比如现在，她依旧神情呆滞地望着江桐。

江桐盯着白月菲看了许久，似要看出白月菲到底在想什么？他明明尝试着放下了所有，委曲求全地去接受她，爱她，可她为什么不懂得珍惜？还要在新婚之夜这个特殊的日子和李陌藕断丝连，如此践踏他的心意，是因为她从来爱的人只是李陌，只是李陌而已！所以她无所谓他的感受！想到这里，江桐逼人的眼光变得沉郁，在她那里，在他妻子那里，他竟然找不到一丝存在感，多么可笑可悲。

说不出的滋味荡在江桐心间。

在白月菲长久不做解释的沉默里，江桐的耳边反复回荡着她通电话的内容，很明显李陌已经回来了！所以她才说明天去找他！

只要一提到李陌，江桐就会失控，他不会忘记李陌当初是怎样背叛了他们之间深厚的兄弟情谊！

江桐的脸绷紧，沉郁的眼光瞬间凶狠，他终于爆发了，他一把勾住白月菲的肩膀，反应激烈地把她甩到床上，他愤恨地吼道："告诉我跟旧情人通电话的感觉怎样？"

白月菲还是没有意识到那通电话对于江桐造成的伤害有多大，她从床上坐起身，眉头紧蹙，咬着嘴唇看了江桐几秒，泫然地问："你在说什么？我现在可是你的妻子……"

白月菲胆敢在新婚之夜跟那个把她从他身边带走了快三年的人联系，叫他如何不愤怒？江桐愤恨地一把推倒白月菲，他控制不住心中的怒火，歇斯底里地打断白月菲的话语："你也知道是我的妻子？作为我的妻子你做了什么，偷偷约会旧情人？怎么，你想一脚踏两船？"他已经快要被白月菲逼到崩溃的边缘了！她如果只是借由他报复李陌当众弃婚，那么她在婚礼之后为什么让他感觉到她对他有依依情意缠绵？进浴室之前又为什么要让他感觉到她对他爱恋依依的柔情？还有那再明显不过的洞房花烛夜的暗示！为什么要让他有这些强烈的感觉？为了她，他不顾众人的目光许她一场盛大的婚礼，在人前帮她撑足面子，而她此刻却是如此回报他，在新婚之夜背着他跟老情人李陌联系，就那么爱李陌吗？即便被李陌当众拒婚，只要李陌一回来，就主动倒贴过去要见他，是想过去投怀送抱吧？江桐越想越怒火攻心。

"我没有。"白月菲很是委屈，被江桐这么一嘲讽，她极度心寒，此刻的她还没有发现江桐已经快要失控了。

"你没有？"江桐根本不相信白月菲的话语，怒不可遏，"你不是还准备明天跟旧情人偷偷幽会吗？"

白月菲急了："江桐，不是你想的那个样子，我和李陌之间是清白的。"

清白？当他是傻子吗？江桐喘着粗气大笑："你那么急切地约他，是好久没跟他睡了吧？想念和他翻云覆雨的时刻了吧？"说到这里，江桐脸色骤变，他彻底失控了，陷入一种疯狂的愤怒状态。

白月菲悲怆地摇头："江桐，你把我和李陌想成什么人了？"他怎么可以把她和李陌想得那么龌龊？

"我把你们想成什么样子重要吗？"江桐突然扑倒白月菲，双手锁住白月菲的手腕，声音嘶哑而痛楚："既然我的妻子如此饥渴，作为丈夫的我是不是有义务帮忙解决一下？"

不等白月菲反应，江桐的薄唇猛烈地砸到白月菲的唇瓣上，江桐的动作很是粗鲁，受惊的白月菲怔住，茫然地看着眼前那一张熟悉的脸。

江桐不依不饶地肆虐过白月菲的唇瓣之后，又蛮横地撬开她的口腔，强行游荡其中，待他满足之后又移至她的脖颈处。

他走火入魔了！

后知后觉的白月菲被这样的江桐吓到了！她试图推开江桐，才发现双手被他铐死，她只得连声喊："……放开我……放开我……"

江桐突然停下动作，抽离白月菲的口腔，却又离白月菲很近，他嗤笑："放开你？"

白月菲低声乞求："求你了，不要这样好不好？"她极度厌恶这样的方式，她不喜欢被深爱的人如此对待。

白月菲越是拒绝，江桐越是背道而驰，下一瞬间，江桐眼神一凝，单手钳住白月菲的胳膊，确保她无法脱离他的掌控，然后再一手脱他身上的浴袍，一边对白月菲咆哮道："我就是要这样，不是想要留在我身旁吗？好，今天给你机会，让你成为我的女人。"

火气混合着欲望一同彻底喷发了，江桐重新堵住了白月菲的双唇，一边激吻白月菲，一边扯掉她的睡衣。

江桐粗鲁的动作让白月菲惊恐万分，她一边含糊不清地喊着"放开我"，一边手脚并用地试图挣脱江桐的束缚，却无济于事，她越是挣扎，江桐的力度越重。

他用力地撕开她的睡衣，她白色打底衣清晰可见，顿时，她的胸口传来他火热而又急促的气息，她拼命地摇头，竭力推开洪水猛兽一般的他。

女生的力气终究抵不过男生。

江桐使出更大的力气稳住身体，双眼血红地撕扯下了白月菲身体上仅剩的衣物，白月菲神情绝望又痛心地瞪大了双眼，眼泪从眼角接连不断地滑落，白月菲只感觉那痛楚在无限放大。

江桐在白月菲的身体禁区肆意发泄着，终于，白月菲丧失了最后一丝力气，放弃了挣扎，心灰意冷之际，江桐终于放开了她的双手，可是就在那一刻，她感觉到好像有什么东西破碎了，带着撕心裂肺的痛楚。

疼，除了疼还是疼，疼得白月菲双手紧紧抓住床单，这一刻，她伤心欲绝地闭上了双眼。

他终于将她完完全全地占有。

结束之后，江桐才发现白月菲已经泣不成声，泪流满面，他喷火的眼睛随即仓皇，他竟然对白月菲做出那样的事情！江桐悔恨不已，心疼又歉疚地去抱白月菲，只是他的双手刚碰触到那不盈一握的腰，白月菲立马逃避般背过了身，江桐顿了一下，单手去抚摸她的肩膀。

只见他低姿态地在她肩膀上一吻，为刚才失控的行为道歉："对不起……"

白月菲还没有从前所未有的冲击里缓过神来，她的表情呆呆的，身体还在颤抖，江桐带给她的疼痛不仅是身体上的，还有心灵上的。

过了好一会，白月菲呆滞的眸光闪了一下，她回过神来，江桐的体温和气息萦绕着她，对此她不是反感，只是想远离，远离恶魔一般的江桐，突然，白月菲裹着被子躲进了浴室。

江桐没有阻止白月菲，只是面色沉重地望着白月菲的背影，一直到那个瑟瑟发抖的背影消失在浴室门口，江桐才懊恼地闭上眼睛，深吸一口气，再睁开眼睛，起身去捡地毯上的浴袍，穿好之后，发现没有腰带，扫视地上一圈，依然没有，眼光随即转到床上，腰带蜷缩在一抹刺眼红色的旁边，江桐愣住了，连呼吸都停滞了，她竟然是第一次？强烈的负罪感瞬间排山倒海地袭来，他竟然这般强迫地占有了白月菲的第一次！真是禽兽不如！江桐上前几步对着墙壁就是一拳，真恨不得把自己千刀万剐……

烟雾缭绕的浴室里。

白月菲打开花洒，胡乱地冲洗身体，无穷无尽的难过、失望、委屈碾压过心坎，然后眼泪哗啦啦止不住地朝下砸，白月菲靠着墙壁滑下身子，蹲在墙角狠狠地哭了一场，哭得上气不接下气，最后哭累了，就站起身体，继续冲洗。

白月菲不愿却不得不承认，对江桐深重的爱恋在新婚之夜让她望而却步了。

很久很久之后，白月菲才关闭花洒，穿着浴袍走出去，一眼就看到江桐目光凝重而自责地站在浴室门口。

73

白月菲一个激灵，不由得发怵，害怕地朝后退了退，此时看见江桐，她刚刚才好不容易平缓一点的情绪又立刻迷乱，全身的血液狂乱地奔腾，一颗心更像是被什么东西噬咬了一般，硬生生地疼，疼到眼泪在她的眼眶里打着转，却始终不肯掉落下来。白月菲借用微弱的理智一遍一遍游说自己，是她选择要回到江桐的身旁！所以走到今天这种局面，不是江桐的错，不是江桐的错……

沉静的微光中。

江桐的手指抽紧，像一个茫然失措的孩子般望着白月菲，只见她脸色惨白，眼眶红肿，眼底的悲伤更是一览无余。江桐茫然的眼神收紧，直至变得深切，他知道他已伤透白月菲的心，这个时候他说任何话语都是徒劳的，可是他必须表明心底的想法，他不要白月菲因此事而不管不顾地再次离他而去。

他上前握住白月菲的左手，放在他滚烫的胸口，小心翼翼又深情道："从今往后，我会好好对你的。"

白月菲的脑袋轰然，一时不知如何是好，前一秒的他还残忍凶狠，而这一秒的他又极其温柔，她无从适应这样极速转换的他。

白月菲深吸一口气，颤抖地缩回手，低声抽噎道："我累了。"然后，她径直朝沙发走去。

"你睡床吧！"江桐眼眸深邃地看着白月菲凄楚的背影，"我去客房睡。"

白月菲顿了一下，对江桐不予理会，裹着浴袍侧躺到沙发上，江桐见状迟疑了一下，还是走了过去，替白月菲盖好被子。

江桐起身离开之际，手腕毫无征兆地被一股柔力拉住，江桐愣了一下，错愕而又恍惚地回头看着白月菲。

白月菲低着头，哽咽道："……你……在这里睡吧……我不想让爸爸知道我们分房睡……"

江桐怔了几秒，神情愈加哀伤，心知肚明如果不是爸爸，此刻的白月菲是不可能挽留他的！

"好。"江桐转身走进浴室。

冲完凉出来的时候，江桐望了一眼沙发里的白月菲，她闭眼面向他侧躺着，似乎睡着了，宽大的被子只盖住她的腿。

江桐放轻脚步走到白月菲身旁，动作温柔地把被子朝上扯了扯，盖住白月菲的上半身，然后在白月菲侧脸上轻轻一吻，又盯着白月菲的脸看了许久，方才去到床上睡觉。

虽然很困很困，可是江桐怎么也睡不着，懊恼、自责、心疼等无数情绪在这个混乱的夜晚发酵。

沙发那头的白月菲压根没有睡着，江桐吻她的时候她一清二楚，只是不想睁开眼睛罢了！她对被江桐强夺初夜这件事情耿耿于怀，它就像一团巨大的火焰，残忍地灼烧着她的心，在那无尽的痛苦里，她问自己，她与江桐的再度结合是不是本身就是一个错误？这个结合害得李陌和父母反目，害得李父住进医院，害得善良的江桐对她做出如此行为！可是归根结底，这一切不都是她的错吗？今晚是她咎由自取，因为她对江桐的贪念而把原本好好的一切都颠覆了！

他和她之间已经是一塌糊涂，早已经没有当年的情分，此刻她为什么还不想放手？

为什么还想要苟延残喘地继续下去？

为什么还不死心……

这一夜，对于白月菲和江桐而言，新婚的快乐荡然无存。

这一夜，江桐辗转无眠。

这一夜，留给白月菲的是伤，挥之不去的伤，那种伤无论是在身体还是心灵上，都让白月菲备受摧残和折磨，她是想要忘记那些痛苦的画面的，可那些残忍的画面却又清晰地烙印在她的脑海里，赶也赶不走！

深夜的时光很是漫长。

白月菲和江桐一样辗转反侧，脑袋混混沌沌，一直到后半夜，白月菲才终于睡着。

醒来时已是中午，白月菲虚弱地起身，缓缓睁开沉重的眼睛，一眼便看见身着休闲衣的江桐坐在她旁边，正表情温和地盯着她，白月菲一颤，闪躲开江桐的深深目光！再度想起昨晚洪水猛兽一般的江桐，白月菲惧怕地朝沙发角缩了缩。

江桐目光复杂地看着白月菲，不禁伸手去摸白月菲的额头，正要告诉她不要怕，他不会再伤害她了，不料，还没等他开口，白月菲已然抗拒道："不要碰我。"

多么强烈的反感！与李陌通电话时的温柔语调有着天壤之别，江桐目光暗沉地垂下了手，愤怒的熊熊火焰燃烧在心间，昨晚他那样对待她，还不是因为她背着他跟李陌联系。他原本已经放下一切，想要对她好，是她触犯了他的底线，他才会全面失控，对她干出那样的事情来，是她在无形之中把他变成了那样一个可恶的人，一想到这里，那团愤怒的火焰不由蹿高，在火焰爆发之前，江桐强迫自己冷静下来，他替白月菲找理由，也不能怪白月菲如此抗拒他，这一切都是他自作自受，是他对她做了禽兽不如的事情，她如此态度也在情理之中！于是江桐在那团火焰烧到最旺盛的时刻用理智浇灭了它。

终于定下心神，江桐垂下眼眸，平静道："爸爸吃过早餐了，另外，我告诉他你昨天太累，今天想多睡一会。”

江桐这般为她着想，换作之前，白月菲一定会开心地手舞足蹈，而此时此刻，她却一点也开心不起来，心乱如麻地起身，闷声不吭地绕过江桐，去柜子里拿了衣服，走到浴室门前时稍顿片刻，她语调冷淡道：“我去换衣服。”她的伤疤还没有好，暂时还忘不了疼。

走进浴室，白月菲一边换衣服一边寻思，她和江桐同住一个屋檐下，抬头不见低头见，以后她应该怎么和江桐相处呢？她忘不了江桐昨晚对她所做的噩梦般的一切，只是即使这般痛苦，她也没有想过要真正离开江桐，因为她爱他，爱得忘记了自己，这个世界上，也只有他，才能让她为之疯狂。

换好衣服，白月菲心事重重地走出浴室，发现江桐还站在原地，白月菲愣了一下，默然地绕过江桐，拉开门，拖着步子走了出去。

江桐紧跟白月菲出门，不敢太靠近她，也不愿太远离她，他小心翼翼地把控着距离。

没走两步，白月菲就见白爸爸正好朝他们的卧室走过来。白月菲神情一动，如同变色龙一般立即收住压抑的心情，朝白爸爸灿烂一笑，迈步到白爸爸身边，笑着问询道：“爸爸，早餐好吃吗？”

白爸爸停步，笑着看了女儿身后的女婿一眼：“好吃，江桐特意为爸爸做的，怎会不好吃呢？”

白月菲诧异，她从来没有见过江桐做饭，没想到他竟然会为了爸爸下厨！江桐的行为让白月菲沉闷的心情消减了些许。

74

江桐掩隐五味陈杂的情绪，笑着走过去："爸爸，怎么上来了？莫非有事？"

"爸爸特意过来看看你中午想吃点什么，爸爸给你做。"

白月菲一听，插话道："爸爸，你怎么不问你女儿想吃点什么呢？"

白爸爸捏捏白月菲的鼻子，打趣道："嫁出去的女儿如同泼出去的水。"

白月菲嘟嘴："爸爸，好绝情。"

白爸爸一笑，转而看向江桐，慈颜温语："孩子，你喜欢吃什么食物？"

江桐一副不挑食的模样："我都可以。"

白月菲鄙夷地看了江桐一眼，真是表里不一，明明很挑食，还说"我都可以"，不过这样也好，爸爸就不必刻意顾忌什么了，正好自由发挥厨艺！白月菲想到这里，见父亲的目光带着一丝怀疑游动在她与江桐身上，于是不动声色地主动走到江桐身边挽起他的胳膊，笑嘻嘻地对白爸爸道："我们下去吧。"

白月菲突如其来的亲密举动致使江桐一愣，双眉低蹙地看着白月菲，她嬉笑如常，仿佛她和他之间根本没有发生那件不愉快的事情！不过1秒，江桐便觉悟过来，这一切幸福只是表象而已！白月菲这样靠近他是故意做戏给白爸爸看，可是他还是因为白月菲的主动靠近而欢欣！于他而言，在那件事情之后，白月菲在如此短的时间里还能这般主动挽起他的胳膊已经是个奇迹，也很是知足，即使她不过是在白爸爸面前演恩爱的戏码，他也愿意全程配合她的表演，他笑着握住白月菲的手，眼中是连绵不绝的爱意！

白爸爸眼中的怀疑就此消失！女儿女婿的确是恩爱的，当即否定了刚才他所感觉到的女儿对女婿那份若隐若现的疏离感！

三人有说有笑地走下楼梯。

白爸爸兴致盎然地扎进厨房里，白月菲说要帮忙，白爸爸推她出来："你和江桐去客厅待着，看看电视，聊聊天，怎么都行，反正就是不要过来打扰爸爸，今天爸爸要好好在女婿面前露一手。"

白月菲撇嘴朝客厅走去，江桐跟在她身侧。

白月菲卧进沙发里。

江桐拿过遥控器站到白月菲身旁，语调平和地询问道："看电影吗？"他卑微地讨好着她，昨晚伤害她的人的确是他，可是谁说一定是被伤害的人才会痛呢？他也很痛很痛，为什么会这样？只是因为他爱得太深了！

白月菲心里憋着气，即使江桐如此低姿态，她也无法在这么短的时间里对他昨晚的行为释怀，她一声不吭地看着电视屏幕，思绪却因江桐而凌乱。

“江桐你吃辣吗？”白爸爸突然站在客厅门口问道。

白月菲反应飞速地一把拉江桐坐下，依偎在江桐的怀里，故意给白爸爸呈现出一副新婚小夫妻的甜腻模样。

江桐顿了一下，看向白爸爸：“吃的。”

收到回复的白爸爸转身回厨房，欣慰女儿女婿如此恩爱。

白月菲伸长脖子，见白爸爸走远，立即从江桐怀里弹开，江桐制止她的动作，攥着她的手不放，他喜欢她待在他怀里的感觉，真实而又温暖。

“怎么，又想强迫我吗？”白月菲强硬地要离开江桐的怀抱。

江桐不放手，反而把白月菲的手攥得更紧，原本温情的眼神也因为白月菲的话语而结了一层冰，他理解白月菲为什么那么问，于是再次道歉：“昨晚的事情，我不是故意的。”

江桐的道歉让白月菲没了脾气，可是那句“没关系”她却说不出口，她无法没关系，她曾经以为属于她和江桐的第一次一定会像生理课上所描述的那样是愉悦的，而他们的第一次却让她现在想起来都后怕。可是很奇怪，即使这样，即使江桐亲手摧毁了新婚之夜的美好，她还是想要做江桐的妻子。不可否认昨晚的江桐的确很残忍，可是那残忍不足以完全抹杀她记忆中江桐带给她的美好，或许再给她一点时间，虽然不确定需要多长时间，但她可以肯定对“初夜”的介怀会因为抵挡不住他们过去的美好而慢慢自动消失，只是此时此刻，她还做不到，她心存芥蒂，暂时不想跟江桐说话，现在，她只想一个人静一静！

白月菲再次试图挣脱江桐的束缚，江桐见状，不敢再强迫白月菲，攥紧的手指松开，他终于放了她。

白月菲像脱缰的野马飞奔上楼。

江桐不放心她，喊道：“你上去干什么？”

白月菲头也不回地迈着大步，跑到最后一级台阶的时候顿住，借口道：“上洗手间。”

下面就有洗手间，又何必多此一举爬一层楼去上呢？江桐苦笑，明白白月菲无非是在躲避他，如果他再跟上去，本就情绪不稳的白月菲说不定会更生气！他不想他们之间的关系继续恶化下去，因此果断掐灭了跟上去的念头，无力跌进沙发里，随便调了一个台，却无心看电视，他的注意力都放到了楼上，不知她在楼上干什么？

白月菲也不知道来二楼干什么，反正她此刻就是想暂时避开和江桐单独待在一起，可是当她走进卧室看到那张床时，心间又堵得慌，白月菲沉重地叹了口气。正要离开之际，晃眼瞥见床角处的那部手机，这才想起昨天跟李陌通电话的时候被江桐摔了手机，从而导致通话中断，于是赶紧捡过手机，屏幕已黑，尝试开机，还好，电话并未摔坏，手机开机成功，打开操作界面之后，显示有一条李母的未读信息，内容简洁明了：李父已醒。

总算等来了好消息，白月菲很是激动，想立即把这个消息告知李陌，只是一朝被蛇咬，十年怕井绳，昨晚的一切还历历在目，白月菲可不想重蹈覆辙，她谨慎地拿着手机走到房门前看了看，江桐并没有跟上来，她还是不放心，为了安全起见，特意躲到阳台上给李陌打电话。

"你还好吗？"李陌抢先问道，昨天他们的通话突然中断，当他再打白月菲的电话时，她的手机却已是关机状态。

白月菲一愣，李陌从来都是这样关心她，可她却不爱这样一个事事为她着想的人，她爱那个冷漠、脾气古怪的江桐。既然她自讨苦吃地爱上了那么一个阴晴不定的人，她早知个中曲折，也做好了风雨兼程的准备，可是彻底面对那个人时她才发现那些准备不堪一击。她好吗？她不好，她的心底还是因为初夜而很难过很难过，她又不想让李陌发觉她的悲伤，于是她强撑出一个笑脸，语调故作欢快："我很好，昨天对不起哦，手机突然没电。"

这个借口还真是拙劣，李陌并不揭穿白月菲，他笑语："你过得好就行。"他以为把她送回江桐的身边，她一定会快乐，现在看来，她其实并不快乐，李陌开始怀疑他当初放手的决定是否正确。人有时候就是这么奇怪，这么反复无常，明明已经顶着巨大的压力放下了，为什么又要怀疑当初的决定呢？不管是何种原因，李陌告诫自己，绝对不要再重蹈覆辙，此生此世，他只能把白月菲当作妹妹看待了，那是他们之间再好不过的身份。

75

“李陌，今天我临时有事情，不能去见你了！”白月菲觉得今天不适宜见李陌，毕竟经历过昨晚江桐的“折磨”后，她的情绪始终不大稳定，她在白爸爸面前尚能克制，甚至伪装，但是当着李陌的面，她可能就做不到了。她承认在这样“特殊”的时期她是想依赖李陌的，也只有李陌能给她安慰了，所以她怕一见到李陌她就会变得脆弱，进而自动暴露她隐秘的伤口，而矛盾的是她又不想李陌知道那个难堪的伤口，于是她决定电话告诉李陌关于李父手术一事，但愿李陌能够承受住这个不算坏却也不好的消息！

白月菲的声音有些颤抖：“其实……我今天约你见面是想……是想告诉你李叔叔病重住院了……做了开颅手术，庆幸的是李叔叔昨晚后半夜已经醒过来了！”

李陌嗤笑一声，反应很是平静：“我早知道这事了，我妈给我发过信息。”说到这里，李陌眉头微蹙：“不过，你怎么知道这些的？”李陌隐约觉得是老妈跟白月菲联系的。

白月菲如实说：“是阿姨告诉我的。不过你放心，我并没有告知阿姨你具体身在何处！”

果然是这样！李陌笑语：“哈哈，请让我此刻庆贺一下我妈想从你口中打探我消息的行径以失败告终！”

白月菲不接话，只是问：“你打算什么时候回意大利看李叔叔呢？”李父手术成功，李陌高兴是正常的，可是他不是还应该有担心吗？毕竟李父还处于恢复期，而他却是如此谈笑风生，白月菲觉得真是怪异，他不是不孝之人啊！

李陌早计划好了，意大利定是要回的，但绝对不是现在，更不会是因为此事，李陌解释道：“你不了解我爸妈，这是他们惯用的伎俩，一次两次还能骗到我，我又不是小孩子，不会屡次上当的。”如果他现在回去，无疑是自投罗网，以父亲的性格必定不会这么快消气，一旦他回去，怒火中烧的父亲绝对会像当初处置青春叛逆期时的他那样，再次把他关起来，派人严加看守。那段失去人身自由的记忆太深刻，李陌可不想再度体验一次，他再怎么也要等到父亲消气之后才能返回意大利，而让父亲自动消气的最好方法就是时间，这方法在年少时屡试不爽，只要时间一长，父亲的怒气自然锐减，到那时再回去才是明智之举。

“李陌，阿姨怎么会拿叔叔的生命开玩笑呢？”白月菲气恼李陌的反应，埋怨道，“你怎么如此不相信你的父母呢？”

“月菲，”李陌不想再谈论这事，转而问，“你还有别的事情吗？”

“没有。”白月菲只想谈论此事。

“没有的话我就挂了。”李陌自知白月菲会再为此事而劝说他，说完便迅速按下关机键，不给她游说他的机会！

“等一下……”白月菲话还没说完，电话里便传来嘟嘟嘟的忙音，赶紧再打过去，对方已关机。

白月菲只得收起手机，一脸沉郁，李母太高估她了！李陌连亲生母亲的话语都不信，又岂会信她？白月菲无力地倚靠阳台而立，无论如何，她还是想要完成李母交代她的事情，想来想去，却始终想不到如何凭借电话而说服李陌回到意大利？良久，无计可施的白月菲从李父的事情中脱神出来，端起手机一看时间，估摸父亲应该快做好菜肴了，于是迅速收拾好沉闷的情绪，快速移步去往一楼。

当江桐再度抬眼望向楼梯口时，白月菲刚好走到楼梯口，她一晃眼便迎上江桐的目光，四目相撞，白月菲的心弦一抖，仓皇地收回视线，有些心虚地走下楼梯。

这时，白爸爸高高兴兴地走进客厅，看了看江桐，又看了看白月菲，吆喝一声：“开饭咯。”

“好的，爸爸。”江桐和白月菲不约而同地应声道。江桐觉得这是默契，白月菲对于这巧合毫不在意！

白月菲朝着白爸爸走去，江桐嘴角噙笑地紧跟她的步伐。

白爸爸一边走，一边对身后的俩人道：“爸爸做了好多菜，你们一定要吃光……”

餐桌上，满满一桌子的菜肴，有牛肉、海鲜、鸡、鸭，各种蔬菜，外加一锅鱼汤，食物色泽浓艳，白月菲垂涎不已，回身给了白爸爸一个拥抱：“爸爸辛苦了。”

白爸爸温慈地一笑：“不辛苦，给你们做饭爸爸觉得很幸福。”

江桐拖过凳子道：“爸爸，您这边坐。”

白月菲还真不习惯高冷的江桐做这些小事，更让她不习惯的是吃过午饭之后，江桐竟然没去公司上班，这就算了，他居然还主动提议带父亲出去玩！居然亲自在人满为患的景区排队为父亲买其中意的小吃，居然陪着父亲一起划船、钓鱼，总之父亲想干什么，他都殷勤地陪同，这样奇怪的他让白月菲叹为观止，不由得怀疑他是不是中邪了。

江桐好端端地怎么可能中邪呢？他陪白爸爸玩是发自肺腑的，和白爸爸在一起玩的时候他有一种似曾相识的幸福感，就好像当初和父亲一起玩。那种愉悦的幸福感虽然久远，却记忆犹新，直到现在，江桐依然清楚地记得他们一家三口出去郊游，父亲陪他放风筝，母亲在草地上准备食物。那时他很幸福，而现在他虽然不幸失去了他们，可他还是幸福的，因为生命中还有白月菲，还有白爸爸在身边，他不再是孤孤单单的一个人。

白爸爸吃完小吃之后，便去洗手间。

在江桐和白月菲等白爸爸回来的间隙中，越来越多的人拿着相机、手机、各种拍摄工具朝他们奔涌而来，江桐在来时就预想过人们会认出他和白月菲，担心人们会太过关注他和白月菲，势必会影响到白爸爸的游玩，所以特意一到景区便拿出三顶帽子，对白月菲和白爸爸说中午太阳大，可以用来防晒。白月菲和白爸爸没有多想，接过帽子戴到头上。

江桐没有意识到即使戴着帽子的他置于人群中依旧显眼，以至于人们很早就注意到他了。大家不大敢相信传说中的江总裁会来这种地方游玩，纷纷处于观望状态，刚才不知哪个女生在人群中尖叫了一声“江桐”之后，观望的人们一阵沸腾，大家自然不会错过“朝圣”的机会，短短几秒，便从四面八方涌向了江桐。

人群因为拥挤而相互推搡着，将原本处于人群中心的江桐和白月菲活生生挤散。

眼看和白月菲的距离越来越远，江桐有些惊慌，任何人都不可以将他们再次分开！江桐艰难地挤到白月菲身旁，一把紧紧攥住白月菲的手，白月菲却很是抗拒，正欲甩掉江桐的手时她才注意到周围高分贝的尖叫声，她随即停下甩手的动作，侧头一看，才发现有许多人在拍摄他们，这时，江桐看了她一眼，不等她任何反应，护着她冲破了人群。

仲夏的热风中，他牵着她奔跑着。

“朝圣”的人们在后面穷追不舍。

白月菲也不知道为什么要跑，只是觉得她不能停下来，仿佛一旦停下来，她就会丢了江桐，这一刻，她不想失去江桐，于是她跟上了江桐的步伐。

白月菲一边跑一边望着江桐，那张侧脸让她仿佛回到了大学时期，那美好的时光里。

76

那是大一的春天，并不像此刻这般艳阳高照，乍暖还寒的天气，白月菲记得那天是星期六，江桐陪她去北海公园看花卉展。

看到一半的时候，突然一阵大风从远处呼啸而来，树枝猛烈地摇晃着，粉红色的桃花随风乱舞，无数花瓣从白月菲眼前滑落，她不禁伸出双手去接住飘落的桃花。大风啸啸中，白月菲的乌黑长发随风飞扬，这样的她看起来更是仙姿佚貌，江桐透过相机看得痴迷，一时大意没有注意到头顶之上的天空已经从风和日丽迅速转变为乌云密布。

看花卉展的人们几乎都眼尖地发现了天气骤变，纷纷行色匆匆地找寻着可以躲雨的地方。

这时，一道惊雷劈过长空。

白月菲抬头一望，喊道："糟了，要下大雨了。"她知道江桐的车上是有一把备用雨伞，只是这里距离停车场太远，备用雨伞很有可能派不上用场了。

江桐放下相机，四处扫视一遍，根本没有躲雨的地方。

白月菲寻望周围，除了桃树还是桃树，完全没有可以避雨的地方。

狂风席卷而来之时，江桐和白月菲几乎在同一时间记起来时有路过一处古色古香的凉亭，那是唯一一个他们能想到的最近的避雨地点，于是江桐拉着白月菲的手朝那个凉亭飞奔而去。

一路上，他们也遇见了同样匆忙的人们，大多数是学生，有的形单影只，有的三五成群，有的和他们一样手拉着手。

同样的青春年华，不同的精彩美好。

白月菲一边跑，一边望着江桐的侧脸，只要有他在，她不必看前方的路，他就是她的方向。

就在他们距离凉亭只有一半路程的时候，暴雨倾盆而下，瞬间把两人淋成落汤鸡。

"江桐，对不起哦！"白月菲眼见彼此已经湿透，索性停下脚步，喘息道："如果你不陪我看花卉展，就不会淋成这样了。"

江桐停下脚步，看向白月菲，揉揉她的头发："傻瓜，不就淋一场雨吗，没什么大不了的。"

"可是，我觉得对不住你嘛。"

“你真的这么觉得?”

“是啊。”

“那你想办法补偿我吧!”

白月菲想了想,一时想不出怎么补偿江桐比较好,便直截了当地问他:“你想怎么补偿?”

江桐意味深长地一笑:“这样补偿!”然后他突然就吻住了白月菲的粉唇。

白月菲略微一怔,随即闭上眼睛,她的江桐真是越来越不按常规出牌了,时不时就会这样,而她极度喜欢这样出其不意的江桐,这一刻,她甚是贪恋江桐唇间的温柔。

密集的雨帘下,正是青春年华的江桐和白月菲尽情地享受着内心的悸动。

晚上,江桐把白月菲送到宿舍楼下之后,叮嘱她:“记得盖好被子,不要感冒。”

“我身体强健着呢!”

“那最好不过了! 我可不擅长照顾病人。”

第二天清晨。

白月菲面色红润,身体好到不行,反倒是江桐,他因为近期常常熬夜处理公司事务,再加上昨天淋了一场雨而导致身体吃不消,最终被感冒撂倒。

白月菲吃完早餐后便打电话给江桐,原本想告诉他昨晚她做了一个美梦,她梦见他们结婚了!

电话一接通,江桐先开口:“月菲,早安。”

白月菲敏锐地发现江桐的声音带着浓厚的鼻音,担心地问道:“你是不是病了?”

江桐语调轻松:“没事,普通感冒而已。”

白月菲面露担忧,快速结束了通话,然后在江桐不知情的情况下直奔他所在的酒店。

推开江桐的卧室门,白月菲看见江桐面容憔悴地躺在床上,手上打着吊针。

江桐还没反应过来白月菲的出现时,白月菲就已经握着他的左手问道:“是不是很难受?”

江桐这才反应过来,唇角含笑地看着白月菲,对她轻轻摇头,虽然感冒的滋味真的很难受,但是她的意外现身让他头昏脑涨的症状似乎减少了许多。

白月菲不相信:“你说谎,不难受才怪。”她不是没感冒过,虽然感冒是小病,但小病最折磨人了!

江桐虚弱地笑道:“本来难受的,因为有你在,就不觉得难受了。”

“照你这么说,我比感冒药的功效还要大啊?”

“对别人当然没这功效,对我就疗效显著了。”

江桐的一番话语虽然没什么特别之处,却让白月菲分外感动,握紧江桐的手,白月菲狡黠地问:“想不想疗效再显著一点?”

江桐没听明白:“什么?”

白月菲突然俯身过去亲江桐，江桐见状立马侧头闪躲开。

“我感冒了，”喉咙间的干痒让江桐忍不住咳嗽一声，之后他继续道，“会传染给你的。”

“我不怕，”白月菲趴在江桐的身体上，看着他的侧脸，“我也不知道怎么了，在听见你说了那样的话语之后，就是想跟你再亲密一些，然后就突然想吻你了。”

“……白月菲你……”江桐无语地正过脸来，他的白月菲什么时候变得如此主动如此热烈了？

“你给句话，”白月菲语不惊人死不休，“可不可以吻你嘛？”

“白月菲，有些事情需要男生主动，知道吗？”

“那你主动给我看看？”

江桐愣了1秒，他家的白月菲真是被他宠得无法无天了！现在她竟然连这样的话语都不避讳了，而且还讲得那么大大方方，好像是件再普通不过的事情，如果照此发展下去，还不知她会疯狂到什么地步，看来他必须得加强教育了。

见江桐不说话，白月菲眼睛一眨：“还是我主动好了。”

白月菲行动之际，江桐已经快她一步单手托住她的后脑勺，吻住了她……

江桐想，教育白月菲是势在必行的，但还是改天吧！

多么肆无忌惮的青春啊！此刻回想起来，白月菲都惊讶于她那时的放肆，因为江桐的宠爱，她才敢在他的世界里为所欲为……

最后，江桐和白月菲跑到了景区的VIP停车场，由于跑得太快，路程也长，停下来之时，二人已经上气不接下气。

至于追逐他们的人群很是郁闷，因为停车场管理人员挡住了他们，管理人员不见VIP停车卡坚决不让进入。

白月菲一边喘气一边偷瞄了同样在喘息的江桐一眼，她完全理解江桐为什么会被人们追着拍摄，谁叫他是万众瞩目的江桐呢？年纪轻轻就已经成为商界的翘楚，人们对这样传奇的他感兴趣也是无可厚非的，只是因为人们的关注，在这个景区的行程是不能再继续了，白月菲因此有些遗憾，毕竟第一次和江桐一起陪父亲游玩，还没玩到尽兴，就不得不因为江桐的关系而提前收场。

77

片刻之后，江桐恢复平稳的气息，他拉开车门，让白月菲坐进去。

透过柔和的光晕，白月菲有些恍惚地望着江桐的眼睛，那段美好的花卉展记忆带着强大的力量糅合着白月菲说不清道不明的情感，她的心一点一点变得柔软，此刻她竟然想要对江桐付之一笑，可是昨晚的事情却也带着强烈的刺痛在心间发酵，两股截然不同的力量在她的情绪里纠缠对抗。或许爱情就是这样，有爱必然有痛，错乱的情绪导致白月菲不知该用怎样的表情去面对江桐！

有时候不知如何是好之际，最好的方式就是搁置，时间会替你面对一切，于是，白月菲暂搁那些爱怨纠缠，她低下头，打了一通电话出去："爸爸，刚才有些突发事件，我们在停车场等你。"

江桐的手僵在车门上，他不动声色地看着白月菲，他知道她还在生闷气，她什么时候才能原谅他昨晚的行为，他不得而知，但是他会为此而努力。他是欠缺了爱人的天赋，在白月菲面前，他很多事情都做不好，但是他相信自己的直觉，那个直觉告诉他，他终会穿过白月菲立起来的那道封锁线。

离开景区之后，江桐特意带着白月菲和白爸爸去到一家高端会员制餐厅。

晚餐很丰盛，美味的菜肴勾起父女俩的食欲，再加上先前游玩消耗了不少体能，白月菲和白爸爸吃了不少，江桐受到他们影响，胃口也随之大增。

用罢晚餐，白爸爸看了看时间，已经是晚上8点，便对白月菲和江桐道："不早了，我们回家吧。"

对于座位的选择，白月菲还是和来时一样，刻意跟白爸爸一起坐到了后座，她觉得或许自己应该要暂时远离江桐，在错综复杂的感情里好好想清楚她和江桐以后应该如何相处，毕竟这样冷战下去也不是办法，虽然看似折磨江桐，其实更折磨她自己呢！

对于白月菲的举动，江桐看在眼里，并没有说什么，只是眼神有些落寞地发动了引擎。

车子平稳地行驶在宽阔的道路上。

点点繁星挂在夜空中。

一路上，基本是江桐和白爸爸在讲话，白月菲只是旁听，江桐和白爸爸也没有说什么特别的事情，谈论的话题都是有关考古方面的，白月菲讶然地盯着江桐的侧脸，没想到他对考古方面也知晓！这个被称为"商业奇才"的人真是无所不能啊！白月菲不由得暗自窃喜这样一个奇才居然是她的丈夫！于是对江桐的崇拜缓渐了白月菲心中对于他昨晚强迫她的耿耿于怀。

后来，快要到家的时候，白爸爸的电话响起。

“你说什么？”白爸爸的声音提高，激动的坐直身体，数秒之后，惊喜地喊道：“确定是西周大墓？”

白月菲被白爸爸强烈的反应吓了一跳。

江桐通过后视镜看了父女俩一眼，而后继续注视前方的道路。

挂了电话，白爸爸激动地分享道：“重大发现，这次是西周大墓。”

江桐一笑：“恭喜爸爸。”

白爸爸笑得合不拢嘴：“江桐，西周墓群……”

白月菲对古墓不太懂，只知道父亲之前也挖掘过西周墓群，这次同样是西周的，怎么还会如此兴奋呢？白月菲打断父亲对红桐的侃侃而谈：“爸爸，你不是挖掘过西周墓群吗？”

“女儿，你不知道，这次和上次不一样，上次的墓群被人盗过，到最后也没什么重大发现，而这次是完整的西周大墓。”

“哦，原来如此！那恭喜爸爸了！”

“菲菲，江桐，”白爸爸已经急切地想要奔赶现场了，他说，“爸爸明天一早就走。”

“啊？”白月菲和江桐异口同声。

白月菲还想要同父亲多住一段时间呢！江桐也有此想法，他觉得白爸爸住下来好处多多，不仅可以让他感觉到缺失的父爱，还可以缓和白月菲与他僵持的状态，只要白爸爸在时白月菲在他面前永远都是一副和他恩爱的模样。虽然她只是做戏给白爸爸看，但是亲密的举动会在无形之间拉近她与他之间的距离，更有助于消减他们之间因为昨夜产生的生疏与隔阂。

白爸爸心情高涨，拿女儿女婿开涮：“你们两个还真是不是一家人，不进一家门，连说话都如此默契！”

白月菲提高嗓门：“爸爸！”言下之意就是不要再调侃她和江桐了。

白爸爸顺女儿的意，不再调侃。

江桐因白爸爸的调侃漾出一抹笑：“爸爸，一定要这么急吗？”

白爸爸点头：“这几年，虽然爸爸挖掘了不少墓群，但是挖掘到的东西有限，没什么研究价值，这次是完整的墓群，爸爸恨不得立即去现场开挖！”

看来白爸爸是势在必行了！江桐放弃挽留白爸爸的念头：“您什么时候再过来看我们？”

“这个不好说，这次是大墓，挖掘的时间比较久，加上做研究，估计最快也要一年半载！”

“那么久！”江桐顿了一下，想了想道，“月菲会想念你的。”

白爸爸摸摸女儿的头:“月菲习惯了,我很少陪在她身旁的。”

白月菲冲着白爸爸一笑:“爸爸,希望你这次有重大发现!”她知道考古不仅仅是父亲的梦想,也是妈妈的梦想,所以同过去一样,白月菲并没有阻拦父亲的决定。其实一开始对于父亲长期不在身旁,白月菲并不习惯的,她只是强迫自己去习惯罢了,久而久之,也就真的习惯了。

……

回到家,江桐和白月菲对白爸爸道了晚安,之后,一起回到卧室。

白月菲拿着睡衣朝门外走去,打算去客房冲凉,被江桐强迫的事在她心中留下了后遗症,她敏感到不想一丝不挂地与江桐处于同一空间。

白月菲的行为致使江桐心间阵阵酸涩,难受的情绪里,他在努力说服自己去理解白月菲的行为。

由着她去吧！江桐转身走进浴室。

白月菲回到卧室的时候,江桐已经身着浴袍手持一份文件坐在床边一隅。

白月菲默不作声地走向沙发,江桐抬眼看她,知道她没有那么快释怀他犯下的错,因此,他不急于求得她的原谅,他给她时间,让她慢慢接受他。

他看着她爬上沙发,心间浮生千言万语,最后还是欲言又止。等到白月菲睡下之后,他便放下手里的文件,关了灯,躺到床上,躺到那张昨晚他与她交融在一起的床上,只是此刻却是他孤单一人睡在上面,江桐脸上因此生出丝丝苦涩的神情,什么时候她才会回到这张床上呢?

早上,江桐起了一个大早,在厨房里忙碌早餐,其实,过去的他根本不会做饭,那么他是从什么时候开始拥有了这项技能呢？事情还得从白月菲刚离开他时说起,那时,因为白月菲和李陌的背叛,江桐用工作麻痹着自己,可是疯狂工作的后果就是2个月后,他基本没什么可忙的了,空闲的时间太多,心中的爱情之伤就越浓烈、越清晰可见。然后他开始借酒消愁,那样过了半个月之后,他觉得自己不能再如此下去了,那两个人越是伤害他,他越是要好好生活下去,他不能让他们看笑话,即使他们根本不知他的生活状态！之后,每每想酗酒之际,江桐就会去到厨房做饭,对着菜谱尝试做各种菜肴,这样的方式虽然不能治愈他心底的伤,却能在爱恨交织最浓烈的时候分散他的注意力,久而久之,深刻的伤痛被时间的尘埃覆盖,只要不去碰触那道伤口,他的心就不会那么刺痛……

78

和昨天早晨一样，今天江桐仍旧准备了三份早餐，他想昨晚白月菲睡得早，今天应该会下来吃早餐吧！沉思片刻之后，江桐有所期待地离开餐厅，先去往白爸爸的房间："爸爸，吃饭了！"

"好的，马上就去。"白爸爸拉上行李箱拉链。

江桐又转身朝他与白月菲的卧室走去。手还未接触到卧室门把，房门就自动拉开了。白月菲穿着休闲衣从里面走出来。

江桐的手顿在空中，满目温柔淌着春风笑意："我正准备叫你起床吃饭呢。"

白月菲这两天的情绪有些诡异，每每单独和江桐一起时，如若江桐离她太近，她就会局促不安，现在，她又是如此状态，仓促地躲开江桐的视线，脚一迈，肩一动，闷不吭声地打算去叫父亲吃饭。

江桐早有心理准备，所以白月菲的冷淡反应并没有左右到他的情绪，对着白月菲的单薄背影道："我已经通知过爸爸吃早餐了。"

白月菲略微一顿，随即又挪动脚步，目标是餐厅。

江桐挠挠头，样子看上去无辜又可怜，深吸一口气，紧跟在白月菲身后。

就在白月菲下到一楼时，白爸爸刚好从另一个方向走过来，在白爸爸察觉到她与江桐之间的不快之前，白月菲的苦瓜脸一变，绽放出一个大大的笑容，她回头反拉住江桐的手，用力扯江桐到其身侧，江桐非常配合她，与她相视一笑。

两人照旧呈现出一副爱意缠绵的样子。

看着浓情蜜意的二人，白爸爸心情舒畅，眉开眼笑地领着二人去餐厅。

没走两步，白月菲便听见白爸爸循循善诱的教导："月菲，爸爸走了之后，你可不能整天睡懒觉，把江桐大材小用，给你做早餐。"

咦？爸爸怎么这么说话呢？白月菲撅着嘴，江桐平时也不是这样的啊！他哪里给她做过早餐了？就是煮牛奶鸡蛋这样简单的早餐也不曾有过，白月菲心头有些委屈，嘴上却乖乖顺从道："嗯，我知道了。"

原木餐桌上。

白月菲的胃口极好，吃得津津有味，其实在这之前，她一度觉得为难父亲昨天吃了江桐做的早餐！她对江桐的厨艺没有一点期待，甚至觉得吃江桐做的食物等于是变相折磨自己，而此刻亲尝之后，白月菲才知道她的想法带了偏见，原来江桐的厨艺如此之好！白月菲不由得看向江桐，好奇他是从什么时候开始学会做这些的呢？

低头吃饭的江桐无意抬了下眼皮，发现白月菲正看着他，一副若有所思的模样，江桐眼神一凝，白月菲这才发觉江桐打量着她，慌忙收回视线，装模作样地伸手去夹小菜，只是由于内心慌张导致夹菜的手有些颤抖，筷子一度夹空。就在白月菲预备再夹第二次的时候，江桐的筷子已经伸到小菜里，夹了一簇青菜到她碗里。

盯着碗里的那簇青菜，白月菲心间波动，挣扎的情绪蔓延过双眼，又担心父亲和江桐发觉她的情绪化，于是速度掩饰好神情，乐呵呵地埋头吃饭，只是埋着头的她的眼神却似冬日里的迷雾般混沌……

用过早餐之后，白爸爸坚持一个人去机场，白月菲了解父亲不拘小节、我行我素的习惯，也不再多说想要亲自送机一事。

江桐看出白月菲想送机的心思，于是出面说服白爸爸让他同意他们送机，没有费唇舌，一句话就轻易更改了白爸爸的想法，与其说是白爸爸为了江桐而改变习惯，倒不如说是他给女婿面子。

白爸爸最终同意白月菲和江桐一道送他去机场。

飞机从地面冲向高空。

白月菲不舍又伤感地望着天际，又一次与父亲短暂的相聚，之后便是那漫长的分离……

江桐凝望着身旁的白月菲，清楚白爸爸走后，他与白月菲之间就连做戏的甜蜜也会就此消失，想取得白月菲原谅会更加艰难。反正不管多难，他都会努力地治愈他带给白月菲的伤害，他一定会让白月菲原谅他的……

等到飞机冲进云端，白月菲方才低下头，一声不吭地朝着出口走去，江桐急切地跟上她的脚步。

江桐并不意外白月菲的冷淡态度，早预料到白爸爸一走之后白月菲必然冷眼对他，而他现在唯一要做的就是用爱与耐心去感化白月菲心间的不快。

只是白月菲有些恣意妄为了，她觉得白爸爸不在身旁，无须再与江桐演秀恩爱的戏码，她想怎么对江桐就怎么对他。

走到电梯前，白月菲按下去负一楼的电梯。

江桐一看电梯键的指示，轻言细语地对她说："我的车停在一楼。"

她长眼睛了！先前是坐他的车来到机场的，她岂会不知他的车停在哪里？她只是不想坐他的车回去罢了，两个人的空间总让她感觉危险，何况回去之后，他必定会去公司上班，又留她一个人在家里！经历过初夜事件之后，白月菲面对江桐的心情很矛盾，江桐在身旁也不是，不在身旁也不是，她自己都搞不清楚自己到底想要怎样了。可她唯一能搞清楚的就是此刻她只是想要一个人在外面走走，散散心，可是江桐根本不给她这个机会，他一直紧跟在她的身后，她又不想跟他说话，只她闷不吭声地等待着电梯。

江桐默然地望着白月菲，宁愿白月菲大吵大闹冲他狠狠发顿脾气，甚至给他一记响亮的耳光都行，就是不要白月菲这般无视他的存在，更不要她如此冷淡的反应，这种冷漠的态度让他极度窝火。他按捺住脾气，轻轻抓过白月菲手，言语间尽是包容和温柔："你想去哪里，我都陪你。"

这一次，白月菲没有甩开江桐的手，只是眼色阴沉地看着江桐，她不是傻瓜，当然知道江桐一而再再而三的低姿态是因为什么，只是她还没有雨过天晴，她还需要一些时间，她现在还面对不了江桐，但她会试着慢慢放下，她终于开口："如果你真的想我原谅你，请让我一个人静一静。"

江桐眼神一滞，拿捏不定白月菲的心思。

这时，电梯门打开，江桐的手指抽了抽，还是放了手。

白月菲径直走进电梯，回身过来，按下负一楼键，刻意避开江桐凝望的目光，低头看着地面。

电梯门从两旁缓缓合上。

白月菲还是消失在了江桐眼前。

这个机场归属江氏集团，2 年前，在机场投入使用的前一天，江桐有来到这里视察，他依稀记得负一楼是载客区！江桐蹙眉，白月菲这是要去哪里？他急忙按下另一部电梯，终究不放心白月菲一个人，毕竟他们处于矛盾阶段，再加上白月菲的情绪又不稳定……

出了电梯之后，江桐四处搜寻，发现白月菲刚好拦下一辆出租车，他慌忙跑过去，在出租车消失之前迅速记下车牌号，而后电话叫人想办法把出租车的实时路线图发送给他。

返回车里的时候，江桐已经接收到白月菲所乘坐车辆的实时路线图，他并没有立即追上去，毕竟白月菲认得他的车子，以防被白月菲发现他跟踪她，过了大概 10 分钟，才启动车子。

江桐跟踪白月菲不是为了别的，仅仅只是担心她而已，害怕她一时想不开，做傻事……

其实呢，江桐的担心完全是多余的，白月菲真的只是想随便走走，散散心而已。

79

出租车停靠在市中心的商业街旁，司机大姐热情道：“小姐，这里挺热闹的，你看需要在这里下车吗？”当白月菲一上车，司机大姐便照例询问去哪里。白月菲随口道你绕着这个城市随便开。司机大姐略微一愣，又见白月菲忧愁模样，便也不再多问，直接开到了这繁华的商业街旁，但愿这活力喧嚣的地方能让这个年轻的姑娘开心一点。

“就在这里下吧，”白月菲拿出钱包付款，“多少钱？”

“180 元，谢谢。”

人来人往的长街，白月菲漫无目的地走走停停，没有江桐在身边，在人群里的白月菲不算显眼，但还是有眼尖的路人发现了她，不过不大确定她是否就是白月菲，路人们也都比较理智，没有上前询问打扰白月菲，只是保持一定的距离跟在白月菲身后，暗自观望着她的一举一动，偶尔也会有人拍照录像。

走了好一会，白月菲纷乱的思绪根本静不下来，来来回回都是关于江桐，尽管她一再说服自己放下“那件事情”，原谅江桐对她的所作所为，可是那颗心却异常的强硬，它就是不肯原谅江桐，白月菲叹息一声，在路边找了一张长椅坐下，深吸一口气，掏出电话，打开音乐播放界面，想要通过歌曲舒缓这别扭又多变的心绪。

轻快的音乐刚一播放，白月菲才惊觉回国已经有些时日了，居然一直没有更换电话号码，立即关闭音乐，抬头环顾四周，然后起身走进一间售卖电话卡的小商铺。

换好新号码之后，白月菲首先给白爸爸发了一条信息，也没说别的，就说换了新号码。再看了看通讯录，李陌的名字醒目地躺在那里，白月菲的思绪随之转移，不知李陌是否回意大利了？

白月菲尝试打了一通电话过去，李陌的手机已经开机，白月菲甚是欣喜，更让她开心的是李陌接了她的来电，她激动道：“李陌，我是白月菲，你现在在哪里？”

李陌一听声音便知对方是谁，根本用不着白月菲自报家门，他如实说：“在家。”

“哪个家？”白月菲隐约觉得李陌没有回意大利。

“还在我们之前住的别墅里。”

“你……”白月菲欲言又止，意识到电话说服不了李陌回意大利，李陌和她在回意大利这件事情上的想法存在分歧，一旦谈到分歧处，万一李陌又关机以对，看来还是有必要见一面的，当面谈论比较好。

“我怎么了？”李陌疑惑。

“没什么。”白月菲略微停顿片刻，开口道：“现在我想见见你，把你的地址发给我，我打车过去。”虽然不久之前她才在那栋别墅里住过一晚，但那时是李陌带她去的，她压根没有留意别墅的具体方位。

李陌觉得白月菲不大对劲：“月菲，你怎么了？”

“我有事找你。”

“什么事？”

“还是见面再说吧。”

“好。”

挂了电话，1 分钟之后，白月菲收到李陌的短信，她看了一下地址，而后走到路边拦下一辆出租车。

出租车平稳地行驶在宽敞的阳光大道上。

白月菲的心情起伏不安，但愿此行能说服李陌回到意大利！

过了大概一个小时，到达目的地，透过摇下的车窗，白月菲远远看见李陌等在门口，她冲李陌招招手，而后回身付了车费。

白月菲小跑到李陌面前：“这些天你好吗？”

“很好。”李陌凝视着白月菲，婚后的她愈发美丽动人，他的心跳依然会因为她而加快，但他已然能控制对她的眷恋之情了，他笑微微道：“别站这里了，我们进屋去吧。”

不等李陌带路，白月菲凭着那个晚上的入住记忆，朝客厅走去。

进屋之后，李陌问道：“你喝什么？”

白月菲坐到沙发上：“水。”

李陌拿过杯子，倒了一杯水，提步坐到白月菲旁边，递上水杯：“现在可以告诉我，你找我所谓何事了吧？”

白月菲接过水杯喝了一口，然后看着李陌问：“你什么时候回意大利？”

李陌诧异：“你大老远跑来就是因为这事？”

“对啊，我来找你就是为了这个，李陌，我能感觉到阿姨说的一切都是真实的。”

“我们不要谈论这个话题好吗？”难道他还不了解自己的爸爸妈妈吗？这样骗人的伎俩已经在他面前使用过好几次了，现在他岂会再信？

白月菲坚定道：“可我就想谈论这个话题。”如果不是为了这事，她也不会专程跑这一趟。

李陌摇头：“可我不想谈论这事，你也别管了。”

“可这一切都是因为我而引发的，”白月菲的声音带着负罪感，“我怎能不管不顾？”

“我的事情你就不用操心了，我自然会解决好的。”李陌顿了顿，微笑道：“你呢，要好好过你的婚姻生活，这样才对得起我当初的决定，明白吗？”

白月菲怔住，一颗心抽紧，她不想谈论她噩梦一般的新婚生活，何况此刻也不是谈论的时候，当务之急，她要把李阿姨的嘱托给解决了才对，虽然现在解决是有些晚了，但晚了总归好过没有解决吧？

白月菲看着李陌的眼睛，固执地问："好，那你告诉我，你要怎么解决呢？"

见她意在讨论他的家事上，拗不过她，李陌妥协，回到她的话题上："你是想让我回意大利吗？"

白月菲用力点头。

李陌神情渐变，良久，他回了一个字："好。"既然白月菲的生活已经圆满，既然白月菲希望他回去，那他也没有必要再留下来了！尽管他明知回意大利的时机不对，现在回去无疑是自讨苦吃，父亲必定会找他算账，如果他说不出当众拒婚的合理理由，必然会被父亲关起来，进而失去人身自由，直到他反省认错，父亲消气为止！他对那种被禁足的方式深恶痛绝，可谁叫他无法给父亲母亲一个合理的解释呢？说到解释，如果能解释，他早就解释了，正是因为解释不了。就算把事情的来龙去脉讲给二老听，二老倒是可以理解他拒婚的举动了，毕竟是他使手段把白月菲从江桐身边带走的……但二老一定理解不了白月菲的行为，不管当初他与白月菲是如何走到一起的，毕竟他们已经走到婚姻的那一步，白月菲怎么可以不顾全大局而自私地离去？他当然不想破坏白月菲在二老心中乖巧懂事的形象，更不想二老把婚变的责任算到白月菲头上，唯有让他自己去承担一切，即使被二老误解他任性、不懂事，任何时候，他都在替白月菲着想，即使现在二老依然不会原谅他，尤其是父亲对待他的态度更是恶劣。父亲在他拒婚的当天已出手停掉他的信用卡，想要以经济封锁逼他现身。只是父亲一定是被他气糊涂了，忘记他的饰品工作室赚了不少钱，即便停掉他的信用卡，也不会影响到他的生活。

80

白月菲高兴地跳了起来，激动道："太好了，那你打算什么时候回去？"白月菲的想法很乐观，希望李陌这一次回去，李叔叔的身体赶快好起来，李家早日回到其乐融融的状态。

"后天吧。"李陌看着白月菲闲闲地说，没有半点急迫之感！他想反正父亲又不是真的生病，他没必要那么赶，况且这两天他的创作灵感多多，还想趁机多画一些佳作呢。

"我一定去送你。"虽然李陌回意大利之事已有定夺，但不知怎的，白月菲不想就此离开，回到那个让她感觉压抑沉重的家里，她还想待在这里，这里有一种神奇的力量，它让白月菲感觉轻松自在。

李陌努力隐藏即将离白月菲而去的感伤，只是声音还是有点不受控制的低沉："好的。"

白月菲神情未改地坐到沙发里，但心中却悄然翻转着离别的伤感，李陌这一走，不知何时才会回国了！她很是不舍，却也不想李陌知晓她心中对于即将和他离别的难过，于是白月菲盈盈一笑，适时转了话题："你每天都待在家里吗？"

"差不多，也没什么事可做。"

"那你会无聊吗？"

"不会，我可以画画。"

"对哦，我怎么会担心你无聊呢！"白月菲尴尬地挠了挠头，吐吐舌头："给我看看你的作品吧！"

李陌不禁凝视白月菲，她虽然已经成为人妻，可在他面前，她还是那个可爱、迷糊、天真、无邪又有点善感的女孩……

"你在看什么？"白月菲困惑地望着李陌。

"没什么，"李陌眸光一收，笑言，"你等我一下。"

等到李陌从书房出来的时候，白月菲的眼睛瞪得老大，惊讶地站起身，直盯着李陌手里的一叠设计图，没想到李陌在这么短的时日里创作了如此多的成品！

"给，"李陌把十几张设计图全部递到白月菲手里，"欢迎指点。"

白月菲激动地接过设计图："你可是大师，轮不到我指点。"

李陌坐进沙发里，开玩笑地摇头叹息道："哎，我这么长时间没有成品发布，新人又辈出，不知道人们有没有把我这个旧人遗忘啊！"

站立一旁的白月菲迫不及待地一边翻阅着设计图纸，一边说：“你可是天才饰品设计师，人们怎么可能轻易把你忘记呢？”

虽然李陌已经远离设计圈很久了，但设计水准没有因为长时间搁笔而打折扣，此刻，白月菲看到的每一张设计图都构思精巧，下笔如神，白月菲心中惊叹：不愧是天才设计师李陌！

等到白月菲把所有的设计图翻阅完毕之后，李陌仰着脸问：“你喜欢哪幅设计图？”

“杏花胸针那幅。”

“为什么？”

“大一的时候……”白月菲突然顿住话语，花卉展的记忆又从她脑海中蹦了出来，那时她在江桐的身旁也像花一般盛开着，后来命运驱使，她离开了江桐，再后来，她又回到江桐身边，只是他们似乎回不去了！江桐变了，她也变了，他们之间都变了，或许也正是因为相互都改变了，所以他们的相处才如此的磕磕绊绊……

见白月菲良久不语，李陌主动问道：“大一的时候怎么了？”

李陌的声音把白月菲从飘远的思绪里拉回来，她深吸一口气，继续道：“大一的时候我和江桐去看过花卉展，第一站看的是杏花展，我看了科普介绍，说它有变色的特点，这一点很吸引我，”白月菲一边试图从手中的数张设计图里找出那幅杏花胸针图，一边说，“它含苞时是耀眼的纯红色，开花后颜色逐渐变淡，花落时变成似雪一般的纯白色。”

“这么神奇？”虽然设计了杏花胸针，但李陌不知道原来杏花有此变色的特征，他只是有一次看到过含苞待放的杏花，前两天去书房时忽然就想用它创作。

“对啊！很神奇！我觉得它就像是我们的人生！”

“听你这么一说，我也有此感。”

“找到了，”白月菲欣喜地叫出声，从一叠设计稿里抽出那幅杏花胸针图，正欲评价一番时，一不小心手没拿稳，设计图自由落体飘过李陌的头顶，白月菲下意识俯身勾手去捡，只是由于白月菲动作弧度太大而导致她的身体不受控制，栽倒之际白月菲努力尝试稳住身体，但她的身体还是不可避免地因惯性迅速下跌。

面对眼前突发一幕，李陌的反应稍显缓慢，等到他反应过来的时候，一股不容抗拒的压力直直袭向他，白月菲不偏不倚恰巧迎面栽倒在他的身体之上，而白月菲这意外的栽倒致使原本坐着的李陌被迫转换成半躺在沙发上的状态。李陌感觉到白月菲的身体还晃于空中，担心她会摔倒，一时也没多想，便下意识地用双手扶住白月菲的腰。

白月菲只觉得惊险，因为在她就快要吻到李陌的嘴唇时才稳住了身体。

李陌和白月菲的唇间距离只有0.1毫米，这样的超近距离会在某个角度让人产生错觉，误以为他们是在接吻，而这一幕刚好被好奇走进别墅的江桐撞见。他脚下一僵，事情的发展就这么脱离了他的预期，他没想到白月菲会来到一栋别墅里！更没有想到她是过来见李陌的，而且他们居然在接吻！

以江桐的角度看过去，李陌在下面，白月菲在上面，两人的双手相互缠绕着对方，明显是郎有情妾有意，江桐的心脏被眼前的一幕狠狠撕扯着，双手握成拳头状，一双眼睛却又冷若冰霜，突然，他的神色迅变，冷若冰霜的眼睛烧出熊熊烈火，他暴戾地冲过去。

她现在可是他的妻子！他和她是有名有实的夫妻！她怎么可以对他如此残忍？不过新婚几天而已，她就背着他干出这等龌龊之事，对白月菲强烈的占有欲就要让江桐失控了！

而此时此刻的白月菲和李陌都有些愣神，二人还没有发现江桐，他们相互怔望着对方，周围寂静得只剩下彼此的呼吸。

眼皮一抽，李陌率先回过神来，关切道："你有没有伤到哪里？"

"没有。"白月菲摇摇头，还以为必定会和地面来个亲密接触，幸好摔倒在李陌的身体上，白月菲窃喜这小幸运，还未意识到与李陌的姿势太过亲密！

那一张眉目如画，肤如凝脂的脸近在眼前，李陌看得眼底生出一种奇异的光芒，但理智控制住他心中强烈的悸动，那抹光芒只短暂停留了1秒便消失，李陌及时意识到这样的姿势不适合他与白月菲的关系！就在李陌欲提醒白月菲起身之际，几乎是同时地，他和白月菲听到一阵急促而沉重的脚步声。

白月菲强烈地感觉到背后寒气逼人，杀气腾腾！

李陌侧身一看，眼神骤变。

难道李陌约了人？白月菲下意识地回头一探究竟，那个人影像风一样刮过她的眼前，她还没来得及看清楚来人，那个人影已经把她从李陌身上拽了下来。

扭回头来，白月菲彻底愣住，不可置信地望着江桐，江桐没有搭理她，只见他朝着李陌狠狠挥起一拳头。

怒意怨毒的拳头砸到了李陌的嘴角处，那记拳头力量之大，打得李陌的脸不由得侧向一边，鲜红的血液随着肿起的嘴角渗出，李陌被江桐打得一时蒙了。

白月菲愣了2秒，来不及思考江桐怎么会在这里，就在江桐挥打第二拳的时候，白月菲眼疾手快地伸出胳膊及时挡住了李陌。

江桐眸色一慌，狠力试图收住那个怒火喷烧的拳头。

电光石火之间，那个拳头最终顿在白月菲的鼻尖前。

81

这时，李陌恢复神智，神色凝重地立马侧回头，只见白月菲挡在他身前，她竟然在江桐面前袒护他？李陌的心中因此滋生出两种情绪，一种是意外白月菲的行为，他什么时候赢过江桐在她心中的分量？没有！从来没有过！所以现在白月菲的行为只是意气用事罢了！李陌由此选择湮灭那份滋生的意外，而那份独生在他心底的担心却越渐浓重，因为他清楚江桐对他早已经恨之入骨，而刚才他与白月菲又有身体的“亲密接触”，再加上白月菲现在如此明显得袒护他，眼前的一切只会加深江桐对他的恨意与误解，无论如何，他不想把白月菲卷进来！

李陌声音干哑却坚定：“月菲，你退到一边去，这是我和江桐之间的事情。”用大拇指抹掉嘴角的血液，他并不打算还手，这是他欠江桐的，早该还了！

“不行！”白月菲回头看了李陌一眼，语气同样坚定，转而又看向江桐，她很生气江桐打人的行为，语气冷硬地质问江桐：“你怎么可以这样？”

江桐双眸一阵冰寒，2 秒之后，他嗤笑一声，神情渐渐凌厉，目光如刀地盯着白月菲，她越是这般护着李陌，他心底越是抓狂，他真的快要被她气炸了！他怒吼道：“走开。”

但白月菲的胳膊却依旧固执地展开在江桐面前，白月菲一字一字拔高了声音道：“我不要。”她还一心想着不要让李陌遭受江桐的伤害，却不知她这般护着李陌会让江桐多么的恼火！

脑袋里血液疯涌，江桐就快要控制不住心中的怒火，在熊熊怒火彻底爆发之前，他厉声道：“我说最后一次，走开。”

白月菲铁了心站在原地不动：“我不要。”

两人僵持不下。

这种时候，要一个女人挡在面前，何况那个女人是他一直想要保护的人，这算怎么一回事？李陌几乎是用命令的口吻对白月菲说道：“你退到一边去。”

“不行！”白月菲再次拒绝李陌，用力伸长胳膊，似一座山一般护在李陌面前，白月菲警惕地看着江桐，看他一脸盛怒，她也不敢再激怒他，她语气稍稍缓和了一些：“用拳头解决事情是不明智的。”可惜白月菲终究感知错误，她一度以为江桐如此生气是因为当年李陌背叛他的事情，殊不知他的怒气更多的是因为她此刻的所为！

江桐的手指抽紧，心痛如绞地望着白月菲，这就是他的新婚妻子！他视为生命中最重要的人却一心偏袒着旧情人！这对于他这个丈夫而言是多么大的讽刺，多么可悲的事情！江桐的心裹着怒气狂乱地翻腾着，咆哮着，似巨大的浪潮要吞没一切。

见白月菲牢牢坚守在自己面前，没有丝毫退避的意思，李陌只好伸手强硬地拉过白月菲，而沉默中的江桐就在这一刻爆发了！他从李陌手中抢扯过白月菲，只是他没抓她太稳，由于他力度太重，再加上她拼力挣脱了他的手，然后她一个踉跄摔出半米之外，膝盖首先着地，紧接着后手肘擦过地面。

吃痛的白月菲狼狈地摔坐在地上。

江桐神色大惊，飞奔过去，心疼地蹲在白月菲面前，神色复杂地伸手要扶她。

李陌也很想过去扶白月菲，可时机不对，眼前这种情况他不应该掺和，一旦掺和，必定会引发暴风骤雨，所以为了不加剧事态发展，即使很担心白月菲，李陌也只能按捺住关切而在一旁静观其变。

看着江桐的双手碰触到自己的胳膊上，白月菲顿时觉得好笑，摔倒她的人是他，现在要扶她起来的人也是他！他到底想把她怎样，她完全搞不懂了！她有些愣神地看着他，他目光一凝，然后他的左手攥紧了她的右胳膊，右手抽离她的左胳膊，而后绕过她的腰，下一瞬，他就抱着她站起了身，她眉头一蹙，反应稍显缓慢，直到他抱着她朝门口走去的时候，她霎时慌张起来，因为她看到他此时此刻的表情像极了强迫她的那个晚上，她因此极度惊恐。

她一边狂乱地挣扎，一边喊道："放开我，放开我……"

李陌当然听到了白月菲慌乱的叫喊声，只是听到了又能怎样？如果插手他们夫妻之间的事情，只会让江桐更加恨他！不能加深江桐心中的恨意，他还奢望着有那么一天找一个合适的机会让江桐原谅他当年的背叛！想到这里，李陌心一狠，用力闭上了眼睛，直到白月菲的声音渐渐消失在他耳边，他才无奈地睁开眼睛，整个人瘫坐到沙发里，月菲，对不起，江桐是你的丈夫，带你走是应该的，我做不到与他针锋相对留你在此处……

大门之外。

火球一般的烈日炙烤着大地。

闷热的空气中，江桐走得很急，一双手死死困住白月菲，白月菲当然不会坐以待毙，只是无论她怎样挣扎都无济于事，就是无法从江桐的怀里挣脱出来。

强烈的不安使得白月菲不能自控，狂乱地朝着江桐的胸口捶着拳头。

密集的拳头力度很大，江桐痛得眉心紧皱，却依旧嘴唇紧抿，闷声不吭。

终于走到车前，江桐用手指勾开车门，将白月菲扔进车里。

被动跌进车里的白月菲慌乱地推车门，一心要逃出去，江桐快她一步锁了车门。

被困车里的白月菲拼命地拍打着车门，江桐见状更加气急败坏，这一刻，他就是要白月菲绝对地服从他！江桐冷脸走到车后，开启后备厢，巡视一番，并没有绳子之类可以捆绑的物品！江桐脸色铁青地压下后备厢时，晃眼看见在他胸前晃荡的领带，拧着脸一把扯下领带，走过去再次打开副驾驶车门，白月菲试图趁机跑下车，他一把抓住白月菲的手，要把她的双手反铐在车椅上，她拼命挣扎，强势的他上半身压在她的右肩膀上，靠着她的脖颈伸长了脖子，用领带拴住了她的双手，默然退身回去，脸色冰寒地关上车门。

绕过车身，江桐回到驾驶座上。

车子飞速地朝着江氏别墅而去。

“……放开我……听见没有……”白月菲嘶喊道。

“想都别想。”江桐语气绝狠。

“我告诉你，”白月菲气不过江桐如此对待她，什么难听的话语都一股脑儿讲了出来，“你拴住的只是我的人，你拴不住我的心。”

江桐的胸腔剧烈地起伏着，咬牙侧头，目光凶横地瞪了白月菲一眼，不再跟她废话，转而继续注视前方的道路。

一路上，不同于江桐的暴怒不语，白月菲的话语就没消停过，她已然失去理智。

“你凭什么这样对我！”

“你是江桐就了不起啊！”

“我有人身自由的！”

……

白月菲连续喊叫了一大堆，江桐却再没有任何回应，只是沉默地开着车。

白月菲继续喊叫着，江桐依旧沉默不言，但是他的心早就因她的话语一阵悲寒，一阵熊熊烈火，一阵翻江倒海，狂乱的情绪让他就快要把持不住。

白月菲因为被绑而愈渐烦躁，冷嘲道：“把我绑起来，你还是不是男人？”

忍了许久的江桐最终还是被这一句话击败，他勾唇冷笑：“你不是尝试过吗？”

白月菲一愣，气恼道：“……那……那是你强迫我的……”

“强迫”二字刺进江桐的心底，在那里狠狠划出一道鲜红的伤口，江桐忍住似剐裂一般的疼痛，声音干哑道：“你已经成为我有名有实的妻子，做好你的本分，我不想再看到你跟你的旧情人私会。”

酸楚翻涌上来，淹没了白月菲的所有理智，她寒心地一笑，原来江桐是这般看待她和李陌的关系的！既然他是这样想的，那么她成全他的想法，她负气道：“凭什么你不想我就不能做？我偏要见李陌怎么了？”

“你……”

江桐话还没说完，白月菲就抢言针锋相对道：“我怎么了？我问过、管过你与你外面的那些女人吗？我没有，所以，你也不要再过问我的事情。”

江桐抓紧方向盘，话语一字一字地从齿间挤出来：“白月菲，你知道你在讲什么吗？”

“我当然知道，”白月菲哪里知道她说了什么，她已然被冲昏了头，竟然还冷冷地抛出一句，“希望我们以后井水不要犯河水。”

这时，黑色宾利急刹在江氏别墅大门前。

“如果我非要犯呢？”江桐忍无可忍，愤怒地冲下车，一把拉开副驾驶车门，胡乱地解开白月非的双手，强制性地抱起她朝着卧室而去。

82

不论白月菲怎样撕扯喊叫，江桐都视若无睹，他的眼底一片暗涌起伏，嘴角略微颤抖，却始终没有发出声响，只是把怀中的白月菲越圈越紧，像是要把她塞进自己的身体。

那道纯色的卧室门被江桐用脚后跟带上。

走到床前，江桐直接将白月菲扔上去，没有一点温柔，白月菲狼狈地起身，下一秒欲逃离之际，江桐已经霸道地爬到她的身体上，双腿控制住她的双腿，掐着她的脖子怒吼道："白月菲，你和李陌过去的种种我都可以放下，可是你却背着我和他私会，在沙发上卿卿我我，你到底有没有把我这个丈夫放在眼里？我就那么满足不了你吗？你知不知道我们已经结婚了？"

危险的感觉灌满全身，白月菲哪里听得进去江桐的话语？她惊骇地坐起身，双手握拳狠狠捶打江桐的胸口："放开我……听见没有……放开我……如果你再对我做出那种事……我永远都不会原谅你……永远都不会……"

江桐听得气结："我可是你丈夫，就算对你做什么也是理所应当的，这是你作为妻子的义务。"一被再刺激的江桐再无理智去顾及白月菲的感受！白月菲越是抗拒，他越是想要霸占她，在她密集的拳头中，他自顾自地脱掉了上衣。

然后，他一把推倒了她。

一团燃着火焰的阴影将白月菲笼罩住，被困的她找不到出路，就在这时，江桐猛然堵住了她的双唇，他一边在她的唇瓣上肆掠，一边撕扯她的衣服，她狂乱地用双手去挡开江桐的手，混乱之中，江桐强劲的手占了上风，白月菲的衣服最终被他撕破。

于白月菲而言，江桐撕碎的岂止是她的衣服？他同时也撕碎了她的心，那颗深爱他的心被他狠狠撕碎。

在江桐的厮磨辗转中，白月菲垂下了反抗的双手，不再哭喊，惊惶的脸侧向一边，惊恐的眼神变得冰冷，夺眶而出的眼泪疯狂漫延在脸颊上，江桐却还蛮横地直抵她身体的最深处，酸胀的痛使得她无处安放的双手不禁扣到了江桐的背脊之上，似乎用力扣住那个背脊她的疼痛就会减缓一些。

她的指甲深陷在他背脊之上的皮肤里。

江桐脸上的汗水落到白月菲起伏的胸间。

极致的欢愉与痛苦包围着江桐。

痛！很痛很痛！白月菲觉得比第一次痛上千万倍，她硬生生地把江桐的背脊划出数条血痕！白月菲感觉那个过程很是漫长，每一分每一秒都受尽折磨。

过了很久很久，发泄完的江桐目光复杂地盯着白月菲看，看了足足 1 分钟，他才小心翼翼地抽离白月菲的身体。

那暗沉的眼神幻变，雾气氤氲在江桐的眼底，他想对白月菲说他错了，却又开不了口，毕竟新婚那晚他才对白月菲说过道歉的话语，结果今天他又再一次强迫了她！恐怕他的道歉于此刻的她而言没有任何诚意和分量！何况此时的她情绪尚不稳定，再加之尽管他对她有强烈的负罪感，但他心间的那团火还没有灭，万一与她谈论稍有差池，她若是赌气针锋相对，他又会失控，他可不想冒险，他思虑还是先让她一个人冷静一下，晚一点再去赎罪好了……

于是江桐神情晦暗地走进了浴室。

水帘中，江桐懊恼地仰着头，就连他自己也接受不了他刚才强迫白月菲的行为！他这样的坏蛋真应该下十八层地狱……

浴室外。

呆滞的白月菲有了反应，颤抖地抬手抹掉眼泪，下身仍然火辣辣的，痛到她的表情有些狰狞，咬牙忍住疼痛，颤巍巍地坐起身体。

而那颗破碎的心比下身还要痛，狠狠地揪着白月菲身上的每一根神经，痛到她连呼吸都觉得吃力，好像要窒息一般！极限的痛楚之中，白月菲的嘴唇渐渐变得苍白，脑袋里一片嘈杂。

她第一次被江桐残忍对待的时候，是因为她有对江桐的爱支撑着，所以即使痛苦，她也最终选择继续留在江桐的身旁，选择慢慢去原谅他，可是这一次之后，那些支撑着她继续爱下去的勇气在江桐变本加厉的折磨里消亡殆尽。

一次！

两次！

往后还有很多次吧？只要江桐想要，不管她愿不愿意，他都会强硬地要了她，她才不要沦为他在那方面的发泄工具，更重要的是她和他之间变得如此荒唐，她依旧还是愿意尝试着原谅他，可是那样残酷的画面她接受不了，遗忘不了，它像毒蛇一般咬噬着她的心脏，白月菲的身子猛地一抽，在万般的疼痛里终于做了决定，她，再也不要承受那样无爱的折磨了！

……

江桐，我爱过你，直到这一刻，也从来没有后悔爱上你。

但是，也只能爱你到这里了！

既然爱情只剩下痛苦，我又何苦非要强留在你的身旁……

白月菲凄哀地望了一眼浴室，收回目光之际决然的神情愈发坚定，捡起地上的衣服快速穿好，而后找到手机，又跑到柜子前翻出证件、银行卡和钱包，最后取下手上闪亮的钻戒，深深地看了一眼，虽然舍不得，最终还是放下了那枚代表一生一世爱恋的钻戒！

她，带着一颗遍体鳞伤的心夺门而出。

白月菲慌不择路地朝大门跑去，一不小心撞到正在门口浇花的陈嫂身上，撞得陈嫂手里的水壶掉落到地上，水壶带着惯性滚到了草丛里，陈嫂还没反应过来，白月菲的背影已经隐没在大门之外。

老天也觉得她和江桐不合适吧？觉得她应该远离他，所以一向很难看到出租车的别墅区竟然远远地驶过一辆出租车，白月菲慌忙地朝司机招手。

上车之后，司机问她："小姐去哪里？"

白月菲怔了一下，这个城市那么大，现在离开江桐，她才发现只有李陌可以依靠，可她不想在这种时候去李陌身旁，她有气无力道："你朝市区随便开吧。"她不知道江桐是否会追上来，但她知道那颗被掏空的心一旦做了决定，就不会轻易更改！她彻彻底底地领悟了！她再也不能和江桐一起生活，不是不想，是不能，那样的生活对于两个人都是伤害，他是那么好的一个人，而她却在无形之中把他变成了那样一个残忍的人，如果她的存在只能让优秀的他变得糟糕，她是应该远离他的，因为她爱他，所以他不想看到他变成更坏的样子，何况他是那样残忍，他让她陌生！让她害怕！让她绝望！最终也让她选择了逃离！

为了阻止江桐追上来，白月菲催促司机："麻烦你再开快一点，越快越好。"

司机又加快了二十迈的速度。

太阳已经穿透云层。

微风轻拂过墨绿的树叶。

花开得正好，吐露着醉人的芬芳。

一切看起来都很美好，而艳阳下的白月菲却感受不到一丝的美好，她在拼命地逃离，逃离这个她当初义无反顾选择回来的地方。

而先前，就在白月菲跑到大门口的时候江桐已经从浴室里出来，发现没了白月菲的身影，眼光一紧，有种不祥的预感，扫视四周一遍，赫然发现床头柜上的戒指，心剧烈地一颤，慌忙冲过去，一个踉跄，差点栽倒，狼狈地扶住床头柜，拿起戒指一看，手指霎时僵硬，手腕随之也松了力度，闪亮的钻戒掉落到地上，而后滚了几下，没入床底。

顾不得戒指何去何从，江桐慌乱地拿起电话拨打白月菲的号码，显示对方是关机状态！全然不知白月菲已经更换号码的他又急又躁地把手机砸向了墙壁，然后眼神一凝，似意识到了什么，突然夺门而出。

没有他的允许，他不准她离开！他不准她再次对他的世界不告而别。

当江桐急速跑过大门前时，陈嫂刚好从外面返回，江桐急停步于陈嫂面前："看见月菲没有？"

"少爷，少夫人她刚乘出租车朝滨海路方向走了。"其实从白月菲回到江氏别墅那一天，忠叔就吩咐陈嫂要多多注意白月菲单独时的日常，并且要向他汇报，所以刚才陈嫂才跟了出去，保持一定距离远远观望着白月菲，见白月菲乘车走后，这才返回别墅。

“车牌号看见了吗?”江桐急切地问道。

陈嫂点头，准确无误地汇报出车牌号码。

江桐听闻立马转身跑回房间取车钥匙。因白月菲而生的狂乱让江桐一时丧失思考能力，竟不知派人利用车牌号码去采用科技定位寻找白月菲。

当江桐飞掠过客厅出门之时，管家忠叔刚好看见他慌慌急急的模样，这样的他几乎难得一见，忠叔放心不下，遂派人跟上了江桐。

黑色宾利如飞一般在滨海大道上疾驰。

83

因为是别墅路段，路上行车不多，出租车更是寥寥无几，这倒有利于江桐寻找那辆出租车，可惜5分钟之后，江桐还是未找到×××车牌的出租车，而前方暂时未有出租车行驶，于是他再次加快了车速，继续寻找下一辆出租车。

黑色宾利在宽阔的道路上风驰电掣，就连迎面而来的私家车司机都感叹不已："这样开车，迟早出事！"

风从耳边呼啸而过，白月菲的头发被风吹乱，不知怎的，她的心脏一震，说不上那种怪异的感觉是什么，只是觉得那种感觉比先前决意离开江桐的时候还要难受，直到5年后，白月菲才明白为什么当时会有那种诡玄之感。

车子开到市区之后，司机征询道："小姐，这里已是市中心，你需要在这里下吗？"

白月菲忍住心脏处愈加撕裂般的疼痛："就这里吧！"

付钱。

下车。

心脏那股疼痛莫名地如影随形，白月菲不管不顾，只是深深吸一口气，然后走到就近的石阶上，老旧的石阶上布满灰尘，白月菲却无所顾忌地坐了下去。

抬头仰望天空，那广阔的天际风轻云淡，阳光从轻盈的云层里冒出来，耀眼的光芒从天际洒下，仿若美好梦境一般，只是在白月菲的眼里，那片天空却是乌云密布！因为此刻她所看到的是她心底的那片天空，她亲手把江桐从她的世界里隔绝，她再也不用受江桐的折磨了，再也不用委曲求全地留在江桐的身边了，她应该高兴啊！可是，沉重的悲伤却贯穿全身，白月菲忽觉好冷好冷，仿佛置身于冰天雪地之中，冷得她不由得一阵哆嗦，低下头抱紧了胳膊，似乎这样就不那么冷了！

一双凄楚的眼呆呆地看着自己的脚尖。就算白月菲千般万般不情愿，却也不得不承认，她的爱情之梦醒了！那个历经5年的梦如此悲哀地以她逃离的方式彻底地醒了！梦醒之际，白月菲看到她的心淌着涓涓血迹，那颗滴血的心在刻骨的痛苦中呜咽：再见了，那个我从情窦初开挚爱到现在的男孩！

此刻的白月菲虽是极尽悲痛，却没有流下一滴眼泪，有时候人在难过的时候反而哭不出来！眼睫轻颤的白月菲深吸一口气，起身四处望了望，发现不远处有一家音乐酒吧，走过去，在门前伫立了1分钟左右，而后提步进去。

江桐说过不喜欢她喝酒，可是他的喜好已经跟她无关了，此刻，白月菲只想一醉方休，醉了之后，这个世界都与她无关，何况是和江桐分开一事呢？

音乐酒吧的生意很好，人很多，几乎都是20多岁的年轻人，就在白月菲进入大门的一刻便吸引了众多人的目光。

男生们只是旁观，女生们则热烈议论。

“喂，快看，好像是江桐的妻子白月菲。”

“怎么可能？江桐的妻子会来这种小地方？”

“说得也是，就算白月菲喜欢这种平民小地方，也不至于一个人前来吧？毕竟这地方难免鱼龙混杂，身为亿万富豪的娇妻后面至少应该配备几个壮汉保镖保护才对呀！”

“说得有道理，我看她只不过是和白月菲长得像罢了。”

“不过那个女生的长相还真是可以以假乱真啊……”

……

大家始终觉得白月菲来这种地方玩纯属无稽之谈，他们一边继续玩儿，一边偶尔关注白月菲两眼，这反倒成全了白月菲，她正好不想被人打扰。

不起眼的角落里，白月菲一连灌下了好几杯红酒，她哪里是在喝酒，她完全就是拿红酒当水喝。

喝到第七杯的时候，包里传来来电铃声，白月菲把手里的红酒一饮而尽之后，才从包里摸出电话：“……嗨……你好吗……”

李陌一听这声音便知白月菲一定是喝酒了！他担心道：“月菲，你……”

不等李陌说完，醉意渐浓的白月菲自问自答道：“……嗨……我不好……怎么办……我一点都不好……”

“月菲，”李陌放慢了语调，“你现在在哪里？”

“我在哪里……我也不知道我在哪里……”白月菲的话语断断续续，酒精迷乱了她的神志。

虽然没有得到白月菲的确切回答，但李陌从电话里的音乐声中判定出白月菲是在酒吧，可全市那么多酒吧，白月菲会在哪一家呢？确定不了地址，李陌思忖片刻，引导道：“月菲，你不要乱动，现在叫你旁边的服务生听电话好吗？”他祈祷醉酒的白月菲能照他的话做。

白月菲嚷嚷道：“……服务生……听电话……听电话……服务生……听电话……”她一只手臂高举到空中，来回猛晃。

白月菲这一嚷嚷，召唤到离她最近的服务生，这个服务生是老手，遇见过很多次类似的情况，处理起来自然得心应手，不等李陌开口，服务生便自动报上酒吧的地址以及白月菲所在的台号。

李陌忧急的心稍微放松一些，他问服务生：“她是一个人吗？”

“是的，这位小姐进来之后点了一瓶红酒，已经喝光，现在是第二瓶。”

“这样，你用饮料调包走她面前的红酒，在一旁看着她，不要让她乱跑，等我到了之后，必然重谢。”

一听李陌的话语，有利可图的服务生高兴得合不拢嘴，殷勤地表示一定会好好照看白月菲。

挂断电话，李陌急匆匆出了门，恨不得飞奔到白月菲面前，从江桐强行把她带离别墅之后，他的一颗心都系在她的身上，他放心不下她，想要打电话问问她和江桐的情况如何，又碍于江桐在她身旁，何况江桐对他恨之入骨，他的一通电话保不准会刺激到江桐，所以不管他们情况怎样，那时明显不适宜打电话。于是他一拖再拖，挨了两个小时左右，他想就算白月菲和江桐有争吵，也应该结束了吧？所以他打了这么一通电话，却由此得到白月菲独自在酒吧买醉的消息……

“天啦！快看，是 Sunshine 集团的继承人李陌。”

李陌的出现引起了众人的骚动。

“是哦，真的是李陌，这么说来，那个女生不是冒牌货咯？真的是白月菲!!! 一定是她!”

“Oh！闪瞎我的眼，震动我的心，江桐现在的妻子居然与她曾经的未婚夫李陌出现在同一个酒吧……”

悠扬的蓝调音乐声中，只见李陌步伐沉重地朝着白月菲所在的位置而去。来酒吧之前，李陌就想到了他与白月菲一同现身必然会引发众人围观，毕竟关于他、白月菲、江桐三人之间情感纠葛的舆论热度还没有消散，为了不被酒吧里的众人打扰，便提早安排了保镖去往酒吧。

有了保镖们这道坚固的屏障，围观者们是没有机会接近李陌和白月菲的，他们只能远远地观望着，不过，得益于敞开式场地而让围观者们有机会拍下白月菲和李陌的照片。

84

蓝白色交织的微暗灯光里，白月菲下巴枕着左胳膊趴在吧台上，呆望着右手上的红酒杯，单薄的背脊此时看上去不堪一击，这时，李陌已经径直走到她身侧后方，虽然白月菲意识微弱，但尚有一丝感觉，隐约觉得有人站在身旁，于是侧过脸一看。

"李陌，是你吗?"白月菲恍惚地望着眼前的人。

"当然是我。"李陌目光沉痛地应声道，把散乱于白月菲右眼前的那缕头发捋到一边，这是他第一次见白月菲喝酒。

"你是来看我的吗?"白月菲泪眼迷离地问道。

"我来接你走的。"李陌拉住白月菲的左胳膊，欲带她走。

"……我不走……"白月菲忽然激动起来，使力甩掉李陌的手，"我哪也不走……我们在这里喝酒好不好？你陪我一起喝好不好?"

都说酒后吐真言，白月菲也不例外，断断续续地说个不停。

李陌犹豫片刻，终于还是依着白月菲，坐到她身旁，听她语无伦次。

"……你说……我们怎么会走到今天这一步……"

"……我那么爱的江桐……怎么会这么对待我……怎么会一而再，再而三地强迫我……"

李陌听得心揪痛，直盯着白月菲浓郁的瞳仁，右手不禁抚到白月菲的脸颊之上，想安慰她，可她一直说不停，他便不作声，静静听她呓语。

"你知道吗？真的很痛……身体很痛很痛……"白月菲把李陌的手移至她的心脏处，"这里……这里更痛……锥心的痛……"

通过手心感觉到白月菲心脏的跳动，微弱而缓慢，李陌的手指一颤，这时，白月菲突然丢下他的手，站起身。

"……太痛了……所以我放弃了……"说着说着，白月菲突然大笑起来，眼泪又大颗大颗地从她的眼眶里滚出，"……我放弃了……我放弃江桐了……我爱他……可是我放弃他了……我继续不了……我继续不了……我主动选择离开他了……"

李陌一把将情绪崩溃的白月菲搂到怀里，白月菲痛哭着，李陌心痛地轻拍她的后背，她哭了很久很久，后来哭累了，颤抖的身体慢慢平静。李陌低头看她，这才发现她竟睡着了，睫毛上还沾着泪水，李陌停止拍打，轻轻为她拭去泪水，之后把她横抱而起。

走到车前，李陌小心翼翼地将白月菲放到副驾驶座里，扯过安全带为她系上，回身一点距离，静静看着醉过去的她，只见她神色伤痛，嘴唇苍白，伴着低泣声侧靠在座椅上，虽然已经为她系好了安全带，但她的脑袋还是在空中摇摇欲坠，于是李陌放下座椅，让白月菲平躺，以此让她睡得舒服一些。

发车之前，李陌犹豫着是否要把白月菲送回到江桐面前。3 秒之后，李陌发动引擎。

天色渐变。

起了风，太阳躲进了云层，细雨随风飘扬。

暗沉的天色下，白色保时捷的车速很慢，开到岔路口时，突然偏离江氏别墅所在的方向，因为李陌才意识到江桐若是有心，岂会让白月菲一个人伤心地流落在外？显然这个时候，他不能把白月菲送回江桐身旁。

李陌临时改变主意，决定带白月菲回家。

渐渐地，细雨转变为大雨，伴着轰隆隆的雷声，从遥远的天幕倾泻而下。

李陌的心里也下着暴雨，如果当年不是他从中作梗，原本情深意长的白月菲和江桐也不至于走到这一步吧？李陌因此心生了对自己的怨念，觉得白月菲和江桐走到今天这种局面，他有着不可推卸的责任。

“对不起。”李陌目光深重地看了白月菲一眼。

大雨死命地朝玻璃上抽，抽得李陌的心生疼，扶在方向盘上的手指不由得紧了紧，那一双原本爱笑的眼睛布满深深的悲伤。

到达别墅时，雨势愈加猛烈，只见白茫茫一片水雾。

李陌冒雨走到后备厢，取出备用雨伞，绕到副驾驶座旁的车门时，才发现车门已经被打开，李陌惊慌地扫视四周，发现白月菲站在不远处，赶忙跑到白月菲面前。

伫立在大雨中的白月菲已经全身湿透，可李陌还是为她撑着伞，避免她继续淋雨。

“……天空怎么哭了……”白月菲傻傻地望着天空，她的酒还没醒，脑神经被酒精麻痹，导致她站不稳，摇摇晃晃于风雨中。

“天空丢了太阳，所以哭了。”李陌用另一只手扶住白月菲的肩膀，引导她朝屋里走去。

“可是天空为什么会丢了太阳？”白月菲机械地跟着李陌迈着步子。

李陌抿了抿嘴唇，实在编不下去。

醉酒的白月菲也不管李陌是否回答她的问题，又继续胡言乱语。

模糊的大雨中。

沉默的李陌指引白月菲朝前走。

穿过大风大雨，李陌终于把白月菲带进屋里。

白月菲还在断断续续地呓语，李陌一边听，一边把她扶到浴室里，她淌着水的衣服必须换下来，不然会感冒，可是他不方便帮她更衣，于是他把浴袍放到她手上，像教小孩子一般耐心地引导她:“你把身上的湿衣服换下来,穿上这件衣服之后,天空就不会哭了!”

“天空真的不会哭?”

“不会。”

“我讨厌天空哭,我要太阳。”白月菲拎起浴袍放到一旁,开始脱身上的衣服。

李陌不愿冒险留白月菲独自一人在此换衣服,他要陪着她以防她发生什么意外,所以面对脱衣服的她,他只是背过了身体,闭着眼睛,凝神听她的一举一动。

白月菲换衣服的动作虽然缓慢,但好在过程顺利,她终于把浴袍套进了身体。

“我穿好了,”白月菲望着浴室上方,盯着那一盏圆圆的白炽灯,傻傻道:“好神奇,天空真的没哭了,太阳真的出来了。”

李陌苦笑,这样傻傻的白月菲让他心间愈加绞痛,他表情凝重地转身过去,拿过毛巾,替白月菲擦拭头发上的雨水。

白月菲的视线转向李陌,她混沌的记忆里有过这样的一幕,不禁伸手去碰触李陌的脸:“你知道你第一次帮我吹头发时我有多开心吗?”

李陌的手顿住,目光深邃地望着白月菲,他清楚白月菲把他当成了江桐,心里因此隐隐生疼,却仍然对白月菲笑道:“那你想要继续开心吗?”

白月菲目光迷离地点头。

李陌把白月菲安置到一旁的椅子上,轻声说道:“你坐在这里不要动,我再帮你吹一次头发。”

白月菲欢快地拍着巴掌:“好啊好啊!”

李陌取过吹风筒,思绪纷扰地帮白月菲吹干头发,然后扶她去房间。

白月菲倒也听话,从浴室到房间,整个过程不哭不闹,甚是配合李陌。

85

把白月菲哄睡之后，李陌没有马上离开，盯着白月菲的脸看了好一会方才起身，怎料转身离开之际，原本已经睡着的白月菲突然睁开了双眼。

惊醒的白月菲处于稀里糊涂的状态，紧紧抓着李陌的手：“我不想走的，我不想离开你的，真的不想离开你。”白月菲泪眼蒙昽地望着李陌的背影，惶然、无奈、不舍，激烈的纠葛在她的眼睛里，数秒之后，她的手指颤了颤，放开李陌的同时，一颗伤心的泪珠从她左眼流出：“可是我还是放了手，我还是离开了你。”

李陌深吸了一口气，百感交集地回身，抬手擦拭掉白月菲眼角的泪珠，目光微微流转片刻，然后握住白月菲的手，声线轻柔地哄她：“月菲，我们没有分开，现在你闭上眼睛，我就会出现在你的梦里。”

迷醉的白月菲信以为真，乖乖闭上了双眼。李陌为她掖好被子，直到确定她睡沉之后，这才起身去到浴室。

一番快速洗漱，李陌匆匆返回白月菲所在的房间。

静谧的空间中悲伤的气息暗暗涌动，那是李陌的心疼，白月菲不曾知道她的难过会在李陌这里加倍！那些难过挥刀见血一般锯在李陌的心坎上！

睡梦中的白月菲翻了下身，嘴里还在呓语着，李陌听不清楚她说的是什么，只看见她紧拧眉头，看样子十分难受，他用手背去试她额头的温度，滚烫！

赶紧找来体温计量她的体温，39℃！

以前在意大利的时候白月菲也发过几次高烧，白月菲有一个不大好的习性，她很怕见医生，更怕去医院，尽管李陌陪她去医院就诊时她都努力掩饰对医院的恐惧与排斥，但李陌还是发现了她的这个小秘密。于是当她再一次感冒高烧时，李陌便特意安排了医生到家里为她诊治，也是那时，李陌跟随医生学习退高烧的物理治疗方法，所以此时面对高烧中的白月菲，李陌并未手忙脚乱，他先是用毛巾裹着冰块敷在白月菲额头上，以冰敷帮助白月菲退烧。

而后李陌又去到客厅找出备用药箱，拿出退烧的药物，细心检查过上面的生产日期，确定是在有效期之后，这才拿着药物，倒了一杯温水，回到屋里。

李陌托起白月菲的脑袋，把她的后背靠在他的胳膊上。高烧致使白月菲处于一种浑浑噩噩的状态之中，再加上酒精的作用，对于李陌的行为她是没有一点感知的。李陌先将药物塞进白月菲的嘴里，紧接着把水杯放到她嘴边，勉强灌了她一小口温水，可惜她非但没有吞下药物，就连灌进去的那一小口水都从她唇间溢出，李陌急忙抽过纸巾擦拭干净。

又连续试喂了好几次，白月菲依旧没能吃下药物，再一次喂药失败之后，原本昏睡的白月菲突然大咳，紧接着一顿狂吐，李陌赶紧放下水杯，轻拍白月菲的后背。

等到白月菲吐完之后，李陌用清水帮她擦拭干净嘴角。

他再次拿出一颗退烧药，就着水喂了白月菲好几次，都以失败告终，再度擦拭干净白月菲唇边的水迹，李陌拿着药的手指忽而停顿在白月菲唇间，迟疑片刻，恐怕如此喂药又要以失败告终！李陌深吸一口气，心中已有决定，他眸色深沉："对不起。"把药物塞进白月菲口里，紧接着他喝下一口水，而后用舌尖推送停滞在白月菲口里的退烧药，退烧药被抵至白月菲的喉咙处，李陌把白月菲的头朝后再仰了一些，以此帮助她吞下退烧药，方法很管用，白月菲最终吃下了退烧药。

李陌这才略微安心地将白月菲平躺，为她盖好被子，开始着手处理地上的呕吐物。

搞完卫生之后，李陌就一直守护在白月菲床边，其间，还为白月菲更换过几次冰毛巾。

不知不觉，夜幕降临。

李陌渐显疲累，却始终不肯合眼休息。

后半夜的时候，李陌再量白月菲的体温，基本恢复正常，已经十分疲乏的他这才头靠于床边闭眼休息。

大雨渐渐停了。

清晨，阳光普照大地，空气里散发着雨后的潮湿。

慢慢睁开双眼，白月菲呆望着天花板，分手的痛此刻又在她的心底翻绞，她曾不留余力地爱着江桐，那段美好的感情从青葱岁月到现在，却以悲剧收场。终于，她在那痛如刀割的折磨里亲手挥剑斩断情丝，只是感情不是水龙头，说开就开，说停就停，她需要时间去缓冲那"不得已"的分手。

"你终于醒了。"

白月菲循声一看，发现是李陌，坐在床边的他正对着她微笑。

白月菲坐起身体，看了一眼周围的环境："我怎么在这里？"对于酒醉之后的事情，她一点印象都没有。

"昨天你喝醉了，我就把你接回来了。"李陌起身伸了下懒腰，解释道："后来由于我的疏忽，导致你淋了大雨，从而引发高烧，我给你吃了退烧药，然后你就睡到现在。"

白月菲揉揉太阳穴，难怪觉得头重，全身有气无力，原来是生病了啊！不过酒醉是怎么一回事？白月菲眯着眼睛细细回想，混沌的记忆渐渐清晰，然后，她神情不堪地低下了头。

李陌知道白月菲不堪的是什么，刻意转移话题："你想吃什么？"从昨天下午到现在她都没有吃过东西，应该很饿了吧！

“我不饿。”

“生病之后没胃口是正常的，但是再没胃口，东西也还是要吃的，不然身体受不了。这样吧，我给你熬些白粥，你少吃一点，至少不能让胃空着。”

默然片刻之后，白月菲冲李陌点了点头。

李陌走后，白月菲又躺回床上继续睡觉，只要睡着了，就能暂时远离那些苦痛了吧？

只是，白月菲怎么也睡不着，江桐的模样一直盘旋在脑海里，白月菲清楚她没有那么快放下江桐，她需要时间，在时间的长河里慢慢放下江桐，就像当初离开江桐一样，时间会帮助她的。不过那时的江桐和她之间只是男女朋友关系，所以即使难受，她也不会如同现在这般痛苦，现在和过去不一样，她已经是江桐的女人了，她人生中最宝贵的第一次给了江桐，在这样更深层的关系里，她必然需要更多的时间才能放下江桐。

“我的厨艺很好哦。”李陌端着热气腾腾的白粥走到白月菲身旁。

“哦。”白月菲虚弱地坐起身，白粥的香味缭绕在鼻息间，她却没有一点胃口。

李陌先把白粥放到床头柜上，拿过枕头贴着床头壁，安置白月菲背靠于枕头上，这才拿过白粥喂她。

白月菲不想毁掉李陌的劳动成果，而且她觉得心已经空了，不能再让胃空着！她虚弱地微笑道：“我自己来吧！我还没病到不能自己用餐的地步！”

李陌顺了白月菲的意，将碗递给她，只要她愿意吃东西就好。

白月菲接过碗，勉勉强强小啜了几口，实在是没有胃口，便把碗放到一侧。

李陌蹙眉：“你吃这么少，怎么行？”

“我饱了，吃不下。”

“再吃一点吧。”

“真的吃不下了。”

“好吧。”李陌不再勉强白月菲，他说：“今天天气很好，我带你去花园散散步。”

白月菲没有心情出去，摇头道：“你自己去吧，我想躺一会。”

李陌一言不发地看着白月菲，白月菲被他看得不安，局促地低下了头。

86

李陌的表情在矛盾的情绪里渐变，他一方面心疼此刻的白月菲，一方面又觉得不能再放任白月菲继续消沉萎靡了，这时候，他如果还不逼白月菲振作，以白月菲的性格，她即使在这个屋子里待上十天半月都不成问题！于是李陌收起对白月菲的心疼，字字相逼："白月菲，难道你打算一直待在这个屋子里，哪也不去吗？"

白月菲怔住，手指不禁抓紧了被子，没想到李陌会如此发问，一时不知如何回答。

见白月菲不语，再加上李陌本就气愤白月菲折磨她自己的不理智行为，压抑了一夜的情绪不受控制地爆发出来："既然离开江桐让你这么难受，你又何必要做出这样的选择？"

嗫嚅几秒之后，白月菲用力抿了一下嘴唇，黯然垂下眼睫，索性沉默以对。

房间安静得让人窒息。

白月菲那一脸委屈又茫然的表情让李陌有些懊恼自己是不是说得太狠了。

半晌，白月菲喘了口气，事实上她很清楚只能暂时逃避，离开江桐一事，终究还是要去面对的！既然如此，早晚都是要过那一道难关的，那不如就现在尝试着去闯过吧！

白月菲忽然抬起头看着李陌，低声说着切身感受："我爱他，但是那份爱里多了畏惧，那畏惧让我退缩。我没有勇气再继续爱下去，所以做了这个我最不愿意、最不想要的决定。"

眼见白月菲的手依然紧抓住被子不放，李陌不忍心再逼她，叹息一声，缓缓开口："月菲，我只是想让你明白，以我的角度看，你和江桐之间应该是相处出了问题，你那么爱他，你们好不容易才走进婚姻，你要不要再考虑一下？"

"不是相处的问题。"白月菲当即否认，她是当事人，比谁都清楚她与江桐之间存在的问题，她袒露内心："我和他对彼此都有抵触的心理，我全心全意地爱着他，我不奢望他也全心全意地爱着我，毕竟爱情是不可能对等的，我只是希望我和他在一起的时候彼此都是快乐的，但是这些日子以来，我和他却很少快乐，更可悲的是我竟然畏惧我所爱的他了！"

"畏惧是可以克服的。"

"不，我不要克服。"白月菲激动地摇头，原本低沉的声音瞬间提高好几个分贝："我永远都不要克服，我不要在他给的疼痛里克服。"说到这里，白月菲激动到猛烈地捶打着被子，她失控地喊了起来："我讨厌那样的疼痛，我讨厌他那样对我……"

“好了！好了！”李陌一把抱住不能自控的白月菲，按住白月菲的双手，轻声安慰道：“你听我说，现在冷静一下，那些让你不愉快的感情都只是曾经了，它们应该留在过去，不能被你带进未来，更不能让它们去影响和破坏你以后的人生。月菲，现在你唯一需要做的就是让你自己慢慢走出那段感情！我知道这对于你而言很艰难，但是我会陪着你，我会陪你走进另一个美好的天地。”

白月菲显然没有听进李陌的话语，眼泪在眼眶里打着转，她像在问李陌又像自说自话：“为什么？你说他为什么要那样对我？我明明说了不要再那样对我，再那样对我，我永远都不会原谅他，可是他依然那样对我了。”

李陌先是错愕2秒，而后混沌的双眸瞬间分明，他竟然从白月菲的话语里判断出一个大概：江桐强迫了白月菲两次！那样的江桐让白月菲心生畏惧，最终使得白月菲忍痛割爱！只是李陌无法相信江桐怎会那样对待白月菲，他难以置信白月菲口中的江桐如恶魔一般，可他知道白月菲说的一切都是真实的！李陌神色凝重地看着怀里的白月菲，这世界上只有江桐才会让她如此伤痛失控！

这时，白月菲突然抽离李陌的怀抱，又笑又哭：“他连我的人都不在乎了，又怎么可能在乎我的原谅，顾忌我的感受？”

李陌的眉头紧锁，始终觉得事情不应该如此！他竟一言道出江桐的心声：“也许江桐那样对你，是因为他把持不住，你毕竟是他的妻子，江桐是个正常的男人，对你有那方面的想法和举动也是情理之中的。只是显然他过了头，伤害到了你，可是不管怎么样，我觉得江桐是爱你的。”

“是不是他每一次把持不住的时候，只要他想要，我就必须给？”白月菲苦笑，心底涌来一阵刺骨的心寒，她摇头：“我做不到，你知道吗？结婚前后，他虽然让我一再绝望，却又一再给我点燃希望，让我坚信他是爱我的，我和他可以慢慢过上幸福的生活，直到现在我才知道那是错觉。因为我爱他，所以我把一切都想象得太过美好，可是现实是残酷的，不是吗？如果他真的爱我，就算我躲他再远，凭他的能力，要找我又何尝不是一件容易的事情？但是，一天过去了，他并没有找我不是吗？他不在乎啊！我是去是留他根本不在乎！”

“月菲，你要三思而后行，有些人一旦错过，就很难再有机会重来，现在你和江桐已经结婚了，你们之间有一纸婚约的束缚，不是你说想离开就能离开的。还有，你真的下定决心要跟他走到这一步吗？”

“不是我要跟他走到这一步，是他让我们走到了这一步……”白月菲无法再说下去，那纸婚约对于现在的她而言只是一种形式，反正她不会再爱上任何一个人了！单身也好，已婚也罢，身份对于她而言无所谓了。

李陌本想继续劝说，却又见白月菲双唇紧闭，她明显不想再继续谈论与江桐的婚姻了！李陌叹息一声，适可而止地停止谈论江桐，转身拿过遥控器打开窗帘，举步到窗边，推开窗户。

那被隔绝的明亮的阳光奔进屋子。

“你看，”李陌望着窗外，“外面的阳光多好！”

白月菲抬头看向窗外，只见耀眼的阳光跳跃在树叶之间。

李陌意有所指：“这样明媚的阳光是在一场暴风雨之后。”

白月菲听懂了李陌话语里的另一层含义，手指纠缠于胸前，静静地盯着窗外起舞的阳光，慢慢地，失落的眼神渐渐有了光亮。白月菲深吸一口气，坚定道：“李陌，只要多给我一些时间，我一定会云淡风轻地面对这段不尽如人意的感情，爱情很重，但我不会离开爱情就要死要活，毕竟还有那么长的生命之路等着我去走、去通关，你放心，我会对自己的人生负责的。”这不仅是对李陌的承诺，也是对她自己的承诺。

李陌嘴角轻扬，欣喜白月菲这么快觉悟，微笑道：“我拭目以待。”

白月菲果然没让李陌失望，她一点点振作起来，比如午饭吃得比早餐多了一点，晚饭之后终于愿意下床去花园里走走。

满天的繁星。

皎洁的月光洒下来，花儿们在月光下斗艳。

白月菲像想起了什么，忽然停下脚步，看向身旁的李陌问：“你明天几点的飞机？”

李陌一愣，也随之顿步：“……我……”

“怎么了？”

“我担心你，所以暂时不想回去了。”

“李陌，”白月菲郑重其事道，“我不需要你担心，你赶紧订明天的机票。”李父的事情可比她的事情重要很多，她可不要李陌为了她而耽误回意大利的行程。

“晚两天回去也不会怎么样啊！”李陌说得轻巧，反正他从头到尾就没相信过父亲病重的消息。

“李陌，出尔反尔，可不是君子行为。”

“我不想做君子，我成人之美，让你做好了。”

白月菲一愣，笑道：“我可是女生，我怎么做君子啊？”

李陌定定地看着白月菲：“你终于笑了。”

白月菲笑容一滞，极其认真道：“我会慢慢好起来的，只是需要一点时间去缓解和适应。”

李陌目光坚定：“月菲，无论你需要多长时间走出那片阴影，我都会陪着你。”

87

白月菲很庆幸在最难过、最需要人陪伴的时候还有李陌陪伴在身旁，只是李陌不该也不能再继续留下了，最好明天他就可以返回意大利，毕竟李叔叔和李阿姨都盼着他回去，她不能让他们一等再等。

于是白月菲努力一笑，故作轻松道："其实我一个人也会很好，不需要你特意留下来。"说完之后，白月菲还是觉得这些话语不足以说服已经更改主意的李陌，又转而威胁道："如果你明天不回去，我就再也不理你了。"

李陌静静地看着白月菲，很清楚她的爱情之路走得不尽如人意，那一段感情使她伤痕累累，她需要时间去疗伤，这个特殊时期，他应该留在她身旁，陪她渡过难关。可是很显然，白月菲不希望他留下来，她更希望他返回意大利，如果他不按既定的行程回到意大利，白月菲是不会善罢甘休的，与其让她操心，不如让她放心，他可不想让伤心的她还要为他的家事费神。

"好，让我明天回去也可以，不过，你得答应我一个条件。"

"什么条件？"

"你住在这里，直到我回来为止。"

白月菲觉得这个条件对于现在的她而言太好不过了，她本就无处可去，再加上银行卡的存款有限，出去住实在是浪费人民币，暂时借住此地正好可以节省开支，于是白月菲点头答应："嗯，我会在这里等你回来。"

李陌没料到白月菲会一口答应，略微一愣之后，展颜一笑："太好了！月菲，我会派人来照顾你。"

"不用了，我自己可以照顾好自己的。"

"可是我放心不下你！"

"你觉得我会干傻事吗？"

"当然不会。"他的白月菲是那么坚强乐观，即使遭遇这一段情伤，她也只会暂时萎靡不振，绝不会长期如此，更不会自暴自弃、自寻死路的，他知道她一定会努力迈过那道荆棘丛生的坎。

白月菲耸耸肩膀："那你还有什么放心不下的？"

夜风混合着花香吹过来。树叶随风摆动。

那一道道被悲伤腐蚀的伤口正在慢慢愈合。

第二天，云淡风轻的早晨。虽说白月菲的心情远不如这天气好，但也没有那么差，她暗沉的情绪在一点点缓解，此刻的状态还算不错，至少她还有心情为李陌准备早餐。

看见一桌丰盛的早餐时，李陌惊讶："你什么时候起来的？"

"7点。"白月菲拉开椅子坐下来，见李陌还站着，便说："你还站着做什么？快坐下吃吧。"

李陌笑着坐下："那么早！怎么不多睡一会？"

白月菲淡淡一笑："昨天睡得太久，所以很早就醒了。"天微亮之时她已没有睡意，便躺在床上看天花板，看着看着，混乱的思绪就莫名地转到李陌身上，他马上要离开中国了，而她欠他太多，一件件、一桩桩大多无以为报，可是她就是想力所能及地为李陌做点什么，然后就想到了早餐，虽然是很简单的食物，却代表着她对李陌的感激之情。

"所以你就做了这些食物？"

"我闲着无事可做嘛。"

"那你一辈子无事可做好了！"李陌一边啃玉米，一边开玩笑："这样我就可以天天吃到你做的早餐了。"

白月菲噘嘴，喝了一口牛奶，然后吐槽道："你要吃早餐我可以给你做，但你不能诅咒我一辈子无事可做啊！我要不做事，怎么养活自己啊？"最后一句话也点醒她自己，是啊，她的确应该深思接下来应该怎么去生活。

李陌悠悠然道："我养你。"

"啊？"白月菲愣住，江桐曾经也这么说过，那么久远的事情她至今还记得，江桐说过的话语她都无法忘记，何况是他这个人？既然无法忘记他，那么只能把他留在回忆里，而她有自己的路要走，那条路上从此没有他。

"我是说以哥哥的身份养妹妹。"李陌说明，不想白月菲尴尬和难做。

"哦。"白月菲挠挠头，关上前尘往事的大门，一本正经地问："我是你第几个妹妹？"

李陌咧嘴一笑，弯着指头一副认真计数的模样："让我数一数，12345……"

"算了，你别数了，"白月菲丢给李陌一道鄙夷的目光，"我看十根手指都不够你数。"

"就你一个，刚才跟你开玩笑的。"

"我也是跟你开玩笑的。"

……

早餐结束于随意活跃的谈话中。

白月菲没有即刻收拾碗筷，因为那时间李陌刚好要去机场，她坚持要送李陌。

李陌觉得正好趁此机会让白月菲出去走走，舒缓一下心情，便答应了白月菲送机的请求。

白色保时捷平稳地行驶在阳光下。

斑驳的阳光照进车窗里。

白月菲看着窗外的阳光思量:果然,这个世界不会因为一个人的难过而失去色彩,无论好坏,这个世界都照着它特定的轨迹运转着,所以她也不能因为离开江桐而停滞不前,不然,她将会面临非常现实的问题——人民币!虽然她从来没有看重过人民币,但也从来没有看轻过它。生活在这个物欲横流的现实世界里,衣食住行,哪一样不要钱?她银行卡的积蓄不多,也就是大学在外实习时存下的3万块左右而已,3万块在这个高消费的沿海城市是维持不了多久的,她必须未雨绸缪。

李陌没有注意到正在直面生活问题的白月菲,他手扶在方向盘上,思绪有些分散,虽然早餐时候的白月菲看上去状态很好,可他分明看见了她眼底的黯然。他想了想,觉得有必要叮嘱一下白月菲,他说:"我走后你要多出来走走,不要整天待在别墅里,知道吗?"

"你放心,我会的。"白月菲拍胸脯保证,已然有明确的决定,她说:"我明天就出去找工作。"

"啊?"李陌惊讶于白月菲的飞速转变。

"我不工作,怎么有钱养自己啊?"白月菲解释道。

李陌若有所思地看着白月菲,白月菲看出李陌的思虑。

就在李陌开口之际,白月菲便抢白道:"李陌,你不用说养我这个妹妹,也不用说给我一笔钱,我虽然没有视钱财如粪土,但是我好歹还有一颗不算太坚定的无功不受禄的心!希望你不要让我的心动摇,你的好意我心领了,相信我,我可以靠自己艰苦奋斗,自力更生的。"

李陌对白月菲竟然洞悉他的想法而讶然,犹自庆幸还好没有说出口,不然又要体会被白月菲拒绝的感觉了!

李陌浅浅一笑,口是心非地揶揄道:"哥哥我没有打算救济你这个妹妹。"

白月菲窘了2秒,然后翻一个白眼道:"你好无情啊!"

玩笑归玩笑,李陌远比白月菲想得周全,他言归正传:"你找工作绝对是件麻烦事。"

白月菲信心满满:"你也太小看我了吧?我好歹也是知名大学毕业,工作能力早已得到实践,随便进一家大公司都不成问题吧?"

"问题不在此。"

"那问题是什么?"

"你的身份。"

身份?白月菲还没有明白过来,困惑不解道:"我的身份和找工作有什么关系?"

88

李陌道破问题关键:“虽然你已经离开江桐,但是公众并不知晓,在他们的认知中你依旧是江桐的妻子;而在那场盛大的婚礼之后,这个城市必定有很多人认识你,更别说各大公司的管理层、职员!不管你准备应聘哪家公司,你都需要提交身份信息,这样一来,你出去工作一事自然而然就会成为人们津津乐道的话题。当然,除非你根本不在意局外人的谈论。”

白月菲犹如醍醐灌顶,瞬间明白过来,李陌说得对,找工作于她而言的确有些棘手!那应该怎么办才好呢?白月菲一时没有好的方案去应对,神情闷闷地低下了头,她以为梦醒了,离开便是,无论多伤多痛都无须再回头,就算一去不回头,却还是不可避免会跟梦里的那个人有所牵扯。

盯着自己的脚尖看了几秒,白月菲方才抬头看向李陌寻求意见:“你说我该怎么办?我总不可能一辈子不工作吧?”其实白月菲的性格本就宽容,无所谓人们怎么谈论她,只是不想因为找工作的事情而让江桐陷进舆论的旋涡里,更不想和江桐因此而有任何牵连,既然离开了,那就断得彻底一点吧!这样对谁都好。

“你可以去亚园度假酒店上班,不过,你若不想成为人们谈论的焦点,最好换个名字和身份。”

“啊?!”白月菲惊呼一声,手指不禁握紧,她恍然侧头望向窗外,唇角牵扯出一抹淡淡的苦笑,没想到竟然有这么一天,她需要靠李陌而取得工作,而这份工作竟然还如此可笑地需要造假身份。

李陌放慢车速,在他心中还有更适合白月菲的工作,只可惜白月菲心里有阴影,他知道她不会再投身于那样的行业,可是无论如何,他还是希望她能够回归,毕竟那是她所热爱的行业。

扶在方向盘的手紧了一下,李陌声音轻颤:“我准备恢复夏木工作室,或者你可以回来,我们一起做设计。”白月菲在设计方面的确是可造之才,不做设计太可惜。

白月菲神色一滞,瞳孔收紧,香港的意外事件像把锯子一样锯过她的心脏,那颗本就伤痛的心生疼在一片鲜血淋漓之中。她咬紧了牙关,勇敢地面对那个意外事件,那个改变了她、江桐、李陌三个人命运的意外事件,可是她却无法放过自己,她这一生都不可能再提笔做设计了!那是她的禁区。

忍住心底的抽痛,白月菲怅然:“设计就不要了,就职亚园酒店一事容我再想想。”她恨自己,恨自己当时的贪心,爱情也要,事业也要,天真地想要爱情和事业都兼顾,结果她不但丢了爱情，还无法放下心中的阴影去继续她最热爱的事业……

一丝尖锐的疼痛划过心脏！李陌清楚现在的白月菲依旧对香港的意外事件耿耿于怀，看来她是铁了心这辈子都不要做设计了！李陌的眼神染上浓厚的悲凉，都怪他！是他一手造成白月菲不敢也不愿再握笔碰触设计，是他不但毁了白月菲的爱情，也毁掉了她最热爱的设计，李陌从来没有像此刻一般如此痛恨自己……

白色保时捷疾驰在阳光之中，热热的风从车窗两旁灌进来，车里的两人情绪都较为低落。

双双一阵沉默之后，李陌看了白月菲一眼，而后继续望向前方的道路，也罢，过去的就让它过去吧！虽然白月菲不做设计太遗憾，但只要白月菲过得好，又何必执着于此呢？现在最重要的是在他离开之前落实白月菲的工作才对，他可不想白月菲为了一份工作而辛苦奔走。

李陌突然打破沉默："除了亚园，你没有更好的去处了，再说你去亚园，我可以利用身份之便隐瞒你的过去，到时人们只会觉得你长得像江桐的妻子罢了，不会真的把你当作白月菲！"他没有把握白月菲是否会选择去亚园工作，毕竟她不喜欢裙带关系，这一点在她大学实习时已经充分得到证明。那时，他也曾说过要帮她在 Sunshine 集团安排职位实习，她听到他的想法之后，断然拒绝了他的好意，最后她自力更生在当地一家知名的广告公司里工作，而且还独自完成了一个利润丰厚的项目，进而得到老板的额外奖赏，她拿到奖金之后，还请他出去撮了一顿。

白月菲有些犹豫，虽然她不喜裙带关系，可是她也没有合适的去处了！人往往就是这样，你曾经不屑的，后来却妥协地去接受了，甚至去做了，这就是所谓的成长吧！尽管可笑，尽管可悲，生活却还是要继续的，白月菲最终决定到亚园上班："好吧。"先解决生活问题才是关键。

李陌诧异之余，更多的是欣喜，他笑道："我很高兴你能看开一些事情，退步做出这样的决定。"

白月菲没有看到李陌眼中因为她的决定而迸发出来的那抹闪亮，她面露忧色："可是，身份要怎么造假？"

"这个你就不必操心了，我自然有自己的办法。"红灯，李陌停下来，看着白月菲问："对外你想叫什么名字？"

取什么名字合适呢？白月菲刚开始认真思考，不料江桐与她初识的画面忽然出现在她的脑海里，她记得遇见江桐的时候正好是夏天，那时天空晴朗，白月菲略显怅然，眼珠一转："叫夏晴吧。"

"夏晴，夏晴。"李陌连着念了两遍，名字虽然好听，却觉得拗口，他说："我还是习惯叫你月菲。"

白月菲柔柔一笑："别说你了，估计就连我自己也需要时间去适应这个新的身份。"

李陌也笑："夏晴同学，你明天去亚园找向总报到，我会提前跟他交代清楚。"

白月菲对新名字还不适应，反应稍显迟缓，3秒之后，才接话道："嗯，不过我过去做什么？"

绿灯，李陌启动车子，一边开车，一边问："和你大学专业对口的是什么？"

"你的意思是财务部？"

"我是这样想的，不过，如果你想要做其他的，我也可以把你安置在你想要的岗位上。"

"财务部已经很好了，其他部门我不擅长。"

李陌突然想起白月菲大学实习的时候很是拼命，很多时候，她吃饭都不按时。李陌忧心这次她因为情殇会更加卖力地工作，虽然利用工作治疗情伤是个不错的方法，但是如果过度同样会伤害身体，于是关切道："你不要有了工作，就忘了身体，你一个人在国内，要好好照顾自己，我很快回来看你。"

"我又不是小孩子，放心，我会把自己养得白白胖胖的，估计到时候某人回来都不认识我了。"

……

飞机缓缓冲上云霄。

风中，白月菲站在铁栏旁边，抬头望着高远的天空，飞机已经消失在白云后面，天空依旧清澈，没有留下有关于飞机经过的任何痕迹，而飞机却飞向了它要去的目的地！白月菲就此联想到她那早已逝去的青春，那些鲜活的面庞就这么出现在她眼前，爱情，友情，她以为来日方长，结果稍纵即逝，很多人都被她留在了回忆里，比如美微、圆饼、郝美，还有让她一眼万年、魂牵梦萦的江桐……

岁月经年，懵懂的脸庞也褪去青涩，曾经让她欢笑的、喜欢的、沉溺的、爱过的，都已远离。

经年岁月，他们还在，只是彼此已天涯，而那些让她难过的、悲伤的、无奈的、残忍的，终究沉睡在了漫长的岁月里。

她，终究辜负了命运的经营，是喜是悲？是缘是劫数？宿命的轮盘继续转动。

寂寞梧桐，芳菲盛开，纯白一片的花海，风一吹，花瓣在空中翩翩纷飞起舞，看着那么美，最后却演变成一场离别，是各自沧海桑田还是情牵未来？

情窦初开 LOVE

不负此生（下）

哎哟是山竹 著

浙江工商大学出版社
ZHEJIANG GONGSHANG UNIVERSITY PRESS

89

——"一念灭，缘尽？像断了线消失人海里面，我的眼中已失去你的脸。"

5 年之后。

油绿的柳条随风轻轻摆动，不知名的野花开得缤纷绚烂，和煦的春光从天际洒下，一个萌态十足的小家伙手持风筝，欢快地奔跑在青草地上，守护神李陌紧跟在小家伙身后。

草地不远处，靠着溪水的一块空地上，白月菲正在准备野餐食物。

幸福的光芒照耀在这一片草地上。

飞鸟扑腾着翅膀在空中振翅高飞。

小家伙越跑越快，一个踉跄，被绊倒在地，起飞的风筝因为摔倒的小家伙而失去平衡，从空中坠落，无力地挂到了大树上。

见小家伙跌倒，向来笃定自若的李陌慌了神，急忙跑过去扶小家伙起来，谁知小家伙不领情地推开了他的手，李陌咧嘴一笑，明白小家伙为何如此，于是收住了手。

"妈妈说在哪里跌倒，就要在哪里爬起来，我要做一个勇敢的人。"小家伙萌声萌气道，自行爬起了身。

"你啊，人小鬼大。"李陌宠溺地揪了一下小家伙的鼻子，然后帮小家伙抖掉膝盖上的泥土。

小家伙听不懂李陌的话语，抓抓头发，歪着小脑袋问："人小鬼大是什么？是玩具吗？"

小家伙总有无数的问题问李陌，李陌一贯耐心温和地对待："人小鬼大不是玩具，是……"

"你们两个过来吃饭啦！"白月菲已经备好午餐，等着李陌和小家伙品尝。

听见白月菲的呼喊，小家伙迅速朝着白月菲跑去。

"妈妈，有没有烤鸡翅？"小家伙边跑边喊。

"有啊。"

"有没有三明治？"

"也有啊。"

小家伙开开心心地蹦到白月菲面前，抱着白月菲的大腿，仰着脸道："妈妈，你最好了！全是小辰喜欢吃的食物，小辰爱你。"

白月菲露齿一笑，她的小辰从小就机灵，再加上李陌从小带小辰，小辰自然而然受到李陌的影响，嘴巴甜得似抹了蜜，很是讨人喜欢。

"小辰，"刚走到白月菲身旁的李陌蹲下身子，看着小辰笑着问道，"那你爱不爱我？"

白月菲旁观两人说话。

小辰放开白月菲，转而抱住李陌，一口亲到李陌脸上，童声童气道："李陌叔叔，我也爱你，很爱很爱你，比起鸡翅和三明治，我更爱你。"

李陌忍俊不禁，抽身拿过一块鸡翅晃于小家伙面前："叔叔和鸡翅，小辰只能选择一个，小辰选谁呢？"

小辰眼睛滴溜溜地盯着金黄的鸡翅吞了吞口水，态度很坚定："我要叔叔。"

李陌揉揉小辰的头发："可是你要了叔叔你就没有鸡翅了呀！"

小辰说地认真："没有鸡翅也没关系，反正叔叔有钱，叔叔可以给小辰买好多好多的东西吃。"

李陌被小家伙的言论逗到笑得合不拢嘴。小辰虽然才 4 岁，却常常语出惊人，智商更是明显高于同龄人，这一刻，李陌更觉得小辰长大之后一定会像他的父亲一样出色，甚至青出于蓝而胜于蓝。

"这块鸡翅奖励给摔倒了勇敢爬起来的小辰。"李陌把鸡翅放到小辰手上。

小辰开心地拿着鸡翅坐到一旁的垫子上，津津有味地啃了起来。

白月菲的目光从小辰身上移开，看向身旁的李陌，感叹道："小辰越来越像你了！"

李陌耸耸肩膀，得意道："像我多好啊！能说会道，多受女孩子欢迎啊！"

白月菲一撇嘴，语调悠悠地揶揄道："你那么受欢迎，怎么现在还单身呢？"

"我现在是以事业为重，儿女之事暂时放到一旁。"

"你每次都这么说，真不知道你要把事业做到什么地步，才肯娶妻生子！"

李陌的眼睛里分明有一闪而过的黯然："成家立业这事情还是要看缘分的，我缘分没到。"他的缘分是她，无奈情深缘浅。

李陌眼睛里的黯然来无影去无踪，白月菲并没有捕捉到，她说："你就别扯什么'缘分'了！你若有心，岂会单身？"

"你太看得起我了！"

"事实如此啊！"

李陌不再接话，凝神打量白月菲，最近她明显有些奇怪，总在为他的人生大事操心，这不像白月菲的作风，想必是老妈又联系她了，吩咐她来游说他。虽然他在乎她的感受，可是现在的他对于人生大事真没有兴趣，更不想在这么好的天气里谈论此事。

于是，李陌拉着白月菲坐到小辰旁边，他转移话题，问小辰："妈妈烤的鸡翅好吃吗？"

小辰吞下嘴里的鸡肉，伸出大拇指："妈妈做得最好吃了！"

白月菲的思绪因为小辰而转移，听见儿子的夸赞，一脸灿烂满足的笑容。

小辰啃得带劲，嘴角周围都是油渍，白月菲拿过纸巾，替小辰擦拭。

小辰抢过白月菲手上的纸巾："妈妈，我长大了，不是小孩子了，我自己来。"

白月菲捏捏小辰的脸蛋："好，小辰自己来。"

小辰有模有样地擦了擦嘴上的油渍，而后爬到垫子中间，拿过两块鸡翅，递给白月菲和李陌："给，妈妈和叔叔一人一块。"

白月菲和李陌异口同声道："谢谢小辰。"

野外午餐结束之后，小辰这才想起他的风筝，四处瞄了瞄，没有发现风筝的踪迹，于是看向他的守护神："叔叔，我的风筝宝宝去哪里了？"

李陌先前一心只顾着扶小辰起来，哪有心思去惦记风筝一事！现在被小辰这么一问，他才回头巡望一番，发现风筝挂在大树上，其两条细长的尾巴随风飞扬。

李陌抱过小辰，指了指大树道："风筝宝宝挂树上了！"

小辰一看，瞪大眼睛："叔叔，风筝宝宝挂在树上好难受啊！我们赶快取它下来好不好？"

李陌抱着小辰朝大树走去："好，叔叔这就带你去取风筝宝宝。"

取风筝二人组的对话让白月菲独自笑得欢乐。等到李陌走到大树下时，白月菲这才收回目光，开始收拾碗筷。

"叔叔，风筝宝宝好高啊！我们怎么取下它？"小辰在李陌的怀抱里仰着小脑袋。

李陌把小辰高高托举："这样小辰就可以取下风筝了！"

小辰举起肉乎乎的胳膊轻轻松松取下风筝，然后高兴地喊道："叔叔，我取下风筝宝宝了。"

李陌放下小辰，鼓掌道："小辰真厉害。"其实今天李陌原本有好几个会要开，昨晚意外接到小辰的电话，小辰说想他了，他的确因为太忙，以至于有一个礼拜没去看过小辰，于是他叫秘书取消既定的会议安排，今天一大早便跑到白月菲租住的地方。

小辰一见到李陌就扑了上去："叔叔，你不喜欢小辰了是不是？你好久好久没有过来看小辰了！"

李陌蹲下身子，亲小辰一口，笑道："叔叔最喜欢小辰了，小辰是天底下最乖最听话的孩子。"

小辰的一双眼睛笑得弯如新月，古灵精怪地看了看站在一旁的白月菲，又看了看李陌，期待地问道："叔叔，妈妈，我们今天可不可以在草地上吃饭？"

小辰的要求令李陌和白月菲十分讶异。

白月菲蹲到小辰面前："小辰，你怎么会想要在草地上吃饭呢？"

"因为我的同学说她和她的爸爸妈妈在草地上放了风筝，吃了饭，她玩得很开心，小辰也想要像她一样玩，可是妈妈你说爸爸去外太空打坏人了，爸爸不能陪我们。"说到这里，小辰伸手拽着李陌的胳膊，一双眼睛闪闪亮："叔叔没有去外太空，叔叔可以和我们一起去草地上玩，这样我们也是三个人，对不对？"

90

欢乐的时间在不知不觉间悄然流逝。渐渐，夜色笼罩大地。

华灯初上。

白色保时捷从郊区驶向市区。

后座，白月菲怀抱里的小辰已经入睡。只是小辰睡得并不沉，一路上，翻来覆去，嘴里不时伴着低喃的呻吟声，白月菲一时大意以为小辰是做噩梦了。于是轻拍小辰的后背，以此放松小辰的精神。白月菲如此尝试了好一会，以往屡次奏效的方法这次却不太管用，小辰的呻吟声越来越大，白月菲这才意识到情况不妙，伸手去碰触小辰的额头，这一幕清晰地映照在车内的后视镜里，刚好被李陌晃眼看到。

“小辰怎么了？”李陌关切道。

“小辰有点不舒服，我想应该是烧烤吃太多，食物不消化引发的高烧。”白月菲猜测道，小辰类似于这样的情况曾发生过好几次，白月菲已有处理经验，这种小病完全在她的掌控范围之内，所以此刻的她看起来还算镇定。

李陌一听，心弦绷紧，立马在前方转了弯道：“我们去医院。”

白月菲觉得李陌太小题大做了：“不用去医院，这种高烧小孩子时常会发生，我家里存有治疗小孩消化不良的药物，我自行帮小辰处理便可。”

李陌不赞成，坚持朝前开去：“月菲，我知道你厌恶去医院，但现在小辰不舒服，你就委屈一下，何况小孩子生病不比大人，治疗不及时很容易酿就其他病症，反正今晚医生看过小辰我才能放心。”

白月菲看着李陌的侧脸解释道：“你误会我了，之所以不带小辰去医院不是我排斥医院，而是小辰第一次发这样的高烧时我带他去医院，医生说这种高烧不用大惊小怪，小孩子没发育好，抵抗力差，时不时就会发生这样的状况，家长可以配以医院开出的消化不良的药物在家里自行处理。怎么说我也处理了好几次，这次真的没有必要到医院浪费钱。”

白月菲最后一句话让李陌心中涌过一阵心酸，他没想到白月菲现在连区区医药费用都如此顾虑！

“我还是觉得让医生处理比较好。”李陌坚持己见，继续朝医院开去，他从未想过他的白月菲会被生活逼迫到如此境地！自从有了小辰之后，白月菲的消费观念改变颇大，她精打细算地过着日子，似要把每一分钱都花在刀刃上，李陌把一切看在眼里，疼在心底，对于李陌而言，能用钱解决的事情根本不是事情！于是某日，冲动之下，李陌开了一张支票给白月菲，白月菲毫不犹豫地拒绝了他提供的帮助。李陌这才意识到他的行为过了头，考虑到白月菲的自尊与原则，李陌退到暗地，“投机取巧”地对白月菲进行资金援助。

其实对于白月菲来说，她何尝不想要依靠李陌？有个人为你遮风避雨，是多少人梦寐以求的！白月菲当然也不例外，只不过，她欠李陌太多了！就算是以妹妹的名义，也不能再让李陌一再为她付出，可很多时候她拿李陌没辙，比如现在，无论她怎么劝说李陌都不奏效，李陌态度坚决地要带小辰去医院检查。

随着一声急刹，白色保时捷急停在医院门口。

小辰一刻未得到医生的确诊，李陌一刻也放心不下，他慌忙地打开车门，从白月菲手里抱过小辰，飞奔向急诊室。事已至此，白月菲只好下车，紧跟在李陌身后，不过，她还是觉得李陌在小辰生病一事上太小题大做了！

如同白月菲所猜测的，小辰的确是因为消化不良而引发高烧，医生采取了物理治疗，小辰退烧很快，无须住院。

医生交代过小辰这两天的饮食需清淡为主之后便退出了病房。

李陌这才松了口气，开始念叨明天应该给小辰吃哪些食物……

难得见到这样婆婆妈妈的李陌，白月菲哭笑不得：“好啦！我知道了，你不用交代，再这样下去，我都要怀疑你才是小辰的亲妈。”说完之后，白月菲突然想到了什么，她说：“对了，你帮我看一下小辰，我出去交医药费。”

李陌一把拽住白月菲的胳膊，拉她到病床前坐下：“你在这里看着小辰，医药费的事情交给我。”她本就不想花这笔钱，他又怎能让她支出？

白月菲起身：“那怎么行？你时不时带小辰出去玩，又是给小辰买玩具，又是带小辰吃各种美食，我哪好意思再让你帮忙交付医药费！”

李陌再次把白月菲摁到凳子上：“你何必跟我算得这么清楚？我看着小辰出生，看着他学会走路，看着他长大，我已经把他当成自己的家人了，我为自己的家人交点医药费又算什么呢……”

“妈妈，”昏睡中的小辰缓缓睁开眼睛，“我想喝水。”

不等白月菲起身，李陌迅速移身到饮水机前，取过纸杯，接了一杯温水。

待李陌返回病床前时，白月菲挪位到床头，她托住小辰的脑袋，李陌小心翼翼地给小辰喂水，两人在给小辰喂水一事上配合默契，小辰叽里咕噜一阵，一杯水见底。

李陌端着空杯问：“小辰，还要喝水吗？”

小辰摇摇头：“肚肚饱了。”

李陌把空杯子放到一旁：“小辰有没有感觉不舒服啊？”

小辰再次摇头：“没有。”

李陌彻底放下心来，看向白月菲：“你在这里陪小辰，我出去交医药费。”

李陌缴纳医药费的态度坚决，白月菲说不过他，只好随他去了。

小辰的目光一直粘着李陌，见李陌走出门外，他突然叫了起来："叔叔，叔叔，我不要叔叔走。"

白月菲安抚小辰："叔叔没有要走，叔叔只是去给小辰交医药费了。"

李陌退身回到门口："小辰乖，叔叔等一下就回来看你。"

"叔叔说话要算话，不能撒谎，撒谎要被狼吃的。"

"小辰放心，叔叔说到做到，一定回来看你。"

"小辰等叔叔回来。"

李陌这才关上房门。

这一刻，白月菲忽而觉得愧对小辰，她心里很清楚小辰如此依赖李陌的原因，不仅仅是因为李陌对小辰好，还有一部分原因是因为没有爸爸吧！

小辰时常追着她问："爸爸去哪了？"

她总是说："爸爸去外太空打坏人了。"

"爸爸为什么要去外太空打坏人呢？"

"因为爸爸是英雄。"

"那小辰长大以后也要像爸爸一样做英雄，去外太空打坏人。"

……

"小辰，"李陌推门进来，"我们可以回家了！"

白月菲的思绪被打断，在李陌走到她身旁时，她已经及时掩饰住眼中的失落，此刻的她不动声色。

"叔叔。"小辰高兴地喊道，声音洪亮得完全不像生病的孩子。

"我们回家了！"李陌抱起小辰，朝车子走去。

"太好了，小辰不喜欢这里。"

"为什么不喜欢这里啊？"

"因为这里没有小黄，小黄在家里会哭的……"

白月菲轻吁一口气，拎着一袋药品走在李陌的一侧。

走到医院门口的时候，白月菲不经意的一个晃眼，便愣住了，她看见从另一个方向走出来的美微，美微还牵着一个小女生，小女生看上去跟小辰差不多的年纪。

91

几乎是同时的，美微也看到了白月菲，两人双双怔在原地，彼此隔空对望。

李陌朝前走了几步，才发现白月菲没在身旁，他回身一看，见白月菲呆愣在原地，正望着对面的一个女人，他从来没有见过那个女人，他问："是你朋友还是……？"

白月菲这才回过神来，眼眸幽深道："是朋友。"7年了，她们不期而遇，在整整7年之后。

在酸楚的情绪中，美微看清楚了白月菲身旁的男人，是李陌，她很意外。自从白月菲和江桐高调举办婚礼之后，除去他们一家在景区游玩的照片，他们再也没有一起出现在公众的视野里，媒体也没有再捕捉到两人一起的任何画面，反倒是白月菲和李陌还被拍到过一次在酒吧非常亲密的行为，当时媒体还大肆报道此事，苛责白月菲婚后行为不检点，和旧情人藕断丝连，奇怪的是新闻沸沸扬扬了两天之后居然统统消失……

所以现在看到李陌，美微困惑，怎么不是江桐陪在白月菲身边？说到江桐，美微再度想起他与白月菲双双消失在乔宇商学院的事情。那时，对于白月菲的离去，刚开始，美微以为白月菲只是暂时消失几天而已，未承想，白月菲一去无音讯，这让美微气恼，毕竟大家是朋友，何况那么要好，白月菲竟然一声不吭就走了！什么交代也没有，叫她怎能不心寒？

"妈妈，怎么不走了？"小女孩仰着脑袋问，声音带着鼻音，小女孩的感冒还没有完全好。

"我们现在就走。"美微对女儿说，惊诧而略带意外的眼神变得冷淡，随即冷冷地从白月菲身上移开，牵着女儿走出医院大门，丢给白月菲一个冷漠的背影，仿佛彼此不曾相识一般。

7年未见，现在好不容易相遇，美微却对白月菲无言，对于美微来说，这样的遇见不如不见！既然白月菲看轻她们之间的友谊，她又何必在乎？可是背过身体的时候，她的心底怎么会一阵剧痛？原来不是只有爱情才有伤人的功能，友情也同样具有。

怔望着那个走远的身影，白月菲再也按捺不住，就是因为当初她走得太过决绝，所以此刻既然相逢，她就不能就此默然错过旧友，无论如何，她都应该追上去对美微说一声"好久不见"和"对不起"。于是白月菲对李陌急切道："你和小辰在车上等我一下。"说完她就追了上去。

夜色中，美微已经走到一辆轿车前。

“美微。”白月菲远远地喊她，三步并两步跑上去。

美微的手顿在车门把上，意外白月菲会追上来跟她说话，可那意外终究抵不过她心中久存的耿耿于怀，她记恨白月菲当年不告而别的行为，记恨白月菲的不在乎，所以先前面对白月菲的时候她才会那般冷眼相待和抵触。以前没有白月菲的消息时，她会挂念白月菲，现在白月菲就在她的眼前，她却没有心情跟白月菲谈话，她手指一用力，一把拉开车门，把女儿放上去，最终提步坐上车子。

在美微关上车门的前一秒，白月菲一手拉住了车门。

驾驶座上的尹浩屿回头一看，一愣，没想到是白月菲！重逢友人，尹浩屿甚是意外和欣喜，他嘴唇一动，正欲开口招呼白月菲之际，却顿觉气氛不太对劲，于是他闭口看着眼前的这两个女人，一个挡在车门前，一个黑着脸！这气氛显然有些冷，根本不像旧友相逢的温馨场面，尹浩屿觉得蹊跷，于是下车，抱过女儿，对二人道：“我带香曦去旁边走走，你们先聊。”

“谢谢。”白月菲感谢尹浩屿的“玲珑剔透”。

美微知道老公此番行为是好意，可是她此时不想和白月菲说话，老公的好意反倒成了她的负担。

“好久不见!”白月菲先开了口。

美微绷着脸，望着前方，她没有看见那个脆弱而又歉疚的笑容，她话中带刺：“确实好久不见了，久到我都已经快要忘记你的名字了。”

白月菲的心脏紧缩成一团，低声道：“美微，对不起。”

美微轻笑一声，语气嘲讽：“别这么说，我哪里受得起?”

白月菲一脸真诚地解释道：“我当年也不想离开你们的。”

“不想?”美微冷笑着吐出这两个字，终于侧过头看向白月菲，眼光却带着刺骨的寒意，语气更是尖锐：“难道还有人逼迫你不成？好，就算你一定要离开，至少跟我们打声招呼吧？我们那么好的朋友，我竟然不知道你去了哪里。你不知道当时我、圆饼、郝美，我们三个有多担心你！我们害怕你发生了什么事情！我们到处找你，可是你音讯全无，我们找不到你，你彻底和我们断了联系，友情对于你而言，算什么？还是说你从头到尾就没有把我们放在眼里?”

“友情对我很重要，”白月菲的肩膀在夜色里起伏，声音有些颤抖，“我很在乎你们的。”

“白月菲，你的在乎就是一走了之，7 年音讯全无吗?”

“美微，我当时真的是迫不得已，我……”白月菲突然停了下来，那个故事太过沉重，当时已经做了不让她们知道的决定，现在是否有必要将往事重提?

愤怒中的美微忽而有了兴致去听听白月菲的“迫不得已”，只是，此刻白月菲却突然沉默。

等了片刻，见白月菲依旧紧闭双唇，美微再没有耐心，语气冰冷道：“有话你讲，我洗耳恭听，不讲就走开。”

白月菲依旧沉默不语，只是那深沉的神色里有着丝丝挣扎。

美微丧失兴致，拨开那只拽着车门的手，回身，就在她关上车门的瞬间，白月菲却再次拉住车门。

“当年李陌发生了意外。”白月菲急切道，既然美微想知道那些往事，那么她说给她听。

美微眼光一滞，抓着车把的手垂落，侧身紧盯着白月菲，几秒之后，她问：“然后呢？”7年了！7年前的那个寒假到底发生了什么？为什么白月菲和江桐会一起从乔宇商学院消失？那时她怎么也找不到他们！后来直到媒体透露李陌和白月菲结婚的消息时，她才知晓白月菲去了意大利，而白月菲要嫁的人却不是江桐，竟然是李陌，再后来，她透过各大媒体的报道，看到李陌、白月菲、江桐三人上演了一部年度情感狗血大剧……

白月菲深吸一口气，继续讲下去，她的声音低沉而颤抖：“李陌之所以发生意外是为了保护我……”

白月菲讲述的语速缓慢，声线波动明显。

而美微呢，整个人听得一愣一愣的。

都什么跟什么啊？

以为演电视剧啊？

以为自己是玛丽苏的女主角啊？

搞什么飞机啊？

……

等白月菲讲述完毕之后，美微已经目瞪口呆。

“美微，希望你可以原谅我当时的不告而别。”白月菲请求道。

美微身子一抖，掏出电话，神色木然道：“浩屿，我们回家了。”她的脑袋有些混乱，暂时不想看见白月菲，她需要静一静，需要时间去消化白月菲的“不得已”！

92

白月菲也没有再有所动作和言语，她心里有数，不能急于逼着美微原谅她，现在她最该做的就是给美微时间去消化她那些不为人知的陈年纠葛。

美微扫了白月菲一眼之后才动手关上车门。

车窗玻璃阻隔白月菲的视线，明明看不到美微，她却还是盯着车窗看，一双眼眸如秋水般波动，她可以理解美微在她解释之后为何依旧对她存有怨念，毕竟她当初对朋友的不告而别确实过分了。再加之她的解释又来得太晚，试问作为闺密的美微又怎么会如此快速地原谅她呢？不过，她有把握美微一定会重新接纳她的，只要多给美微一些时日，那些因友爱而根生于美微心中的不满终将消散。

“白月菲，”尹浩屿抱着女儿走过来，香曦在他的怀里已经睡着，他对着白月菲微微一笑，“帮我问江桐好，告诉他我还想跟他打一场比赛。”不同于美微的耿耿于怀，尹浩屿并不介意江桐当时突然的消失，他知道江桐那么做一定有不得已的苦衷，只是可惜在那之后，他再也没有遇见过像江桐那般极具天赋的篮球高手。

“好，我会转告他的。”白月菲的语气平静，但心脏却因为那个名字一再缩紧，此刻，她不想谈论江桐，现在，她只关心与美微的友情何时恢复。

“那我们先回去了。”

“等一下，把你的电话借我一下好吗?”

尹浩屿虽不明白白月菲要他电话做什么，却还是递过电话。白月菲飞速在上面输入她的电话号码，之后，递回给尹浩屿。

“请你告诉美微，如果她想联系我了，就打这个号码。”

“好的。”

白月菲再次看了车窗一眼，方才转身离去，以她对美微的了解，要不了多久，美微一定会主动打电话给她，她只需要等待就好。

繁星闪烁的夜色里。

晚风轻柔。

美微把一切看在眼底，尹浩屿一拉开车门，她就迫不及待地询问：“你和白月菲说什么了?”

尹浩屿眼神示意美微先接过女儿，美微愣了一下，伸出双手，抱过女儿。

尹浩屿回到驾驶座后，一边发动引擎，一边不紧不慢道：“白月菲在我手机上留了她的号码，她叫我转告你，如果想联系她了，就打电话给她。”

“浩屿。”美微的声音有些沉闷。

“你说。”车子匀速开离医院。

“白月菲说她当年……”美微说着白月菲当年消失的原因。

尹浩屿听得时而眉头紧皱，时而叹息，总算知道江桐当时为什么会离奇消失了！原来是因为失去了白月菲，他清楚白月菲对于江桐是多么的重要，可以想象白月菲当时选择李陌而放弃江桐，对于江桐而言是多么的残酷，庆幸的是最终白月菲和江桐走到了一起，虽然过程曲折，但好在结果是美好的。

尹浩屿询问道：“美微，你是不是还在气白月菲当时的不告而别？”

美微叹口气：“我承认在我不知道事情的始末时，我非常怨恨她的一走了之。可是现在，那股恨意已经消失，我完全可以理解她当时的行为，只是我做不到冷眼待她之后，立马又对她笑脸相迎！”

尹浩屿暂停车子，拿过手机递给美微：“把号码存到你手机上，如果想开了，就去找白月菲。”

……

不知不觉，2天过去了，白月菲始终没有接到美微的电话，虽然心知美微不会那么快打给她，但事实真的被时间证明的时候，她心中还是有些失落的。

爱情没有了！

友情还没有挽回！

父亲也不肯原谅她离开江桐的决定！

如此，怎么看，白月菲都活得有些悲催！一时情绪低落的白月菲本想同情自己一下，却突然被财务总监“灭绝师太”召唤。

这几年，白月菲在工作上兢兢业业，并未出过差池，所以不像其他同事那般一旦被灭绝师太临时召唤，内心就会各种惶恐不安。此刻，白月菲气定神闲地叩响了灭绝师太的办公室门。

“进来。”

“田总，你找我有事？”

“夏晴，是这样的，”灭绝师太停下飞快敲击电脑键盘的手指，起身拿过一个精美的盒子和一张卡片一并递给白月菲，“总经理急着要一份文件，我正在核查统计，一时间走不开，你看能否帮我把盒子送到这张卡片上的地址去？我老公等着用。”盒子里的钻戒是她老公张导今天下午拍摄广告时要用到的物品。

“当然可以，田总。”白月菲很乐意帮助灭绝师太，解决人之所急是一件让对方也让自己开心的事情，何况她本就完成了工作，反正闲着也是闲着，出去溜一圈也不错，就当散步好了。

张导拍摄的地点离亚园并不远，半个小时的车程而已。中午，张导和灭绝师太约好一起吃饭，张导特意带着那枚极品蓝宝石钻戒赴约，谁叫他有一位钻石狂热爱好者的老婆呢？而那枚钻戒只是用来拍摄广告，并不出售，所以张导只好利用职务之便，让老婆一饱眼福。

灭绝师太兴奋地打开盒子，切割精巧、材质纯澈的钻石让她爱不释手。

张导见老婆如此喜欢这枚钻戒，便开玩笑道："哈哈！既然你那么喜欢，何不把它放你包里？我想看看你火热的心能否孵出一颗小钻石！"

灭绝师太收起职场中的雷厉风行，笑得像个少女一般灿烂："好，钻石啊钻石，你赶快孵一颗出来……"

后来用完餐之后，恩爱蜜意的夫妻俩一时大意，忘记钻戒一事。直到灭绝师太回到公司，着手处理财务协调资源报告大概半小时之后，无意间碰触到口袋里鼓鼓的东西时，才猛然记起那颗价值连城的钻戒。

糟糕！灭绝师太一拍额头，赶紧给张导打电话。

片场，张导刚完成广告的第三阶段拍摄，男女主角此刻回化妆室更换造型，钻戒的拍摄是第五阶段，也就是男主角向女主角求婚之时，所以如果不是老婆打来电话，张导不会这么快发现钻戒未带回片场！

"老婆，我大概 1 个小时后就要进入钻戒阶段的拍摄，你得赶快送过来。"张导急切道。

"好的，老公，你放心，钻戒一定及时送到，绝不会影响到你的拍摄。"灭绝师太有工作在忙，抽不开身，只能派人帮忙送钻戒了，而这颗钻戒不仅贵重，还事关她老公的工作能否顺利完成，人选方面马虎不得。想来想去，她觉得做事严谨的夏晴是最佳人选，而刚巧夏晴在午饭前就已提前完成了其手里的工作，现在还未接手新的任务安排，正好可以为她所用。

93

白月菲刚一上车，张导便打来电话询问她到哪里了。白月菲感觉到张导的急迫，东西一刻不到张导手里，张导是无法安心的，于是白月菲叫出租车司机加快速度，原本大半个小时的路程仅花费了20分钟。

急忙付了车费，白月菲冲下出租车，又急急忙忙赶去拍摄现场，也就是盛世娱乐大楼里面的那个景色宜人的花园。

到达大楼门口，不等保安发话，白月菲自动报上姓名，保安一看是张导打过招呼的人，立马放行。

花园需要穿过盛世娱乐的大厅，转弯之后才能看见，白月菲方向感不太好，但好在这次没有走冤枉路，顺利把东西送到了张导手上。

张导对白月菲礼节性地说了一声谢谢之后，把钻石交于一旁候场的女主角手里，紧接着投身于有关男主角偷偷准备求婚惊喜的拍摄。

盛世娱乐就是一个造星工厂，培养了一拨实力超群的娱乐明星。其实盛世娱乐成立的时间不算久，它诞生于4年前，之后在娱乐界风生水起，一连投拍了多部诚意大片，每部影片上映时叫好又叫座，自然狂揽票房，当之无愧地成为同期上映影片的冠军。不但如此，盛世娱乐的每部电视剧制作更是精良，一旦播出新剧，收视率必定稳居同一时段榜首，歌手的专辑销量也是一再刷新歌手界的纪录。

盛世娱乐就像一个传奇，闪闪绽放在娱乐界。

就连白月菲这种不怎么关注娱乐圈的人都听闻了盛世娱乐，可见盛世娱乐的深远影响！

白月菲想盛世娱乐的电视、电影、唱片制作都是顶级，广告自然也不会差到哪里去！何况这是她生平第一次接触广告拍摄，有些新奇，于是驻足观看了5分钟左右才转身离去。

走到大堂的时候，灭绝师太打来电话问白月菲到现场了没有。

白月菲边走边打电话，没有注意到从正前方浩浩荡荡迎面而来的一群人。

领头走在一侧的特助霍洋见迎面而来的女人没有让道的行为，便大步流星跨到女人面前。霍洋无意去注意女人的面容，但如此近距离让他不想注意到女人的长相都难，那张清丽的面容让霍洋脸部肌肉不由得一跳，眼光一紧，移身挡住Boss的视线，并且伸手将白月菲挡到一侧。

霍洋手上的力度较为猛烈，再加上白月菲没有心理准备，她的胳膊一晃，手一滑，手机砸到地上，滚动了几下，最后停在一双纯手工制作的皮鞋前。

霍洋不是有意如此对待白月菲，不过一时手重，所以眼前的情况让他愣了几秒。

眼看那双皮鞋就要踏在手机上，白月菲在霍洋发愣的瞬间急步冲过去，惊声提醒道："不要踩我的手机。"她可不想花钱再去买一部新的。

皮鞋的主人一路听着子公司盛世娱乐负责人的报告，压根没有听见白月菲的话语，更没有注意到横躺在地上的手机，他步伐依旧，然后，就在白月菲急速冲到他面前蹲下身子捡手机之时，他一脚踏在了手机上。

啊！白月菲惊呼一声。

吱吱的声音从脚底传来，男人意识到好像踩碎了什么东西，随即停住脚步，随行的人也全部停下来。

回过神的霍洋神色不安地站在一旁，这个时候显然不能插手赶走女人，如此行径必定引起 Boss 怀疑，霍洋祈祷 Boss 不要因这个女人的面容而受到刺激！

男人低头，埋首蹲在地上的白月菲就这么晃进他的眼眸，只是男人对于白月菲连半眼都没有多加注意。男人淡淡的目光一动，移开右脚一看，原来踩到一部手机，男人没当回事，特助霍洋会替他解决这意外，于是男人收回目光，提步继续朝前。

白月菲郁闷地看着四分五裂的手机，虽然是她自己手滑致使手机掉落，但是她也提醒了他啊！他既不停下脚步，也不避开手机，想来就火大！白月菲气恼地捡起破损的手机，腾身而起，挡住男人的去路。

"你怎么这样?"白月菲抬头理论，"刚才我提醒了你，可你……"就在白月菲抬起头的同时话语也卡住了，白月菲彻底惊住！她呆愣地望着眼前的人，手指一再用力攥紧手机。

江桐面无表情地看着面前说话的女人，漆黑的眼底因这个女人闪过一抹异样。

周围静得令人窒息。

随行人员静待一旁。

霍洋的心脏收紧。

白月菲被江桐看得头皮发麻，不安地埋下了头，此刻，她不确定江桐会以怎样的方式对待她。是旧事重提？还是就此无言离开？

江桐的目光并未在白月菲身上长久地停留，只看了 3 秒，视线就从白月菲身上抽开，他看向身边特助："霍洋，赔偿她损失。"

霍洋收紧的心因江桐这冷淡平常的态度和其所言而大大放松。

明言交代之后，江桐表情冷漠地绕过白月菲，扬长而去。

白月菲的身体一颤，左脚愣愣地后退一步，原来是以这样的方式！白月菲眸色深寒，应该是要这样的！这才是江桐的作风才对！可是为什么她心里会如此不是滋味呢？

霍洋目光悠悠地看向白月菲，让她选择："小姐，你是要手机还是要现金呢?"霍洋从她刚才一系列的行为断定她绝对不是白月菲，那么她很有可能是那个人！原来那个人如此工于心计。

白月菲没有听进霍洋的话语，耳朵里只有皮鞋和地面摩擦的声音，越来越远的声音，瞬时，白月菲失控地转过身体，望着已经走到电梯门口的江桐，那背影让她胸间酸楚。

金亮的电梯门打开，江桐走进去，而后转过身体，随行的人自动退到两侧。电梯门缓缓闭合，越来越窄的视线让江桐顿觉一阵刺骨的冷，仿佛置身于冰天雪地，在那寒冷中，江桐的脑海里莫名闪过一些破碎的片段，那些模糊的画面让他的目光不禁投射到白月菲身上，那个正望着他的女人让他的心脏霎时抽痛，那种痛来得异常迅猛而强烈，不过几秒，便已扩散至全身，江桐只觉得头昏脑涨得厉害，脚下有些飘浮，难受地收回视线，左手扶住额头，右手支撑在电梯上，如此，他才能勉勉强强地站立。

终于，电梯门还是闭合了！

眼睁睁看着那个人消失，白月菲的心就此纷乱。她从未想过会再遇见江桐，虽然和江桐同在一个城市，可是这个城市那么大，人海茫茫，她本就有意避开江桐，再加上江桐的生活远离普通人，可以说，她和江桐再相遇的概率为零，可是今天，她竟然撞见了江桐，而且还是以这样的方式，如此的重逢叫她如何冷静？

霍洋见对方呆愣地望着电梯，大咳一声，加大声音："小姐，你想清楚了没有？是要手机还是现金？"她对总裁上心，绝对知道总裁的真实身份，可惜对总裁上心的女人多得去了，除了陈依琳可以靠近总裁之外，别的女人别说近身，就是眼都入不了，即便眼前的她已经到了可以以假乱真白月菲容颜的地步！

高分贝的声音拉回了走神的白月菲，收回视线，她再度捏紧手机："我什么都不要。"说完转身离去，手机的碎片卡进她的手心里，隐隐地刺痛。

霍洋拦住白月菲："那怎么行？Boss交代要赔偿你的损失。"霍洋说得很有诚意，却又一副看猴戏耍的表情，什么都不要？霍洋嗤笑一声，你身边已经有个金主，什么都不缺，根本不必为一部手机而如此言行！刚刚那番作为不过是想引得总裁注意嘛，只可惜失算了！想到这里，霍洋只觉得眼前之人心太大！已经有非同寻常的金主，竟然还想勾搭Boss！贪得无厌的女人啊！

白月菲的声音有些干哑："我不需要他的赔偿。"伸手挡开霍洋的阻拦，只是抵不过霍洋的力气，霍洋的双手固执地挡在她面前，不让她离去，她也就此停于原地，冷眼看他的人还想怎样！

霍洋审视着白月菲："小姐，不管你需不需要赔偿，Boss是不会过问此事的，更不会因为此事而再约见你，"霍洋收回双手，眼里透出一种不屑，"我奉劝你一句，不要再妄想其他。"

白月菲惨然一笑，提步离开。

94

外面晴空万里。

白月菲的心里却下着一场大雪，那场大雪覆盖在心底最深的角落里，深深寒意从心间贯穿全身，冷得白月菲不由得抱紧胳膊，只是如此也无济于事，身体冷得一阵止不住地颤抖，在那不能自控的颤抖里，白月菲的瞳孔暗流涌动。

深埋在心的前尘往事破土而出。

久远却深刻的每一幕就好像刚刚发生过一样。

5年前。

那时李陌刚刚返回意大利。

白月菲在李陌的安排下以夏晴的身份进入亚园财务部。

得益于曾经在国外有过一年多的实习经验，白月菲上手很快，就在她任职3天之后的一个下午，刚整理完固定资产报废程序的她接到了李陌的来电。

“月菲。”李陌的语气透着丝丝悲怆。

“嗯。”白月菲听出李陌有心事，也不多问，如果李陌不愿意说给她听，就算她费尽口舌，李陌也只会搪塞或沉默。

“我觉得自己很不孝，”李陌说出心里话，声音低沉而颤抖，“我爸与死神搏斗的时候，我竟然不在他身旁，不仅如此，我在收到他病重的消息时还怀疑他是作假，你说我怎么这么可恶？我这样的不孝之子应该遭到天打雷劈！”

白月菲听得心间一沉，深吸一口气，安慰道：“事出有因，你不相信叔叔阿姨也是正常的，好在一切都过去了不是吗？”

李陌摇头，喉咙轻微作响，片刻，低声诉说：“你知道吗，我见到我爸的时候，我以为他会大发雷霆，但是他没有，他只是平静地看着我说：过去的事情让它过去吧！他老了，已经心力交瘁，管不了那么多了，他为李家拼尽半生，也是时候退下来享享清福，然后沉默许久，之后突然开口问我可不可以接管Sunshine集团。”李陌重重地叹息一声，继续道：“我第一次觉得他老了！看着那个我认为铜墙铁壁一般的巨人坐在轮椅上，那一刹那，我觉得心酸，我知道我得去承担起作为Sunshine集团继承人应该尽的职责了！从现在开始，我得一切都以Sunshine集团为中心，尽管不想暂缓夏木工作室的重新启动，但现阶段必须这么做。”

“所以你打算接手Sunshine集团了吗？”

“是的。”

“希望你一切顺利。”白月菲祝愿道，心中为李陌的不得已悲戚，大概有时候就是这样吧，需要选择的时候，你放弃的却是你最喜欢的，接受的却是你不愿意的。

“坐上那个位置之后，我定会忙得天翻地覆。”李陌的语调是故作的轻松，即使这时候，他还想着见白月菲，他说：“这样一来，恐怕要两三个月后才能回国看你了。”

“你照顾好自己，不用管我，我在这边很好，工作也很顺利，同事们都很照顾我。”

……

那晚挂了电话之后，很长一段时间，白月菲也没有接到李陌的电话，想必他在Sunshine集团忙得不可开交！也就是那段时间，白月菲不知自己怎么回事，经常胃口不佳，勉强吃下的食物过一会就呕吐。不但如此，她经常感觉身子浑浑乏力，特别嗜睡，精神萎靡的她有一次在一份价格报单上竟然多写了一个零，幸得她交单前有自查的习惯，才及时发现错误，将之更正，避免了给公司造成损失和给自己招来祸端。

而那时，白月菲的直系领导还不是灭绝师太，她分属于财务主管。向总早在她入职前一天特意跟财务主管打过招呼，好生照顾新进组员夏晴，这样一来，即使白月菲真的在工作中犯了错，财务主管也不会真的拿她怎么样。

“你最近状态不太好，是不是生病了？”财务主管关切道，以她的经验来看，白月菲有可能是怀孕了。

“我也不知道怎么搞的，最近胃口就是不好，吃什么东西都想吐，还经常犯困。”

“你最好去医院检查一下。”

白月菲也觉得自己的身体状态很有问题，毕竟从小到大都没有出现过这种情况，她不敢大意对待，怕一拖下去，小病拖成大病，然后赖以生存的人民币就哗哗哗地流入了医院，那就真的是自讨苦吃了！于是第二天，她特意一大早去到医院检查。

医生看过报告单之后，道：“放心，你没有生病，你这是怀孕引起的身体变化。”

怀孕？

白月菲瞪大眼睛，惊得一时说不出话来，过了好几十秒，不可置信道：“医生，你是不是搞错了？”

医生斩钉截铁道：“我确定你百分之百怀孕了，回去跟你家人商量一下是否要这个孩子。如果要，半个月之后再来复检，如果不要，趁早做掉。”

白月菲的耳膜轰轰作响，神思混乱，她不知道自己是怎么走出那家医院的，只感觉每走一步，脚下都似灌了铅一般沉重。

白月菲恍恍惚惚地游荡在大街上，过往的一些行人注意到她了，但不确定失魂落魄的她是不是江桐的妻子，他们默默打量着她，也有人拿出手机偷拍，上传至网络社交平台，让一众网友鉴定她是不是白月菲……

要，还是不要？白月菲犹豫不定这个孩子的去留，直到她晃眼看到一对夫妻牵着一个一岁多的小孩过马路时，白月菲才有了清晰的决定，无论怎样，这个孩子是无辜的，她要生下他，而且她不会让他没有父亲！她要给他一个完整的家！为此，让她承受多少委屈和痛苦都可以！

意外来临的新生命彻底颠覆白月菲离开江桐的决定，她拿着报告单，打上一辆出租车，去往江氏别墅。

好巧不巧，出门办事的管家忠叔走到门口时看见迎面而来的白月菲。

忠叔一改往日客气，脸色一沉，把白月菲挡在门外，没好气地质问道："不是走了吗？回来做什么？"本以为这个女人会让他的少爷幸福，毕竟她曾经解开了少爷的心结，让少爷得以从那失去父亲的深深自责和悔恨中走出来，谁知这些年来，她带给少爷的苦痛却远比幸福多得多，她竟一再折磨少爷，伤了少爷的心不说，还把少爷害得那么惨……

白月菲不解释，只是恳求道："请让我进去。"

忠叔一副苦大仇深的模样："不行，我绝对不会让你进去，这里不是你想来就来想走就走之地。"

"忠叔，我真的有话跟江桐说。"

"是吗？好啊，你有什么话跟我说好了，我帮你转告，如果少爷听后要见你，我自当让你进门。"

白月菲犹豫片刻，最终决定让忠叔传话："告诉江桐，我怀孕了。"

忠叔愣住，怀孕？忠叔的惊讶也只是瞬间，因为他不相信白月菲的话语，他认定白月菲在撒谎，此计不过是想引得少爷出面见她！白月菲还真是会使手段啊！忠叔也不揭穿，只是语气冷淡道："你等一下，我这就去转告少爷。"转身进门，有所防备地锁上了大门。

"谢谢。"白月菲有把握江桐一定会看在这个孩子的分上，不与她计较她当时负气离家出走的决定，她相信江桐为了孩子更会愿意放下过往的所有不快。

只是，结果却出乎白月菲的意料。

忠叔很快回来，隔着大门道："你回去吧！"

白月菲身心一震，明明知道那四个字的意思，却还是忍不住问道："什么意思？"

忠叔背过身去，冷言道："意思就是少爷不想见你。"

95

白月菲的眉间剧烈一跳，急切上前一步，难以置信道："江桐不想要他的孩子了吗？"

忠叔回转身不耐烦道："难道我的话说得还不够清楚吗？白月菲小姐，你可以走了。"

"不，我不走，"白月菲定在原地，一双眸子涌出深邃的痛苦，闪着泪花道："告诉江桐，如果他不出来，我就不走，这是他的孩子，如果他不想要，让他亲自出来跟我讲。"

忠叔板着脸："即使你在这里待上三天三夜，少爷也不会出来见你的。"忠叔临时更改行程，不出门办事了，举步回屋，只要他在，白月菲休想进门。

不可能！怎么可能？白月菲不相信江桐会对她如此无情！她觉得江桐拒见她只是一时气不过她离家出走的行为，只要再等等，等江桐消了气，一定会出来见她的，她坚信为了孩子，无论如何，江桐一定会出来的！在这个信念的支撑下，白月菲拿出电话致电财务主管说因为家中有重要之事急需处理，临时申请当天请假。财务主管心里有数，并不多问，很爽快地批了白月菲假期。

"孽缘，真是孽缘。"客厅，忠叔对着江桐和白月菲的婚礼照感叹道。

天色暗下来。

他没有出来见她。

夜色加深。

他还是没有出来见她。

皎洁的月光下，是白月菲孤零零的身影，她没有因为长时间的等待而产生放弃的念头，反倒越挫越勇，这一执拗的守候，竟然坚守到了天亮。

一夜过去，江桐始终没有出来见她一面。

微凉的晨光中。

树叶在风中沙沙作响。

白月菲站得体力透支，肚子饿得咕咕叫，低头摸了摸肚子，许久没有进食了！肚子里毕竟有一个小生命，她必须要为他补充营养，再加之上班时间也快到了，而她也不能得寸进尺地再请求财务主管多给她批一天假期，终于，白月菲移步离开了江氏别墅。

沿道走了大概 15 分钟，白月菲也未曾看见一辆出租车，这才想起在这别墅附近打车是需要撞运气的，她时间有限，不能冒险用运气打车，于是打电话向出租车公司约车。

事实证明，白月菲约车是正确的，直到半个小时后，坐上约定的出租车时，白月菲也没见到有其他出租车经过。

“去亚园度假酒店。”白月菲一靠到座椅上便沉沉地睡了过去，直到司机通知她已到达目的地。

心神困倦的白月菲迷迷糊糊地起身下车。

阳光刺眼，白月菲揉了揉眼睛，因为熬夜，本就妊娠反应过大的她身体状况更是不佳，神思昏沉地去旁边的便利店，随便点了一些东西。

很奇怪，这一次吃下去的食物竟然没有吐出来。

用过早餐之后，白月菲去到亚园财务部，还没到上班时间，定好闹钟，趴在桌子上补觉，只不过1分钟而已，已然迅速进入深睡眠状态！

半小时之后，闹钟准点响起，白月菲醒来，严重缺失的睡眠得到补充，疲累缓解不少。白月菲伸了伸懒腰，然后一头扎进工作里，好在今天的工作简单，不需要怎么费神。

不知不觉下班时间到。

白月菲再次去江氏别墅，每天如此，却从来没有见过江桐。

3天之后，当白月菲再度失望而归之时，才恍然记起还有其他方式可以联系到江桐！她喜出望外地拿出电话，凭着记忆拨通江桐的电话，拨打过去，却显示江桐的手机已经停用。

他怎么做得如此决绝？这不应该是她的江桐啊！还是说她从来没有把他看清楚过？

白月菲无力地握着电话，最后一丝希望破灭。

忍了许久的难过在这一刻转换成心碎的眼泪决堤而出。

这一切怪不得任何人！要怪就只能怪她自己！是她亲手导演了这场戏，结局已定，她却不知天高地厚地妄图修改。

白月菲深吸一口气，抬手抹掉眼泪，低下头，手指轻抚在小腹上，声音虽然抽噎却坚定：“孩子，爸爸不要你，妈妈要你。”

白月菲在财务部的工作本就轻松，所以即使怀孕，也没有影响到工作。

“夏晴。”财务主管走到白月菲身旁：“医生怎么说？”由于前几天出差，她还不知白月菲去医院的结果，虽然心里早已有数，但还是想从当事人口中得到确定的答案。

白月菲一边做报表，一边坦然道：“我怀孕了。”

财务主管得知这个消息之后及时报告给了向总，顺带问了一句夏晴接下来的工作需不需要做出调整。

向总沉吟片刻，道：“等我请示之后再定。”

财务主管退出办公室，其实她知道夏晴背后有人，一度以为夏晴是向总的亲戚，现在听来根本不是，原来夏晴背后的人比向总还要有权，财务主管震惊不已，没想到夏晴的来头如此之大！其实在她第一次见到夏晴的时候，她跟很多同事一样吓了一跳，因为夏晴跟李陌的未婚妻白月菲长得太像了！她和同事们都怀疑夏晴的身份，只是大家又觉得如果夏晴真的是白月菲，那么现在作为堂堂江氏集团的少夫人又怎么可能来亚园财务部工作呢？这样一推理，大家便自动把夏晴和白月菲区别开来，只是很多同事看见夏晴的时候仍会忍不住感叹："夏晴，你和我们集团继承人的未婚妻长得太像了！"白月菲每每听见这样的话语都无比淡定，笑道："是吗？这个世界那么多人，长得像也不足为奇。"

向总的话语一直盘旋在财务主管的脑海里，她始终觉得哪里不对劲。回想了一下夏晴的简历，夏晴回国之前在意大利，总裁那时也在意大利……

所以夏晴背后的人难道是总裁……

得出这个结论之后，财务主管吓了一大跳，她脑洞大开，难道总裁后悔当初拒婚的行为了？总裁还爱着白月菲，所以前段时间才会被人拍到在酒吧拥抱白月菲的照片……

所以总裁因为对已婚的白月菲旧情难忘，现在才会找一个和白月菲如此相似之人……

所以这个孩子很有可能是总裁的……

办公室。

向总把白月菲的情况及时汇报给了李陌。

李陌吃惊不已，过了1分钟，缓过神来，吩咐道："尽量让她做些轻松的工作。"他知道不管怎样，白月菲一定会生下那个孩子，而即使白月菲怀孕，她也会因为想要给孩子提供一个好的生活环境而坚持工作赚钱，所以他没有让白月菲就此停下工作，唯有暗中帮助她！

虽然已经为白月菲打点好一切，可是李陌还是不放心，恨不得立即飞到白月菲身旁亲自照顾她，无奈有太多事情需要他处理，他哪里走得开？

结束与下属向总的越洋电话之后，李陌看了看桌上的文件，好在今天的工作完成得差不多了，有点间隙，于是给白月菲打了一通电话。

"大忙人，最近怎么样？"白月菲一看是李陌的来电，特意躲到消防楼道里接听。

"忙得瘦了一圈。"李陌玩笑道，顿了顿，他说："我听说你怀孕了？"

"啊？"白月菲神情一惊，她没有告诉李陌这事情，远在国外的他是怎么知道的？

李陌听出白月菲的困惑，特意解释道："你在亚园工作，我知道你的事情不足为奇！"

白月菲抓抓脑袋："原来主管是你的人啊！"她怀孕一事只告诉了主管，不过，她没想过隐瞒公司任何人，因为她若是要继续工作下去，怀孕一事迟早会随着她一天一天增大的肚子而显露，撒谎或是遮掩都是徒劳之举，所以最好的方式就是让一切顺其自然！

96

李陌时间有限，直接切入重点："你通知江桐了吗？"

白月菲的心一紧，沉默半晌，低声道："我和他已经成为过去式，我不想再提他了。"她曾经努力地去挽回那段感情，可是他不要她！不要他们的孩子！既然他如此绝情，那么就让所有与他有关的一切都到此为止吧！桥归桥，路归路，她和他从此再无任何瓜葛，一别两宽，各生欢喜。

"好，我们不提他。"李陌顺白月菲的意，只是心底隐隐担忧她，沉吟片刻，开口道："月菲，我不在国内的日子，你一定要好好照顾自己……"

此次通话之后，李陌夜以继日的工作，几经波折和考验，终得在2个月后完成Sunshine集团的更新换代，彻底坐稳Sunshine集团总裁的位置。而李父也可以下地走路了，一切事情都好了起来！

终于，李陌有了一点私人时间，得空飞回中国，匆匆见了白月菲一面。

高大的梧桐树下。

阳光从树叶间筛落，光影投在白月菲和李陌身上，两人缓步而走。

怀孕的白月菲与过去差不多，小腹没有微微隆起，身材还是一如既往的曼妙，李陌上上下下打量她一番，这哪像是有身孕的人?!

李陌收回眼光，看着那清素的容颜："我给你准备的营养品都吃了吗？"

"吃了啊！"为了孩子的营养，白月菲乖乖吃着李陌买给她的所有补品，不仅如此，就连饮食方案都做了特别调整，白月菲真的很紧张这个孩子，她不容许这个孩子因为她自己的不周到而有任何闪失！

"怎么还这么瘦？"

"体质原因，我不容易发胖，所以即便吃了补品也没怎么长肉，不过，我自己能感觉到补品在我身体上发挥作用，你看，我这精神多好啊！"

李陌凝视着白月菲的脸，她面色红润，神采奕奕，这才不再谈补品一事，转而问道："对了，你打算在亚园工作多久？"

白月菲早就思考过这个问题，她说："我打算快生产前一个月暂停手头工作。"工作是她现在唯一的经济来源，小孩一旦生下来，开销就会成倍增加，她必须有充足的资金应对。说到小孩，她并未让父亲知晓她怀孕，不但如此，她还对父亲隐瞒了她与江桐分手一事，当然，她知道纸是包不住火的，只是觉得现在的时机不宜让父亲知道她与江桐之间彻底破裂。她了解父亲的脾气，父亲如若知晓她和江桐的情况，一定会插手其中，而她和江桐已经彻底结束了，江桐对她无情，她对江桐已死心，即便父亲插手也是徒劳，反倒引得父亲费神伤心。她不过在等一个时机罢了，一个合适的机会跟父亲摊牌，只是她也不知那合适的时机到底是什么时候，会在什么状况之下。

“月菲，你又何必凡事都靠自己？何必逼迫自己坚强？”李陌停下脚步，目光深切地看着她，“我可以让你依靠。”

白月菲跟着停步，笑笑而语：“我总不能一辈子都攀附于你吧？”

李陌字字清晰道：“我愿意让你一辈子攀附。”

“可我不想，”白月菲抬头望着湛蓝的天空，平和的声音却蕴含着力量，“我想凭自己的能力生活下去，我要让自己变得足够强大，这样我才可以保护我的孩子，让他在我的守护下快乐无忧地长大……”

李陌不再勉强白月菲，沉吟片刻之后转移了话题。

那天之后，李陌便时常来往于意大利和中国之间。

随着白月菲的肚子一天一天增大，再加上李陌经常有事没事就去往财务部，本就觉得夏晴是李陌的地下情人的“吃瓜群众”纷纷揣测她肚子里的孩子就是李陌的。有人替她惋惜，觉得虽然李陌对她照顾有加，可她始终是李陌未婚妻的替代品，“吃瓜群众”揣度这也是李陌从未正式承认她身份的原因，即便有了孩子。当然，“吃瓜群众”里也有羡慕夏晴的，不管李陌承认她的身份与否，她肚子里的孩子终究是李家的血脉，母凭子贵，她将来至少可以衣食无忧……

白月菲也曾在洗手间里听到过关于她和李陌的绯闻，她经历了那么多，那些传闻对于她而言无足轻重，压根没当回事，自然也不必跟“吃瓜者”们解释，只是觉得愧对李陌，连累他名声受损了！而现在，更加让李陌名声重损的是竟传言她肚子里的孩子是李陌的杰作，白月菲暗暗气愤的同时，琢磨着等李陌此次出差回来当面向他致歉，即便心知李陌一定不会在意荒唐传闻，可她就想那么做。

只是，还没等到李陌回来，没过两天，各大报纸就以“Sunshine 集团 CEO 李陌新任女友夏晴神似江氏集团总裁江桐妻子白月菲”为标题，浓重地渲染着四个人的情感纠葛，白月菲再也等不下去，打电话向李陌表达歉意：“对不起，在公司你就因我而名声受损，没想到现在竟牵连你……”

李陌打断白月菲的话语：“我都没当回事，你又何必放心上？”他一直有压制媒体报道他与夏晴的新闻，一来是不想私生活被打扰，二来是因为那次在酒吧，他虽然安排了人不准靠近白月菲和他，却由于满腹心思都在照顾情伤中的白月菲，一时疏漏阻止媒体报道酒吧一事，以至于有关于他和白月菲酒吧约会的新闻爆出来 2 天之后他才后知后觉，这才立马安排人手撤走关于他和白月菲约会的漫天绯闻。自那之后，他一直安排人手处理媒介爆料的关于他和白月菲的任何绯闻，包括后来所谓的夏晴！而这次之所以被突然爆出是因为他安排跟进压制媒介爆料的人一时失误，才让媒体有机会将夏晴爆于人前！对于这个意外他现在能做的就是及时补救！他悄无声息地撤销网络、报刊报道……做足有效应对措施！有关他与夏晴的新闻随之散去，可他无法容忍此事的失误，决然开除跟进此事的负责人，重新安排人手跟进。如若不是他在白月菲改名换姓时做足功夫，掘地三尺的媒体也不会直到现在也不知夏晴就是白月菲……

“可是……”

“好啦，媒体爱怎么报道是他们的事情，我们有自己的生活要过，而你现在最重要的是养好肚子里的宝宝，我可是很期待他叫我一声叔叔的。”

李陌空中飞人的日子是在白月菲临产前的一个星期才告一段落的。那时Sunshine集团在李陌的领导下完全步入正轨，很多事情不需要他亲自处理。这样一来，李陌难得有了一段较长的休闲时间，他第一时间想到的不是休息，而是立即飞往中国，那里有一个让他牵肠挂肚的人。

而白月菲呢，人事部已经批准了她的带薪产假，让她安心在家养胎。

暂时不用工作的白月菲阅览着各种如何照顾新生儿的资料。有一天看完资料后，白月菲忽然记起一件事情，那就是被江桐强行要了身子之后她喝了很多红酒，又淋了雨，吃了感冒药，这些情况很容易影响胎儿的正常发育。虽然检查的时候，医生说一切正常，可她就是心绪难安，这种状况在临产前一天特别明显。

待产房里。

李陌开导白月菲：“你想太多了，你要相信医生对你孕期的检查，所有的指标都表明孩子一定会健健康康地来到这个世界。”

白月菲侧着身子看着李陌，她就是担心那时喝酒买醉的行为会影响孩子的发育，孩子生下来会有缺陷，她喃喃道：“即使他真的不健康，他也是我的孩子，我会好好照顾他的。可是，如果他真的不健康，这一切都是我造成的不是吗？”

“月菲，医生说孩子是健康的就一定是健康的。”

“可是我就是害怕他不健康嘛！”

李陌握着白月菲的手，肯定道：“不会的，孩子一定会很健康的……”

第二天。

阳光灿烂。

微风轻拂。

在担惊受怕中，白月菲顺利生产，孩子的哭声响亮。

“孩子健康吗？”虚弱的白月菲紧张不安地问道。

李陌把孩子抱到白月菲面前，白月菲不敢看，李陌见状轻声道：“孩子很健康，很可爱。”像极了他父亲江桐。

白月菲愁颜一扫，狂喜地看向孩子，李陌把孩子靠她更近一些，白月菲凝视着手脚挥舞的小家伙，小家伙像极了江桐！白月菲的心底突然狠狠一抽，随即一股热流涌出眼眶，这是江桐留给她最后的礼物，无论怎样，从年少时期一直深爱的少年最终给了她这么一个孩子，即使没能一起走下去，但至少他来过她的生命里，她爱过，他丰富了她人生的记忆，他给予了她新的生命，她应该感恩的，从此之后，这个小家伙将会跟她相依为命。

李陌轻抚过白月菲眼角晶莹的泪水。

白月菲轻轻抚摸孩子的小脚丫，哭泣的孩子突然安静，不哭不闹，白月菲笑容明亮道："孩子，你好，我是妈妈！很高兴见到你！"

李陌笑着问道："孩子叫什么名字呢？"

白月菲想了想，这个孩子是在她觉得人生最晦暗时点亮她人生的星辰，她说："叫江辰吧。"

李陌暗暗一惊，意外白月菲会让孩子跟随江桐姓，不过那意外只是瞬间，白月菲全然不觉。

李陌笑着夸赞道："这名字很好。"

97

半年后的一个傍晚。

白爸爸打电话给白月菲，与她分享道：“孩子，西周的墓群考古已经完成，我们做出了历史性的贡献，国家特地表彰了我们。”

白月菲高兴地喊道：“恭喜爸爸，贺喜爸爸！”

西周墓群考古圆满结束，白爸爸的工作告一段落，暂时无事可忙，他说：“乖女儿，爸爸准备过两天去南澳见见我那可爱的孙儿，顺便和你们三个一起庆祝此次成就！”

白月菲眼皮一跳，神色突转暗沉，她握紧电话，暗暗思虑一旦父亲来到南澳，她与江桐分手的事情必然瞒不下去！犹豫再三，白月菲决定跟父亲摊牌！一来让父亲在过来之前能有所心理准备，再者，这般电话告之父亲也有助于她能够理性去面对那段曾经，毕竟当着父亲的面会加重她的心理负担，恐怕那时她会把那段往事说得乱七八糟！

“爸爸，”白月菲贴紧电话，那些话语最终从喉咙里蹦出来，“我和江桐分开了，我自己带着孩子。”她真的不想父亲操心她的婚姻，刻意三言两语带过那段往事。只是此刻即使隔着电话，她也感觉到了父亲的怒气。

电话那端的白爸爸怒火中烧，一向好脾气的他对女儿把婚姻当儿戏的态度很是火大，说结婚就结婚，说分开就分开，女儿玩弄婚姻的态度使得白爸爸忍无可忍，他勃然大怒：“白月菲，如果你不回到江桐身边，就不要认我这个爸爸！”讲完他便切断通话，虽然白爸爸和江桐接触的时间不多，但他阅人无数，能够判断江桐的品性，江桐绝对是一个至情至性的好男人，何况江桐对于女儿的爱他当时都看在眼里，分手一事不会是江桐提出的，一定是女儿的问题，他的女儿怎会变得如此为所欲为？偏偏不知道珍惜江桐这么好的一个男人，这叫他怎能不愤怒？

电话那头传来嘟嘟的忙音，白月菲怔了半天，忽而哑然失笑，她已经失去爱情，难道亲情也要失去了吗？这不是她愿意看到的，她真的是有苦难言，她不是没有去尝试回到江桐身边，只是当时江桐怎么也不肯见她一面……而如今江桐与她情分已断，这一年多来，江桐与她如同陌生人一般再无任何联系，如此局面，试问她又怎么能达成父亲的要求？何况局面已定，她不该再去搅弄江桐的生活，她也不愿她的生活再与江桐有所瓜葛。

于是在父女俩各自的执意中的亲情就此破裂。

时光翻开了新的篇章，不管之前的岁月如何快乐或是悲伤。

小辰一天一天长大，白爸爸除去和女儿破裂之前靠着通信视频看过小辰以外，未曾见过小辰。此事让白月菲心中遗憾，她特意在这一年的新春佳节前夕带着小辰回老家，只是固执的父亲却将她拒之门外。

面对冷冷门板，白月菲各种游说父亲开门，可父亲再没有任何回应，白月菲只好拿出电话再度尝试打电话与父亲沟通，结果还是一成不变，父亲就是不肯接电话，白月菲只好编辑短信道："爸爸，我和江桐已经分开许久，复合真的是不可能了……难道你忍心一辈子都不认我这个女儿吗？就算你不认我这个女儿，小辰他是你外孙，你不想出来看看他吗？"

白月菲抱着小辰在门外站了许久，父亲始终没有给她开门。后来，小辰饿哭了，白月菲带了奶粉，但是进不了家门取温水勾兑，只好返回酒店。一来先喂饱小辰再说，二来父亲如此决意不见她的态度，恐怕她再等下去，父亲也还是不会见她，她只能寄希望于后天的大年三十了，那合家团圆的日子，不知那时父亲会不会心软，不说原谅她，至少让她和小辰进家门。

只是直到那一年的春节过完，暂住酒店的白月菲也没能进入家门。在这之后，逢年过节，白月菲还是会给父亲发送祝福信息，而偏执的白爸爸仍是不理睬白月菲。在白爸爸看来，虽然事情已经过去很久，可他就是没有办法原谅女儿亵渎爱情的行为，爱情在他眼里是神圣的，是遇一人到白头的永恒，而不是女儿这般随意结婚随意分开如此不负责任之行径。

在各自执念中，父女俩的关系停滞不前。

好在小辰似开心果一般带给白月菲不少快乐，也可以说是在某种程度上间接弥补了她对于亲情和爱情的遗憾。

在小辰 2 岁之时，李陌郑重地跟李父商讨了关于公司未来的作战方针。李陌审度着飞速增长的中国经济，他有意把中国作为公司未来发展的主战场……

听完儿子的论述之后，李父没有给出任何意见，只是说："孩子，公司的事情你自己决定，爸爸相信你。"

于是李陌把 Sunshine 集团未来的发展重心移至中国，此举既有利于公司发展，又方便他陪伴在白月菲身旁，一举两得！

而小辰呢，很喜欢李陌，他时常黏着李陌，李陌陪他游戏、陪他疯闹……

潮涨潮落。

花开花谢。

年轮转过一圈一圈之后，白月菲的岁月还算是静好，除了感情不尽如人意之外，其他一切都还不错。

直到今天，和江桐的偶遇打破了她原本安然宁静的生活。

从盛世娱乐公司出来之后，一阵剧痛漫于白月菲的心间，她对那剧痛不管不顾，只是木然地行走在车水马龙的街道上，木然地看着身边的一切，明明一片喧嚣她却听不见，明明一片繁华的街道却在她眼里变得萧条。

过了许久，当白月菲路过一家嘈杂的音像店时，耳边渐渐有了声响，音像店播放着不知名的动感歌曲，强劲有力的音乐仿佛要震破耳膜，白月菲难以忍受，捂住耳朵躲跑开！她不知道自己跑了多久，停下来的时候整个人剧烈喘息，汗水从她惨白的脸上一滴一滴落下，她空洞的眼神渐渐聚焦！

闭了闭眼，白月菲告诫自己："江桐已经是过去时了！不要让他扰乱你的心扉，白月菲，你可以做到的，5 年前你可以做到，5 年后你照样可以做到！"

一个牵强的笑容从白月菲唇角扯出，她眉目一动，忽而想起已碎的手机！摊开手掌一看，掌心空空，再搜搜身上的包包，也没有，还真不知是在什么时候弄丢手机的！亏她还打算去手机维修点修理手机呢，现在折回去寻手机显然已是徒劳，看来只得新买一部，她不知道时间充裕与否，抬手看了看手表，瞳孔一紧，才惊觉已经在大街上晃荡了差不多半小时！白月菲只好暂缓买手机一事，急忙拦下一辆出租车，赶往亚园财务部。

灭绝师太没有因为白月菲突然挂断电话而生气，也没有指责她来回用时过长，反而口口声声一再感激她及时把钻戒送到片场，助她老公广告拍摄顺利。

回到自己的办公室之后，白月菲的情绪纷杂难静，想以工作去麻痹自己，可是工作已经做完，她真的无事可做，只得干等着下班。在等待的时间里，又再度不受控制地想到江桐，那个已经 5 年未曾见面的人，他似乎并没有改变，只是脸上的棱角更加分明，眼神更加深邃锐利……

盛世娱乐公司。

霍洋觉得 Boss 今天的举动异常，Boss 平时过来视察子公司的经营状况一般耗时 2 分钟，不会做任何逗留，而现在，工作已经完成，Boss 竟然没有要走的意向，而是久久地伫立于窗边。

霍洋抬手看一眼表，而后走到江桐身后，提醒道："Boss，下一个行程……"

江桐打断霍洋："取消行程。"他眼眸幽深地眺望着远方。

霍洋惊诧，自从 4 年前他跟了 Boss 之后，Boss 对待工作一向严谨，从来不会临时改变既定的行程，今天的 Boss 太反常了，难道是因为那个女人？

"她怎么说？"江桐突然开口问询。

"她说不需要任何赔偿。"看来他低估那个女人了！她还是赢得了 Boss 的注意，但万幸的是她的出现证明了 Boss 不会因为她与白月菲长得一模一样而再度记起白月菲这个事实！

江桐转过身体，边走边说："补偿她的损失。"

霍洋跟上去："好的，Boss。"

98

两人走出大门，返回车里。

下一个行程已经取消，霍洋也不知道接下来怎么安排，他侧头请示道："Boss，我们现在去哪里？"

"双和高中。"江桐不明白为什么在大厅撞见那个女人之后他的心脏像是被什么东西重重地撞了一下，然后脑海中就没有来由地闪现一些支离破碎的片段。一片大雾弥漫，时而大风时而无风的湖边，距离他3米开外的地方站着一个女孩，女孩正对着他，他看不清楚女孩的样子，当他逆着大风提步上前要再看清楚女孩一些的时候，那画面忽而变成双和高中的学校门口，他曾经就读的学校，那个地方似乎有一种强大的引力，将他吸引了过去。

车子快要行驶到双和高中的校门口时，江桐突然叫司机停了车，他默然缓步在人行道上，霍洋紧跟于他身后。

走了没几步，江桐突然顿步于一棵梧桐树下，他有一种奇怪的感觉，他曾经在那棵梧桐树下发生过什么事情。他闭眼在记忆中搜寻细枝末节。

梧桐树摇曳于斑斓的光影中，江桐的脑海中再次闪过那个女孩的身影，那张依旧看不清楚的面容深藏在大雾之后，江桐眉头一拧，竭力集中思绪试图穿过那片大雾把那女孩看清楚一点，结果那个女孩再度从他的脑海中消失，然后他就头痛欲裂。不过一瞬间，他的额头上已经集满豆子般大小的汗珠，这不适感来势汹汹，江桐险些站不稳，霍洋见状即刻上前扶住他。

"Boss，我看你很不舒服，是否需要联系医生检查一番？"

"不用，扶我到车上休息一下就好。"

车后座，江桐靠在座椅上，双眼紧闭，看起来十分疲累。

霍洋悬着心静待一旁，等着江桐吩咐。

3分钟后，江桐睁开眼睛，吩咐司机开去公司，而后对霍洋道："通知幻镜游戏研发项目组，一小时后开会。"他拿过电脑，着手改写他亲自参与编写的即将面市的网络游戏：幻镜。这款游戏原本只针对男性玩家，现在他突发奇想，颠覆之前的创作理念，做成同样也能吸引女性玩家的游戏，第一个改动之处是将梦境中的女孩设定为游戏中的女主角……

"好的。Boss。"霍洋看着忙开的江桐，如此看来，Boss确实没什么大碍了，霍洋悬着的心这才放下。

完成江桐的吩咐后，霍洋开始整理下一个礼拜的行程记录。说到霍洋，他是如何成为江桐的特助的呢？这还得从4年前说起，那时霍洋从国外一流大学毕业之后第一次来到他父亲工作的城市，霍洋的父亲就是从年轻时一直在江家做事的忠叔，在忠叔的引荐下，江桐破例亲自面试霍洋。面试的结果是江桐判定霍洋的综合能力是毋庸置疑的，所以把特助的位置交由了他。

忠叔让霍洋进入江氏集团并不是为钱或为儿子的前程着想，当然，霍洋一旦进入江氏集团就职，只要发挥其正常能力，就意味着身价或是身份都将水涨船高，但是这些不是忠叔最为看重的。他要儿子进入江氏集团是为了辅助他的少爷江桐，虽然江桐身边不乏人才，但是亲生儿子霍洋让他更放心，那时忠叔千叮万嘱霍洋不准在江桐面前提"白月菲"三个字，但凡与白月菲有关的信息他都不得让江桐知晓！霍洋不明就里，他从来没有见过白月菲，也没有看过婚礼直播，更不知白月菲的长相，但他听过白月菲的名字，知道她是Boss明媒正娶的妻子。正是因为这样，霍洋才极度迷惑，不解地问忠叔："这样做是为何？"

忠叔只是说："你按照我所说的做，至于原因你不用知晓，我这么做自然是为少爷好。"

霍洋不再多问，知道父亲向来对江家忠心耿耿，父亲这么做一定是有原因的！再加上霍洋从小顺从忠叔，从来不会忤逆忠叔，所以那时霍洋遵照忠叔的意思，在江桐身边断绝一切与白月菲有关的信息，其实这个工作远比霍洋想象得简单，原本就没有人胆敢当着江桐的面随意谈论其家事，而传媒仅仅报道过一次白月菲的新闻，还是因为Sunshine集团总裁李陌和夏晴交往的消息才间接牵扯出白月菲，当时传媒说夏晴神似江氏集团少夫人白月菲……霍洋及时压制并撤销了这则新闻。

身边有霍洋这个及时处理有关白月菲信息的人，江桐自然未能知晓李陌和夏晴的绯闻报道。

也是那时，霍洋第一次知晓了白月菲的模样，而霍洋不知晓的是当时压下新闻报道的还有一人，那就是李陌。

车子快行驶到江氏集团大楼时，霍洋的手机轻轻震动，他立马停下手头工作，急忙打开信息，对方已经查找出他要的资料，信息上说他要找的人叫夏晴，她在亚园财务部任职财务主管。

夏晴！霍洋默念一遍这两个字，没想到他先前猜得如此准确……

当天下班之后，一打开家门，霍洋便看到玄关处多出一双鞋子，不用猜也知道来人是谁，霍洋笑着换好拖鞋，顺着厨房的响声走过去，发现父亲正在炒家常菜。

忠叔没有通知霍洋今天会过来，他想给儿子一个惊喜，今天他休息，早早从江家过来，亲手为儿子做一顿丰盛的晚餐。

饭桌上，霍洋吃着吃着，莫名地再次想到夏晴之事，他因此吃得有些心不在焉。

"儿子，你是遇见什么事情了吗？"忠叔停下筷子询问。

“没有。”霍洋笑笑，还是不打算让父亲知晓夏晴之事，以免父亲烦忧。霍洋心中自有考量，毕竟夏晴不是白月菲，等他处理完赔偿一事之后，夏晴和 Boss 之间就不会有下文了！就算有，他会静观其变，视情况而采取相应措施。

“那你多吃点菜。”忠叔夹一块鸡肉到霍洋碗里。

霍洋一边吃鸡肉，一边看向忠叔，忠叔的鬓角夹杂着银发，脸上的纹路深陷纵横，这一刻，霍洋深觉父亲老了，再度产生一种冲动的念头，不想让父亲再劳碌，很想让父亲安度晚年，可霍洋清楚父亲是不会离开江家的。其实 2 年前，霍洋就劝说过忠叔，叫忠叔不要再工作，他有能力养活自己的父亲，可忠叔说他留在江家不是为了工作，而是为了报答江老爷当年的恩情。

当初，忠叔从异省偏远山村来到南澳谋求工作，意外碰见被一群人围攻的江振东。忠叔是山里人，情感淳朴，一见以多欺少的状况，不经考虑就冲了上去。

忠叔直面那群虎视眈眈的人，仗义道：“以多欺少，算什么英雄好汉？”

对方领头大笑道：“乡巴佬，你最好别多管闲事，否则连你一起收拾。”

“今天这闲事我管定了。”忠叔丢下打着补丁的背包，身手敏捷地一把将江振东护到身后。

一群人冲上来，忠叔双拳难敌对方数人围攻，败下阵来之际，幸得巡警及时出现。

江振东倒也无大碍，只是受了皮外伤，反倒是忠叔，他被对方打得全身多处软组织挫伤，甚至左边眼角都破了！鲜红的血液顺着侧脸淌下来，浸染在陈旧的粗布衣上。

江振东担心忠叔的伤势，要送他去医院，忠叔推辞：“没事，皮外伤。”

江振东不放心，执意要送忠叔去医院检查救治！

忠叔最终被江振东说服。

在去医院的途中，忠叔才知道江振东之所以被人围殴是因为同期竞标的公司败给了他，对手特意找人趁他形单影只之时下手教训他，对方是恶意报复。

随意言谈之中，江振东也知晓了忠叔正在找工作。

“如果你愿意，可以到我家做事。”江振东主动邀请忠叔。

“谢谢阁下好意，忠某人不是为得到工作而出手相救。”

“我当然知道，你现在不是急需工作吗？我家刚好缺一个仆人，不需要文化，只要会做一些繁杂的……”

后来，忠叔从仆人一路升职总管家，江振东从来没有亏待过他，而江家的工作更使他改善了家人的生活。他觉得江家是恩人，如若不是江家，他远方的家人不会过上不愁吃穿的好生活，儿子不会有机会念书，甚至去到国外深造……总之，霍家的美好生活都是江家赐予的，他要感恩江家，虽然江振东和夫人都走了，但他一定会好好守护恩人的儿子，谁都别想伤害他的少爷，即使是少爷深爱的白月菲也不行。

99

第二日，霍氏父子双双早起，用过早餐之后，忠叔返回江氏别墅，霍洋则守株待兔在亚园酒店门口，静候夏晴现身。

彩虹幼儿园。

白月菲把小辰送到教室之后照例乘坐公交车去亚园酒店上班，由于公交车只到酒店附近，下车以后，白月菲还得走 3 分钟左右的路程，方可到达酒店门口。

“夏晴小姐。”

白月菲听闻便停下脚步，回头看了一眼，身后没有人，白月菲以为是她听错了，便回过头提步继续朝酒店大门走去。

“夏晴小姐。”

白月菲这次听得清楚，声音不是从后方传来的，是侧前方，白月菲循声望过去，依柱而立的那个人朝她招手，白月菲依稀记得似乎在哪里见过那个人，细想 1 秒，便记起那人。白月菲神色一闪，漠然地收回目光，她没有兴趣知晓江桐的人来此地找她意欲何为。

白月菲继续朝前走，霍洋见状冲上去，抢先一步挡住白月菲的去路，白月菲绕不开霍洋的阻拦，不得已顿在原地，霍洋抓准这个时机拿出新款手机，扬在白月菲面前：“我 Boss 的意思。”

话语突然勾起白月菲的兴趣，好，就看看他的意思！白月菲低眼瞄了一眼手机，手机的市值远超她损毁的那部！所以江桐是摆明让她占便宜吗？白月菲冷笑一声：“我说了不需要赔偿。”

霍洋不依不饶：“如果你不收下，我只能每天来这里找你，直到你收下为止！”

不要赔偿还不行了？真是无语！白月菲懒得搭理霍洋，欲绕道走。霍洋当然不会让白月菲就此离开，他拦住白月菲，态度轻蔑：“你不觉得你在做无用功吗？”

白月菲没有听懂：“什么意思？”

霍洋正色道：“做人不要贪得无厌，我明确告诉你，你和 Boss 没可能。”

白月菲呵笑一声，态度坚决道：“我不想和你家 Boss 有可能。”

“这样最好。既然如此，那么请你收下手机，让此事结束。”

白月菲盯着那部手机，何必要为手机之事跟他的下属一再纠缠？霍洋说得对，她应该收下它，让此事结束，自此他的人不会再过来搅乱她的生活！白月菲的想法就此更改，伸手拿过手机。

霍洋满意地离开！

江氏集团。

总裁办公室，霍洋神清气爽地推门进去。

江桐正在批阅文件。

霍洋坐到江桐对面，开始手头上的工作，至于霍洋的这个办公位置还是江桐为方便展开工作特意设置的。

两人各自忙碌。

直到江桐批示完文件之后，霍洋才停下手头工作，主动汇报："Boss，夏晴已经收下手机。"

"她说什么没有？"江桐的眼里分明写着期待，期待她对他说些什么！

霍洋一愣，回答得有些迟缓："没说什么。"

江桐有些失望，他不知为何如此，他明明是冷漠的人，他的心更似石头一般从来不会因为任何一个女人而心动，却莫名地为了那个只见过一面的女人而胡思乱想，真是荒谬至极！更荒谬的是他竟然对霍洋说了一句："把你所知道的关于她的一切信息发到我手机上。"

霍洋的表情不大好看，嘴上却还是乖乖回应道："好的，Boss。"

江桐伸手拿过车钥匙，起身离去。

霍洋紧跟上去："Boss，你去哪里？"

江桐不想带上霍洋："中午你自由活动。"

霍洋只得目送江桐走进电梯，而江桐让传送夏晴的相关信息这一事他虽觉得不妥，却还是按照江桐的吩咐去做了，只是他搜集到的信息有限，昨天为完成江桐交代的赔偿任务，他特意派人去查找了夏晴的上班地点，几点上班，如此而已。

夏晴？江桐默念一次，而后收起手机，开车去往亚园酒店。是的，江桐承认他异常，很奇怪，此刻他就是想见到这个名叫夏晴的女人！

江桐把车子就近停靠于亚园酒店大门不远处，身子微侧，迟疑地望着酒店大门口，真的要进去找她吗？

亚园酒店财务部。

灭绝师太抬眼看墙上钟表，已是午饭时间，她起身，特地去白月菲办公室，盛情满满道："我请你吃午餐。"

"啊？"白月菲惊讶，同事们口中的冷血之人此刻如此热情邀约，叫她怎觉不瘆人？同事几年，她可从未见过灭绝师太请下属吃饭，这还真是头一遭！

灭绝师太一笑："昨天你帮了我大忙，我请你是应该的。"

"举手之劳，不足挂齿！请客就不必了！"

"这是我的心意。"

灭绝师太的话已说到这分上，何况她还是自己的顶头上司，领导邀请下属，下属一再推辞终究是不好的。于是白月菲放弃员工餐，接受灭绝师太的邀请。

灭绝师太说酒店附近有一家泰国餐厅不错，午餐就去那里解决。

当犹豫不定的江桐看见白月菲从酒店门口走出来时眸子一凝，没有多想，随即打开车门，朝着白月菲走过去。

灭绝师太和白月菲并排而走，白月菲觉得灭绝师太今天友善得出奇，因为她一路走一路跟白月菲讲述她与张导的趣事，白月菲先是有些发蒙，而后越听越有兴致，这哪里还是灭绝师太？这完全就是怀春的少女啊！白月菲不禁一笑。

“我想和你谈谈。”

说话人挡在白月菲面前，那张轮廓深邃的俊脸猝不及防地刺进了白月菲双眸，刺得她笑容一僵，心跳狂乱，手心发凉，然后僵住的笑容隐去，整个人怔在原地！

灭绝师太一愣，随即认出说话之人——江氏集团的总裁！灭绝师太大惊，好像江总裁刚刚还说想和夏晴谈一谈！灭绝师太看了看白月菲，又再度看向江桐，困惑二人之间的关系。

江桐轻咳一声，灭绝师太这才收回目光。

灭绝师太明白了江桐轻咳之意，她看向白月菲：“夏晴，看来我得改天再请你吃饭了，两位慢谈。”灭绝师太匆匆走开，江大总裁与李大 CEO 怎么总会因为一个女人而牵扯到一起呢？先前是白月菲，现在是夏晴！难道说江大总裁有喜欢李大 CEO 现任的癖好？

白月菲反应过来时，立即对灭绝师太道：“呃，不用改天，就今天，今天我有空。”可惜白月菲说这话时，灭绝师太已经快闪到了拐角处！白月菲拔腿欲追上去，胳膊却被人紧紧拽住，无法再上前。

“既然有空，我和你一起吃。”江桐目光幽幽地睨着白月菲的脸。

“我现在又没空了。”白月菲的瞳孔收紧，斜视紧箍在她胳膊上的手，正欲甩开之际，才发现江桐手背上的疤痕，那条疤痕有 2 厘米左右！她记得江桐的手指是光滑而修长的，可那道疤痕在江桐手背上异常分明！白月菲的思绪由此而跳脱，她竟然有一探疤痕缘由的冲动，不过，她最终还是忍住，毕竟过去的都过去了。江桐的现在已然与她无关，她又为什么要关注江桐身体上的改变呢？白月菲深吸一口气，就此放下疤痕之事，她胳膊使力，尝试挣脱江桐的束缚，却挣脱不了！于是她用另一只手去掰江桐力道强劲的五指。

“如果你想成为你同事们眼中的焦点，你最好慢慢跟我在此处纠缠。”江桐眼眸幽幽地又将白月菲的胳膊攥紧了些。

白月菲下意识地回身看了一眼，这时酒店大门口又出来一群同事，是销售部的。销售部嘴皮子功夫一流，而且八卦，死的都能说成活的，何况她们本就喜欢八卦她和李陌，如若被她们看见她和江桐纠缠不清，又不知她们会生出怎样的风言风语，到时她与李陌的绯闻就会升级至加上江桐的三人大八卦了，所以为了省去不必要的麻烦，白月菲垂下了顿在江桐拇指间的手指，她回头看着江桐的眼睛："你先放开我，我跟你走。"

江桐的手指从白月菲的胳膊滑到掌心，攥着白月菲朝车子走去："我从来不会做没有把握的事情，上车之后自然会放开你。"

白月菲妥协地上了车。

江桐发动引擎，侧头看了一眼白月菲，提醒道："系好安全带。"

白月菲低头一看，慌张侧身，扯过安全带系上。

一路上，白月菲显得十分拘谨，全程低头看自己脚尖，没有心思去想江桐找她谈什么。她的心因为江桐近在身旁而狂乱地跳动着，原来时过境迁之后，她的心还是会为他而颤抖啊！

一路上，江桐并未跟白月菲说一句话，他在默然思索一些事情！

100

15分钟后，车子停靠在一家私人会所。

经理一见是江氏集团的大Boss，三步并两步殷勤地上前接待！

看清楚江桐身边随行之人后，经理颇感意外，江桐过去每每来此地都是带着一男宾，只有今天例外，居然带了一位女宾！而这位女宾不是别人，正是他的妻子！经理心里默叹：好一对璧人！只是他打心底觉得二人的装扮不太匹配，原本以为作为江桐的夫人定会穿着最时尚最华丽的衣服展现在公众面前，结果白月菲的装扮却如此平民化，不过，这并不影响白月菲的气质和美貌，她看上去还是那般清丽迷人！

经理热情地领着二人去紧靠落地窗的位置。

新鲜花束点缀于座位周围，阳光透过落地窗斜照而进，光晕洒落在地面上。

经理递上双份菜单。

若有所思的白月菲没有接菜单，她哪还有什么心思吃饭！现在与江桐相处让她感到如此沉重！5年之前，她想要挽回江桐的时候他不肯相见，5年之后，她几乎心如止水的时候江桐竟然主动找她，现在还对坐于此！江桐这是有意他在捉弄她吗？可是她怎么没有感觉到江桐有一丝的玩味，如果不是玩弄她，那么江桐到底想干什么？

江桐见白月菲没有点餐的意思，便示意经理收走白月菲面前的菜单，他拿过身前的菜单看了看，抬眼看向白月菲："你想吃什么？"

白月菲听闻回神，声音还算平稳："我不饿，你不用管我。"

江桐也不饿，于是合上菜单："双人套餐。"

经理接过菜单，躬身退了下去。

白月菲和江桐静静地对坐着。

婉转悠扬的音乐飘在空中。

江桐的视线久久定格在白月菲身上，白月菲被看得心慌，局促地低下了头！这一刻，白月菲只觉得如坐针毡，难受又不知如何是好的感觉使得她的表情渐变。

江桐见白月菲眉头紧锁，便开口关切道："你不舒服吗？"

白月菲错愕地抬头，然后摇头否认。现在，她只想快点逃离这个地方！于是她主动询问："你找我谈什么？"

江桐的眼眸流转波动，沉吟片刻，表情微微起伏："我们过去是不是认识？"

白月菲被问得一惊一愣！

江桐静等白月菲揭晓答案！

片刻，白月菲低声反问道：“你觉得呢？”他是故意的吧，故意问这样滑稽的问题！

“我不知道，所以才问你。”江桐说得很认真，目光渐渐炽热，语调不紧不慢：“很奇怪，昨天见过你之后我会头疼，脑海中会出现一个女孩模糊的面庞，每每我想要看清楚的时候她就会消失。”

白月菲听得眉心一沉，江桐不像在开玩笑！于是她极速运转脑细胞，很快，从江桐的话语里分析出一个结论：难道是失忆了？所以，江桐现在连她都不认识！白月菲心间猛震，但脸上还努力保持着平静的表情。白月菲不知道她得出的结论正确与否，此刻只因为那个不确定的结论而眼眶灼热！她是如此害怕那些爱过的记忆统统从江桐的脑海里消失，虽然没能有幸陪他走到最后，可是她却奢望他能记得她，记得她去过他的世界……可是，他的字字句句在表明他不记得她！白月菲因此而心中一恸，如果他真的忘了她，那么他想要看清楚的那个女孩又是谁？

这时服务生端上餐点。

白月菲也迅速从纷扰的思绪里抽身，视线放在面前的热咖啡上，她淡淡一笑，语气沉静：“我们不认识。”虽然她奢望江桐能记得她，记得那些爱过的痕迹，可是既然老天都让江桐忘记了过去，那么就听从天命吧！

江桐炽热的目光瞬间惘然，不再说话，神情沉闷地拿过刀叉，心不在焉地吃着牛排。事实上，江桐觉得此刻的他很是不可理喻，竟然莫名地想要从她口中听到另一个答案，那个答案是：我们认识！

“你的问题我已经回答了！我还有事情，先走一步！”白月菲急不可待地起身要走。

“吃完东西再走！”江桐怏怏道，此刻只想让她待在身旁，待着就好！

江桐的语气于白月菲而言不仅仅是不悦，还奇怪地带着一种不容她抗拒的力量，她讷讷地坐下，拿起刀叉一顿狼吞虎咽！江桐看得愣住！

“好了，我吃完了，这下可以走了吧？”白月菲觉得她肯定是哪根筋搭错了，不然怎么会按照江桐的话语去做，甚至此刻就连离开都在征询他的意见！

“买单。”江桐冷声喊道。他是看出来了，她一刻也不愿与他多待！多少女人试图靠近他，只有她如此抗拒！这让他有了前所未有的挫败感！

没有得到应允，白月菲不敢轻举妄动，低着头，没有再看江桐一眼。不是不想看，而是怕看着看着就控制不了泛滥的情绪，进而不能自已地掉进感情的旋涡里，最后为难了她，也为难了江桐，为难了他们彼此的曾经和现在。

不过瞬间，江桐的神情忽然一紧，面部线条拧在一起，他右手撑在桌子边缘，左手扶住额头，身子轻晃于空中，然后他右手一滑，打翻碟子，刀叉掉落到地上，一阵刺耳的碰撞声！

白月菲猛然抬头，这时江桐打滑的右手已经定住，身子也不再晃荡，江桐弯俯着上半身，低着头，一动不动地坐着。此刻，他正强忍着无端袭来的痛苦。

但是，白月菲还是看出来了，江桐此刻不好受，她的心因此抽紧，眼神几度变幻，还是没能忍住对江桐的担心，她终于开口问："你怎么了？"

江桐的脑袋虽疼，但意识还是比较清晰的，既然她发现了，他也不必强撑了，他低语道："头疼。见过你之后，莫名地发作过好几次。"

因为她？白月菲惊诧！心底忽而变化的思绪使她不由自主起身朝江桐走去："看过医生吗？"

疼痛使得江桐的声音有些颤抖："这种疼痛只是片刻，过几分钟就好，没必要看医生。"

白月菲走到江桐的椅子后面，伸出的双手在空中顿了一下，最后还是伸向了江桐的双肩。

微热的温度熨在肩膀上，江桐愣住，因为疼痛而揪紧的眸子有一道奇异的光芒闪过。很奇怪，他明明排斥女人近身，现在却一点也不抗拒她突如其来的亲昵动作。

101

白月菲把江桐轻靠在椅背上:“我帮你揉揉太阳穴,或许可以减少你的疼痛。”无论如何,她看不得江桐被疼痛折磨,却不知道最让江桐疼痛的不是身体的不适,而是她曾经两度离他而去的事实!那事实曾经让他遍体鳞伤,最后因失忆而“消亡”。

在白月菲轻柔的按摩中,江桐的疼痛一点一点缓解。

白月菲一边揉按江桐的太阳穴,一边问:“好些了吗?”

江桐怔怔地点头,沉浸在白月菲的温柔中,疼痛越来越弱,已经不那么难受了!

这时,服务员过来买单,恭敬地把账单和笔放于江桐面前,江桐只需签字便可,餐厅会自动从会员卡里扣除消费金额。

江桐提笔签名,白月菲见状便缩回了双手,静站一侧,方便江桐写字。

服务员手持账单而去。

“走吧,我送你回去。”江桐温言起身,头疼的感觉已经微乎其微。

“不用了,我自己打车回去。”说完之后,白月菲才意识到她刚才的行为有多出格,就算她担心江桐也要忍住啊,干吗要对江桐做出那么亲密的行为?

江桐拽过白月菲的手,边走边说:“我带你出来的,自然要带你回去。”不容她有任何的反抗和拒绝。

江桐手上的力量不算大,白月菲完全可以挣脱,可是她却没那么做,她只是机械地迈着步子,眼光一直放在她与江桐交织在一起的手上,不应该是这样的!为什么分开的手还要纠缠在一起?白月菲的眼眸颤了颤,虚浮的脚步一脚踏空,差点摔倒,幸亏江桐反应敏捷,及时扶住她的腰,她下意识地反抓住江桐的胳膊,心中庆幸躲过一劫!

金色的阳光里。

江桐揽着白月菲的腰,静静地凝视着她的眉目,那颗冰冻的心开始隐隐触动,喉咙动了动,却又不知道要说什么。

白月菲欲站直身体,无奈,腰向后仰得厉害,再加上被江桐揽着,导致她无法直接跃身而起。她仰视江桐,想要他帮忙带她起身,这才发现他正盯着她瞧,她睫毛轻颤:“你可以让我站起来了吗?”

江桐神情一动,讪讪地扶白月菲起身。

“谢谢!”白月菲不自在地抓了抓脑袋。

江桐对她这般客气感到不适,可是以他们萍水相逢的浅淡关系,她确实应该如此对待他才对啊！

上车之后，表现局促的二人也没有讲话，气氛有些沉闷。

车子不知不觉抵达目的地，从餐厅返回亚园的这一段路程中，白月菲和江桐依然全程无交流。

总算到了！白月菲迫不及待地打开车门，正要冲出门外，却不料朝外支出的身体被一股力道拉了回去，白月菲低头一看，竟然忘记解开安全带了！就在她要动手解的时候，江桐正朝她倾身而来，很显然，江桐这是要帮她解安全带。

白月菲感觉到江桐的气息越来越近，身子一震，双手连摆："我自己来便可，不用帮忙。"她不想再和江桐有任何身体上的接触，先前仅仅是被江桐揽腰而已，她的心就因此而凌乱，如若身体再继续接触，她真不知道在江桐面前她会失控成什么样子！

江桐略显尴尬地停止了动作。

白月菲解开安全带，不禁看了江桐一眼，方才下车。她想，今天只是个意外，此刻之后，她和江桐会回到各自的轨道上，再也不会有交集。

江桐的情绪有些波动，不知道为何突然不舍白月菲的离去，他喜欢白月菲在身旁的感觉，即使相互不说话，也觉得甚好，只是他清楚，那种好是不属于他的！他选择目送白月菲离去，直到白月菲的背影完全隐没在亚园酒店里面，他才收回目光，发动引擎。

这时，李陌刚好从外面办事回来，两辆车子擦身而过，却都没有发现对方。

亚园财务部。

白月菲一走进去，原本正在热烈谈论的同事们瞬间噤声，各自散开，佯装工作。

白月菲没有多想，继续回到办公室工作。

同事们见白月菲办公室的门已经关上，重新聚集到一起，继续八卦她与江桐。

"你确定夏晴真的上了江氏集团 Boss 的豪车吗？"

"当然啊！我们几个亲眼看到的。"

"我觉得夏晴就是一水性杨花的女人，你们看啊，她明明为我们的总裁生了孩子，却又去勾搭江氏集团的 Boss。"

"这你们就不懂了吧，夏晴岂止是水性杨花那么简单，如果没有一点脑子，工作能力能有那么出色？其实夏晴的智商足够甩我们一条街了，情商更不是我们这些虾兵蟹将可以匹敌的！依我看啦，夏晴这次采取的是釜底抽薪模式，你们想啊，她为总裁生下小孩有 4 年多了吧？直到现在总裁也没有把她娶进门，所以她才会转道与可以和总裁不分伯仲的江 Boss 约会，以此引得总裁的在意，从而一举攻下总裁夫人的位置……"

众人谈论得热烈，以至于没有注意到李陌推门进来。

这时，企划部的阿娅一个晃眼看到李陌，立马大咳一声，大家立马会意，迅速停止谈论。众人顺着阿娅的目光看过去，一众惊恐总裁的出现。

李陌没有心情插手管制八卦者们，他匆忙迈着脚步。众人渗出一身冷汗，以为李陌会因她们的八卦言论而发飙，谁知李陌根本不是朝她们而来，只见他径直走向了白月菲的办公室。

敲了敲门，李陌眼眸幽深地推门进去。

白月菲听见响动，抬眼一看，笑了笑，暂停手里的工作，问："你喝点什么？"

李陌坐到沙发里："温水。"

白月菲起身，走到饮水机前，拿过杯子，接了一杯，递给他。

李陌喝了一口，放下杯子，担忧地问道："今天你还好吗？"

"啊？"白月菲觉得李陌异常，"怎么突然问这个？"

"没什么，我就是随便问问。"李陌伸伸懒腰，懒散的语气中带着几分认真："月菲，如果你觉得不开心了，可以休息一段时间的。"

"我没有不开心啊，我很好，所以不用假期。"

"真的很好？"

"嗯。"

如此看来，白月菲是不想他知晓她与江桐见面之事，李陌顺白月菲的意，他转了话题："等会我和你一起去接小辰放学，我给小辰买了玩具。"他想不通5年未见的白月菲和江桐怎么会突然见面，而他们这一面是仅仅一面之后再无后文，还是会因此而牵扯不断，或者奇迹般地破镜重圆？反正不管怎样，他只要白月菲安好。

……

霍洋的车子停靠在路边一家快餐店前，先前为了跟踪江桐，他连午饭也顾不上吃，现在填饱肚子之后，他又琢磨了好一会，Boss今天的行为太过反常，竟然约夏晴吃饭！如此看来，他们以后应该会经常见面……

霍洋想来思去，决定将夏晴的事情向父亲汇报一下。

听完霍洋的讲述之后，忠叔只说了四个字：静观其变。5年前，江桐因为那场车祸，选择性忘记了白月菲和李陌的存在以及与他们二人有关的所有。这5年里，忠叔把与白月菲相关的一切从江桐身旁撤离隔绝，不让江桐因白月菲的点滴而受到丝毫刺激，从而有恢复记忆的机会。忠叔问过医生选择性失忆恢复的可能性，医生说江桐这种因为车祸而导致的选择性失忆如果在3年之内不能恢复记忆，那么基本上可以定义为永久性的选择性失忆。所以现在他不必紧张江桐因夏晴神似白月菲而恢复记忆，不过很有必要注意一下夏晴的动态，就怕因她而让他的少爷知晓白月菲的存在。

忠叔也由此感慨他家少爷用情至深，就算失忆也还是会被那神似白月菲的容颜吸引……

下班之后，李陌载着白月菲去彩虹幼儿园。

小辰开开心心地从教室里蹦出来，一手拉过李陌，再一手拉过白月菲，一脸乐呵呵："我最喜欢叔叔和妈妈一起来接我了。"

“叔叔也喜欢和妈妈一起接小辰。”李陌俯身抱起小辰，手指宠溺地刮了一下小辰的鼻尖：“小辰晚上想吃什么啊？”

小辰眨巴着眼睛：“意大利面。”

“还有呢？”

“红烧鸡翅、薯条、可乐。”

“好，叔叔都买给你吃。”

“小辰就知道叔叔最好了，最疼小辰了。”小辰扳过李陌的脸，热情地亲了一口。

102

江氏集团总裁办公室。

一连3天下来，江桐俨然已经从工作狂进阶到走火入魔的地步，一天干掉好几天的事情，全然不给自己留一点闲暇的时间。霍洋很是担心他再这么拼下去，出不了几日，就会把身体累垮。

“Boss，今天真的没有行程了。”霍洋合上行程表，特意补充道：“明天、后天的行程也被你提前完成。”Boss这下无工作可做，总该会休息了吧？

江桐一愣，想了想，开口道：“公司不是还有给幼儿园捐赠图书的活动吗？”其实江桐这几天行为异常的原因是一旦空闲下来，就会莫名其妙地想到夏晴，那个只不过意外遇见的女人，却搞得他一向平静的心翻涌，他是有心再去见她的，只是他更清楚自己与她不过是萍水相逢而已，既然如此，又何必念念不忘？所以他以工作来填满所有胡思乱想的时间。

“是的，张经理已经代表江氏集团前往。”

“通知他不用去。”

“啊？Boss你不会想亲自过去一趟吧？”

“你说呢？”

霍洋心中一愕，不可置信道：“Boss，捐赠图书如此小的事，根本用不着你亲自前往啊！”Boss应该是开玩笑的！

江桐不语，起身，走出总裁办公室。

霍洋见状大惊，Boss真的要去啊！霍洋快速跟上去，一边疾走，一边给张经理打电话。

车子朝着彩虹幼儿园驶去。

江氏集团是在4年前着手做慈善的，主要致力于儿童教育。这4年来，虽然江氏的慈善事业遍布全国，却一直很低调，从未对外发布过任何关于慈善事业的消息。

王园长在接到张经理的通知后，早早候在学校门口，等待贵客的到来。

当江桐的车子一停靠在学校门口，王园长便迫不及待地迎上去，对着江桐深深鞠一躬：“幼儿园感谢您的善举。”

不用江桐使眼色，霍洋便知该做什么，他扶起园长道：“王园长，不必如此……”

园长忠厚地笑着，随后热情地带着江桐和霍洋前往幼儿园图书馆参观。

图书馆门口，江氏集团的工作人员身着统一制服，正在忙碌地搬运全新的图书。

眼前的情景让王园长动容，他由衷地再次表达感谢：“江总裁，我代表孩子们谢谢你的善心。”

江桐向来冷漠的神情在这一刻变得柔和，他说：“这是江氏集团应该做的。”

“江总裁说得是，学校多亏江氏集团的捐赠，才能使孩子们的阅读变得更加丰富。”彩虹幼儿园在这个城市的所有幼儿园中设施一般，它对外收费便宜，但师资力量雄厚，这是因为仁爱的园长一心想让普通家庭的孩子得到更好的启蒙教育，所以才会把学校的经费主要花费在师资这一方面。结果幼儿园在 4 年前入不敷出，一度面临严重亏损的境地，幸得江氏集团对学校的各项捐助，让幼儿园顺利从困境里走出来，继续造福于家境普通的孩子。

一连串银铃般的笑声从打开的窗外传进来，江桐被吸引，不禁走到窗边，望着窗外无忧无虑嬉戏奔跑的孩子们，心情自然而然被孩子们的快乐感染。江桐的嘴角一扬，源于心的笑容缓缓绽放。

王园长和霍洋跟上去站于江桐两侧，他们顺着江桐的目光望过去。

小辰跑过窗边，仰着小脸望了江桐一眼，乌溜溜的眼睛变得更加明亮，小辰停住小脚丫子，回身欢喜地喊道：“爸爸。”

江桐看向窗外说话的小孩子，小孩子粉妆玉琢，一副活泼机灵的模样，像极他小时候。说来也奇怪，他甚至觉得小家伙和自己之间有一种莫名的亲近，他没有来由地喜欢这个小孩，但是对于小孩的称呼他还是觉得荒诞，于是他轻言细语教育道：“小朋友，爸爸这两个字是不能随便乱叫的。”

小辰走到窗户下面，目光在江桐脸上滴溜溜地转着：“你就是我爸爸，我见过你和妈妈一起的照片，你们一起亲亲了。我同学说大人们亲亲之后，就会有我们这样的小朋友。”

江桐被小辰逗乐了，咧嘴一笑：“小朋友，你认错人了，叔叔从未与你妈妈亲亲，所以叔叔不是你的爸爸。”

“你撒谎，你明明跟妈妈亲亲了，妈妈说撒谎的人会被狼吃，所以你不要撒谎，我不想爸爸被狼吃。”

“叔叔没有骗你，不然你把照片拿出来给叔叔看看？”

“照片在家里，”小辰抓抓脑袋，“可是我想不起来妈妈把它放在哪里了。”说完他便突然跑开。

江桐笑着摇摇头，这个人小鬼大的家伙真是一颗开心果。

王园长觉得有必要跟江桐解释一番刚刚的意外事件，他说：“希望江总裁不要介意，孩子生活在单亲家庭，他一定是太想念爸爸，所以才误认了您。”

江桐丝毫不在意：“没事，他叫什么名字？”

“说来跟江总裁还有些缘分，他叫江辰。”

“江辰？”江桐有一丝惊讶，“他不仅跟我长得像，还同一姓氏！”

“爸爸。”小辰站在门口叫了一声，然后开开心心地奔向江桐。

霍洋在一旁看热闹。

王园长觉得小孩子童言无忌是正常的，但是如果因此给江总裁带来困扰，那就不好了，于是王园长蹲下身子要抱走小辰。

江桐摆手，表示不需要。

王园长随即停止动作。

小辰抱着江桐的大腿，仰着小脸兴奋地喊：“爸爸，你终于从外太空回来了，小辰好想你。”

江桐蹲下身子，扶着小辰的肩膀，温柔地笑道：“小朋友，如果你想爸爸了，叔叔可以陪你一起玩，但是你不可以叫叔叔爸爸。”

“不要叫我小朋友，我叫江辰，大家都叫我小辰。”小辰一本正经道，歪着脑袋问：“为什么要叫爸爸叔叔呢？”

江桐很有耐心地解释道：“因为叔叔没有跟小辰的妈妈结婚，所以叔叔不是小辰的爸爸。”

小辰糊涂了，他有他的一套思考方式，抓抓脑袋道：“可是如果没有结婚，为什么妈妈会穿着白白的婚纱和爸爸亲亲呢？”

江桐摇摇头，小家伙有点固执啊！他说：“或许小辰的爸爸跟叔叔长得很像。”

小辰似懂非懂地看着江桐，突然伸出双手捧起江桐的脸，狠狠地亲了一口。

江桐摸了摸被小辰亲过的地方，心里竟然甜甜的，他笑着问：“小辰没有见过爸爸吗？”

小辰摇头：“我没有见过你，妈妈说你是个勇敢的大英雄，你为了保护我们，去外太空打坏人了！妈妈还说你只有打完坏人才可以回来！”小辰撇撇嘴，语气埋怨又委屈：“可是，小辰等了好久，你也没有回来，外太空的坏人怎么那么多呀？”

江桐轻抚小辰肉嘟嘟的脸颊，他心疼这个缺少父爱的孩子！一场意外的车祸让他在 13 岁之后的成长都是缺少父亲陪伴的，所以他对小辰想要爸爸的心情感同身受。可能因为是同样想爸爸陪伴的念头，可能是因为这个小家伙与他有一种莫名的亲近之感，他竟然冲动地觉得小辰口中的叔叔也好，爸爸也好，称呼罢了，就随小辰叫吧！

江桐不再纠正小辰的称呼，不仅如此，他还笑着对小辰说：“这样好了，叔叔答应小辰，以后每个月过来陪小辰玩一次。”

小辰高兴地蹦起来，兴奋地鼓掌道：“太好了，太好了，小辰可以跟爸爸一起玩了。”

为了不给小辰的妈妈造成困扰，江桐特意叮嘱小辰：“不过小辰也要答应叔叔，我们一起玩的事情不能告诉妈妈，这是属于我们的秘密。”

小辰点头：“好，我答应爸爸……”

一旁看热闹的霍洋惊呆了！若不是亲眼所见，他还真不敢相信向来寡言少语的Boss会和一个小孩子讲那么多的话，而且竟然还约定以后每个月要陪小朋友玩一次，真是奇闻……

Boss不正常！这是霍洋此刻的直观感受。

103

机场。

一身时尚装扮的陈依琳和经济人托尼一起走出 VIP 通道，上了保姆车之后，陈依琳方才摘下帽子，取下墨镜，拿出手机，拨出那个熟悉的号码。

“嗨，我回来了。”陈依琳声音轻快，对于她而言，即使是跟他说话这样平常的事情，在她这里就是一种难能可贵的幸福！

“哦。”

对方平淡的反应陈依琳已经习以为常，她热情不减地问：“晚上一起吃饭可以吗？”

江桐顿了一下，幼儿园的行程之后他确实没有工作可忙，于是答应陈依琳的邀请：“地址发给我。”陈依琳是盛世娱乐的一姐，3 个月前去国外拍戏，一拍便是 3 个月，江桐觉得他作为陈依琳的老板兼朋友，于情于理，都应该为陈依琳接风洗尘的。

陈依琳又惊又喜：“到时候见。”挂了电话，陈依琳兴奋难掩，手舞足蹈地尖叫起来。

正在手机上查看有关陈依琳综艺邀约合同的托尼一颤，摇摇头，扶了扶眼镜，一边查看合同一手翘着兰花指道：“我说依琳啊，你有点兴奋过度了。”

“江桐答应跟我一起吃饭了，我不兴奋，难道哭丧着一张脸啊？”陈依琳脸上洋溢着幸福的光芒，乐呵呵地拿出镜子补妆，她要以最好的状态出现在江桐面前！

“依琳姑娘，一顿饭就让你如此高兴？”托尼看向陈依琳，深剖道：“我看你醉翁之意不在酒吧？老板确实是一棵大树，但是你在这棵大树上吊了 4 年，你不嫌累，我看着都累。”

“我就喜欢江桐这棵大树，怎么着？”陈依琳翻一个白眼给经纪人！

“行，姑娘你喜欢就好，我祝你今晚旗开得胜。”托尼嘴上虽然祝福着陈依琳，内心却戚戚然，他确定陈依琳永远无法拿下江桐。毕竟这 4 年来，陈依琳每次都信心十足地出击，然后黯然神伤地败下阵来，一次又一次，即使很受伤很受伤，也仅仅是短暂的自我疗伤之后又再次勇往直前，那是托尼第一次见一个人为了爱情如此勇敢，何况那是个姑娘，是中国当红娱乐圈炙手可热的多栖 superstar！

“借你吉言，姐姐我今晚一定好好表现。”陈依琳笑得花枝乱颤，虽然她和江桐的初见并不美好，甚至带了血雨腥风的味道，但是她相信他们的未来一定会开出花，结出果，在这之前，不过是过程曲折了点而已。

那么他们不美好的初始到底是怎样开始的呢？

那是5年前。

那一天太阳已经穿透云层。

微风轻拂过墨绿的树叶。

花开得正好，吐露着芬芳。

一切景致是那般祥和而美好，只是陈依琳的心情却截然相反，她很郁闷，原本单纯地以为导演是真的叫她过去试戏，结果到了酒店之后，发现房间里没有任何工作人员，却只见导演半裸着身子坐在沙发里，此情此景让陈依琳有了一丝警觉。

导演以一副居高临下的姿态看着陈依琳，他直切主题道："我可以让你成为《刺空》这部戏的女配角，但是前提条件是你得陪我睡一晚。"

陈依琳抑制住心中的火焰，微微一笑，谦卑道："导演，你太看得起我了，我哪有资格上你的床？"

导演一脸得意扬扬："你知道就好，多少女演员费尽心思要爬上我的床，我却把机会留给了你，知道我为什么这么做吗？"

陈依琳摇头，装作一副很有兴趣听下去的模样。

导演挪动身子，换了一个坐姿道："因为你够聪明，我喜欢提携聪明的人。"

陈依琳笑得更加灿烂，缓步朝沙发走去。

"依琳宝贝，我期待你的表现。"导演色欲熏心地一笑，视线定在陈依琳傲人的胸部。

陈依琳笑容满满地走到导演面前，俯身拿过桌子上的矿泉水，作势要喝一口，在导演那双淫欲满满的手碰触到她的身体之前，她脸色突转凌厉，只见她把瓶子举到导演头顶，手腕一扭，纯净水哗哗地灌到那张肥油满面的脸上。

陈依琳咬牙大骂道："死色狼，去死吧。"骂完之后她迅速逃离现场。

身后隐约传来导演咆哮的声音："死三八，我会让你在这个圈子里混不下去……"

陈依琳冷哼一声，气鼓鼓地返回车里，发动引擎，车子飞快地射出去。这时的陈依琳22岁，入行3年，依旧是个连三线都算不上的小演员，她没有助理，没有经纪人，所有事务都是自己打理。陈依琳平时对自我的要求很是严格，一日三餐严格控制，每周三次有氧运动，每次2小时以上，只为修炼出更好的身材。不仅如此，在演戏上她更是精益求精，就算是一个不露脸的背影，她也会揣摩很久，竭力把它演到不露脸胜过露脸的境界，陈依琳秉持着这么一个信念——通向成功的路没有捷径！在没有发光发亮之前，她必须踏踏实实地练好基本功，做好万全的准备，才有可能在时机到达的时候一举成功。

阳光铺洒的道路上。

陈依琳神情郁闷地穿过十字路口，继续朝着市中心开去，只觉得心里空落落的。这3年摸爬滚打下来，她当然深知这个圈子的复杂，但是对于潜规则，她还是第一次遇到，难免有些失控，不过现在回想起来，当那瓶水灌到色狼的头顶上时他那又惊又气又恼的表情还真是让人痛快！陈依琳不禁笑出了声，这时，耳旁传来一阵咆哮声，一辆黑色宾利从后方飞掠过她的左前方，陈依琳瞪大眼睛："以为拍电影啊！还要不要命啊？迟早出车祸。"话音一落，就只见那辆黑色宾利失控撞到右前方的隔离带上，然后，车子冒起了烟。

陈依琳呼吸一紧，忐忑地放慢车速，直愣愣地看着车祸现场，吓得捂住嘴巴："许愿也没见这么灵验啊！这可不关我的事，谁叫你车速那么快！"

路上的行车不多，偶尔才有一辆路过，不过并没有人参与救援。

虽然黑色宾利的车祸确实跟自己无关，可是陈依琳无法置身事外，冷漠对待，她把车子停靠在路旁，慌里慌张地奔下车，踏过地上散落的车身碎片，跑到黑色宾利前一看，左边车头已经严重受损，车内安全气囊弹出，陈依琳朝着车里喊道："你还活着吗？"连喊了好几声，车里的人没有任何应答。

陈依琳试图打开车门，无奈车门已经变形。她费尽力气才艰难地将车门打开，急急忙忙探身到车里，看见驾驶座上的人满脸是血地倒在一边，烟越冒越大，在这千钧一发之际，陈依琳急迫而迅速地解开他身上的安全带，喘着粗气拽他下车，好不容易把他挪到自己的车前时，黑色宾利蹿出熊熊火焰，随着一声巨响，黑色宾利爆炸了！陈依琳的身子剧烈地一抖。不过，她人还算镇定，继续把那个满脸是血的人扶上车，然后打电话通知了最近的医院准备接诊。

104

当陈依琳回到驾驶座时，车门突然被一个黑衣人拽住。

“不管你想干什么，”陈依琳目光锐利地瞪着黑衣人，“现在最好给我走开，救人要紧。”

“你是说带Boss去医院？”黑衣人半信半疑，他原本紧跟于江桐车子后面，可谁知江桐一再加快速度，他的车子不敌名车的超强性能，最终被甩开一大截。刚刚追到这里的时候正好看见陈依琳把江桐扶上车，于是他跳下车，冲过来！

“你老板？他伤得这么重，我不带他去医院，难道带去我家啊？”陈依琳回身发动引擎，而后又睨了黑衣人一眼，“我说你还愣着干什么？如果想要救你家Boss，就赶紧给我上车。”

黑衣人赶忙关上车门，移身坐到副驾驶座上。

车子朝着医院疾驶而去。

黑衣人回头察看横躺在后座的Boss，江桐满脸是血，已经看不清楚容颜，黑衣人的心揪紧，他回过头来，从裤包里掏出电话，及时把江桐的现状汇报给了忠叔。

陈依琳虽然不知道她救下的是何许人也，但从黑衣人的电话通话中可以判断出他绝对不是一个普通的人！如果像他那般有着尊贵身份的人因为得不到及时的救治而英年早逝，是件多么让人唏嘘的事情！陈依琳不想这样的悲剧发生，她再次加快了车速。

忠叔在赶去医院的路上。忠叔跟了江振东20多年，在他身边学到不少，尤其是良好的心理状态，虽然忠叔极度担心江桐的伤势，可忠叔清楚当务之急是对外封锁少爷受伤的消息，绝对不能让江氏集团的股价因为少爷意外的车祸而受挫。

为了救下江桐，陈依琳一路与时间赛跑。

车子急刹在医院门口。

医护人员早早候于此地。

四个护士迅速将推车移至车子旁边，小心翼翼地把昏迷不醒的江桐扶到推车上，推车的四个轮子在地上极速翻转，护士们步伐急促地向急救室狂奔。

而原本定下的江桐的主治医生在他送来的路上已经被忠叔出动关系临时更换，现在接手的是医院里处理车祸伤最权威的姚教授。

终于把他交到医生手里，陈依琳拍拍胸口，稍稍松了一口气，却还是担心他的安危，陈依琳朝着手术室方向走去，反正她今天也没有事情要忙，倒不如留下来看看她所救治的人情况如何。

医生在全力抢救命悬一线的江桐。

黑衣人遵照忠叔的吩咐悄悄跟着陈依琳，直到忠叔来到医院，黑衣人这才悄悄离去。

“小姐，这是封口费。”一张支票摆在陈依琳眼前，这笔钱不是从江氏集团提出的，而是忠叔这些年来的大部分积蓄。

陈依琳讶异，接过支票看了看，上面的金额还真是吸引人！陈依琳当然心动，可她救人的初衷是想让他活下去，只是让他活下去！她无法心安理得地拿他的命去换一笔钱，她把支票放回忠叔手里：“我不需要。”

欲拒还迎的把戏！忠叔拿出另一张支票，在上面填写金额：“我多加一百万给你。”

钱多就了不起啊！真是小看人，陈依琳反唇相讥：“既然我救了一个如此有身份的人，你认为这区区一点钱就可以打发我走吗？”以此可以推断那个正在手术室里的人一定大有来头，不然为什么会花如此重金去封锁车祸之事？

忠叔收回支票，把陈依琳全身上下打量一番，问：“说吧，你想要什么？”

“难道我想要什么，你都可以给吗？”

“不能，除非在我能力范围之内，而且不违法。”

陈依琳只是逞口舌之快而已，哪里会真的想从中大捞一笔？陈依琳澄清道：“说真的，我等在这里不是想要什么回报！我只是想看看被我救下的人伤势如何，如此而已，再无其他。”

陈依琳说得真诚，可是忠叔却感觉她热心过了头，怀疑她是认出了江桐的身份，她想放长线钓大鱼！所以眼前区区支票根本不能满足她。

忠叔若有所思地收起支票。

陈依琳坐到木椅上，静等手术结果。

忠叔戒备地看了陈依琳一眼，提步走到角落，拿出手机偷拍了一张陈依琳的照片，而后把照片发给了职业侦探社，叫他们即刻调查陈依琳的身份。

一小时后，忠叔掌握了陈依琳的相关信息，忠叔心中的戒备随之抹去。他对陈依琳抛出橄榄枝：“你有信心留在我家少爷身边吗？”如果不是白月菲，少爷就不会遭遇此次车祸，如果可以，他希望有人能够替代白月菲留在少爷身旁，而陈依琳很适合做那个人！

对方的要求让陈依琳很意外，她皱眉问道：“你家少爷？我为什么要留在他的身旁？”

“实不相瞒，一小时前我派人调查了你的底细，虽然是个演员，但好在品行端正，也够聪慧，再加之陈小姐又是我家少爷的救命恩人，我觉得你适合留在少爷身边。”

“我留在你家少爷身边有什么好处？”

“如果你能留下来，占据少爷的心，那么江氏集团将是你此生的靠山。”

陈依琳只是一时兴起随便问问罢了，压根没想真的捞好处，而现在那个“好处”惊得陈依琳半天说不出话，江氏集团！陈依琳由此联想到所救之人的血染面容，再一对比江桐的容颜，陈依琳立时愕然，那个人竟然是江桐！如果不是鲜血染了江桐的整张脸，她怎么可能认不出他来？

陈依琳吞了一下口水，又深吸一口气，对忠叔道：“对不起，我不做小三。”条件确实诱惑，她确实喜欢江桐那样的男人，可惜江桐已经结婚。

“少爷和白月菲已经分开了！”忠叔声音低沉地解释，叹息一声道：“这也是导致少爷车祸的根本原因！”

话语炸在陈依琳心间，她万分震惊！她真的不懂，新婚的两人为何会分开？反正不管是什么原因，既然江桐已经恢复单身状态，她正好有这个机会去接近中意了6年的男人，当然不会放过！

陈依琳立即答应忠叔的提议。

正在手术中的指示灯在4个小时后熄灭，江桐被送进重症监护室。

姚医生说江桐的手术很成功，颅内的瘀血已经清除，但之前脑袋由于受到剧烈撞击，瘀血压迫到神经，可能会有失忆的症状发生，至于具体情况，得等到江桐醒来后才能做出确切的判断。

酒店事件之后，陈依琳再无戏可拍，而之前已经接下的好几个小角色也被各种理由推掉，陈依林用脚趾想也知道是那色狼导演使的手段。换作平时，陈依林肯定遗憾戏约被推，而现在她一点都不觉得委屈和难过，反倒庆幸由此得来一段自由时间，让她得以照顾江桐。

江桐是在一个礼拜后转出重症监护室的，他的身体各项指标已经正常，只不过还是没有醒来，陈依琳甚至害怕他就这么一辈子躺着，永远不再醒来，她可不想要这样，她希望他醒来，听他说话，看他微笑，即使他不会就此放下与白月菲的那段感情，但她会努力，努力得到他。这不是因为他显赫的身份，而是因为16岁的时候，在巷子口，她看见他喂一只流浪猫，阳光照耀在他的身旁，他半蹲在地上，流浪猫吃着他手里的食物，灿烂的阳光闪耀在周围，一切美好得像童话，她甚至不敢上前打扰。

她痴迷地望着那张阳光里的俊脸。

他喂完流浪猫从她身边走开，她痴痴迷迷的目光黏在他身上，直到他上车之后，她才想起问他要联系方式，可惜已经来不及了，他已经开车离去。

第二天，陈依琳逃课并在同一时间等在了巷子口，可惜的是一连等了一个月，她也没能等来他。

直到他大婚之时，陈依琳才知道让她铭记于心的男孩竟然就是江氏集团的Boss，她一把鼻涕一把泪地看完了那场盛大的婚礼直播，然后，给那一段暗恋画上了句号：江桐，虽然你从来不知我的存在，可是我仍然要祝福你，祝福你婚姻美满，永远幸福……

105

时间无声地流逝。

有些别离是迫不得已，一如白月菲离开江桐。

有些遇见是命中注定，一如陈依琳邂逅江桐。

一个月之后的傍晚，在陈依琳悉心的照料下，江桐终于从昏睡中醒过来，他呆望着天花板，感觉做了一场梦，很长很长的梦，梦境里有女生痛苦的呻吟，有车子碰撞的声音……梦境杂乱又模糊不清，似梦非梦，非梦似梦，那种不确定的感觉让江桐费解，他侧了下身体，晃眼瞥见趴在床边的长发女人，他盯着她看，确定并不认识她，可陌生的她为什么又会在他床边睡着呢？

他茫然又困惑地问："你是谁？"

打盹的陈依琳听到低沉的嗓音后缓缓抬起头，激动地拨开额头前散落的长发，窃喜道："你的救命恩人啊！"日日夜夜担心的他终于醒过来了！即便此刻他并不知道她的担心，可她并不觉得遗憾，她的关心并不需要他的回报，感情并不是得到才会感觉到幸福，有时候付出也会让人心里暖暖的。

救命恩人？江桐目光闪烁，匪夷所思地望着陈依琳。

陈依琳看出江桐的疑惑，主动解释道："是这样的，你出了车祸，我刚好路过，顺道救了你。"虽然江桐不认识她，可是没有关系，她会让江桐慢慢认识自己，来日方长。何况忠叔会鼎力支持她，忠叔有承诺她，将竭尽所能地动用一切资源去成全她和江桐走到一起，对于她和江桐的未来，陈依琳秉持乐观态度。

江桐把目光从陈依琳身上移开，四处望了望，难怪觉得空气中隐隐弥漫着一股药味，原来是在医院！江桐的左手指颤了颤，轻触缠着绷带的额头，眼睛眯了眯，凝神细细回想车祸之事，不多时，江桐混沌的眼光渐渐清晰，他已经记起那场车祸，只是他不知道自己当时为何会在马路上狂飙。他只记得车子突然失控撞上旁边的隔离带，他避闪不及，在一阵猛烈的撞击中昏迷了过去，虽然当时处于昏迷状态，但他对外界的一切尚有薄弱之感，隐约记得在刺鼻的汽油味中有人拉扯着他，原来那个人就是眼前这个陌生的女人。

"谢谢。"江桐面无表情，想要坐起身来，尝试了一下，虚弱的身体只是轻轻动了动，继而保持原样，江桐咬牙，艰难地再度尝试，依然没有成功。把一切看在眼里的陈依琳起身走到床头，伸手要助江桐坐起身，江桐却挡掉了她的手。

"我不喜欢与异性身体接触。"江桐淡淡道。

“可是如果没有人助你起身，依照你现在的身体情况是无法自己坐起来的，”陈依琳循循善诱，“再说我救你的时候与你的身体接触还少吗？所以你也不要抗拒我，更没有必要为这事麻烦医护人员，就让我扶你吧。”语落间，陈依琳已经再度伸手扶住江桐。

于江桐而言，在心理上本就对陈依琳这个救命恩人有感激之情，自然会把她有别于一般人来对待，此刻面对热心的陈依琳，江桐眼神凝了凝，不忍再冷淡拒绝陈依琳的好意，最终忍住不喜欢与异性身体接触的习惯，依靠陈依琳助力缓缓坐起身。

于陈依琳而言，这是在江桐清醒的状态下他们之间的第一次亲密接触，虽然只是碰触到江桐的胳膊，可是她的心跳却瞬间加快，江桐身上仿佛有一种魔力，能够让她轻易悸动的魔力！

扶江桐坐好之后，陈依琳羞涩地松开双手，两手背到身后，十指相互交错。

江桐背靠着床头静静地坐着，似乎在沉思什么。

气氛静得陈依琳有些不适，双手不禁移到身前，几番揉搓掌心之后，陈依琳的嘴角扯了扯，立即露出一个美若繁花的笑容：“你想吃什么？我给你做。”

江桐面无表情地摇头。

“好吧！”陈依琳的声音里带着些许失落。

可惜陈依林的失落对于江桐而言不痛不痒。他沉默地看向窗外，望着天边的晚霞，不知道为什么会有一股强烈的落寞和凄凉涌上心头，好像生命中缺失了很重要很重要的人，可是记忆里却没有那个人的存在。

陈依琳的失落稍纵即逝，下一秒，只见她笑呵呵地劝说道：“怎么可以不吃东西呢？你都昏睡了一个月，现在好不容易醒来，得吃点东西补充体力。这样吧，我给你做点清淡的食物吃，我的厨艺可不是吹的，真的很棒。”

江桐心头一紧，回过头来，吃惊地问道：“我昏睡了一个月？”他明明觉得车祸是两三天前的事情，没想到已经是一个月前了！在那么长的时间里他没有掌控公司的事务，也不知公司运营得如何。虽说公司的架构十分牢固，即使他不闻不问2个月，也不会出什么乱子，只是他从来没有如此长时间脱离公司事务，难免有些不放心！

陈依琳理解错了江桐惊讶的原因，她庆幸道：“是的，虽然时间是有点长，但好歹你醒过来了，醒过来了就是万幸。”

这时恰巧忠叔走进套间。在江桐昏睡的日子里，忠叔每天都会向姚医生了解江桐的病情，好在江桐的身体素质强健，恢复得一天比一天好。只是忠叔没想到他不过才出去同姚医生交谈了一会儿，他的少爷居然醒了过来！

“少爷……”忠叔颤抖地叫道，急步到江桐面前，千言万语都汇聚在了那两个字里。

江桐看向忠叔，笑容有些虚弱，这个管家从小像亲人一般待他，在他心中，早已经把他当成一家人。

陈依琳安静地看着二人，不打扰。

忠叔站在床前，关切道："少爷，头还疼吗？"

江桐轻轻摇头，想要打电话询问一下公司的情况，这才想起那日开车他好像随身带着手机，想必是跟着车子一起报废了！于是他说："忠叔，叫人送一部手机过来。"

忠叔早已经准备好一切，就等江桐醒过来，忠叔从包里取出手机，那只手机跟江桐之前使用的一模一样。

"少爷，请原谅我老人家迷信，"忠叔语气诚恳，言语中流露的是对江桐发自肺腑的关爱，"我觉得你之前的电话号码不吉利，所以没有为你补原卡，而是更换了新的SIM卡，请你也不要惦记使用原有号码，遂了我这个老人家的心愿吧。"事实上忠叔对于更换号码是另有目的的，防止白月菲拨那个号码联系江桐，虽然白月菲最近确实没有再到江家门前纠缠，似乎是真的死心了，但忠叔还是不放心，小心驶得万年船，还是得提防着白月菲。

江桐接过手机，对忠叔点了点头，一个电话号码而已，就顺了老人家的心意。

忠叔并没有因此而彻底放心，心里还是有些忐忑，因为他无法确定他的少爷是否记得与白月菲的过去。

江桐手指一动，拨出秘书的电话号码。

秘书回复公司一切正常，并依照江桐要求，报告了公司的大致运转情况。

公司几项重大数据基本稳定。江桐放心地挂了电话。

忠叔主动解释道："少爷，你车祸的事情我压了下来，外界并不知，我擅自做主告诉秘书你临时决定去国外度假，无法确定何时回国，还有你因想有一个不被公事打扰的假期，手机会一直处于关机状态，公司的一切事务都由董事会自行处理。"

"忠叔，你处理得很好。"江桐赞扬道，然后话锋一转："你问一下医生，我大概什么时候可以出院？"

"好，我这就去叫姚医生过来检查看看。"忠叔非常疑虑，江桐醒来有一段时间了，只字未提白月菲的事情，到底是不想提她还是真的如同医生所判断的那样，发生了选择性失忆的情况？

忠叔猜度着走出病房。

房间再次安静下来。

江桐看向静坐在一旁的陈依琳，若有所思地问："你叫什么名字？"

陈依琳眼波柔柔地答道："陈依琳，陈是耳东陈，依是小鸟依人的依，琳是王字旁，加上树林的林。"

江桐神情淡淡："陈依琳小姐，你想要什么？"

陈依琳没听明白，眉宇微拧："什么想要什么？"

江桐面无表情地说明："你救了我，我自然要回报你。"

陈依琳一笑，讲明初衷："我救你不是因为想要得到丰厚的回报，是因为我刚好路过那里，就算不是你，换作别人，我一样会救。”

“但你救的人刚好是我，我这人不喜欢欠别人什么，说吧，你想要什么都可以。”

“你确定什么都可以？”

“是的。”

“那么让我留在你身旁。”

江桐微愣2秒，而后薄唇轻动：“为什么？”

陈依琳坦诚道：“我16岁的时候见过你，一见你便钟情，你是我的暗恋。”

江桐毫无印象：“16岁？在哪里？”

陈依琳笑得甜蜜：“巷子口，你在喂猫。”每一次回忆起那一幕，心间都是甜甜的。

喂猫一事太久远或者根本没放在心上的缘故，江桐不记得陈依林所说的那一面之缘，他语气幽淡：“事情都过去了，就忘了吧。”

陈依琳摇头：“我可舍不得忘记，那是我青春岁月里最美的回忆。”

106

很奇怪，江桐原本平静的情绪竟因陈依琳的话语而有所起伏，他不禁忆起了自己的青春岁月，那样美好的青春年华里只有父亲母亲相继离世的深刻痛苦，并没有爱情发生！这一刻，江桐觉得他一定是铁石心肠，不然已经 22 岁的他怎会没有为一个女生心动过？再说他在爱情方面并没有过多的要求，只要对方善良，三观正，令他有怦然心动的感觉便可！

江桐目光深深地看着陈依琳，持怀疑态度问她："爱情大概是怎样一种体会？"江桐觉得很诡异，他明明没有爱过，可又觉得曾经走进过爱情，却又没有对爱情的确切之感。

陈依林脑袋轰的一声，屏住呼吸，江桐似乎真的如同姚医生所预言发生了间歇性失忆的状况！陈依琳愕然地顿了好几秒，眼神变得复杂，试探道："难道你不曾爱过任何人？"

江桐面无表情的摇头："没有。"

陈依琳神情幻变地看着江桐，身侧的手指一点一点抽紧。既然江桐已经忘记白月菲的存在，那么这是她的机会，她应该要抓住的。陈依琳松开手指，笑得柔甜："要不这样，你尝试跟我交往，你自然而然就会知晓爱情……"

江桐打断陈依琳的话语，字字清晰道："当我没问过。"江桐觉得他一定是病太久，才会如此滑稽而荒谬地问那样一个问题！

这时，忠叔和姚医生推门进来。

姚医生给江桐做了全面检查，最后说："您再留院观察 3 天，如果情况持续稳定下去，到时候便可以出院。"其实姚医生已经诊断出江桐确实因为脑部受到碰撞之后逃避性地遗忘了一些人和事情，只是因为忠叔早已提醒过他，所以他才会隐瞒江桐间歇性失忆一事。

江桐的病情就这么被掩盖过去。

陈依琳依旧每天到医院探望江桐，无论江桐怎样冷漠待她，她依然雷打不动地出现在江桐面前。

出院当天。

江桐准备了一份礼物给陈依琳，陈依琳十分期待地打开精美的盒子，一看，里面根本不是什么礼物，是一张数字醒目的支票，上面的金额足够她用一辈子。换作以前，见到那么多的钱，陈依琳必定乐开花，可是此刻，陈依琳非但没有一丝喜悦，反而觉得失落！

“我说了我不需要支票，你知道我想要的。”陈依琳把支票递回给江桐，她怎会不明白江桐如此做的目的？江桐这是要更执着于他的她两清！出院之后，江桐与她再无瓜葛，可她无法如江桐所愿，她好不容易才遇见江桐，又怎会舍得跟江桐就此分开？

这世间，大多数人贪恋的是功名利禄，而陈依琳贪恋的只不过是记忆中那个喂猫的少年。

“我对你没有感觉。”江桐断然拒绝道，他没有接过那张支票，其实他不仅对陈依琳没有感觉，对于任何一个女人，他都没有那种怦然心动的感觉。

“我对你有感觉就好了，”陈依琳微微一笑，将支票放进江桐的手里，她一脸认真道：“你不需要对我有所回应，你只需要站在那里，我会一步一步走向你，会慢慢靠近你，打开你的心扉，让你为我而心动。”

“我了解自己，无论怎样，我不会对你心动，所以，你还是收下支票。”江桐还是拒绝接过支票，对于陈依琳的纠缠他依旧有足够的耐心和包容，只因陈依林是他救命恩人这个身份。

陈依琳垂下握着支票的手：“这样吧，相对于支票，我更加想要你的提携，想必你已经调查过我的身份了。没错，我就是一个连三线都算不上的小演员，我努力过，但那个圈子不是你努力了就可以闪闪发亮的，更多时候需要的是人脉与机会，我也有过机会，只不过是潜规则罢了！我不想要那样污秽的成功，我想要做一个清清白白的一线演员，这样的愿望于我而言很难实现，而你却可轻易地帮我圆梦。”陈依林提这个要求其实是另有目的的，因为江氏集团并没有涉足影视圈，江桐如果真的决定捧红她，必定要花一些时间，这样一来，她便顺理成章地获得了跟江桐相处的机会。只要有机会，她就不怕江桐不动心，毕竟古人说过“精诚所至，金石为开”，她如此诚心诚意，一定可以打动江桐的心，何况江桐根本不是铁石心肠，他只不过是看着冷漠罢了！

“好，我答应你。”

“谢谢。”

陈依琳把支票放进江桐的衣服口袋里，江桐默然看了陈依琳一眼，提步朝着停车场而去。

忠叔特意为江桐安排了司机，不仅如此，在很早之前，还派人清理过房子，特意把白月菲存在的痕迹抹得一干二净。忠叔绝对不会让江桐再想起那个险些要了他命的女人。

出院第二天。

江桐一头扎进工作里。

一连多日，陈依琳未见到江桐，她试过打江桐的电话，却从未接通过，于是只能想他！想他！后来，多亏忠叔从中安排，一个礼拜之后，陈依琳出现在江氏别墅，那时的江桐还在公司忙碌。

都说抓住一个男人的心首先得抓住他的胃，陈依琳详细询问过忠叔关于江桐的口味，知己知彼，百战不殆！陈依琳一腔热血地钻进厨房。

江桐回来之后，走进餐厅，看见一桌子色泽诱人的菜，难得咽了一下口水，再加上他本来就饿了的缘故，所以这一次，他吃得非常多。

“好吃吧？”陈依琳突然从江桐身后蹦出来，自夸道：“我说过我是厨艺高手。”

江桐一惊，被嘴里的米饭呛到，咳了好几声。

陈依琳赶紧递上水杯，江桐没有接，伸手拿过另外一杯水，喝了半杯，喉咙的不适才消失。

江桐放下杯子，问：“你怎么在这里？”

陈依琳也放下水杯，坐到他旁边的椅子上：“我特意来找你的。”

“找我有事？”

“你不是答应提携我吗？一个礼拜过去了，怎么一点动静都没有？”陈依琳故意埋怨道，她当然知道江桐不会食言，她之所以这样讲，是需要一个见江桐的合理理由。

“这件事情需要从长计议，我已经着手筹拍电视剧，再过一段时间你就会得到入组的消息。”

“好的，我等你的好消息。”

陈依琳的目光黏在江桐身上，此刻的她处于一种极其兴奋的状态，不是因为有戏可拍，只是因为见到了念想中的江桐而已！她终于一解相思之苦。

江桐扫了一眼丰盛的菜肴，转而看向陈依琳：“你既是过来找我，为什么还要下厨做饭？”

“听忠叔说你要回来吃晚饭，我又来得太早，闲来无事，所以就下厨了，我是想以美食来贿赂你，没有你，我恐怕一辈子都徘徊在三线之外。”

“我会让你演女一号，会让当红的男明星跟你演对手戏，但是这并不代表你能从此踏进一线行列。”

“我懂你的意思，你放心，虽然我长了一张偶像的脸，但我确实是一个不折不扣的实力派，我一定会抓住这次机会，绝对演活你给予的角色。”

107

江桐冷漠的嘴角微微扬起弧度，不禁打量陈依琳所谓的那张偶像面容，柔和的灯光中，她的长发散落在脖颈两侧，睫毛翘而浓密，一双眼睛闪烁着灵动的光芒。她，的确美得极具诱惑，只是他的心却平静得如同一潭死水，无波无澜。

“我吃饱了，你自便。”江桐起身离开。

“你吃那么一点，能填饱吗？怎么饭量比我还小啊。”陈依琳冲着江桐远去的背影喊道。

江桐不再理睬陈依琳，径直走出餐厅，去书房，开始忙碌公司之事。

“这么多菜，不吃完真可惜。”陈依琳喃喃自语，拿起筷子，吃了一口，连连点头：“嗯，味道真不错。”食物的美味散于齿间，咀嚼完之后，陈依琳又继续品尝其他菜肴：“嗯，太棒了！”陈依琳原本只想小小试吃，岂料一张嘴就停不下来，直至消灭所有菜肴，陈依琳才停下筷子，挺着肚子靠在座椅上，一脸傻笑地看着江桐坐过的那张椅子。

陈依琳平时为了保持身材，向来只是小猫舔食，从来没有像今天这般尽情地放开肚子吃，而今晚如此放纵自己的胃，是因为她见到了江桐，她太开心了，一开心就不管不顾节食之事了。

半个月之后的一个下午，在陈依琳的日夜期盼中，终于等来江桐的电话。

陈依琳激动地喊道：“喂，好久不见，我很想你。”

江桐对陈依琳的想念置若罔闻，他说：“你来我公司，我们正式签订《一生痴恋》的戏约。”

“现在吗？”

“嗯。”

“好的。我马上飞过去！”

陈依琳挂了电话，精心打扮一番之后，心情飞扬地直奔江氏集团。

三大秘书之一的韩雅将陈依琳带进办公室，而后退身出去。

另外两位秘书一见韩雅出来，便向其八卦 Boss 召见陈依琳的目的。

办公室里。

陈依琳笑容满面地坐在江桐对面。

江桐停下手中的工作，拿过戏约合同递给陈依琳：“合约一式两份，你先看看，如果没有什么问题，两份都需要在最后一页签上你的名字。”

陈依琳接过合约，她完全相信江桐，既然江桐要帮她，一定不会给她不公平的合约！所以陈依琳全然没有细看合约内容，她只是晃眼看到这是一部计划拍 30 集的偶像戏，于是她特意看了看拍摄时间，合约上面写着 8 个月，而且是在杭州，这就意味着她要离开江桐 8 个月。如果是在之前，于她而言 8 个月的时间很短，而现在，甚是觉得 8 个月的时间漫长。

"我拍戏的时候，你会去探班吗？"陈依琳语笑嫣然地问。

江桐想也没想："不会。"

其实陈依琳早已猜到这个答案，所以并不失望，她笑着把两份文件都翻到最后一页，低头拿过笔，在末页签下自己的名字。

江桐皱眉："合约内容你都没有仔细看，就这么签了名，不怕合约有问题？"

陈依琳放下笔，娇笑道："如果堂堂江氏集团的总裁要对我玩手段，那是我陈依琳的荣幸。"

江桐表情淡淡地收起其中一份合约："合约你一份，江氏集团一份。"

陈依琳把另一份合约放进包里，抬手看表，差不多 12 点。

她问："你吃过午饭了吗？"

江桐继续手里的工作："我不饿。"

"饭一定要按时吃，不然会得胃病。"

"我知道。"

"你是知道，但你却做着相反的事情。"

"我的事情不用你操心。"

陈依琳无视江桐的冷漠，热情不减道："我正好也没有吃午饭，不然这样好了，我们一起出去吃饭怎么样？正好庆祝你成为我的 Boss。"

"我很忙，没空出去。"江桐面无表情地看着手里的文件，"既然合约已经签好，你可以回家准备前往拍摄地了。"

陈依琳在如何与江桐相处这件事情上很有分寸，有时进，有时退，她不会惹江桐厌烦，比如现在她并不执着于和江桐吃饭一事，她起身道："我明天就去剧组报到，不过走之前我有一个心愿，这个心愿只有你可以帮我实现。"

江桐翻了一页文件，头也不抬地问："什么心愿？"

陈依琳的语速很快："我想抱抱你。"

江桐顿了 1 秒，继续看手里的文件："我不喜欢与人亲密接触。"

"可是现在你是我的 Boss，我出去拍戏，你至少得鼓励我一下啊，比如一个拥抱！"

"……"

"好吧，Boss 你欠我一个拥抱。"

陈依琳是在第二天去杭州的。

《一生痴恋》剧组的主要演员全是当红明星，唯独陈依琳是名不见经传的新人。

好在这些当红的明星都很有涵养，并不恶意挤兑陈依琳。其实女二不是不想挤兑，只是碍于陈依琳是投资方钦点的女一号，如果得罪她恐怕遭殃的是自己，还是不要惹是生非的好。

陈依琳虽然是个新人，但表演功底扎实，外加有演戏天赋，很快进入角色里，NG的次数屈指可数，这让本不看好她的导演打心底欣赏她的演戏功底。

进入剧组之后，陈依琳的空闲时间全部用在了背台词和揣摩女主角的内心上。

不知不觉，已经3个月过去。

今天的最后一场戏是男主角终于把女主角从坏人手里救出来，因女主角身体太虚弱，男主角只好抱着女主角逃跑出仓库，两人跑了没多远，身后起火的烟花爆竹仓库就被炸得面目全非。

陈依琳和男主角萧源现场对了一下戏，随后进入正式的拍摄。

两人入戏很快，萧源抱着陈依琳跑出来的时候，顶班的烟火师竟出了纰漏，居然算错第四个爆破点的时间差，提前3秒引爆了炸药。雷鸣般的声音平地而起，瞬间尘土漫天飞扬，近距离穿越爆破点的萧源和陈依琳双双不可幸免地被道具炸药放倒在地，虽然道具炸药的威力很小，但是如果距离太近，照样可以致人死亡或伤残。

本来井然有序的现场立刻乱作一团。

现场的工作人员和演员纷纷围上去。

萧源和陈依琳一动不动地躺在地上，遇事沉静的导演疾步到他们身前，大致检查了他们的情况，虽然两人处于昏迷状态，但好在尚有呼吸，而且身上的戏服也没有明显的破损，所以即使有情况，也不会太糟糕。导演稍稍松了一口气，立马安排人员送萧源和陈依琳去医院。

导演觉得有必要把事故情况汇报给投资方，毕竟受伤的陈依琳是对方钦点的女主角。

“有最新的结果，立即汇报给我。另外，把医院地址发到我手机上。”江桐神色凝重道。他只是按照陈依琳的意愿报答她的救命之恩，却没想到精心准备的电视剧会让她发生意外，他明明为她配备的是最好的团队啊！

108

不到 2 分钟，江桐便收到导演短信，“润祥医院”四个大字尤为刺眼。前所未有的忐忑情绪笼罩着江桐，他再无法聚神工作，思虑 3 秒，提起电话，吩咐秘书订购最近时间内飞往杭州的机票。

在去机场的路上，手机信息提示声再次响起。江桐打开信息，导演说陈依琳的检查结果已经出来，和男主角萧源情况类似，都是因为脑袋受到不小的冲击力而发生一时性的意识丧失，也就是所谓的脑震荡，但情况并不算严重，经过卧床休息和对症治疗便可痊愈！江桐松了一口气，不安的心平静些许，如果陈依琳真的因为这部戏而有何不幸，他一辈子都不会心安！

经过 2 小时飞行，江桐到达杭州。一下飞机，他就直奔润祥医院。

由于现场工作人员的泄密，男主角萧源和女主角陈依琳拍戏受伤的消息不胫而走，各家媒体和萧源的粉丝把医院的大门围得水泄不通。江桐如果这个时候从医院大门进入，各家媒体必然会大做文章，为了省去麻烦，在导演的安排下，他特地从后门进入。

纯白的病床上，陈依琳静静地躺在上面，纤细的右手腕上插着吊针，透明的液体顺着吊瓶一滴一滴流进输液管里，液体无声地进入陈依琳的体内。这一刻的陈依琳少了平时的呆萌女王气场，平添了几份柔弱。

江桐取下鸭舌帽，走到病床边，落座。

看着眼前面容苍白的陈依琳，江桐眼神一暗，语气冰寒地对导演说道：“开除爆破师。”

“好的。”导演应声，见江桐再无吩咐，这才悄然退出病房。

耳边模糊的话语声刺激到微弱的神经，陈依琳的睫毛轻颤，她的手指动了动，江桐见状，轻唤道：“陈依琳！”他对陈依琳的关心都涵盖在了那三个字里。

似乎有人在叫自己，模糊而遥远的声音忽远忽近地回旋在耳边，陈依琳的眼皮抽动了几下，终于迟缓地睁开。

眼前的人让陈依琳怔住。

“现在你感觉怎么样?”江桐暗沉的瞳孔收紧。

陈依琳呆呆地望着江桐，3 秒之后，她嘴角飞扬，笑出了声。

江桐不解：“你笑什么?”

陈依琳真的以为眼前的一切是梦境，她沾沾自喜道：“周公太厚爱我了，让你出现在我的梦里，真好。”她神情爱慕地伸出左手要去抚摸江桐的脸。

“陈依琳，”江桐敏捷地挡开陈依琳的左手，提醒她，“这不是梦。”

陈依琳被炸药炸得神志有些混乱，恍然道：“江桐，没想到梦里的你和现实生活中的你完全是一个样子，不喜欢笑，还是这般面无表情，可我就喜欢这样高冷的你。”陈依琳再度伸手抚摸江桐的脸。

这一次，陈依琳的话语使得江桐的心慢慢柔软，他竟然没有挡开她的左手。

她细腻的手掌终于贴上他的脸颊。

“微热的感觉。”陈依琳轻语，一双眼珠缓缓转动，然后眉睫一跳，不对，这感觉太过真实！陈依琳瞳孔收紧：“所以这不是梦境？”

“当然不是梦境。”江桐肯定道，这一刻依旧没有去避开陈依琳的手，因为她掌心的温度让他冷漠的心有了一丝微弱的反应，那种带着悸动的反应他明明是第一次体验，却又觉得似曾相识。

陈依琳轻抚江桐的脸颊，大拇指一点一点游走到他的嘴角，陈依琳略略一顿，随后，大拇指贴到了江桐的薄唇上。

江桐大惊：“你干什么？”他排斥地推开陈依琳的手。

“我想看看跟你接吻的感觉是怎样的。”陈依琳坦诚道。

“看来你的神志还没恢复过来，所以才会如此胡言乱语。”江桐惊讶的神情已经恢复到往日的淡漠，不过，他的语气却是那般温暖：“你先睡一会，我出去叫医生过来看看你的身体状况。”

陈依琳恍然地看着江桐离去，正当这时，脑袋里的轰鸣声越来越大，头脑发晕得厉害，身体的不适致使陈依琳不禁合上了眼睛。闭目缓解不适之感的她似乎想起了什么，却又突然睁开双眼，她不是在拍爆破戏么？陈依琳看了看房间的环境，再看看手上的吊瓶，很明显，这是医院。

仓库？

医院？

陈依琳强忍着头疼，仔仔细细地想，眼眸一收，这才猛然记起当她走过第四个爆破点时突然被一股强大的冲击力甩到地上，强烈的疼痛隔绝掉她耳边的所有声音……

病房外。

江桐正朝着医务室走去，其实明明可以按呼叫器通知医生过来，他却没有那么做，他需要一个出来透透气的理由，冷静一下，因为陈依琳暧昧的动作打乱了他的心跳，可他确定乱了节奏的心跳无关爱情，那不过是与异性肢体接触的生理反应而已。

沿着走廊走了大概 6 分钟，江桐找到陈依琳的主治医生。

“陈小姐的身体并无大碍，”医生建议道：“再休息一晚，明天方可出院。”

陈依琳身体的不适之感来得快去得也快，已经缓解过来的她一听医生如此言语，立马佯装一副虚弱状:“医生,你要不要再检查一下? 我怎么觉得全身都难受呢? 这么难受,我明天真的可以出院吗?”这次意外受伤也算值了,竟然能够把江桐召唤到身边,陈依琳觉得真是爽极了! 她可不要这么快出院,她还要趁此机会朝江桐的世界多迈几步呢。

医生非常肯定道:“陈小姐,我确定你明天就可以出院。”

陈依琳摸摸额头,装出一副很难受的样子:“医生,我的头好疼。”

医生正要伸手检查陈依琳的脑袋,江桐及时制止了他,示意他可以出去了。

医生就此离开病房。

陈依琳继续嗷嗷嗷地叫。

“别演了。”江桐直接拆穿陈依琳的把戏。

“这你都知道?”陈依琳瞪大眼睛,看来她演戏的功力还有待提高啊!

江桐看了看时间,已经是下午 6 点,他说:“晚餐时间到了,你想吃点什么? 我叫人出去买。”

“喝杯牛奶就好,拍戏不能吃太多,不然不上镜。”

“身材重要还是养病重要?”

“医生说我明天就可以出院,所以我看身体就没有养的必要了! 现在保持身材比较重要。”讲到此,陈依琳坐起身,肩膀向后一压,仰着下巴,右眼一闭,左眼扑闪道:“说真的,你有没有觉得我的身材很棒?”

江桐一脸无语状,转身走出病房。

陈依琳魅惑的神情一收,表情恢复正常,朝江桐的背影喊道:“你去哪里?”

“买食物。”

“刚刚你不是说叫人去买吗?”

“我改变主意了。”江桐带上房门。

109

江桐不过刚走开而已，陈依琳便迫不及待地等着他回来。在等待江桐返回的时间里，陈依琳左躺一下，右侧一会，来回翻转了好几次之后，坐起身体看了看门口，也不知江桐何时回来，不如看看网络上对于剧组此次意外事件的报道吧！陈依琳伸出左手去拿手机，却找不到目标！陈依琳柳眉一皱，手机放哪了？陈依琳认真想了想，这才记起拍戏之前已将手机放进现场的临时置物柜里。

无事可做啊！

陈依琳幽幽叹息一声，视线无意扫到正前方的电视上。

看来医院还是很人道的！

陈依琳脸色一改，欣喜地摸过遥控板，打开电视，好巧不巧的，正好显示是她想看的娱乐频道。

“今天的头条新闻是《一生痴恋》剧组发生意外，男主角萧源和女主角陈依琳在拍摄爆破戏时不幸受伤，双双被送进医院，以下是我们记者在前线润祥医院发回的报道。”电视画面转到润祥医院的大门口，粉丝们高举着为萧源加油的大字牌。

萧源的粉丝还真多啊！陈依琳感慨，逐一瞧了瞧画面，众多粉丝中没有一个为她举牌的！不过陈依琳没有因此而失落，她自言自语道：“等《一生痴恋》开播的时候，我也会有自己的粉丝！”陈依琳对于她在此部戏中前期的表演很是满意，何况搭档是萧源——影视最佳男主角，萧源这人演戏很认真，没有什么明星架子，经常帮陈依琳讲戏，慢慢地，陈依琳从萧源身上学到不少经验，她学以致用，进而把女主角演绎得更加丰盈贴合！因此，陈依琳相信这部戏一定会让自己大红大紫。

“说到女主角陈依琳，”电视画面从润祥医院门口切换到演播室，女主播侃侃而谈，“很多人都觉着陌生吧？这很正常，因为她之前演绎的都是小配角。”

陈依琳饶有兴趣地听别人讲自己的故事。

“主播我今天就好好给你们科普一下这位突然冒出来的女主角……”

女主播的爆料本来是八九不离十的，谁知说着说着，爆料内容严重偏离事实，甚至带有抹黑的成分，听得陈依琳的脸色渐黑。

“圈内传闻陈依琳为了取得角色不择手段，曾主动献身某部剧的知名导演，却不知导演不是色欲熏心之人……”

陈依琳目光一紧，胸口不受控制地起伏。

“……陈依琳不知用了什么手段，获得投资方的青睐，钦点她成为《一生痴恋》的女主角……”

再也听不下去那些以假乱真的报道，陈依琳满脸黑线地抓过遥控板，关了机。

这时，病房的门被推开，江桐提着两大袋食物走进来。见状，陈依琳立刻大雨转晴天，她一脸笑呵呵：“虽然你才离开一会，可我却觉得你走了好久好久！”

“医生说你是轻微脑震荡，出现感知错误实属正常。”江桐打开病床上的便捷餐桌，把食物一一放在上面。

“你真是不解风情之人。”陈依琳噘着嘴。

江桐眼光冷凝地望了陈依琳一眼，而后，默然地把筷子和调羹放到陈依琳面前。

陈依琳眼光狡黠地用左手拿过筷子，伸手去夹青菜，一连试了好几次，都夹空了，于是她神情可怜巴巴地求助江桐：“我真的不会用左手吃饭，你可以喂我吗？”

江桐睨一眼陈依琳的右手，她手腕上的吊针还没打完……又不会用左手吃饭……

“唉，如果你不喂我，我是吃不到这些食物了！”陈依琳继续加码扮可怜，“这样也不是什么坏事，我就趁此机会减肥好了！”

或许是因为陈依琳可怜巴巴的语气，又或许是因为陈依琳拍摄他投拍的电视剧而发生了这个意外，终使得江桐答应陈依琳喂饭的要求。他坐到病床边，拿过筷子，夹一根青菜到陈依琳的唇边，陈依琳喜滋滋地张开嘴巴，一口咬下去，一边吃，一边兴奋道：“真好吃。”

江桐也不说话，只是神情淡漠地继续喂陈依琳喝汤。

“这汤也很美味，你要不要尝一下？”陈依琳找着各种话题，一心要拉近与江桐的距离。

江桐淡然道：“你不用管我，管好你自己便可。”

“我是关心你嘛！”

“我不需要你关心。”

陈依琳没有丝毫的气馁，语气坚定道：“总有一天，你会离不开我的关心。”

江桐停下夹菜的动作：“不会有那一天，念在你救过我的分上，奉劝你一句，趁早把心从我身上收回。”

陈依琳摇头，一脸认真道：“给出去的心怎么可能说收回就收回？如果有能随时收回的心，那根本不是真心，更不能称之为爱情。”

“吃饭就好好吃饭，别说话。”江桐冷言道，心却因为“爱情”二字而滞了一下。

陈依琳适可而止，乖乖吃饭。

用完餐之后，护士正好过来，手法熟练地取下陈依琳右手上的吊针，在针口的对应位置贴上一块白色小纱布，叮嘱了几句之后，便离开病房。

“你好好休息。”江桐朝着门口走去。

“你去哪里？”

“酒店。”

陈依琳立马装出一副胆小的模样：“人家害怕一个人待在医院，人们都说医院里鬼魂最多了，特别是晚上。”

江桐顿住脚步：“你不用害怕，我不会让你一个人待着。”说完走出病房。

陈依琳立即做出一个胜利的手势，笑得那叫一个春风得意。

哈哈，Boss 答应陪我了！

哈哈，孤男寡女共处一室，干柴碰上烈火，吱吱吱……

机不可失，我今晚可得好好表现表现……

陈依琳浮想联翩地笑着，笑着笑着突然神色一滞。

不过，Boss 现在出去干什么呢？

难道是有惊喜……

陈依琳又大笑起来，心里奏起激昂的乐章，她相信今晚一定会是一个美好之夜。

过了一会，房门被推开，来人使陈依琳期待的神情黯了下去。

护士礼貌地说道：“陈小姐，请您放心睡觉，今晚我会陪你到天亮。”

“啊？你的意思是你陪我咯？”

“对啊，刚刚有位戴帽子的帅哥找到护士长，然后护士长就派我过来陪你。”

“你出去吧，不用陪我了。”陈依琳勉强地一笑，她胆子向来大，什么妖魔鬼怪，她统统不怕的，之前只不过是故意在 Boss 面前装柔弱罢了！不都说男人天生就有保护女人的欲望吗？Boss 的欲望到底去哪里了啊？

“可是护士长已经吩咐过了，所以我还是要陪你的……”

110

第二天。

当陈依琳醒来的时候，护士已经不在房内，陈依琳伸了下懒腰，视线转向了门口，不知道江桐今天是否会过来看她。

千盼万盼，房门终于在陈依琳望眼欲穿的时候被推开。

可惜来人不是江桐！陈依琳的神情从期待转为疑惑，来人是个男的。他停步门口，手里提着一篮水果和一束鲜花，30 岁左右，皮肤黝黑，眼眶深陷，陈依琳隐隐记得在哪里见过，却又一时想不起来。

"陈小姐，很抱歉，我擅自进到你的房间。"男人诚意地道歉。

"没事。"陈依琳不介意，挑眉问道："不过，你是谁？"

"我是《一生痴恋》剧组的爆破师。"男人面色沉重地走到病床旁。

陈依琳错愕地抓抓脑袋："难怪我觉得你看着眼熟。"

"陈小姐想不起我也很正常，毕竟我是做幕后工作的，你们在幕前，自然很难见到我们。"话到此处，爆破师深深地一鞠躬："陈依琳小姐，我很抱歉，我兄弟的操作失误，导致你发生意外。"

陈依琳摆摆手："我现在不好好的吗？而且医生说我今天就可以出院了，所以你不必自责，不过，希望你能引以为戒，重视爆破的安全性，不是每次意外发生之后当事人都能像我和萧源这般运气好。"

"陈小姐说得是。"爆破师把水果和鲜花递到陈依琳面前："这些是我的一点小小心意，希望你能收下。"

陈依琳接过鲜花："花我就留下了，水果这么多，我一个人也吃不完，不如这样好了，你拿回剧组，同大家一起分享吧。"

爆破师拿回水果，欲言又止地站在原地不动，并没有要离去的意思。

陈依琳眼尖，看出端倪，一脸和气地说道："都是同一个剧组的人，你有什么事情不妨直说好了。"

爆破师突然激动起来，急声乞求道："陈小姐，我知道我没脸来求你，但是只有你可以帮我了。"

"啊？"陈依琳真的想不到自己可以帮到他什么。

"陈小姐，你可不可以让投资方收回开除我的命令？如果我被《一生痴恋》这样配备顶级的剧组开除，以后别说大的剧组，就是小剧组也不敢录用我了。"爆破师一心只想保住在《一生痴恋》剧组的工作，如若被顶级剧组开除的话，职业生涯一定会因此而举步维艰！不可否认此次爆破事故是人为疏忽造成的，但毕竟当时的爆破工作不是他本人操作，最主要的责任还归咎于他粗心的兄弟，所以于他而言，这次爆破事故对外是有解释余地的。

陈依琳这下听明白了，心中首先窃喜江桐暗中为她开除人的举动。不过得饶人处且饶人，是人都会犯错，好在爆破师犯下的错误并不算严重，而且昨天电视上说剧组之所以发生意外是因为顶班的烟火师操作不当，虽然眼前的爆破师也有一定的责任。

“好的，你放心，我会让你继续待在剧组。”陈依琳答应爆破师的请求。

“那么一切就拜托陈小姐了。”爆破师再次深鞠一躬，提步离去，走了两步，又回身对陈依琳保证道：“下次无论家里有何急事，我都绝对不会再丢下手头的工作跑回去了。”

“话也不能这样说，事情也分轻重缓急，如果家里真的有什么事情，需要找人顶班的时候，我希望你可以慎重考虑人选，这样无论是对你还是你兄弟或是对剧组都是负责任的表现。”

“还是陈小姐考虑周全，我当时一心只想着回家，在人选方面确实随意了，以后不会再犯这样的低级错误……”

爆破师走后，陈依琳摆弄着手上的鲜花，没过 2 分钟，房门吱呀一声，再次被推开，陈依琳以为是爆破师有话没说完又折回来，所以头也没抬地一边继续摆弄手里的鲜花，一边等对方开口。

来人没有说话，只是静默地走到陈依琳身旁，陈依琳觉得脚步声不对，抬头一看，竟然是她盼念的江桐，她大喜道：“Boss，早安。”

“早安。”江桐把早餐放到餐桌上，视线转向陈依琳：“过来吃早餐。”

陈依琳笑着点头，却不见行动，因为她正盘算着故技重施——让江桐喂她吃饭。

江桐一看陈依琳扭捏的姿势，便知她想要什么花样，这一次，他根本不给她任何机会，他沉声命令道：“下床吃饭。”

陈依琳一怔，Boss 气场太强大！她哪敢再耍什么花样，只得乖乖下床，坐到餐桌前，动手拿起筷子。

陈依琳若有所思地吃着早餐。江桐坐在她对面，静静地看着她用餐。

不一会，陈依琳停下筷子：“Boss，我有一件事情需要你帮忙。”

“你说。”

“请你收回开除爆破师的决定。”

“……”

“我希望你可以给他一次机会，人无完人，犯错在所难免，马都有失前蹄的时候，何况是人呢？”

江桐冷言道："他应该庆幸我只是开除他，并没有追究他的法律责任。"

陈依琳求情不成，开始撒娇："Boss，就请你给他一次机会啦！"

江桐打量陈依琳："你确定要留下他？"

陈依琳连连点头："是的。"

江桐的眉宇间闪过一丝犹豫，或许他之所以不远千里地赶来看望陈依琳并不仅仅是因为她在他安排的剧组里受伤，而是她的单纯与善良在某个时刻早已经打动他——但那仍旧无关乎爱情，时间让他和她之间的关系在微妙中升华，她不再只是他的恩人，她悄无声息地走进了他的心里，不知从什么时候开始，生性冷淡的他把她当成了朋友，所以此次剧组发生意外之后他才会对她的事情如此上心。

江桐犹豫的表情散去，拿出手机打给导演："让爆破师留下。"

陈依琳一听，高兴坏了，扑过去，一把抱住江桐："谢谢你，Boss。"

江桐淡漠的脸上生出一丝惊慌，即便他把陈依琳当成了朋友，却仍旧不喜欢与陈依琳如此亲密接触，他下意识地推开陈依琳，声音很淡："你准备一下，我带你回剧组酒店。"

医院大门口。

明晃晃的光线中。

司机发动引擎，朝着剧组进驻的酒店行驶。

上车之后，陈依琳故意不系安全带，她心里打着小算盘，Boss 应该会动手帮我系上安全带吧？陈依琳曾经在电视上看到过，情感专家说亲密的接触会促进一段感情的发展，虽然 Boss 于她一直疏离而遥远，但她不怕前路漫漫，她会想方设法让江桐爱上她，她一定可以让她年少时的暗恋开花结果。

111

可惜江桐未曾注意陈依琳是否系安全带，他目光淡漠地静坐着。

陈依琳干咳一声："Boss，你看这座椅真特别。"

江桐听闻侧头看了一眼座椅，并没有发现什么特别之处。

"你看这里，"陈依琳指了指安全带的位置，"你看这里的弧度多好看。"

江桐伸过脖子看了一眼，晃眼瞥到陈依琳右肩上方的安全带。

陈依琳暗爽，Boss 你终于看到了！你还等什么？赶紧的，帮人家系安全带啊！

江桐悠悠道："系好安全带。"

陈依琳表情一冷，噘嘴系上安全带，Boss 怎么总是不按常理出牌？陈依琳若有所思地打量着江桐，难得和 Boss 这么近的距离，不做点什么真是可惜。

"小心猫。"江桐急呼前排的司机。

司机为了避让那只突然从路边蹿出来的野猫，不得不急打方向盘，朝左边拐过去。

陈依琳狡黠地一笑，此时不上，更待何时？陈依琳抓住机会，身子一倾，侧压到江桐的身上，顺势吻在了江桐的侧脸上，江桐瞳孔一紧，柔软的温热麻痹了他的心脏，他忘记了呼吸。

车子成功避开那只野猫，恢复正常行驶，司机长吁一口气。

而后座呢，陈依琳正享受着她和江桐之间的第一次真正意义上的亲密接触。

江桐呆滞的眼神一收，从错愕中回过神来，他表情淡漠地推开陈依琳，陈依琳见状，主动从他身上爬起来。

"那个，不好意思哦！"陈依琳先道歉，再解释："司机突然变道朝左行驶，我虽然系了安全带，但是身体还是会因为惯性而失去平衡。"陈依琳装出一副难为情的模样，心中却在偷着乐，哈哈，我吻到 Boss 了，真得吻到 Boss 了！

车子驶进幽暗的隧道。

江桐局促地侧过身体，目光复杂地望向窗外，此刻他只觉着耳根发热，全身的血液似乎都涌到了脑袋之上，他，因为一个吻而心慌意乱了！

一个意外之吻而已，何必放在心上？江桐安慰自己，眼神却不受控制地变得深邃，这一刻，他竟然觉得对不起某个人！这感觉真诡异！

陈依琳暗自观察着江桐，只见他身体僵硬，下巴紧绷，这样的他致使陈依琳心中再无欢腾之感，陈依琳不安地开口："Boss，你生气了吗？"刚才的戏码会不会用力过猛？反而适得其反触怒了Boss？

江桐没有回头，看着窗外冷言道："没有，我只是想静一静。"

陈依琳木讷地应声："哦。"只要Boss没有生气就好，不过，Boss也太纯洁了吧？想到这里，陈依琳的表情瞬间暗了下去。她思及江桐在婚礼上亲吻白月菲的那一幕，那时的江桐带着喜悦的笑容，那种幸福的笑容足以说明当时的江桐是有多快乐！可惜他却因为一场车祸而把那一切都遗忘——虽然不是她陈依琳造成的，可是她却联手忠叔一起隐瞒了他的过去，这样对待他的确太残忍，可是白月菲对待他比这更残忍吧？白月菲害得他差点送了命，所以这个不懂得珍惜Boss的女人的确应该消失在他的记忆中……

车子停在剧组下榻的酒店前，思绪纷飞的陈依琳回过神来，她望向窗外，只见导演带领剧组人员站在酒店的阶梯上，他们手拿着气球和鲜花欢迎她和萧源的回归。

陈依琳看向江桐，不舍道："我下去了。"

江桐这才侧头看向陈依琳："好。"

陈依琳打开车门，冲着江桐挥手道别。这时，与陈依琳前后脚出院的萧源也到了，他一下车，便看见陈依琳冲着一辆车子挥手的一幕，他不禁揣度陈依琳挥手道别的对象是不是她的意中人。

江桐示意司机离去。

陈依琳恋恋不舍地目送车子离开。

《一生痴恋》是在一个月后杀青的。

陈依琳参加完杀青宴后便连夜返回南澳，她迫不及待地要见江桐，可惜没能得偿所愿，那晚江桐已经飞到国外。

江桐在国外一待便是半个月，陈依琳相思难耐，却没有恰当的理由飞去江桐身旁，何况江桐绝对不会让她跟随。于是她找各种借口打电话给江桐，只为一听他的声音而稍解那浓浓相思之情，悲催的是江桐的手机却总是由秘书接听。

那半个月里，陈依琳连听江桐的声音都成了奢望，越是这样，陈依琳越是想念江桐！

之后，苦苦思念江桐的陈依琳也开始忙碌起来——配合《一生痴恋》的宣传。

陈依琳第一次以女主角的身份站台宣传，心情自然极好，只是记者们的焦点都集中在了萧源和剧中其他当红明星身上，而陈依琳这个绝对女主角反倒无人问津，因为如此，萧源在不经意间，会比较照顾陈依琳，尽可能让陈依琳多说话，多露镜头，而萧源此番一反常态的热心举动引发了他和陈依琳的绯闻。

恋爱绯闻一出，萧源的粉丝大军们立即按捺不住了，纷纷涌到陈依琳的微博上黑她，什么难听的话语都有，如被幕后大老板包养的贱货，不要勾搭祸害我们家三观正人品一级棒的萧源。

陈依琳不想因为那些负面评论而影响心情，却又控制不住自己，手贱地点开了评论，一溜看下去，越看就越生气，不过，陈依琳忍住了不爽，不是因为她宽宏大量，而是萧源在微博上更新了一条他们在剧组时的合照，并且@了她。萧源写道：最近关于我和陈依琳小姐的绯闻甚嚣尘上，在这里我想声明我和陈依琳小姐之间的关系。我们在《一生痴恋》剧组相识，其间，我很欣赏陈依琳小姐演戏时的认真态度，进而对她产生了好感，更觉得她就是我此生的理想伴侣。但现阶段我们只是单纯的朋友关系，至于未来有没有发展的可能，一切随缘。在这里，我希望喜欢我的粉丝们可以像喜爱我一般善待陈依琳小姐。

萧源的声明让陈依琳心中痛快，既然萧源都亲自发话希望他的粉丝大军们善待她，粉丝们应该不会再黑她了吧？陈依琳转动着漆黑的眼珠，尝试着转发了萧源的微博，再一看评论，先前一片黑的景象大有改善，有的粉丝变脸比翻书还快，前一条评论还醒目地发表着尖酸刻薄的句子，这一条评论却又盛赞姐姐真漂亮等等好听的话语。

112

陈依琳顿感网络的虚浮,不过她什么时候变得比这网络更加虚浮了?她怎么会如此在意 fans 的目光呢?看来她得好好反省,不能过度地沉溺在虚拟的世界里而迷失自己,陈依琳及时调整心态,继续做个乐天派。而关于网络,她依然会不定时更新微博,与大家分享一些生活琐事,只是不再被微博底下那些赞赏与恶言参半的评论左右情绪。

接下来的各大城市宣传,萧源依旧大大方方地照顾着陈依琳,陈依琳也不推拒,反正萧源已经在微博上声明了他们之间的关系,朋友之间相互照顾也没什么啊!如若她刻意与萧源保持距离的话,"吃瓜群众"说不定又会因此而八卦出什么幺蛾子呢。不过,陈依琳对于萧源的关照尚做不到彻底地心静如水,陈依琳也想过如果不是在 16 岁的时候遇见过江桐,如果萧源一直对她这么好下去,假以时日,她一定会对萧源动心,可是缘分这东西就是玄之又玄,江桐偏偏出现在萧源之前,她偏偏对江桐一见倾心,从此钟情……

密集的宣传期结束之后,夏天刚好来临,《一生痴恋》也在这个时候迎来首播,每 2 两集的播出方式吊足了粉丝们的胃口。第一周播出的时候,《一生痴恋》迅速登顶网络时事热搜榜,以无法阻挡之势久久霸占热搜榜第一名。大家火热讨论的却都是男一号、男二号、女二号戏里的情感纠葛以及他们的演技或者现实生活中的人品等等话题。女主角陈依琳却少有人提及,甚至她分占的那一小部分话题也无关剧情,大家关心的是她幕后的金主到底是谁。只是任凭"吃瓜群众"如何神通广大,都无法揪出陈依琳的幕后投资人,因为江桐当时采取的是隐形投资方式,且相关人士一概签订了保密协议,所以陈依琳的幕后金主最终成为"吃瓜群众"无法破解的悬案。

《一生痴恋》来势汹汹,仅仅播放了 3 周,便摘得周末收视桂冠,陈依琳情真意切的精彩演出慢慢征服了观众和挑剔的网络大军。随着《一生痴恋》剧情的展开,陈依琳的人气急升,简直到了扶摇直上的地步,各种邀约不断,然后陈依琳就犯难了。她没有经纪人,更没有经纪公司,别说参加活动,就单是接电话这一个活儿都搞得她晕头转向,这样下去肯定不行,于是忙得不可开交的她想来思去,还是决定找江桐帮忙解决。其实宣传期结束之后,她曾约过江桐吃饭、看电影、喝咖啡等,无奈,每一次都被江桐拒绝,她当然因此而失落过,但并不气馁,她继续想方设法地约江桐。忠叔也从中安排过他们见面,可惜总是阴差阳错,她未能如愿见到江桐……现在,她有了一个合适的理由去见江桐——她需要他的帮助。她有把握江桐绝对不会推辞。

果然，当陈依琳把难处告诉江桐之后，江桐回她："你把电话关机，我派人去接你，见面之后再详谈。"

挂了电话，陈依琳欢腾地尖叫了一声，对着镜子，拿出粉饼，补了点蜜粉到脸上，她要以最好的状态出现在江桐面前，工作是必须要谈的，可她的爱情也不能落下！正好趁此机会再加把劲，力争攻下心如顽石的江桐。

司机来得很快，陈依琳不过等了半个小时而已。

上车之后，陈依琳期待地问："我们现在去哪里？"

司机边开车边回应道："去江氏集团，Boss 在办公室等你。"

办公室？陈依琳觉得这个地方有利于工作，不利于谈情说爱……

穿过三大秘书扫射的目光，陈依琳进入江桐的办公室。

"嗨，好久不见。"陈依琳语气欢快。

"你心中的理想签约公司是……？"江桐头也不抬地征询陈依琳的意见。

"江氏集团。"陈依琳语气坚定。

"江氏集团除了《一生痴恋》这部戏的投资外，并未涉足娱乐圈。"江桐抬头凝视陈依琳，他知道陈依琳前段时间被黑之事。当时他想只要陈依琳开口要求，他定会替她妥当解决掉负面新闻，可陈依琳几次打电话给他时都绝口不谈及被黑之事，他也不好主动替陈依琳管制，以免陈依琳因此而误会他的用意，他可不想陈依琳一直把爱恋耗在他身上，那绝对是无用功，好在最后陈依琳被黑之事因为萧源的声明而渐渐平息。

陈依琳坦白道："前两天我听忠叔讲你正在筹备娱乐公司，所以我想成为你公司的艺人。"

江桐一顿，诧异忠叔怎么会告诉陈依琳这些。不过，他没有再去深究这事，他的确是在筹备子公司，起初只是应陈依琳的要求而投资拍摄《一生痴恋》，因为超强演员阵容和严谨华丽的制作以及悬念迭起的剧情而让《一生痴恋》的首轮播出卖出偶像剧史上最高价钱，江氏集团的前期投资一并赚回，江桐是个商人，又怎会白白放过如此巨大的商机？

陈依琳见江桐不说话，便继续道："等你的公司成立起来，自然要签约艺人，那我最近这么红，各项商业活动都在找我，而且我如此有实力，必定会一直红下去，我保证你签下我绝对值得！"

陈依琳自卖自夸的话语使江桐不禁浅笑，他思索片刻，心中已快速有了决定，他说："现在《一生痴恋》播到第 6 集，还有 30 集未播出，全部播完需要 4 个月左右。在这 4 个月里，不管你有没有活动，都会因为这部剧而持续火热下去，现在所有的广告代言商业活动等暂时不要接，再等 2 个星期，我会准备好文件，同你签约。"

"太好了，我有幸成为你公司的第一个艺人。"陈依琳拍手，灿烂的笑容透着期待："Boss，这是件值得庆祝的事情，我们晚上出去庆祝一下好不好？"Boss 如此关注《一生痴恋》的播出情况，不仅仅是因为他是投资人吧？应该还有她是女主角的原因吧？

哈哈，Boss什么时候变得这么关注她了？这种被Boss关注的感觉真是爽妙。

江桐念及陈依琳的颜面，不忍一再拒绝她的邀约，何况她是他的救命恩人，他多少得顾及一下她的感受，于是他说："我会忙到晚上11点。"言外之意是没有时间赴约了，以陈依琳的情商，足够领会他的这层意思了。

"没关系啊，我等你就好了！"陈依琳起身，笑着朝门外退身而去，一边后退一边说："就这么说定了，晚上我在中央广场的喷泉边等你。"不等江桐确切的答案，陈依琳转身带上了办公室的门。

113

去还是不去？江桐一来无心去考虑这个问题，二来没有闲暇时间，他最近一段时间因为筹备子公司盛世娱乐忙得不可开交，加之刚刚陈依琳占用了他不少时间，此刻他正一门心思加紧处理盛世娱乐的相关业务。

忙碌期间，江桐甚至不曾注意时间的流逝。

当江桐在文件最后一页上注明标识之时已经是23点20分了，工作完成，江桐起身回家，走到门口时忽然记起陈依琳的邀约，顿步抬手看表，已过了与陈依琳约定的时间，他不确定陈依琳是否还等在中央广场。他终究做不到不管陈依琳，于是拿出手机，打给陈依琳确认她此刻身在何处。

中央广场的喷泉边。

人潮已经散去，空空落落的广场上，戴着墨镜和鸭舌帽掩人耳目的陈依琳心有期盼地站在夜色里。23点整的时候江桐没有出现，23点15分的时候江桐依然没有出现，即便如此，陈依琳还是坚持待在原地，不肯就此离去。

他一定是因为工作太忙而暂时忘记了我的邀约！陈依琳找了这么一个理由安慰自己。虽然喷泉见面的约定是她自作主张，江桐根本未曾表态是否赴约，她却坚信江桐会来的！一定会来的！江桐只不过会比约定的时间稍晚一些而已！因为陈依琳在筹谋此次约会时，意在一赌江桐会念在她夜深久等的分上而心软赴约。

时间又过了5分钟，陈依琳还是不见江桐现身，痴心等待的她终于按捺不住，拿出手机打给江桐，谁知刚一调出江桐的电话号码，手机因没电而自动关机！陈依琳不禁叹息一声，然后立马意识到自己此刻的失落情绪，于是用力扯了扯嘴角，笑容爬上那张清纯秀丽的脸颊，陈依琳笑着收起手机，依然等在原地。

可能有时候爱情就是一场愿赌服输的游戏，陈依琳愿意赌，她带着必胜的信心，也做好了输的心理准备，反正她不管前路漫漫，阻隔重重，她会全力以赴地朝着江桐的世界奔赴而去。

江氏集团。

"对不起，你所拨打的号码已关机。"江桐收起手机，不再心念陈依琳此刻身在何处，提步朝停车场走去。

自从车祸之后，江桐便很少开车，基本是司机接送。

车子在月光悠悠的夜色里穿行。

深夜的街道上，行人稀少。

江桐望着窗外，七彩霓虹灯闪过眼眸，江桐眼波微动，不禁又想到陈依琳，忖度片刻，对司机道："去中央广场。"他还是放心不下陈依琳，担心固执的陈依琳还在等着他现身。

20分钟后，黑色宾利停在中央广场。

虽然陈依琳刻意遮掩身份，但江桐还是一眼就认出了她，江桐的心一震，竟有些心疼执着的陈依琳，如果他不来赴约，她又会痴等到什么时候呢？

陈依琳看见那个高挺劲瘦的身影走下车子，一双眸子因江桐的现身而折射出明亮的光芒，陈依琳激动地摘下墨镜，跑过去一把抱住江桐："你终于来了。"

江桐愣住，双手局促地垂在身侧，陈依琳这般深夜久等使得他心中难免生出一丝愧疚，愧疚之意虽然浅淡，却又足以让他一时心软，进而从一贯的理智不禁过渡到感性，竟不忍推开热情的陈依琳。

"你手机怎么关机了？"江桐语气淡淡地问道。

"没电了。"陈依琳的脸埋在江桐的胸前，眼眶泛红，眸光灼热，江桐，我终于等到你了！你终于来了！

江桐迟缓地感觉到陈依琳身体的温度，那温度提醒着他与她只是朋友，不深不浅的朋友关系而已，他们之间不应该有这样带着暧昧气息的拥抱发生！于是他移开她的身体："我送你回去。"

陈依琳抓抓脑袋，憨笑道："可是我们还没庆祝啊！"

不可否认，江桐此刻的心做不到静如止水，他心念陈依琳久等的分上，决定陪陈依琳一回！

江桐抬腕看时间，已经是深夜12点，商铺和餐厅基本上都关门了，他心中没有可去的地方："你想去哪里？"

陈依琳原本计划是去法国餐厅吃一顿，然后再去看午夜场的电影，现在时间已过，只能另改方案！

"我还真有一个好地方推荐。"陈依琳从包里拿出情侣款的帽子和墨镜递给江桐，笑道："以此掩人耳目。"其实陈依琳是不怕被人认出的，她巴不得全世界都知道她和江桐在约会，只是她顾虑到江桐的私生活向来隐秘，再加之她最近正当红，记者总是想要挖出她的花边新闻，她可不想因为一场约会而置江桐于绯闻的旋涡里。

江桐表情淡漠地接过帽子和墨镜戴上。

陈依琳也重新戴上了墨镜。

"我们出发吧。"陈依琳主动去拉江桐的手。

那只柔软的手刚碰触到江桐，他便迅速躲开。

陈依琳被拒的手一抬，指向前面的巷子口，嫣然一笑道："穿过那条巷子，就到了。"无论江桐怎样躲避她的感情，无论到达江桐的心的那段路程多么曲折，她都会义无反顾地走下去，她，一定可以走进江桐的心里，加油！陈依琳！

江桐边走边望向巷子口的尽头，只见白色烟雾随着夜风飘荡而过，依稀有食物的香味散发在空中。

“到了。”陈依琳笑容满满道。

江桐上前一瞧，简易的立地招牌上写着“曹氏秘制烧烤摊”，他还是第一次来这种地方吃夜宵。

“我们去那边。”陈依琳走向最外边的一张空桌子，一边走一边道：“这里的烧烤味道一级棒，我经常来这里吃，一来二去，我和烧烤摊的老板都熟了，他每次都会送些小吃给我，有时候是饮料，有时候是玉米棒什么的。”

江桐放眼一看，人们喝着啤酒，吃着烧烤，谈笑风生，好一片惬意之景！他竟然也跃跃欲试起来。

“我们坐这里。”陈依琳停下脚步，拉过一张凳子坐下。

江桐在陈依琳旁边落座。

“陈小姐，你朋友看着像明星啊！”老板笑着夸赞道。

“嘿嘿，我朋友不是明星！他是比明星更耀眼的人！曹大老板今天千万不要发挥失常啊，我可是在我朋友面前竭力推荐你家的烧烤是人间美味，你可不能让我失信。”陈依琳看了看周围，这个位置比较偏僻，远处吃烧烤的人们似乎没注意到她和江桐，这才放心地摘下鸭舌帽和墨镜。

老板拍胸脯保证道：“放心吧，绝对让你们吃到最美味的烧烤。”老板看向江桐，主动打招呼：“你好。”

江桐颔首回应，左胳膊一抬，取下鸭舌帽和墨镜。

老板看清楚江桐的面容，盛赞道：“陈小姐的朋友长得真帅气，比你绯闻男朋友萧源还要帅，不过你朋友看着好眼熟。”老板半眯着眼睛寻思，眼睛一亮：“我想起来了，你朋友长得很像江氏集团的总裁。”

陈依琳笑得灿烂：“我朋友可比江氏集团的总裁帅多了！”

老板附和：“嗯，我也这么觉得。”

两人的谈话使得江桐原本冷漠的嘴角微微朝上扬了一点。

陈依琳询问江桐：“你想吃什么？”她发现江桐竟然笑了，虽然那笑容很浅很浅，陈依琳猜度这是不是说明江桐心情很不错？他很享受这一场午夜的约会？如果是这样，如果她再加把劲，今晚她和江桐之间说不定会有飞跃性的发展！哈哈！陈依琳，加油！

114

浅笑一闪而过，江桐恢复往日冷漠：“你决定。”

陈依琳看向老板，点得起劲：“50串羊肉串，4块鸡翅，2瓶啤酒，谢谢。”

老板记下菜单，先上两瓶啤酒，而后去一旁亲自上阵烧烤。

陈依琳拿过开瓶器打开两瓶啤酒，一瓶递到江桐面前，她则拿起另一瓶敬江桐：“谢谢Boss今晚赴约。”

江桐摆手拒绝：“我不喝啤酒。”陈依琳的话语使得江桐的目光变得深邃，没错，他是赴约了，可是他迟到了一个小时，而陈依琳却毫无怨言，还如此高兴地感谢他！这样的陈依琳加深了江桐心中的愧疚之感，其实一直以来，江桐都很清楚陈依琳的心意，只是感情之事勉强不得，他对陈依琳真的没有男女之间的那种火花，可陈依琳却又固执得不肯放弃他，他觉得有必要再跟陈依琳郑重地谈论一次。

“陈依琳，我是不会对你动心的。”江桐一脸认真道，“你没必要把时间和精力放在我身上。”

陈依琳眼神略微一暗，仰头喝了一大口啤酒，悠悠一笑：“现在你不会对我心动，可并不代表以后你也不会对我心动，我有信心，我一定可以追到你的。”

江桐决然道：“我现在不会爱上你，以后也不会，我和你之间只会是朋友。”

陈依琳的眼底不禁掠过一丝悲伤，怔怔地凝望着江桐，他说得那样决绝，就算她的内心再强大，也会痛的，也会难过的，心底那种酸酸胀胀的感觉让她一时无言以对。

这时，老板把陈依琳点好的食物端了上来，还额外赠送了两串茄子。

陈依琳趁此跳脱江桐挑起的话题，若无其事地望向老板，调侃道：“老板真大方，每次都送东西给我，再这样送下去，你就不怕关门大吉？”

“送你的那点东西早从你点的食物里赚回来了。”老板憨笑道：“你们慢用，客人太多，他们几个忙不过来，我得过去帮忙。”

老板走后，刚刚活跃起来的气氛又变得沉闷而令人局促，陈依琳清了清嗓子，拿过一串羊肉串递给江桐：“尝尝看，一定让你吃得很嗨。”

江桐接过羊肉串，若有所思地吃了起来，他已经说得够清楚了，一再被拒绝的陈依琳即使耐力再好，也应该会就此打住对他的感情了吧？结果令江桐万万没想到的是在之后的日子里陈依琳依旧对他穷追猛打，他虽然因此有负罪感，却也着实佩服陈依琳的勇气，一个女孩子倒追一个男生本就需要大于常人的勇气，何况陈依琳已经是个炙手可热的明星，只是对于江桐而言，佩服和爱情是两回事，爱情需要感觉，他对陈依琳没有那种怦然心动的感觉，他不想陈依琳把感情浪费在他身上，他又一次对陈依琳决然道："我和你只会是朋友，再无其他可能。"再一次被明确拒绝的陈依琳依旧不管不顾地倒追着江桐……

而江桐的心意坚决，依旧对陈依琳不为所动……

后来，陈依琳在追求爱情的道路上多了一位帮手，那是她签约盛世娱乐公司3天之后，江桐的特助霍洋主动找到陈依琳表明身份，陈依琳听完之后大喜，有了霍洋的帮忙，她走进江桐的心一定指日可待！事实证明，霍洋确实出了很多好主意，帮了她不少忙，只是她要追的人不是普通人，那人是不会轻易心动的江桐！她当然明白拿下江桐之路本就漫漫兮！只是她没想到那条路会如此漫长，即使有霍洋的帮助，5年时间过去，她还是没有成为江桐的女朋友……

陈依琳在感情上是个较真的人，一旦认定一条路，不走到尽头绝不罢休，所以今天一下飞机，她便立即邀约江桐，不知疲倦地要再次对江桐展开攻势！

陈依琳抬手看了一下表，离跟江桐约定的时间还有半小时，车子这时刚好路过一家服装店，她立即叫停司机，和托尼一道进店。

陈依琳一眼相中一件黑色蕾丝抹胸连衣裙，她心中的算盘打得响亮：既然要上战场，战袍是一定要准备的，哈哈，黑色蕾丝诱惑高冷Boss……

晚上7点钟，江桐准时出现在餐厅。

陈依琳欢喜地对江桐笑着："Boss，好久不见，我快想死你了。"

落座于对面的江桐表情淡漠，对于陈依琳的话语没做任何回应。

这时，服务员递上两本菜单。

陈依琳对于江桐冷淡的态度习以为常，没露半点尴尬之色和不快，没事人一般豪气道："随便吃，今晚我请客。"

江桐淡漠的嘴角微微一扬，语气有些无奈："每次你约我吃饭都说你请客，但最后买单的却是我。"

陈依琳尴尬地挠挠头："因为每次见你都特高兴，一高兴就得意忘形，一得意忘形就多喝了几杯，一多喝几杯就晕菜了，你说晕菜的人怎么还会记得请客之事呢？"

"所以今天你不要喝酒，霍洋没有跟我一起，如果你再喝醉，没有人扛你回家。"

陈依琳调皮地一撇嘴，对服务员说道："我要一瓶82年的拉菲，外加情侣套餐。"霍洋已经跟她通过气了，故意找借口不跟江桐过来，特意制造他们二人单独相处的机会。

江桐皱眉道："你就那么喜欢红酒吗？"每次约他吃饭都要例行点红酒。

陈依琳狡黠地摇头："不，相比于红酒，我更喜欢你。"

江桐语塞，不再理睬陈依琳，转而对身旁的服务员说道："改A套餐，另外，红酒不用。"

红酒取消，陈依琳原本计划的醉酒攻略不能派上用场，只得暗自构思其他方案，可是晚餐之后怎样才能和 Boss 共处一室并且在他清醒的状态下和他发生关系呢？而陈依琳之所以如此无所不用其极地着急拿下江桐，是因为先前和霍洋通气的时候，无意中从霍洋口中得知一个长相酷似白月菲的女生竟然动摇了江桐的心，因此，陈依琳有了强烈的危机感，担心如果那个女生稍微一施手段，恐怕深深痴情那容颜的 Boss 很快就会沦陷……

“我去下洗手间。”江桐起身。

陈依琳点点头，继续构想对策，比如吃完饭之后，想办法让江桐开车送她回家，然后下车的时候装作不小心把脚崴了，这个时候，江桐自然不会冷漠到袖手旁观，然后他会扶她上楼，等到进到房间以后，一切再见机行事……

洗手间。

李陌正洗手之际，江桐恰巧走到他旁边的洗手池。

熟悉的气息！李陌一愣，狐疑地抬头看镜子，居然是他！李陌瞬间惊栗。

115

不经意的瞥眼，江桐也注意到了李陌。

两道含义迥然不同的目光在空中相接。

这是5年之后，李陌第一次见到江桐，他甚至觉得江桐的反应离奇，江桐看他的目光竟然没有任何不爽的意味，更多的是打量，那种打量仿佛江桐并不认识他！李陌思考不出个中缘由，只知道江桐见他不应该是如此平静的反应，李陌努力稳住动荡的心神，一时不知该以怎样的表情和言语去面对江桐，他只好逃避地收回视线，默然清洗着双手，思绪却早已飘到漫漫前尘往事里：是他亲手摧毁与江桐的友谊，因为他的自私导致他与江桐交好的关系抵挡不过爱情的考验，虽然他曾想努力取得江桐的原谅，怎料世事无常，白月菲突然选择离开了江家，为了白月菲的心意，他只好彻底断绝与江桐联系……

而江桐呢？因为选择性失忆的缘故，此刻面对李陌，他的情绪并未有所起伏，他只是漠然收回视线埋头洗手，不过心头却生了疑惑，眼前这个陌生人方才看他的目光似乎是认识的，而且感觉和他很熟，可是他却对此人毫无印象……

水哗哗地流着。

几乎是同时，各有所思的江桐和李陌都洗好了手，不过都没有再看对方一眼，各自迈步走出洗手间。

李陌的餐位在南边，江桐的餐位在北边，这一南一北的就餐位由装饰物巧妙隔绝，致使李陌和江桐从主道各自进入装饰物点缀的小道之后，便再也看不到对方。

小辰从小就喜欢吃这家私人会所的牛排，今晚李陌是抽空特意带小辰和白月菲来此地用餐的。

“小辰，叔叔喂你。”李陌切下一小块牛排喂小辰。

“不要，我有手，我要自己动手吃。”小辰认真地说，伸出小手，想要拿过被白月菲收到一边的刀叉。

“好，小辰自己吃。”李陌宠溺地依着小辰，把那块牛肉放到小辰碗里，而后在白月菲伸手欲把刀叉再移远一点的时候，抢先一步将刀叉移动到小辰完全够不到的位置。

小辰不满地喊道：“小辰长大了，小辰也要用刀叉，叔叔和妈妈都可以用刀叉，为什么小辰不可以用？”

白月菲放下刀叉，给小辰讲道理：“因为刀叉太危险。”

小辰不明白：“妈妈说刀叉危险，为什么妈妈和叔叔都在用呀？”

李陌一笑，替白月菲解释："因为叔叔和妈妈是大人，小辰是小朋友，小辰不会像妈妈和叔叔一样使力，如果小辰使力不当，小辰的手指就会被这亮闪闪的刀子划伤，而后小辰的手指会痛，会出血，然后小辰就需要去看医生。"

李陌的话语小辰只理解了一半，小家伙看一眼刀叉："小辰怕血，小辰不去医院，小辰不用刀叉了。"

"小辰真乖。"李陌笑着揉揉小辰的头发，"等小辰长大了，叔叔和妈妈一定让你用刀叉。"

"可我什么时候才能长到叔叔和妈妈这么大？"小辰天真地问，不再惦念刀叉。

李陌和白月菲相视一笑，二人早已习惯小辰的十万个为什么。

白月菲拿过玉米汁，喝了一口，然后耐心地回答小辰的提问。

李陌若有所思地看着白月菲和小辰，心底暗自揣测江桐为何会出现在这里，到底是因为单纯地偶遇还是有意为之，他是否要把遇见江桐的事情告诉白月菲……

餐厅北面。

陈依琳一改往日小猫舔食的作风，吃得十分带劲。

江桐不经意地一晃眼，视线扫过陈依琳的脸时停下了切牛排的动作，不禁回转目光盯着陈依琳的脸看。

陈依琳误解了那道目光，快速咬完嘴里的甜品，乐呵呵地解释道："见到你太开心了！胃口也大开，忍不住多吃了一些，我节食那么久，偶尔放纵一次，也不会影响到我曼妙的身材。"

江桐面无表情道："你嘴角和鼻子上有奶油。"说完低头切牛排。

陈依琳面露一丝尴尬，呃，原来是因为这个一直盯着我看，刚刚的解释还真是多余！陈依琳用右手拿过纸巾擦拭，擦鼻尖的时候忽而一顿，眼底闪过一丝亮光！

陈依琳故意在擦嘴角之时留下一点奶油，然后垂下右手问道："Boss，帮我看看我擦干净了没有？"

江桐顿住切牛排的动作，抬眼一看："嘴角旁边还有一点。"

陈依琳装模作样地抬手擦拭一遍，语笑盈盈道："Boss，我现在擦干净了没有？"

江桐摇头，放下餐叉，抬手一指自己嘴角相同的位置："这里。"

陈依琳再度试着擦了一次。

不等陈依琳开口询问是否擦拭干净，江桐便摇了头。

"呃，奇怪，我怎么就是擦不到呢？"说到这里，陈依琳面露难色，"我这样走去洗手间照着镜子擦也不太好，万一去的过程中被人看见，多少会影响到我这个当红明星的形象，所以你可以帮我擦擦吗？"

江桐想了一想，只好拿过纸巾，稍欠身子，伸长胳膊，亲手为陈依琳擦拭。

陈依琳的计谋得逞，心中嘭嘭嘭燃起了烟花，这开心的一刻，陈依琳无比享受江桐的温柔举动。

在江桐收回纸巾的时候，陈依琳突然抓住他的手："我很喜欢这样被你照顾。"

江桐用力抽回手，话里有话："我不擅长照顾人。"

陈依琳收回放空的双手，眼含热情地笑道："我不敢期待你照顾我，我只期待你可以让我照顾。"

江桐语气淡淡："我不需要别人照顾，反倒是你，你应该找一个人照顾你。"

"别人照顾不了我。"

"你没去试过，又怎么知道别人不行？"

"因为我不想被别人照顾，我的心在你那里，我只想照顾你。"

"你知道的，我的心不会在你身上。"江桐的目光渐渐幽远，那个位置明明虚位以待，他明明觉得陈依琳是个不错的女人，何况他也想早点成家立业，可是冥冥之中又觉得那个位置不属于陈依琳……

陈依琳就知道 Boss 能耐，很多次了，在她热情表达感情的时候 Boss 总会把她逼到死角，此刻，她只好适可而止，另谋套路："对了，托尼送我到这里之后，说要出去办事，我想反正托尼要去的地方也不远，便让司机拉他去了，本想着司机送完托尼之后再来接我回家的。可是你去洗手间的时候司机打来电话，说车子抛锚在路上了，一时半会是修不好的……这样的话我现在没有车回家，如果出去打车，以我这闪亮的身份着实不太方便，毕竟我今天没有带伪装道具，万一在路上遇见粉丝，恐怕很难脱身，所以等一下 Boss 可以送我回家吗？"

江桐见识过陈依琳的粉丝有多疯狂，为了陈依琳的安全着想，点头同意了她的请求。

计谋成功！陈依琳偷着乐。

用完餐之后，江桐招手服务员买单，说来也巧，位于南面的李陌也做了相同的手势。

一南一北的两桌同时结完账单，各自穿过小道之后，在主道上不期而遇。

白月菲、李陌、江桐全都惊愣在主道上。

已经走到前方的陈依琳发觉江桐不动之后，便也回身顿住脚步，她站的位置只能看到李陌和抱着小辰的白月菲的侧脸，所以也就没在意眼前的女人和男人是谁，只是静站一旁，因为江桐此刻看那一男一女的表情不太好，她最好还是不要贸然上前打扰，先观察看看再说。

116

白月菲心里发虚，抱着小辰的双手不禁一颤，小辰背对着江桐，注意力正被门边的塑料大老虎吸引，白月菲担心地看了一眼小辰，庆幸江桐不能看到小辰的正面，不然她难以想象如果江桐发现与他长得几乎一模一样的小辰时会有怎样的反应。想到这里，白月菲呼吸一滞，生怕小辰突然回头，只见她谨慎地收紧贴在小辰后背的双手，她绝对不会让江桐看见小辰的样子。

江桐的神色起伏不定，眼光落在李陌和白月菲以及小辰身上，他们三人一起的画面十分和谐，看上去像是一家人！而他却莫名不喜眼前的这一番场景！

白月菲放低小辰的身子，将小辰的脸埋进怀里，而后侧身对李陌说："我们走。"语落，白月菲已经提步，在这个过程里，小辰很是安静，究其原因是小辰吃得太饱，再加上白月菲怀抱的姿势所致，小辰有些犯困想睡觉了！

李陌深知白月菲的心思，举步跟上去。

李陌和白月菲一前一后走过陈依琳眼前，她这才后知后觉，离去的女人真的很像白月菲，陈依琳心底强烈地一震，难道那个女人就是霍洋口中的夏晴？

"你们认识吗？"陈依琳看向江桐，试图从他口中得到一个确定的答案。

江桐的双耳仿佛失聪一般，没有听见陈依琳的问话，望着白月菲远去的身影，掏出电话，吩咐霍洋："现在派人调查夏晴的感情状况，我要尽快知道答案。"他只不过见了夏晴三次而已，连同这毫无交谈的一次，他怎会如此在乎她和别的男人之间的关系？江桐觉得匪夷所思。

陈依琳从江桐的话语中得出肯定的答案：那个女人就是夏晴！陈依琳因此产生强烈的危机感，她甚至害怕这个凭空冒出来的对手，毕竟她有一张神似白月菲的脸，单是这一点便可以轻易扰乱沉稳的江桐，比如现在，江桐因她而如此失态。

直到白月菲的身影完全消失，江桐才收回视线看向陈依琳："走吧。"

两辆豪车一前一后驶出地下车库。

小辰已经睡着，白月菲目光幽深地看着睡梦中的儿子，那一张粉嫩的小脸在她的眼前渐变，最后变成江桐的模样！白月菲一愣，她以为上次见过江桐之后，彼此便不会再见。哪知老天又让他们再一次偶遇！短短几天，她与江桐已经见面三次，她觉得这很不正常！

李陌时不时看一眼后视镜里的白月菲。

"你还爱他吗？"过了许久之后李陌问道。

“我和他已经是过去式了，那些对他的爱早已被岁月覆盖……”白月菲的声音有些沙哑，先前在餐厅门口时她虽然着急离开，可眼角的余光还是注意到了那个叫陈依琳的大明星。白月菲不关注娱乐新闻，只是无意从电视上看到过一些关于陈依琳的八卦，坊间一直盛传陈依琳背后有个大老板撑腰，看来江桐就是那个所谓的幕后大老板了吧？由此可见陈依琳与江桐的关系非比寻常，白月菲甚至担心他们真的如传闻般在一起了！白月菲自知矛盾，她也想拎清，却怎么也拎不清，她一方面不希望江桐打扰她平静的生活，一方面却又如此在意江桐的私生活。

“虽然他先前什么也没说，”李陌小心翼翼道，“可是我觉得他很在意你。”

“他失忆了。”白月菲淡淡道，表现出一副不在乎江桐的模样，只是内心却是截然不同的状态，那颗心被江桐扰乱了。

“失忆？”李陌震惊，不禁放慢车速，“怎么回事？”

白月菲深吸一口气，把前几天在盛世娱乐撞见江桐以及他带她吃饭之事一并说给了李陌听。

李陌总算理解了在洗手间时江桐的眼神是怎么一回事。

李陌思虑片刻，还是问了出来：“你想知道他是怎么失忆的吗？”只要白月菲想，他一定会替她办到。

白月菲摇摇头，声音低哑：“他的事情跟我无关。”

李陌没有再说话，他尊重白月菲的想法，只是不知为何，他有一种强烈的预感：江桐和白月菲会再度纠缠到一起！如果这预感真的灵验，他不知那对于江桐和白月菲而言是幸还是不幸。

另一条大道上，黑色宾利开得飞快。

副驾驶座上的陈依琳静静地打量着江桐，他难得如此心浮气躁，陈依琳不得不承认这一切都源自夏晴，陈依琳也因为江桐异常的状态而思想混乱，一路上想东想西，终于在快要到达住所时，陈依琳张了口：“Boss，你喜欢夏晴吗？”

江桐握着方向盘的手一紧，沉吟片刻，坦白心声：“不知道。”

陈依琳的心凉了一半，这个答案看似不确定，其实已经间接说明江桐的内心，如果他对夏晴没有感觉，以他的性格会直接给出否定的答案，可是这一刻，他却没有那么做。

黑色宾利停下来，心事重重的陈依琳没有注意到已经到达目的地，还坐在副驾驶座上静静思虑着什么。

江桐见陈依琳没有动静，侧头看了她一眼，她似乎走神了！江桐提醒她：“到了。”

陈依琳从纷乱的思绪里回过神来，快速整理好情绪，暗淡的眼睛一瞬间贼亮，因为现在开始，是她的表演时间！

大敌当前，她一定要把握住眼前的机会。

“谢谢。”陈依琳客气道，推开车门，右脚落地，在迈左脚之时故意把身子一晃，伴随一声惊呼，陈依琳半趴倒于座椅上。

“你没事吧？”江桐关切道。

“没事，只是一不小心崴了右脚！”陈依琳语气轻松，模样却分明楚楚可怜，还不忘装模作样地试图继续下车。

“你别动。”江桐轻声呵斥道，拉开车门，绕过车头，朝着副驾驶车门走去。

Boss 上钩了！陈依琳欣喜地收回视线，继续飙崴脚演技，她咿呀呜呀呻吟着，一副痛苦难忍却又竭力忍住的模样自然而不做作。

江桐走到副驾驶车门前，陈依琳满心欢喜地等着江桐出手，岂料江桐未如她所想，江桐没有将她抱进屋里，而是把她朝车里塞！陈依琳立马意会江桐的意思，急切道：“Boss，你不用送我去医院，我这是轻伤，你只需送我上楼，我休养一个晚上自然会好起来。”

江桐暂停塞陈依琳进车的动作：“你确定不用去医院？”

陈依琳用力点头：“不用。”

117

话语肯定，应该没什么大碍，是他太小题大做，江桐手上的力道一转，改扶陈依琳下车。

陈依琳一边配合着江桐慢慢移动双腿，一边狡黠地望着江桐的侧脸，一双不停转动的眼珠明显是在谋划着什么！2秒之后，那双眼珠一定，陈依琳脑洞又开，欲伺机靠在江桐的臂弯里，增进与江桐的亲密程度。

江桐似乎感觉到了陈依琳的意图，只见他的身子朝后退了一点，尽可能与陈依琳保持着距离，又不至于让腿脚不便的陈依琳无所依靠。

陈依琳再次黏贴上去，声音纤纤弱弱："Boss，我脚踝疼，站不稳，需要依靠着你才能走路。"

悲悲戚戚的话语致使江桐的心慢慢变软，眉心微蹙地看了一眼陈依琳。只见陈依琳单脚支撑而立，另一只脚虚浮在地面上，确实行动不便，情况使然，江桐不再躲避陈依琳的贴近，应允陈依琳依靠在他的臂弯里。

"你住哪栋?"这是江桐第一次来到陈依琳的住处。

陈依琳伸手指了指侧前方的欧式独栋小洋房。

方位确定，江桐小心地扶陈依琳过去。

小洋房门前有五级台阶，陈依琳迈上一级台阶之后，闷哼一声，痛苦地叫唤："不行了，Boss，一提脚，我的脚筋就扯着疼啊。"言外之意是要江桐抱她。

"只有四级台阶，你坚持一下，好吗?"

虽然江桐没着陈依琳的道，但他难得温柔的声音使得陈依琳的心春波一荡，及时抑制住心底的欢喜，不让那份欢喜表露于脸颊之上，陈依琳装作勉为其难地点了点头，咬牙再迈一步。

江桐眼见她痛楚的神情，心底难免动容，不忍再让她爬剩下的三级台阶，一时冲动，单手揽住她的腰，另一只手将她打横抱起朝门前踏步。

江桐的动作来得突然而迅速，陈依琳惊愕，回过神来之时江桐已经抱她走完台阶，放她于门前。

陈依琳目光深深地望着江桐，一脸陶醉地回味着他的拥抱。

江桐不喜欢被陈依琳如此盯着看，咳嗽一声，淡淡道："怎么还不开门?"

陈依琳笑得甜蜜："马上开。"

心情愉快的陈依琳上前两步输密码，满心的欢喜让陈依琳一时间忘记了继续伪装脚伤，那两步着实迈得稳当，江桐就此看出破绽，稍稍一想，便明白了陈依琳的把戏。

房门打开之时，陈依琳的表情从欢喜转成懊恼，呃，糟糕，穿帮了。

江桐也不揭穿陈依琳，只是说："我走了，你早点休息。"。

"等一下。"陈依琳叫住转身的江桐，语速极快道："上去喝点东西再走嘛。"

"不了，我有事情。"江桐头也不回地离开。

陈依琳无力地靠在门板上，看着江桐驾车消失于夜色中，只觉得遗憾，只差一步，就能骗得江桐进入她的房间，然后她会想方设法上演一出孤男寡女的激情戏码……

20 分钟之后。

电话铃声响起，江桐瞥了一眼来电显示，是霍洋的电话号码，将车停靠在路旁，江桐认真地听着霍洋的汇报。

"Boss，夏晴现年 27 岁，传闻是 Sunshine 集团总裁李陌的地下情人，曾经住在李陌的别墅里，后来不知为何，生完小孩没多久便搬了出来。"除此之外，霍洋还发现夏晴的身份可疑，只是他尚未得到确切的答案，他需要时间去调查，在事情水落石出之前，他觉得没有必要一一告诉江桐，毕竟江桐只是吩咐他调查夏晴的感情状况而已。

"我知道了。"江桐的声音很沉，末了，又继续道："把夏晴的住址发给我。"

"好的，Boss。"

黑色宾利朝着白月菲的住所开去。

夜风从车窗灌进来，空气流通，江桐却甚觉胸口闷得厉害，烦躁地扯了扯领带，不可否认，她败坏的情感状况让他扎心，他难以置信那个扰乱他平静世界的女人会未婚生子！不仅如此，她居然还做了别人的地下情人！她怎么会是这样的人！

黑色宾利越开越快。

半小时之后，黑色宾利急停在白月菲的邻居家门前。

白月菲居住的是一间独立的院子，距离亚园酒店不过半小时的车程。当初小辰满月之后，白月菲坚持从李陌的别墅里搬出去，李陌当然不愿意，各种挽留，白月菲说服李陌："我住在你这里多日，本就过意不去，现在多了小辰，我真的不能再寄居于此。从现在开始，我要给小辰一个家，那个家虽然不大不富贵，却是我的用心……"白月菲说得动情，李陌只好放弃挽留她的念头，同意她搬出去。

而李陌在白月菲找房子的时候使了手段，白月菲被蒙在鼓里，再加之房东能说会道，成功消除了白月菲对如此好的房子怎么可能收这么便宜租金的疑惑。当时，白月菲还觉得是她运气好，才会遇见这么一个有爱心的房东，机会太难得，白月菲当即租下房子，这一租，就是 4 年。

如水的月光之下，白色保时捷停稳，李陌绕过车身，替白月菲打开车门，白月菲小心翼翼地抱着小辰下车。

"我来抱小辰回房吧。"李陌轻声道。

“不用。”白月菲压低声音，“时间不早了，你明天还要出国，早点回去休息。”

李陌凝视着白月菲，她神色平静，她越是这般他越是放心不下，他说：“我这次去国外要一个月，这期间，如果你有什么事情解决不了，记得还有我在。”

白月菲微笑着点头。

李陌回到车里，调转车头，再度望一眼白月菲，然后离去。江桐这才重新发动车子，开到白月菲的门前停下。

白月菲抱着小辰穿过院子，走到房门前，单手抱住小辰，腾出另一只手取钥匙打开房门。

进入小辰卧室，白月菲轻轻将小辰放到床上，摊开被子替小辰盖好，亲吻了一下小辰额头，这才离去。

时间尚早，再加之思绪难安，此刻的白月菲无任何睡意，便去院子查看她亲手种下的鲜花盆栽。

车里，江桐透过木栅栏，静静地看着那个手持水壶浇花的女人，她的一举一动并没有什么特别之处，却牵系着他的心弦。今夜的他如此想要看见她，想要知道她的一切事情，这一刻，他才发现之所以情绪混乱是因为他心动了，没错，他为这个女人心动了，这个做别人地下情人并且育有小孩的女人轻易地俘虏了他的心！这是多么搞笑、多么滑稽、多么荒唐的事情！更加离谱的是他承认，无论怎样，他都想要这个女人！

江桐打开车门，欲望满满地步入院子。

白月菲依稀觉得背后有一种陌生而熟悉的气息弥散，狐疑地停下浇水的动作，缓缓回头，那张精雕细琢的俊脸映入眼眸，白月菲瞳孔一紧，震惊万分，来人竟然是江桐！

怎么会是他？

怎么可能是他？

118

白月菲的心猛地一抽。

他怎么会来这里?

他怎么知道这里?

他来这里做什么?

白月菲难以置信地望着江桐,只见他一动不动地站在她面前,冷冷地盯着她看,她不禁握紧水壶。

周围一片沉寂。

院中清淡的花香弥漫于这夜色中。

白月菲的心在震惊与困惑中微微有些摇曳,她清楚不能与江桐如此面对面地看下去了,再这样下去,她一定会再次陷落那一段旧情里。她好不容易才从那段旧情里脱身出来,她不想再度万劫不复,用力扯一扯嘴角,她深吸一口气,转身躲开江桐的目光,急步朝着屋子而去。

江桐目光一紧,快速跟上去。

突袭到手腕上的强劲力度致使白月菲不得不顿下脚步。江桐攥紧了白月菲的手腕。逼迫的力道疼得白月菲眉头一皱。

"你单身吗?"江桐绕道白月菲面前,眼光阴晦不明地盯着白月菲的脸,即使已经清楚她的感情状况,却还是想要听她亲口回答,心底隐隐地希望那个答案是与霍洋调查的结果截然相反的,却又十分清楚霍洋的调查结果是不会出错的,这般矛盾的他也只有在面对她的时候。

不过四个字的问题却使白月菲的手指一颤,水壶掉落到地上,浸湿了周围方寸的空地。

江桐定定地看着白月菲,阴晦不明的眸光流转在她脸上,他只等着她亲口揭晓答案。

白月菲恍然地看着那张雕刻一般的精致俊俏脸,他不是失忆了吗?为什么还如此关注她的感情状况?还是说他已经恢复了记忆?白月菲实在确定不了眼前的江桐是何种情况,但可以确定她不想见他,不想跟他说话,只见她胳膊一动,要挣脱江桐的控制。

而江桐没有给白月菲逃开的机会,他紧紧抓住白月菲的手腕,不依不饶道:"你是不是单身?"一副你不回答我绝不放你走的居高临下的执拗模样!

那狂妄的气息容不得白月菲忽视，还是妥协在江桐的强势气场里，垂下眼眸，她低头看着地面："那是我的私事。"她认为这样就可以算作回答了！

江桐冷冷的语调透着张狂："我要知道。"

固执的男人！白月菲硬撑着抬眼看向江桐："我没有义务告诉你。"

江桐语调淡淡道："你不说可以，接下来你会搬离这套院子，你工作的地方……"

他温柔的威胁更具杀伤力，白月菲脸色一惊，打断江桐的话语，小心翼翼反问道："我是不是单身跟你有什么关系？"

江桐的手指一紧，沉吟3秒，喉咙开始轻轻翻动："我喜欢你。"江桐自己都难以置信他居然讲了这样的话语，何况是白月菲！

突如其来不合时宜的表白惊得白月菲脚下一软，差点跌倒在地上，江桐眼疾手快地托住了她的腰侧，摇晃于空中的她本能地抓住了江桐的胳膊！

她幸免摔倒在地，却顺力跌进了江桐坚实宽阔的怀抱里。

我喜欢你！这四个字就这么把白月菲的神思带回了大一的时光里。那时他对她说我喜欢你，然后他们就确定了恋爱关系，这过往让白月菲神色深重，抿了抿唇，思绪就这么从过去飘荡回来，她缓缓抬头仰视夜色中那一张线条分明的俊脸，然后她就诡异地不停转换在过去与现在的时光里。

江桐低头看着怀里正仰望着他的白月菲，那清灵的面容轻易勾得他一双眼眸情潮翻涌，欲望灼灼。

她紊乱的气息透过他的白衬衫萦绕到他的胸口，全身的血液就这么扩张开来，身体变得火热，意识也被轻易撩乱，此时此刻，他已是疯狂状态，他只想吻她。

情难自禁的江桐俯身过去。

白月菲眼看着江桐的脸一点点靠近，在那张薄唇就快要落到她的唇瓣上时，她及时回过神来，慌忙侧开头，他刚刚说喜欢她是怎么一回事？她怎么觉得他口中的那四个字所代表的含义不是纯粹的喜欢，而是一种要弄！对！白月菲确信他在要弄她！可是他为什么突然如此？

没有吻到白月菲的江桐当然不愿，一手强硬地扳过白月菲的脸，一手托住她的后脑勺，他不管不顾地覆盖住她的朱唇。

唇间那湿润而又滚烫的柔软使白月菲理智尽失，她彻底愣住了。

江桐霸道而又温柔地摩挲在白月菲的唇瓣上，并没有深入她的口腔里，他不是不想，而是在竭力控制贪婪的欲望。他，终于适可而止地停下动作，缓缓离开她的唇瓣。

江桐凝视着白月菲，眸光千变万化，刚刚吻她只是因为一时疯狂吗？不，绝对不是，那疯狂一旦有过之后，便再也不能收住，他因她有了更多的疯狂念头。

江桐变幻的眼光安定下来，深吸一口气，他用右手大拇指轻抚过白月菲的左面颊，那右手指最后停在白月菲的左耳际处，他问："你现在是不是单身？"

白月菲随着江桐的提问而回神，她语气很冲："是又怎样？不是又怎样？"她终于沉不住气了。5年了，他依然霸道，不管她愿不愿意，只要他想做的事情，从来不给她反抗的余地，比如刚刚那一个强吻。

"我就是想听你亲口说。"

"那你听好了，不是。"白月菲说的不是气话，是有意这么说的，一来不想江桐再过来找她，扰乱她平静的生活，二来也想用此谎言断了江桐的所有念头。只是，不知江桐能否因此而不再理会她。

白月菲不安地等着江桐的进一步反应。

答案让江桐的心一紧，一番快速挣扎之后，他收回右手，语气决断："我给你机会留在我身旁，整理好你的一切，3天后的早上，我会派人来接你和孩子。"明知道她的感情状况，明知道她的感情生活不检点，明知道她是深陷在泥海中的人，他却不能自已地趟了进去。他顾不得那么多，他就是莫名地想要她，想把她留在身旁。这荒诞的一切皆是因为他动了情，爱情总是会吞噬人的理智，让人疯狂不已，一如现在的他。

白月菲惊愕在原地，这样看来，江桐十有八九是恢复了记忆！所以他来找我，所以他说喜欢我吻她要求我带着孩子去他的身旁，这些都是故意为之！他一定是想要报复前些天骗他"不认识他"的那个谎言！深思到这里，白月菲不禁打了一个寒战，心知肚明与江桐对着干只会是自讨苦吃，何况她不想和江桐针锋相对！

她示软道："江桐，你放过我，也放过你自己好吗？"

江桐不说话，眼眸灼热地看了白月菲一眼，漠然转身离开。说来也奇怪，对白月菲表白之后他沉重的心情神奇般地缓解了，此刻就连脚步也变得轻松些许，虽然心底仍旧因为她那些拿不上台面的感情经历而不好受！

白月菲静望着那走远的背影，僵硬的双脚一下子没有了力气，无力地蹲坐在地上，老天是在跟她开玩笑吧？这个玩笑太大了，她承受不起！

这个夜晚，白月菲彻夜难眠。

这个夜晚，江桐有了新的期盼。

黑夜散去，天空渐渐明亮。

早上8点，霍洋坐在电脑前，愣愣地看着对方最新传过来的资料，万分惊诧夏晴的真实身份。过了好一会，霍洋才从资料上回神，抓过手机，将最新发现告之忠叔。

忠叔听得目瞪口呆，愣了半晌，才重新找回理智，对霍洋道："你最近多注意少爷的举动，剩下的事情我自会解决。"

把小辰送去幼儿园之后，心事重重的白月菲如同往常一般坐公交车去往亚园酒店。

忠叔撇开一切事务，掐点蹲守在亚园酒店大门附近。来这里之前，忠叔设想了无数个阴谋诡计誓要把江桐和白月菲分开，比如逼迫白月菲离开所居住所工作的地方，甚至这个城市……可是忠叔更明白，只要李陌在，再加上白月菲已经引起了江桐的注意，这种局面下，他的任何手段不仅会失效，一不留神，就会打草惊蛇。一番权衡之下，忠叔决定先走一步棋，打算尝试说服白月菲主动离开江桐，然后再视局面而继续布棋！

远远的，白月菲便看见那个老态龙钟的身影，不禁顿住脚步，她分明记得江桐给了她3天时间整理，所以忠叔出现在此地应该不是受江桐的指示，既然如此，忠叔来此地会不会只是巧合呢？白月菲吁一口气，表情还算平静地朝前走去，就在她快要路过忠叔身边之时，清楚听见那个苍老的声音喊了她的名字。

119

白月菲脚步一顿。

忠叔神色凝重地走到她面前："我需要与你谈谈。"

她与江桐都没有什么可谈的，何况是江桐的管家。她大可不必理会，却又心软做不到不理睬老人家，既然忠叔想谈，那就给他一点时间吧！

白月菲抬手看表："我只有10分钟。"

忠叔直切主题："放过少爷，不要再和少爷见面，你不适合他。"

原来是为了江桐！白月菲苦笑："我对他早已经死心，我没有想过再见他。"

"最好如此，我希望你离少爷越远越好。"

"你应该对江桐说这些话，叫他远离我的生活。"

"如果少爷听得进去，我就不必过来找你。"

"你找我也无济于事，事情不是我所能控制的，实话告诉你，昨晚江桐找过我，他说给我三天时间准备，让我带着小辰去他身边。"

忠叔面部肌肉强烈地一跳，事态发展得太快，超出他所能够操纵的范围。

白月菲不等忠叔接话，继续道："所以如果你不想让我和江桐走到一起，那么请你阻止这一切的发生。"既然忠叔一心要阻止她去江桐身边，那么她正好借力忠叔摆脱江桐。

忠叔不确信地问道："你真的不想和少爷在一起？"

"是的。"白月菲回答得如此肯定，却见忠叔一副怀疑的模样，她嗤笑，摇摇头，缓缓道："想必你也知晓了我对外用的是夏晴这个假身份，我若想跟江桐有所牵扯，我干吗不告诉他我不是夏晴而是他明媒正娶的妻子白月菲呢？即使江桐失忆不记得白月菲的存在，可是当江桐知晓我是他妻子之后，你认为他会不再纠缠我吗？"她认定江桐对她纠缠不是爱着她，而是要报复她，谁叫她前些天欺骗了他，说不认识他……

忠叔听得身子狠狠一震，没想到白月菲竟然知道少爷失忆一事……

白月菲继续说道："而我为什么不把这一切告诉江桐，不过因为我已铁了心不想再和他有所牵连，现在我只希望他远离我的生活。"

忠叔震动的情绪因为白月菲的最后一句话而瞬间恢复过来，定心沉吟片刻，白月菲已经如此表明不愿与江桐一起的决心！他实在没有再怀疑白月菲的理由："既然如此，你可以与我合作，我会达成你所愿。"

"我要怎么做？"

“对少爷的态度越冷淡越好，我会想办法尽快分开你们，只是这事需要从长计议，毕竟要瞒过的人是少爷，我如若草率行事，没有绝对成功的把握，还会以失败收场，所以没有万全之策，我暂时不会轻举妄动。只是这样一来，2 天之后的事情我是帮不上什么忙了，而以少爷的行事风格，2 天之后你铁定是要搬回江家的，这也没什么太大的问题，只要你切记这期间，对少爷态度冷淡就好。”

白月菲拧着眉心点了点头，不用忠叔说，自从她意外与江桐重逢以来，在正常情况下，她对待江桐的态度向来冷淡！

交代成功的忠叔如释重负地离开，看样子应该是 5 年前江家坚决拒绝白月菲进门之事伤了她，造成她这般不愿回到江桐身旁不说，还让她在那时隐姓埋名回归了李陌身旁，甘愿没名没分地替李陌生子。只是忠叔不知道，目前为止，霍洋调查的一切有关白月菲的信息都是对的，除了小辰是李陌的私生子这一条大错特错之外。说实话，这个错误也怪不得霍洋派出去的资深私家侦探，主要是李陌当初留了一手，尽管他有控制媒体报道有关白月菲的一切事情，但就怕百密一疏，万一被媒体踢爆小辰的父亲是谁，到时舆论只会让白月菲和江桐牵扯不断，从而破坏白月菲的“新生活”。为了让白月菲的“新生活”无波无澜，李陌暗中使手段销毁了小辰在医院的出生记录，这样一来，资深私家侦探自然无从查起，只能凭借各种零碎的信息和多年的侦探经验推断小辰就是李陌的私生子，私家侦探当然会明确告诉过霍洋私生子一事只是他们的推测，但是霍洋却对此事深信不疑。他先前对夏晴不好的印象造成他同样不喜白月菲，虽然他也觉得小辰的长相也确实太像江桐了，但是内心对白月菲的反感让他自然而然地忽略了这一信息……

白月菲看着远去的忠叔略微出了一会儿神，之后才移步亚园酒店财务部。

工作期间，白月菲心神难安，总会不经意想到江桐，那些压在内心最深处的往事就这么被他轻易勾起，那些喜乐与悲怆组成的往事折磨着白月菲。不久之后，她的头脑就已昏昏沉沉，思考能力迅速下降，这样的状态根本无法正常工作，她原本一个上午就能处理完毕的报表却花费了一整天，严重影响了工作进度，不过，好在“灭绝师太”还算仁慈，并未拿她开刀，反倒还关心她：“如果不舒服，就请两天假。”

“谢谢田总关心，我不用请假。先前身体是有点不适，现在已经恢复过来了！至于报表未及时完成之事，我愿意承担相应责任……”

第二天，临近中午时分，白月菲接到一个陌生来电。

“中午有空吗？”

那个声音让白月菲愣了足足 3 秒，然后激动地起身，连连应声道：“有空，有空。”

对方报了餐厅地址之后便挂了电话。

总算有一件好事发生！白月菲兴奋地笑了！恨不得马上赴约。

终于等到下班，白月菲迫不及待地赶去对方所约定的餐厅。一进门，一眼望见坐在落地窗前的美微，白月菲满心欢喜地走过去，落座于美微对面。

“菜我已经点好了，”美微露齿一笑，虽然笑得不大自然，却是发自内心的，她说：“都是你喜欢吃的。”

“谢谢。”白月菲很是高兴美微终于愿意见她，笑意浓浓地拿出小礼物，热情地递给美微，“送你的。”

美微愣了一下，接过礼物，放到一侧：“谢谢。”

这时服务员端菜过来，满满一桌美味佳肴。

美微拿起筷子：“我们趁热吃吧！”

白月菲顾盼神飞地点头，抬手开动。

只是那看似闺密相亲的用餐气氛却让白月菲隐隐觉得不是那么回事，所以当美微停下筷子之后，白月菲便也停下了用餐，郑重其事地确认道：“美微，你是原谅我了吗？”

“当然，不然不会约你出来吃饭！”说到此处，美微吐槽诉苦：“白月菲，你知不知道这几天你让我有多辛苦？我经过了无数思想斗争之后，才能做到重新接受你！”

白月菲笑得眼睛眯成了一条缝：“谢谢美微肯原谅我。”

美微拍拍白月菲的肩膀：“丫头，我必须原谅你啊！何况你有你的苦衷和不得已，而我也不想失去你这个好姐妹……”

原本存在于二人之间的拘谨随着交谈的深入而悄然退去，气氛自然而然地活跃起来。

结完账之后，两人乐呵呵地走出餐厅。

“我送你回去上班。”美微拿出车钥匙。

“你什么时候学会开车了？”

“大三的时候，浩屿是我的入门老师……”

两人一路闲聊，太多话语堆积在她们心里，从餐厅到亚园酒店这区区一小段路程根本不够讲，到达酒店之后，白月菲看了看时间。

她呵呵一笑：“我还有 20 多分钟才到上班时间，等会再上去，我还要跟你说说话。”

“正好，我也想多跟你聊聊。明天有空吗？我们带两个小孩子一起出去玩玩，小家伙们年龄相仿，肯定能玩到一块。”

白月菲面露难色，实话实说：“明天不行！明天江桐会接我和小辰去他身边。”

美微听不大懂：“接你和小辰？去他身边？”

“是的。”

“为什么这么说？”

“5 年前我离开了他……”白月菲把最隐秘的那一部分也告之了美微。

听完之后，美微彻底愣住，原本以为白月菲和江桐过着幸福的生活，没想到在那场万众瞩目的大婚之后，没过几天他们就分开了，真是可惜了他们之间的缘分……不过江桐确实做得太过分，强暴白月菲一次就算了，竟然还强暴两次……而且身边还有那么多的女人，真是看不出来当年的那个痴情种行径竟然如此低劣，什么传说什么大神什么Boss，简直就是人渣！真是害苦了白月菲，把最美好的青春年华交付于他，结果却落得被他如此对待的下场。

愤恨难平，美微咒骂道："江桐就是男人中的败类，贱人自有天收，他一定会遭到报应的。"

美微的话语让白月菲心里有些不舒服："美微，别这么说他好吗？"

美微恼了，不由得提高声音："白月菲，都什么时候了，你还这样帮他说话，你的整个青春都给了他，而他呢？到头来是怎样对你的？"

白月菲脸色微沉，喉咙里生出一丝苦涩，过了半晌才黯然道："无论怎样，那个男人我爱过，所以，希望你不要这么说他。"白月菲眼角酸涩地停下来，深呼吸一口气，声音有些哽咽："是，我的整个青春是给了他，可是他也把他的青春付诸我啊！所以我并不吃亏，何况当时的我是奔着美好的爱情去的，虽然结果不尽如人意，可是谁规定了爱过的人就一定要牵手走到最后？我爱他，虽然没能跟他走到最后，可是他闪亮了我的整个青春，也曾让我快乐，体会到爱情的幸福，就凭这些，我又怎么能去诅咒他？我不能，也不能容忍任何人在我面前诋毁咒骂他。"

120

白月菲对江桐的在乎如此显而易见，美微知道她若是再狠语咒骂下去的话，只会惹得白月菲难过，为了不让好友伤心和难过，美微只好控制住恼怒的情绪："好，我不贬低他。不过，你打算明天怎么办？"

白月菲心里微微波动："我还没想清楚，搬离住所又不可行，你知道江桐的行事风格，无论我逃到哪里，只要他想，就一定会有办法找到我。"

"那你就这样坐以待毙了吗？"

"当然不是，我相信忠叔，既然他说会助我脱离江桐的纠缠，那么他一定会想方设法做到，毕竟他不想看到我留在江桐身边。"

"可是忠叔能阻止明天的事情吗？"

"不能，忠叔需要时间从长计议，无法及时助我，忠叔跟我的想法一样，江桐既然说了要我搬去江家就一定会做到……我不想坐以待毙地被带去江家，我想过很多办法，只是却没有一个可行。"

看着白月菲无奈而愁苦的模样，美微更加想帮她摆脱困境，思虑片刻，建议道："明天刚好星期六，你不用上班，这样吧，等你下班之后，带着小辰来我家暂住，我们再一起想办法，说不定会想到切实可行的办法呢，就算没有办法应对，也可以折腾一下江桐，让他没那么容易找到你！更重要的是我想和你一起面对江桐的刁难。"美微话已至此，却见白月菲闭口不应，看得出来白月菲是有所顾虑，于是开口说服她："我们全家都欢迎你带小辰到我家里暂住呢，香曦会有新的玩伴，至于浩屿，你也认识的，他很好相处。月菲，你知道吗？我能这么快放下心结来见你还是浩屿从中劝说呢，不过今天你是见不到浩屿了，他前两天回家乡了，明天中午才会回来。"

白月菲还是迟疑不定，就怕搬过去住不仅会打扰美微的生活，更怕会连累他们一家三口……

美微此刻的洞察力极佳，十分清楚白月菲在担心什么，一番口若悬河的长篇大论，终于消除白月菲的担忧。

只见白月菲冲美微点头："就照你说的做吧！"谈及此处，白月菲觉得时间不早了，便抬手看表："美微，我上班时间快到了，下班之后我带小辰去找你。"

"嗯，我今天正好没事，你几点下班？我逛完街之后过来接你。"

"5 点半。"

"好，到时候见。"

美微逛街逛到下午4点半，下午5点钟准时出现在亚园酒店门口。

白月菲一走出酒店大门，便望见倚车而站的美微，她一边走过去一边同美微招手，美微回以她一个暖暖的笑容，白月菲觉得这一刻的美微看上去很是美丽和幸福！她明了美微如此得意的缘由——尹浩屿温暖的爱！白月菲因此突生一丝沮丧，为什么美微就能够将年少时期的爱情修成正果？为什么她不能？她用尽全力地爱着江桐，最后却爱到这般满目残影！白月菲的眼里闪着忽明忽暗的光，心里更是酸楚，而理智提醒她现在不是难过自怜的时候，极快地调整好低落的情绪，白月菲嘴角一扬，含笑地走过去。

"我要先去幼儿园接小辰，然后再回家收拾行李。"白月菲的声音平静如常。

"嗯，小辰在哪家幼儿园？"

"彩虹幼儿园，在嘉宾路上……"

美微发动引擎，输入导航，朝着小辰的幼儿园开去。

"香曦这个周末有得玩了，"美微哈哈笑道，"她一定会喜欢小辰的。"

"他们两个年龄差不多，肯定能够玩到一块。"白月菲有点恍如隔世的感觉，曾经意气风发的她们已经有了孩子，时间真是神奇，把两个少女变成了母亲。

"……"

聊着聊着，不经意间，车子已经驶到彩虹幼儿园门口。

美微熄灭油门："我跟你一起下去吧。"

白月菲摆手："不用，你在车里等我，我很快回来。"

小辰如同往日般趴在窗户边，期望着窗外的那一段石子路。忽然，小辰的眼睛一亮，抬起肉乎乎的双臂冲白月菲招手，白月菲老远就看见了儿子，她边走边笑着挥手回应儿子。

小辰越来越沉了，白月菲抱着有些吃力，不过是教室到美微车子这一段距离，她已经有点喘了。

上车以后，美微侧头同后座的小辰打招呼："小辰，我是美微阿姨。"

小辰夸赞道："美微阿姨长得真好看，像仙女。"

美微一愣，没想到小辰这么会说话！美微笑着发动引擎："小辰真是聪明伶俐。"车子朝着白月菲的住所开去。

白月菲摸摸小辰的头："可能是因为李陌从小带他，受了李陌的影响吧。"

小辰见大人在说话，便从包里拿出魔方自顾自地玩了起来。

美微感叹："难怪，我觉得小辰比一般的小朋友智商高，原来是李陌的功劳，说实话，你家小辰长大之后肯定不得了。"

"怎么说？"

"你想啊，小辰他爸是江桐，从小带他的人是李陌，两个人的EQ都超高，小辰以后肯定青出于蓝而胜于蓝。"

“呵呵，我只希望小辰能健康快乐地成长，至于以后，顺其自然就好。”

红灯，车子停下，美微看了白月菲一眼，回头继续望着指示灯：“说到李陌，我还真有些不理解，李陌那么好，反正你已经离开江桐，为什么不考虑跟他一起呢？”

白月菲瞳孔微缩，叹了口气：“感情的事情勉强不了，何况我一直只是把他当朋友，一个让我安心的哥哥，仅此而已。”

“可是一个人带小孩会很辛苦的。”

“确实有点辛苦，如果不是李陌从中帮忙，我一人肯定应对不过来。”

时间在闲谈中溜走，转眼到达白月菲的住所。

白月菲让小辰在车里等着。

小辰听话地点点头。

童心大发的美微同小辰玩“石头剪刀布”的游戏。

15 分钟后，回屋整理生活用品的白月菲返回车里。

小辰看着白月菲手里的行李问：“妈妈，今天晚上我们不在家里睡觉吗？”与此同时，美微发动引擎，朝着她家的方向开去。

白月菲单手抚在小辰的肩膀上：“对啊，今天晚上我们去美微阿姨家里，美微阿姨也有一个小朋友，和你差不多大，你们可以一起玩哦。”

小辰眨巴着眼睛问：“是男生还是女生？”

美微看着前方的路况插话道：“你喜欢男生还是女生？”

小辰笑得天真无邪：“我喜欢女生。”

“美微阿姨的小孩是女生哟！小辰想不想知道她叫什么名字啊？”

“想啊。”

……

美微一路逗弄着小辰玩。

121

美微没有跟父母住在一起，住的地方靠近父母的屋子。当年大学毕业之后，没过多久，美微和尹浩屿就在当地举行了婚礼。后来尹浩屿念及美微想念家乡和父母的心情，在 2 年之后，特意把公司迁移至南澳，以方便美微与父母见面，美微为此感动不已。爱情就是这样，总要有人做出牺牲，这牺牲尹浩屿心甘情愿。

小辰和香曦见面之后，毫无意外很是合拍，嘻嘻哈哈地追逐玩闹着。

美微叫阿姨看管两个孩子，她则和白月菲去厨房，亲手准备晚餐。

用完餐之后，小辰和香曦继续玩闹，两个小不点玩得很疯，满屋子地追逐嬉戏。

美微则主动拉白月菲坐到沙发里，郑重商讨着对付江桐一事。

电视上播放着搞笑的综艺节目。

后来，小不点们玩得累了，渐渐安静下来，开始面露困倦之色，白月菲和美微也没商量出什么可行之策，便起身各自抱孩子进房冲洗。

小不点儿们很快睡着。

美微和白月菲重新回到客厅商量，结果直至深夜还是一无所获。

白月菲觉得这样熬夜商量下去也只会是徒劳无功，更不想美微疲累，便借口说困了要回房休息，美微迟疑片刻，才同意她回屋睡觉。

心慌慌的白月菲一夜辗转难眠……

明天早晨……会怎样呢……

翌日早晨。

江桐没有去公司，他目光幽深地站在别墅门口等着白月菲和小辰的到来，说不上那是一种怎样的等待心情。她是别的男人的女人，而且还为别人生了孩子，要说他不介意这些事情是不可能的，可是相比较于介意，他更想让她留在身边，可事实并不让他如愿。

派去接送的人很快回复他："Boss，夏晴小姐和孩子并不在家里，我们从夏晴小姐邻居口中得知，昨天傍晚时分，夏晴小姐拎着行李从家里出来……"

听完对方的汇报，江桐脸色暗沉地挂了电话。

她不愿来到他身边是吧？好！很好！她越不想留在他身边，他就越是要她留下。

江桐电话吩咐霍洋："立即找出夏晴的下落。"

待霍洋不情不愿地查得白月菲的去处时，已是中午时分。

一得到确切地址，江桐立即开车前往。

宽阔的道路上，阳光细细软软地洒下。

尹浩屿处于返家途中。

长途驾车导致尹浩屿有点犯困，为了安全起见，他特意放慢了车速。

在距离住所大概2公里的位置，尹浩屿听见一阵低沉的引擎咆哮声，紧接着，他的车子突然猛烈一震，然后他的身子就狠狠抵在了方向盘上，力道是从后方传来的，尹浩屿确定自己被追尾了，回头一看，果然如此，一辆黑色宾利抵在他的车尾上。尹浩屿无语地摇摇头，他车速那么慢，对方能追尾上来也是奇葩！

尹浩屿解开安全带，下车检查，还好，追尾的程度不算严重，此次车祸的责任很明显是在对方，只是迟迟不见对方出来调解，于是主动走到对方车前理论。

对方没有关窗，面对着对方的侧身，尹浩屿刚一张口，就直直愣住了，那侧面怎么如此熟悉？

那一撞导致江桐一阵眩晕，脑袋隐隐地疼起来，脑海中有零碎而模糊的片段掠过，却又看不清楚是什么。

不过几秒而已，尹浩屿便想起拥有那张侧面的少年，一阵惊愕之后，尹浩屿回神过来，激动一笑："没想到追尾的人竟然是你啊，江桐，好久不见。"

江桐侧过头，望向窗边笑着说话的人，诧异那个人竟然知道他的名字，不仅如此，那个人还一副跟他很熟悉的模样，可事实上他并不认识眼前的人，于是他淡淡地问："我们认识？"

尹浩屿压低身子，仔细看了江桐一眼，确定自己没有认错人，他伸手一拍江桐的肩膀："兄弟，你故意逗我玩？"

江桐推开落到他肩膀上的那只手："我并不认识你。"

尹浩屿惊诧，江桐的样子不像开玩笑……

尹浩屿凝神想了片刻，为什么江桐会不认识他？毕竟这追尾事故较轻，又绝对不至于伤到江桐的脑神经而导致立马失忆，那么只有一种可能，尹浩屿道出那个大胆猜想："江桐，你是不是很早之前便失忆了？"

江桐表情肯定地摇头否认："我从来没有失忆过。"

尹浩屿觉得事情蹊跷："如果不是失忆，你怎么可能不认识我呢？我们一起念过乔宇商学院一起打过篮球一起吃过饭！不信的话你可以打电话给白月菲问问看。"

江桐的脑神经猛地一抽，他一字一字念道："白、月、菲？"那个名字奇异地加重了大脑的疼痛，疼得江桐咬紧了牙关，呼吸开始变得不顺畅，身体更是忍不住发抖，而后，无数细碎的画面在大脑里横冲直撞。

眼见江桐表情痛苦，尹浩屿略微有些怀疑先前的判断是否错误。他问："难道是刚刚追尾的时候伤到头了？导致你一时间想不起我来？"

"我确定没有伤到任何地方。"江桐气若游丝，沉吟片刻，缓缓问道："白月菲是谁？"

尹浩屿被问得一头雾水:“到底发生了什么事？你先是不记得我，现在连你最爱的女人也不记得!”

江桐的声音陡然提高:“最爱的女人?”事情越讲越玄。

如此怪异状况，尹浩屿只觉得江桐被追尾事故撞到失忆是十有八九了，于是他急忙打开江桐的车门，要拉江桐下车:“不行，看来我得开车送你去医院检查检查，即使伤到你的可能性微乎其微！只有让医生确认你的情况后，我才能放下心来!”

江桐虚弱地摆手拒绝:“我没有伤到任何地方，不用去医院。”

当事人如此确定自身状况，尹浩屿想了一想，只好打消送江桐去医院的想法，只是他真的想不通江桐此刻的表现。

江桐喘了口气，低声问道:“你确定白月菲是我最爱的女人?”如果白月菲真是他最爱的女人，那么他怎么又会对夏晴动了情?

尹浩屿没想到江桐会有此一问，愣了一下，然后点头:“是的，她是你的初恋，也是你明媒正娶的妻子，你曾经为她做过很多傻事。”

江桐处于云里雾里的混沌状态:“你的意思是说我结过婚了?”不是一直单身吗?又为什么连自己结婚了都不知道?

满腹疑云的尹浩屿笃定道:“你和白月菲是在5年前结婚的。”

“5年前?”江桐细细思索，也就是他出车祸的那一年！江桐眼神飘忽，会不会是因为车祸而遗忘了一切？如若真是这样，姚医生和忠叔都会告诉他失忆的事情啊！可是他们从来没有在他面前提起过“失忆”二字，还有，既然他曾经与白月菲结过婚，为什么家里关于白月菲的印记一丝一毫都没有？更重要的是身为他妻子的白月菲又为何不在他身边?

尹浩屿见江桐半信半疑，于是掏出手机，从网络上搜索出那一场世纪大婚。

“你自己看看。”尹浩屿把手机递到江桐面前。

122

江桐动作迟缓地接过手机，盯着屏幕上的视频，那画面很唯美，鲜花点缀的教堂里，众人环绕的走廊上，夏晴身着纯白色的婚纱走向他……

不对！

江桐拧着眉暂停视频播放。

尹浩屿刚刚说过他的妻子是白月菲！所以画面上的新娘根本不是夏晴！可是夏晴和白月菲怎么会像到如此真假难辨的地步？江桐一时半刻无从破解，只得把这个问题暂置一边，胸中已是滚烫的江桐咬了咬牙根，沉重地吐了一口气之后继续观看视频。

那场世纪大婚通过影像清晰地展露于江桐眼前，只是他却还是想不起任何与之有关的记忆，但是他心知肚明所有离奇的一切都在表明一个事实：他的确是失忆了！

……

视频播放完毕时，江桐的胸口不受控制地起伏着，他努力稳了稳心神，之后把手机还给了尹浩屿。

滚烫的胸口被那些画面堵得慌，江桐因思绪浊重而甚感车里的氧气似乎越来越少，有些呼吸不过来的他起身下车，背倚着车门透气。

尹浩屿的眼光随着江桐而移动。默然望着江桐，尹浩屿继续梳理思路，刚刚江桐的表现足以说明他确是失忆了，而且是在许久以前……

江桐看着自己斜嵌在阳光里的阴影喃喃道："这5年来我一直以为我是单身。"江桐的声音沮丧而不自知，"结果没想到我竟然结了婚，你们所有的人都知道我结了婚，唯独我这个当事人不知道，真是滑稽"。

原来如此！正在寻思破解疑点的尹浩屿因江桐的话语立马茅塞顿开，分析道："这么看来，你不知道自己结婚这事情一定有人操纵！"尹浩屿也由此发现那晚在医院门口的白月菲说了谎！她早就没有跟江桐在一起……

"我也是这么认为。"江桐目光沉郁地抬头，"我一定会调查清楚事情的来龙去脉！不过，现在我想让你和我一同去见一个跟白月菲长得一模一样的女人。"江桐终于理解了他之所以见到夏晴会有破天荒举动的缘由，皆是因为她太像他的妻子——白月菲，所以由此可见，白月菲对于他而言是多么的重要！即使失忆，即使他不记得白月菲，他却还是痴恋着她那清丽容颜……

尹浩屿又一惊，很想跟着去看看，可美微还等着他回家吃午饭呢！他坦诚道："实不相瞒，我老婆说家里来了一位重要客人，她们正等着我回去吃午饭，这样吧，你告诉我地址，我晚点过去找你如何？”

江桐也不知为何，就想尹浩屿跟着一起去，他说：“不会花费你太多时间，就在前方，只有2公里的路程。”

“这么巧！前方2公里正好是我家一带！正好顺路过去！”

“我在前方带路。”

“OK。”

令尹浩屿万万没想到的是江桐把车子停在了他家门口，尹浩屿惊诧万分，愣愣地看着江桐下车朝着他家门口走去。

江桐走了两步便顿住，目色沉沉地望着门板。

尹浩屿狐疑地紧跟上去：“你要去的地方就是这里？”

江桐点头：“对，我想让你见见夏晴，那个让我心动的女人，她此刻就在这屋子里。”

夏晴是江桐心动的女人？尹浩屿吓了一跳，不过并未多言，只是问道：“你确定是这家？”

“对。”

“这是我家！”

“啊？”两人异口同声，心里同时狠狠咯噔一下，相互不可置信地看着对方。

尹浩屿脸部肌肉一跳，立即澄清道：“我可不认识夏晴！”已经断定夏晴就是美微口中那位神秘的客人，尹浩屿因此困惑又担心，困惑美微什么时候认识夏晴的，担心如果江桐真的爱上了那个女人，那么白月菲要怎么办才好，美微又会怎么做呢。

江桐也诧异夏晴居然认识尹浩屿的老婆！夏晴怎会与白月菲的圈子有着千丝万缕的联系？

尹浩屿上前一步，按了房门密码。

那道紧闭的门终于被打开。

客厅沙发上，美微正好讲述完毕当初如何拿下尹浩屿的壮举。

听众白月菲揶揄她：“美微你脸皮真厚，尹浩屿拒绝你那么多次，你还死缠烂打！”

其实昨晚美微根本没怎么睡，苦思了一个晚上计策，早上天还没亮，她就拉着白月菲商量采用哪一个计策比较合适。

白月菲一听美微的计策，各种漏洞，实在不适宜采用。

美微又临时琢磨了一些策略，白月菲还是摇了摇头。

计策未定，已是早餐时间，用完餐之后，两个孩子自己玩儿，美微又凑到白月菲面前各种出谋划策，只是那些点子经过白月菲稍一分析便呈现出明显的弊端，美微也因帮不上白月菲而更加郁闷！

白月菲因已处在江桐定下的时间段上而心慌难安，只是强忍着没表现出来罢了，不仅如此，还安慰美微："你看啊，虽然我们想不到办法，可是庆幸的是江桐直到现在也没出现在这里呀……说不定他找到这里已经是几天之后呢。"

美微一听，心中得到安慰，只是深感有心而力不足的无奈，失落的情绪更加深了。

白月菲心知美微为她的事情殚精竭虑，不忍美微再因她的事情而难过，各种安慰，只是还是没能把美微低落的情绪调整过来，所以，一起做好早餐之后，白月菲便岔开话题，主动询问美微怎么拿下尹浩屿的。话题正中美微下怀，美微对此侃侃而谈。

"白月菲，"主角美微娇嗔道，"我那不是脸皮厚好吧？我那叫作持之以恒。"

就是这么巧合，美微的话语正好被走到客厅进口拐角处的尹浩屿和江桐听到，二人不约而同地顿住脚步。

尹浩屿迷惑，种种迹象表明，美微应该称呼那个女人"夏晴"才对！怎么会叫白月菲呢？莫非……

江桐同样迷惑，霍洋调查的地址绝对不会错，现在身在此处的女人就是夏晴，可是她身旁的人怎么会叫她"白月菲"呢？难道……

两道迷惑的目光在急速的推理中清晰。

所以唯一可以解释的是夏晴和白月菲是同一人！江桐和尹浩屿快速得出这个结论，这个结论让他们身子一震！面面相觑，心知对方已然发现那个结论！

是该面对了！江桐目露寒光地收回视线，步子急乱地走过拐角。

尹浩屿快步跟上去。

原本聊得正欢的美微和白月菲双双石化，愣愣地望着江桐和尹浩屿！

江桐神色阴寒地走到白月菲面前，冷声质问道："你不是叫夏晴吗？"如果真的如同尹浩屿所讲她和他曾经是很恩爱的一对，那么她为什么会从他身边消失？她又为什么在和他意外重逢后刻意隐藏真实身份？

"我……"白月菲被那道愠怒的目光震慑住，嗫嚅半天，也没能再说出一个字来，何况她也不知从何说起！

"她叫什么都跟你无关！"美微语气很冲，也不知哪来的胆量如此态度跟江桐说话，反正她现在看到江桐就是火大！谁叫他强暴白月菲的……

尹浩屿急速上前到美微面前，欲拉她回房："美微，这事你不要插手，让他们自己解决。"

美微不满地甩开尹浩屿的手："叫他出去，这里不欢迎……"

"爸爸。"小辰这一清脆的喊声打断了大人们的进一步举动。

众人纷纷望向二楼。

小辰蹲在二楼的楼梯隔栏上，香曦抱着一只玩具加菲猫蹲在他旁边。

江桐冷凌的眼神一转，目光温和地盯着小辰看了 3 秒，然后招手："小辰你下来。"

小辰乐呵呵地点头，起身跑下楼，香曦跟在他后面。

江桐与小辰的互动让尹浩屿、美微、白月菲发晕：小辰怎么认识江桐？而且还叫江桐爸爸？

小辰扑到江桐面前，抱着他的一条腿，仰着小脸问："爸爸，你是来看小辰的吗？"

"对啊。"江桐蹲下身子，手撑着小辰稚嫩的肩膀，故意询问道："小辰，告诉爸爸你怎么会在这里？"难怪他对小辰有一种特别亲近的感觉，难怪小辰姓江，难怪小辰跟他长得如此相像，唯一可以解释的是血脉相连，亲情始终是割舍不断的，无论白月菲将小辰隐藏得多么天衣无缝，小辰还是在老天的安排下与他相见在彩虹幼儿园！

123

“妈妈带我来玩的。”小辰走到白月菲面前，拉着她的手，天真地问道：“妈妈，爸爸这次回来以后，还要去外太空打坏人吗？”

就在白月菲思考怎么回答的瞬间，江桐已经先她一步回应：“外太空的坏人已经被爸爸打光了，爸爸不会再离开小辰，爸爸会一直待在小辰身边。”

小辰高兴地跳起来拍手：“太好了，太好了。”

其乐融融的父子相处画面使得白月菲深感危机，强烈觉得江桐此行目的不简单，竟错误地以为江桐是冲着小辰来的。不过，她就算是再担心小辰也不会冲动到当着儿子的面谈论大人之事。

白月菲强装镇定地蹲下身子，对儿子轻言细语道：“小辰乖，你先和香曦去吃饭，好吗？”

美微再清楚不过白月菲的用意，赶紧走过去，拉过小辰，带着香曦，连哄带骗地将两个小不点引到餐厅，尹浩屿也适时地跟过去。

客厅的气氛骤然变冷。

江桐脸色一沉，目光浓烈，怒火中烧地盯着白月菲，这个女人是不是把他的话当耳边风了？他既然说过要她去他身边，她就休想逃出他的手掌！

先前小辰的那声“爸爸”让白月菲惊疑，虽然她不知个中具体情况，但此事显而易见，江桐早已接触过小辰……所以小辰一见到他便叫他爸爸……想到这里，白月菲的神情变得躁动不安，江桐竟能如此快地挖掘出小辰的真实身份，无权无势无钱的她怎能抵挡过这么一个神通广大的财阀？信心已经所剩无几的白月菲无法再冷静思考，她抬眼直视江桐，直接问出心中困惑：“小辰为什么会叫你爸爸？”

江桐语调缓慢却凌厉：“你说呢？”意外得知夏晴的真实身份后，他就已经断定小辰是他的孩子，毕竟小辰跟他相像到几乎一个模子刻出来，再加上小辰的妈妈是他曾经明媒正娶的妻子，而且小辰还姓江，加上小辰的年岁也符合，这些都足以表明小辰就是他江桐的儿子！根本不必再用DNA去验证小辰的身份！只是白月菲这般不愿待在他身旁，为何又会生下他的儿子？为何又让小辰跟随他的姓氏？太多为何太多疑点，情丝纠缠的江桐无法如同商场上一般冷静，此刻深陷情劫中的他已经思考不过来了，竟已是神思疲惫，只是心中却仍然燃烧着一团熊熊烈火。

白月菲被反问到语塞，继续那个问题只会自找麻烦，于是她选择跳过，示软道：“江桐，过去都过去了，请你放过我和小辰。”

“小辰是我儿子，我自然会好好待他。”江桐的语气出奇的温和，稍顿片刻之后，他的声音又再度变得冰寒，几乎是一字一字从齿间挤出：“但是你——白月菲，我不可能放过。”他还有很多账要跟她一一清算，比如：她为什么会从他的妻子变成李陌的地下情人？在他们相遇之后她为什么不让他知道小辰的存在……

白月菲听得身子一颤，他的言下之意不就是他只会带小辰回到江氏别墅吗？不，不能这样！她不要跟小辰分开，她喊道：“你不可以把小辰从我身边带走。”无论他怎么对待她折磨她，她都可以忍受，唯独不能忍受他把小辰带离她身旁。

江桐声线冷漠如冰：“小辰是我儿子，我带走他天经地义。”

当初可是你不要小辰的，现在怎么好意思说小辰是你儿子？白月菲鄙视地瞪着江桐，激动的言语混合着怒气：“小辰是我生的，是我养大的，你不能带走他。”

江桐冷笑一声，压制住胸口的怒火，语气有所缓和：“告诉我，过去到底发生了什么而让我和你走到如今这地步？或许我可以考虑让你待在小辰身边。”就算白月菲不说，他也会调查清楚那些往事，只是漫漫时光，前尘往事早已被时间覆盖，调查必然要花费不少时间，而他不想等，心急的他恨不得 1 分钟之内知道所有他与白月菲相关的旧事。

白月菲失笑道：“你不是已经知道了吗？又何必让我再讲一次？再讲也改变不了过去发生的一切。”

江桐也不掩饰：“我失忆了，和你的过去也是听尹浩屿所言……现在，我就想听听在你口中我们的过去是怎样的。”言及此处，江桐还算平缓的声音陡然变冷，他厉色警告道：“你最好实话实说，因为我会去一一验证你所言，如果被我发现你在撒谎，带走小辰我势在必行，不再有任何商量的余地。”

此刻的白月菲心存一丝侥幸，既然江桐不记得那些往事，那么就当他们之间没有那些不愉快！就当她没有去过江桐的世界！就当那些幸福与伤痛已是过眼云烟……

“既然已经忘记，”白月菲的语气低沉却坚定，“又何必想起！”

那段他想要找回的与她有关的记忆她竟然一点也不在意！江桐因此胸口酸涩，眸色深邃地凝视着白月菲，既然她让他如此难受，他也不会让她好过。

他开始报复之路：“好，非常好，不说是吧？那么白月菲，你记住，从今天开始，小辰会跟我住在一起。”

白月菲语气强硬：“凭什么？我不同意。”他无非是利用儿子报复她，真够卑劣！

江桐不屑一顾地凑近白月菲，压低身子在她耳旁轻言细语：“你的同意无关紧要，如果你想闹到法庭，我自然奉陪到底，不过，你胜算的概率只能为零。我奉劝你一句，你若是为小辰好，不想他爸妈争夺抚养权人尽皆知的话，最好打消采取法律手段这个念头。”

虽然江桐的语气温柔，可是那气场却是咄咄逼人，逼得白月菲肩膀不禁一垮，立马乱了阵脚，她慌乱道：“江桐，你不要太过分。”

不要太过分？呵！江桐嗤笑一声，究竟是谁对谁过分？

下一秒，江桐的目光已经变得阴鸷，粗鲁地把白月菲抵在沙发旁的柱子上，狠力抓着她的手腕一字一句道："我再过分也不比你，带着我的孩子甘愿做别人的情人，你不觉得羞耻吗？"

白月菲听得一颗心骤然抽痛，一边试图挣脱被江桐钳制住的右手，一边气恼道："你胡说什么？"

"我胡说？"江桐冷冷笑道："我记得我问过你是否单身吧？当时你是怎么回答的？"

"我……"白月菲当然记得当时说了什么，那时不过是为了避免再与江桐纠缠到一起才对他撒了谎，没想到现在反倒让江桐因此有了把柄可抓！

"无话可说了？"江桐声音干哑，狠力甩掉白月菲的右手，不齿道："白月菲，我真是诧异5年前我怎么会娶你这样的女人！"

"爸爸妈妈，你们怎么还不过来吃饭啊？"餐桌上的小辰大声喊道。这是尹浩屿引导的结果，刚刚他成功说服美微让小辰如此，美微觉得尹浩屿说得对，白月菲和江桐一时半会也谈不出什么结果，还不如先一起吃饭，饭菜放久了就不好吃了……

"小辰乖，我们马上就来。"白月菲语调柔和地回应道。虽然江桐的话语狠狠刺痛她，可她却不想反驳什么，深吸一口气，她低言道："小辰是无辜的，我不想让他知道我们的事情，更不想当着他的面谈论什么……所以过去的时候希望你配合一下。"

"不用你说，我自然知道怎么做。"江桐"善解人意"地一把搂过白月菲，带着她朝餐厅而去。

"你干什么？"被迫而动的白月菲抵触着江桐亲密的行为，在他怀里扭动挣扎着身子。

"你不是要配合吗？"江桐侧压脑袋到白月菲耳畔，边走边动之以情："小辰若是看见我们恩爱地走过去，他一定会很开心。"原本不痛快的某人的心中也因这般光明正大地搂着让他心弦所系之人而舒坦了几分！

只是白月菲口中的"配合"并非如此啊！她的言下之意是希望江桐不要在小辰面前与她针锋相对，没想到被江桐这般误会了！不过有一句话江桐倒是说对了，小辰一再盼着念着爸爸妈妈一起同框的画面，所以白月菲觉得江桐的误会从某种程度上而言也算是一件好事，毕竟可以满足小辰的愿望，让小辰开心，所以白月菲也不再辩驳反抗，任由江桐亲密地搂着去餐厅。

"爸爸妈妈你们刚才在做什么？"小辰手持着汤勺问。

美微和尹浩屿打量着眼前搂抱在一起的两个人，他们明显貌合神离，一看便知那只不过是做戏给小辰看罢了！

江桐把白月菲安置在座位上，坐到她旁边，笑着看向儿子："我们刚刚在商量下个礼拜带小辰去游乐园玩。"

“太好了！”小辰因此而雀跃，歪着脑袋看了香曦一眼，期盼地转向江桐：“可以带上香曦吗？”

在江桐正准备回应小辰之时，香曦已经眼巴巴地瞅着向来溺爱她的尹浩屿：“爸爸，香曦可以跟小辰一起去吗？”

暂停回应的江桐和尹浩屿相视一笑，然后异口同声地对各自的天使宝贝说道：“可以啊！”

两个小朋友听闻，高兴地抱在一起。

白月菲和美微相互看了看，还以为江桐和尹浩屿是为哄小朋友而随口一说呢，都没当回事！

124

两个小朋友在大人的发话下，继续吃饭，小家伙们吃得津津有味，不用大人们操心。反倒是四个成年人，分明都饿了，却都吃得心不在焉。

午餐在看似温情四溢却实则古怪的气氛里结束。

美微以碗筷太多为由，冠冕堂皇地拉上白月菲清洗，实际另有用意，她迫不及待地要知道江桐跟白月菲独处时的谈话内容。

古色古香的客厅里。

看管两个孩子的责任自然落到尹浩屿和江桐身上，二人坐在沙发里，两个小孩子在一旁嬉戏，他们享受着这陪伴孩子的惬意时光。

在孩子的玩闹声中，江桐那双带着笑意的眼眸渐渐深邃，他看向尹浩屿，声音低哑地询问："可以详细讲讲你所知道的关于我和白月菲的曾经？"

"当然可以……"

厨房。

清洗台前。

听完白月菲的讲述，美微很是生气，愤愤不平地扔下手里的盘子："他说带走小辰就带走啊？凭什么啊？他尽过作为一个父亲的责任吗？他只不过是贡献了一颗精子而已。"

白月菲清洗筷子的动作转缓，无力道："可是有什么办法呢？我根本没有能力和他对抗！这已经够糟糕了，现在雪上加霜的是局面居然大改，我想即便是忠叔出马，恐怕也不一定能保小辰留在我身边。"他是王者一般的存在，而她却是一个平凡的女人，身份地位的差距导致她无论是在金钱和权势上都不如他，白月菲清楚她根本不是江桐的对手，和江桐较量，他只需要稍稍一动手，便可以轻易把她逼到绝境，使她走投无路……

美微了解江桐的底细，深知高高在上的江桐是很难对付的，正因为如此，她更不能长了敌人威风而灭了白月菲的气势！

有心的美微给白月菲加油打气道："虽然你跟江桐过招得胜的概率不大，可至少还有机会得胜啊！何况现在是法治社会，我们可以走法律程序。"最后一句话让美微眼睛一亮，她的初衷是要增长白月菲对付江桐的气势，却意外说到了重点上，美微兴奋道："对，我们就用法律制衡他，在法律之下，看他如何狂妄嚣张！"

白月菲苦笑，早在江桐第一时间提出要带走小辰之时她便想到了打官司这个途径，只是她不得不承认江桐说得很对，打官司这个想法是不可取的……神思疲惫的白月菲叹了口气，把心中的顾虑说与美微听。

美微同样是孩子的母亲，深刻理解白月菲的顾虑，白月菲做不到亲手置孩子于负面新闻中，其实这只不过是身为一个母亲应该做的选择，美微想了想，建议道："不然问问李陌怎么办吧？"

白月菲摇头："我不想让他为我的事情烦心。"

美微有些无语了："你这也不想，那也不想，那你到底想干什么？"

"我只要小辰留在我身边。"

"你只是想，并未采取有效措施。"

"你也知道江桐太强大，我不能莽撞行事……"

"……"

美微最终无言以对，是，她是一心想要帮助白月菲脱离僵局，奈何无计可施。

厨房已经收拾好，白月菲和美微取下围裙，即使都不愿面对江桐，可总不能一直躲着他吧？两个孩子太久不见她们也会闹腾的，所以白月菲和美微相互看了一眼，彼此立马心领神会对方的意思。

快走到客厅时，白月菲和美微远远看见两个大男人在地上爬，两个小家伙伏在他们的背上，玩得不亦乐乎。

和乐的画面使得白月菲不禁顿住脚步，美微见白月菲停下来，也停下了脚步，安静地陪在白月菲身旁。

白月菲凝望着那一对父子，小辰的脸上洋溢着幸福，江桐也笑得温暖！那欢乐玩耍的画面让愁颜的白月菲不禁流露出了笑容，这时，江桐刚好转身过来，视线无意触到白月菲淡淡的笑容，江桐恍然顿住爬行的动作，怔望着白月菲的脸。这一刻，江桐很想很想记起曾经，很想很想看看曾经他和白月菲在一起的画面，可是那些有关白月菲的除了从尹浩屿口中听说和观看那段婚礼视频所得之外，他的记忆里没有半点关于白月菲的影像存在……

她，于他而言，一片空白……

白月菲察觉到江桐的目光，身子一紧，瞳孔微动，把江桐从视线中剔除，只留下小辰。

他会真的疼爱小辰？

她才不相信他所表现出来的父爱！

白月菲自以为是地污蔑着江桐的真情流露！不过让她觉得宽慰的是江桐的虚情假意的确让小辰很快乐，儿子开心就好！所以，白月菲也没那么厌恶江桐的逢场作戏了！

江桐依旧盯着白月菲看，眼神流离而缱绻。

香曦晃眼看见美微，摇着肉乎乎的胳膊喊道："妈妈。"香曦玩得有些累了，打着哈欠撒娇道:“我想睡觉。”她身下的尹浩屿听闻,收住爬动的身子,放香曦到地上。

美微走过去:“好,妈妈带你回房。”

没有香曦做伴,小辰对游戏失了兴致,撇撇嘴,抬头看到还站在原地的白月菲,冲着她叫道:“妈妈,小辰也要睡午觉。”江桐一听,这才收回视线,小心翼翼地把小辰从后背上移下。

白月菲深吸一口气,笑着走过去抱起小辰去客房,全程不与江桐视线接触。

江桐的眼光在白月菲清瘦的背影上流转。她总能让他这般无法自拔。

两个女人一前一后抱孩子进入两间相邻的屋子。

小辰很快睡着。

香曦睡得并不踏实,美微见状不放心离开,便守着香曦,等着女儿进入安然睡眠状态。

至于客房里的白月菲,她正神情凝重地看着熟睡中的儿子,她可不要就这么被困于江桐的死局之中,好歹也得想办法试着反抗,万一扭转局面了呢……

白月菲苦思冥想着要怎么样才能让小辰不被江桐带走。

细微地推门声音虽然小,却在那静谧的客房中显得尤为突兀,白月菲寻声侧头一看,江桐正表情阴冷地朝她走来,白月菲迷惑,他跟来做什么?虽然白月菲不知江桐此行目的,但心知有小辰在身旁,江桐也不会与她争执或是冲突,所以她只是静静地看着江桐走近。

停步床前,江桐视线一扫,抓过白月菲搁在枕边的手机。

在白月菲复杂的目光中,江桐在手机上输入了一串电话号码,按下拨打键,电话一接通便挂断,扔下电话,江桐意味深长地看了白月菲一眼之后转身出门。

门刚关上,那部在小辰入睡时已调为静音的手机便震动起来,白月菲隐隐知道是谁的来电,沉吟片刻,按了接听。

“晚上我会过来接小辰回家。”江桐提前知会白月菲,意在让她有所心理准备,江桐这般善意行为多少还是念及了白月菲的感受!事实上,他无法做到真的狠下心去折磨白月菲的,只是他以为他可以。事实上,他小心翼翼地拿捏着折磨她的分寸!

“江桐,我……”白月菲话还没说完,对方已经挂断,再打过去,竟然关机。心头一沉,白月菲感到惶恐和苦恼,毕竟江桐说到做到,他今晚势必会带走小辰,她应该怎么应对呢?

苦无良策应对的白月菲越想越心慌……

黑色宾利急行在宽阔大道上。江桐这是要去公司主持已经定好的季度会议。

驾驶座上,江桐神情冷漠地扶着方向盘,先前一上车,他便把电话开机,吩咐人调查5年前的车祸以及他与白月菲的过去,这一次之所以没有吩咐霍洋去操作,是因为之前叫霍洋调查过夏晴,想必霍洋那时便知夏晴的真实身份,却从头到尾对他只字不提,叫他怎能不怀疑霍洋的居心。

会议期间，江桐无法集中注意力，总是频频看手机。

“……总裁，所以这个季度我们设计部应该适当增加预算。”一高层发表完意见，等待高高在上的江桐回复。

江桐已然处于走神状态，眼睛正盯着眼前那部静躺在会议桌上的手机。

严重分心的江桐让集团高管们面面相觑。

位于江桐左下方的总经理干咳几声，意在提醒江桐，江桐这才回过神来，看向设计部的项目经理：“你刚刚说什么？”

高管们无不惊讶，向来严谨的总裁怎会如此松散？

设计部的项目经理只得再次论述一次意见。

江桐第一次深感会议的漫长，在混混沌沌中挨到会议结束。

参加会议的高管一个一个散去，宽敞的办公室只剩下江桐和霍洋。

江桐没有要离开的意向，翻来覆去地把弄着手机。

霍洋合上手里的文件，提醒道：“Boss，我们应该进行下一个行程了。”

江桐吐出两个字：“取消。”

125

霍洋觉得不妥，对方公司虽然远不及江氏集团，但好歹在国内也是首屈一指，双方若是合作成功，定能为江氏集团锦上添花，于是顾全大局的霍洋试图说服爽约的江桐："Boss，对方约好今天……"

江桐不愿听，打断霍洋的话语，斩钉截铁道："我说取消。"

霍洋适时打住，不再多言。

"霍洋，"江桐突然叫他的名字，盯着他看了3秒之后，眼眸森森道，"你有没有事情瞒着我？"

霍洋心中暗惊，后背渗出一层冷汗，视线也因为心虚而有些漂浮，霍洋迅速意识到此刻糟糕的表现，他竭力镇定，一再提醒自己不要露出马脚！以免因此而败露父亲苦心隐藏的一切。

不过刹那间，霍洋已调整好状态，他平静地否认道："没有。"

"没有最好。"江桐面无表情道，事实上，他不相信霍洋的话，他知道霍洋在撒谎，更心知肚明有人在幕后操纵他与白月菲之事，但尚不能确定操纵人是谁，不过心中已有怀疑对象，他需要时间去核实到底是不是那个人！所以此刻才不去揭穿霍洋，避免打草惊蛇。

霍洋见江桐的表情恢复如常，以为顺利过关，高悬的心这才松懈，动了动嘴唇，欲言又止，犹豫片刻，霍洋终于道出切身所感："Boss，你今天有些异常。"

"或许。"江桐回答的模棱两可，揉揉眉心，话锋一转："现在你去跟进梁氏的并购案。"那案子够霍洋忙好些天的。

"好。"霍洋领命退出会议室，完全没意识到江桐这是有意支开他，不让他近期长时间待于身旁。

这时，手机响起，江桐急切地伸手抓过。

私家侦探先是简单口述一番白月菲与江桐的过去，再把相关资料传到了江桐的邮箱里。

挂断电话，江桐手指颤抖地点开邮件。

前尘往事渐渐展现出清晰脉络。

江桐的心在酸涩与沉痛中煎熬，他与白月菲相爱或许是天意，抑或是命运……他们相遇之后总是不断牵扯与纠缠，好在最终还是克服了种种磨难，携手走进了婚姻殿堂……却不料那段得来不易的婚姻在5年前戛然而止，其原因私家侦探也无从查起，偏偏那又是江桐最想探究的部分，他一定要知晓白月菲那时离他而去的缘由，更要弄清楚白月菲在离开他以后生下小辰的意图！可惜这两个答案都无法通过调查得出，事已至此，只得让当事人白月菲揭晓答案。江桐心知这个行径不通，不管他用什么手段，白月菲是一定不会回答的，其实江桐这一点判断错了，假若果真到了那一步，白月菲选择不回答他是因为还没有到非要回答的地步，而造成此结果的缘由便是江桐尚做不到如同商场上那般手段狠辣地对付白月菲和她身边亲近的人……

只要江桐不无所不用其极地对白月菲绝情使狠招，白月菲就绝对不会回答他真实答案。

这一刻的江桐迷惘了，呆呆地望着屏幕，一双眼睛充斥着雾气。

思忖许久。

江桐眼中的雾气缓缓散去，眼神变得清明了一些，收回视线，望向窗外，决定暂时把白月菲之事放一放，转而调查忠叔为何会联手医生隐瞒他失忆之事。在这件事情上，江桐还发现端倪，霍洋与陈依琳似乎都与此事有牵扯！这个新发现让江桐心中五味陈杂，他面色沉重地起身去提车。

一路急行至江氏别墅门口，江桐一进到大门，就边走边吩咐仆人通知忠叔去二楼书房见他。

收到消息之时忠叔隐隐觉得不安，毕竟这个时间点江桐回到家里实属罕见，又点名见他，这般异常的情况使得忠叔惶恐。事实上，忠叔是知晓江桐去美微家见白月菲一事的，之所以不阻止，是因为一来霍洋告诉他江桐是去见夏晴的，他吃定美微和白月菲是同一阵营！白月菲既然选择在这个时候躲到美微家，就足以说明与美微一家的交情深厚。不管美微一家是否知晓白月菲对外用的是夏晴这个假身份，美微一家绝对不会背离白月菲的心意而向江桐暴露夏晴这个假身份，更不会为江桐提供机会让其得以改善和白月菲的关系。再来他也阻止不了江桐，不过这只是一时，要不了多久，他就不是单单阻止了，而是彻底断掉江桐对白月菲的眷恋之情！

可惜忠叔不知的是美微的丈夫尹浩屿曾经和江桐兄弟相称，也正因为尹浩屿，江桐才得以发现他失忆一事以及和白月菲的过往……

“少爷，你找我所为何事?”忠叔神情平静如常地走到书桌前。

江桐眼皮一挑，默然盯着忠叔看了几秒，然后不紧不慢地问道：“为什么要隐瞒我失忆之事?”语气虽淡，却带着压迫感。

忠叔心底陡然一震，既然少爷有此一问，想必已是查实过了，不过忠叔并没有因这一问而方寸大乱，情急之下，竟然还能找得一个合情的理由：“我担心少爷会因失忆之事而自暴自弃，所以才联合医生隐瞒你的病情!”他的“关爱之情”应该能骗过他精明的少爷！毕竟“情”是他少爷最大的弱点……

江桐听得窝火，就因为如此理由而残忍地抹杀了他与白月菲的过往？江桐极其恼怒忠叔的行为，却还是忍住了发飙的冲动——毕竟忠叔这么做也是为他好！

脾气被硬生生地压下去，江桐的声音平静了一些："为什么家里没有一点白月菲存在过的痕迹？"

忠叔实话实说："当时少爷因为白月菲出了车祸，最后导致失忆，我不想让她再刺激到你，所以擅自清理了所有与她有关的东西。"

"你……"江桐气得肺都快炸了！忠叔是吃了熊心豹子胆吗？竟敢如此插手他的感情之事！江桐的手指怒然成拳，狂火中的他却还是一忍再忍，重重地呼出一口气，缓缓松开拳头，冷言道："还原所有与白月菲有关的东西。"父亲的恩人只是一心为他好而已，叫他如何下得了手？

"少爷，你这又是何苦呢？"

"你只需按照我说的做。"

"好的，少爷。"忠叔不情不愿地应声道，当初他是想扔掉所有与白月菲有关的东西来着，可又觉得做得太决绝，毕竟那是白月菲留给少爷的最后记忆！忠叔于心不忍，最终改变主意，将白月菲的东西改存于地下储物室。

江桐低头看手表，不知不觉已经5点，是时候去接小辰吃晚饭了！

忠叔看江桐走出书房之后，立马致电霍洋："少爷已经知晓了白月菲的存在，你不必再插手白月菲之事，如果有需要你出手的地方，我自然会通知你……"霍洋若是再插手，江桐一定会将儿子调离身旁的，忠叔可不想如此，儿子虽然暂时不能在白月菲一事上助力，但是他想儿子继续照顾辅助江桐！

门铃声响起。

忧心忡忡的白月菲循声看过去，像是在对身旁的美微说又像是在自言自语："他来了。"

美微双手叉腰道："那就让他在门外待着，我就不信他还能撬了我的门不成！"

白月菲抿了抿唇，面如土灰地要去开门。

美微一把拉住白月菲的胳膊："你想清楚了？一旦开门，他必定带走你和小辰。"

白月菲顿住，望着门板，语音轻颤："美微，你我都清楚，今天不管开门与否，江桐都会进来……何况先前小辰午睡醒来时到处找江桐，他见不到江桐，一改平日的乖顺各种哭闹，不得已之下，我告诉小辰天黑之前他爸爸一定回来见他……我又怎么能让小辰失望？"

美微摇头，收回拽住白月菲胳膊的手，终于还是说破："其实你有办法对抗江桐，李陌是你的王牌，可你却不愿意用。"

白月菲沉默，若是李陌插手此事，只会让事情变得更加错综复杂，毕竟都是王者一般的人物，可想而知王者与王者的对抗，两败俱伤的概率最大……白月菲可不想一手造成那样的不好局面，所以即使如此困境，也还是不愿去动用那张王牌……

126

美微读懂了白月菲的沉默，长长地叹息一声，不再多言，静默于原地。

白月菲脚步僵硬地朝着门口而去。

该来的终于还是来了！

白月菲面色沉重地停在门前，身侧的手指颤了颤，深深地吸了一口气，像是用尽了所有的力气才能抬起那双手。下一秒，干脆利落地一把拉开了房门。

暮色中，江桐被昏茫的光线笼罩，白月菲低眼避开那些苍茫的光，神色局促地看着地面，江桐漠然地瞥了她一眼，然后举步掠过她。

白月菲恍惚地跟上，始终与江桐保持一米开外的距离，如此，白月菲又怎能看到江桐双眸里暗藏的丝丝浓烈？也就更不知道江桐的心正在为她煎熬不堪。

其实，江桐越是对白月菲冷淡，他的心就愈加的痛，他是不想陷进如此痛苦的境地的，却又总在面对白月菲的时候不能自控，就这么把他自己置于痛苦的深渊中，在折磨白月菲的同时，同样也折磨了他自己……

走到客厅，没有发现小辰，江桐顿住脚步，知道她停在身后，语气冷冷淡淡："小辰呢？"

白月菲的身子骤然收紧，盯着江桐淡漠的后背，语气疏离又防备："在楼上玩。"说到小辰，午睡醒来之后便吵闹着要找爸爸，小辰就连生病也没有那么闹腾过，白月菲着实费了好大一番功夫才哄好小辰。之后，白月菲特意套过小辰的话，小辰毕竟是小孩子，智商再高也无法匹敌大人。于是白月菲轻易从小辰口中得知他叫江桐爸爸的原因，若不是小辰说起，白月菲真不知道小辰见过那张照片——其实就是前段时间她从网络上影印的一张婚礼照。

那段时间，小辰总是吵着闹着要看爸爸的照片，白月菲只得扯各种理由哄骗，小辰算是渐渐消停，白月菲却无法恢复平静，也不知哪根筋搭错，鬼使神差地就是想看那时的婚礼照……

只是屋子里从头至尾就没有江桐存在的一丝迹象……

然后白月菲打开电脑，去网络上搜索着那久违的画面……

一张一张地朝下翻，婚礼的细节就此一幕一幕涌到白月菲眼前，似远似近的画面反复纠缠着那颗跳动的心……

白月菲的食指一点，照片更换，是她和江桐亲吻的画面，心间陡然一震，像中了邪似的，白月菲的举止更加异常，她将亲吻图片影印。

手持还隐隐透着温热的照片，白月菲轻触江桐眼带笑意的侧脸，可是那张侧脸没有温度，白月菲指尖一抖，捏紧照片，慌忙拉开书桌的抽屉，猛地将照片扔进去，转身逃离到洗手间，旋开水龙头，透明的水柱泻出，白月菲捧起双手，用冷水浇着脸，试图以此冷静……

当白月菲从洗手间出去之时，跑去幼儿园接小辰的李陌已经回来。

白月菲见二人在客厅里玩闹，对李陌道："我去准备晚餐。"

李陌点头，继续逗弄着小辰玩！

神思不定的白月菲全然忘记照片一事，更不知她在厨房里忙碌之时，小辰和李陌已经在她的书房里转悠蹦跶了一圈。

晚饭吃到一半，白头菲猛然记起照片一事，火急火燎地丢下碗筷，冲到书房一看，只见照片原封不动地躺在被拉开的抽屉里。悬紧的心瞬间松懈，白月菲赶紧收起照片，还以为小辰和李陌都没有看见照片，却不知饭桌上的李陌正对小辰以手抵唇："小辰答应过叔叔，照片是我们之间的秘密，不可以告诉任何人，不然小辰永远见不到爸爸！"小辰乖乖地点头。

……

江桐目光幽深地提步上楼。

白月菲呆望着江桐移动的背影，心底阵阵怅然，没想到曾经相爱的他们此刻却这般相互冷言以对，这，多么讽刺……

此刻，呆住的白月菲深刻觉得那些与江桐有关的幸福的时光就像是虚幻，从未存在过一样……

这时，美微从洗手间出来，停在门口，静观白月菲的一举一动。

二楼。

色调鲜明活泼的儿童房间，房门是敞开的，愉悦的玩闹声从里面传出来，表情阴郁的江桐因儿子的咯咯笑声面色瞬间温和，就连进门的步伐也轻松起来。

尹浩屿无意地一瞥眼，看见进到屋内的江桐，感慨地一笑："你看，两个小家伙玩得多开心！"

正在嬉笑追逐的小辰眼尖地发现了江桐。

"爸爸！"小辰欣喜地喊道，高高兴兴地奔到江桐面前，"爸爸，你去哪里了啊？"

"爸爸有些工作没忙完，回公司处理去了。"江桐蹲下身子，温和的笑容浮现在棱角分明的脸颊上。

"爸爸和李叔叔都喜欢去公司，小辰想你们的时候，你们都在公司，"小辰嘟囔着嘴巴，"呜，公司比小辰重要啊。"

小辰口中的"李叔叔"三个字狠狠刺激江桐的脑神经，李叔叔？不就是她的地下情人！

江桐本就不爽李陌，谁知小辰又把李陌和他相提并论！火气就这么烧上胸口，爆发之际，江桐用理智忍住了。

“小辰当然比公司重要。”江桐笑着一手抚着小辰的胳膊，一手轻捏小辰的脸蛋。那抹笑容透着一份坚定，从今以后，小辰不会再见到李陌，小辰只会喜欢他这个父亲，他会弥补小辰所缺失的父爱。

江桐的话语让小辰笑得灿烂。

这时，香曦走到小辰面前，拉着小辰的衣袖来回晃：“小辰，我们继续玩吧。”

不等儿子回答小伙伴，江桐看向香曦，语气温和：“叔叔要带小辰出去吃晚餐，小辰下次再陪香曦玩好吗？”

小辰低头看着香曦，相比于玩，他还是想要跟爸爸一起吃饭。

香曦有些难过：“好吧。”

小辰安慰道：“我们很快就会见面的，你不要难过。”

香曦点点头。

一旁的尹浩屿咧嘴大笑，两个有趣的小家伙。

小辰转而看向江桐问：“爸爸，我们晚上吃什么？”

江桐弯腰抱起儿子：“小辰喜欢吃什么？”

“鸡翅，我最喜欢妈妈做的鸡翅了。”

江桐哽住，愣了 1 秒，然后问：“除了鸡翅呢？”

“牛排。”

“爸爸带小辰去吃牛排好不好？”

“好。”

江桐看向尹浩屿：“下个礼拜，游乐园见。”

尹浩屿点头，香曦走到他面前，拉着他的手，要他陪玩……

一到楼梯口，小辰便看见楼下的白月菲，冲着白月菲喊道：“妈妈。”

小辰的喊声拉回白月菲的神志，她的表情瞬间明亮，微笑着朝小辰招手。

美微依旧静默在一旁，并不上前打扰。

127

江桐目光痛楚地望了白月菲一眼，继续低头看路。下到楼梯最底层，径直朝着门口走去。

小辰扭头看白月菲，见白月菲不动，忽闪着一双大眼睛问道："妈妈，你不跟我们一起去吃牛排吗？"

江桐立马替白月菲作答："妈妈有事忙，不能跟我们去。"

小辰有点失望："好吧！"

白月菲欲言又止，不舍地望着离她越来越远的小辰。

忽然间，江桐顿住脚步，默然停留几秒之后，还是朝着门口而去，其实只要白月菲开口解密那"两件"他不得其解的问题，他可以去尝试看在小辰的分上，对白月菲的一切做宽大处理，甚至既往不咎。

她的表现决定了他的态度。

她却迟迟不作声。

已走到门口，江桐还在暗暗期待白月菲会开口叫住他，可惜白月菲却总是不顺他的心意，直到他跨过门口，白月菲也没有说一个字。

江桐再次品尝到白月菲给他的失望。

小辰冲着白月菲喊道："妈妈，你放心，我在爸爸身边会乖乖的。"

白月菲隐忍一笑，冲小辰举起了大拇指，无声夸赞着儿子懂事，只是那双深幽的眼眸里分明有泪珠打着转。白月菲千万个不舍小辰就此离去，很担心小辰能否适应没有她的第一个夜晚。

无论白月菲多么的不情不愿，小辰和江桐还是消失在了门口。

美微看得傻眼，不可置信地走到白月菲身旁："你真的就让小辰这么跟他走了？"美微觉得白月菲在行动上制衡不了江桐情有可原，但至少在言语上也得压制一下江桐啊！岂料白月菲是这般弱势表现！

"我一定会想方设法带小辰回来的。"看似平静的白月菲声音已是哽咽，她掂量得出自己几斤几两，她承认无论怎样绞尽脑汁，也想不到应对江桐的有效办法，她，永远不是江桐的对手，她是斗不过江桐的，但幸运的是她手里还有一张好牌，虽远远比不上王牌，却可以试着去抗衡江桐，那张好牌就是忠叔，忠叔会助她一臂之力摆脱江桐的……

可惜白月菲忽略了很重要的一点，就是她自己本身就是对付江桐的最大王牌，只是，当初在被江家拒之门外后，白月菲以为她在江桐心中毫无分量可言了，也就自然而然地忽略了她在江桐心中的分量……

在外面吃过晚餐以后，天色渐晚，江桐看时间也不早了，便带着小辰返回江氏别墅。

仆人们在3天前已经备好两间房，一间房是小辰的，一间房是白月菲的。

现在只有一间房派上用场——属于小辰的儿童房间。

色彩明亮卡通彩绘的墙体，温馨的设计风格，小辰一见就喜欢，开心地蹦蹦跳跳。

江桐连续给小辰惊喜："小辰，爸爸给你准备了礼物，要不要去看看？"

小辰笑得眼睛都看不见了："好啊！好啊！"

宽敞的玩具间。

面对着种类繁多的玩具，小辰连连惊呼，开心地把玩着。

江桐一直守在小辰身旁，有些玩具小辰不会玩，江桐便亲手示范给小辰看。

后来，小辰玩累了，趴在宇宙飞船上休息，江桐见状抬手看表，时间过得真快，已经9点，小辰也该睡觉了！

江桐吩咐仆人带小辰去冲凉。

小辰抱着一架迷你机器汽车走后，江桐也起身，准备去书房看文件，却在不知不觉间走进另一间房——原本准备给白月菲的房间。

那个少了她的空间让他思绪万千……

"少爷，小少爷洗好澡了。"负责给小辰洗澡的其中一个仆人过来汇报。

"好。"江桐收起凌乱的情绪，走向小辰的房间。

"爸爸，我想妈妈了。"小辰站在床上可怜巴巴道，先前的高兴劲已经全无。

江桐的心抽紧，走近小辰，伸手将小辰横抱于怀里："小辰，你要习惯妈妈不在身边的夜晚。"

小辰理解不了江桐的话语："为什么小辰要习惯？"

"因为妈妈去外太空打坏人了，以后都不能陪小辰睡觉。"

"那妈妈是不是会跟爸爸一样，要很久很久才能从外太空回来？"

"妈妈只有打败坏人才可以回来。小辰，妈妈虽然不在你身边，可你还有爸爸陪伴呀！"

"可是，我想要爸爸妈妈一起陪我，别的小朋友都是爸爸妈妈一起，我想像他们一样。"

江桐表情一滞，他何尝不想要一家三口快乐地生活在一起？偏偏白月菲毁了他的爱情与婚姻……江桐不愿再想下去，扯着嘴角一笑，转移小辰的注意力："小辰，爸爸给你讲故事好不好？"

小辰摇头："我不想听故事，我想妈妈。"

江桐继续哄，可是小辰使性子就是不听。

小辰用肉乎乎的手捂住耳朵，嘴里连声喊着："我要妈妈！我要妈妈！"小辰已经习惯了白月菲陪他入睡。

眼看小辰一副欲哭却强忍着不掉眼泪的模样，江桐心里很不是滋味，难受地闭上了眼，几度挣扎，终于还是妥协，睁开眼睛道："好，小辰不哭，爸爸让妈妈陪你睡觉。"

小辰立马阴天转晴，从江桐的怀抱里跳脱出来，在床上蹦蹦跳跳地喊着："太好了，太好了，我可以见到妈妈了。"

"只是小辰要等等，因为妈妈从外太空回来需要时间，还没那么快，不过，爸爸跟小辰保证，今晚一定让你见到妈妈。"

小辰欢快地点头。

江桐让仆人先照看着小辰，他则去到阳台。

掏出电话，江桐盯着屏幕上的电话号码顿了几十秒。

而这时白月菲早已在美微的各种挽留之下坚持离开了，刚刚回到租住的地方。

无力地落座到沙发上，凌乱的情绪搅得白月菲恍然失了神。

电话铃声响了几秒之后，白月菲才后知后觉地抓过电话，没有心情去查看是谁打过来的，一指按下接听键。

"不管你现在身在何处，把你所在的位置发过来，我派司机去接你。"江桐的语气不带任何温度。

白月菲大惊，下一瞬间就明白了江桐如此作为的目的，肯定是因为小辰，小辰平时都很乖，可一到晚上睡觉的时候就一定要她陪在身边，不然就会各种闹腾，想到这里，白月菲赶紧应声道："我马上发给你。"

江桐没有再多说一个字，直接挂机。

司机来得很快。

一路上，白月菲既兴奋又忧虑。

半小时后，江氏别墅清晰地映入白月菲的双眼。她神色沉重地站在大门前凝望着夜色中的屋子，没想到她会再度踏足江氏别墅，这个曾经把她拒之门外的地方。

"月菲小姐，这边请，少爷和小辰在楼上。"仆人恭敬有礼地告之，所有仆人在5年前被忠叔下了封口令，不得在江桐耳边妄提他的情感之事，否则不仅不保在江家高薪稳定的工作，还会有各种麻烦引上身。

等待白月菲到来的这段时间里，江桐耐心解答着小辰的各项提问，比如"为什么妈妈可以这么快从外太空回来？为什么爸爸要那么长的时间才可以回来？为什么外太空有坏人"等等。

"少爷，月菲小姐来了。"仆人站在门口通报。

"进来。"江桐淡淡应允。

仆人推开门，引领白月菲进去，然后悄然退出房间。

小辰一见白月菲出现就欢快地喊道："妈妈。"

江桐也不看白月菲一眼，他看着小辰第一时间对白月菲说明事实："小辰一定要你来，才肯入睡。"不想白月菲以为是他要她过来。

128

“哦。”白月菲仅用一个字回应，觉得江桐的说明实在多余，她有自知之明，岂会去想那些有的没的？

白月菲径直走过去，沿着床边坐下，横身抱过小辰，与儿子随便说了些话后，开始给儿子讲童话故事：“从前，有一位王子……”

白月菲讲得绘声绘色。

小辰沉迷其中。

江桐静默一旁，一瞬不瞬地看着白月菲，她的长发从脖颈两侧垂落下来，脸部皮肤在灯光的映衬下更是显得娇嫩，岁月似乎没有在她身上留下痕迹，以至于江桐有种恍然的感觉，她，还是那些影像中的模样……

小辰听着听着，渐渐产生睡意，上下眼皮开始打架，白月菲见状适时放低声音，小辰缓缓合上了眼睛，白月菲继续着讲述。过了一会儿，确定小辰熟睡之后，这才停止童话故事，轻手轻脚地把小辰抱到枕头上，替小辰盖好被子。

起转身，欲离开之际，白月菲忽地一惊，意外发现江桐正失神地盯着她看。不仅如此，江桐的眼神竟还那般柔情似水，那种带有爱意的温柔眼神撩得白月菲几乎就要陷落。幸好她还保持着最后一丝清明，她眼眸一眨，慌乱地避开江桐的目光，脚步混乱地朝着门口而去。

没走两步，左脚碰巧被小辰玩丢在地上的迷离机器汽车一挡，导致白月菲一个踉跄直直朝着江桐栽倒过去。

原本处于恍然状态的江桐眼神一紧，迅疾地伸出双手扶住白月菲，与此同时，白月菲下意识地反手抓住了江桐的胳膊。

身子已稳在空中，危险消失，白月菲拍拍胸脯，倒抽一口气，幸好没有摔倒！庆幸之际，白月菲脸色一滞，觉得不大对劲，抬眼一看，惊愕不已，她怎么会如此凑巧地摔进江桐的怀里？

那陌生而熟悉的体温使得江桐的心蓦地一抽，轻易乱了频率。

白月菲和江桐愣愣地对望着。

过了几秒，江桐率先回过神来，看着怀里愕然的白月菲，语音冷冷淡淡地问：“你打算一直这样下去吗？”

白月菲反应稍显迟钝，3 秒之后，立刻摇头，仓皇地从江桐的怀里抽离，步子急乱地朝着门口而去。

她的思绪还是被他胸膛的温热不声不响地弄凌乱了。

望着走到门前的那个背影，江桐失控地开了口："路都走不好的人，怎么可能做好一个称职的母亲?"为何要讲这些无聊的话语？江桐自己都匪夷所思。

白月菲停住脚步，胸口一酸，他就这样瞧不起她吗？

在他眼里她连照顾小孩的能力都没有吗？

白月菲憋屈地回身，盯着江桐，不服气地争论道："刚才只是意外好吗？再说我摔跤和照顾小辰完全是两回事。"

江桐的脸上没有任何表情："一个连自己都照顾不好的人又怎么可能照顾好别人?"

"你?"白月菲被堵得一时接不上话。

"我说的是事实。"江桐继续不依不饶。

事实？这完全就是污蔑！白月菲反驳："如果我不是一个称职的母亲，小辰怎么会如此优秀懂事?"

江桐冷冷嗤笑一声，语气中颇为得意："那是小辰遗传了我的良好基因。"

白月菲彻底无语！不想再与江桐争辩，转过身子，提步离开。

目送她消失在门后，江桐唇角微扬，没想到在言语上赢过她的感觉会如此痛快！江桐心情畅快地收回视线，走到床前，看了看熟睡中的小辰，伸手关灯之时，床头柜面上的手机映入他的视线，拿过手机打开一看，壁纸是白月菲和小辰的合照。

"真是丢三落四。"江桐自言自语道，关掉照明灯，握着电话急步奔出房间。

月光轻晃的大门外。

白月菲只见车未见司机踪迹，看情况司机是不打算送她回去了！这应该是他的意思吧？白月菲神色凄楚地摇摇头，深吸一口气，准备用手机软件打车，低头伸手进包里取手机，居然没有！双手并用的翻找，手机依然不见半点踪影！

手机去哪里了？

白月菲皱眉，仔仔细细地再次找了一遍，还是不见手机踪影！到底放哪里了？白月菲转着眼珠，细细回想着手机可能被她落在了何处。这时，江桐已经走到她身侧。

认真想事的白月菲浑然不觉江桐的出现。

见白月菲没有反应，江桐神情冷冷地轻咳一声，一手拎起手机到她眼前："带走你的东西。"

盯着他指间的手机，白月菲这才记起先前抱小辰的时候随手将手机丢在了床头柜。

"愣着干什么?"江桐语气依旧冷淡。

白月菲赶忙接过手机，在这打车困难的别墅区，有了手机，打车一事就好解决了！白月菲返家交通工具有了着落，自然高兴，一高兴就真的只是礼节性地对送来手机的江桐说了一声"谢谢"！

白月菲突然这般好态度反倒让江桐有些不适应，他抓了抓脑袋，沉吟片刻，眼光漂浮地说："你丢三落四的毛病得改改了。"

白月菲点点头，这样温柔的江桐在那远去的时光里也曾有过的！思绪就这么骤然飘到了往日的美好里……

江桐见白月菲一副明显出神的模样，也不再言语，只是静静打量着她。

下一秒夜风轻起，白月菲的乌黑长发随风飞扬，几缕发丝吹到眼前摩挲着眼皮，摩挲得有些痒，下意识将眼前的发丝拨弄到耳后，痒感消失，就这么从美好的往事里回神过来，然后就发现江桐正盯着她瞧。她心虚地闪躲开江桐的目光，江桐应该没有发现她对他们过去的留恋吧？白月菲表情不自然地低下了眼眸，强按住波动的心绪，佯装平静地调出打车软件准备叫车，这时，去上厕所的司机刚好回来。

司机首先抱歉地对江桐深鞠一躬，他不应该擅离职守，只是那一刻肚子忽然不适，他实在憋不住……

江桐一声不吭，依然盯着白月菲，似乎在考虑着什么，没有多余的心思去追究司机的失职。

见江桐的表情依旧，司机这才安心了一些，他为 Boss 开车有好几年了，Boss 生气与否，他还是能从言行上判断出一二的。

129

“对不起，”司机转向白月菲诚恳地道歉，“月菲小姐，让你久等了。”

“没事。”白月菲一笑，看似丝毫不在意的笑容潜藏几丝惭愧，她本以为江桐是故意撤掉司机……现在照此看来，反倒是她小肚鸡肠，把江桐想得太狭隘……

心中的惭愧致使白月菲不禁望向江桐，谁知江桐仍然看着她，白月菲心上咯噔一声，又急忙逃开江桐的视线，转而看向司机：“走吧。”他为什么一直盯着她看？不会真的发现了她对他们过去的留恋吧？

“少爷，我先送月菲小姐回去。”

江桐颔首应允。

白月菲爬上车，不见他粘人的异常眼光，她才松了一口气。

起伏在夜色中的背影让江桐产生一种说不清道不明的感觉，那些莫名的感觉搅得江桐情丝翻动，犹豫的眼睛一定，终于，他还是为了白月菲而先退了一步，他说：“明天早晨过来接小辰上学。”

欲关车门的手顿在空中，白月菲不可置信地看向车窗外的江桐，以为是她听错了，一脸错愕地向江桐确认：“明天我真的可以过来接小辰上学？”

江桐的声音淡漠：“如果你不想，大可不必。”

白月菲激动道：“我想我想！明天我一定过来接小辰。”不管江桐此番怪异安排的目的为何，只要他肯给她机会接触小辰，她就谢天谢地了！

江桐转身回屋。

车子驶出江氏别墅。

郊外的院子里。

月光流淌而下。

已是凌晨的深夜，白月菲睡得还算踏实。醒来之时，天色已渐亮。

格局别致的餐厅。

小辰和江桐正在用早餐。

“早安。”白月菲站在餐厅门口，笑意暖暖地招呼小辰。

小辰和江桐同时循声抬头望向门口。

“早安，妈妈。”手持汤勺的小辰笑得露出了两排洁白的牙齿。

白月菲回以小辰一个笑容，一边小心翼翼地看了江桐一眼，一边举步走向餐桌。

江桐已经收回了视线，继续用餐。

小辰似乎想起了什么，歪着小脑袋道："妈妈，你不是说过睡懒觉不好吗？可是今天妈妈为什么要睡懒觉呢？"

白月菲云里雾里："啊？"

正在喝果汁的江桐一听，瞳孔微微缩紧，为了他的谎言不被揭穿，他看向白月菲解释道："小辰早上起床见你不在，要找你，我告诉小辰你在房间睡觉，叫他不要吵到你休息。没想到小辰现在会突然问及此事！"

原来是这样！白月菲只好配合江桐对小辰的解释，笑着回应小辰："因为妈妈昨晚太累了！所以早上睡了会儿懒觉！"

见白月菲已经走到小辰旁边，江桐表情温和地起身替她拉开椅子，以眼神示意她坐下吃早餐。

白月菲清楚江桐这是有意在小辰面前扮演一个体贴的丈夫，虽然心底鄙视他的虚情假意，但这也是她所要求他的啊！于是白月菲配合地冲江桐露出一个温煦的笑容，高兴地落座。

小辰看着恩爱的爸爸妈妈笑得满足又幸福，不过，他还有疑问："妈妈，我每天醒来你都睡在旁边，为什么今天没有？"

白月菲挠挠头，支支吾吾："……呃……那个……妈妈……"一时想不到恰当的理由。

骗小孩子有这么困难吗？江桐看不下去了，替白月菲回答道："因为今天妈妈睡在爸爸身旁，以后，妈妈都不会和小辰一起睡，小辰要学着一个人睡觉。"

这!!! 白月菲难为情地低了头！这样骗小孩真的好吗？

小辰不能完全理解江桐的话语："为什么妈妈要睡在爸爸身旁？"

江桐被小辰的问题逗乐了，笑着摸摸小辰的脑袋瓜："爸爸妈妈是夫妻，夫妻是要一起睡的，小辰懂了吗？"

白月菲听得尴尬，索性拿过面包啃，佯装着没有听他们的谈话，只希望父子俩赶快结束那个让她心跳加快的话题。

谁知小辰问上瘾了："爸爸，夫妻是什么？"

"就是结了婚的男女。"

"结了婚就可以睡在一起了吗？"

"当然。"

"那小辰要跟爸爸妈妈结婚，小辰要跟你们一起睡。"

江桐汗颜。

白月菲因小辰的童言无忌而不小心被口中的面包噎到，一阵猛咳，江桐见状，担心地端起水杯，伸手之际却迟疑了！那杯水最终停在白月菲的右手边，她一直在咳嗽，未曾发现江桐的动作。

咳嗽来得快，去得也快，咳嗽迅速停止，可喉咙还是略感不适，似乎被面包屑堵住了！白月菲游目看了看桌面，端起右手旁的水杯，仰头一灌。

一杯温水冲过喉咙，不适感散去，白月菲把杯子一放。

“妈妈，你没事吧？”

“没事！”

小辰这才侧头看向江桐，继续说：“爸爸，妈妈，我们三个现在结……”

呃！！！童言无忌！！白月菲讪讪低头，继续装模作样地啃面包。

江桐语调温和地打断小辰的话语：“小辰，把牛奶喝完，我们要去上学了。”

百无禁忌畅所欲言的小辰乖乖点头，拿过牛奶，咕噜咕噜地喝起来。

“爸爸，妈妈，”小辰看着江桐和白月菲，得意地晃动着手里空空的牛奶杯，“哈哈，我喝完了，我们可以走了。”说完滑下椅子，蹦蹦跳跳地朝着门口而去，小孩的思维就是跳跃，结婚一事已被小辰抛之脑后。

江桐面无表情的起身，临走之前看向白月菲：“以后早点过来，最好在小辰起床之前，我可不想每天一大早就对小辰撒谎！”

白月菲讷讷地回应道：“嗯。”后知后觉江桐话语里的弦外之意，白月菲眼睛一亮，“以后”两个字让她激动，没想到江桐会让她每天出现在小辰面前！真是意外！激动之余，白月菲始终觉得江桐的安排怪异。不过，她并不多想，反正江桐从昨晚开始就变得奇怪……

“爸爸，妈妈，你们快点。”已经到门口的小辰催促一声之后蹦到了门外，他恨不得立即跑到学校，宣告所有小朋友他有爸爸了，看谁还敢说他没有爸爸。

“好的。”江桐和白月菲异口同声。

白月菲心弦紧绷，起身追上小辰，如此听来，江桐也要去学校？白月菲打了一个冷战！

车子后座，白月菲和小辰刚坐进去，江桐就紧随其后上了车，落座到小辰的右手边。事实上，按照行程，江桐现在应该去公司的，只是刚刚经过小辰那么一说之后，他突然想要陪同他们一起去学校，于是当即决定更改行程。

呃！他真的去啊！白月菲因此头疼，以前李陌去学校已经够引人注目了，现在江桐也去，到时候又会被那些送孩子的家长们说三道四了！白月菲是一贯不在乎别人怎么看她，可她在乎别人对李陌和江桐的看法，她不想把他们牵扯进闲言碎语中……

夹坐在两人中间的小辰左看看，右看看，开心得不得了！

车子朝着彩虹幼儿园开去。

130

心情极好的小辰摇头晃脑地哼唱起老师教的儿歌，白月菲和江桐不约而同地望着小辰。

看着小辰活泼伶俐的模样，江桐十分欣慰，不过，心中难免遗憾，他终究还是缺失了小辰成长的一部分，这不是他愿意的，是白月菲，是她一手造成的，于是江桐软下去的心又因此变得坚硬。他神情一凝，目光冷冷地看向白月菲，恨她吗？当然恨，可是那又能怎样呢？除了适可而止的报复，他还能拿她怎样？她，让他爱恨两难！他却还是为她画地为牢……

而白月菲呢，她不知江桐此刻的复杂感受，依然沉浸在小辰欢快的歌声里，一点都不曾察觉到那道沉怨的目光。

江桐闭了闭眼，似乎是在努力压制那些翻腾的情绪，2 秒之后，他睁开双眼，黯然挣扎的目光已经散去，他把视线又移回到手舞足蹈的小辰身上，看着快乐的儿子，眼中只剩一个父亲对儿子的宠爱。

小辰一曲唱罢，一会问白月菲和江桐一些问题，一会撒娇亲亲白月菲和江桐，一会又为白月菲和江桐讲故事……

白月菲和江桐各种配合小辰。

阳光斜照下来。

闪闪的光晕映落在彩虹幼儿园，大小人影晃动在这一片净土之上，家长们带着小孩陆陆续续到达学校。

深色的雕花铁门前，名贵的车子停下来，很显然，豪车和彩虹幼稚园太不搭调。毕竟来这里上学的小孩大多都是普通工薪家庭，公交车是常用交通工具，就算是家庭条件稍微好一点的也仅仅是开着普通价位的私家车而已。所以此刻，在这个地方，这部黑色的豪车更显得扎眼，路过的家长们不想注意都难！

司机恭敬地打开车门。

白月菲牵小辰下车，与此同时，江桐的双脚也落定在地面，他大步绕过车身走到小辰面前，牵起小辰的另一只手，牵着小辰进学校。

行走的过程中，白月菲没有正眼看江桐，可眼角的余光还是看到了他的动作，她盯着眼前牵握在一起的手，这是他们三个第一次如此，她的心因此而波动。

清晨温润的阳光之下，江桐没有察觉到白月菲情绪的变化，他静静地看着小辰，这个小家伙的欢喜全都写在脸上，他受到小辰感染，淡漠的表情渐渐柔和。

大手牵小手，小辰左看看，右瞄瞄，哈哈，爸爸妈妈一起送我来学校了！小辰雀跃，哈哈哈哈，我再也不是没有爸爸陪伴的小朋友了！哈哈！我要跟同学们炫耀我的爸爸，哈哈哈，我的爸爸是去外太空打了坏人的超级大英雄……

小辰发出了一串又一串的银铃般笑声！

那幸福的笑声让白月菲触动，微微侧过头偷看了江桐一眼，江桐的视线基本固定在小辰身上，除了偶尔看下路之外全程都看着小辰。而小辰呢，会时不时冲着江桐笑，眼前这般情景让白月菲感觉别扭，她早已经习惯独自一人或是和李陌一道送小辰来学校！而现在却和江桐做着已经养成习惯的事情，她真的不太适应！

江桐边走边观察小辰的反应，小辰不知在乐什么，呵呵呵地笑着，江桐看得嘴角上扬，却又忽而凝住，扬起的嘴角渐渐回拢，眼中闪过一丝阴影，心里滋生浓重的酸涩！白月菲啊白月菲，为什么要把他和儿子分开这么久？就算当年真的发生了不愉快的事情，也不应该牵涉到小孩子……江桐暗自气愤，气愤白月菲剥夺了小辰拥有父爱的机会！还有，江桐想不通白月菲的所作所为，看得出来，她真的很爱很爱小辰，试问这样的她又怎么忍心让小辰在缺少父亲的环境下成长？江桐就此乱了心绪，他把视线从小辰身上移开，继而斜睨着白月菲。

没错，他想要探究她的内心。

白月菲一副波澜不惊的模样，江桐未能从她的表象上探出丝毫破绽，有些气馁地收回视线，他久经尔虞我诈的商场，权谋厉害，此刻却看不懂如此平凡的白月菲！这样一个普通的女人竟能让他如此棘手！还真是搞笑……

一家三口前行的画面太过抢眼，路过的家长们纷纷被吸引了目光，相熟的家长们更是一路交头接耳，评头论足那一家三口。

白月菲和江桐各怀心事，不曾察觉众人的骚动！

到达幼儿园第二道门前，白月菲刷了出入卡，闸栏自动打开，三人通行进入教室区域。

相识的小朋友们纷纷同小辰打招呼，小辰欢欢喜喜地对同学们炫耀："我爸爸妈妈送我来上学了……"

"我爸爸是个超级大英雄……"

"坏人都害怕我爸爸……"

小辰一路炫耀不停，江桐和白月菲当然知晓小辰的那点心思，各自不约而同地迅速调整好情绪，笑容暖暖地同小辰的同学们招手。

一路穿行过去，遇见的人越来越多，白月菲这才惊觉多双眼睛正盯着他们一家三口瞧。不过，她并没有因此而回头或是四下张望，她表情依旧淡然地看着前方的路，只是脚步却有些错乱，她早就想到了只要江桐出现在大庭广众之下必然会成为焦点，引起骚动，而她无法左右事态发展。现在，她只想快一点把小辰送进教室，然后赶快消失在人们关注的目光中！

然而，当白月菲加快步伐之时，江桐并不配合，他步调依旧！他故意如此，他清楚此刻的白月菲在想什么！他偏偏不让白月菲如愿！何况他正享受着人们对他们一家的注目呢！

拗不过江桐，白月菲只好妥协，不得不配合江桐的步伐。

突然的，"李陌"二字从沸沸扬扬的议论声中清晰地跳脱出来，白月菲的心骤然缩紧，她比谁都清楚江桐是多么的忌讳那两个字！不过她收紧的心很快松懈，毕竟那样厌恶李陌的江桐是在失忆前，失忆之后的江桐应该不会因为那个名字而不悦吧？毕竟过去5年了，此一时彼一时，上次他们二人在餐厅门口撞见都没有事，何况只是有人提了一下李陌的名字而已……

江桐当然不会如同白月菲所猜测的那样，事实上在听见"李陌"二字时他的神色一僵，然后又恢复如初，以至于白月菲没有看到他微弱的表情变化。她见他反应平静，不定的情绪也就随之安定，她移开目光看向小辰，小辰脸上挂着幸福的笑容，这个孩子仅仅因为父母一起送他上学而如此雀跃，白月菲的心底忽而有些酸，无论如何，小辰之所以会在单亲家庭里成长，她有逃脱不了的责任……

江桐冲着小辰的同学们笑得像个孩子一般，可那笑容下面却隐藏着白月菲不知的痛楚，李陌这个名字对于他而言是莫大的讽刺……

131

“哇，小辰你爸爸好帅啊！”

“哇，小辰你爸爸好高啊！”

……小女生们夸赞不已。

小辰继续对同学们各种炫耀。

路过的家长们更是无法从这一家三口身上移开视线。

“夏晴，原来这位就是小辰的爸爸啊！”感叹之人是小辰同桌晶晶的妈妈——赵冰。赵冰原本领着晶晶走在白月菲后面，晃眼望见白月菲的时候特意加快脚步追了上来，本打算一路做伴闲聊至孩子教室，谁知待追上白月菲之时才发现陪同白月菲来学校的居然不是李陌，是另一个器宇不凡的男人！而小辰正对同学们炫耀着这个男人的身份！

“是的。”白月菲爽快地承认江桐的身份。如此，是顾忌小辰在场，不想小辰难堪与失望，所以这么回答。其实白月菲和赵冰并不熟络，仅仅只能算作认识，相识还是因为送小孩上学的缘故，赵冰本就是热情之人，她每次在学校看见白月菲都会主动打招呼，久而久之，白月菲也会客气地跟她寒暄几句。

江桐一反常态，輾然而笑地迈着步子，他本以为白月菲会对他的身份遮遮掩掩，没想到她会爽口承认他的身份——小辰的爸爸，也就间接承认他是她的丈夫！叫他怎能不高兴？

小辰炫耀够了！开始和晶晶你一句我一句，聊得欢。

“小辰爸爸看着很眼熟啊！”赵冰边走边打量江桐，始终觉得在哪里见过江桐，片刻，赵冰收回视线，转向白月菲，啧啧感叹：“你们这一家真是奇怪，你长得像江氏集团的少夫人白月菲就罢了，没想到你老公竟然如此神形巨似江氏集团的总裁。”

白月菲心中一抖，被赵冰直指要害，她尴尬又心虚地笑了笑，暗自盘算怎样才能把赵冰糊弄过去，这时，一个清晰可辨的声音传进了她耳朵。

“我就是江氏集团的总裁。”江桐一改往日低调，有意为之，他眼神暗凝地看着白月菲，对赵冰道：“还有，她不叫夏晴，她就是白月菲。”她不是传闻中那个李陌的地下情人——夏晴，而是他江桐明媒正娶的妻子——白月菲。

白月菲极其诧然江桐的高调，他要出风头就算了，也别拉她下水啊！白月菲拧着眉头，江桐这种自曝身份的做法完全是给她添堵捣乱！但愿赵冰不要四处说与他人她的真实身份，她可不想节外生枝……

“啊?”赵冰难以置信!夏晴的私事她还是略知一二的,既然夏晴是白月菲,那么为什么又要伪装成平凡的夏晴呢?还有,为什么这一年多来,时常陪伴夏晴送小辰上学放学的是Sunshine集团的CEO李陌而不是江氏集团的总裁呢?

白月菲怕说多错多,索性不接话,只是讪讪地冲着赵冰笑,暗暗希望她不要再继续这个话题了!也暗暗祈祷江桐不要再自曝一些他们的隐私。

庆幸的是江桐不再多言。

而处事有分寸的赵冰也适可而止,没有再多问,不是不想问,而是惧惮于江桐。何况她心中的困惑根本不适宜当着江桐的面询问,赵冰自知那个问题是很容易触怒江桐的,搞不好就会因此而殃及在江氏集团上班的老公呢!虽然她老公的职位很不起眼,可江氏集团是高薪酬,即使就业的底层人士也赚了不少钱……所以为了不给老公惹麻烦上身,赵冰主动岔开话题,对白月菲东拉西扯一顿家常闲话。

白月菲暗暗倒抽一口气,静静地听着赵冰的闲话家常,时不时也会敷衍几句。

江桐没有兴趣听女人的闲言闲语,注意力转向了两个小家伙。

5分钟后,到达教室门口。两个小家伙被老师领进去。

三人同行出学校。

校门外,白月菲和晶晶妈妈道别。

晶晶妈妈先行离去。

白月菲转身,欲到公交站台乘车去公司。

江桐一把拉住她:“你去哪里?”

白月菲头也不回:“去上班。”

江桐突然冒出一个疯狂的念头,想跟她一起出现在更大的场合,他说:“跟我去江氏集团。”无论如何,就是不想她待在李陌的公司,江氏集团只是他们双双出现在公众视野里的小小开场。

“啊?”白月菲糊涂了!干吗要带她去江氏集团?

这时,拽住白月菲胳膊的手用力一扯,白月菲一个旋转回身之后,就被江桐连拉带抱地塞进了车里,尽管这过程中白月菲有挣扎,但还是无济于事。

眼看江桐关车门之际,白月菲伸手抵住车门,不管不顾地一脚踏出车外,硬是要出去!江桐就是不让,如铁墙一般挡在她面前。

“如果下午你还想看见小辰,就照我的话做。”江桐面色冷冷地威胁道,然后眼神示意司机可以下班了。司机就此离开。

白月菲顿住,不情不愿地收回那只已经支出车外的脚,乖乖坐好。小辰永远是制服她的不二法宝!

江桐手腕一挥,要关上车门之时无意地一晃眼看见白月菲没有系安全带,他及时拉住车门,凑过去扯过安全带欲为白月菲系上,白月菲的神情立马惊恐,她实在是会错意了,竟慌乱地朝左边闪躲。江桐愣住,不明白她面对他时为何会如此多变——时而紧张，时而温柔，时而冷漠，时而像此刻般惧怕！

江桐掰过她的脸面向自己，他盯着她："你在害怕什么？"

白月菲不敢看江桐，紧张不安地低下了眼，然后一眼瞥见江桐手里的安全带，她的声音有些不稳："没有。"手心分明冒出冷汗，她刚刚的确是害怕了，害怕他凑近她是要"强迫"她，谁知他不过是要替她系安全带而已。

江桐不相信，勾唇一笑："是吗？"

白月菲嘴硬，语气淡淡道："我为什么要怕你呢？"

江桐盯着白月菲看了3秒，目光一动，手指一松，丢掉安全带，故意把身子又朝着白月菲靠近了些。

他的气息喷在她的颈部，白月菲只觉得痒。

"你明明就很害怕！"江桐轻吐气息，手指挑逗在白月菲的脸上。

面对江桐如此暧昧的动作，白月菲仅仅只是一颤，然后低眼看江桐摩挲的手指，再无其他反应，其实她不过是在强装镇定罢了，她在赌，赌没有恢复记忆的他应该不至于对她"那样"的……

白月菲异常的平静让江桐皱了眉头，她越是如此，他的动作越暧昧，指腹一下滑到她的唇上，他就不信她能一直如此波澜不惊下去！

果然，白月菲无法再故作镇定，虽然没有反抗江桐的动作，却话里带刺："江总裁一贯是这么对待女人的吗？"

嘲讽的话语刺得江桐的脸色沉到底，手指一收，他捏住白月菲的下巴，冷言道："你说对了，我的确一贯如此！"

心底瞬间不爽，也不知是为何，可能是不想在言语上输给江桐吧！白月菲逞了嘴舌之快："我很好奇，在江总裁的女人中我白月菲排名第几位？不对，应该是第几十位？或者几百位？"

放肆的话语直戳江桐心窝生疼生疼，疼得他的手无意识地再捏紧，白月菲分明感觉到下巴上的疼痛一再加重，痛到她硬生生憋红了脸。

就在白月菲以为她会疼得晕过去之际，江桐突然放了手。

她带给他的痛楚还少吗？这一点疼又算什么？江桐神色阴霾地抓过安全带为她系上，她愣住不动，江桐前后差异颇大的举动让她无法迅速适应，她需要一点时间来缓冲。

132

2分钟后，白月菲才缓过神来，见车子行驶的方向是江氏集团，她慌忙开口："要么停车，要么送我去亚园酒店。"明知不能跟江桐硬碰硬，可是情绪一旦上来，她再顾不了其他。

江桐手扶方向盘，神情冷凝地回望白月菲一眼，声音冷硬道："你想清楚，去亚园酒店可以，之后，你休想再见到小辰。"

又是这招！就不能换个花样？白月菲鄙视江桐一招好用就贯彻到底的方式，只是鄙视之后白月菲又恢复了抓狂无奈，偏偏江桐这毫无新意的一招就是她的软肋，唉！受制的白月菲重重吐了一口气，强迫自己恢复冷静，不过片刻，白月菲不满的表情褪去，她的眼珠转了转，心间生出小心计，她不再与江桐正面对干，而是改用迂回战术："今天公司有会议，我必须得参加。"

江桐踩了油门，加快车速："以后亚园酒店的事情统统与你无关。"

虽然心中已经理解了江桐话里的含义，但白月菲还是忍不住问了一句："什……什么意思？"

"意思就是从现在开始你不用再去亚园酒店上班。"

"那怎么行？我不能离开亚园，我需要那份工作。"

江桐表情阴冷地嘲讽道："我看你需要工作是假，需要李陌是真！"

"我留在亚园跟李陌无关。"白月菲说明，她不想把李陌牵扯进来，只好委屈自己顺了江桐的意："好，我离开亚园，不过，你得给我一个礼拜时间，我的工作需要交接。"反正不管怎样，离开亚园酒店的事情能拖一天是一天，至少不要完全顺从江桐的心意……

"我现在送你过去交接，一天时间足够你用。"江桐把车子开到路口，改了行驶方向，只是心中并没有因为白月菲的顺从而舒心些许，他面色依旧沉冷，他再清楚不过白月菲这么做的缘由——是为了李陌！她是怕他对李陌出手吧？她还真是在乎李陌啊！江桐的心沉到底，不禁细究那些他从尹浩屿口里听闻或是调查所得的信息里她为他做过什么。细细想来，除了"生下小辰"，她还真没为他做过什么！试问这样的她又怎会在意他的感受？

"啊！一天？怎么可能？一天真的交接不……"

"如果你觉得交接不完，我派人替你交接。"

白月菲可不愿意江桐派人去她公司替她做离职交接！那等同于给她同事们送上

了一个超级大八卦，为了不枝节横生，白月菲妥协道："……呃……那个……不用派人，我觉得我可以在一天之内交接完的。"

亚园酒店门口。

江桐的车子急刹于正门前。这个时间正好是上班时间，白月菲心底有所顾虑，生怕下车以后撞见同事，进而引得流言四起，招来不必要的麻烦，所以才会谨慎地透过玻璃窗扫视外面的动静。快速确定没有认识的同事之后，白月菲闪下车，朝着酒店大门急走而去。默然的江桐把一切看在眼里，他知白月菲心中的顾忌！白月菲越是这般遮掩他的存在，他就越想对着干，即使毫无意义，这不，白月菲前脚一下车，江桐后脚就已经落了地。

有时候，爱情会让人变得孩子气。

江桐高调地绕过车身，特意挡住白月菲的去路，白月菲不明所以地急顿住脚步，险些撞进江桐怀里。

江桐似笑非笑地站在白月菲面前，一瞬间，白月菲感觉江桐那么熟悉又那么陌生，那么远又那么近，矛盾的感觉导致白月菲看不懂江桐，此刻行为的用意何在？不过，她却知他来者不善。

"你包忘拿了。"江桐体贴地把包递给白月菲。

"呃！"白月菲匆忙接过包，还以为江桐挡住去路一定是不怀好意，她又多心了！白月菲鄙视自己的小肚鸡肠，愧疚地急步奔向了酒店大门。

急行过程中，耳畔传来一些议论声，白月菲不禁减缓步子，渐渐听真切身后的谈论，手指抽紧，原本打算安安静静地离开亚园财务部，现在看来是不大可能了！白月菲郁闷地叹了一口气，不想再听人们口中的是是非非，以最快的速度闪进了酒店大门，心中却已是沉甸甸，因为她深知流言蜚语会因江桐第二次出现在这里而更加疯狂，李陌难免又会被牵连其中！想到这些，白月菲很是责怪她自己，责怪她的粗心大意，若是细心一点，不把包落到车上，江桐就不会下车送包！也就不会加重那些风言风语……

"唉，快看，是传说中的江桐啊！"

"天啊！真的是江桐！"

"是哦，他已经第二次出现在这里了。"

"我记得上次他也是和夏晴一起！"

江桐一边听着她同事们的议论一边返回车里，他要的就是这种效果，不管她是何种身份，白月菲也好，夏晴也罢，反正她就是和他江桐有着千丝万缕的关系。

"你们说江桐和夏晴怎么会在一起呢？"

"……"

身后精彩的八卦让江桐的心情甚是舒爽，扬扬得意地回到车里，拿出电话，通知霍洋更改今天的行程。

"好的，Boss。"霍洋挂断电话，虽然不习惯近段时间怪异的Boss，却又极其喜欢现在的Boss，以前的Boss太过严谨，不苟言笑，每天像一台高速运转的机器，毫无人情味可言，现在的Boss有血有肉，有正常人的喜怒哀乐，这一切更改都是源于白月菲的出现啊！于是霍洋有些疑虑了，既然白月菲对Boss对此重要，既然父亲忠于Boss，按常理而言，父亲应该为Boss和白月菲的幸福竭尽所能才对，可是父亲却并未如此，偏偏相反，要把白月菲全面封锁在Boss的世界之外，这真的说不过去啊！霍洋对父亲的行为百思不得其解，又细想了一下，终于想出一个合理的答案，对，一定是因为白月菲道德败坏的缘故……

亚园酒店财务部。

主管办公室，坐在木桌前的白月菲正右手托腮望着窗外沉思。

早晨的阳光明亮而温和，清风透过纱窗吹动木桌上的A4纸张，哗哗的声响盘旋在耳边，似乎是在提醒白月菲应该下笔了！沉思良久的白月菲抿了一下唇，低头铺好A4纸张，拿过钢笔，手腕轻轻扭动写下"辞职书"三个大字，却又突然停笔，对着雪白的A4纸张看了好一会之后才再次提笔。

终于，白月菲写下辞职的"理由"。

放下钢笔，白月菲端详辞职书一遍，她很清楚不论写下何种理由，那在李陌看来都是异常的！但愿李陌不要多问此事！白月菲收起思绪，手持辞职书朝着人事部而去。快到门前时，白月菲赫然发觉来错了地方！走正常离职流程至少需要3天，时间不允许她这么做，于是她提步转弯，朝另一个方向走去。

在总办公室外踌躇了好一会，白月菲最终叩响门板。

一切如同白月菲所料，向总说让她稍坐一会，他突然想起一件私事需要打通电话，说完就闪进了办公室的隔间里。白月菲用脚趾头想也知道那通电话是打给谁的！

果不其然，2分钟后，她的手机响起，已有心理准备的白月菲淡定地按了接听。

"月菲，你发生什么事情了？"李陌的声音焦急而担心。

133

“没有啊！”白月菲否认，语气平静地解释道：“我辞职仅仅是因为想多点时间陪小辰，不想他的童年孤单。”

“不对，”李陌一听便知白月菲讲的是谎言，他直截了当道，“这不是你的作风！”

“人总会变的！”

“话是这样说，可你辞职确实太突然。我觉得你定是遭遇什么麻烦，不妨告诉我，我替你解决。”

“李陌，确实不是你想的那样，你想啊，我身边有你这个万能之神，我还能有什么麻烦解决不了？”

李陌扪心自问只要是关于白月菲的，还有什么事情是他这个“万能之神”解决不了的呢？似乎就只有那个人了！李陌道出心中所猜：“你辞职是不是因为江桐？”

白月菲心跳一滞，当初就是她导致李陌与江桐相互交好的关系冰冻，那时虽是情非得已，却也是错，她已然错过一次，不能再错第二次了！所以这一次，白月菲决意不让李陌知道她所面临的困局，不然，李陌肯定会插手，这样一来，局面又会变得复杂，二人对立，事态可想而知……

沉吟几秒后，白月菲笃定道：“和他无关，是我自己的决定。”

李陌眸色渐深，心知事有蹊跷，可偏偏白月菲欲盖弥彰，见她如此，他只好成全她的遮掩，他放弃追问，让她如愿：“月菲，你做任何决定我都支持你，辞职的事情准了！”

李陌答应得突然，白月菲愣住，明显没缓冲过来。

不见白月菲及时回应，李陌眉毛一挑，轻声询问：“月菲，你有听见我讲话吗？”

白月菲这才回神，连声回应：“有的有的，谢谢你，李陌。”谢谢你的不追问。

“傻瓜，若是想谢我，等我回来，你亲自下厨请我吃一顿吧！”

“好，我一定用大餐犒劳你。”

“到时要辛苦某人了！”

“哈哈，为你辛苦也值得！”

……

瞎扯几句之后，收线，李陌招来随行秘书，把行程一再压缩，而后吩咐秘书派人调查白月菲和江桐近段时间的接触。李陌尚不知江桐已经通过私家侦探基本知晓他们三人的过往，而他还在困惑江桐逼迫白月菲辞职一事，他想不透彻，江桐不是失去记忆了吗？又怎会突然对白月菲出招……

大洋彼岸。

白月菲告别向总，去到“灭绝师太”办公室。

“灭绝师太”并不多问，只是感性道：“没想到我和你之间的离别这么快到来！夏晴，其实这几年来，关于你的故事真真假假，我多少也听说过一些，不管怎样，我都希望你开开心心的。”

白月菲平静地笑着：“谢谢，我会快乐的。”

两人正式开始交接工作。

白月菲身为财务主管，手上工作较为繁重，交接自然耗费时间，移交过程中，白月菲有告之“灭绝师太”她的难处——需要天黑前完成所有交接。

“灭绝师太”不问白月菲迫切的原因，主动迎合白月菲的时间，甚至中午饭点都未曾离开办公室出去用餐，为了节省时间，还是电话叫的外卖盒饭，盒饭味道挺好，“灭绝师太”吃了很多。反观白月菲，她食之无味，草草扒了几口，便一头扎进文件堆里。

“夏晴，你也太急了！”“灭绝师太”边吃边说。

“我就怕今天完不成！毕竟现在还有一大半没有交接！”白月菲动作麻利地捣弄着各个文档。

“放心，有我在呢！保证按时……”

等到交接完毕已是下午5点，白月菲长吁一口气。“灭绝师太”拍拍她的肩膀，她看着“灭绝师太”，两人相视一笑，道了别，白月菲回到自己办公室。

夕阳的柔光洒在地面上，形成一圈一圈绒绒的涟漪。

白月菲神情暗沉地站在办公桌前，左手轻抚过木质的桌面，四处望了望，不知不觉，已在这间温馨的办公室工作好几年，现在突然要走，还真是舍不得。白月菲落寞地一抿嘴，抬手看时间，不早了，没有时间再继续伤感下去，白月菲收起低沉的情绪，逐一收拾私人物品。

白月菲的东西并不多，一只小纸箱足够！

办公区。

白月菲辞职的消息不胫而走，震惊一众同事们，同事们又再度成群结队地八卦开来。

当白月菲抱着纸箱经过办公区域公共过道时，热烈八卦的同事们没能及时收住谈乱，白月菲无意听闻这些有的没的，她只是表情稍微波动了一下，装作没听见众人八卦似的步伐依旧朝前走去。

亚园酒店门前不远处。

黑色宾利驾驶座上，江桐的视线从笔记本电脑上移开，他抬腕看表，估摸着白月菲差不多要出来了。于是停下未完成的工作，合上电脑，侧身望向窗外，静待白月菲到来。事实上，上午目送白月菲进酒店大楼之后，江桐便把车子移至此地，之后就再没有挪动过，对于他而言，今天最重要的事情就是亲眼见证白月菲离开亚园酒店，离开李陌的地盘。当然，江桐不会干等一整天，等待期间，他拿出电脑，埋头工作，一晃就到了中午，而他呢，并不饿，索性继续工作，这一工作，不知不觉就到现在了。

过了大概5分钟，白月菲走出酒店大门，出现在江桐的视野里，江桐挪动车子到门口。

白月菲顿住不动，呆望着那辆显眼的豪车。

1分钟过去，2分钟过去，白月菲还是没有动，江桐按捺不住，掏出电话，打给她。

手机铃声响起，白月菲放下纸箱，从包里掏出电话，来电显示是江桐——她不大记得是什么时候把那个名字存上去的，似乎是昨晚，似乎是今天早晨，明明才过去不久的事情，白月菲却想不起来，而她却清楚记得青葱岁月里与江桐在一起的记忆，那些记忆在江桐出现之后变得更加生动。

持续不断的铃声终于将白月菲从记忆里拉回，她神情微恸，按下接听。

“呆站在那里做什么?”江桐语气冷淡地问道。

“我没想到你在外面。”白月菲讷讷，原本打算上了公交车之后再电话联系江桐。

“我正好路过，就开过来了。”江桐自圆其说，不想白月菲知晓他在这里等了一整天!

“哦。”白月菲轻声应道。

“你还不过来?是不是不想见小辰了?”江桐已经派人去学校接小辰了，小辰是他制服白月菲的最大筹码，只要小辰在家里，不管白月菲有多抗拒他生活的地方，她一定会跟他回去的。

“马上来。”白月菲挂了电话，抱起箱子朝江桐跑去。

顿于车前，白月菲想手里抱着个箱子坐前面不大方便，后排宽敞，还是坐后排比较好，于是伸手去拉后排门把。

白月菲的手还没碰触到门把，江桐已经打开了右车门。

“坐前面。”江桐语气冷厉。

白月菲本就因为被迫辞职一事郁闷，暂时没有心情与江桐过招对抗，只好硬着头皮坐到前排，她一手扶纸箱子，一手扯过安全带。

突然，江桐一把扯过白月菲手里的箱子。

白月菲懵了，他这是干什么?白月菲木然地望着江桐，只见他把箱子放到了后排。

“纸箱颜色太难看，碍眼。”江桐瞎扯，“这样眼不见，心不烦。”事实上，他是不想让白月菲负重而行。

“还真是挑剔!”白月菲腹诽，没敢说出来。

江桐回身发动引擎。

134

白月菲还以为江桐是载她去学校，让她在小辰回江氏别墅之前得以见一面，直至20分钟后，江桐在十字路口转了弯，白月菲才知江桐此行目的地，她拧眉侧向江桐，嘴唇微微翕动，最终，还是欲言又止，都随他吧！他想去哪里都行，只要能让她见小辰就好……

江桐惬意难得与白月菲有这样平静的时刻，他不想破坏，一路静默地驾车前行。

一小时后，车子驶进别墅，停在院落一角。

白月菲神色凝重地解开安全带，有些胆怯地打开车门，就连下车的步子也轻颤了一下。

“爸爸，妈妈。”小辰边叫边朝着白月菲和江桐奔去。

胡思乱想的白月菲循声侧头，远远就见小辰从屋子门口奔过来，白月菲展颜一笑，冲小辰招招手，很是意外江桐如此安排。还以为江桐带她来此地不是折磨她便是找麻烦，为此，在来时路上没少做心理准备。

江桐穿过白月菲的视线，大步流星走向小辰。白月菲见状，举步跟了上去。

小辰已经奔到江桐身前，江桐停步躬身，动作精准地截住小辰，他抱小辰到怀里，边走边笑言：“小辰今天在学校乖不乖？”

“小辰可乖了，我第一个完成了老师布置的任务。”

“老师给小辰布置了什么任务啊？”

“老师说……”

默然地听着父子二人之间的对话，白月菲的心里荡起了涟漪，此时此刻，强烈觉得江桐表现出来的父爱不是逢场作戏！可是当初是他不要小辰的，所以现在无论他对小辰多好多疼多爱，她也无法释然他当初的绝情，那是她心中的结，一个死结。

进到玄关处，仆人跟上来伺候，江桐示意不必，仆人退到屋外，江桐放小辰到地上，小辰迅速放一双拖鞋到江桐面前，紧接着又摆一双拖鞋给白月菲，白月菲一惊，第一次见小辰做这样的事情。

“小辰，怎么会想到给爸……”白月菲顿住询问，还是不太习惯让小辰叫江桐爸爸，可那是小辰心心念念的，她必须习惯，她用力吸一口气，继续问出剩下的话语：“怎么会想到给爸爸妈妈拿拖鞋？”

“老师要求我们做的。”小辰已经替自己换上卡通儿童拖鞋。

“小辰真乖。”江桐用指腹轻点儿子鼻尖，言语中尽是宠溺。

本想用言语表扬儿子的白月菲见江桐已经夸赞过他了，便改用行为赞赏小辰的举动，她伸出大拇指笑对儿子。

受到父母表扬的小辰嘿嘿地笑着，欢快的笑声中突兀地掺杂进肚子咕噜咕噜的叫声，小家伙饿了，转身蹦进了餐厅。

白月菲和江桐各自换鞋。

穿上拖鞋之后，白月菲紧跟小辰去往餐厅，江桐虽然已经换好了拖鞋，却待在原地没动，他静静看着母子二人走动的背影，失忆的他第一次真实感觉到家的存在！不禁嘴角溢笑，怡然提步去往餐厅。

仆人已经备好一桌美味佳肴。

小辰虽然饿得慌，却也没动筷子，直到父母齐坐饭桌前，这才开动。

小辰吃得很香。

白月菲不饿，喝了几口汤，基本没怎么夹菜。江桐见状，下意识地要夹菜给她，不过理智及时阻止了江桐的动作，被夹起的那块牛肉最终进了江桐的口，粗略咬了几下便匆匆下肚。东西吃得太快，立马造成肠胃不适，下一秒就来势汹汹地引发了痉挛，江桐眉头一拧，手指一松，一双筷子啪啦打在桌子上。

白月菲听声侧头，眼见江桐表情异常，她握筷子的手一紧，难道是胃病发作了？

“爸爸，妈妈，我吃好了，我想去看动画片。”小辰跳下椅子，毕竟是小孩子，尚做不到察言观色，以至于不知他爸身体不适。

“好的。”江桐的声音还算平稳，趁此支开白月菲：“你陪小辰去。”

“那你……”白月菲放心不下，却又问不出口。

“你只需按照我所说的做。”江桐强装无恙地舀了一勺汤喝。

白月菲噤言，起身带走小辰。

客厅，宽大的沙发上，小辰坐在白月菲身旁。白月菲拿过茶几上的遥控器，打开电视，调至少儿频道，正好播放的是小辰最爱的动画片，小辰快速入迷。白月菲没有心情陪看，视线一直落在餐厅方向。

再次看了一下时间，已经过去15分钟左右，还是不见江桐出来，白月菲焦虑不安，又等了几分钟，依旧不见江桐人影。白月菲再也忍不住了，直觉告诉她江桐的情况不好，她必须返回餐厅。

湖蓝色的水晶吊灯下，江桐单手撑着额头，胃部的撕绞痛得他全身冒汗，神志逐渐混沌。

远远见他一副煎熬之样，白月菲慌忙冲到他身边：“你是不是胃病犯了？”

这个时候的江桐是脆弱的，他需要人关心，尤其是他在乎的人，他也想回答白月菲的问题，可是胃部的撕痛迫使他一时讲不出话来，他只得以点头回应白月菲的提问。

白月菲心中一抖，江桐此刻的胃痛看上去明显比上次在餐厅时厉害，白月菲觉得很有必要找专业人士替他检查一番:“你在这里等一下,我去叫忠叔为你安排医生,我很快回来。”

就在白月菲转身之际,江桐艰难地从唇间挤出几个字:“……不用……扶我上楼……我睡一觉就好……”不想让任何人看到他脆弱的时候,包括白月菲,可是矛盾的是此刻他却想白月菲陪在身旁,仿佛只要白月菲在,他钻心的疼痛就会奇迹般地减弱。

白月菲停步回身,怔怔地握着双手,在扶江桐上楼与找医生之间犹豫不决。

“……扶我上楼……”江桐气息微弱地重复道。

不如先送他回房,之后再找忠叔安排医生吧!已经心有决定的白月菲急步走到江桐身边,把他的胳膊搭在她脖子上,小心翼翼地扶他起身!

一股清淡却又极具诱惑力的气息萦绕在江桐鼻息间,撩拨着他昏沉的神思,他用力打开微阖的眼睛,痴痴盯着白月菲的脸。她的存在似有如无,虚幻的感觉让他情不自禁地紧贴了她的身体,白月菲因此一颤,她清楚这样的距离很危险,可是现在,痛苦中的江桐让她顾不了那么多了。

她谨慎地扶他迈步。

两人一步一步挪动。

小辰被动画片吸引,压根没注意到穿过客厅的二人。

白月菲扶江桐并不吃力,还算轻松地到达二楼。白月菲以为是江桐太瘦的缘故,却不知其实是江桐一直在竭力利用微弱的意识控制自身重量的倾斜度,他怕白月菲单薄的肩膀承受不住他的重量!

到达卧室前,白月菲还是斟酌了好几秒,纷杂的情绪在脑海里上蹿下跳,她咬紧嘴唇,提醒自己这个时候不能想别的,她颤抖地旋开门把,扶江桐到床上。

平躺的姿势减缓了江桐的痛苦,疲累的他闭着眼休息。

“你感觉好些了没有?还痛不痛?”白月菲关切地询问,不觉她还紧握着江桐的手。

江桐有听见白月菲的问话,却抿嘴不言,他只是抓紧白月菲的手,之前控制自身重量的强撑行为耗费了他不少体力,此刻他很累很累,只想好好睡一觉。

白月菲眼见江桐痛苦的表情逐渐舒展,先前急促的呼吸此刻也变得平稳,应该是好了一些!白月菲稍稍放了心,从床头柜抽过纸巾,动作轻柔地擦去江桐额头上渗出的汗珠。

135

时间嘀嗒嘀嗒过去。

过不去的是那些恩怨情仇。

一室寂静中，白月菲静静地盯着江桐的脸看，脸色惨白的他让她很是心疼，她记得他以前是没有胃痛这个毛病的。照此看来，她离开的这5年里，他并未照顾好他自己！这一刻江桐身体上的痛苦在白月菲的心上加了倍，翻倍的疼，加倍的痛，这让白月菲觉得诡异，她明明怨着江桐，又怎么会因为他的痛苦而痛苦呢？难道是因为爱吗？白月菲惨然苦笑，爱？她还爱他吗？她摇头，不爱了，她以为她对他的爱在当年他强暴她的时候就已经不复存在了……

白月菲缓缓松开江桐的手，起身离去，转身之际，手却被江桐紧紧握着不放。白月菲不得不顿步，缓缓侧回头一看，那纠缠在一起的两只手让她甚觉扎心，双眼也不知什么时候就聚集了雾气，模糊的视线里，白月菲沉沉呼出一口气，一只一只强硬地掰开江桐的手指。

两只手终于分开。

一步一步离那个人而去，正要退出房间的白月菲无意地一晃眼就瞧见了床头上方的婚纱照。白月菲猛地一怔，惊恸地朝四处看了看，这个房间的陈设几乎与她当年离去时一样！白月菲使劲掐了她自己的胳膊一把，竟然不是幻觉，白月菲难以置信地摇头，不对，这一切都不对。

不应该是这样的。

婚纱照怎么可能还悬挂在床头？白月菲困惑至极，想了半天，也搞不懂为何会如此。又想来思去了一会儿，白月菲终于找出一个她自己信服的理由——江桐应该是想要通过婚纱照刺激脑神经，试图去找回那些缺失的记忆……

“……不要……不要……”江桐突然呻吟起来。

视线锁在婚纱照上的白月菲因那痛苦的声音而立马回神，担忧地望向江桐。只见江桐浓眉紧皱，深邃的五官有些扭曲，一副难受至极的模样，白月菲看得揪心，再也无法离去，不仅如此，她还不由自主地走向了江桐。

定步床前，白月菲弯腰握住江桐的手：“是不是胃又痛了？”

江桐的意识被胃痛折腾得十分模糊，他已然分不清现实和梦境，事实上那只不过是一个梦境而已——云雾弥漫的湖边，女孩背对着他，一点一点远离他的视线，他卑微地乞求她不要走，她却头也不回地走远了，无论他怎么追也追不上，于是他大声喊她，想要叫她不要走，可是喉间干哑，嘴里却只重复冒着两个字“不要”而已。

“你说什么？”白月菲听不清楚。

“……不要……不要……”江桐眉头紧皱地呓语着。

江桐的声音小而不分明，白月菲不知道他在说什么，她只好下意识握紧江桐的手，把脑袋凑近了些去听。

无论江桐多么不愿，女孩还是消失在了湖边，江桐因此而崩溃，这一崩溃就脱身出了梦境，猛地睁开眼睛，一张熟悉又陌生的脸映入双眼，江桐傻傻地看着白月菲，虚弱的意识让他以为一切还是梦境。

呆呆的眼神里闪过微光，江桐低姿态地乞求道：“不要离开我。”话落间已经一把抱住了眼前人。

他紧紧地抱住她，生怕她离他而去……

那个拥抱让白月菲措手不及，她一怔，然后身体就紧绷起来，她的面色急转恐惧，她慌忙用力推开江桐，江桐却怎么也不放手。她用尽了全身的力气要逃离江桐的拥抱，只是她越是这样，江桐越是加大了手腕的力度，他不肯也不会放手。

不多时，虚弱的江桐已经招架不住白月菲强劲的力道，只好一个侧身，把她压在身子下面。

白月菲愣了半秒，然后对着江桐乱挥着双手。

改变的身体方位给了江桐利处，让他得以轻易桎梏住白月菲的双手。他定定地看着受困的她，他不会让她就此离开的，他永远不会让她离开。

似曾相识的一幕，白月菲惊恐地望着江桐，语无伦次地尖叫着：“……你……你要……做什么……放开我……听到没有……放开我……”

白月菲过激的反应狠狠刺激着江桐的脑神经，像是有一道极强的电波从脑海里流窜而过，刺骨的痛，痛到江桐咬紧了牙关。他以为这阵痛会持续下去，岂料阵痛突然消失，深呼吸一口气，江桐继续定视白月菲，她还在不停地叫喊，苦苦地挣扎，他茫然地看着，只觉得一切混乱不堪，头晕目眩之际，他的太阳穴一跳，支离破碎的画面急速奔过脑海，一个脸戴面纱的女孩出现在他眼前，他看不清楚女孩的模样，只看见一双灵动的眼睛盯着他，那双眼睛似乎是她！他不禁靠近她，要将她再看清楚一点！

她紊乱的气息缭绕在他唇间，正当他深陷云里雾里之际，突然，他身体一颤，眼睛惊亮，他彻底清醒了，原来眼前的一切不是梦境，是真实存在的。

他与她之间几乎只有一张纸的距离，白月菲因此不敢动弹，更不敢开口讲话，生怕碰触到他的薄唇。

她双眼惊恐地望着他。

吵闹的房间忽然安静。

江桐目光浓重地直视着白月菲，喃喃低语：“我们曾经有过这样的情景对不对？”他的薄唇无意摩挲过白月菲的柔唇，湿软的触感瞬间挑起了他的欲望。

白月菲惊慌瞥过头躲避他的肌肤之亲，只是那薄唇也就跟随白月菲的动作扫过了她的脸颊，白月菲一惊一愣，惊的是她与江桐竟然在5年后这般亲密接触，愣的是她没想到江桐会问这样的问题。

……难道是……他想起什么了？

她又是否希望他恢复记忆呢？白月菲不知道，只知道此刻的江桐很危险，就像新婚之夜的他，就像那个午后的他，那么疯狂那么残忍那么歇斯底里。

江桐身体一动，薄唇贴到白月菲的耳朵上，继续追问："有过对不对？"零碎的画面一直闪现在他的脑海里。

白月菲清楚江桐的耐心有限，沉默不是办法，她必须要回答他的问题，她的声音因为害怕而颤抖："你记错了！"

答案不是他想要的，江桐眼神荫翳地放开白月菲的左手，单手掰正白月菲的脸，厉声道："你在说谎！"

白月菲抓住机会，用左手推开江桐，再一次尝试逃离江桐的掌控，却不抵江桐眼疾手快，他再次钳制住她的双手。

他牢牢掌控着她，她再不能动弹。

她是逃不了了！白月菲心底明白，嘴上却不服软，她漠然地抵触道："我永远不会告诉你真实的答案。"她深恶痛绝被江桐这样禁锢。

"白月菲！"江桐大声吼道，厉声威胁："如果你不告诉我真相，今天休想走出这个房间！"他不要等了，现在他就要知晓她绝口不提的一切。

针锋相对的关键时刻，白月菲记起小辰，嘴角一挑，冷冷笑道："你能把我关多久？小辰一个人在客厅，若是长时间不见人陪在身旁，一定会哭闹的！你忍心看到你儿子难过吗？"

江桐嗤笑，胜券在握："在小辰哭闹之前，我会得到我想要的答案。"无论用什么方法都行，他要知道真相。

"……你……"白月菲话还没讲完，江桐的吻就猛地砸了过来。

他的舌头乘虚而入，白月菲脸色惊变，本能地要推开江桐，双手却被他死死钳制着。

他柔软的舌在她口腔里肆虐。

情急之下，自我保护的意识让白月菲也顾不得什么，只见她眼睛狠狠一闭，双颌一用力。

没错，她咬了他。

唇上一阵生疼，眸色热烈的江桐就此顿住，过了2秒，他眼光黯然地慢慢抽离白月菲的口腔，将头抬高到可以与白月菲对视的距离。

空气似乎都凝结了。

躁动的房间又再次安静下来。

重新呼吸到了新鲜氧气，危险似乎远离了一点，白月菲畏惧地打开眼睛，第一眼就清楚看到江桐的唇间溢出的鲜红血液，白月菲有些懵掉了，呆呆地望着江桐，她震惊自己的所作所为，她怎么会如此伤害他？她不是有意的！她只是想要自我保护罢了！

江桐感觉唇间温温热热，有些刺痛，鼻息间有血腥的味道。江桐的眼珠迟缓地转了一转，然后抬起手背擦拭唇间，温热的液体伏贴在手背上，她竟然咬了他！江桐望着白月菲的黯然眼光突转冷冽，他的胸口仿似被白月菲扎了一刀，狠狠地绞痛着！

就这么厌恶他吗？

就如此厌恶他的吻吗？

江桐冷冽的眼神骤变，既然如此厌恶，那就厌恶到底吧！突然，江桐像一头发了疯的野兽，再次狂乱而霸道地覆盖住了白月菲的柔唇！

无论如何，她不想再伤害江桐的身体了！于是全身虚软的白月菲无心也无力去招架发了疯的江桐，只能任凭江桐的吻从她唇间游弋到她脖子，再到她胸部。

全身火热的江桐一边激吻白月菲一边开始解她的衣服扣子，拇指与食指一动，白月菲的衣服滑向两旁，纯白色的内衣就此袒露，事已至此，白月菲心痛地闭上了眼睛。

无助而痛苦的泪水顺着白月菲的眼角接连不断地滑落，不过顷刻间，已经打湿了她脖颈间的发丝。

136

江桐的薄唇狂热在白月菲胸间，满足之后，伸手去解那纯白色内衣，这个时候才发现白月菲安安静静不动了，江桐惊怔地顿住，抬头愣愣地看着白月菲。她正无声地痛哭着，那难过的眼泪一颗一颗从她的眼角流进了他的心里，江桐的心脏因此而抽痛，他在做什么？怎么会对她做出这样的事情？江桐吃惊而懊恼地抽离白月菲的身体，也就是在这时，江桐的脑袋再次狠狠地疼了起来，只是瞬间，江桐就已经力气全无，双眼更是不受控制地阖闭，然后，他整个人就瘫软地贴在了白月菲的身体上，惨白如雪的一张脸埋在白月菲的脖颈间。

无数如惊涛骇浪般的零碎画面出现在江桐的脑海里，那些残缺的零碎画面带着排山倒海的强大力量相互冲抵撞击，江桐只觉一阵切心蚀骨的痛，痛到极致时，那些残缺不全的画面竟然奇迹般地重组在了江桐的脑海中！

所有被尘封的前尘往事完完整整地出现在江桐脑海里。

像是经过九死一生般的江桐缓缓睁开眼睛，瘫软的身体正逐步恢复力气。

因为那些失而复得的记忆，江桐的心间似被白月菲重重地加深了一刀，那一刀之后，心口深深绞痛的江桐只是长叹一声，然后惨然一笑，像是在对白月菲说又像是在自言自语："原来我和你的曾经是这样的！"

处于崩溃中的白月菲没有听见江桐的话语，她依然痛楚地闭着眼睛。

见白月菲没有反应，江桐轻吐一口气，支起上半身，眼眸幽深地凝视着白月菲精致的脸蛋，动作温柔地拭去她睫毛上沾染的眼泪，他轻轻低言："我想起我们的曾经了。"

话语似惊雷劈过白月菲心间，劈得失神的她魂魄归位，她不可置信地睁开眼睛，惊诧地望着江桐，不敢相信他的话语。

江桐的情绪开始不受控制的起伏，一下子变得非常激动，右手握拳捶打着白月菲耳旁的枕头，他抓狂地吼道："告诉我，5 年前的那个下午，为什么要走？"

因枕头震动而变得摇晃的视线中，白月菲反应异常迟钝，她缓慢地接收着江桐的问话，理解之后，却只是颤抖着嘴唇，再无回应。

江桐狠狠一咬牙，终于用力控制住狂暴的动作，只是心间那团烈烈火焰依旧烧得旺盛，只见他对着白月菲厉声喊道："说，为什么要走？"

白月菲逃开江桐的视线，神色沉黯而恍然地看向一侧墙壁。

原来他真的想起了过去！白月菲既惊讶又惊惧，惊讶江桐恢复了记忆，惊惧他们之间又将何去何从。

见白月菲闷不吭声，江桐眸光阴狠地挑起白月菲的下巴，硬是把她的脸正向于他。

“为什么要走?”江桐的声音低了下来却又更加地压迫人心，“为什么要走得那么绝情?”

白月菲缄默不语，她不想更觉得没有必要再谈论过去了！毕竟漫漫岁月早已经覆盖住那些往事尘埃……

江桐却不依不饶，他捏紧白月菲的下巴，一字一句地咬牙切齿道：“我在问你话。”

白月菲以为她会继续默默承受江桐的折磨，以为她不会在他面前重提过去，可是她却清楚地听见她反问江桐的声音：“你觉得呢?”原来她是在意的，在意他是怎么认为她离他而去的……

江桐被反问地一愣，动作迟缓地放开白月菲的下巴，声音沙哑地猜测道：“是因为我打了李陌?”伤了她在乎的人，所以她才一气之下离开他，是这样吗?

原来他是这么认为的！白月菲肩膀一颤，抿紧嘴唇，片刻之后，她苦笑：“直到现在你还不明白我离开你的原因吗?”

江桐目光困惑地摇头，如果不是因为李陌，他实在想不出白月菲离开他的理由。

白月菲的手指抽紧，突然想要看看江桐知道真实答案后的反应，白月菲脸上的苦笑消失，她正视江桐的眼睛！不闪不躲，深深望着江桐等待揭晓答案的双眸，她叹息一声，那些沉沉压在心底的残忍画面让白月菲的声音不禁哽咽而凄凉：“是因为你……没错，那时是我死皮赖脸要回到你身旁，因为要留在你身旁的心意，所以忍受着你的为所欲为，可并不代表你可以强行占有我的第一次，而你却那么做了，而我却犯贱地忍了！我以为不会再有第二次的，可悲剧的是你还是让它发生了，短短几天，你强迫了我两次！我是人，不是你性虐的工具！在遭受那一切之后，我怎么可能还留在你身旁？难道你还想让我再继续面对你第三次、第四次甚至无数次的践踏吗?”白月菲的语速极快，怕下一秒她就没有勇气说出那些不堪。

强行占有！践踏！这样的词汇狠狠刺进江桐的耳朵里，他眉宇一低，扣紧手心，他承认白月菲说得没错，事实上也是如此，可是那也是事出有因啊！如果白月菲没有一再刺激他，触犯他的底线，他怎么可能会丧失理智干出那样禽兽不如之事？事后他也很后悔很痛苦，可是既然白月菲已经成为他的妻子，又怎么能因为这件事情轻易地离他而去呢?

越想越生气，江桐语气强硬道：“你是我的妻子，我占有你的身体天经地义，难不成你还想把身体留给李陌不成?”

他原来是这样的反应！白月菲目中闪过悲凉，本以为江桐在听她亲口讲述那件事情之后，不说安慰她或是对她致歉，至少也该表现得自惭形秽啊，哪怕有一丝惭愧也行啊！谁知他竟是这般理所当然的说辞，思及此处，白月菲的面容已是浓浓冰寒。

江桐却继续言带嘲讽:“白月菲,你是没长脑袋吗?李陌若是真的想要你,一个成熟的男人能一直不动你?会当众拒婚?如果不是我娶你,大众只会把你当作茶余饭后的笑柄谈资!”

仿似有一块大石头砸过白月菲的胸口,沉闷而钝痛,白月菲强忍住胸口的痛楚,脸上的表情却转为一派风轻云淡:“那么江总裁为什么还要娶一个笑柄呢?”他懂什么?李陌一直不动她是因为尊重她好吗?

江桐如刀一般的凌厉眼光割向白月菲。

那颗苦海里翻滚的心一狠,要把对方带给自己的难受加倍偿还,似乎这样才能缓解心中不被对方爱的痛苦,只是,江桐忽略了一点,这样折磨白月菲也会伤害到他自己……

江桐漠然地一笑,声音冷若冰霜:“我当时说过娶你只不过是一场商业游戏,你怎么这么快就忘记了?”

真是智障!怎么会给自己挖了这么一个大坑?白月菲恨不得给自己一巴掌。

江桐见白月菲神情波动得厉害,暗暗痛苦的他顿时有了畅快之感,他要多体会一下那痛快的感觉,于是继续冷言冷语地颠覆着过去:“当年娶你的原因我只告诉你其一,还有其二。”

白月菲尽量控制着激烈翻荡的情绪,默然等待江桐说出那个她不曾听说的另一个原因。

“想必你很想知道吧?好,你听好了,”江桐眼神绝狠,一字一字道,“是为了折磨你,我要报复,报复你当初对我的背叛。”

话语讲得清清楚楚,白月菲听得真真切切,心脏像是被千刀万剐一般,原来那时的他是这么想的!原来那时她所感觉到的缓慢回暖的感情是不存在的,原来一切都是她的错觉!那时的她怎么会那么傻?怎么会不知道再度回到他身边之后他对她是没有感情可言的,他对她只有恨意,满满的恨意……可是她不甘心啊!因为一颗真心挚爱他,所以不甘心他如此残酷的说法,她像是快要沉下湖面的溺水之人,却又在最后一刻抓住了一根救命稻草,她眼睛不禁发红,在那之前呢?他是真心爱过她的吧?白月菲还想守住这最后的一点,因为年少青春岁月里他真切地宠爱过她,他爱得那么情深意浓,那幸福美好的画面是不会骗人的。

“是,我不会再傻到以为5年前你是真心爱我,”白月菲声涩语哽咽道,“可是5年前你之所以报复我,是因为我离开你之前你是真心爱我的对不对?你接受不了我离开你的事实,所以才会报复不是吗?”这是她对江桐最后的念想了。

爱过?他爱她的时间就只是她离开他之前吗?她难道就听不出他所说的是气愤之语,是与心中截然相反的话语吗?这让江桐彻底寒心了,她如此不懂他的诚意真心……

可是他又懂她这一刻要抓住的是什么吗?他不懂啊!他还以为她提出那个问题

的目的是要他承认他爱过她，然后她就会毫不留情地践踏他的爱……

而他绝对不会给她机会践踏他的一颗赤诚真心……

可惜啊！这一刻的他们终究都不懂彼此！在如此言语状态下，试问他们又怎么能平心静气地去理解对方没有明说的那份真心实意？

于是江桐越失望就越想继续刚刚那一点快感，以此抚慰他不堪的心，他的语调是故作的淡然："从一开始，我就没有爱过你，那时只是一时新鲜，想尝试一下跟普通人交往的感觉，而你刚好长得不错，符合我审美，加上又谈得来，所以让你长时间存在于我身旁，但一直没想过娶你，而后来娶你的原因需要我再重复一次吗？如果需要，我很乐意。"只是江桐说完之后眼中却生出了一片水雾。

情绪如狂潮翻腾，白月菲竭力压制，这个时候她不能乱了阵脚，既然江桐是如此心思，那么她当时的痴心也就没有存在的意义了，她对江桐彻底心寒，他以为他很能耐是吧？可以将她玩弄于股掌之中是吧？她不会让他白白践踏她的真心，她的声音清清淡淡："不需要你重复，因为我不在乎你何种原因娶我。既然话已经说开，那么我也告诉你一件事情，年少时我之所以选择跟你在一起，是因为我得不到李陌，所以只能退而选择与李陌不相上下的你，好以此刺激李陌，事实证明，我当时的手段非常成功，李陌终于主动开口让我留在他身边，虽然后来没能成为他的妻子……不管我跟李陌的结局如何，而你江总裁，永远只是被我利用的一颗棋子而已！"白月菲轻蔑一笑，摸摸自己的脸，慢悠悠道："我真没想到我这张脸可以入得了江总裁的眼，更没想到它还可以骗你那么长的时间。"逞口舌之快后，白月菲的神色明显动荡不安，因为她才意识到刚才的说辞犯了一个无比严重的错误，不该把李陌牵扯进来的，只是话已出口，收回已经来不及了……白月菲的手心冒出一阵冷汗，暗暗希望江桐听到的重点只是被她欺骗玩弄，但愿他能忽略掉她提过李陌……

"不可能！"江桐哑声否认，从主动沦为被动，他颤抖地伸出手，指间轻抚白月菲的额头："那时你爱过我的对不对？"她的爱曾经点亮他黯淡的生命，是她让他相信了幸福，虽然那幸福很短暂，却成为他生命中最闪亮美好的印记。

眸色沉沉的白月菲强自镇定了一下，承认爱过江桐不是等同于给他机会让他嘲笑她的愚爱吗？她不会自取其辱的，她决绝道："从来没有。"对于江桐此刻的表现，白月菲暗暗松了一口气，由此看来，江桐确实忽略了李陌，他更为在意他是否被她欺骗！这样最好不过了！她只要不连累李陌，才不管江桐如何看待她了。

事实上，白月菲是深爱江桐的，只是白月菲的深爱也曾狠狠伤害江桐，而且现在也是如此，此刻她把江桐伤得如此的不留余地。

江桐的嘴角抽搐，抱着最后一丝希望问："既然从来没有爱过，那么为什么要生下小辰？"

白月菲面不改色，继续撒谎："小辰是意外，我承认我在爱情里的自私和不择手段，可是我没有为此让别人付出生命，自然也做不到亲手杀掉那个无辜的小生命……”她不会忘记5年前的他有多狠，从他不要她们母子的那一刻起，他和她之间就再无情分可言。

最后的爱情希望破灭，江桐颓败地从白月菲身体上撤离，郁郁地朝着门外走去。江桐毕竟跟白月菲朝夕相处过，如同白月菲所言，抛开她对爱情的算计之外，不可否认平时的她心性纯良，所以江桐可以理解她留下小辰的“荒诞”决定，可是他理解不了那么善良的她为什么唯独对他最狠，狠狠地毁了他的爱情。

可是他的爱情难道都是被白月菲毁掉的吗？当然不是，江桐不过是当局者迷罢了，局中人的他尚不知其实他自己也有责任。

走到楼梯口之后，江桐边走边朝下望，现在他只想看看他的儿子，此时此刻，只有儿子能安抚他受伤的心，只是当他游目看去，小辰已不见踪影，江桐急忙走下楼梯，唤来仆人一问，才得知小辰刚跑到外面去找他和白月菲了，现在正由忠叔陪着。

江桐快步移至门外。

门口不远处，忠叔蹲在地上，小辰骑在他背上，两人正在玩骑马打仗的游戏。

孩子的欢笑声缓解了江桐心底的巨大悲伤，他走过去，换下忠叔，让小辰骑到他背上，任小辰使唤指挥。

137

二楼卧室。

衣冠不整的白月菲深吸一口气，面色暗沉地坐起身，整理好身上的衣服。这一刻，白月菲只觉得好累好累，她很想回家，回到那个虽小却能让她安心的地方，不过她清楚在回去之前，她还需要做一件事情——哄小辰入睡。

无论如何，不能让儿子看到她的难过！白月菲的嘴角僵硬地一扬，挤出一个牵强的笑容，神情掩饰得不算好，却足以瞒过小辰的眼睛。

移身下床，白月菲去往楼下客厅，走到楼梯口时，发现客厅空无一人。

小辰去哪里了？

白月菲快步下到客厅找人，四处寻望的眼光最终定格，面向落地窗的白月菲瞧见不远处江桐正趴在草地上背着小辰玩游戏！白月菲面露担忧之色，他刚刚胃病发作，现在应该好好休息才对，怎么还做如此耗费身体的事情？白月菲径直走向门外，她要带走小辰，好让江桐得以休息。

她对他的关心，又或者先前对他的伤害，她都不能自控。

走到门口，白月菲蓦地顿住脚步，眼前是忠叔苍老的背影，他正望着江桐所处的方向。

沉吟片刻，白月菲上前到忠叔身侧，先开了口："忠叔。"

忠叔侧身一看，语调平和地称呼道："月菲小姐。"

白月菲觉得有件事情必须知会忠叔："江桐已经恢复记忆了。"

忠叔大惊："什么时候的事情？"千算万算，没想到他的少爷会在这个节骨眼上恢复记忆！事情还真是多变，先是小辰的身份从"李陌的私生子"转变成"江家的小少爷"，现在却又冒出这档事情！不过话说回来，在小辰的身份转变之前，忠叔还一直奇怪李陌的私生子怎么会长得像他家少爷……

"大概 10 分钟之前吧……"

"怎么恢复的？"

白月菲斟酌些许，还是大致讲了当时的状况，当然，某些激烈的部分只是一词带过而已，白月菲讲完之后面色沉重地问了一句："忠叔可还有信心分开我和江桐并且让我顺利拿到小辰的抚养权？"今时不同往日，现在忠叔要应对的可是恢复记忆的江桐，忠叔真的做得到吗？

"7 天之内，我会让你如愿以偿。"成竹在胸的忠叔回答得干脆，他本来已有可行计划，之所以迟迟不行动，是因为需要等待一个恰当的时机一击即中，只是现在事态大改，忠叔不得不另谋方案，且得赶快将其实施，以免夜长梦多！本来要让失忆的少爷自愿放弃白月菲和小辰就很是困难，而现在如果让恢复记忆的江桐那么做，听上去更是天方夜谭……不过，江桐在白月菲面前恢复记忆这事反倒让忠叔心生良计，他的少爷啊，最在乎的那个人也就等同于是他的最大软肋……

“妈妈！快过来跟我们一起玩。”小辰挥舞着小手喊，他刚才一晃眼，便看见白月菲站在门前。

白月菲望向小辰回应道：“好的。”从小辰身上收回视线，白月菲看向忠叔：“我等那一天的到来。”语落，朝着父子俩走过去。

一想到只用再忍受江桐7天，白月菲沉重的情绪倏然散去，她面带微笑地停步父子面前，江桐也随之暂停爬行。

白月菲也不看江桐，只是对他背上的儿子柔声道：“小辰乖，快下来，妈妈带你去洗澡。”

“我不要嘛！我要跟爸爸一起玩。”

“小辰，时间不早了，你得洗洗睡觉了。”

“可是我想跟爸爸玩。”小辰嘟着小嘴，紧贴在江桐的背脊上，不愿下地。

全程漠视白月菲的江桐终于看向她，他清楚白月菲此刻的心理状态，她无非是想要尽快离开这里，所以才如此着急小辰的睡觉问题，江桐收回冷冷的视线，反正他暂时也不想见她，不如成全她！

江桐反手取下小辰放到地上：“小辰，今天爸爸也累了，小辰听话，早点睡觉，明天爸爸再陪你玩，可以吗？”

小辰一脸不情愿，却还是乖乖地冲着江桐点了头。

这小家伙真是拆她的台！白月菲脸上有些挂不住，儿子是她养大的，江桐和儿子相见才多长时间？没想到儿子在她和江桐之间竟然选择听从江桐的话，真是心塞啊！

小辰伸出双臂，抱住江桐的脸，用力亲了一口：“爸爸，小辰去洗澡了。”

江桐摸摸小辰的头：“好的。”

小辰这才蹦到白月菲面前，白月菲伸手牵过儿子回屋。

婆娑的光影中。

江桐站在原地，痴望着一高一低移动的背影，直到那两个背影隐没进房门，他才收回视线，拿出手机，打了一通电话，简短吩咐了几句，收起电话，挪动脚步，走向篮球场。

运动可以让江桐发泄情绪，以及可以让他暂时不去想白月菲在卧室里说过的那些字字诛心的话语！

小辰很快睡着，白月菲轻手轻脚地退出房间，关上房门，抬手看了看时间，正好9点钟，这时间叫车还算方便，调出叫车软件，还没来得及叫车，一个声音就响在耳边。

“少夫人。”仆人先恭敬地打招呼，再告之：“少爷已经替你安排好司机。”

白月菲收起手机，对仆人点头表示知道了，说实话，白月菲确实意外江桐如此安排，本以为在她说了那些伤人的话语后，他不会替她安排司机回家……

他的举止让她看不懂，反正现在看来，她也从来没有懂过他，她对他那么多年的恋与怨也不过是一场他未曾付出真心的游戏而已，而她直到他全盘托出之后才懂得这一点……

仆人继续道：“少夫人，少爷说从明天开始，他会亲自送小少爷去上学，你早晨就不用过来了！”听到此处，白月菲的脸色顿时就变了，而仆人几乎没有停顿地继续道：“不过，你晚上可以过来安抚小少爷睡觉！”白月菲的神色这才恢复正常。

江桐要怎么安排都随他，反正这样被他摆布的日子她最多再忍 7 天！ 这 7 天之内，只要每天让她见小辰一次，她就心满意足了。

第二日，清晨，美微一早打来电话询问白月菲处境如何。

白月菲便把忠叔的承诺告知了美微。

“哈哈，我就知道，天无绝人之路！”美微在电话那头兴奋地尖叫道，“白月菲，我等着你的好消息。”

“我也期待那个好消息。”

一连 3 天下来，白月菲每次在江氏别墅看见江桐的时候，他都板着一张脸，不看她半眼，好像她不存在似的。

而白月菲呢，她并不在乎江桐漠然的态度，反正她很快就可以带着小辰离开他的世界，他爱摆什么表情都由他。

这一天中饭之后，白月菲接到忠叔的电话。

“月菲小姐，等会少爷会派车过去接你，我希望你牢记，我的计划需要你今天完全顺从少爷所有的安排。”

“为什么？”

“你不需要知道理由，你只用配合我的计划。”

“好。”

电话一挂断，霍洋的电话就打进来，白月菲听他所言：“月菲小姐，15 分钟左右，有车到你家门口接你。”

白月菲也不多问：“好的。”

司机很快到门口。

“去哪里？”白月菲一上车便开始打听。

“酒店。”

白月菲心里咯噔一下：“江桐也在酒店？”

“少夫人，我是按照少爷的吩咐过来接你，至于别的，我不清楚。”

“好吧！”

去酒店干什么呢？白月菲一路猜测，真的猜不到江桐到底要做什么。

到达酒店之后，白月菲没有见到江桐，而是第一时间被一位制服经理领进了化妆室。

换衣。

化妆。

白月菲配合着江桐的所有安排。

经过造型师的巧手装扮，白月菲愈发的甜美娇俏，完全不像生过孩子的女人，仿佛还是大学时期那个朝气灵动的女生。白月菲缓缓起身，怔怔地望着镜子，眼前这个身着一袭红色纱裙，披着微卷长发，妆容精致无比的女生还是那个被岁月磨砺过的她吗？

“少夫人，少爷在外面等你了！”侍者推门进来。

“好的。”白月菲收回视线，定了定摇曳的心神，跟随侍者走出房间。

138

绕过走廊，转一个弯，白月菲便看见身着正装的江桐，他面向着她，倚着一扇木门而立。

她缓缓走向他。

他被清新灵动的她吸引，出神地望着。事实上白月菲并不如陈依琳貌美，可是在江桐的眼中，白月菲就是无人可媲美。

她迷了他的心，不，确切地说是他选择让她迷了心，试问又还有谁能入他的眼呢？

在江桐的视线中，白月菲已经走到他眼前。

侍者退下。

这一刻，江桐只想对白月菲倾诉爱意衷肠！他张了张薄唇，只是已经蹦到喉咙的言语还是被他的理智压制下去，他眼睛里的深情转瞬即逝，他声音淡淡道："这场活动只是演戏，江氏集团需要这场戏码提升在民众心中的形象。"

活动？白月菲立马就不淡定了，不过也只是一瞬间，因为她牢记在心的忠叔的叮嘱让她立马恢复了镇定，她只问了一句："那么我要怎么演这场戏？"难道江氏集团遇到什么危机了吗？已经到需要做戏给民众观看的境地？可是这听上去怎么那么天方夜谭，在江桐的掌控下，江氏集团怎么也不会如此啊……

一道暗光流转在江桐的双眼里，原本以为白月菲会对他刨根问底那是一场怎样的活动，不料白月菲却问了这么一个问题！其实就算白月菲真的询问活动内容，江桐也不会告诉她实情的，反正他不怕她因此拒绝参加活动，因为他有的是手段逼迫她与他一起恩爱做戏出现在活动之上！只是他却不是真的在做戏……

白月菲一直看着若有所思的江桐，静等他的回答。

那道暗光消失，江桐定了定心神，嘴角轻轻一扬："全程保持微笑。"语毕，江桐已经推开大门，一手牵着白月菲走了进去。

霎时，人声鼎沸，无数闪光射进白月菲的眼中。毫无心理准备的白月菲只觉得刺眼，不禁眼眶一缩，半眯着眼睛，完全由着江桐带着她朝前走，她一边跟随江桐的步伐，一边寻望灯光的来源，眼睛逐渐适应接连不断的闪光，白月菲这才完全睁开了眼睛。

一行人端着长枪短炮似的各类摄影器材正对着她和江桐，白月菲顿悟，原来这就是江桐口中的戏码啊！

"现在朝我们走来的是江氏集团总裁江桐先生及夫人白月菲女士，欢迎两位为旗下子公司盛世娱乐年会致辞!”

主持人的发言搞得白月菲太阳穴一紧,原来是盛世娱乐公司的年会活动……

这一刻,白月菲和许多人一样才知晓了江氏集团和盛世娱乐之间的关系,白月菲对于此事的惊讶并没有表现在脸上,她了然此时应该用怎样的表情面对观众最为恰当,所以她始终保持着微笑,心中却是在暗暗感叹原来江桐就是盛世娱乐公司的幕后老板啊!白月菲也因此困惑,毕竟江桐这个身份隐于幕后那么久,是无数人想解却解不开的谜团,而现在江桐却自动曝光!到底为什么?白月菲理解不了江桐这么做的用意,毕竟网上关于 SuperStar 陈依琳所属公司的老板传闻不断,江桐现在自动曝光身份无疑是引火上身!白月菲快速地思考了一番之后,便觉得她的担忧是多余的,因为他是江桐,即使他真的引火上身,也是有办法灭火,全身而退的。只是白月菲很是不解,先前江桐明明说过这场活动是想提升江氏集团在民众心中的形象啊!这哪里是提升?完全就是没事自找麻烦!

网络和电视台都在直播盛世娱乐公司的周年活动。

观众们大多数是冲着各路明星收看的,没想到有眼福看见江氏夫妇亮相,意外之喜,大家更是激动兴奋不已,不过主持人的那番话语却让观众和媒体在激动兴奋之余纷纷咋舌:原来盛世娱乐的幕后老板就是江氏集团的总裁江桐!

那么陈依琳是否真的和江桐有一腿呢?

观众和媒体的各种议论和猜测漫天飞。

而今天,陈依琳会作为年会的开场嘉宾演唱歌曲,现在江氏夫妇要在晚会致辞,按照顺序,下一个出场的就是陈依琳!三人一前一后出现在年会上,真是一台好戏……

观众和媒体拭目以待。

贵宾等候室。

陈依琳直盯着电视上的直播!表情还算平静。事实上,她从韩国回国不足 3 小时,落地机场之后,便直奔这里!

盛世娱乐每年会在 6 月中旬举行年会,直播是惯例,不过江桐从未参加过历届年会!陈依琳本以为今年的年会照例,昨晚突然从忠叔口中得知江桐今晚会亲临现场!为此,她还高兴了好久!终于有机会和江桐一道出现在荧幕上!只是现在怎么一起出现的还有白月菲?

说到白月菲,陈依琳还因此心塞了好几天!那晚在公寓门口和江桐分开后,她依旧对江桐爱意不减,设想过各种拿下江桐的办法,只可惜没来得及实施。由于通告行程的安排,第二天她便飞往韩国参加一系列的活动,那期间,她每天都会打电话给霍洋询问江桐和夏晴的情况。

霍洋每天告知两人之间的进展。

她也从霍洋口中得知了夏晴的真实身份,知道真相的那一刻,陈依琳像遭了五雷轰顶，几乎崩溃！原来夏晴就是白月菲！陈依琳本以为这已经是最坏的局面，没想到4天前，忠叔告之她江桐已经恢复记忆，她当时就傻了！失去记忆的江桐都那么在乎白月菲！何况是恢复记忆的江桐！陈依琳因此惶恐而不知所措，她知道自己没有可能赢得过白月菲！那个占据江桐心扉的白月菲！她从来都不是白月菲的对手！

正当陈依琳陷进困局之时，忠叔打来电话，说有办法让她留在江桐身边！陈依琳虽然觉得忠叔的话语离谱，可她已经束手无策，既然忠叔说得那么有把握，她信一回又何妨？

可是现在怎么是这种情况？陈依琳阴沉着脸掏出手机，拨通忠叔的号码，出口就是一番不满的质问。

忠叔语气沉着地解释道："白月菲来现场是意外，霍洋说是少爷临时决定的，不过这并不影响我的计划，你只要按照我所说的做。"忠叔吃定江桐一定会对他自己的行为负责，正是因为这一点，忠叔才如此笃定江桐一定会因他即将"发生的行为"而主动放弃白月菲。

陈依琳稍微松了一口气，底气不足地回了一个字："好。"但愿忠叔的计划成功。

年会大厅现场。

江桐的脚步落定舞台中央，白月菲也随即停住。

记者们的闪光灯根本停不下来。

现场尖叫声连连。

这毕竟是时隔5年之后，江氏夫妇第一次牵手出现在公众面前，叫人们怎能不亢奋？

主持人递上两支话筒，江桐伸手接过，将另一支递给白月菲。

白月菲微笑着接过话筒，贴近江桐的耳朵，难为情道："我不知道讲什么啊！所以你看能否……"

江桐截断白月菲的话语："你想讲什么都行。"

白月菲还想继续推拒发言，这时候，江桐已经对着话筒发声："今天是盛世娱乐的周年活动，我和我妻子祝大家在这里度过一段愉快的时光。"发言极短，没有总结公司去年一年的发展，更没有展望未来！江桐本就话少，原本就不喜欢在媒体面前抛头露面，这次之所以出现在年会现场，也是昨晚才临时决定的，自从那晚白月菲说从来没有爱过他的时候他的心已死，但是死心并不代表他可以放走她，他要把她囚禁在身旁，他会让她尝到玩弄他的后果，她带给他的痛苦，他会加倍奉还给她！虽然尚不清楚在她离开他之后李陌为何会主动带她去别墅悉心照顾，又或者李陌为何会疼爱他的儿子小辰……那些关于她和李陌的过去对于死心的江桐已经不那么重要了，重要的是他不会让白月菲和李陌之间的关系继续保持下去，所以不计后果地演了这么一出！他迫不及待地对李陌宣示主权，他知晓李陌因公事而身在国外，以李陌对白月菲的关心，必定会从媒体铺天盖地的报道中看到此画面。他要让李陌迫于舆论的压力跟白月菲保持距离，他更会让李陌完全抽离白月菲的世界，他拭目以待到那时候白月菲还要怎么爱李陌。

全场掌声，江桐举手投足之间无不透露王者风范，那股浑然天成的王者气息吸引着现场的每一个人，他是全场的焦点。

“好，我们感谢江总裁的致辞，”主持人接话，“下面有请我们的总裁夫人白月菲女士为我们致辞。”

掌声再度响起。

白月菲清楚此刻已不能再推脱发言，她灵机一动，嫣然一笑：“我的想法和江桐一样，谢谢大家！”话音一落，江桐的双手忽然爬上白月菲的肩膀，他不过手腕稍一使力，白月菲的身体便正面朝向他。

对于江桐的突发行为白月菲显然没反应过来，她呼吸一滞，错愕地看着江桐。

江桐的手腕一松，快速端住白月菲的额头，在其上面印上一个宠溺的吻——他这是故意做给李陌看的！

现场记者们一顿狂拍。

现场掌声连连。

年会气氛因为江桐的亲密行为 High 到不行！

139

突如其来的温热之吻让白月菲一双墨黑的瞳孔里不禁泛着迷乱的光，甜甜的味道逐渐渗透进心脏最柔软的地方，酥麻又从心间扩向全身，白月菲就此恍然了。

5秒之后，那张薄唇心满意足地抽离白月菲的额头，白月菲懵然地眨着双眼，视线飘在江桐的脸上，那是一张生冷的脸，冷得白月菲不由得握紧话筒，她怎会被他的亲吻迷惑？她提醒自己：他说过这只是演戏，演戏而已！晃神的白月菲迅速平复好凌乱的情绪，对江桐露齿一笑。

那温柔的一笑仿似带着魔力使得江桐沦陷，他目光深深地望着她。

主持人适时串词："谢谢我们如此恩爱的江氏夫妇！希望每一份爱情都能如他们一般甜蜜幸福！"

主持人的话语叫醒沉沦在白月菲目光中的江桐，收回视线，他将话筒丢给主持人，一手牵过白月菲，带她去往宴会区。

主持人掌控舞台："下面有请陈依琳小姐为我们首唱她第三张专辑主打歌《爱你的时间》！"

密集的掌声中，陈依琳手持话筒出场，这次不是劲歌热舞，是一首抒情歌曲，前奏如流水缓缓而来，陈依琳已经走到舞台中央。

"江夫人，"声音很突然，一个戴着口罩的记者手持万能话筒，直击绯闻，"传闻陈依琳和盛世娱乐的幕后老板有一腿，江夫人怎么看？"其实这个来者不善胆大妄为的记者是忠叔安插的。

江桐瞳孔微缩，脚下一顿，脸色冰寒地停步在舞台右前方，白月菲也配合地紧跟着江桐顿步。

关于记者口中的那个绯闻，白月菲是听闻过的，至于真假就不得而知了，不过，就算知道真相，白月菲也不会傻到对记者和众人们去评价什么，那毕竟是江桐的私事……

现场的其他记者们纷纷愣住，这个提问的同行不想活了吗？能得到江氏集团的邀请进到会场拍摄已是莫大荣幸，竟然有如此不识抬举的家伙，是想自寻死路吗？记者们一致觉得戴口罩家伙智障，不过甭提心里有多高兴了！因为这个问题恰巧是他们想问却又不敢问的。

现场的气氛瞬间冷凝。

观众们屏息静待事态发展。

直播的收视率蹭蹭蹭一路飙升。

落花情长的音乐还在继续，伴奏节拍已到第一句歌词，陈依琳却没有开口，她揪心地望着江桐和白月菲的背影，他若有所思地停在那里，她一看便知他这是要替白月菲解决问题，那么他会如何应对呢？又会如何评价他与她的关系呢？

就在白月菲掂量着该如何处理记者的提问最为合适时，她身旁的江桐侧了头，瞥眼示意主持人送上话筒，主持人立马领会江桐的意思，急步送话筒到江桐手里。

现场的音控师眼见江桐要发言，一个手势，情丝绵绵的音乐停止。

"我妻子没有回答你的必要，"江桐语音沉冷，"不过，既然提起此事，我在此说明，我江桐此生只爱白月菲一人！我与陈依琳小姐只是朋友，就陈依琳小姐而言，她是天生的明星，今天她所获得的所有成就都是凭借自身努力！"说完，把话筒扔给主持人，丢了一个眼神给舞台边缘的黑衣保镖，之后，便牵着彻底傻眼的白月菲走向了宴会区。

发问的记者还想继续捣乱，可再无机会，四个黑衣保镖将那个记者捂嘴掳走，霍洋见状没有面露一丝担忧之色，更没有阻止保镖们的行动。一来他笃定这个记者为了家人的高额手术费用，无论是在何种情况下，也绝对不会出卖父亲的。二来，他若是出手助力记者，无疑是此地无银三百两，必定引来江桐的疑心，他又何必自讨苦吃？三来，记者的发问本就只是渲染对于江桐和陈依琳绯闻的舆论效果，从而推波助澜父亲谋划的下一步行动，所以记者是被带走或是留在现场都无所谓，反正现在目的已经达成……

"刚刚是一段意外小插曲。"主持人以这么一句话带过刚才的突发状况，而后言归年会流程安排："现在我们继续有请陈依琳小姐为我们带来精彩的表演。"

情长悠悠如水的音乐缓缓而起。

陈依琳默默望着那一双走远的背影，心里七零八落，不过脸上的表情却是平静如常，因为她不是不顾大局的人，她清楚这个时候自己是不能儿女情长的，应该把注意力放在舞台之上，而不是舞台之外，于是陈依琳朝着观众们微微一笑，拿起话筒，开口演唱：夜风轻问，是谁在回忆里念念不忘……流年时光，我在那回忆里反复思量……

舞台之下，江桐一路牵着白月菲，白月菲怔望着被他握住的手，先前他说的话久久地旋在她耳畔，轻易扰乱了她的心扉。

江桐看她若有所思，嘴角扬起一个不明含义的微笑："在分析我刚才的话语？"

白月菲的心一抖，他怎么知道的？

江桐语调悠悠地继续问她："你说我讲的是真是假呢？"

白月菲不想继续这个问题，又顾虑到不能刺激江桐的情绪，忙找理由躲开他的逼问："抱歉，我去下洗手间。"一旦忠叔的谋划成功，她和他之间就彻底画上了句点，所以那些话语是真是假对于再不与他有交集的她已经不重要了！何况他的真爱情话不过是骗骗观众而已！只是如果，如果他口中情真意切的言语是真的那该多好！这样的疯狂念想着实吓到白月菲了，她心虚地避开了江桐的视线。

江桐继续看了白月菲几秒之后欲言又止，最终放手："洗手间在右边。"

"谢谢。"白月菲快步奔向了洗手间。

4分钟后，陈依琳完成表演，从舞台移步去往宴会区。

舞台上继续着精彩绝伦的节目。

陈依琳边走边瞄着江桐，他孤孤单单地坐在鲜花粉饰的餐桌前，呆望着一个方向不动，好似和这场年会无关。

江桐的孤冷自动隔绝参宴的来宾们，来宾们在没有得到他的应允之前，谁都不敢擅自上前敬酒。

陈依琳从侍者的托盘上取过一杯红酒，朝着江桐所在的方向走过去，只是一路被来宾敬酒，前前后后，差不多花了8分钟左右才落座到江桐隔壁，与江桐临坐。她如此选择座位，是因为她明白有白月菲在，江桐不会想要与她同坐一桌。

江桐没有发现背后的陈依琳。

陈依琳探出半截身体，望着江桐的侧脸，笑笑而语："刚才的话语是真心话吧？"

江桐的眼眸明显闪了一下，保持同一个姿势不动："她不在意那些话是真或假。"

陈依琳的语声低了下去："可是我很在意。"

江桐喝下面前的一杯红酒，抿了抿唇，声音有些无力道："你不是她。"

陈依琳不再接话，目光暗淡地移正身体，端过桌上的一杯红酒一饮而尽，味道不好，是浓浓的苦涩！

那一杯红酒之后，江桐顿感全身火热，血脉似乎都在疯狂地贲张涌动，视线里的一切迅速幻变，思想越来越不受控制，身体也开始变得轻飘飘的，像是要飞离座位。就快要坐不稳的江桐用双手肘撑于桌面上，以此稳住不受控制的身体，可脑袋里却愈加蠢蠢欲动着火热的情愫，于是江桐腾出一只手来，用手掌狠力揉戳着眉心，尝试以此清醒神思迷离的脑袋。

眼前的视线被手掌遮挡，忽明忽暗的光线中，江桐渐渐觉得周围的声音变得不真实，像是幻听。

背对江桐的陈依琳又续了一杯红酒，全然没发现江桐此刻的异常状态。

特意等在宴会区入口的霍洋来回张望着江桐和洗手间的方向。

140

返回宴会区时白月菲一瞥眼就望见江桐微颤的背影，那单薄的背影颤得她心中一抖，随即闪过一个念头：难道胃病又犯了？这个念头刚冒出来，霍洋就挡在了白月菲面前。

霍洋小声交代："时间紧迫，我长话短说，这是我父亲计谋里最重要的一道关口，你现在扶 Boss 去 1106 套房的沙发上，完事之后，立即退出房间，切忌不要在房间里逗留。"

那些话语轻易将气氛渲染得紧张起来，但白月菲没有因此受到什么影响，她神情自若地朝着霍洋沉沉一点头，迅速记下了房号。

白月菲提步走向江桐。此刻由于一门心思想着要成功完成霍洋的交代，白月菲压根没去想忠叔的计谋为何需要如此安排。

霍洋退到宴会区一角，屏息望着江桐所在的方向，心中暗暗祷告希望接下来的一切按照计划顺利进行。

止步江桐身旁，白月菲才看到江桐的脸色不大正常，眼神也不对劲，似火一般的炽烈！白月菲由此断定江桐这不是胃病发作，至于他为何会这般异常？白月菲没有心思去深想，因为那个不知何时竟然被她暂时遗忘的重要"任务"又重新霸占了她的神思，白月菲眸中游离的光变得坚定不移："你的身体状态似乎不太好，我带你去房间休息吧。"说完这句话之后白月菲心头已是忐忑难安，不知江桐是否会配合？反正她已经动手扶江桐起身了。

陈依琳也听到了背后传过来的那句话，她很担心江桐，毕竟他刚刚还好好的，怎么突然身体状态就不好了？可是除了担心之外，她甚至连回头看一眼江桐都没有，她知道这个时候的江桐最想被谁照顾，所以她不打扰他们，只是担忧地听着身后的动静。

眼神迷离的江桐看着眼前模糊的女人，虽然看不清她的面容，但是听力和理智还尚存了一些。他从声音上判定眼前人是白月菲，他觉得白月菲的提议可行，不然以他现在怪异难控的状态，撑不了多久，他就会彻底掌控不住自己，而他有一种强烈的感觉，失控后的他会干出十分出格的事情来……所以为了避免他在年会上做出一些令人咋舌的举动，现在离开公众场合去房间休缓身体才是最为妥善的。

江桐半垂着眼帘，不仅没有抗拒白月菲的搀扶，还主动借着白月菲手上的力道摇摇晃晃地起了身。

没想到江桐会如此配合她的提议！白月菲诧异地抬眼望着江桐，一时忘记了迈步。

江桐觉得此刻身体的不适只是暂时的，所以没有开口让白月菲为他安排医生，而他也由于身高的优势，再加上和白月菲所处的角度，他半垂的眼帘就这么将白月菲的脸收入视线里，那盈盈的丹唇和清澈的眼睛一下一下撩拨着江桐的心弦，他原本炽烈的眼神因此越来越浓重！白月菲盯着这样的他看了不过几秒，心中便烧出了一团火！

欲火焚身中，幸好理智及时将白月菲拉回，她立刻侧脸低头看路，神情平静而坚定地扶着江桐慢慢移步，只是她心跳的频率有些错乱了……

行走中，江桐如火的目光虽然一直燃烧在白月菲的身体上，但他其实有竭尽全力去对抗那个欲仙欲醉的另一个自己。从未有过这种症状的他是因为在距离年会开始之前的 20 分钟时，胃不是特别舒服，毕竟等一下就要和她一起面对媒体，他要以最好的状态带着她出现在媒体铺天盖地的报道中，所以一向不怎么吃胃药的他连服了两倍的分量，只为赶快舒缓胃痛。

而并不知江桐吃过胃药的霍洋神不知鬼不觉地把“迷情药”勾兑在了红酒里。霍洋本来已经计划了如何让江桐顺利喝下那杯酒，结果还没等到实施，那杯红酒就被江桐主动喝了下去！

只是江桐吃下胃药不到 1 小时啊！可想而知两种不同功效的药相互作用影响，胃药应该是吃得早的缘故，在江桐见到白月菲的时候，他明显感觉不到胃痛了，这足以证明其功效基本已经正常发挥出来，至于“迷情药”还是因为胃药受了些影响，它暂时没能正常发挥在江桐身上就算了，竟然还出现了一些功效之外的症状，这就是现在江桐没走几步就阖上眼皮的原因。

漆黑一片的世界里，江桐要睁开眼睛，可是眼皮沉重如山，怎么也睁不开，什么也看不见的他只好跟随白月菲的引领而踏着虚软的步子。

她是他的方向，可她不知。

现场来宾们纷纷看向离场的二人，绝大多数的人都以为江桐是不胜酒力喝醉了。

从宴会区到 1106 房门前，白月菲没敢再看江桐一眼，她不会冲动到在眼看就要成功实施计谋的时候自取灭亡地掉进那团大火里！

而江桐呢，他只觉得很累很累，累到他连睁开眼睛的力气都没有，连本就不稳的步伐也更加飘浮。

房门是有人特意没有上锁的，白月菲单手一旋门把，房门打开，吃力地把江桐靠在沙发上，这个动作让白月菲的身体有些不受控制，一个不小心，失去平衡，直直栽向了江桐。

被白月菲的身体挤压，虚软的江桐不堪重负，沿着沙发靠背滑倒下去，一起倒下去的还有白月菲。

接下来的一幕变得暧昧，江桐背抵着柔软的沙发，白月菲趴在他的身体上，嘴唇几乎就要吻到他的颈窝。他身体散发的热气撩得白月菲意乱情迷，她呆望着他修长的脖颈，他的呼吸急促，她莫名地受了影响，呼吸也随之加快！隐隐意识到她此刻不应该如此姿态，却也只是把身子朝后挪了一点，她情不自禁地看着昏睡中的他，他闭着双眼，脸色潮红，看得正入神之际，霍洋的话语突然旋在耳边，白月菲一颤，回神，慌忙起身。

走到门口时，白月菲还是忍不住望了江桐一眼，然后神色复杂地退身离去。

一道房门把江桐和白月菲彻底隔绝。

手从门把上轻轻滑落，白月菲倚靠着门板站着，刚刚似乎被他吸引了！白月菲觉得不可思议，倒抽一口气，庆幸退出房间还算及时！庆幸之余，白月菲心中难安，想了想，拨通了霍洋的手机。

“江桐看着不大对劲，留他一个人在房间里不大好吧？”

这一刻的霍洋似乎没有那么讨厌白月菲了，他听得出来白月菲是真的担心Boss，他用略带安慰的口吻道：“Boss没事的，你也不要太担心，更不要返回房间，你只要耐心再等一会，你想要的就可以实现了！”既然白月菲是在乎Boss的，又为何迫切地要远离他的世界？霍洋不懂这样矛盾的白月菲，但懂父亲这一手操作的计谋一旦成功对于谁是致命伤。那个人就是他的Boss。

挂了电话，白月菲才发现有一个人影压过来，明暗相接的视线里，白月菲缓缓抬头，来人让她表情一凝。

陈依琳对白月菲友好地一笑，指了指房门：“可以请你让一下吗？”

大概就在5分钟前，陈依琳被霍洋当面告之：“Boss一个人在1106房间，你赶紧上去，这是我父亲的安排。”

陈依琳沮丧地回复道：“白月菲在，江桐不会乐意我……”

霍洋打断陈依琳的话语：“白月菲自愿离开房间了。”

……

白月菲怔怔地看着眼前的陈依琳，动作迟钝地挪了靠着门板的身体。

白月菲听到房门从里面被带上的声音，然后她的神思就不受控制地被牵扯进了屋内，是江桐叫陈依琳进去的还是忠叔安排的呢？白月菲认为是前者。

灯光幽柔浪漫的屋内。

陈依琳眼光一寻，瞧见沙发上的江桐，他一动不动地躺在那里，看起来似乎很难受！陈依琳神情一紧，快步跑过去，坐到江桐身旁：“你这是怎么了？”

话语凌乱地传输进大脑，混沌之间，江桐已经无法准确判别出说话人是谁，也不知道对方究竟说了什么！仅剩的意识让江桐试图睁开眼睛，他想要看清楚说话的人，无奈，上下眼皮像是沾了强力胶一般死死地粘贴在一起，怎么也分不开。他再度用力尝试，眼睛依然没打开不说，这一次使力反倒弄巧成拙，他的身体越来越不受控制，薄弱的意识被浓重的欲火牵着鼻子走，他对那个近身的女人虎视眈眈，他觉得这样的自己危险，张了张口，先前发紧的喉咙稍微松懈一点，他用尽全身气力断断续续地吐出两个字："你走。"

陈依琳尚不知江桐这是"迷情药"开始全面作用的前奏，她说："不，你看起来很不好，我不能丢下这样的你。"

意识薄弱的江桐依然不知对方说了什么，只知道对方没有走，他吃力道："你快走，快走。"身体内的那股火焰似乎就要迸射而出，其实是药效缓缓来迟的"迷情药"正在发挥作用。

陈依琳坚定地摇头，就是不走，一边从包里取出手机一边急切道："我这就打电话叫医生过来看看你到底是……"话还没说完，陈依琳正在拨号的手被另一只厚重的大手拽住，还没有来得及看清楚那只手，一股强大的力量拉扯她而去。

然后她就跌进了江桐的怀抱里。

他这是做什么？

陈依琳惊诧地望着江桐。

他怎么在瞬间变了一个人似的？

陡然间，江桐仅有的理智被一股强大的怪异力量吞噬，然后身体就发生了奇妙的变化，忽然之间，浑身充满力量。江桐猛地打开眼睛，双目之间仿佛隔了一层薄雾，看不清楚眼前的人，只觉得那股柔情春水撩人，他被撩得欲望满满，瞬间，他反下为上，陈依琳就这样被他压在了身子下面。

叫嚣的欲望在亲密的接触中像一剂毒药流进了彼此的血液中。

陈依琳的心扑通扑通乱了节奏，她满眼柔情地望着面色潮红的江桐，刚开始还担心他的身体是否还不舒服？而现在，她就只等待着他更进一步。

旺盛的欲火烧得江桐从头到脚一片滚烫，在浓烈欲望的驱使下，他一把扯开了陈依琳的披肩，目光迷离地俯下了身子。

眼看与江桐之间的距离逐步缩短，陈依琳的一双眼睛水波荡漾，满满的深情在那一片水波里悸动、翻转，她轻轻闭上了眼睛，这一刻，她已经期待很久很久了！她要成为他的女人！

141

终于，他的吻落到她嫣红的唇上。她双手环住他的后背，彼此的气息交错放纵在那湿润的地带。

一阵缠绕交织之后，江桐的唇摩挲至陈依琳修长的脖颈处，陈依琳微微一颤，酥酥麻麻的感觉似电流直击心间，惹得她声声低喘。江桐沉溺在那扣人心弦的声音里。

缠绵间，陈依琳对江桐的感情从心间直抵唇齿："江桐，我爱你。"

那五个字一点一点刺激江桐的大脑皮层，在这种意乱情迷的情况下，说来也神奇，他竟然能依稀分辨出那个声音绝对不是白月菲，所以他不可以再继续下去，可是身体和思想都不受控制，他停不下来，他一边狂乱地吻着陈依琳的脖颈，一边又竭力抽离她。

是该停止还是继续？继续还是停止？情欲纠缠不休的气氛中，不能自控的江桐吻得越来越深，陈依琳迷醉在其中。

江桐的右手移至陈依琳的领口处，她期待他到达那一块禁区。就在他的手指快要从领口到达她傲人的起伏处时，江桐隐隐觉得他的手指不能再移动了，若是手指再进一步便是对白月菲和眼前人以及他自己犯下无法弥补的滔天大罪！用尽了力气，江桐狠狠一撑眼帘，混沌的视线转瞬清晰，他看清楚了眼前的人，竟然是陈依琳！江桐惊愕，猛然停住越界的动作，呆望着她迷醉的脸庞，他这是在做什么？这个问题一出来，清醒不过 3 秒的江桐又再度被欲望所控，两眼迷情间，暂停的右手继续滑动，贪婪地要滑进那起伏里，就在这关键时刻，被欲望控制的江桐又清醒了几分，却没有清醒到可以控制意识的程度，越是这样，他越是想要清醒过来。

意识混乱间，江桐不得已咬破自己的下嘴唇，疼痛在一瞬间增强了他的意识，他警示自己：绝对不能任由欲望摆布！这样想着，他的意识再度增强，用力侧开了头，一眼瞥见旁边小圆桌上的玻璃台灯，然后不能犯错的意念将他原本不受控的右手突改方向至那盏玻璃台灯，他一把抓起朝着桌面上狠狠一摔，玻璃台灯四分五裂。

尖锐的破碎声吓得陈依琳身体一僵，霍然睁开眼睛，愣愣地望着江桐惨白的脸。而这时江桐已经利用手上残留的一大块碎片刺进了他右边的大腿，由于碎片形状所致，那伤口不算深，但却是撕心裂肺的疼，江桐强忍住蚀骨的痛感，咬着牙一把扯出碎片，手指一松，染着鲜血的碎片落地。

腿上切肤的疼痛让江桐终于得以找回被蛊惑的神志，彻底清醒过来的他倏地从陈依琳身上退了下来。

身心俱疲的江桐默然坐在沙发上，不管不顾右边大腿上撕裂一般的疼痛，却在深思刚才那一系列诡异又离谱的举动……

迷惘的陈依琳也需要时间过渡眼前的突变。

谁都没有讲话。

过了大概3分钟吧，陈依琳过山车般的情绪基本平静，她原本准备对江桐随意说点什么缓解一下沉闷的气氛，结果一晃眼就看到江桐大腿上的一片血迹，陈依琳眼神一凝，慌忙惊叫："天啊！你流血了！"陈依琳慌忙掏出电话，急声道："我得赶紧找医生过来。"

"不用叫医生。"江桐的声音低沉无力，视线落在洁白的墙面上，他毫不关心那个鲜血淋漓的伤口。

陈依琳觉得不妥："可是……"

江桐打断陈依琳的话语，虚弱的声音很是坚定："我暂时不需要医生。"锁在墙面上的那道目光变得阴寒又有些高深莫测。

换作以前，陈依琳一定会死皮赖脸地尝试着说服江桐看医生，而现在，可能是气氛压抑沉重的原因，也有可能是江桐千年寒冰一般的表情冷得陈依琳不敢违背他的意思，陈依琳不再开口劝说，顺从地收起手机。

她可以听江桐的话暂时不叫医生，可是她不能任由他的伤口流血不做任何处理。陈依琳起身游目四周，好像在找什么东西。

江桐依旧盯着墙面，幻变纠缠的眼神是对陈依琳的深深愧疚和对某些人的怒意。

酒店急救箱的位置摆放得比较显眼，陈依琳轻松找到，蹲到江桐身旁，打开急救箱，拿出纱布，要为江桐包扎伤口。

只是手还没靠近伤口，就听到江桐低冷的声音："不要碰我。"

陈依琳僵住，不是没被江桐冷言冷语对待过，相反，那是家常便饭，可是这一次江桐的冷淡和过去截然不同，那冷淡中还隐隐夹杂着怒火。

江桐的视线终于转向地面，语气也稍稍温和了一些："刚才的行为我很抱歉，那不是我的本意，是药物的作用。"只有药物才能解释他刚才不受控制的邪念，虽然尚不知道眼前的一切到底是怎么一回事，但聪明的他大致可以判断出这件事情是遭人设计的，目的很明显——让他和陈依琳生米煮成熟饭……

药物？陈依琳困惑，想了想，眼眸变得凄凉，原来刚才江桐和她所有的肌肤之亲都是始于药物！原来他从未想过要她啊！可即便如此，她却还是无怨无悔地想要把自己奉献给他，只是没有药物控制的他又怎会想要她？

江桐暗暗观察着陈依琳的反应，看得出来，她对药物之事的确是不知情的！如果不是她算计他，那么她怎么会如此凑巧地出现在这房间呢？江桐正欲开口询问，陈依琳就说了话。

"可是从头到尾我都是清醒的，"陈依琳强调道，顿了顿，声音有些颤抖，"我没有受任何药物作用，我就是想要成为你的女人。”

江桐断然道：“你不要再浪费时间在我身上，我此生只会有白月菲一人。”

陈依琳五味陈杂地摇摇头，感伤道：“你不应该这样执着，白月菲并不珍惜你的感情，你应该把感情给予值得的人。”

“这话应该对你自己讲，我不值得你爱，至于白月菲，我自有分寸！”江桐累了，疲倦地望着陈依琳，“今天让你受委屈了，我会补偿你。”话落，忽然想起他是如何来到这里的！所以现在待在房间里的人应该是白月菲，而不是陈依琳！联想到此处，江桐的脸色冰寒至极。

这时，欲言又止了好几回的陈依琳终于想到了合适的话语回复江桐，只是刚一张口发音，就听见江桐说了话，然后，她咽下了已经到嗓子眼的回话。

“你什么时候跟白月菲一伙了？”江桐语带一丝冷讽。

陈依琳没有听明白，愣愣地问：“什么一伙？”

江桐被反问地冷冷一笑，也不再追问，移开视线：“没什么，我想一个人静一静，你可以走了。”

即便心中有一万个不放心，陈依琳还是听从了江桐的话，她没有再说话，黯然地整理好身上的衣服，收拾妥当之后，又看了江桐一眼，这才举步退出房间。

空荡的走廊上，陈依琳背靠着墙壁，双腿一点一点弯曲，瘦弱的身子慢慢滑落，她双手环在膝盖上，眼眶一软，大哭起来。

执着的人何止江桐？她不也固执地喜欢着他吗？即使他心中从头到尾只有白月菲，她依旧做不到放弃他……陈依琳自己都惊讶原来她的感情是如此的深刻，一旦动情，无论得到与否，此生都不再更改！

与此同时，酒店一楼，电梯门朝两旁退去，乘客只有一个人，她魂不守舍地走出来，包里的手机铃声固执地响着，她却失聪了一般没有听见，还是木然地朝着酒店大门而去。

已经连续打过五次电话，对方还是没有接听，江桐放弃拨打白月菲的号码，改而打给霍洋道：“现在立刻找到白月菲，带她到我车上。”

霍洋不得不遵命，立马打电话联系白月菲，对方没有接听，只得派人找寻。

不多时，白月菲在酒店大门口被几个保安截下，霍洋闻讯立马赶过去。

其实霍洋在接到江桐的电话之前刚和忠叔通完电话，忠叔告诉他：“事情没有朝预期发展，生米未煮成熟饭，不过也不算失败，至少偷拍到少爷和陈依琳亲密的画面，照片已经全数发送到白月菲手机上，并且有交代她如何发挥照片的‘重要作用’……”

142

霍洋再清楚不过父亲的意思，区区几张照片怎能制服 Boss？可如果是白月菲拿着那些照片去与 Boss 谈判，那照片的威力就不能小觑了，到时小小照片便可以发挥巨大威力，彻底粉碎 Boss 对白月菲最后的坚持……

1106 房间。

江桐调出随行秘书韩雅的电话号码，吩咐她即刻送一套衣服过来。

韩雅在晚会开始前就被江桐告之暂时不用跟着他，准她在场内自由活动，接到江桐电话后，韩雅立马离开会场，按照吩咐去到房间。

一进门，韩雅就吓了一跳。她首先看见的就是沙发前一地台灯碎片，紧接着就是江桐裤子上浸染着的大片血迹！韩雅手持袋子的手不禁一颤，战战兢兢地走过去。

“Boss，这是你吩咐的东西。”韩雅把衣服放到沙发旁边。

“知道了。你下班吧！不用跟着我了。”江桐的声音无力而低沉，他依旧低着头，目光久久地落在一地碎片上。

“好的，Boss。”韩雅退出房间，倒抽一口气，对了，Boss 大腿为何会受伤？先前不是白月菲扶 Boss……

酒店门口，白月菲被一群保安挡住去路，思绪混沌的她这才恢复神志，她看着困住自己的保安，很明显，保安是受了人指使！她索性待在原地不动，静待幕后之人现身。

2 分钟之后，白月菲听见由远而近的脚步声。她狠狠吸了一口气，神情在刹那间被她调整至如常般的平静，然后回望身后，来人不是她所预料的江桐，而是霍洋，白月菲绷紧的胸口因此而松了一些。

霍洋一个手势示意保安退下。

“Boss 叫我带你去车上。”霍洋走到白月菲面前。

白月菲默然点头，既然已手握筹码，赌局是应该开了！

白月菲神色深凝地爬上了江桐的车。霍洋守在一旁，不时望着酒店出口。

很快，江桐行动迟缓地走出酒店。

霍洋眉头一挑，Boss 怎么走路一瘸一拐的？

车里，白月菲不禁再度回看手机上的亲密照，那热情缠绵的两个人依旧还是狠狠刺痛着眼眸。白月菲鼻子发酸，绷紧的胸口堵得慌，酸涩的感觉融进四肢百骸里，不过转瞬，心痛的感觉席卷全身。白月菲痛苦地闭上了眼睛，此时此刻，她不懂自己的情感，是不想江桐和陈依琳在一起？还是她不是真的想要离开江桐？白月菲陷入一种矛盾的情绪里，脑子乱得一塌糊涂，这时，耳边传来车门被拉开的声音。

除了他还会有谁？白月菲睁开眼睛，视线落在远方，恍惚的神情转为波澜不惊。

上车，关门，江桐没有看白月菲一眼，他同她一样望着远方，任凭思绪翻搅。

沉默。

还是沉默。

窒息恼人的沉默。

过了有多久？江桐不知道，白月菲也不知道，彼此却很清楚沉默只是暂时，迟早要面对房间里发生的事情！白月菲不愿再拖下去，当即快刀斩乱麻，一咬牙，收回视线，低头把手机上的香艳图片传送给了江桐。

眼角的余光能感觉到她在做什么，江桐静等，终于信息提示声打破了长时间的不语，直觉告诉江桐信息必然是白月菲刚刚所发，他不动声色地收回目光，打开手机，点开信息栏，手指就此僵在屏幕之上，视线一紧，江桐惊愕又窝火，却还是忍住了情绪，手指继续拨动，一张张情撩欲火的照片似刀掠进眼眸，刀刀凶残。

“小辰的抚养权归我，这些照片便不会被公众所知。”白月菲的语气波澜不惊，似一汪平静的湖水。

煎熬中的江桐侧头看向白月菲，她低着头，平静而绝情的脸深深映入他的眼眸，他顿觉嘲讽，这个他如此深爱的女人却如此算计他！江桐的心脏似被凌迟，一阵撕绞的痛。

“你觉得我会怎么做呢？”江桐的声音颤抖，心脏的绞痛乱了他的气息。

“你很清楚一旦照片曝光，对于你和江氏集团以及陈依琳而言意味着什么！”她知他比谁都清楚其中厉害，她却不知如果他不愿意，她的任何手段对于他都是徒劳……

“如果我不答应？”

“……”

白月菲抬头，侧向江桐，他凛冽的目光似两把尖刀扎进她的瞳孔，再由眼眸刺进心里，心脏传来一阵尖锐的疼痛，明明很疼，白月菲的神情却还是平静如常。

避开他的视线，白月菲回身过来，语调平静如常：“你不会的，就算你不在乎你自己的颜面，你也不可能不顾及江氏集团，江氏集团可是你爸妈的心血，你绝对不会置江氏集团于危难中；而陈依琳，她是你一手捧出来的，你那么爱她，又怎么可能亲手毁掉她？”你那么爱陈依琳，之前即使你不舒服，一旦陈依琳出现，你也能忍住不适，与她缠绵……

江桐苦笑，她还真是会想象！既然如此能想象，为什么不想象他从来深爱的人是她？她之所以不那么想是因为她不在乎，不在乎他可以，但是算计他和陈依琳生米煮成熟饭就是不行！江桐收住那一抹苦笑，表情瞬间凛冽，他擒住白月菲的下巴，白月菲不得不顺着他胳膊的弧度正向于他，他死死盯着她，手指一再用力。

白月菲刚开始还能不动声色地忍着那只手的力道，随着江桐一再加大的力度，白月菲感觉下巴似乎都要被他捏碎了，白月菲再不能平静得毫无反应，她开始本能地挣扎。

江桐不放手，使劲定住白月菲的脸，哑然道："白月菲，你疯了吗？胆敢如此算计我和陈依琳？"

江桐明明是言指下药之事，白月菲却以为他说得是拿照片威胁他的行为，她用一种近乎蔑视的表情直视他，语调悠悠："我没疯，我只是需要一个取得小辰抚养权的筹码。"如果他对陈依琳没有任何非分之想，那么她也没有机会得到这样一个筹码，过去他是说过他有许多女人，可是她从未亲眼见过他与别的女人亲昵，这次她看见了，每一张图片都在提醒她这个男人无论是心还是身体都属于别的女人！他是别人的人！她的心沉底。

江桐心间升腾的怒意因为白月菲毫无情分的话语而陡然坠跌，怒意被浓烈的失落取代，那只用力捏住白月菲下巴的手一点一点松开，江桐无力垂下手，声音荒凉："是的，你没疯，是我疯了，才会如此荒唐地把你强留在身旁。"

白月菲呆住，没想到对方是这样的回应。

江桐的决定已出，所有纠结的情愫被白月菲的无情彻底掩埋，他的心彻底崩溃，他累了！不再想找寻当年她离开他的原因，不再想报复她，所有因为她而产生的荒唐行为到此为止，以后她的生活统统与他无关！就如她所愿，他放手，放她走。

"系上安全带。"江桐语气冷淡。

"啊？"白月菲糊涂了，江桐前言不搭后语，她显然没搞懂他的意思，但是她的手却听话地系上了安全带，她嘴角嗫嚅："所以你的意思是……"

143

黑色宾利似箭一般射出去。

江桐面色冷若冰霜，语气压人："小辰可以跟你一起生活，但每个周末小辰必须同我在一起。"无论怎样，他不会因为大人的关系而使小辰缺失父爱！

白月菲双眼一瞪，惊诧地看向江桐，难以置信他真的就这么同意小辰跟她一起生活了！可事实如此啊，刚刚他的确那么说了！只是他的附带条件让白月菲头疼。她承认，最完美的想法是带走小辰，永远不再跟江桐联络，可她清楚江桐已经给出最大让步，她得见好就收，不能得寸进尺，以免搞砸这得来不易的局面，况且现在的她也不知为何，对江桐似乎没有那么抵触了，更重要的是她也不想因为与江桐的种种而让小辰丧失父爱的陪伴！

面对江桐的让步，白月菲也同样做出退让："好。"目光从他脸上移开，再度看向远方，这场赌局是她赢了吗？可是为什么心里会这么不痛快呢？还有，愿意小辰每个周末跟他一起就仅仅只是那些她自以为是的理由吗？白月菲看着远方的目光渐渐茫然，她，矛盾的她啊！要带着小辰离开他的心是情况所致还是从头到尾就没有她认为的那么坚定……

江桐没有再说话，大腿上传来阵阵疼痛，他这才想起腿上还有伤口，那个血肉模糊的伤口真的很疼，他却一副平静如常的模样，如此，是不想白月菲知道他受伤一事。他把车暂时停到一旁，拿出电话，编辑短信，前后共两条，一条收件人是霍洋，另一条是王医生。

白月菲一动不动，显然走神了。

江桐收起手机，继续开车。车速因为消煞人的疼痛而一再加快。

白月菲的情绪乱糟糟，这一场赌局她明明赢了，她应该高兴啊！可是她的情绪为何如此低落？为何心中充斥着一种深深的无力感？那种低迷的情绪搅得白月菲心头一团乱，她沉沉地吐出一口气，收回远方的目光，闭上眼睛，告诉自己放空一切，什么都不要去想！可是没有用，那种低迷的情绪不依不饶地折磨着白月菲，她摆脱不了，只好打开眼睛，侧身看向窗外，这才后知后觉车子的行驶方向是江氏别墅！她想，反正要去那里见小辰的，虽然现在小辰还没有放学，不过，她早去一会也没关系。

白月菲尚不知她把一切想得太简单。

到达江氏别墅之后，江桐先下车，白月菲跟在他身后。

目光不经意扫过他的背影，直到现在才发现他走路有问题。

他腿上好像受了伤？白月菲很想询问确认是否如此，嘴角张了张，最终还是欲言又止，选择默默无言在他身后，她有自知之明，关心他的人不应该是她，适合那么做的人应该是陈依琳！

一到客厅，江桐腿上的疼痛突然加重，痛得他嘴角一扯，真的忍受不住这一阵剧痛，不得不顿住，背对着白月菲，剧痛难忍的他还不忘掩饰声音平静地说："你先去书房等我。"事实上，刚刚他就是要和白月菲一道去书房的，他打算彻彻底底地整理完与她的关系之后再去处理伤口，无奈，这伤口剧痛难忍，他只得临时改变想法，先医治伤口。

白月菲点头，视线还停在坐在沙发一角的王医生身上，这个医生她记得，5 年前帮她治疗过脚伤，他是江家的私人医生，如此看来，她可以肯定江桐的腿确实有问题！可是，好端端的他为什么会伤到腿呢？莫非是和陈依琳在一起时太猛烈？想到这里，白月菲一颤，鄙视自己的臆想，你这家伙，想到哪里去了？白月菲收回视线，快步奔向二楼书房。

江桐收起伪装，心痛如绞地注视着白月菲晃动的背影，待到白月菲消失在二楼楼梯口之后才收回视线。

"到房间处理。"江桐声音颤抖地对王医生说。

眼见江桐跌跌撞撞行走的难受模样，王医生伸手去搀扶，江桐拒绝了他的好意，硬是撑到了客厅旁边的房间里。

为了方便就医，应王医生的建议，江桐换掉了身上的衣服，此时正身穿一件白色浴袍。

"少爷，我现在先给你打一针……"收到江桐的短信之后，王医生便放下手头的工作，即刻赶了过来。

江桐并不关心王医生要如何处理伤口，他问："多长时间可以处理好？"

王医生找准位置，一针麻药扎到伤口旁边："大概半小时。"

半小时！那么就让他和她的婚姻再多维持半小时吧！江桐神色黯然地闭眼，麻药缓解了他腿上的疼痛，却缓解不了他心中的痛楚，一颗心因为她疼得要命。

二楼书房。

白月菲倚靠在书架前，想来想去，她还是不知江桐为何叫她来此地！困惑之际，手机响起，是陌生的手机号，平时遇见这种情况她都不搭理，此刻也不知怎的，鬼使神差地按了接听。

"你好，我是陈依琳。"

怎么会是她？白月菲意外！

更让白月菲意外的是陈依琳的第二句话，她居然问："江桐在你旁边吗？"

白月菲有点没反应过来，回答慢了一拍："……他……不在……"

"那最好不过了！"陈依琳庆幸，紧接着又焦急地问道："你还没有签字吧？"

白月菲一头雾水："签什么字？"

"这样看来我的电话还不算太晚！"陈依琳紧张的心情松了一大半，其实对于是否要打这通电话她犹豫了许久。

先前在酒店走廊上，陈依琳痛哭的时间并不长，主要是哭着哭着就赫然想起了江桐口中的"药物"，就此停止哭泣，陈依琳的神思转到了药物上。

那时由于1106房间里的情况变化急剧，加之一心只想着表达她当时的感受，陈依琳也就没有多余的心思去追问江桐药物到底是怎么一回事。虽然当时江桐未言明是被人下药，但是现在经过细细寻思之后，陈依琳肯定江桐当时就是那么认为的，而且江桐认定是她和白月菲联手！陈依琳原本悲痛的心情因此转为气愤，她不用脑袋想，也知道是谁给江桐下了药！虽然对方确实是诚意要她和江桐在一起，但是不该让她被蒙在鼓里啊，更糟糕的是就此连累她被江桐误会！

陈依琳脸色阴沉地起身走进消防通道，打了一通电话给霍洋，语气激烈地质问道："药物是怎么一回事？"

霍洋本想敷衍陈依琳的，气恼中的陈依琳依旧很聪明，没有被他糊弄过去。

仍然从霍洋口中逼问不出真实答案的陈依琳另辟蹊径，采取主动卸下霍洋的心理包袱战略，她动之以情晓之以理："霍洋，我们是同一阵营的，你就放心告诉我好了，我只是想知道真相，我保证不会找忠叔麻烦，更不会让江桐知道……"

而霍洋揭秘的真相却让陈依琳极度无语，现在她总算明白了为何在她想要知道忠叔"计谋"的详情时，忠叔和霍洋都推辞……他们那般就是笃定她知道"计谋"详情后一定不会配合，所以连她也一起算计了！如此，她也是受害者啊！虽然药物事件与她无关，可是她却又确确实实牵涉其中，陈依琳因此产生一种强烈的负罪感，觉得愧对江桐！这感觉让陈依琳愤然与霍洋划清了界限："以后我和江桐的事情不必你们父子插手。"切断电话，陈依琳一屁股坐到楼梯上，沉思在那空荡的地方。

大概半小时之后，霍洋接到江桐的信息，打开一看，他又惊又喜，立马将短信内容电话告之忠叔……

挂了电话，霍洋又兴奋地拨了陈依琳的号码，想与她分享短信内容，让她开心一番，谁知陈依琳始终不接电话！霍洋想了一想，她一定是在生气"药物"之事！于是改用短信把好消息分享于陈依琳：Boss吩咐我拟定与白月菲的离婚协议书，恭喜你，你的机会来了！

机会？陈依琳看着手机屏幕笑得凄凉，她此生都不会再有机会了！经历过房间一事后她彻底清楚了她在江桐心中的身份——只是朋友，无论她多么努力地去追求，江桐对她是不会有爱情的，他唯一爱的人是白月菲，即使离婚，他爱的人依然是她！陈依琳的笑容隐去。

终究是得不到他啊！

陈依琳心底酸涩得厉害。

想方设法也不能成为那个留在他臂弯里的人！即使这样失败得彻底，陈依琳还是深爱着江桐，也正因为深深地爱着江桐，所以无法眼睁睁看江桐变成另一个她，无法袖手旁观江桐失去心中所爱，她决定帮他！于是，她让经纪人查找到白月菲的电话号码。

"所以为什么要告诉我这些?"白月菲强装平静，可是"药物、离婚 "四字却在心间动荡，她真的可以相信陈依琳所言"江桐亲口承认爱的人是你"这句话吗?

144

“因为我爱他。”

“既然如此，你就不应该告诉我江桐爱的人是我，不该让我要远离他的决心有一丝动摇，更不应该告诉我药物一事，就让我被江桐误会，让他因此对我彻底死心，从而下定决心和我离婚，这样的局面于你而言才是最有利的不是吗？”

“你的确说对了，我是应该那么做，江桐对你死心的局面是我最最希望的，”陈依琳大大方方地说着，然后声音一转，低沉下去，“只是就算局面果真如此，江桐也不会爱我，我也没有办法看他难过痛苦……所以呢，为了他的幸福只能这么做！”陈依琳哽咽地笑了笑，倒抽一口气，沉重的声音忽然轻快：“该说的我都说了，希望你慎重决定。”陈依琳说完便切断了电话，忍不住像个孩子般号啕大哭……

所以，江桐真的爱我吗？白月菲糊涂了，她缓缓垂下接电话的手，眸色深深地背靠着书架，如果江桐真的爱她，那么为什么当年要把她拒之门外呢？

为什么？

到底为什么？

白月菲找不到答案，困惑凌乱之际，门被推开，白月菲心头猛然一跳，神情局促地望向门口，只见江桐身着浴袍表情冷冷地走了进来，白月菲不禁捏紧电话，认真地盯着江桐的眼睛，试图从他的眼睛里搜寻出蛛丝马迹，只是江桐避开了她的视线，径直走向了书桌。

这一刻，江桐别扭的走路姿势让白月菲确信了陈依琳的所有话语，她真的很担心用自残的方式抵抗过药物作用的他，她想要一睹他腿上的那个伤口！那个他用台灯碎片刺下的伤口一定很疼很疼……

落座，江桐打开电脑，调出邮件，点了打印。

纸张与打印机摩擦的声音虽然微弱，却在这个寂静的房间里尤为刺耳，咔嚓咔嚓的打印声悄然转移了白月菲的注意力，视线从江桐的大腿上移至那张一点一点从打印机里探出的 A4 纸。

真的是离婚协议吗？白月菲的心抽紧，嘴唇嗫嚅半晌，始终没有说出一个字来，不知怎么的，就是没有勇气开口向江桐确认，更没有勇气走过去查看纸张上的内容，白月菲只是心意混乱地干等着，等着江桐发话。

打印声结束，江桐取过离婚协议书，放入文件夹里，漠然将文件夹调头，正面推向白月菲，他终于开口，声音却平淡至极：“看看有没有想补充的？”

白月菲深吸一口气，艰难地走到江桐面前，她眼神一滞，看得分明，是离婚协议书，没错！他要跟她离婚！白月菲的眼神降至冰点，颤抖地把文件移近到面前，一条一条看下去，赫然在目的不仅仅是他同意小辰的抚养权归她，还有财产分割部分，他名下的所有财产全部分她一半！这样的离婚条件于她而言占尽便宜，所以他如此待她是因为爱着她吗？白月菲心潮暗涌，抬眸看向江桐，似乎在思索着什么。

面对突然看过来的白月菲，江桐神色一动，视线促狭地移至电脑上，白月菲就在这时绕到他身侧，不等他反应，突然掀开他的浴袍，他的黑色内裤尽显，右侧大腿上包扎着纱布，白月菲看得心疼，不禁伸手抚摸那已经包扎好的伤口，愣住的江桐已经反应过来，劈手甩开了白月菲的亲密抚摸。

那个伤口被掩盖于浴袍下。

江桐一瞬不瞬地凝视着白月菲，不明白她为何如此。

而白月菲呢，莫名其妙就是要摸摸那个包扎着纱布的伤口！只见她再度去掀江桐的浴袍，江桐神情一紧，按住她的手，不让她有所动作。白月菲急了，用力要挣脱江桐的束缚，纠缠之际，江桐起身一把拽过她，下一秒，她就被他丢进了宽大的座椅里。

江桐双手撑在座椅两旁的扶手上，白月菲就这样被他牢牢困住，他居高临下地看着她，对她出格的行为忍无可忍！

他狠狠呵斥道："白月菲，你知道自己在干什么？"被她这么一搞，他好不容易才平静的心又开始汹涌！欲望也被轻易挑起，他不得不竭力控制正在急速燃起的欲望。

白月菲置若罔闻，鬼使神差地依旧执着于要碰碰那个伤口。在江桐等待她回应之时，她的手再度抓住了江桐的浴袍，她欲掀开，江桐欲阻止，无奈，他抵抗不过欲念的驱使，不可否认，他喜欢她如此暧昧的主动，诱惑所致，他终于放任她的行为。

不受控制地手指一动，浴袍被掀开，白月菲轻抚在那渗着浓浓药味的纱布上，好似这样就可以让那个伤口赶快好起来！只是她不知道，她异常的"不安分"却烧得江桐浴火旺盛。

电光火石之间，江桐的手随心而动，一把按下座椅按钮，精壮的胸膛就此压向了白月菲，他不受控制地覆盖住她的粉唇，她没有挣扎。她强烈感觉到一股电流涌向全身，她眼神一凝，心中酥软，他的浴火燃烧着她，她不仅心驰神往地闭了眼，还冲动地配合着他的涟漪辗转，让他徘徊的火舌深入。

他驰骋在她的湿润之园，激烈却温柔。

事实上刚才的白月菲不过是突然产生一个荒唐的想法，想要从江桐亲昵的行为中分辨出他对她的感情到底如何。而现在，她被江桐撩拨得欲望横生，她开始变得非常主动，双手揽住江桐的背脊回应着他的辗转涟漪。

白月菲的主动撩得江桐想要更近一步，焚身欲火的他一手解开白月菲的衣服，薄唇刚落到她的锁骨处，他却动作一滞，不受控制的欲念刹那间归于理智。他抬头看她，她迷情地闭着眼睛，显然在等待他的下一步动作，她的一反常态让他英眉紧蹙，他们这是在做什么？明明是要签订离婚协议书，现在怎会如此荒诞？江桐不知为何如此，只觉得应该起身，他应该要离开她！这时的她却像是被下了蛊，睁开眼睛，腾起身子一把拉住他，贴到他的薄唇之上，有个声音告诉她，还差一点点，就差那么一点点，她似乎就可以确认他对她的感情如何了！可是就是差那么一点点！她确认不了。

江桐愣在白月菲火热的吻里，片刻，他狠力推开白月菲，捏着她的下巴嘲讽道："勾引技术不错，可惜我不想上你。"

如刀的言语凌迟在心间，白月菲混沌的眼神瞬间清晰，她哽咽着求证："你现在还爱我吗？"这个问题在5年前她便问过，那时他回答不爱！而现在之所以再度提及是因为陈依琳的话语混乱了她先前的认知！爱？或不爱？她要一个分明的答案，那个答案将会决定她的去留。

江桐的手指一颤，她到底在想什么？他不明白，也不想明白，他只知她想方设法地要离开他，而他用尽全力才可以做到放她走，所以不要再让他动摇，一旦动摇，他就真的再也无法让她就此离去。

江桐眼光黯淡地起了身，没好气地把文件丢到她面前。

"如果不提意见，就立马给我签了它！"江桐背过了身体，要快点结束这乱糟糟的一切。

白月菲恍若未闻，手持文件，起身，绕到江桐面前继续追问："你还爱我吗？"

江桐的声音冰寒若骨："你觉得呢？我会不会爱着你这个手段肮脏之人？"

手段肮脏？白月菲明白他的言下之意，急切解释道："陈依琳都告诉我了，药不是我下的。"

江桐的双眸波涛暗涌，拿出手机，点开白月菲所谓的筹码——她威胁他交出小辰抚养权的照片，他把手机置于她面前，冷声问："那这你要怎么解释？"

145

白月菲一看，哑口无语，她虽不是整件事情的主谋，可也间接做了推手，是她扶江桐去到房间，是她留下他一人……

“无话可说了？”江桐嘴角划开一抹苦涩的冷笑，手腕一扬，手机被丢到一旁，他指着白月菲手中的纸张冷言道：“我给你3分钟，签了它。”若是再耗下去，他放她走的决心一定会减弱，直至消亡，那时，他真的不会放她走了！所以他这般逼她，逼她快速终结这一切。

白月菲后退一步，近乎乞求：“回答我好吗？”

“回答你？”江桐不禁上前一步，笑得愈加冷，“你真自不量力！我会爱你？”

“如果你不爱，那晚又为什么会在意我有没有爱过你？那时的你和现在的你是自相矛盾的！”

“矛盾的是你，口口声声说爱李陌，却还要问这样一个可笑的问题！你是不是觉得你魅力非凡？即使你的心在李陌身上，还要我江桐依旧死皮赖脸地爱着你？”

白月菲语塞，讷讷地后退一步，“爱李陌”的谎言是她亲口说的，所以要推翻说辞吗？恐怕即使推翻说辞江桐也不会相信她，相信她这个如此反复无常的人！何况她也不打算推翻说辞！她承认她是个别扭的人，她害怕这，顾虑那，她也不喜欢这样，可是她又做不到不顾一切、随心所欲，所以只能这么别扭下去！

江桐再上前一步，冷眼逼视着白月菲：“好，你想知道为什么是吧？你听清楚了，向来只有我江桐不想要的女人，没有我得不到的女人，那时之所以问出那样可笑的问题仅仅只是想证明你不是例外而已！”

白月菲分辨不出江桐话语里的真假，只觉得情绪杂乱，想暂时离他远一点，似乎只有远离他才能让纷乱的思绪平静下来，于是白月菲右脚朝后一挪，结果大腿一下就抵到了桌子边缘，她这才发现已经无退路。

他自问跟她谈论下去还有意义吗？心里有个声音说没有了，毫无意义可言！江桐的眼神就此荒凉，他抬手看表：“不要说我没提醒你，你还剩下半分钟，时间一过，我不会再给你机会签协议！”

白月菲听得清清楚楚，可奇怪的是她居然没有一丝紧迫感，她甚至不在意小辰的抚养权了！她在意的是江桐那番话语里的真假！他真的是想证明她不是例外吗？

拖拖拉拉太煎熬了！江桐逼白月菲也逼他自己，他冷声倒数：“……十……九……八……”急切地要结束一切。

白月菲依旧不为所动，怔怔地看着江桐，江桐也不闪躲，冷眼对视她。

“……七……六……五……”

白月菲握着纸张的手颤了颤，视线徘徊在江桐冷漠的脸上。

“……三……”

江桐的瞳孔绷紧，时间逼近，他的心也抽紧，她会签吗？这个问题让他觉得滑稽，说要离开他的人是她，她又怎会不签呢？说放她走的人是他，他又在不舍什么？

“……二……”

她会签的！不然她不会拿照片威胁他！江桐闭了闭眼，艰难地喊出“一”！

与此同时，一直默然的白月菲胳膊一动，低头签字。

纸张上的一笔一画狠狠凿在江桐心间，疼？痛？这些词语不足以表达他此刻的难受！他就像是离开水的鱼，濒临死亡的鱼。

她真的不再属于他！现在结束的不仅仅是与她的婚姻关系，还有他的那些爱恨交加……要何处安放他的一往情深？江桐的眸子氤氲着雾气，他会哭？怎么会？为了那个从头到尾没有爱过他的女人而哭泣？真是可笑！江桐强撑，却无法亲眼看白月菲完成签字，他逃避似的闭上了双眼。

一切尘埃落定！白月菲以为如此，手却止不住地颤抖！无论她多用力，就是无法划下名字中的最后一横！

只听见“嗤”的一声刺进耳畔，江桐睁开眼睛，在连续不断的“嗤”声中，他觉得一定是自己看错了，此时此刻，白月菲正在撕毁协议书。

他呆呆地看她把纸屑抛向空中。

纸屑如雪般飞舞在空中，在漫天的“雪花”里，他们动也不动，双双沉寂！

她这是在做什么？他是下了多大的决心才能做到放她走，让她带走小辰，她却又如此，她到底想干什么？江桐死死盯着白月菲的眼睛，逼到她面前，眼前的压迫感使得白月菲的身子本能地朝后退，身子抵紧桌子边缘，她没有退路，他却还紧紧相逼，她只得双手反撑于桌面，这样才能支撑住向后仰的身体。

江桐的双手也撑到桌面上，将白月菲封死在怀里，他一点点凑近她的脸，声线嘶哑又凌厉：“你是不是把我的话当耳边风了？我说过你只有这一次机会！”

“……”

“为什么这么做？”

“……”

白月菲的沉默惹恼了江桐，他单手捏住她的下巴，嘴角颤了颤，厉声道：“我要知道理由！”

白月菲目光复杂地看着江桐，摇头：“我不知道。”那一刻，她真的不知道自己做了什么！她只是跟着直觉走，直觉告诉她不能离开他！

“不知道？”江桐冷笑，这是玩他吗？一会儿要小辰的抚养权，一会儿拿照片威胁他，好，他成全她想做的一切，他决意不再对她心存念想时，她却又撕碎协议书！他看不懂她前后不一的行为，只觉着她别扭！可是他自己不也别扭吗？虽然因她的行为而火大，可是除了火大之外，他心里不也有一丝庆幸吗？庆幸她最终没有丢下他！可是，他与她之间已经支离破碎，所有的一切碎成玻璃碴，一旦碰撞，只会被扎得伤痕累累，所以这样的他们要怎么继续？江桐颓然，沮丧地放掉白月菲的下巴，顿了3秒，他又开口道："很遗憾，你不会再有第二次机会签协议书，还有，你以为你真的能拿照片威胁我？别天真了，那东西对我不管用，你可以试试看看能否把照片公之于众。"

白月菲的眼睛有些胀痛，江桐的模样在她眼前变得模糊，她闭了一下双眼，再次睁开，他的脸清晰地映在眼前，与那张记忆中的脸重叠，前尘往事一幕一幕碾过白月菲的心间，他的好、他的笑、他的残忍、他的难过，他带给她的所有汇成一股强大的力量，瓦解了她的心房。

她低语："照片的事情可以就此过去吗？"

这是请求他吗？她的示软更加凌乱了江桐的思绪，他混乱不堪，他要一个人静一静，他双手颤了颤，正欲离开白月菲之际，一个清脆的声音跃进耳朵。

"爸爸，妈妈。"

白月菲和江桐双双回头，只见小辰开心地跑向他们。

忠叔跟在小辰身后。

小辰放学被接回来以后没见到白月菲和江桐，吵着闹着要见他们，忠叔无论怎么哄都没用，小辰闹得不可开交，最后竟然大哭起来。忠叔一边哄小辰一边看了看时间，估摸着江桐和白月菲差不多也签好了离婚协议书，不过，忠叔不愿冒险……又变着花样坚持拖了小辰几分钟，以此多留了点时间给书房里的二人，之后，才肯带着他已经拗不过的小辰去往书房。

"你们在亲亲？"小辰眨了眨清澈的眼睛。

江桐慌张地收回身体。

白月菲慌乱地站好。

江桐尴尬的神情随即一转，微笑着牵过那只肉肉的小手："小辰，爸爸带你去餐厅，今天有小辰爱吃的鸡翅。"

小辰的注意力被转移，鸡翅吸引住他："太好了，太好了！"小辰开心地叫着。

江桐领着嘴馋的小辰去往餐厅。

白月菲茫然地看着已经空空荡荡的门外。

忠叔走到门口看了看，确认江桐带着小辰走开了，这才回身走向白月菲。

忠叔以为白月菲已经完成了签字，不过，还是打算亲自确认一下。正准备开口时无意地一瞥眼竟见满地碎纸屑，心底因此肯定了白月菲和江桐谈判的结果，因为先前霍洋有打电话给他说少爷决意要离婚……所以这绝对不是少爷的杰作，唯一的可能就是白月菲临时更改了想法。

忠叔黑着脸:“为什么不签字?”

白月菲摇头:“我真的不知道。”

忠叔显然无法接受这个解释:“你不知道? 那当时为什么又要我帮助你取得小辰的抚养权? 白月菲,你知不知道为了让你离开少爷,我甚至不惜让霍洋在少爷的酒里下药,我替你设计好一切,替你拍下照片,达成你签字的机会,你一句不知道就完事了吗?”

白月菲自知惭愧:“忠叔,对不起。”

146

门外，小辰走了几步似乎想起了什么，又突然要折回去找白月菲，江桐心情不好，没有耐心哄小辰，依着小辰折回。

快走到门口时，江桐意外听见门内忠叔的问话，他神色一凝，立即蹲下身子，轻声哄小辰："爸爸和小辰玩一个游戏，爸爸捂住小辰的耳朵，小辰不说话，爸爸看小辰能坚持多久？"

玩游戏！小辰很是乐意，笑嘻嘻地朝着江桐点头。

江桐勉强一笑，双手捂在小辰的双耳上，小辰很乖，紧紧闭着小嘴，信心满满地挑战时间的长度。江桐的视线虽然定在小辰身上，但注意力却在书房里面，随着说话人的谈论而眼底渐渐阴霾。

原来白月菲与忠叔连手算计他！江桐因此怒火攻心，却还用力压制翻腾的火气，竭力在小辰面前维持温和的慈父形象。

就在白月菲说了"对不起"之后，江桐松开双手，轻点小辰的鼻尖，陡然提高音量表扬道："小辰真厉害，坚持了 1 分钟！"有意让里面的两个人知晓门外的他。

小辰歪着脑袋瓜问："那爸爸可以坚持多久？"

门外传来的那个再熟悉不过的声音使得正欲对白月菲破口的忠叔当场惊住。

与此同时，白月菲全身猛然一颤，他不是带着小辰去餐厅了吗？怎么会突然折回来？

"2 分钟。"江桐随口一说，起身领小辰进书房。

"爸爸比小辰厉害！"小辰崇拜地望着江桐。

进门之后，小辰看见白月菲，立刻跑到白月菲面前，仰着小脸一脸认真道："对不起，妈妈，刚才小辰想着吃鸡翅，把你忘记了。"

白月菲的嘴角抽动了几下，才发出声音："……没……没事，妈妈不介意的。"白月菲和忠叔一样心虚不安，江桐是否有听见他们的对话？

小辰一听笑起来，伸胳膊拉过白月菲的手，再拉过江桐的，乐呵呵道："爸爸，妈妈，我们一起去吃鸡翅。"

去餐厅的途中，白月菲全程不敢正视江桐，而江桐阴霾密布的目光肆无忌惮地游走在她身上。

他们各怀心事。

事实上，白月菲是在煎熬中吃完那顿饭的，原本以为饭后可以暂时避开江桐，谁知今天的小辰特别黏她和江桐，一直要他们陪玩，二人都不想小辰如此简单的要求得不到满足，最后双双遂了小辰的意。

过了好一会儿，小辰玩得累了，趴在沙发上休息。白月菲在一旁照看小辰，江桐见也没自己什么事了，便轻轻踱步到门外。

来电显示落定了忠叔胸口的大石头，他确信江桐的确听到了他与白月菲的谈话，该面对的终究要面对！忠叔一鼓作气按下接听键。

电话那头的江桐只说了六个字："到篮球场找我。"

命令的语气使忠叔的神情愈加沉重了，他没有别的选择，必须前往。

寂寥的夜色下。

江桐控制着心间的怒火，沉声问："为什么这么做？"

忠叔实话实说："白月菲一心想着离开少爷，加之我觉得她不适合留在你身边，所以……"

听完之后，江桐又问了另一个问题："白月菲是否参与药物之事？"她是否有参与对于他而言很重要，那个答案让他手心渗出冷汗。

忠叔是想要诬陷白月菲的，可又顾虑到江桐已经对他心有芥蒂，不会轻信他的栽赃。这种情形下，如若再诬陷白月菲下药，到时候只会适得其反，江桐必定严查此事，那么他的谎言很快就会被揭穿，恐怕那时候江桐真的不会再让他近身，忠叔可不想如此弄巧成拙，他终于还是摇了头。

江桐绷紧的神经松懈。

看来她没有说谎！是他误会她了！江桐对白月菲的愤恨也因此减少了一点，他继续问道："所以摄影师也跟她无关？"

"是的。"

"类似事件下不为例！机票等会会送到你手上，从现在开始，你去国外休假 3 个月。"语落，江桐转身就走，无论怎么气愤忠叔的所作所为，他始终念及忠叔是江家的恩人，才会如此宽容处理！

忠叔当然不想去国外，可事已至此，何况江桐已经是从轻处理，他不能再讨价还价，更不能再有所动作破坏江桐和白月菲的婚姻，不然江桐真的不会让他留在江家。忠叔长叹一口气，只希望老天不要让那个女人继续伤害他的少爷！

浴室。

白月菲刚给小辰洗完澡。

小辰上床之后，白月菲照例给小辰讲故事。这期间，江桐一直待在书房里，原本打算工作的他却难以自控地把心思用到了别处，她为什么要留下来？江桐思来想去，怎么也想不通！心中实在烦闷，又无心工作，便举步去往外面透透气，刚一走出书房，白月菲恰巧从小辰房间出来。

灯光柔和的走廊，他远远地望着她，看样子她是要回去了！

白月菲也看见了江桐，她一愣，手还顿在门把上。

江桐不动不言，意味深长地盯着白月菲瞧，他在做一个决定！

那道复杂的目光扰乱白月菲的心跳，她紧张地抿了一下嘴唇，收回门把上的手，默不作声地朝着楼梯口走去。

书房是位于楼梯口旁边的，白月菲下楼必然路过江桐身边，所以越是接近江桐，白月菲愈加慌乱，隐隐觉得此刻的江桐是危险的。

终于，白月菲还是走过江桐身边，她不安地与他擦身而过。

江桐思忖的目光一定，突然一手拽住白月菲的左胳膊，冷声问："去哪里？"

胳膊被牵制住，白月菲不得不顿步，她没有反抗，只是躲开江桐的视线："回家。"

江桐沉声说出那个决定："从今天开始，你住在这里。"反正他们之间都是纠缠，那就在一个屋檐下继续纠缠不清吧！

他霸道的语气致使白月菲有些抵触："如果我不呢？"明知不可违逆江桐，再加上她一时抽风弃了筹码，现在只有任江桐摆布的份，可白月菲就是忽然控制不住那股倔脾气。

江桐冷笑："作为我的妻子，难道不应该跟我住在一起？"

妻子？白月菲失笑，他真的把她当作他的妻子了吗？没有啊！他说得很清楚，那不过是他的一场商业秀……而她之前好不容易相信了陈依琳的那句"江桐亲口承认爱的人是你"这句话去向他求证时，他字字如刀地一刀一刀地斩碎了她的相信，所以他此刻的话语让白月菲觉得荒唐："我和你真的是夫妻吗？这样的我和你住在一起不是很可笑吗？"

江桐再度拽紧白月菲的胳膊："可笑？白月菲，难道你不知道你已经很可笑了？我给你机会离婚，你却撕毁协议，现在又问我们真的是夫妻吗？你这是在玩弄我吗？好，既然你把这一切当作游戏，我奉陪到底！白月菲，你记住，从现在开始，这场游戏要怎么玩，我说了算。"说着就拽她去原本准备给她的卧室。

"你干什么？"白月菲反抗，却还是被他粗暴地拽进了卧室。

把她扔到床上，不等她反应，江桐迅疾转身关门，白月菲紧跟着跳起来，跑过去转动门把，打不开！门竟然被从外面锁住了！白月菲气恼，他的招数还真多，不是强迫她，就是这般关着她！

白月菲狠狠拍打着门："放我出去！放我出去！听见没有？放我出去！"

147

江桐背靠着门听里面的动静。

背后颤抖的门板足以说明白月菲有多激动！江桐脸色一沉，她越是想要离开这里，他越是不让！

他语气强硬道："今晚你休想出来。"

白月菲胳膊一顿，用力拍打的手掌从门板上滑落，她嗤笑道："你能关我多久？"

江桐不想与她打嘴仗，脸色阴沉地提步离去，走了两步，又退身回去，语气稍微软了一点："别说我没提醒你，不要再折腾，早点睡，明天要带小辰去游乐场玩。"

小辰是白月菲的心头肉，她凡事以小辰为主，这次当然也会，她的态度迅转，近乎心平气和地问了一句："能让人送一件睡衣过来吗？"

不出江桐所料，白月菲果然做了聪明的决定，他很满意，语气不觉间温柔："衣柜里有。"

话语刺过白月菲的心间，神情不禁一黯，背靠着门板，游目房内一圈，房间陈设布置趋于女性化，生活用品配备周全，很明显，这间房是属于某一个女人的！陈依琳？会是她吗？白月菲暗自思忖，还是对陈依琳的那句"江桐亲口承认爱的人是你"转为了怀疑态度！这也怪不得她反复无常啊，谁叫江桐之前在书房时的言行和陈依琳的那句话完全不吻合呢！

如果这个房间不是属于陈依琳的，那还会有谁呢？白月菲想来想去，就是没想过她自己。这时，一阵离去的脚步声从背后传来，白月菲就此打住对房间所属人的猜想，听着逐渐远去的脚步声，白月菲摇摇头，不该这样的！不该如此关心他的事情！白月菲沉沉吸一口气，走到衣柜前取睡衣。

拉开第一道柜门，冲进眼眸的是夺目时尚的服装，白月菲心间又是一刺，忍住心中不适，继续找睡衣。

拉开第二道柜门，清新雅丽的睡衣挂一排，白月菲肩膀一沉，眸光黯然地盯着那排睡衣看，5年前也面对过这样的情况，只不过那时的衣服都是新买的！想到这里，白月菲突然双手并用翻找着什么东西，找来找去，一无所获，根本没有吊牌没有清洗单，所以这次的情况和5年前是有差异的！白月菲揉揉太阳穴，接受这个事实，并且说服自己，有什么大不了的？不就穿穿别的女人的衣服吗？白月菲随手抓过一件转身去往浴室。

江桐返回书房，再一次尝试着用工作去缓解起伏的心。

时间悄然流逝。

白月菲心事重重地躺在床上，来回辗转多次之后，随着夜色的加重，白月菲的睡意也渐浓。子夜一点，进入浅睡状态，可能是因为心累导致身体累的缘故，很快，白月菲睡得深沉。

关掉电脑，江桐起身回房，路过白月菲的房间时有过片刻驻足。

夜已深，身心疲累的江桐却没有一丝睡意，在床上躺了半个钟头之后，他突然起身，出门。

那颗心潮不定的心只想在临睡前看看白月菲，看看就好！

顿在白月菲门前，江桐贴紧门板听里面的动静，寂静无声，她似乎睡着了！江桐小心翼翼地打开房门。

依着微弱的壁灯，江桐走进去，这时的白月菲已处于深度睡眠中，侧身睡的她正好面向江桐。

见她额前黏着几缕发丝，江桐情不自禁地为她拨开，她的面部轮廓就此清晰映在江桐眼中。他轻轻坐到床边，目光深深地盯着她。

与她有关的过去在江桐眼前浮光掠影，他就那么痴痴地看着她，好像怎么也看不够，后来看着看着，不知不觉就睡着了。

睡梦中，白月菲侧身换了一个姿势。

悬空的身子让江桐觉得怪不舒服的！下意识躺下身子，悬空感顿时消失，江桐侧身贴着柔软的床睡得安然。

二人背对背而睡，由于大脑处于彻底休眠状态，彼此并不知对方在身旁。

时间走到后半夜。

二人竟然默契地同时翻身，由背对背转成面对面。

夜色渐渐变淡。

渐渐变化的还有江桐和白月菲之间的距离，缩小再缩小，终于，他们贴近彼此。

江桐搂着白月菲，她小鸟依人地依偎在他坚实的胸膛上！这时，二人彻底休眠的大脑又默契地醒了些许，带着爱意的温暖让白月菲和江桐都以为此刻的一切是梦境！

江桐沉沦在梦境里，胳膊一动，将白月菲搂得更近了些，她的脸贴到他的胸膛上，温温热热的肌肤之亲似糖一般洒在白月菲心间，她流连在那甜蜜的梦境中。

他们就这样相拥到天亮。

白月菲慵懒地动了动身子，收回搭在江桐腰腹间的胳膊，动作收到一半，白月菲感觉不大对劲！试探性地摸了摸，好像是一个人！

人?！白月菲一个激灵，猛地打开双眼，眼前是宽厚的胸膛……白月菲惊呆了！

这时，江桐也醒了过来，他如同往常一般睁开眼睛，胸膛处传来温热的呼吸，江桐低头一看，愣住了！怎么会……

江桐细想着昨晚的细枝末节！

1分钟后，惊呆的白月菲回神，慌忙抽离江桐的怀抱，与此同时，江桐已经迅速了然自己为何会置身于她的床上。

“……你……你……怎么会在这里？”白月菲抱着枕头退到床头一角。

“这就要问你了！”江桐懒洋洋地坐起身。

白月菲不明所以：“什么意思？”昨晚她明明是一个人睡的呀！他怎么会睡到她旁边的？

江桐一本正经地胡编乱造：“昨晚我去看小辰，路过你房间时，听到你喊我的名字，叫我救你，我懒得搭理你。去看完小辰回来后，你还在对我呼救，你呼救就算了，声音还那么难听，我可不想一直听下去，为了我的耳朵免受折磨，只好开门进来。本是想阻止你叫喊，谁知一到你床前，你忽然坐起来，一把拉我到床上，还死死搂着我不放，那时间我又困又累，没有精力与你推拉，也不知怎么就被你折腾到睡着了！”

白月菲信以为真，难为情道：“……那个……”情急之下，找了一个理由：“我可能做噩梦了！不！我一定是做噩梦了！不然不会纠缠你不放的！”话说房间隔音有那么差吗？如果门外的他都能听见她的叫喊声，那昨晚她得叫多大声啊！白月菲纳闷，那么大的动静她怎么没有一点感觉呢？

这么好骗！江桐偷笑，一时兴起，继续玩她：“你是真的做噩梦了吗？”

白月菲心里咯噔一下，难道知道她在撒谎？

江桐凑到她耳边，语气挑逗：“我看你噩梦是借口，想跟我睡才是真的吧？”

148

白月菲暗自庆幸撒谎没被发现，不过被江桐如此误会也不好，她心虚地回应：“不是借口！”一时没察觉与江桐如此暧昧的距离，继续用谎言掩饰昨晚的失态：“我是真的做噩梦了！”

“那你梦见什么了？”与白月菲的近距离加快了江桐的心跳，就此轻易突生欲念，他怕一个不小心冒犯了白月菲，进而给他们本就糟糕的局面再度平添混乱，他刻意退身回去。

“……我……我……我昨晚梦见自己掉进一个大坑里，对，掉进一个巨大的坑里，我怎么也上不去，我就叫人救我，也不知怎么搞的，呼救的时候就叫了你的名字！”白月菲顿觉自己说谎的能力，还真是不害臊，瞎编得她都快信以为真！

你真是掉进坑里了！江桐憋住笑意，字字拖长音调：“原来是这样！”

“对啊！就是这样！”白月菲不想再继续这个话题，丢下枕头，话锋一转：“我去洗漱。”溜下床，躲进了浴室。

憋笑的江桐这才咧嘴一笑，提步回房换洗。

浴室。

某人对着镜子捶胸顿足。

瞧瞧你，昨晚干的好事，真是丢人，丢死人了，怎么会强留江桐过夜啊？自我训斥到这里，白月菲难堪的表情一闪，忽然找到一个台阶下，哼，千错万错还是江桐的错，如果他不进我房间，不就什么事情都没有了吗？白月菲连连点头，对对对，就是这样的。

某人自我安慰着。

游乐场。

9点钟，尹浩屿已经携家眷到达入口，不过没有直接进去，他对美微说：“等下我朋友。”

美微点头，没有多想尹浩屿口中的朋友是谁，反正几分钟后就可以见到了，便领着女儿和尹浩屿等在了入口处，然后就听到一个游客扯着嗓子质问工作人员：“不能携带任何私人拍摄工具？搞笑，游乐园什么时候有了这项规定？”

“抱歉，我们平时的确没有这项规定，只限今天。”

“既然平时都没有，今天不也可以吗？我还要给宝宝拍照记录呢。你们这样规定我还怎么拍？”

“小姐，我们可以免费租借你拍摄器材，等你使用完毕归还之时，只需留下联系方式，我们会及时把你拍摄的内容发送给你。”

“真是麻烦，不多此一举吗？”

……

入口处先进的器材检测工具一旦响起警示声，工作人员就会耐心地对疑惑的游客们解释只此一天的“新规定”。

美微笑着摇摇头，游乐场今天的规定还真是奇葩！

尹浩屿却不那么认为，此举无非是江桐保护小辰不被曝光于媒体之举，只是这的确有点劳民伤财。

入口突然骚动起来，还没入场的游客们纷纷掏出拍摄工具，咔嚓声此起彼伏。

随着人们的动静，美微和尹浩屿一同望过去，白月菲和江桐正朝着他们走来，白月菲在江桐身侧，江桐一手抱着小辰，一手将小辰脑袋压低到怀里，防止人们拍到小辰的正面照。而小辰呢，不明白他老爸这是做什么，周围的躁动吸引着他，他总是想要探出脑袋瞧瞧。

“小辰暂时不能看外面，”江桐安抚儿子，“因为爸爸要给你惊喜。”

“什么惊喜啊？”小辰信以为真。

……

白月菲静听着父子二人的谈话，对于大家的举动她早已有心理准备，毕竟是和光芒万丈的江桐出来，引起人们的骚动实属正常！她已经对此免疫了，只是隐隐担心儿子，不想儿子随着他们一道被曝光，怕因此影响到儿子单纯的孩童生活，虽然现在有江桐护着小辰，可是等到进园之后，小辰始终得下地玩啊，里面又有那么多人，小辰不被曝光才怪！

“啊！！”美微惊讶，细思 3 秒，收回目光，看向尹浩屿：“怎么不早告诉我你等的朋友是江桐啊？”

“一来老婆你没问，”尹浩屿笑言，“二来上个礼拜不是说了一起带小孩子过来的吗？怎么你忘了？”

“我以为你们只是说说而已。”

“……”

快到入口时，白月菲才发现美微一家三口，顿感意外，没想到男人们哄小孩子的游乐园约定竟然是真的……

两家人会合，进园。

两个小孩子手牵手前进。

美微对白月菲窃窃私语着。尹浩屿和江桐走在她们后面。

“江桐，我可以理解你不想小辰被曝光的心情，”尹浩屿发表意见，“可你这禁止携带拍摄工具进园，并且给需要拍摄的人提供器材的规定很离谱，据我所知，你家这个游乐园一天接待人数好几万，需要提供的拍摄器材可想而知，你这规定简直就是烧钱！”

江桐一笑：“我能做的是尽量不让公众曝光小辰，如果小辰还是意外被他们所拍，只要舆论是正面的，不影响到小辰的生活，我都可以不予理会。还有，你说错了，我这可不是什么烧钱行为，我这是赚钱。”

“赚钱？怎么说？”

“2个月前，收购了一家濒临破产的公司，手机、DV、相机压货颇多，货品质量优，由于经营战略方针布置错误，导致投资失败，而今天禁止携带拍摄器材的规定是一举两得，一是可以保护小辰不被众人所拍，二是顺带做一次线下推广，让喜欢拍摄的民众们亲身体验产品……”

两个人男人随意谈论着。

两个女人已经从神神秘秘的交头接耳转为了闲聊。

美微笑言：“我就说嘛，你怎么也不提醒我一下要来游乐场，原来是跟我一样，以为他们当时只是哄小孩子，随便说说而已……”

两个小孩子在园中玩得很疯。

一会儿划船。

一会儿看动物。

一会儿玩机动游戏。

……

手工陶艺房。

聊着聊着，美微忍不住再次吐槽游乐园的奇葩规定。

“啊？”白月菲惊讶，从包里拿出相机晃于空中，“你看，工作人员没有检查我的包啊！”

美微一愣，后知后觉地摸摸自己的包包，拉开拉链，拿出手机：“我也没被检查！”

白月菲和美微相互看着，异口同声：“为什么恰好是我们没有被检查？”

两人寻思原因，不过3秒，便想到了一块，再次异口同声：“是江桐！”

美微大笑：“‘传说’的行事风格真是与众不同啊……”

白月菲不禁看向正与尹浩屿笑谈的江桐，不可否认，他为儿子的默默付出柔软了她的内心！

美微发表完肺腑之言后，认真地问白月菲：“现在后悔昨天的决定吗？”

白月菲收回目光，看向正在做陶艺的小辰：“我不知道，可昨天就想那么做。”

美微感言：“其实我觉得你不是意气用事，你嘴上说要离开江桐，其实心里根本不想，你心里从来都有他，不然怎会放着那么优秀的李陌而选择单身？怎么会有机会带着小辰离开他而选择不走？”

“……”白月菲无言以对。

晚上，在回程的路上，白月菲不禁想起美微的话语，留下来真的是因为心里还想着他吗？这个问题一直到小辰睡着，白月菲也无法确定答案。

算了，不想了！白月菲起身，关灯，退出小辰房间。

走了两步，白月菲一惊，江桐身穿浴袍站在走廊尽头，看得出来，他是在等她，她不知道他又要做什么，反正大不了就是同昨晚一样被他锁进房间。白月菲不停步，视死如归地走过去。

江桐就知道白月菲是要回去的，他脸色阴沉地挡住她的去路。

白月菲被迫顿在江桐面前。

“我说过你以后住在这里！”江桐强调道，末了又冷言冷语地告之：“还有，你原本的住所我已经退了。”

“你……”又惊又恼的白月菲说了这一个字便闭口不言了，恼他就能找回住所吗？不能啊！他一直就霸道地这么随心所欲，何况她原本可以不用再承受他的霸道，是她在他难得同意她离开的时候不愿从此与他两清，是她给了他机会对她霸道，所以现在她也得承受他的所作所为。

“我怎么了？”江桐追问，本以为白月菲得知退房之后会跟他争执一翻呢，结果她就说了一个字而已！

“没什么。”白月菲转身回房。

看着那晃动的背影，江桐摸了摸左侧口袋，迟疑的眼神一定，急步上前一把拉住白月菲的胳膊。

已经收住脾气的白月菲就此顿步，对于江桐此刻所为，她表现得近乎平静。

江桐绕到白月菲面前，从浴袍里掏出一张照片：“为什么要打印保存这张照片？”早上安排人去她住所搬家时，特意有吩咐寻找他的照片，如同小辰当时在幼儿园所言果真是一张他与她亲吻的照片。

149

白月菲一看，眼眶缩紧，一时不知怎么回答合适，是实话实说还是撒谎？她可不是撒谎高手。

江桐目光深邃地看着白月菲，很有耐心地等着她开口。

白月菲的眼光微闪，声音还算平稳："小辰有段时间闹得特别厉害，说要看你的照片，我没有你的照片，一时心血来潮就去网上打印了这张，不过我没有给小辰看过，他看到照片是意外。"

"为什么偏偏是这张?"是这张与他亲吻的照片，此时此刻，江桐也搞不清楚为什么要如此细究照片之事？难道他还在指望什么?

"在网上刚好看到这张，就顺便打印了。"白月菲轻描淡写道。

江桐深邃的目光变得冰寒，嘴角漾起一抹苦笑："多亏你的随便，若不是小辰见过这张照片，又怎会在幼儿园见到我的第一眼就叫我爸爸?"甩手扔掉照片，神情黯淡地转身回了书房。

白月菲低头看躺在地上的照片，神情渐渐幽深，再渐渐恢复平静，过了大概 2 分钟，白月菲深深吸了一口气，摇摇头，躬身捡起照片。

回房，拉开抽屉，把照片放了进去。

一室的安静反倒让白月菲心中嘈杂，加之她本没有任何睡意，索性起身下楼，去屋外散散心。

书房。

幽静的光影中，江桐正在伏案工作，一堆文件等着他处理，无暇顾及任何工作之外的事情。

直到手机来电铃声响起，江桐才暂停手头工作，事实上这个来电他等了很久，从昨晚开始。

"邮件我看了。"陈依琳先开口，早上一打开手机就看到一条新邮件提示，抄送者是江桐，陈依琳觉得怪异，点开邮件一看，顿时傻眼了，邮件内容是一份转让书，江桐把个人名下盛世娱乐股份转让五成给她。

"有需要补充的吗?"

"有。"

"你说。"

"我要你名下盛世娱乐所有股份。"

对于陈依琳的狮子大开口，江桐连半分迟疑都没有："好。"原本就想给她更多的，只是碍于5年前她一再拒绝他的支票，所以昨晚撰写转让书的时候变相给她股份，给太多，担心她不要，特意取中间数……

陈依琳笑得黯然："你答应得真爽快。"他真的是她要什么都给，却唯独不给她最想要的那份爱。

听着她的笑声，江桐反而不是滋味，那笑声分明藏着痛，是他让她痛了，他不禁叫她的名字："依琳。"

他第一次这么叫她，陈依琳一怔！有些反应不过来。

他说："抱歉，那件事对不……"此生他只对白月菲说过那三个字。

"不要说！"陈依琳急忙打断江桐的话语，不愿从他口中听见那三个字，那三个字不该从他口中说出来，"那件事我没觉得委屈，反而很感激你，感激你让我做了那样一个美梦，那是我此生最难忘的记忆，所以你不需要对我做任何补偿，我也不想要什么股份。"

"我只想为你做点什么。"无论怎样，他都亏欠她。

"你为我做得已经够多！5年前给我最好的资源，一手捧红我，我今天的所有成绩都离不开你，如果说你一定要为我做点什么，那么请你幸福！你的幸福就是我的幸福。"

幸福？江桐的眼角染进悲哀，那两个字离他太远，太远！

久久听不到他回应，陈依琳思量一番，终于跟随心中所想开口问他："我在你家门外，你可以出来一下吗？"今天一整天都在想他，特别是夜里，想念更加深刻，冲动之下，她来到这里，她没有别的意思，她只是想看看他本人，看看就好。之后，她会收起所有对他的爱意……

屋外。

起风了，星星也躲进了云层，乌云开始翻滚，要下雨的节奏！白月菲可不想淋一场夜雨，举步回屋。

花园出口位于进出门主道中间段的右侧，出口这一段小道有10米长，小路两旁栽种着热带植物，还放置了不同形状的岩石装饰。

就在白月菲距离主道5米之时，晃眼看见主道上一个人影闪过，好像是江桐？白月菲急步走到小道与主道的交接处，半蹲着身子躲在花卉和热带植物簇拥的岩石下，小心翼翼地探身出去，她这下看得一清二楚，那个朝门口移动的人影的确是江桐。

难道他要出去？白月菲思忖，可是他还穿着睡衣啊！显然这个造型不适合出门，所以他到底要干什么呢？

白月菲悄然观察着江桐的一举一动，她看见他打开了大门。

是陈依琳？白月菲惊诧，还真没想到陈依琳会在门外！惊诧之际，白月菲反应过来，所以他们是幽会啊！！白月菲自知不该再偷看下去，可是就是做不到，她的视线死死定在大门口，脑袋里更是蹦出乱七八糟的词汇，夜深人静，孤男寡女，穿着浴袍见绯闻女友……

“谢谢你，出来见我。”陈依琳笑语，换做以前，酒店事件没发生之前，江桐一定不会答应她出来的。

“……”江桐一时不知说什么，只是看着陈依琳沉默。

“我明天一早的飞机，”陈依琳自报行程，“飞希腊拍电影，要3个月。”行程是她昨晚临时定下的，于她而言，去远方工作是一种自我疗伤的方式，疗她“彻底失去”他的痛。

“明天我去送你。”江桐是想借送行补偿陈依琳，虽然这补偿微不足道，却是他的心意。

“不用了！”陈依琳轻轻摇头，认真地看着他，“江桐。”

“……？”

“我可以抱抱你吗？”

江桐没有犹豫，点了头。

陈依琳冲上去，紧紧抱住了江桐，抱住了那个她此生都不能拥有的男人。

陈依琳的脸贴在江桐的左心房位置，在离开之前，她要再听一次江桐的心跳，她会牢牢记住他心跳的感觉，毕竟以后就算与他见面，也再不能光明正大地爱着他了，何况是如此亲密的举动……

江桐任凭陈依琳抱着，这是他欠她的，他要弥补，想到这里，他对陈依琳的愧疚更是被无限放大，浓重的愧疚让他不禁抬起胳膊慢慢抱住了陈依琳，似乎这样就可以补偿她多一点……

江桐破天荒的主动瓦解了陈依琳所有伪装，她鼻子一酸，眼泪啪嗒啪嗒地掉下来，她却还在强撑硬是不哭出声。

江桐感觉到怀里的身子在不停地颤抖，他声音暗哑：“哭出声来吧！这样你会更好受。”

听江桐这么一说，陈依琳再也撑不下去，肆无忌惮地大哭起来。

那个拥抱有多长？1分钟？2分钟？反正白月菲觉得很长很长，起风的暗夜里，她望着拥抱的他们，心间被什么东西切割着，莫名不是滋味！

陈依琳痛痛快快地哭着，得不到江桐爱的遗憾经过宣泄之后稍微减轻了一点。这时候陈依琳停止了哭泣，她吸吸鼻子，离开江桐的怀抱，一点点后退，泪中带笑地朝江桐挥手：“再见。”奈何我的深情不是你所求，愿你所求之人终有一天懂你的深爱……

江桐回以陈依琳一个笑容，只是笑得有些僵硬：“再见。”

二人同时转身。

陈依琳就此离去。

江桐回身的一刻，晃眼瞥见岩石边那颗探出来的脑袋往回抽，他只是瞳孔紧了一下，然后若无其事地朝回走。

150

一声闷雷惊醒夜空，也惊得白月菲一颤。

风呼呼地刮起来，暴雨前夕，白月菲看见江桐进了屋子，担心紧随其后会被发现，所以选择待在原地不动。5分钟过去，雨点骤降，白月菲觉得差不多了，这时间足够江桐回到二楼卧室或是书房，白月菲这才闪进了屋内。

一晃，一个礼拜过去，只要小辰在，白月菲和江桐就会默契地扮演一对恩爱的模范父母；小辰一走开，各自不搭理，更确切地说是江桐不予理睬白月菲，无论白月菲去哪里，干什么，或者见谁，他都不再过问。这让白月菲很是匪夷所思，她没有忘记江桐的那句“白月菲，你记住，从现在开始，这场游戏要怎么玩，我说了算”。她原本以为江桐如此放狠话之后，她的日子一定不会好过，他会各种为难她、折磨她、伤害她，诡异的是直到现在，江桐也没有那么做！

美微得知江桐对白月菲的态度之后，把咖啡移到一旁，双手托腮看着白月菲，一幅已看懂其中玄机的模样：“你不会还没看出江桐的想法吧？”

白月菲怔了一下，摇摇头，再次加糖到奶茶里。

江桐的想法？她似乎懂又似乎不懂，这个人是她最熟悉的也是最陌生的。

美微直接点明：“江桐这是任由你自生自灭啊！”

白月菲失笑，慢慢搅拌着奶茶，言语平静又透着几分无奈：“让我自生自灭也不错，至少我和他不会再有争吵。”

生活似乎归于平静。

白月菲的生活每天以小辰为中心。

而江桐的时间呢，除了日常休息外，便是陪小辰和工作，对白月菲依旧是私下不予理睬的态度。白月菲想若是以后的生活就这么下去，那么再过段时间她得找点事情来做了，毕竟除了照顾小辰之外，她还有大把的空闲时间，特别是小辰去学校以后，她空闲的时间更多，她可不想荒废那些时光！或者更确切地说她不想有时间让自己总是不受控制地胡思乱想，想他为什么放了狠话之后又不对她使狠招……

2天之后，李陌归国。

司机早早等候在机场外。

彼时，白月菲正在万象城，她是被美微拉来购物的。

美微在试衣间换衣服，白月菲无心购物，坐在一旁的沙发位上等着购物狂换装出来。

从与李陌订婚开始，只要是公共场所，白月菲就没少被公众关注，即便是夏晴时期也不例外。她这张脸已然成了公众们津津乐道的谈资，这次当然也不例外，蕴含各种含义的目光投向白月菲，其中有不少人拍照或是录像，好在此刻美微逛的这家店是VIP制，让她暂时得以不被大众围观打扰……

车子从机场快要开到市中心时，李陌给白月菲打了一通电话。

“现在有空吗？”李陌笑言，“我请你吃饭。”

白月菲发现李陌话语里的端倪，眼珠一转：“难道你回国了？”

“是的。”

“啊？怎么回国不提前通知我一声？”

李陌戏谑道：“还不是怕你兑现上次的承诺，真的去为我下厨啊！我可不想一回国就折腾你，所以特意不告诉你。”

白月菲信以为真，笑得无奈：“那个……关于上次的承诺我暂时也做不到……我前两天搬到江桐的住所了……”那个地方是江桐说了算，他一定不会欢迎李陌的光临。

李陌听懂白月菲的言下之意，轻描淡写：“没关系啊！我当时也只是开玩笑的，不说这事了。言归正传，我请你吃饭，你现在在哪？”

“万象城。”

“你等一会，我大概20分钟过来。”

美微从试衣间走出来时白月菲刚挂断电话，美微一边照镜子一边说：“我刚在试衣间听见你讲电话，是谁啊？”

白月菲故作神秘：“他等会儿过来，来了你自然知晓。”就要见到李陌了，白月菲心里不同表面上的轻松，是明显沉重的，李陌一定会问起江桐……

美微撇嘴：“好，我等着，倒要看看他是何方神圣！”

见到李陌之时，美微惊呆了！这是她第一次见到李陌本人，以前也看过李陌的照片啊视频什么的，那时就已经沦陷在李陌的非凡魅力中，而现在见到李陌本尊，美微更是被撩得不要不要的！她盯着李陌看得痴迷，虽然已为人妇，可眼前之人乃是她年少青春里存在的三大传奇人物之一啊！

美微又如年少时般花痴起来，双手捧脸笑意浓浓：“李陌学长好。”

李陌礼节性地对美微点点头，问白月菲：“这位是？”

白月菲这才想起介绍：“哦，她叫美微。我高二转学到这里便认识她了，后来还一起念了乔宇商学院。”

美微觉得白月菲把她们的过去说得太潦草，在去往餐厅的路上，滔滔不绝地对李陌讲述着她与白月菲的年少时光。

李陌很有兴趣地听着。

中餐厅。

VIP包间里。

美微唰唰唰一连点了很多菜，她是真的饿了，亦或许是看见年少时期的传奇人物心情飞扬，从而胃口大开。

白月菲揶揄道："我说美微同学，你还真是毫不客气啊！好在请客人是李陌，一般人可请不起你。"

美微吐吐舌头："第一次被李陌学长请客，我得吃个痛快啊！"言及此处，美微两眼放光地看向李陌，"不然怎么对得起李陌学长请客的心意？李陌学长，你说是吧？"

李陌赞同地点点头。

很快，美味佳肴摆满桌子。

美微吃东西向来不淑女，一顿狼吞虎咽，肚子撑得厉害。

"我去下洗手间。"美微起身离开。

包间只剩下二人。

李陌停下筷子，看着白月菲，认真地问："月菲，你现在好吗？"

白月菲握筷子的手一顿，抬头望着李陌："谈不上好与不好，反正不管怎样，至少小辰现在有爸爸妈妈陪。"

李陌继续追问："可你快乐吗？"

白月菲放下筷子，想了想，浅浅一笑："快不快乐都是我的选择，虽然一开始是他强逼我的，可后来他确实给了我机会让我带走小辰，是我自己不愿意走，要留在他身边的。"

李陌不懂："为什么如此选择？"这几天他虽然在国外，但他有派人注意白月菲的动态，大致知道白月菲和江桐这几天的情况。事实上这几天，他有打过几次电话给白月菲，那几次通话白月菲都从未主动提及江桐，而每每当他要问询江桐的时候白月菲都以各种理由挂断。再后来就看到了盛世娱乐的年会报道，他真的不知白月菲是怎么想的，在不能确定白月菲想法的情况下他也不好擅自行动，就想着等到回国与白月菲见面想办法深入了解她的心思之后再看怎么做！

"说实话，我也不知道……当陈依琳告诉我他爱我的时候，我动摇了……然后局面就成了现在这个样子……他平常都不理会我，也不管我做什么，只有小辰在时他才会和我讲话……"

显而易见，白月菲是当局者迷，她还看不分明想不分明她对江桐的想法，但李陌却从她的谈话中透彻了她的心思。

后来，散场时，李陌特意留了美微的电话号码。

傍晚时分，李陌估摸着美微与白月菲差不多散伙了，方才打电话给美微，意在从美微口中探听关于江桐放手白月菲的细节。正是因为这通电话，李陌得以从美微口中知晓江桐协议白月菲离婚书的大致内容。

通过和美微的交谈，李陌已经非常确信江桐和白月菲于彼此的心意。是他出手的时候了！择日不如撞日，就今天晚上吧！

李陌掏出电话，打给秘书："南溪，重新回复星芒时尚杂志负责人，我决定参加他们的慈善晚宴。"之前拒绝活动是因为同往年一样，江桐也在受邀宾客之列，而他因为白月菲的缘故，一直刻意避免与江桐见面，所以今年他照旧推脱了主办方的邀请。

151

星芒时尚杂志慈善夜是全国关注的公益盛事，已经连续举办了3年，今年是第4个年头，地点定在奥体中心，其邀请的嘉宾主要是社会名流企业家和大牌明星。晚宴规定，明星们是要走红地毯的，之后再进入内场，娱乐记者们只限在场外拍摄红地毯实况，至于社会名流企业家们可以根据个人意愿选择是否走红地毯。也正是因为这一点，江桐才会连续4年参加这个活动。

晚宴开始前的3分钟，江桐和霍洋才进入内场，他们的位置设在宴会区A区正中间，同属一桌的都是鼎鼎有名的企业家们。无论是企业家还是明星都有带助理，只是，这些助理都被安排在了内场外，至于霍洋，是主办方特批唯一一个可以进入内场的助理，当然，江桐根本不知主办方的特例。

现场已经座无虚席。

受邀的陈依琳和林锦恩都没有出现，她们一个在国外拍电影，一个在国外拍新专辑的MV，无法亲临现场，不过，她们都有提前向主办方捐赠善款。

19点整，晚宴掀开序幕，实力与偶像兼具的多栖发展人气明星萧源领衔群星合唱主题曲《春天的太阳》，之后，进入慈善拍卖环节。

主办方每展示一件物品，来宾们都热烈踊跃地叫价。

第三件展品是一幅尚未完成的画作，它出自一个9岁小孩之手，小孩是四川人，在2008年汶川大地震中不幸遇难，当时小孩还手握画笔，经过这个悲情故事的渲染，画作的价值得到了进一步的升华，向日葵代表阳光，小孩未完成的"阳光梦"，慈善家们会以另一种方式替他完成，让阳光温暖更多的山区贫困儿童，让这个世界充满温暖的爱。

一番竞价之后，画作被抬价到500万。

"500万一次，500万两次，还有没有人加价？"主持人寻望现场一番，已经没有举牌的人，主持人一边激情高昂道："500万三……"一边要敲下手中象征成交的小锤。

眼看那只小锤要落定桌面时，有人举了牌。

"550万。"江桐第一次叫价，他只想为小男孩的画作注入更多的阳光：给画作再筹多一些善款，从而去帮助更多的山区儿童。

位于B区正中间位置上的黑色西装男人举了牌："600万。"

那个男人的声音听来熟悉，不过，江桐没有多想，他一心要拿下画作："650万。"虽然都是为了慈善，可他就是不想别人来发挥这幅画作的"影响力"，他要亲自"发扬光大”。

争拍的两个男人太惹眼，何况双双大有来头，就算是有身份的来宾们也忍不住开始对两个男人说长道短，特别是一众女明星们。

黑色西装男人继续跟价：“700 万。”

霍洋不禁回头一望，顿时全身僵住，一脸不可置信的表情。

江桐志在必得：“750 万。”

“800 万。”

“850 万。”

“900 万。”

“950 万。”

“1000 万。”黑色西装男人再度加高价位。

拍卖会有一个特别的规定，竞价超过 1000 万之后可以自由叫价，不用每次递增 50 万。

对方似乎不是为画作而来！江桐不禁循声侧头望了一眼，一击重锤砸到胸口，举牌的男人居然是李陌！

李陌刚好对上江桐的目光，他眼眸深邃地望着江桐，他对不住这个从小一起长大的朋友！是他于爱情里的自私导致与江桐的友情决裂！从此决裂如陌生人，不，是比陌生人还不如！江桐是痛恨他的！痛恨他是应该的，谁叫他不择手段撬走江桐的心爱之人呢？

胸口一阵闷痛！江桐不管不顾，就那么僵坐着，神情渐渐汹涌，从李陌当年背信弃义的那一刻开始，江桐便再也不想见到李陌，那个不顾友情毁掉他爱情的人！他没有对其采取报复行动已是他的最大容忍极限，可现在李陌却还如此狂妄地出现在他面前！挑战他最后的底线！

江桐的目光暗烈阴森，似要吞噬一切。

李陌还真是喜欢与他争抢啊！当初从他身旁争抢走白月菲，害他落得被白月菲抛弃的下场，现在又来与他争抢画作！李陌是不是以为他江桐永远都不会反击？那么这一次他就反击给李陌看，既然李陌这么喜欢与他争抢，他奉陪到底，他倒要看看这一次到底谁能得手。

江桐嘴角不屑地一勾，回头：“1500 万。”现在已经不是纯粹为拍下画作了，只是为了出一口气，他已经输了白月菲，不能连画作也输给李陌，这一次，他绝对不会再输给李陌！

“2000 万。”李陌来到这里的初衷根本不是竞拍画作，他本意是要与江桐好好谈谈，可是自江桐入场后，无论他多么努力地说服自己，就是没有勇气走到江桐面前，皆因他当年背叛过江桐，背叛作祟，让他负罪又羞耻！进而无法朝着江桐迈步而去，所以只能换江桐主动走到他面前，为达成这个目的，李陌才如此挑衅江桐，以他过去对江桐的了解，等到这场拍卖结束之后，被刺激的江桐一定会主动找他的。

“3000 万。”

江桐以为李陌会再跟价，结果，李陌不再举牌。

“3000 万一次，3000 万两次，还有没有人加价？”主持人兴奋地喊话，寻望一遍现场，没有人举牌，主持人激动地宣布：“3000 万成交。”小锤同时落定桌面。

李陌提前离开会场。

江桐紧随其后。

霍洋则留在现场处理拍品一事。

江桐一路跟随李陌到了地下车库。

李陌停步于自己车前，顿了一下才转过身，痛楚的目光在江桐身上闪躲不定。

与此同时，江桐也停下了脚步，他冷冷地审视着李陌。

两人隔着 1 米的距离而立。

李陌的手指抽了几下，努力将目光定在江桐脸上：“你果然跟来了。”

江桐眼底寒光闪闪，声音嘶哑：“目的？”事实上从李陌放弃举牌开始，江桐便知李陌是有意叫价无心争抢。那么李陌如此诡谲的行为到底是为什么？江桐忍不住去细思李陌的真正动机！而那时候李陌又毫无预兆地离场！江桐也不知为何就跟了上去。直到方才李陌开口时，江桐才恍悟李陌这是有意引他过来。

李陌的目光终于安定在江桐脸上：“月菲。”

江桐肩膀一沉，失笑：“所以你想怎样？”想为了白月菲与他宣战吗？

152

李陌道出心中困惑："既然你想方设法地让月菲去到你身边，得逞之后，为什么要冷落她？"破解这个关键所在之后，他才知下一步应该如何去帮助白月菲与江桐和好如初！

江桐冷眼以对："那是我的事，与你无关。"他看见李陌的表情渐变，看得出来，李陌十分在意他对白月菲的态度，江桐嗤笑一声："怎么，心疼被我冷落的她了？"

李陌丝毫不掩饰："对，我心疼了，心疼你让月菲受了委屈。"

江桐顿时怒声："你还真是恬不知耻，竟然当着我的面说心疼我的妻子！"

李陌不反驳，由衷而言语："对月菲好一点，不要让她失望。"

江桐怒极而笑，有意思，真是有意思！这两个人是故意这样玩弄他吗？白月菲对他说求之不得的人李陌，李陌要求他对白月菲好一点……

"真是一个有情，一个有意！"江桐的声音干哑，脸上的笑容瞬间变得狰狞，他怒不可遏地冲到李陌面前，抓着李陌的衣领咆哮，"你既然如此在意白月菲，当初为何又要拒婚？为何这5年来，你们明明在一起，却又不给她任何名分？"

李陌听得一惊，勒紧的衣领致使他呼吸开始变得困难，氧气越来越少，缺氧导致李陌涨红了脸，而江桐没有放手的迹象，仍旧无比愤恨地拽着李陌的衣领，李陌也不反抗，他只觉得江桐的话语有些蹊跷，飞速过滤一遍江桐的话语！终于，从中发现蹊跷所在！

李陌眼睛一亮，直视江桐，喘着大气艰难地吐字："如此听来，月菲对你是有所隐瞒的。"

江桐背脊一僵，心脏被钳紧："什么意思？"

李陌反问："她可曾跟你讲过我在香港逼迫她之事？"

江桐再度扯紧李陌的衣领，把李陌逼到旁边的柱子上，怒吼："逼迫她什么？"

"逼迫她来到我身边！"李陌的声音因为缺氧而不稳定，"我记得那是展会第三天……"李陌一直以为是他逼迫白月菲离开江桐的，可事实上不全是那样啊，是林锦恩动摇了白月菲，使白月菲在良心的驱使下最终选择放弃江桐，只是李陌不曾知道林锦恩为他推波助澜的一切。

"香港往事"震惊了江桐，拽紧衣领的手指慢慢丧失力气，胳膊无力垂落。在得知香港事件真相的这一刻，那些在江桐心中因怨恨筑起的高墙正在轰然倒塌。此时的江桐心中五味杂陈。

被勒紧的衣领已经松开，李陌急咳了好几声，正靠着身后的柱子喘气。

1分钟后，由于缺氧导致不适的李陌基本缓了过来，他继续道来拒娶白月菲的原因：“婚礼前夕，我发现我的右手……”

江桐听得身子一震，几乎要站不稳。

听完李陌的讲述，江桐的情绪久久不能平复，那颗原本因白月菲而渗血的千疮百孔的心像是得到一剂灵丹妙药似的快速愈合了！不仅如此，他还看见他已死的爱情在李陌揭晓的真相里生生复活。

原来白月菲深爱的人是他啊，从来都是他啊！江桐的嘴角不受控制地上扬，他又惊又喜，心间涌过阵阵暖流。

正当江桐兴奋难掩之际，李陌又对他剖析了为何白月菲不跟他坦白香港事件……

直到这一刻，江桐才懂得了白月菲的顾虑——她怕他得知真相后去对付李陌！她不想他与李陌势不两立的关系再度雪上加霜，所以宁愿委屈自己……

可是白月菲委屈的人仅仅是她自己吗？她还委屈了他啊！他明明深爱着她，却因为不明真相而一再压抑对她的爱，一再对她口是心非，一再折磨她……当然，江桐承认，若是白月菲真的告诉他被李陌所逼之事，毫无疑问，那时的他一定会找李陌算账，狠狠地算，而偏偏白月菲在这件事情上太过了解他的反应和脾气，所以即使被他误会，她也绝口不提真相！

江桐的神情慢慢幽深。

她可曾知道，因为误会，他们之间错过了多少美好的岁月？遗憾袭上江桐的心间，同时袭上的还有对白月菲的愧疚，深深的愧疚，千不该万不该，不该那么折磨她！江桐彻彻底底地后悔了！后悔对白月菲造成的所有伤害！

李陌暗暗观察着江桐的反应，思忖良久，他哑声道：“从你的反应看来，我确定你是在乎月菲的，既然在乎她，为何5年前，她怀着身孕去找你的时候你要残忍地把她拒之门外？你知不知道她当时有多痛苦？”

话语似深水炸弹炸懵了江桐，过了好几秒，他才缓过来：“……你……你……说的……是真的？”

李陌极度惊诧：“难道你不知道？”

江桐一脸愕然地摇头：“所以当时具体是怎样的？”

李陌深吸一口气，带江桐走进那段他狠狠伤害白月菲的往事中：“5年前……”

又一段真相被揭开！

喜悦与愤怒同时翻腾在江桐心间，喜悦的是那一天白月菲回来找过他！愤怒的是那一天忠叔把白月菲拒之门外，江桐的手指抽紧，他怎么也没想到忠叔胆子如此之大，胆敢让白月菲误会他，不仅如此，还擅自赶走他最深爱的人，又残忍地把这一切隐瞒于他，让他和白月菲相互误会……

熊熊怒火烧在江桐体内,他抽紧的手指泛白,他竭力忍住欲喷的火焰,沉声解释道:“那时我已经出了车祸,处于昏迷状态,后来是醒过来了,可我却失忆了!我什么都记得,唯独忘记了你和月菲,如果不是你此刻提及,我根本不知道月菲找过我以及忠叔的所作所为!”说到这里,一片猩红色浸染到江桐的双眸周围:“我怎么可能不要月菲,我没有不要她,更没有不要我和她的孩子,一切都是忠叔从中作梗而导致的。”

……

那些离散江桐和白月菲的重重误会终于被解开!李陌沉重的神色转为庆幸,庆幸过来此地的决定,如果不是他误打误撞地解开这一切,真不知白月菲和江桐还要相互误会多久。只是庆幸之际,李陌的眼眸又荡进了深深的不确定,当初是他拆散了他们,现在又是他帮助他们复合,是否能够以此弥补些许当年破坏他们幸福的罪孽?李陌不知,他闭了闭眼,再睁开眼睛时不确定的目光消失,取而代之的是一种彻底的清晰,李陌一直都很清楚他绝对是欠江桐一个道歉的!那个道歉原本在5年前就想去做的,只是当年他还没找到一个自认为恰当的,机去付诸行动时又因白月菲选择离开江桐而就此打住。

说来也奇怪,那时李陌久久找不到恰当时机的道歉竟然是在如此情况下自然而然地脱口而出:“江桐,对不……”

就在李陌说话时,一辆驶进入口处的车子突然失控地撞向江桐身处的方向,江桐听见背后的动静,下意识地回头一看,车子已经飞到眼前,这危险时刻,正欲自救的他突然被一股强劲的力道拉扯过去!

失控的车子擦过李陌的裤边,哐啷一声撞停在旁边的轿车上。

江桐和李陌双双栽倒在地,且都是头部先着地。

153

一阵麻木感陡然贯穿全身，江桐失去知觉，眼前漆黑一片，大概3秒之后，暂时麻木的神经才开始缓慢复苏，江桐恢复了微弱的意识，他的身子动了动，眼皮抽了抽，缓缓睁开眼睛的时候脑袋钝痛得厉害，耳边有嗡嗡嗡的回音，江桐恍然坐起身，右手扶住额头，甩了甩沉重的脑袋，模糊的意识渐渐清晰，他记得刚才车子撞过来时有一双手及时将他拉开！

那双手是……

江桐猛地一侧头，赫然见李陌横躺在身旁！一种不祥的预感冲击到江桐胸腔，他心惊地愣住了！直勾勾地盯着双眼紧闭的李陌。

冰凉的地板上，李陌一动不动地躺在那里！毫无生气地躺在那里！像是不再属于这个世界了！

上方的照明灯忽闪，闪了好几下才恢复正常，可能是接触不大好吧！

江桐眼眶一缩，回神过来，惊惧在瞬间淹没他心中刻骨的恨意。

“李陌！李陌！”江桐惊恐地叫着，慌乱地推搡李陌的身体，李陌如同死尸没有任何反应，江桐惶恐地大声喊：“李陌！李陌！”

缓慢地，缓慢地，失聪的耳朵渐渐有了知觉，晕厥的李陌慢慢苏醒，好像有人在叫自己的名字？李陌的眼皮轻微地挑动着，又过了几秒，在江桐狂乱的呼喊声里，李陌终于迟缓地睁开眼睛，江桐见状一愣，而后喜不自禁，不过神情却又在转瞬间冷却，江桐表情淡漠地收回手，瘫坐到一旁。

李陌抓抓昏昏沉沉的脑袋，刚才真的是江桐在叫他啊！所以江桐是担心他的安危了吗？

与此同时，失控车子里的中年妇女缓慢地回神过来，神色惊慌地跑到江桐和李陌面前，一脸抱歉又诚挚：“对不起，对不起，我送你们去医院检查，我会对自己的行为负责的。”车子失控是因为她一边开车一边讲电话，一时分神，才导致操作失误……

江桐和李陌没有心思去追究中年妇女的责任！他们异口同声地拒绝：“不用。”

同样的话语使得两人相互看了一眼，目光接触时，江桐迅速收回视线，一言不发地看着地上的灯光，而李陌则坐起身，他揉了揉太阳穴，昏沉沉的脑袋清醒许多。

中年妇女不放心：“我还是带你们去医院……”

李陌打断中年妇女的话语：“你走吧！我们没事。还有，下次开车注意一点，不要伤及无辜。”

中年妇女点点头，李陌话已至此，中年妇女也不再多说什么，愧疚地看了地上的两人一眼，匆匆走向了电梯，赶下一个饭局。

不知怎么的，江桐莫名回想起刚刚那一幕，不管他是否能顺利躲开那辆失控的车子，李陌确实是在第一时间不顾个人安危去救了他，这个曾经情同手足后来反目现在又舍身相救的人，他应该如何面对？江桐不知，不知该以什么样的态度去面对李陌！只知刚刚被惊吓恐惧淹没的刻骨的恨意再也没有浮上心头！

李陌像是想起了什么，突然看向江桐，他的嘴角抽了抽，继续刚才没有讲完的话语："江桐，对不起。"请原谅这迟来的道歉。

江桐缓缓看向李陌，李陌眼睛里写满忏悔，真挚而浓烈的忏悔，江桐的眼眶一点一点收紧。

当初是李陌亲手毁掉他的爱情，把他推进无边的黑暗里……

江桐的内心强烈挣扎着。

可现在，也是李陌重新帮他找回爱情，把他从黑暗中解救出来，让他重获光明……

所以，能够以此赎罪吗？

江桐开始说服自己去释怀李陌当初的所作所为！

应该是以此赎罪啊！

……经过失控车子这个意外，江桐忽然能感同身受白月菲当时为何会做出跟随李陌的决定了！方才，当他清醒过来看见静躺在地板上的李陌时，是那么惧怕李陌再也醒不来，好在虚惊一场！如果李陌因他而有个三长两短，他的内心会一辈子不安宁！幸运的是李陌醒了过来，没有让悲剧发生……

那他呢？是不是也应该不要让另一出"悲剧"发生？虽然是李陌导致他与白月菲一再错过本该美好的年华，可是李陌至少没有让他与白月菲错过一辈子啊！

江桐挣扎的内心终于安定，他选择释怀李陌带给他的伤痛。从来没有想过自己会有这样的选择，更加无法想象多年的怨恨竟然就这么放下了，有时候时机真的是很奇妙啊！

江桐神情平和地起身，背对着李陌："如果真觉得对不起我，今晚开始，帮我照顾小辰，我和月菲需要一个假期。还有，暂时不要告诉月菲今天发生的事情，等时机成熟了，我自然会告诉她。"虽然李陌的道歉太晚，但至少没有晚到一切来不及，至少白月菲还在身旁，这一次，他会好好珍惜白月菲，不过，在这之前，他不要那么快原谅她！至少得让她稍稍付出点"代价"，虽然他的确理解了她当时跟随李陌的决定，但是他就是不爽被她就那么放弃了，不爽她前些天还全盘推翻他们的曾经，不爽她对他放狠话欺骗他！

李陌凝重的神色就此烟消云散，会心地一笑："你和月菲就安心享受假期吧！我会照顾好小辰的。"被江桐原谅对于李陌来说也是奢望，哪会想到江桐会这么快原谅他，李陌欣喜若狂，难得他们三个还有这么皆大欢喜的局面。

江桐顿觉身心轻松，眉开眼笑地朝着电梯迈步而去，他一边走一边掏出电话打给霍洋。

李陌笑容满面地起身，阔步走到车前，驾车离去。

夜幕下的江氏别墅。

小辰因为下午在学校踢了足球，体力消耗得厉害，晚饭吃了很多，之后，开始昏昏欲睡，白月菲见状，让小辰早早上床休息。小辰很快睡着，白月菲轻轻抚摸儿子的脑袋，替儿子盖好被子，这才放心地离开。

回到卧室，电话响起，是霍洋的。

“少夫人，请你现在带上护照到大门外。”

“啊?!”白月菲诧异，“要我护照干吗?”

“我只是受少爷之命办事，其他无可奉告。”

“好吧。”

白月菲似乎没发觉霍洋对她改了称呼，被江桐冷落多日的她暗暗欢喜难得江桐还记得她的存在！白月菲欢喜难掩地拉开柜子，拿出护照。

大门外。

霍洋为白月菲打开车门：“少夫人请上车。”

这又是上车又是护照的，白月菲这才觉得江桐的安排怪异，想问霍洋为何如此安排。可霍洋之前就说了无可奉告。

车子最后停在机场。

来机场做什么？白月菲实在是难解，还是试图从霍洋口中探听一二，可霍洋就是嘴严，不透露分毫。白月菲放弃探听，一路跟随霍洋到了一架宽体飞机前。

诶？白月菲一头雾水。

“少夫人，请。”霍洋指向登机升降梯。

“你的意思是让我上飞机?”白月菲难以置信，莫非是要去国外？所以才会要求她带护照!

“是少爷的意思。”

江桐葫芦里到底装的什么啊？白月菲来了兴致，抱着探究的心态登机。

一进到机舱，跃进白月菲眼帘的是奢华的各种内部配置，白月菲顿住脚步，这是一架私人飞机!!

“少夫人，请跟我来，”漂亮的空乘小姐为白月菲引路，“我带你去卧室。”

处于震惊中的白月菲愣愣地点头。

到达卧室后，空乘小姐热情礼貌地告之：“少夫人，你这次的飞行时间大约 16 小时。”

154

这么看来，还真的是去国外啊！白月菲虽然不知要飞往何处，但是可以从现有的情况中推断出一点信息：第一，她没有签证，要去的地方铁定是落地签或者免签国家！第二，卧室里只有她和空乘小姐，所以基本可以断定江桐是让她一个人飞国外！

这又是搞哪出？白月菲隐隐觉得此次行程很有问题，难道是要被流放一段时间？不应该这样啊，毕竟她最近并未忤逆江桐分毫，惹得他不开心，他应该不至于……

“少夫人，如若你有什么需要请随时吩咐我，我将竭诚为你提供服务。”空乘小姐打断白月菲的胡思乱想。

白月菲微笑颔首。

空乘小姐抬手看了看时间：“少夫人，请做好准备，10 分钟后我们起飞。”

空乘小姐退出卧室。

飞机冲上云霄。

白月菲窝在宽大柔软的沙发里，事实证明，她先前的推测非常正确，江桐果然是让她一个人飞去国外！她很是费解江桐这么做到底是为什么，他又想把她送去哪里？白月菲深思许久，仍然想不到答案，她气馁地摇摇头，放弃猜测，不想了，不想了，不管江桐的目的是什么，反正他不会把她卖了就是了！不过白月菲还是无法静心，担心这么一走，江桐一个人能照顾好小辰吗。她殊不知李陌已经去到江氏别墅带着睡梦中的小辰回到了名下住所！更不知江桐已经在 20 分钟前飞走了，航线与她一致。

江桐如此安排是因为这个假期定得很突然，他还有大量工作需要去做，原本也没有那么多的，都是拜白月菲所赐，她迫使他只能用堆积如山的工作去占据他的思想，让他不要把所有的心思都放在她身上……所以如果这个时候跟白月菲同一机舱，他铁定没有心思工作，只想与白月菲尽情享受阔别许久的甜蜜二人世界，这不能说是他自控力差，而是他对她的爱压抑太久太久了！那么深的爱恋却被误会重重阻隔，时至今日因李陌才得以解开，这种情况下，试问他又怎能平静如常地面对她呢？所以，他只好与她分开飞行，趁着这 16 小时，做完必要的工作，之后，再痛痛快快地享受属于他和她的甜蜜假期。

飞机落地，白月菲一下飞机，紧接着就被人领到一架直升机前。

还要飞啊！白月菲吃惊，还以为已经到了呢！

工作人员做出请的手势，白月菲伸了下懒腰，踏步爬梯上机。

经过 20 多分钟的飞行，直升机停在一座岛上！

白月菲神色困乏地落地。

“少夫人，这边请。”工作人员指引。

如此看来，真的到达目的地了啊！白月菲兴奋起来，因为这意味着她即将知道江桐到底把自己弄到了何处！

直到看到北岛酒店的标志时，白月菲才清楚自己身在何地，竟然是塞舌尔！它本是非洲东海岸上一个名不见经传的国家，白月菲曾经在一本杂志上看到过关于它的简介：塞舌尔，中国政府援建的国家，后来慢慢发展起来，被称为人间天堂，靠着得天独厚的自然资源成为享誉世界的旅游胜地！不仅如此，它还在世界上最昂贵的天价酒店前三名中占据两个席位：北岛酒店和弗雷格特岛。而白月菲现在所处的地方就是北岛酒店。

所有入住北岛酒店的宾客都须由直升机接送。

北岛酒店有 11 间设计别出心裁的别墅，既富有原始特色，又非常梦幻，每套别墅均配备 2 个大卧室，内部都设有厨房、休息区、私人游泳池、私家花园等，管家、厨师一应俱全。别墅面积最小的为 440 平方米，其中 10 间分散于海滩边，唯有第 11 间命名“北岛别墅”，它位于岛屿的最北端，设计成极其宽敞的开放式的空间，而白月菲今天就是被安排在北岛别墅里。

精通中英文的管家为白月菲引路。

“我今天住在这里？”白月菲不太敢相信，跑到露台一望，眼前一片花海绿树，远处皓月当空，繁星点点，海浪轻轻摇在耳边。

“是的，少夫人。”

白月菲汗颜，没想到江桐会让她住在如此奢华的地方！这哪像被流放？所以可以认为江桐这是对她示好吗？白月菲喜不自禁，笑着笑着就觉得自己想多了！江桐会对她示好？算了吧！那根本就是做梦！江桐不在赐予她的那所冷宫里雪上加霜就不错了！白月菲的笑容就此隐匿进夜色里。

跟着管家参观到私家花园之后，白月菲疲乏得厉害，打了一个哈欠，笑着对管家说：“今天先休息，明天再熟悉园内方位吧。”

“好的，少夫人，我这就去放水，服侍您泡浴。”

“不用了，我自己搞定。”

“少夫人，这是我应该做的。”

“你下去休息吧，我习惯自己动手。”

管家犹豫片刻，还是遵照白月菲的意思：“好的，少夫人，您如果有什么吩咐请按服务器，我随叫随到。”

打发走管家之后，白月菲去到卧室，之前参观卧室的时候管家说她的衣物都放在衣柜里，白月菲以为管家指的是浴袍什么的，也没打开衣柜看，只是瞄了几眼房间设置就去到别处参观。现在，当白月菲拉开衣柜时，她被惊到了，眼前挂着一排精致又风格多变的时装，时装下面的开放式抽屉里置放各种内衣、饰品、鞋子！难怪来之前没让她带衣物，原来都为她准备好了啊！白月菲受宠若惊，又开始思忖江桐如此安排，居心何在。困惑不解之际，白月菲又打了一个哈欠，好困啊！不管了，江桐爱干吗干吗！她已经困得不行了，必须要洗洗睡了！

另一间卧室，江桐还在埋头工作，他比白月菲先到 1 小时。先前管家带白月菲参观别墅的时候特意避开了这间卧室及其周围。

星星扑闪扑闪的夜晚。

白月菲酣然入梦。

江桐一直忙到半夜 11 点，终于处理完必要的事务，心情舒畅地关掉电脑，起身，洗漱。

江桐期待着明天的到来！期待属于他和白月菲全新的明天！

喜眉笑眼地穿好浴袍，躺到床上，2 分钟不到，江桐便睡着了！他真的累坏了！长途飞行 16 小时左右，中间只睡了 2 小时，其余时间都在赶工作。

晨曦的柔光洒在北岛别墅上。不知名的鲜花盛开着，蜂飞蝶舞，海天一色，一切都那么祥和美好。

半个小时前，江桐就已经起床，让私人厨师不用准备早餐，他亲自动手为他心爱的女人下厨。

当白月菲一醒来，管家便通知她去餐厅用餐。白月菲正好饿了，立马下床洗漱。

白月菲身着睡衣就蹦到了餐厅，她想反正都是女人，吃过早餐再更换睡衣吧！

白色的长木桌上，各式早餐，中式居多，食物芳香四溢，白月菲垂涎欲滴，一溜坐到位置上开动。

155

最后一道食物完成，江桐端着两碗西米露走出厨房，白月菲正好背对着他，他顿住，满眼柔情地望着白月菲的后背，流线型的脊柱线条，白皙的胳膊，披散的长发随着她扭动的胳膊晃动，仅仅只是一个背影而已，江桐却觉得万分好看，他见过太多美好的女子，但一直觉得白月菲才是最好看的，从来未曾变过，一切皆因他的心里只有她，也只想有她！

他看她看得嘴角不禁向上翘，温情脉脉地提步到她身侧。

一碗色泽丰盈的椰汁西米露放到眼前，白月菲头也不抬地说了声谢谢，伸手移碗到面前，用勺子一口一口舀着喝，椰汁西米露甜度适中，口感丰满醇厚，味道棒极了！

"不谢。"江桐放下另一碗椰汁西米露，随意一瞥，才发现白月菲身穿一件青色薄纱吊带短款睡裙。

这时，一阵海风轻轻柔柔地吹过来，把白月菲垂落在胸前的长发吹至双肩后面，她肤若凝脂的丰盈若隐若现，江桐的心扑通一跳，被白月菲曼妙的身体吸引，沦陷之际，江桐慌忙瞥过眼睛看向别处！

不是说厨师是女人吗？可刚刚讲话的声音明明是男人啊！白月菲顿住持勺的右手，一双漆黑的眼珠来回转，还有厨师的声音听起来怎么那么熟悉呢？想了一想，白月菲神情一紧，莫非是他？白月菲猛地一侧头，那熟悉的身形撞进视线里。白月菲的心瞬间绷紧，她缓缓朝上移动视线，从腹部到颈部，再至下巴，然后那张烙印在脑海里的脸出现在眼前！白月菲瞠目结舌，果然是江桐！

江桐觉得白月菲穿得太暴露，刻意不看她，他垂眸拉开椅子，坐到白月菲旁边，一声不吭地动手享用自己的劳动成果！

白月菲深呼吸一口气，声音因为惊讶而结结巴巴："你……你……怎么……在这里？"

"难道我不可以在这里吗？"江桐神情悠然地拿过鸡蛋羹，舀了一勺子到嘴里，嗯，味道真好，不得不佩服自己精湛的厨艺。

"没有没有！当然可以啊！"白月菲双手连摆，努力微笑着，只是笑容真的很不自然，"你想怎样都可以啊！我只是没想到你会出现在这里！"

"你想不到的事情还有很多！"江桐夹起一块孜然土豆品尝。

白月菲的笑容凝结，是啊！江桐说得对，她的确有很多事情想不到，比如她想不到16岁的花季会遇见他，想不到情窦初开的对象是他，想不到会在大一有幸与他恋爱，想不到大二会跟李陌远走异国他乡，想不到会跟他结婚！沉思到这里，白月菲摇摇头，这一刻她想太多了！难得与他如此和谐的二人世界，何况这样的时刻已经很久很久没有过了！她应该好好珍惜这一刻才对！白月菲收住感慨，舀一勺西米露到嘴里，咬了咬，吞下去，这甜品真的很好喝啊！不过，话说这味道怎么有点熟悉呢？

“这早餐不会是你做的吧？”白月菲盯着江桐的脸问。

“就是我做的。”江桐语调柔和地回应道，视线扫过桌子中间的那碗蔬菜沙拉。

白月菲深刻感觉到今天的江桐与前些时日的不同，自她与江桐重逢以来，江桐要么霸道蛮横无理，要么“分外冻人”，而此刻的江桐却是“春风和煦”，吹得她心间温暖，吹得她脸上开出了自然而然的微笑。

心情舒畅的白月菲又舀了一勺西米露，喝完之后，猛然想起她还穿着睡裙，而且偏偏是胸前春光暴露的吊带睡裙！白月菲烧红了脸，羞窘地丢下勺子，双手环抱住胳膊急急起身：“我吃饱了，你慢用，我先回房。”

江桐伸手端过蔬菜沙拉：“一起吃吧。”他一清二楚白月菲想干什么，她吃饱只是借口而已，换衣服才是真。其实她完全不必这样，吃完早餐再去换衣服也是可以的，反正为了“安全起见”，他是绝对不会再看她一眼的。

的确，白月菲急着回房只是想换衣服而已，她本来就没吃饱，再加上打从心底想与难得如此温情的江桐一起共用早餐！于是她说：“我有点事情需要先回房间一下，5分钟，5分钟后回来。”

江桐点头同意，换了衣服也好，这样他就不用因为要克制欲望而不敢正眼瞧白月菲了。

随便拿了一套衣服更换。站到江桐身旁时，白月菲才发现正搭江桐的穿着，白月菲皱眉，有些担心地坐下来，呃！江桐不会以为她是故意的吧？故意跟他穿成情侣装，她以人格保证，她真的没有那心机，千万不要误会她啊！

“这是你送我的惊喜吗？”江桐看着白月菲语调慵懒地问，白月菲走后他便暂停了用餐，要等着白月菲回来一起吃。

“啊？”白月菲没弄明白。

“衣服，”江桐指了指白月菲，又指向自己，“刚好跟我是情侣装。”虽然他叫人购置的衣服全是情侣装，但是衣服有几十套可供白月菲选择，而白月菲刚刚见过他，回房之后就选了这件与他配搭的衣服，这能说是巧合吗？不能，只能说是良苦用心啊！她这么喜欢他，就连衣服都要与他配搭情侣装，他之前怎么就那么智障？感受不到她对他的用心呢？

江大 Boss 自恋模式已开启！

神了！真是哪壶不开提哪壶，白月菲赧然一笑，解释道：“我刚刚随手拿的一套，没想到这么巧，刚好和你搭配。”说完就着面前的一小碗蔬菜沙拉吃起来，那是江桐在她离开换衣服时给她分盛的。

江桐话中有话："是挺巧的。"就算白月菲不说，他也知道她"成双成对"的良苦用心！

"是啊！很巧！"白月菲继续吃沙拉，吃了两口又忍不住偷瞄江桐，刚好被江桐看见，白月菲仓促地收回目光，不好，似乎被他发现了！

"你看什么？"江桐没有再继续开动用餐，现在他已经没有吃东西的欲望了，一门心思都在白月菲身上。

"没，没看什么。"

"是吗？"

"是啊。"

"你确定没看什么？"

江桐明显不相信她啊！白月菲沉思2秒，看向江桐，从实招供："我是觉得今天的你很特别，所以忍不住看了一眼。"

江桐玩味地一笑，抬起右手将额前的头发朝后一撩，调戏她："是不是觉得今天的我很帅？"

白月菲看得目瞪口呆，江桐是不是中邪了？这不是他的作风啊！

江桐继续调戏她："让我猜猜，不说话的原因是想不到词语形容我的帅气吗？"

无数惊叹号砸向白月菲！她愣愣地吃完最后一口沙拉，然后僵硬地笑道："是啊！今天的你真的很帅。"你是中邪了吧？一定是中邪了，所以才会奇奇怪怪地把我连夜送到这个地方！一想到这里，白月菲才想起询问："对了，你怎么会来这里？"她出国的那天早晨还见过江桐呢！她来这里不过一个晚上，而江桐现在就在她眼前，以此可以推算江桐来此地的时间跟她差不了太多！

156

江桐的目光流淌在白月菲的脸上，想了想，他声音轻柔道："你可以猜猜看我在这里的原因，猜中的话有奖品。"

我要能猜中，还用问你啊？白月菲心里这么想，嘴上却不吐露分毫，如若真的这么一说，恐怕会惹江桐不高兴的，白月菲可不想搞砸这难得如此和谐的气氛，她乖乖配合猜答案："公事？"

江桐故弄玄虚地摇头："不对。"

白月菲一副认真猜的模样："私事？"

"恭喜你，答对了！"江桐慢悠悠地说，"让我想想奖励你什么好呢？"

啥？这也叫答对？白月菲诧异，江桐怎会认同涵盖范围如此广的答案？白月菲有一种奇怪的感觉，江桐故意给她出了这道送分题，目的就是要给她奖品，奖品是个陷阱！白月菲立即提高警觉，开启自保模式，反正避开奖品为妙，正好她也在此刻想起小辰，于是岔开话题："我不放心小辰一个人在国内，所以你能安排我今天回去吗？"走的时候除了护照，就只带了手机，而唯一的通信工具也被霍洋搜走了！现在她就是身无分文的女人，衣食住行每一样都得靠江桐。

"小辰不用你操心，我已经安排妥当，你就安心待在这里。"

"想必你是让家佣们照顾小辰了！可是小辰这孩子晚上比较认人，只让亲近的人照顾，否则就会各种哭闹，而家佣她们和小辰相处的时间并不长！她们暂时照顾不了小辰的。"列出理由之后，白月菲切入重点，"所以，还是安排我今天回去照顾小辰吧，以后等时间久了，小辰和家佣们熟悉之后，再放手让他们照顾！"

"你回国也见不到小辰的。"

"为什么？"

"因为我把小辰送去儿童早教中心了，"江桐面不改色地骗她，"为期10天的封闭式训练，全方位锻炼拓展小辰，学校有规定，在孩子锻炼期间，家长不能与孩子联系，我签了协议。"

"你？！"白月菲震惊到语塞，江桐锻炼小辰是好事，她当然不反对，只是小辰那么小，残酷的封闭式训练至少应该等小辰长大几岁再实施，那时候小辰各方面都比现在适合！白月菲因此心里发堵，拿过水杯，仰头大口喝下半杯温水，之后忍不住吐槽道："你还真是能对你儿子下狠手啊！果然最毒不过'父人心'！"

江桐不想谈论小辰，又转回了之前的话题："我想到奖励你什么了！奖励你陪我游玩几天。”

白月菲睁大眼睛，思绪瞬间从小辰的事情跳到奖品上。

啊？没听错吧？奖品听起来并不穷凶极恶啊！白月菲还以为江桐会用奖品算计她呢，看来是她太敏感了，对江桐偏见严重！以后得改改这个恶习了。

见白月菲没再吃东西，江桐问她：“吃饱了？”

白月菲点点头，暗自琢磨江桐为何叫她陪玩。琢磨几秒之后白月菲便放弃了，反正今天的江桐是中邪状态，她就不要去深究他的所作所为了，否则她今天的脑子铁定被问号和惊叹号霸占！

江桐起身：“那走吧。”

白月菲跟上去，边走边问：“去哪里？”

江桐一副神秘的模样：“去了你就知道了。”

别墅大门外的阶梯下，停着一辆橙色单车。

江桐径直走到单车前。

白月菲顿步在江桐身侧，看样子是要出去！于是她问：“我们是以单车作为交通工具吗？”

江桐单手握住一只车手柄：“是的。”

白月菲再看了周围一眼，确定只有一辆单车，她有一种不好的预感，但脸上却露出了笑意：“是不是少了一辆单车？”此刻的白月菲显然敏感过头了，这可怪不得她，谁叫江桐举动离谱呢？她是受了他的影响，所以此刻才会以为江桐是故意安排一辆单车，目的是要整她，她已经预想到被他折腾的画面：他在前面悠闲地骑着单车，她在后面上气不接下气地追着他狂奔！

江桐一脚收起单车撑地支架，悠然反问：“你说呢？”他的确是故意安排一辆单车的，但绝对不是白月菲想得那般歹毒，他是良苦用心啊！

白月菲确定：“是少了一辆。”

“你会骑单车吗？”

“不会啊！”

“所以为什么要准备两辆呢？”江桐的一只长腿旋过座椅踩脚踏板，一只脚撑在地面上，半站半坐在单车上面，回头对白月菲说：“上来。”

“哦！”白月菲讷讷地应声，移步坐到后座上，不经意地就被江桐的那句“你会骑单车吗”带进了过往的岁月里。

那是大二寒假前的最后一天，在酒店的套房里，白月菲依偎在江桐的怀中。

见白月菲一副走神的模样，江桐附到她耳边：“在想什么？”

“你猜啊！”

“想我？”

“你就在我身边，我才没必要想你呢！呵呵，我是在想等寒假结束我们归校之后一起去骑单车，那时正好是春天，人们不是常说春风拂面、春意撩人吗？那时我们沿着海岸线一路向前，让春风拂我们的面，让春意撩我们……最重要的是人家其实是想和你一起看人间风景！顺道来一场甜蜜的春天约会。”

“好啊！就这么定了！”

“可是我不会骑单车啊！”

江桐将白月菲的身体移出怀抱，双手端着她的肩膀，看着她清澈的眼睛，笑得特贼：“意思就是让我载你咯？”

白月菲回以一个奸诈的笑容：“这是你说的，可不是我要求的！”

……

那年的寒假如期结束，那年的春天特别的红情绿意，而他和她却再没有回归乔宇商学院，他们的单车约定寂静无声地幻化成泡影！让白月菲没想到的是时隔多年，泡汤的单车约定竟然还能在此时实现，虽然迟来了很多年，虽然是异国他乡，虽然是夏天，可是至少可以实现骑单车的约定了！白月菲为此开心。

“坐好了？”江桐问身后的她。

“嗯。”白月菲笑着点点头。不过，她的姿势真是太别扭了，右手扶座椅支架，左手抓后座铁架。事实上她也不想如此辛苦的姿势啊，主要是不敢对江桐的身体轻举妄动，虽然江桐今天“抽风”抽得对她的态度极其之好，可是她还是担心江桐会不悦与她身体接触，她可不想毁掉对于如今的他们而言这般难能可贵的和谐共处场面，所以她很有自知之明地采取如此姿势。

竟然不抱他？江桐阴险地一笑，起步，行了两米，瞬间加速前行，导致白月菲的身体晃荡于空中，白月菲顿失安全感，松开双手，下意识地抱紧江桐的腰腹，似乎这样，她才能感觉安全！

江桐放慢速度，低眼看了一下那双缠绕在他腰腹上的手，他喜欢白月菲如此姿势，喜欢被白月菲依靠的感觉。

等到白月菲明显感觉到速度减缓之时才发觉她正紧紧抱着江桐的腰腹，白月菲立马松手，松开的瞬间，有一只大手覆盖在她刚刚分开一点的双手上，白月菲一怔，顿住收手的动作。

“不要放手。”

那四个字彻底定住了白月菲的双手，这一刻，她内心的想法才透彻，其实早从撕毁离婚协议书的那一刻开始，她的心中便生出一个不顾一切的疯狂念头，不再计较江桐曾经对她的残忍，不管她做得到也好，做不到也好，她就是不要再对江桐放手了，无论江桐对她怎样，她就是要待在他身旁，永远永远不再对他放手。

157

于是分开不到半寸的两只手重新缠绕在一起，白月菲再度抱紧了江桐。

江桐的眼眸因白月菲的拥抱而变得更加明亮，眼角弯出一个好看的弧度，他心有不舍地松开白月菲的手，继续双手掌舵前行。

他的体温透过她的双手渗透进她的心脏，那体温似春天的太阳一般，白月菲喜欢这样温和的感觉，不过几秒，白月菲开始飘然，不由自主地将脸贴到江桐的后背上，纵情地感受着江桐的体温！江桐因白月菲这亲密的举动而身子微颤了一下，然后，一抹满足的笑容绽放在江桐的嘴角！

阳光下，沿着海岸线，江桐载着白月菲一路向前，沿途青山绿水，万紫千红，他们穿行在人间仙境中。

路上，除了酒店室外工作人员之外，偶尔才会遇见游客，也难怪，毕竟这地方只有11间房，所有宾客皆由酒店直升机接送，可想而知游客数量。

慢慢地，慢慢地，单车速度减缓，最后停在连接海滩前的水泥小道上。

江桐一只脚撑在地面上，对身后的白月菲说："我们去那边走走。"

痴迷某人体温的白月菲这才回神过来，慌忙跳下单车，暗暗庆幸某人是"抽风"状态，不然某人一定会以为她刚刚的主动是在勾引……

江桐停好单车，便径直朝着海滩而去。白月菲见状，赶紧提步跟上。

接近海边时，江桐停步，落座在细腻的白沙上。

白月菲一瞧江大 Boss 都坐下了，她总不能居高临下地站着吧？赶紧配合地坐下去。

二人间距半米左右，江桐不喜欢这样的距离，指了指身旁的位置："坐过来一点。"

白月菲诧异地看向江桐，不由自主地揣测他的意思，他是想让她靠近他还是他想靠近她呢？

见她不动，江桐语调淡淡："没听见我的话吗？"

白月菲一听，立马停止揣测，急忙移近了些，也不知为何，一靠近江桐，白月菲全身就发烫，好像体内的血液都在疯狂地涌动，看来"抽风"的不只江桐，她好像也"抽风"了……

江桐一看和她的距离，不满意："再过来一点。"

白月菲愣了1秒，硬着头皮移动到了江桐的身侧，血液似乎都要沸腾了！白月菲吞了吞口水，全身热得滚烫的她局促地低下了头。

伴着阵阵海风的阳光下。

他与她肩靠肩。

气氛有些微妙。

那道静静停留在白月菲肩膀上的目光终于转向了水天一色的远方。

周围除了风声和海浪声，再无其他声音。

白月菲在逐渐适应与江桐亲密无间的距离。

安静的气氛缓缓平静了白月菲强烈跳动的心，滚烫的身体渐渐凉快，不过，胸口依旧流动着某些情愫。跟随情愫的指引，白月菲不禁侧头看向江桐，发现他正望着远方，她不由自主地也随着他的视线望过去。

远方澄澈的天空。

波光潋滟的海面。

“觉得这里风景怎么样?”江桐忽然开了口。

“很美。”白月菲称赞道。但是此刻的她无心看风景，犹豫再三，她还是问了出来：“为什么安排我来这里?”

江桐收回目光，看向白月菲，漫不经心地说：“这么美的地方当然是要两个人一起来，霍洋性别不符合，陈依琳没空，懒得再去物色合适的人选，索性就带你了!”

原来如此！一抹哀伤悄然爬到白月菲的脸上，就这么想起那晚江桐和陈依琳的拥抱，他们紧紧地抱在一起……

江桐饶有兴趣地看着神伤的白月菲，他不过如此话语就使得她难过，她还嘴硬说从来没有爱过他？直到此刻，江桐才发现白月菲并不是一个“好演员”，而悲哀的是在商场上一贯睿智的他竟然被白月菲拙劣的演技骗得团团转！江桐暗自心塞，为他在感情里的智商着急。

白月菲神情幽幽：“那晚我看见你和陈依琳了。”

江桐的神色凝滞了一下，没想到白月菲就此提及那件事情。当时的他还愚蠢地以为白月菲不在乎那件事情呢，此刻看着白月菲一副醋意难掩的模样，江桐心里特别爽，不过，却未表露分毫，他漫不经心地问：“你想说什么?”

白月菲袒露心扉：“我记得在盛世娱乐周年庆晚会上你当着记者的面说此生只爱我一人，至于你和陈依琳只是朋友，而且陈依琳打电话告诉我说你爱的人只有我。可是，当我看到你们拥抱的画面时，我觉得你们说的都是假的。”

江桐的嘴角略带邪气地一扬，慢悠悠道：“这么说来，你希望我和陈依琳所讲是真?”

白月菲看向江桐，这才发现他正一脸坏笑地看着她，笑吧！就让他嘲笑好了！她不介意摊牌她的感情，不介意他会如何嘲笑！白月菲目光坚定地承认：“是。”

江桐语气淡淡：“如果是这样，岂不是说明你很在意我?”

白月菲握紧了身侧的手指：“对！我很在意你！不，不是在意，是我很……爱很爱你……”她不安地等着他的回应。

江桐笑容一僵，愣住，没想到白月菲会在此刻说很爱很爱他！白月菲的话语带着温暖的力量冲击着他的心窝，他想一把搂白月菲到怀里告诉她有一个人多么多么爱她，最终，他还是忍住了冲动，她让他痛苦了那么久！他腹黑的时间得长一点，至少得一天！

江桐阴险地笑着：“我记得说不爱我的人也是你。”

白月菲认真地解释：“那是故意气你的。”

江桐故作淡淡的口吻：“嗯。我知道你的心意了。”

反应这么冷淡？她是用了多大的勇气才能说出那些话啊！白月菲咬着嘴唇慢慢低下了头，江桐应该以为她很神经质吧？一会说不爱他，一会说很爱很爱他……她也不想如此反复无常的，只是那时的局面就是让她一时冲动讲了反话，而现在的气氛又让她忍不住讲了这些真话！她也惊讶她如此的情绪化！除了惊讶之外，她的心底生出了茫然之感，他的情绪再也不会为她波动了……

江桐打量白月菲，见她难过失落的样子他反倒很开心。沉思片刻，一副勉为其难的表情：“既然你说你如此爱我，你好歹也是我儿子的妈妈，这样好了，给你机会，让你征服我的心。”

白月菲惊诧地抬头，满脸不可置信：“机会？”

“嗯。”

“征服你的心？”

“怎么？不想啊？那就算了，当我没说过。”

“不是，我不是那个意思，我只是没想到你会这么说……你给我机会，我求之不得，只是……只是……”说到这里，白月菲便卡住了。

见她欲说还休，江桐主动追问：“只是什么？”

白月菲握紧的手指抽了抽，而后松开，她一鼓作气道：“只是你和陈依琳之间到底是真是假？”

158

江桐悠悠地反问:"如果是假呢?"

"我会珍惜你给的机会,不管有没有可能,我都会努力让你的心为我而动。"

"如果是真呢?"

白月菲神伤地沉默 2 秒,声音明显低了下去:"不管你是否想过给陈依琳名分,我都会留在你身边。"

江桐听得心间一酸,肺腑之言脱口而出:"我没想到你会如此卑微地爱着我。"他的心根本不用她努力啊,从 16 岁那一年开始,他的心就一直为她一个人所动!

"我也没想到,可现在的事实就是如此。"白月菲神情变得怅然,"你还记得那时我从意大利回到你身边吗?"

"……"

"你说我只不过是你众多女人中的一个,那时我还是选择留在你身边,只是因为爱你,因为爱你,所以现在多一个陈依琳也没关系! 即使不是以妻子的身份。"

雾气弥漫在江桐的眼角,他用力撑着眼眶,久久地打量白月菲,半晌,才抑制住疯狂涌动的情绪! 瞥开视线,这个时候不适合谈论这些,再谈论下去,他就要对白月菲彻底没脾气了!

江桐激烈波动的神情又恢复沉静,他话锋一转:"由你安排今天的行程。"

很显然,他不想再继续那个话题了! 白月菲识趣地接上他的话语:"我安排行程?"

"你不是陪玩吗?"

"是啊!"

"陪玩难道不应该做这些?"

"应该的! 应该的! 只是怕我安排的行程你不喜欢啊!"

江桐无所谓的样子:"你定什么都可以,不需要问我意见。"

白月菲先掘一条后路给自己:"我先申明,我不是导游,而且我对这地方也不熟悉,所以行程安排可能没那么到位。"

江桐语气淡淡道:"我不会以导游的标准去要求你定行程,你就看着安排吧。"

那就好! 白月菲松了口气,想了想,微笑道:"这样吧,第一站我们去看象龟,很久之前我在杂志上看到过关于它的介绍,这次刚好在塞舌尔,正好去看看本尊。至于之后的行程我在路上做,不过,到时需要你帮忙。"

“需要我怎么做?”

“我身上没钱,你负责付钱。”

还以为白月菲要他做什么呢,原来是这个,江桐哭笑不得:“好。”

白月菲继续说:“还有,我手机被霍洋收走了! 我需要在网上搜索相关信息以便制定行程,路上得借你手机一用,你放心,我绝对不偷看你手机隐私。”

江桐点头,他才不介意白月菲看他手机信息呢!

两人乘坐直升机离岛。

飞行中,白月菲在忙着制定行程计划,江桐看了她一会,终于忍不住抽过她手中的手机。

白月菲不解地望着江桐:“……”

江桐收起手机:“晚点你在车上做吧,现在适合看看风景。”这好歹也是他与白月菲第一次一起高空飞行,他可不想结束在白月菲的忙碌之中,他要与白月菲一起俯瞰风景。

白月菲不解江桐的风情,她说:“我还是先做行程计划吧!”做行程计划可不是那么简单的,她需要时间去一一比对网上的景点信息,从中择出哪个地方更值得游玩。

江桐不说话,表情冷凝地盯着白月菲。

白月菲意识到江桐不悦,赶忙讨好地笑道:“好,先看风景。”

轰隆的声音中,白月菲侧低头看向身旁窗外。

波澜壮阔的大海。

郁郁葱葱的山林。

山水如画,美不胜收。

看着看着,江桐开始不喜与白月菲各自看风景的画面,他开始兴风作浪,耍计引诱白月菲接近他:“那座岛的外观看起来很特别。”随手一指远方一座岛屿。

白月菲听闻兴起,侧头朝向江桐,不禁俯过上半身看向他所指的方向。

看来看去,白月菲并没有发现那座岛屿的特别之处,反倒觉得它跟普通岛屿差不多! 白月菲抓抓脑袋,或许是她眼光欠缺吧!

这时直升机突然颠簸起来,白月菲的身体没稳住,晃来晃去,竟然晃进了江桐的怀抱里,而且是面对面。江桐直勾勾地盯着眼前的白月菲,白月菲意识到自己的姿势过火,正欲抽身,谁知直升机颠簸得更厉害了,然后她的唇就不偏不倚地砸中了江桐。

颠簸停止。

白月菲的唇瓣紧贴着江桐的薄唇。

柔软中带着温暖,白月菲的眼珠转了转,还有甜蜜的味道。

突然,白月菲两眼发直,天啊,我竟然主动吻了江桐! 白月菲窘然地迅速移身,江桐眼疾手快地定住她的身体。

“我不喜欢被占便宜!”江桐惺惺作态地一脸不乐意。

白月菲心知肚明江桐所指之事，她一脸尴尬地解释：“……我……我不是……故意吻你的……”

江桐故作刁难：“不管你故意与否，我被你占便宜是事实。”

白月菲想不到江桐会如此计较一个根本算不上吻的吻，她好言好语：“我是无心的，何况只是嘴对嘴，又没干别的，而且你也不是初吻，你就看开一点，放过我的无心之过好不好？”

“不好，照你这么说，你是想跟我干点别的什么的？”

“我不是那个意思，我是说刚刚发生的一切只是意外，是意外导致。”

“不管是不是意外，你吻了我是事实。”

“好吧！那你说你要我怎样嘛？”

江桐目光狡诈地看着白月菲，一只手移到她的后脑勺：“当然是吻回来。”

后脑勺上的手一按，白月菲的脸直直冲向了江桐，然后，她清楚地感觉到她唇上一阵濡湿！

江桐的薄唇正厮磨在白月菲的唇瓣上，刚刚那个意外之吻太短暂了，怎么能满足他呢？

白月菲眨巴着双眼。

江桐意犹未尽，还想更进一步，最终还是抑制住深吻白月菲的冲动，他离开白月菲的唇瓣，拿出手机，装模作样地看邮件，这个时候，还不适合对她表露爱意。

白月菲没回神过来，还趴在江桐的身体上。

刚才？江桐吻了我？白月菲身体一颤，立即抽身端坐于位置上，不不不，江桐不是吻我，他是不想被我占便宜才如此，可是他回吻不也是吻我吗？这样就不吃亏了？江桐这脑回路和智商！！白月菲摇摇头，对于今天的江桐她还是不要用正常人的眼光去看待好了。

那个吻让气氛变得局促。

白月菲和江桐都一言不发。

快到目的地时，白月菲突然发觉第一个行程安排有欠妥当，毕竟江桐太耀眼，一旦出现人群中，必定引发骚动，于是她说：“对了，我忘了告诉你，去象龟园的游客比较多，难免会影响到你游玩，要不这样，我立马更换行程。”

“不用更换，我正好看看你口中的象龟长什么样子！”某人开始话多起来，“我第一次听说这物种，体格是比乌龟大一点还是小一点还是差不多？”如此热衷于生物研究，不过是不想他的夫人为了行程太过费神罢了。

白月菲忍住笑的冲动，看来江大 Boss 也有孤陋寡闻的时候！白月菲故意卖关子：“反正马上快到了，进园之后你就知道象龟和乌龟的区别了！”

159

踏进象龟园时，江桐惊住，他压根没想到象龟竟然如此庞大，眼前的每一只足有100斤以上，身长统统超过1米，四肢粗圆！

见江桐一副傻眼的模样，白月菲硬是没憋住，捧腹大笑，她手上的一大把带叶树枝就在那连串的笑声里沙沙颤动。

耳边传来她痛快的笑声，江桐侧头一看，他家白月菲正笑得乐不可支，他当然知道白月菲在笑什么，不就是他预测象龟体型的结果偏差太大，这就那么好笑吗？再说了，他又不是万事通，怎么可能什么都知道？偶尔无知一下不是很正常的事情吗？白月菲这完全就是少见多怪！江桐故作薄怒地瞪白月菲一眼。

白月菲立马收敛笑容，视线移向正朝着她爬过来的两只象龟，分出一条新鲜树枝喂它们。

两只象龟吧唧吧唧吃得欢。

这胖乎乎的家伙原来是吃树叶的啊！江桐新奇地望着象龟咀嚼的嘴巴，不由得也想喂它们，可是他双手空空根本没有树枝，这都是拜他自己所赐：刚才进园之前，园方工作人员有用英文一边讲解象龟的饮食喜好一边派发树枝，那时江桐一心忙着偷拍认真听讲的白月菲，没注意工作人员的讲解，他还以为手持树枝游园是当地特色，当他接过树枝之后觉着妨碍到他偷拍了，于是将其丢给白月菲，还吐槽了一句："象龟又不吃树叶！拿树枝游园的特色够另类！"所以现在江桐才会难以启齿问白月菲要树枝。

然后放不下面子的某人就用手捂嘴假咳一声，成功吸引过白月菲的目光之后，神情高冷地冲白月菲伸手过去，言下之意就是叫白月菲主动分他一些树枝！

白月菲不懂江桐伸手的深层含义，不解地望着江桐几秒之后回头继续开心喂食她的象龟大宝宝们。

江桐呈僵硬状3秒，再次假咳一声。

白月菲望向江桐，想了想，迟疑道："你身体不舒服吗？"可是他怎么看都不像生病之人啊！毕竟他那精神甚是抖擞……

江桐"吐血"状3秒，然后主动给白月菲提示，他盯着白月菲手里的树枝，线条完美的下巴意有所指地朝上一抬，可惜白月菲对江桐此举理解得有些迟钝，但好在白月菲的视线还是缓缓到达了江桐眼神所指的位置，白月菲这才恍然大悟。

"你是说要树枝啊！"白月菲十分慷慨地抽出一大把树枝给江桐，一脸笑吟吟，"这种要求你直接告诉我就好了啊，干吗打哑语呢？”

“我喜欢不行啊？”江桐接过树枝，开始喂食眼前憨厚的家伙们。

……白月菲一副天然呆的表情，她好像没有说错话啊！江大 Boss 怎么又不悦了？白月菲无奈地摇摇头，继续喂食她的象龟大宝宝们！

游园的人很多，来自世界各地，大多是年轻人或是中年人，老年人和小孩基本没有，不只是象龟园这样，整个塞舌尔的游客都如此，不同的游客混杂在一起。人们一早就发现了江氏夫妇的存在，好在这些游玩的人们素质高，并不上前打扰江桐和白月菲，而园内的几个中国女生则有些纠结，犹豫着是否应该拍下几张照片，毕竟机会难得。

“如此好运巧遇心中偶像江桐，岂有不拍之理？”其中一个女生端起相机，偷偷对准江桐与白月菲，同行的姐妹们见状，也开始偷拍。

女生们将所拍的照片和视频实时传上网络社交平台。

网友们看得十分起劲，火热评论着。

其实江桐知道被人偷拍了，但他并没有不悦，反倒乐意和白月菲一起成为人们捕捉的对象！

“人们在偷拍我们，你跟我亲密一点，”江桐从后面抱住白月菲，一边与白月菲一同喂食象龟，一边解释道，“不然人们会说我们貌合神离，胡乱猜测我们感情出了问题，我可不想江氏集团受到传言影响！”江大 Boss 开启秀恩爱的大门。

江桐都这么说了，她岂有不配合之理？她也正好借此好好表现一下，力争讨得江大 Boss 欢心，到时某人就算“抽风”完毕恢复正常以后，说不定也会记得她的良好配合，从而不再对她冷宫处理，抱着这样的假想白月菲笑着点头。她非常重视江桐所言，甚至故作亲密地对江桐耳语，不过她耳语的内容根本不是什么甜蜜情话，而是：“我配合得好吧？”白月菲心中清楚她的亲密动作根本不是配合！那完完全全就是她心中所想，她期待江桐的拥抱，当江桐从后面抱住她时，她全身一酥，忽然就想在江桐耳旁说甜蜜的情话，不过她有分寸，大 Boss 可没有兴趣听她的情情爱爱，现在她只需配合江桐的要求就好。

“一般，”江桐转伏到白月菲的耳朵上，狡黠道，“你和我最好相互给对方一枚吻，这样大家会觉得我们特别恩爱。”

一心要讨江桐欢心的白月菲就这么信以为真，或者这样说更为贴切，此刻压抑着情欲的白月菲是真的想对某人下手，讨欢心是借口，只见色欲染心的白月菲嫣然一笑地侧头，轻轻吻到江桐的左脸上。江桐漾起一抹温柔如春风的笑，他的妻子还真是好骗啊！心满意足的某人笑着回吻到了白月菲的嘴角旁。

女生们热烈抓拍那甜甜蜜蜜的一幕，有些外国游客也忍不住端起相机拍摄记录起眼前美好的画面。

以配合之名吻得某人的白月菲觉得自己的演技简直了得，如果进娱乐圈，说不定她还能拿“最佳女演员”奖呢！殊不知“最佳男演员”正吻着她呢！

……

离开象龟园之后，白月菲和江桐去了库金岛等当地具有代表性的地方。

而网络上关于江氏夫妇旅行的照片或者视频纷纷霸占实时热搜第一名。

时间一晃到了傍晚。

白月菲和江桐一同从热带植物园出来，随之出来的还有一群不断增多的中国姑娘们。而象龟园的那几个中国女孩从那时起便毅然决然地放弃掉定好的路线，一路跟着江桐和白月菲，她们几个亲眼见证了追江氏夫妇的队伍壮大的过程！正是因为这样，白月菲才会一路演戏，结果演着演着就演到已经忘我的境界，而江桐本就在戏中，根本不用入戏！

“我们是回酒店吃晚餐还是吃完再回去?”白月菲挽着江桐的胳膊问，午餐是在集市吃的，江桐吃得很少，他说食物太难吃。白月菲不知江桐那是坐非洲颠公车给颠晕车了！当时身体的不适搞得江桐食欲不振！话说那也是江桐人生当中的第一次晕车，他可是经常开车的人啊！竟然晕车！他恐怕讲出来的话会被白月菲笑话，所以当时白月菲问他怎么吃那么少时，他随便回了一句东西太难吃！所以现在白月菲觉得晚餐这事情很有必要听取江桐的意见，毕竟他前段时间还犯过胃病，在饮食方面得多注意一些。

160

“吃完再回去。”江桐招手打的。

“请问两位去哪里?”肤色黝黑的司机微笑道。

“去味道好吃的餐厅。”江桐不忘呼应先前对白月菲的“随口一说”。

“那这样吧,我载你们去海边,那里有一家远近闻名的餐厅,味道非常鲜美。”

海边餐厅啊?白月菲想想都浪漫,吹着海风,吃着美食,喝着新鲜的椰汁,看着心爱的人,简直是人生一大快事!

不多时,出租车停在当地一家盛名的海边露天音乐餐厅。

等到白月菲和江桐用好餐时,台上的男歌手恰好停止演唱,他激动地宣布:“现场的各位来宾们,又到了我们每月一次的现场来宾上台献歌赢取全额免单时间,我们名额只有2位,规则是聚光灯会随意扫过现场用餐来宾,如果光束停留在某位来宾身上,那么恭喜你,你获得了免单的名额,只要你上台献唱一首歌曲,你将会得到消费全额免单的资格,恭祝现场的每一位来宾好运。”

现场原本安静的用餐气氛立刻热闹,不管听不听得懂英文,用餐的客人们都开始谈论交耳。

江桐正好招手服务员过来买单,听到主持人的发言后他顿住胳膊,似乎在思量着什么。

白月菲的视线依然在舞台上,她看见男歌手一个手势,宣布:“活动现在开始。”

在节奏带感的音乐中,聚光灯亮起。

服务员看到江桐的手势后立马过去,走了两步之后,江桐又对服务员摆了摆手,于是服务员退回原位待岗。

白月菲收回视线,望一眼全场,一道白亮的光束来回扫过用餐客人,无论男女,他们绝大多数对于餐厅的活动表现得十分活跃。

光速扫过白月菲的头顶,停在一位品貌非凡的男子身上,现场一片欢呼与祝贺的掌声。

白月菲惊住,眼前的江桐被罩进一道惹眼的光线中,白月菲佩服工作人员的眼力,竟然选中江桐!白月菲甚是觉得滑稽,江桐怎么可能为了免单而当众献唱?再说歌手宣布活动的时候江桐不是已经招手服务员买单吗?所以白月菲认为免单对于江桐而言实属多余,她为现场跃跃欲试的来宾们惋惜,江桐浪费了他们免单的机会!

然而就在这时,江桐噌的一声起身,侧转,朝着舞台走去。

掌声和欢呼声再度响起。

白月菲吃惊地看着那个人影晃到了舞台上，他正跟男歌手说着什么，只见男歌手连连点头。

江桐怎么会参加活动？白月菲诧然。

男歌手移步乐队前，和乐手们交流着什么。

好吧！今天是江桐的“抽风”日，白月菲又用这个理由解释江桐的异常举动，洗耳恭听江桐的献唱！这是她第二次听江桐唱歌，还记得第一次听江桐唱歌是在亚园酒店的包间里……

一路跟随江桐和白月菲的姑娘们又是拍照，又是网上直播。

网友们兴奋得不得了。

“呀呀呀！完全没想到江桐会上台啊！”

“第一次听江桐唱歌啊！好激动！”

“我也好激动好激动，此生有幸听大 Boss 唱歌，真是好运到家了！”

“机智的我早已看穿一切，亿万身家的江桐根本不是为了免单而献唱，分明就是唱给白月菲的。”

“白月菲前世是拯救了银河系吧？有这么一个多金帅气更重要的是专一的爱人……”至于白月菲前世是否拯救过银河系这事谁也不知道，但是江桐当年之所以会在校门口出手相救白月菲确实跟他 7 岁时目睹的一场“拯救”有关……

男歌手离开乐队区，退下舞台。

“这首歌送给你，《ALL OF ME》。”江桐正好借歌曲对白月菲表达心中的某些情绪，这只是前奏，等回到北岛酒店之后，他会解开白月菲所有的心结，对白月菲坦诚那些隐藏的爱意，让白月菲知道他心底从来只有她一个人，他要白月菲重新走进他的世界！

白月菲莫名地觉得《ALL OF ME》就是送给她的，因为江桐刚刚讲歌名的时候视线正对着她！只是她此刻的心情除去期待之外，更多的是无力，白月菲幽幽地叹了口气，江桐“抽风”的举动什么时候才能结束啊？他再如此下去，她真的会瞎想的，会以为他和她就这么平白无故地淌过了那段风雨泥泞，他们莫名其妙地就破镜重圆了！只是当初她也有过破镜重圆的感觉，然而事实证明那只是她的妄想……

缱绻的音乐洋溢在空中。

江桐用歌喉表达对白月菲一路走来深藏在心的感情。

……

Drawing me in, and you kicking me out

（你时而热情似火，时而冷若冰霜）

Got my head spinning, no kidding, I can't pin you down

（让我神魂颠倒，又无力抓住）

What's going on in that beautiful mind

(你那可爱的脑袋里到底在想些什么)

……

And I'm so dizzy, don't know what hit me, but I'll be alright

(不知被什么击中,我的头脑一阵晕眩,怅然若失)

My head's under water

(仿佛坠入水中)

……

You're crazy, and I'm out of my mind

(你是如此狂野,让我失去理智)

Cause all of me

(因为我的全部)

Loves all of you

(爱上你的一切)

All your perfect imperfections

(还有你不完美的完美)

……

Cards on the table, we're both showing hearts

(摊牌吧,我们是如此心心相连)

……

歌词和旋律感染着白月菲的全身细胞,她听着听着就失控泪崩了,她知道她太不像话了,可是没办法啊!谁叫那旋律那么缠绵悱恻?谁叫江桐唱得那么动人心扉?白月菲控制不住激烈起伏的心潮,那些与江桐在一起时的回忆浮现在那感人心弦的歌声里,无数悲喜融进白月菲的眼泪……

直到江桐唱完歌曲,白月菲还没有回神过来,回忆扣住了她的神思。

一曲衷肠诉完,江桐走下舞台。

来宾们的掌声拉回了白月菲的神思,她在光影里寻找江桐的身影,发现他已经快要到达她面前,她赶紧抽过纸巾擦拭眼泪,然后深深吸气,迅速调整好情绪。

等江桐走到她面前时,白月菲微微一笑:"你唱得真好听。"

江桐盯着白月菲,眼前的她虽然在笑,可是一双眼睛却红红的,明显是哭过,他沉吟半晌,而后疼惜地牵过她的手,声线压抑而紧绷:"走吧,我们回去了。"

161

夜空中，螺旋桨飞快转动着。

机舱里的两个人异常安静。

自从离开餐厅之后，白月菲和江桐谁也没有再讲一句话，双双沉默不言。虽然安静得异常，可是白月菲却觉得这样也不错，因为从餐厅到此刻江桐一直牵着她的手，如果说她与江桐先前游玩时亲密的一切举动是因为需要人前秀恩爱，那么现在呢？飞机上除了飞行师，就只剩她和江桐了，可是如此情况下，江桐还牵着她的手不放，这到底是几个意思呢？白月菲打量着江桐。

江桐刻意不看白月菲，等一会就快到达北岛酒店了，他紧张又期待，因为他即将让那偏离的一切步入正轨。

白月菲瞳孔一抽，收回打量的目光，她居然再一次忘记江桐今天是“抽风”状态了！白月菲暗自数落自己，瞧你这记性！还几个意思？江桐根本没啥意思，只是莫名其妙地“抽风”罢了！白月菲的目光扫过江桐覆盖在她手背上的手，那只手温暖她的内心，她的双眸变得明亮，江桐要是这样一直“抽风”就好了！这样的话就可以一辈子被他牵着……

白月菲情难自禁地做着美梦。

江桐时不时偷看白月菲一眼，白月菲的视线仿佛定格了一般一直盯着他的手背瞧，瞧着瞧着，她的嘴角时而还会弯起一道好看的弧度！江桐心知她大概在想什么，等会，他会让她更加高兴的，会让她知道她的爱在他这里不是无关痛痒，她的爱对于他而言是此生阳光，没有她，他的世界只会一片阴寒。

不知不觉，飞机落地北岛酒店。

江桐送白月菲到她房间门口，临走时说：“你有半小时休息时间，半小时后，和我一起看电影。”

看电影？白月菲错愕半秒，立马欢喜地点头，江桐今天给的福利好多啊！她恨不得马上去看电影呢！不过，休息半小时也好，她正好洗漱一下，毕竟今天在外面玩了一天，全身都是汗，才不要带着一身汗味去赴江桐的电影之约呢！

江桐转身回房。

白月菲开门进浴室。

15分钟后，白月菲洗漱完毕，换好衣服，吹干头发，这时离约定时间只差1分钟。

江桐如约扣响门板。

门后的白月菲一听声音，立马打开门，只见江桐穿着浴袍站在面前，白月菲看得呆住，穿成这样看电影不太好吧？总觉得有点那啥？

江桐没想到白月菲开门的速度如此之快，怔了2秒钟，而后侧面绕过白月菲进门，径直走过去打开电视。

后知后觉江桐已经进屋，白月菲急步跑到江桐面前："你不是说一起看电影吗？怎么跑到我房间里放电视了？"昨晚参观别墅时管家带她去过电影放映厅的，她一直以为江桐是要带她去那里的。

江桐打开电视网络接收信号："我们就在电视上看电影。"

白月菲不解："可是为什么是我房间啊？不是有电影放映厅吗？"

江桐将电视与手机视频功能网络相连："放映厅设备坏了。"他想在卧室里摊牌一切，虽然哪里摊牌并不会影响最终的结果，可他就想这么做，因为他曾经在卧室让白月菲不堪过，所以他执意要在卧室里得到她的原谅。

白月菲难以置信："啊！"如此奢华的北岛酒店设施怎会这么差？

江桐感觉白月菲似乎不大乐意在她房间里看电影，沉吟片刻，勉为其难道："要么去我房间？"一开始就没打算在他房间里解决事情是因为等解开所有误会之后，他一定舍不得放白月菲回房。虽然白月菲确实爱他，可是她确实也一直耿耿于怀那件事情，即使误会解除，在那件事情上白月菲肯定没有那么快接受他，既然如此，还不如让白月菲放宽心，让她暂时一个人睡觉，他会给她足够的时间，直到她的身体可以愉悦地接受他……

"就在这里吧。"白月菲觉得反正都是要在房间看，既然江桐已经过来这里，就不必折腾去他房间了。

这样最好不过了！江桐拉过白月菲的手，带她到沙发前坐下，一手揽过那纤纤柔腰："想知道是谁主演的电影吗？"

腰间的手致使白月菲一声闷呼，声线颤抖："谁主演的？"怎么心跳得这么快？

江桐意味深长地一笑："你和我。"

白月菲愣住，脑中全是问号。

江桐打开手机上亲手制作的视频，通过无线网络，视频传播到电视上。

这！这这！！天啊！白月菲惊得忘记了呼吸，目光直直地定在液晶屏幕上。

温情的音乐里，视频里首先播放的是江桐和白月菲的各种合照，然后就是他们结婚时的现场。

那些被时光覆盖的照片和影像狠狠拨动着白月菲的心弦，当看到她与江桐在婚礼上亲吻的那一幕时，一直忍着情绪的她再也忍不住，眼泪啪嗒啪嗒掉了下来，几乎都落到了江桐的手背上。

江桐的手一颤，把白月菲面向自己，用大拇指抚过她的眼泪，声音有些不稳："我已经知道当年香港事件的真相，是李陌利用受伤的手逼迫你做出离开我的决定。"

白月菲心里警铃大作，瞬间从悲伤到警惕：“不是，江桐，事情不是你知道的那样，李陌没有逼迫我，是我……”她害怕江桐因此对李陌仇恨和报复，所以当时从意大利回国之后，她请求李陌不要对江桐提及香港之事，她说她自己对江桐解释比较好，李陌答应了她的请求，却不知她骗了他，她从未对江桐解释过当时的真实情况……

不等白月菲撇清李陌，江桐打断她：“李陌都承认了，你不用再遮掩什么。”讲到此处，眼见白月菲听得全身一颤，江桐不给她时间去胡思乱想，瞎折磨她自己，他几乎没有停顿地接着说下去：“你不必担心我会对李陌使什么手段，我已经原谅他了，前两天我在车库遭遇了一些意外……”

江桐的叙述让白月菲从震惊害怕困惑到又惊又喜，原来江桐是这样与李陌和解的啊！命运的安排如此神奇，从来没有想过有一天江桐会原谅李陌……

江桐的下颌绷紧，继续说明：“新婚那晚之所以对你那样是因为……”

在那低沉的声线中，原本又喜又惊的白月菲听得心脏揪在一起，新婚之夜的不堪被江桐的话语狠狠颠覆！所以她不是他性虐的工具，现在才知道他强行要了她这件事情她也有责任的，想到这里，白月菲的眼泪再度砸了下来，她从未想过她当时的言行举止是那事情发生的主因，她自私又残忍地把所有的过错算到江桐一个人身上……

江桐拿过纸巾替白月菲擦眼泪，可是怎么也擦不干净，白月菲的眼泪像是关不住的水龙头流个不停，江桐放弃了擦拭，一把将白月菲的头搂到怀里，等感觉白月菲的情绪稍缓一点的时候，他低头，轻轻一吻白月菲的额头。

说来也神奇，那温柔的一吻轻易止住了白月菲的哭泣。

江桐正过白月菲的脸看了看，她已经收住眼泪，只是双眸泪眼蒙眬。

江桐哽咽地继续解释下去：“……至于在李陌别墅里，我误会你们是在接吻……后来又因为被你的话语激怒，怒火下的我失去理智，才会对你再次干出那样的事情……”

“5年前你离家出走，当我从浴室出来发现你不见时，我立马就出去找你了……”

“可惜当时出了车祸，没能继续找你……而你怀孕去找我的时候我还昏迷在医院……月菲，我没有不要你，不要孩子，那一切都是忠叔所为……”

“……”

江桐正在治愈白月菲心上的伤口。

162

"……我心里从来只有你一个人……我只要你……"江桐拿过白月菲的手将它放到自己胸口，眼眸灼热地盯着白月菲的眼睛，声音颤抖，"月菲，我一直一直很爱你，只是那些误会蒙蔽了我的双眼，让我一再狠狠伤害你，对不起，请你原谅我，原谅我的过错。"

白月菲傻乎乎地看着江桐，3 秒之后，她胳膊一动要抽回手，江桐见状，星芒般的眼睛黯然下去。他抿了抿薄唇，松开手指，他了然她此刻的心情，现在她接受不了眼前的事实也是正常的，毕竟这事实来得太突然和猛烈，他要做的就是耐心地等待，等待她从震撼中缓冲过来。

白月菲低着头，咬着嘴唇，还在一遍一遍细细回味江桐的话语，与其说她没有从震撼的真相里缓冲过来，倒不如说她不相信自己能有这样的运气，毕竟那些纷乱的往事已经让她和江桐之间物是人非，又怎能让她马上去相信她和江桐能如此全身而退，如此幸运地再度牵手？

柔和的灯光中。

江桐不再说话，也不催促白月菲对他有所回应，他只是沉默地陪在白月菲身旁。

良久，白月菲终于将自己说服，总算相信了她和江桐之间一路荆棘泥泞之后迎来了爱情的美好。此刻白月菲内心激动，不过，却有意掩饰情绪，因为此刻她洞察到江桐安排她来塞舌尔之前，他就已经计划好要"收拾"她，他成功地把她搞得七荤八素，看在他如此卖力算计她的分上，那么她也礼尚往来回报一下某人的用心良苦好了。

白月菲缓缓抬头，立马进入飙演技状态，只见她的视线与江桐相接，她冷冷地看着江桐的眼睛，声音不带任何感情："原谅你？如何原谅？"

江桐神色一僵，没想到白月菲会如此发问！不过，他能理解白月菲此刻的抵触情绪，抛开其他的伤害不说，单是那两次强迫她带给她的伤害就让她剧痛万分，迫不得已选择离开了他，试问这样的她又怎能轻易地原谅他？

"李陌哥说你一直深爱着我，"江桐凝视着白月菲的眉眼，声线低沉，"所以你也会因为爱我而试着去原谅我，对吗？"

"是，我爱你，但并不代表我能就此原谅你，当然，相对的，你也可以选择不原谅我。"

"你是骗了我，我连李陌都原谅了，又怎么会不原谅你呢？月菲，我要怎么做才能取得你的原谅？"

“哦，谢谢你的原谅，不过，那对我来说已经不重要了，还有，你什么都不用做，我不会原谅你的。”

江桐的胸腔狠狠抽痛着，本以为解开事情真相之后就会迎来幸福，可是白月菲的话语让他明显感觉幸福离他很远，白月菲似乎不打算原谅他了！江桐开始慌了，他双手端住白月菲的肩膀，几乎是乞求的语气：“我知道无论怎样我也无法弥补曾经带给你的伤害，可是月菲，既然我们相互爱着彼此，你就再为我努力一次好吗？我一定不会让你失望，我会用我的一切去护你珍惜你爱你，所以你可不可以也因为爱我而试着去原谅我犯下的过错？”

深情的话语立马柔软了白月菲的心，她再也整蛊不下去，双眼泛起一片水雾，她一把抱住江桐，靠在他耳边哽咽地轻语：“刚刚逗你玩的。”

对于江桐而言，一切反转太快，他不可置信地移开白月菲：“你？!”

白月菲的睫毛轻颤，笑得狡黠：“谁叫你骗我这么久的，明明很早就知道事情真相，却故意拖到现在才告诉我，刚刚是对你的惩罚。”

江桐好气又好笑：“你的惩罚让我信以为真了！”

白月菲嘿嘿一笑，颇为得意：“哎，我演戏太好，你不被骗才怪！”

江桐吁了一口气，动作轻柔地拉白月菲到怀里：“是啊，夫人演戏的确一流，我甘拜下风。”幸福来得突然，以至于江桐觉得有些不真实，他有些迟疑地问：“月菲，你是真的原谅我了吗？”

白月菲抬头望着江桐的脸，认真道：“不要说什么原谅，那些错误不是你一个人造成的，我自己也需要负很大一部分责任。”

江桐欣慰白月菲的善解人意，他笑着抚着白月菲的长发，转了话题：“月菲，现在给我讲讲那些我不在你身边的时光里，你经历了怎样的悲喜。”

白月菲离开江桐的怀抱，移正身子，看着江桐的眼睛正欲开口讲述她是如何度过那些没有他的漫长时光，这时，江桐再次将她揽到胸口：“就在我的怀里说。”此刻他只想这么抱着她听她说那些他缺席的时光。

白月菲就此安然依偎在江桐的胸口，娓娓道来那些江桐不在她身旁的过去。

后来，应白月菲的要求，江桐也对她讲述了这些年的经历。

相互补过那些缺席的年华后，江桐抬腕看表，已经是晚上 11 点：“时间不早了，今天你也累了，早点休息，晚安。”起身要离开。

白月菲拉住他的手，也跟着站了起来：“你去哪里？”

江桐微笑：“回房睡觉。”

“回……回房睡觉？”

“嗯。”

白月菲不想江桐离开，又不好直接讲出来，她拐弯抹角地问道：“我们不是和好了吗？”

江桐没听懂白月菲的言外之意:“是啊,怎么了?”

白月菲以为头脑灵光的江大 Boss 会理解她发问的意图,谁知人家根本就不懂她的深层含义!唉!白月菲暗暗哀叹某人智商高情商低啊!她不也是这种人吗?只是白月菲压根没觉得她与某人在这方面是同类人,白月菲被某人反问得挫败,想了想,抛开矜持,羞涩地低声说明:“夫妻不是应该睡在一起的吗?”她和江桐历尽千辛万苦才走过那些大风大浪,好不容易迎来此刻的雨过天晴,她不想再一个人独守空床了!很显然,白月菲还没发现她因为眼前得来不易的幸福而太过欢喜,一时忽略了她的心理阴影……

江桐脸色深重又惊诧:“你的意思是说我可以留下来?”李陌说自从他强行要了白月菲两次之后,白月菲便在心理上产生了对那方面的阴影,这也是白月菲会在第二次完事之后决绝地离他而去的原因!所以正常来讲,在短时间内,白月菲一定会抵触与他共枕而眠的,所以他才会有长期与白月菲分房而睡的决定,不仅如此,他还做好了准备,在未来,陪白月菲慢慢克服那道阴影……

白月菲不明白江桐为何如此发问,她红着脸说:“对啊,你是我丈夫,我们为什么要分床睡呢?”

“可是,你可以吗?”

“当然。”

江桐深重的神色稍微缓和了一点,他一把横抱过白月菲,白月菲双手搂住他的脖子,他低眼看怀里的白月菲,她正眼眸深深地望着他,他冲她微微一笑,转开视线,走向了宽大柔软的床。

他懂她的意思,一起纯睡觉到天明,可是他做不到,做不到在她身旁清心寡欲地睡觉。

他轻轻放她到床上,拉过被子,替她盖好:“月菲,晚安。”

白月菲一听,急忙拉过他的手:“为什么不一起呢?”

江桐沉吟几秒,难以启齿:“……我……我做不到和你睡在一起……却又不碰你……”白月菲不在他身旁时他寡欲清心,禁欲多年。可是,面对白月菲的时候,他欲望满满,也只有她,才总能让他一再失控。

163

白月菲恍然大悟，原来这就是江桐不肯留下的原因啊！是她大意了，没设身处地地为江桐着想，其实先前江桐有告诉她，这么多年来，他只有她一个女人，除此之外，他都是禁欲状态，而他与她分开许久，如若今晚他们真的躺在同一张床上，江桐又怎么可能只是与她单纯地同床共眠呢？至于她，起初的确只是想与江桐单纯地共眠同枕到天亮，而现在不禁又回想了江桐刚才的话语，然后，被她忽略的那道心理阴影就开始疯狂地叫嚣，那两次极致的痛白月菲记得清清楚楚，她更清楚那时江桐让她痛是因为她把他逼到了极点，他才会做出那样疯狂的举动啊！所以是她害江桐犯的错，她不能让江桐一人承担那个错误，她也有责任弥补，她更不想因为那道阴影而与江桐无限期地分房睡。

江桐此生唯爱一个人的深情让白月菲勇敢，她的胳膊用力一拽，江桐面对面栽向她，看着近在眼前的心爱之人，白月菲开了口："我承认，那两次的确给我留下了阴影，不可否认，它是深刻烙印在我心坎上的障碍，你我都清楚如果不越过那道障碍，我们之间就会始终存在隔阂！我不想隔阂存在，更不想委屈你过不了夫妻之间的正常生活，所以江桐，现在我们一起去尝试克服那道心理阴影好吗？"

"傻瓜，你没有委屈我，是我愿意等的，我们可以慢慢来，不急于一时。"如果那道心理阴影那么容易克服，当初白月菲就不会忍无可忍地离他而去了！现在她不过是为了他豁出去罢了！可他不要白月菲为了他这么不顾自己的感受！

"可是，我不愿意等，我现在就想试试。"

"月菲，不要这么逼自己好吗？"

"我没有逼自己，我们现在试试好吗？"

"不了，我们来日方长，有的是时间，在顺其自然的状态下，我会和你一点一点去克服那道障碍，所以你现在不要这么急于求成。"

白月菲摇头："我不想被动等待顺其自然的状态，我就想现在。"

不等江桐回应，白月菲已经先发制人主动吻上了江桐的唇，江桐愣住，唇上突然贴上来的柔软让他反应慢了半拍，反应过来时，唇间温润的触感已经诱惑了他的心，他情不自禁地开启双唇，温柔地回吻着白月菲。

白月菲深陷在江桐口腔里的柔软。

一番深吻之后，江桐慢慢抽离那清甜的地带，他眼光灼热地看着白月菲，忽然想起一件事情，他问："我可以看看你剖宫产后留下的伤疤吗？"

“李陌告诉你的?”

“不是,在我恢复记忆前,我有派人调查我们的过去,那时候得知的。”

白月菲莞尔一笑,伸手到肚子上,就在她要掀开疤痕上面的衣服时,江桐一把按住她的手。

江桐稍稍侧身:“让我来。”他轻轻将白月菲的上衣掀到肚脐位置,那一道疤痕映入他的双眼,他的手指抚过疤痕,问她:“当时一定很痛吧?”

白月菲笑容平静地摇头:“不痛,打了麻药的。”

“麻药退了,还是会痛啊。”

“痛也值得,因为小辰是你送给我最珍贵的礼物。”

江桐听得心间动容,小辰又何尝不是白月菲送给他的礼物?他不禁俯身下去,吻上那一道让白月菲痛过的疤痕。

白月菲一颤,那道疤痕好似带着电流四处扩散到她全身,麻,酥,痒,她的表情渐渐变得飘然。

江桐抬头看白月菲,她的眼神迷离而炽热,他看得蠢蠢欲动。

江桐微微抬高身子,手轻轻滑向白月菲的上衣纽扣,一边解她衣服上的纽扣,一边观察她的反应。这个时候,白月菲的呼吸开始变得紊乱,她明白接下来会发生什么,她期待又害怕,期待可以跟江桐一起克服那道阴影,却又害怕和江桐合二为一,可是不管怎样,反正她今晚是铁了心要跟江桐在一起!

白月菲屏住呼吸,江桐的手指一动,第一颗纽扣解开,空气透进胸前,白月菲深吸一口气,第一关过了,才能过第二关,第三关……

那件衣服的纽扣不多,一共三个,江桐手指再一动……

……

……

……

事实上合二为一的过程非常艰难,江桐眼见白月菲神情惊怖,眼光怯生生,甚至身体时不时哆嗦着,江桐不忍她如此痛苦,几度要放弃,好在最后凭借白月菲的坚持、忍耐,江桐的各种配合和引导,齐心的二人最终成功克服了那道深重的阴影。

在那云里雾里的仙境中,如鱼得水的交欢让他们双双品尝到一种绮丽的深入骨髓的快感。

窗外,月光如水。

窗内,相爱的两个人尽情缠绵。

一番云朝雨暮之后,白月菲依偎在江桐的怀抱里,轻唤他的名字:“江桐。”

“嗯?”

“我想问你一个问题。”

“你说。”

"你是不是有看过爱情动作片?"江桐压根没想到白月菲会问这个问题,他宠溺地轻敲白月菲的脑袋:"你在想什么?"

白月菲振振有词:"你说只有我一个女人,而我也只有你一个男人,可是你也看到我跟你的差别了啊!刚刚全程都是你在引导我,我根本就不会,可你表现得很娴熟,所以我觉得你应该是从爱情动作片上学的吧?"

江桐自诩:"我这叫天赋异禀,像我这样的人不需要教程!"

白月菲认真地探讨道:"没有人教你或者一次次的实践,你怎么可能那么娴熟?"

江桐抚着白月菲的长发:"夫人没听过无师自通这句话吗?"

"听过啊!可是我怎么没有通?"

"因为你笨啊!"

"那恭喜你,娶了一个笨蛋夫人。"

"娶笨蛋夫人并不代表吃亏啊,我可以把我身上的'天赋'慢慢传授给笨蛋夫人,我有信心转劣势为优势。"

白月菲红着脸扭头到一侧:"我才不要学!"

江桐一手把白月菲搂到身体上面:"真的不要?"

白月菲压在江桐的身体上:"不要。"

江桐抱着白月菲一滚,反下为上,含住她的唇片,口齿不清地问她:"当真不要?"

白月菲一脸娇羞:"要。"

卧室内再度翻云覆雨。

第二日。

江桐醒来时已是早上9点,白月菲在他的怀抱里睡得香甜,他用手指轻刮白月菲的鼻尖,然后在白月菲的额头上印上一吻。睡梦中的白月菲嘴角微扬,看起来一副幸福的模样,这样的画面让江桐惬意而知足,小心翼翼地把白月菲移到枕头上,替她盖好被子,这才去浴室洗漱。

10分钟后,白月菲伸了伸懒腰,她已经睡足,只是还没完全醒过来,迷糊之间,白月菲隐隐觉得江桐不在身旁,于是用手试探性地摸了摸身子周围,没有碰触到江桐的身体,白月菲这才睁开眼睛,难道江桐回房了?白月菲睡眼惺忪地坐起身体,游目四处,一地的凌乱,完全符合激烈欢好之后的场景!然后白月菲就神情含羞地咬着嘴唇,明亮的眼珠转啊转,貌似昨晚和江桐做了2次……

鱼水之欢的画面让白月菲红了脸,她不该这副模样啊,毕竟已为人母,怎么还一副少女的羞涩表情啊?不过话说回来,昨晚才算是她和江桐真正意义上的"第一次",第一次嘛,她羞涩是正常的!白月菲娇羞地掀过被子,下床,踏着欢快的步子去洗漱。

一推开浴室门,白月菲便看见某人半围着一条浴巾正在擦头发上的水渍。

164

白月菲一边走过去一边说："我还以为你回房了呢，原来你在这里。"

江桐停下动作，垂下双手，回头看白月菲，一双眼睛满是柔情："怎么不多睡一会？"

"我已经睡得很足了，再睡就变成猪了。"

"我不介意养猪。"

白月菲眼睛一斜，故作生气地瞪江桐一眼，正要开口回击调侃江桐时，赫然发现江桐半裸的后背上有许多道暗红色印记，白月菲惊呼："你后背怎么回事？"

江桐一听，晃晃悠悠地凑到白月菲耳边笑语："昨晚某人的杰作啊。"

白月菲蹙眉，一脸认真地细究："某人？昨晚除了我和你，房间里没有……"讲到这里，白月菲忽然觉得不对。

白月菲认真回想着细节。

江桐兴趣十足地等待白月菲发现他后背印记的元凶。

……

突然，白月菲神情一惊，天啊！真的是她的杰作，白月菲自责地看着江桐："对不起哦，下次我一定注意。"

江桐一脸坏笑："夫人口中的下次是什么时候呢？"

"你还调戏我？"白月菲娇嗔道，脚一动，欲移步江桐后背，"让我检查一下……"

江桐伸手揽白月菲到怀里，不等她说完便抢话道："好啦，不调戏夫人了。说真话，后背只是一些指甲印，没事的。"

白月菲不放心："不行，你得让我检查一下，如果有伤口的话就要找医生处理了，以防感染。"

为了让白月菲安心，江桐只好让她检查后背，白月菲仔仔细细认认真真地看过之后，确定那些印记只是皮外伤，白月菲这才放心。

她说："还好，我下手不重，不然你这后背就真的伤痕累累了。"

江桐转身看她："多谢夫人手下留情。"

……

接下来的时间里，江桐每天都会带着白月菲离岛出去游玩，并且不分时间场合地点各种秀恩爱。

网友们评论最多的一句话是"又被江氏夫妇强行塞了一把狗粮啊"！

“江桐，我们能不能低调一点啊？”悠闲躺在沙滩椅上的白月菲正在用江桐的手机刷着网络社交平台，头条新闻是关于她和江桐的。说真的，白月菲觉得网友们太关注和厚爱他们了，这几日总是把他们推到实时热搜榜首，白月菲倒是不担心秀恩爱死得快，毕竟江桐是万年难遇的任凭雷打电闪也扼杀不了的超级痴情种，白月菲只是觉得幸福这事情自己感知便好，实在不必人前炫耀。

“我们有很高调吗？”江桐不以为然。

“有啊！”白月菲把手机递给江桐，“你看，铺天盖地都是我们的照片和消息。”

江桐接过手机，查看关于他和白月菲的消息，一边看一边说：“这样很好啊！与人们分享我们的幸福。”分享，是一种美德，江桐立志发扬这种美德。

“可是，你不是一向喜欢低调吗？”

“嗯，那是以前，现在得分时间，我一个人时还是喜欢低调，但与你一起时我喜欢高调……”江桐恨不得让全世界知道白月菲就是他的女人！

塞舌尔的甜蜜假期是在 9 天后结束的。

回到国内的当天晚上，江桐给了白月菲一个巨大的惊喜，他把在老家西冲休假的白爸爸接到了江氏别墅。如此安排是因为在塞舌尔时与白月菲的一次聊天，那天聊着聊着就谈到了白爸爸，那时江桐才知晓白月菲与白爸爸冰冻多年的关系，晚上，他特意找了一个独处的机会，打电话给白爸爸，说明他与白月菲的情况，并且主动揽下所有责任，当初与白月菲分开都是他一手导致的，与白月菲没有一点关系……

白爸爸见到白月菲的时候一脸慈祥地叫她：“孩子……”女儿女婿和好已是万幸，当然，白爸爸心知肚明当年女儿女婿分道扬镳并不是江桐一个人的错，他女儿也有错，只是江桐有意包揽下所有责任，他也就随了江桐心意，反正他会私下教育女儿的。

那两个字让白月菲瞬间泪崩。

接下来的日子如同白爸爸夙愿，女儿女婿十分恩爱，外孙聪明乖巧，白爸爸整天乐得合不拢嘴。这样的日子一晃眼就过了一个月，白爸爸本想再继续住一段时间，享受这家庭的天伦之乐，但是因为白月菲母亲祭日临近，他得返回老家了，每一年，白爸爸都不曾缺席扫墓。

江桐特意调整日程空出时间来，陪着岳父、老婆、儿子一道去往西冲。

去程的飞机上。

江桐对依靠在他胳膊上的白月菲说：“我去过你老家。”

白月菲惊讶地正身看他：“啊？什么时候的事情？”

“7 岁。”

“7 岁？那时你还很小啊！你去西冲做什么？”

“当年父亲受邀参加西冲的‘锦绣中华’民族艺术节，有带着母亲和我一道过去。”

白月菲感叹：“看来我们挺有缘分的啊，冥冥中让你来到我的家乡，又让我去到你的城市。”

江桐一笑，拿过白月菲的手放到胸口："所以我们是注定要相爱的两个人。"江桐就此再度想起当年在余安小学看见的那个小女生，每次想到她，江桐的眼睛都会异常明亮，只是他不自知他是如此状态。

白月菲见江桐一副神思的模样，好奇地问道："想什么呢？那么入神。"

江桐一愣，说："没什么。我们看电影吧。"

女人的感觉是灵敏的，白月菲抱着江桐的胳膊撒娇道："亲爱的，你一定是想起了什么，我真的很想知道，你就说说看嘛。"

江桐难为道："你还是不要知道好。"

"为什么？"

"你会不高兴的。"

"我会不高兴？怎么可能？除非你想的人是女生，否则……"说到这里，白月菲顿悟，"所以，你想的人是哪个女生？"

江桐后悔给自己挖了一个大坑，他问："你真的想知道？"

"当然。"

"你保证不生气？"

"嗯。"

"好吧，其实直到现在我也不知道她叫什么名字，不过，现在想来，才惊觉她跟你长得很像。"

165

原来是跟她长得像的女生啊！白月菲心中有些不是滋味，所以当初在学校门口江桐出手帮她也是这个原因吗？

江桐看到白月菲明显不高兴了，试图结束话题，再次提议："我们看电影吧。"

白月菲不理江桐的提议，说道："哈哈，这样说来，那女孩根本不知道你的存在，而这么多年过去，你竟然还记得人家，甚至连模样都记得，足以见那女孩在你心中的印记有多深。"白月菲虽然脸上在笑，可是心底有些不是滋味，她知道她这是吃醋了，她怎么这么小气啊？白月菲鄙视自己。

"你吃醋啦？"

"没有啊！"

江桐知道白月菲口是心非，明明就是吃醋了，还嘴硬，他揉了揉白月菲的发心，低头轻轻一吻白月菲的脸颊，以此宽慰他夫人受伤的脆弱心灵。

坐在白爸爸身旁的小辰不经意地一瞥眼恰巧看到江桐亲吻白月菲的这一幕。

小辰拍掌笑："爸爸，妈妈，你们在亲亲哟！"爷孙俩与女儿女婿之间只隔一条通道。

刚刚打盹的白爸爸一听，立马睁眼，侧过身子挡住小辰视线，不想孙子打扰女儿女婿的你浓我浓，特意叫小辰继续看电影。小辰不愿意，白爸爸改换招数，拿出口袋里的玩具逗弄小辰，小辰的注意力成功被玩具转移。

白月菲和江桐相视一笑，他们的儿子啊，总是人小鬼大。

白月菲的笑容渐渐消失，思绪不禁又转到江桐口中的那个女孩身上，她说："给我讲讲你和那女孩的事情。"

"你确定要听？"

"嗯。"

江桐不想白月菲听那个故事，白月菲听完之后一定会更加不开心的，真实的白月菲和他一样是占有欲很强的人，只是若是他不说，以白月菲的固执一定会追问到底……

沉吟片刻，江桐终于掀开记忆深处的那副画面："我记得那天天气很好……"他做不到对白月菲隐瞒什么。

白月菲就这么走进江桐念念不忘的回忆里。

那是怎样的一段故事呢？

故事是这样开始的，江振东在“锦绣中华”的活动上认识了志趣相投的余安小学校长，活动结束后，校长邀请江振东去家里做客，江振东行程刚好允许，于是带着家人欣然前往。

校长的老家在JS，因为工作的原因，举家迁移到了学校的教职工住宅。

校长住在一楼，房子不算大，内部陈设简单、整洁，客厅的窗台上栽种着好几盆绿叶植物，旁边有一口玻璃鱼缸。小江桐歪着脑袋瞅鱼缸里的鱼儿们，大人们的交谈太深奥，小江桐听不懂。

看了一会儿鱼儿们游来游去之后，小江桐觉得无聊，便告诉母亲他去外面参观一下，等会就回来，母亲点头，叮嘱他不要走远。

离开屋子，小江桐顺着一条长廊走去，拐过一个弯道之后，一栋教学楼展露在他眼前，此时正是下午放学时间，同学们纷纷离校。小江桐觉得此处没什么可看的，欲走之际，偏偏看见前方拐角处有一群学生似乎正在欺负一个长得偏胖的小男生，那小男生卑微地低着头可怜巴巴地坐在地上。

阵阵嘲笑声是那群学生发出的。

围观的学生越聚越多。

实在无聊，小江桐打算上前看看，走了两步，一个小女孩疾步擦过他的身体冲进了人群的包围圈里。

小江桐愣了一下，紧跟过去。

“胖猪，我这游戏机可是我老爸从国外买回来的，现在被你摔坏了，钱我不需要你赔，不过摔坏的东西不能就这么算了，要不这样，你就给我们表演吃沙子吧，以此当作赔偿。”嚣张放话的是一个纨绔子弟，他手里拿着一个四分五裂的新款变身超人，其身边簇拥一群小跟班，小跟班们有的围住小胖墩，有的乖乖候在纨绔子弟身旁。

懦弱的小胖墩哭着哀求：“我能不能不吃沙子？我叫我爸爸赔你游戏机？”

纨绔子弟笑得轻蔑：“你那卖猪肉的猪爸爸赔得起吗？你这头猪的饲料可是靠你猪爸爸……”

这时，站在第一排的小女孩终于忍无可忍，愤愤地跑到小胖墩面前，一边扶起小胖墩，一边冲着纨绔子弟正气凌然道：“别人说了赔你游戏机，你这样侮辱同学有意思吗？”

纨绔子弟看向小女孩，痞里痞气道：“怎么？老师没教你别多管闲事吗？”

小女孩气势十足地反问回去：“老师没有教你友爱同学吗？”说着就要带走小胖墩。

纨绔子弟斜眼一瞪跟班们，跟班们立马围住小女孩，不让她肆意妄为。

小女孩和小胖墩被殷勤的跟班们牢牢围住。

小胖墩害怕得瑟瑟发抖，小女孩镇定自若地安慰着小胖墩：“别怕。”

小江桐对面前这个勇敢的小女孩的敬佩油然而生，现场有如此多的围观学生，男女都有，有一部分学生明显比她还大，但是就是没有一个人出手帮助小胖墩，唯有她。不过她显然不敌对方，只要对方对她稍微狠一点，她的处境可想而知，小江桐想到这里时，他身边那位驾着眼镜的小男生终于忍不住低声咒骂纨绔子弟。小江桐眼光一闪，耳语小男生去通知老师，任何一个老师都可以。小男生这才反应过来，偷偷地跑开。

小江桐冷静地继续观摩着事态发展。

“胖猪，这样好了，只要你表演吃沙子给我们看，游戏机的事情就此过去。”纨绔子弟乐在欺负同学。

“别人能吃是福气，长得胖那是没浪费食物营养，”小女孩打抱不平，“哪像你，瘦不拉几，一副营养欠缺的模样。”

小江桐被小女孩的伶牙俐齿惹笑，这个小女孩的确与众不同，除了一身正气，口才还这么好！

“看你是女生的分上，今天我就不修理你了，”纨绔子弟指着小女孩的鼻尖，“只要你跟我道歉，我就饶了你，否则你跟胖猪一起给同学们表演吃沙。”

小女孩冷笑，不屑地抛出一句：“我才不要跟你道歉，还有，你有什么权力让我们吃沙？”语落，小女孩带着小胖墩硬要挤出跟班们的包围。

跟班们当然不让。

小女孩态度强硬：“让开。”

纨绔子弟辱弄小胖墩的兴趣就这么转移到了有损他威风的小女孩身上：“想帮胖猪是吧？好啊，给你机会表现，你主动吃沙，我立马放了胖猪。”

小女孩想先保住小胖墩，“好啊，吃沙就吃沙，不过，我有条件，”说着看向身边瑟瑟发抖的小胖墩，“你先放他走，他走了我就表演给你看。”

还以为她多有能耐呢？最后还不是听从于他？纨绔子弟得意一笑，丢了一个眼神给跟班们，跟班们立即让出一条道。

166

小女孩对傻愣着的小胖墩说了“你赶紧跑”四个字后一把将他推了出去，之所以没有悄声交代小胖墩去找老师救援是因为小女生听闻过小胖墩的事情，他的懦弱与逆来顺受是出了名的，从来不敢把委屈告诉家长和老师，所以即使她交代了小胖墩去找老师，小胖墩大概也不会去做，小女孩还是觉得自救比较靠谱！而在今天之前，小女孩从来没有亲眼见过小胖墩被人欺凌，可能是不同班的缘故吧，反正这次被她撞上了，她管定了！就算对方是她们年级的头号坏蛋。

小胖墩冲出人群，死命跑出了校门。

小女孩躬身抓起两把沙子。

纨绔子弟和跟班们嘲笑着，拭目以待小女孩的趣味表演。

小女孩站起身体，手关节曲起来，握沙的双手慢慢靠近嘴边。

小江桐错愕，没想到勇敢的小女孩会如此听从纨绔子弟，心中不由得对她生出了失望，失望归失望，那时梦想着仗剑闯江湖的小江桐做不到眼睁睁看着小女孩吃沙，正要出手帮助小女孩之际，只见小女孩张开双手指冲着纨绔子弟和跟班们的眼睛一挥。

被沙子袭到眼睛的坏蛋们一片叫苦不迭，小女孩趁此机会逃跑了。

“你们在干什么?”一位老师一边呵斥，一边从教学楼的方向跑过来。

狼狈的纨绔子弟和跟班们还在揉搓眼睛里的沙子……

“那小女孩的确很勇敢啊!”白月菲夸赞道，冲江桐笑得意味深长，“我认识那小女孩。”

“啊！这么巧?”江桐甚是惊讶。

“是挺巧的，不过还有更巧的，那个小女孩是我同桌，因为当天我也在场，所以我很清楚那件事情。”

“你同桌？而且你也在场?！这太不可思议了!”

“无巧不成书嘛。对了，你知道那天我的同桌为什么那么勇敢吗?”

“嗯?”

白月菲侃侃而谈：“因为放学之前的一节课正好是思想品德，老师在课堂上一再灌输我们这些祖国未来的花朵要立志做一个好人，其中一条便是要乐于助人，惩恶扬善！而我那不经世事的同桌被老师鼓舞得厉害，于是就从平日里的不多管闲事变成了行侠仗义之人。”

江桐端详着白月菲："原来是这样！不过夫人讲得如此详细是想表达你同桌平日里不是一个勇敢的人吗?"

"你不会以为我是有意抹黑小女孩的光辉历史吧？我可是实话实说，绝对没有添油加醋，我同桌她平日里的确是一个不太勇敢的人。"

"月菲，我可没说你抹黑小女孩，只是想让你明白，不管你同桌当时因为什么而出手帮助小胖墩，至少那一刻的她是勇敢的。"

"还说你不在意她？你第一次在我面前为别的女生说话，你就不怕我生气吗?"

"夫人，我只是就事论事，我对小女孩可没有非分之想，我的眼里心里只有夫人你一个人，所以你为小女孩生气有意义吗?"

白月菲傲娇地一哼，贼兮兮地问："那你想不想见我同桌？我可以安排你们见面!"

江桐轻捏白月菲的脸蛋："你就别打趣我了，至于你同桌她应该留在我年少的时光里，见面就不必了。"

白月菲靠在江桐的肩膀上，笑得极其开心："也是，如果你真的想见她，你根本不必等到我来安排见面。"

飞机在2小时后降落西冲机场。

晚上。

星月交辉。

夜渐深。

白爸爸和小辰已经睡着。

另一间屋子还亮着灯，是白月菲的卧室。

白月菲坐在床头看书，身旁的江桐则在处理霍洋临时发来的急件。

一小时后，江桐处理完加急文件，关掉笔记本电脑，将其搁到床头柜上，白月菲见状，便收起了书，贼兮兮地把一本相册放到江桐面前。

"给你看看我小时候，"白月菲冲着江桐笑得神秘，特意提醒道，"里面还有我同桌的照片哦，你可要看仔细了。"

知道白月菲是有意打趣他，江桐摇摇头，拿过相册，十分配合道："夫人放心，我一定遵从你的指示，认真地好好地看你同桌的照片。"

白月菲笑容狡黠地看着江桐一页一页地翻照片。

当江桐翻到第五页的时候神色一凝，他记忆里扎着两条辫子穿着白裙的小女孩出现在照片里，最重要的是他夫人小时候不仅跟那个小女孩长得一模一样，而且穿着打扮都一致，江桐惊诧地看向白月菲，好像从中悟出了什么："所以夫人你?"

白月菲得意地笑着："没错，小女孩就是我，我就是小女孩。"那张照片拍摄于帮助小胖墩的那天早上，是白爸爸在她临出门时为她拍的。

江桐惊奇地看看照片，又看看白月菲，难怪偶尔想起小女孩的时候总觉得她和白月菲有些相像，原来她们竟然是同一个人！江桐激动地放下相册，面向白月菲端住她的双肩："夫人你太坏了，明明在飞机上就已经知道真相，却到现在才对我揭晓。"

白月菲笑得无辜："人家哪有很坏啊？我只是小小戏谑你一下而已！"

江桐阴险地一笑，身子一动，一把将白月菲压到身下："那礼尚往来，我回敬一下夫人的戏谑。"

正欲还嘴的白月菲被江桐堵住了双唇……

一番夜月花朝之后。

江桐对怀抱里的白月菲说："我真没想过你会是当年的那个小女孩。"

白月菲贴在江桐温热的胸口，一脸甜蜜："我也没想过你会在那时见过我。"

江桐低头吻了一下白月菲的额头，笑着感慨道："现在觉得我们之间还真是玄妙。"

白月菲移出江桐的怀抱，侧睡到枕头上，看着面向她的江桐，一脸认真道："所以当年在双和高中门口，你出手帮助我是因为当年的我吗？"

"说实话，当年我在车上晃眼看到你时莫名地有一种想要帮助你脱离困境的冲动，但那时我并未想起小女孩，现在想来，那股冲动可能就是因为你是我记忆中的小女孩吧！"

"所以这么说来，如果我不是你记忆中的那个小女孩，你当时还会出手帮助我吗？"

"傻瓜，这世界上哪有那么多如果？事实就是当时我出手替你解了围……"

——命中注定相爱的人，即使隔着千山万水，也会奔向对方，皆因有爱指引。

（全书完）

番　外

番外一

在塞舌尔的最后一晚。

当白月菲从浴室出来之后，坐在沙发上的江桐朝她招了招手，示意她过去。

白月菲走到江桐身边坐下，嬉笑着打量他，此人神神秘秘，好像有事瞒着她。

“夫人，”江桐摊开手背到白月菲眼前，“你看我手上是什么？”

白月菲目光一凝，一颗钻戒在灯光下熠熠生辉，她惊讶，声音微颤地问：“这不是我们的结婚戒指吗？”

江桐点头，眼带笑意地问：“夫人的呢？”

白月菲表情一黯，伸手轻抚那颗光芒璀璨的婚戒：“我当时放在床头柜了……难道你没有看见？”

江桐摇头：“没有啊！”

白月菲的心情明显低落了下去：“对不起哦，不管怎样，是我弄丢了我们的婚戒。”

江桐语调轻松：“傻瓜，干吗说对不起呢？我们重新买一对就是了。反正当年制作这对戒指的设计师还在。”

白月菲声音低沉：“可是那是婚戒啊！就算重新制作，它始终不能替代当初你在婚礼上为我戴上的那一颗。”

江桐表现得不太在意：“一枚戒指而已，月菲，你就不要执着了。”

明明知道江桐是在安慰自己，可是白月菲的心里还是因为他的话语不太舒服，她闷闷地问了一句：“于你而言，婚戒就没那么不重要吗？”

“我没有说它不重要，只是你已经弄丢了它，如果不重新定制，你戴什么？”

“那我们都不要戴了行不行？”

“你不戴倒是没什么，我不戴肯定要出大事。”

“为什么你要出大事？”

江桐耸耸肩，尤为得意：“爱慕者太多！到时候只怕难以应付你的那些情敌。”

这自信！！白月菲双手抱胸，翻一个白眼给江桐：“我也有爱慕者啊！”

“有我多吗？”

“呃……”

江桐一笑，凑到白月菲面前，扬扬得意地看着她。

白月菲傲娇道：“你爱慕者多又怎样？你又不喜欢她们！从过去到现在你爱的人只有我一个！”

江桐轻轻捏了一下白月菲的脸蛋:“你就这么自信?”

“当然。”

“但是你说错了!”

“啊?”白月菲睁大眼睛,“哪里说错了?”

江桐悠悠道:“从过去到现在,爱的人只有你一个!”

白月菲一愣,表情不太好看地垂下双手:“所以还有陈依琳吗?”

江桐哭笑不得:“你瞎想什么?”

白月菲作委屈状:“这么说不是陈依琳啊! 那是?”

江桐一把搂过白月菲到怀里:“你说错了,我不仅仅是从过去到现在爱你,一直到我生命终止,我爱的人只会是你。”

白月菲再也演不下去,热泪盈眶道:“我知道你刚才在戏谑我,所以将计就计,也逗你玩玩。江桐,我们经历了那么多,现在的我怎会看不明白? 怎会不相信你从头到尾爱的人只有我?”

江桐看着白月菲笑得无可奈何却又一脸幸福模样:“月菲啊,你可以去做演员了,刚刚你那醋意横生的委屈状我都信以为真了,所以不敢再继续戏谑你,立马就跟你解释清楚。”

白月菲狡黠地一笑,眨眨眼睛:“那我就做你心目中的最佳女主角怎么样?”

“你本来就是我心目中的最佳女主角。”说到这里,江桐从衣袋里掏出一个盒子放到白月菲眼前,“你看看这是什么?”

白月菲拿过盒子,打开一看,惊喜地喊道:“手链!”激动地拿出手链一瞧,顿时吃惊:“你竟然修好了它?”这条手链在意大利断掉之后,白月菲就暂时把它收了起来,并且带回了国,想着找时间去修理它,只是后来各种事情一搅和,白月菲一时遗忘了,再想起还未修理它的时候,她已经离开了江家,而且那时它对于她而言,已经失去了修理的意义。

“我这外行人动手修手链可是吃了一番苦头,所以你要怎么奖励我?”

“以身相许怎么样?”

“你……”江桐话还没说完,薄唇就被白月菲堵住了。

一番深吻之后,要以身相许的白月菲开始脱江桐身上的衣服,江桐摁住了她的手,把她朝外挪了挪,将她移到可以对视的位置,然后说:“以前的忠叔因为我为你而伤以至于不待见你,庆幸的是当年你离家之后,忠叔在丢掉所有与你有关的东西之前改变了想法,最终把那些所有与你有关的东西都偷偷存放了起来,不仅有这条手链和我手上的戒指。”江桐又拿出一只精致的盒子,“还有这个!”

白月菲一惊:“这又是什么?”

江桐把盒子放到白月菲手里:“你打开看看。”

白月菲期待地打开盒子,那枚心心念念想要重新找回的婚戒就这么掠进了眼睛,白月菲又惊又喜地拿起戒指正欲戴到无名指上时，江桐迅速地从她手中夺过了戒指。

哎？白月菲不明所以地看着江桐。

“月菲，”江桐叫了一声她的名字后，在她不解的目光中，动作温柔地把婚戒套进了她左手的无名指上，说道，“我爱你，简单的三个字，我会用余生向你证明。”

白月菲喜极而泣：“我也爱你，我不知道人是否有来世，如果没有，我会爱你直到我停止呼吸，失去意识。”

江桐拭去白月菲的眼泪：“我也是。”

白月菲似乎想起了什么，神色一转，娇嗔道：“江桐，你又骗我！这戒指怎么一回事？”

“这个啊！我可没骗你，我当时的确没有看到戒指，前段时间意外与你重逢之后，我不是让忠叔还原归位你所有的物品吗？那时我才从忠叔口中得知仆人当时搞卫生的时候在床下捡到了它。”

“原来如此！看来是我当时没放好……”

番外二

半年后的某天晚上。

白月菲端着一杯花茶去到书房，还在忙于工作的江桐见她进来立即停止了手上的工作，不等白月菲放好花茶，江桐便迫不及待地从她手中拿过花茶放到一旁，然后一把搂白月菲到怀里。

“夫人不是说明天才会回来吗？”江桐满眼爱意地看着白月菲，虽然她离开他才10多天，可他却觉得像是过了很久！他也不想与白月菲分开这么久的，只是她和几个学生时代的好姐妹约定于普吉岛相聚，姐妹团聚会，他跟去也不大好。

“听霍洋说这几天你特别忙，”白月菲双手搂着江桐的脖子，在他耳边倾吐，“我不想折腾你，想多给你留些休息时间，如果我不那么说，你铁定会亲自去机场接我啊！我可不想你太累。”

“忙工作是因为你不在身旁的每一天太漫长，我才利用工作去挨过那些缓慢的时间，现在你回来了，我得忙其他事情了。”

“什么事？”

“你说呢？”江桐在白月菲的脸颊上一吻，起身抱着白月菲走向了卧室。

白月菲摸摸被江桐亲吻过的脸颊，瞬间明白过来，娇羞道：“你肉欲太重了啊！”

江桐边走边问：“那夫人你是喜欢还是不喜欢呢？”

白月菲捂眼：“喜欢。”